A Manual
for Writers

of Research Papers, Theses, and Dissertations

영어논문 바로쓰기

A Manual
for Writers

of Research Papers, Theses, and Dissertations

영어논문 바로쓰기

웨인 부스, 그레고리 콜럼, 조셉 윌리엄스 **지음** | 강경이 **옮김**

시대의창

케이트 트레이비언의 '시카고 양식' 제8판
영어논문 바로쓰기

초판   1쇄 2011년   5월   3일 펴냄
초판   4쇄 2017년   8월 11일 펴냄
개정판 1쇄 2019년   4월 29일 펴냄
개정판 3쇄 2022년 12월 26일 펴냄
3판   1쇄 2024년 12월   2일 펴냄

지은이 웨인 부스·그레고리 콜럼·조셉 윌리엄스
옮긴이 강경이
펴낸이 김성실
표지 디자인 이창욱
제작 한영문화사

펴낸곳 시대의창   **등록** 제10 - 1756호(1999. 5. 11)
주소 03985 서울시 마포구 연희로 19 - 1
전화 02)335 - 6121   **팩스** 02)325 - 5607
전자우편 sidaebooks@daum.net
페이스북 www.facebook.com/sidaebooks
트위터 @sidaebooks

ISBN 978 - 89 - 5940 - 858 - 0 (03800)

차례

학생들에게

《영어논문 바로쓰기 *A Manual for Writers of Research Papers, Theses, and Dissertations*》는 여러 세대에 걸쳐 거의 모든 학문 분과의 학생들이 성공적으로 연구하고 논문을 쓰고 제출할 수 있도록 도왔다. 원저자인 '트레비언'의 이름으로 흔히 알려진 이 책은 '시카고 양식'으로 논문을 쓰는 학생들을 위한 권위 있는 참고 자료이다.

　1부는 연구와 글쓰기를 한 단계씩 다루며 올바른 질문을 만들어내고, 논증을 구성하도록 도울 만한 실용적 조언을 제공한다. 또한 더 좋은 논증과 글을 구성하려면 초고를 어떻게 써야 하는지, 어떻게 수정해야 하는지도 설명한다. 2부는 일반적인 인용 관례에 대해 알아둘 만한 정보를 제공하는 15장을 시작으로 시카고 양식의 두 가지 인용방식을 포괄적으로 안내한다. 인문학과 대부분의 사회과학 분야에서는 16장과 17장에 자세히 소개된 주석표기방식을 쓸 것이다. 자연과학과 물리과학, 몇몇 사회과학 분야에서는 18장과 19장에 소개된 참고문헌방식(괄호주—참고문헌방식이라고도 불리는)을 사용할 것이다. 3부는 시카고 양식에서 추천하는 표기방식을 다룬다. 3부의 조언을 따르면 구두점과 대문자 표기, 약어 같은 표기방식을 일관성 있게 사용할 수 있을 것이다. 또한 인용문을 본문에 넣는 법과 표와 삽화를 적절하게 제시하는 법도 다룬다. 부록은 학위논문 구성과 제출 규정을 다룬다. 많은 대학이 모델로 사용하는 규정을 제시했지만 무엇보다 소속 학과나 대학의 규정을 확인하고 따르는 것이 좋다.

서문

오늘날 학술논문과 학위논문을 쓰는 학생들은 시카고 대학 논문 담당자였던 케이트 트레이비언Kate L. Turabian이 1937년에 학생들을 위해 안내 소책자를 만들 때는 상상치도 못했던 전자 테크놀로지 시대를 살고 있다. 인터넷과 워드프로세서는 학생들이 연구하고 글 쓰는 과정을 크게 바꾸어놓았다. 그러나 이러한 테크놀로지 때문에 학생들이 기본적으로 해야 할 일이 달라진 것은 아니다. 연구를 실행하여 연구 결과를 명료하고 바르게 제시하는 동시에 학계에서 인정하는 인용방식과 표현양식, 서식을 따라야 한다는 사실에는 변함이 없다.

트레이비언의 1937년 소책자는 《시카고 편집 매뉴얼A Manual of Style》 제10판의 지침을 반영했다. 시카고 대학 출판부에서 발행한 《시카고 편집 매뉴얼》은 당시 저자와 편집자들 사이에서 이미 고전의 반열에 올라 있었다. 1947년부터 시카고 대학 출판부는 트레이비언의 소책자를 배포하기 시작했고, 1955년에 《영어논문 바로쓰기A Manual for Writers of Term Papers, Theses, and Dissertations》라는 책으로 출판했다. 그후 트레이비언은 학생들의 필요와 《시카고 편집 매뉴얼》의 개정판에 맞추어 책을 두 번 더 수정했다. 시간이 흐르면서 트레이비언의 책은 미국 전역의 대학생들에게 보편적인 참고자료가 되었다. 트레이비언은

5판이 발행된 1987년 아흔네 살로 세상을 떠났다. 5판과 6판(1996), 7판(2007)은 시카고 대학 출판부 편집팀이 개정 작업을 했다.

7판은 웨인 부스와 그레고리 콜럼, 조셉 윌리엄스가 함께 썼다. 이제 3판이 발행된 《학술논문작성법The Craft of Research》(시카고대학 출판부, 2008)을 개작한 폭넓고 새로운 자료를 포함하여 책의 지평을 넓혔다. 연구의 본질과 자료를 찾고 활용하는 법, 필기하는 법, 논증을 전개하는 법, 초고를 쓰고 수정하는 법, 표와 삽화로 증거를 제시하는 법 등이 새롭게 포함되었다.

이번 8판의 1부에서는 최근 들어 이용할 수 있게 된 여러 형태의 디지털 자료

를 찾아서 활용하는 법에 대한 최신 정보를 제공한다. 2부에서는 시카고 양식에서 쓰는 두 가지 인용방식, 곧 인문학과 대부분의 사회과학 분야에서 널리 쓰이는 주석표기방식 그리고 과학과 일부 사회과학 분야에서 선호하는 괄호주 표기방식을 포괄적으로 안내한다. 두 인용방식의 표기 형식을 더 일관되게 다듬었을 뿐 아니라 예전에 다루지 않았던 새로운 형태의 디지털 자료를 인용하는 사례도 많이 제시한다. 3부에서는 철자와 구두점, 약어, 수와 이름, 특별 용어, 작품 제목을 다루는 법을 다룬다. 3부의 마지막 두 장은 1부에서 수사학적 관점으로 다루었던 인용문과 삽화(표와 그림)를 활용하는 방법을 제시한다. 2부와 3부는 모두 《시카고 편집 매뉴얼 *The Chicago Manual of Style*》(시카고 대학 출판부, 2010) 16판에 맞춰 개정했다. 그러나 출판물과는 다른 학술 논문의 요구에 맞춰 일부 사례를 통해 《시카고 편집 매뉴얼》과는 조금 다르게 조언한다.

부록에서는 미국 전역의 논문 담당 부서에서 가장 권위 있는 기준으로 여기는, 논문 형식과 제출에 대한 지침을 제시한다. 이번 개정판 부록에서는 논문을 전자파일로 제출하는 사례가 점점 늘어나는 추세를 반영했다. 부록은 주로 학위 논문과 학부 논문을 쓰는 학생들을 위한 부분이지만 서식 규정과 전자파일 준비를 다룬 부분은 수업 과제물로 소논문을 쓰는 학생들에게도 도움이 될 것이다. 참고문헌목록은 주제 영역별로 나누어 다양한 학문 분과의 연구와 표기법에 도움이 될 만한 최근 자료를 제시했다. 이 책은 학술 글쓰기를 하는 사람들이 부딪히는 다양한 문제에 실질적인 해결책을 제시하지만, 소속 학술 분과의 관례나 소속 학과와 대학에서 선호하는 양식을 참고하거나 우선시해도 좋다. 표기법과 서식을 다룬 모든 장에서는 소속 대학과 학과, 교수의 규정을 이 책의 지침보다 우선시하라는 조언을 덧붙였다.

지난 75년 간 수백만 명이 활용한 책을 개정하는 것은 작은 일이 아니다. 8판 개정에는 많은 사람이 함께했다. 그레그 콜럼이 개정 작업을 시작했으나, 작업 후반 그의 죽음은 큰 손실이었다. 여러 해를 거치면서 출판팀의 많은 사람이 그레그를 잘 알게 되었고 소중히 여겼다. 우리는 그를 그리워할 것이다. 그레그는 웨인 부스와 조셉 윌리엄스를 포함한 세 명의 뛰어난 공저자 중 마지막 남은 저자였다. 세 저자는 우리 곁을 떠났지만 단호하면서도 따뜻한 목소리로 글쓰기를 안내하는 트레비언 안내서의 전통을 이어간 이들의 작업은 우리 곁에 남았다. 세 사람의 목소리가 아름답게 섞여 만들어낸 하나의 목소리는 언제나 이 책에 생기를 불어넣을 것이다.

그레그가 8판 개정을 위해 시작했던 1부를 그의 오랜 친구이자 버지니아 대학 동료였던 존 데리코가 마무리해주었다. 《시카고 편집 매뉴얼》16판의 주요 개정자인 러셀 데이비드 하퍼가 나머지 원고의 초고를 썼다. 편집팀 내부에서는 제니 개백스, 메리 E. 로르, 데이비드 모로, 폴 셸린저의 부분적, 전체적 지도 아래 개정 작업이 진행되었다.

부록은 다양한 대학과 연구기관 전문가들의 관대한 조언으로 만들어졌다(인디애나 대학의 매튜 부츠, 콜로라도—볼더 대학의 지니 보스트, 피츠버그 대학의 필리파 카터, 미시건 대학의 멜리사 고미스, 서던 인디애나 대학의 페기 해럴, 위스콘신—매디슨 대학의 엘레나 슈, 캘리포니아 대학 버클리의 제럿 레몬트, 버지니아 폴리테크닉 주립대의 게일 맥밀런, 프로퀘스트/UMI의 오스틴 맥클린, 시카고 대학의 콜린 멀라키, 텍사스 대학 오스틴의 밥 펜맨, 제임스 매디슨 대학의 로라 리먼, 오하이오 주립대의 팀 왓슨, 일리노이 대학 어바나—샴페인의 마크 줄로프). 시카고 대학 레겐스타인 도서관 사서들도 광범위한 참고문헌을 안내해주었다(스콧 랜드배터, 캐서린 마르디케스, 낸시 스피겔, 새러 G. 웬즐, 크리스토퍼 윈터스).

원고를 책으로 만들기 위해 출판사의 또 다른 편집팀의 노력이 필요했다. 루스 고링이 원고를 편집했고 로지나 뷔세가 교정했으며 메리 E. 로르가 찾아보기를 작성했다. 마이클 브렘이 디자인했으며 데이비드 오코너가 제작을 감독했다. 리즈 피쉐르, 엘런 깁슨, 캐롤 캐스퍼가 최종 산물을 서점에 내놓았다.

시카고 대학 출판부

1부

연구와 글쓰기
: 계획에서 완성까지

웨인 부스, 그레고리 콜럼, 조셉 윌리엄스

1부의 개요

석·박사논문이든 학사논문이든 긴 분량의 수업 과제물이든 중요한 연구 프로젝트를 시작할 때면 막막한 느낌이 들게 마련이다. 하지만 어떤 연구든 여러 부분으로 나누어 한 번에 한 단계씩 해나간다면 충분히 해낼 수 있다. 1부에서는 바로 그 방법을 다루려 한다.

우선 연구 목적을 어떻게 구상해야 하는지, 독자가 논문에서 기대하는 것이 무엇인지 살펴보겠다. 그리고 연구자가 시간을 투자할 가치가 있는, 독자의 관심을 끌 만한 훌륭한 연구 질문을 어떻게 찾아야 하는지 집중적으로 다루겠다. 또 질문에 대한 답을 뒷받침해줄 자료를 어떻게 찾고 활용할지, 탄탄한 논리와 믿을 만한 근거를 기반으로 한 논문이라는 인상을 주려면 논문을 어떻게 계획해야 하는지, 초안 쓰기와 수정은 어떻게 해야 하는지도 다루겠다.

1장을 관통하는 요지를 정리하면 다음과 같다.

- 무작정 연구에 뛰어들 수는 없다. 우선 계획을 세워야 한다. 계획을 세운 뒤 전체 과정을 염두에 두면서 한 단계씩 해나가야 한다. 큰 그림을 그린 뒤 한 번에 하나씩 해결할 수 있는 작은 목표로 쪼개보자.
- 가장 훌륭한 연구는 다른 사람이 아닌 바로 '자신'이 답을 찾고자 하는 질문에서 시작된다. 하지만 자신의 질문이 독자에게도 얼마나 중요할지 따져봐야 한다. 독자는 이렇게 물을 수도 있다. "그런 거 좀 모르면 어때? 왜 그런 일에 신경 써야 하지?"
- 연구를 시작하는 순간부터 매일 쓰려고 노력해야 한다. 자료를 찾고 간단히 메모를 하는 정도에서 그치지 말고 그 자료를 어떻게 생각하는지 명료한 글로 옮겨봐야 한다. 모든 생각을 글로 옮겨보자. 머릿속에 안락하게 웅크리고 있는 생각을 냉정하고 환한 빛 아래로 끄집어내야 그 생각이 말이 되는지 안 되는지 알 수 있

는 법이다. 이렇게 적어둔 생각을 최종 원고에 활용할 수 없을 때가 많다. 하지만 최종 원고에 이르기 위해서는 매일 글로 옮겨보는 과정이 꼭 필요하다.

■ 연구를 아무리 신중하게 했더라도 논문을 잘 쓰지 못하면 독자의 신뢰를 얻을 수 없다. 따라서 독자의 신뢰를 얻을 만한 논문, 곧 명료하게 잘 쓴 논문의 특징이 무엇인지 알아야 한다.

경험 있는 연구자라면 1부의 1장부터 4장까지는 가볍게 훑어봐도 무방하다. 대부분 아는 내용일 것이다. 그렇지만 학생을 가르치는 입장이라면 학생들에게 연구 목적과 논문 작성법을 설명하는 데 도움이 될 만한 내용이다(이 책을 읽은 경험이 있는 연구자들은 5~12장까지가 크게 유용했다고 말한다. 그 부분을 읽은 뒤에 학생들에게 어떻게 연구를 하고 글을 쓸지 쉽게 설명할 수 있었고 자신의 논문 초고도 더 빨리, 더 효율적으로 작성하고 수정할 수 있게 되었다고 한다).

이제 막 연구의 세계에 발을 들여놓은 초보 연구자에게는 1부의 모든 장이 유용하다. 일단 가볍게 훑어보며 연구 과정을 머릿속으로 대강 그려본 뒤 연구를 실제로 진행하면서 단계마다 필요한 장을 골라 다시 읽으면 좋다.

이 책에 제시된 단계가 너무 많아 기억하기 힘들다고 생각할 수도 있다. 하지만 한 번에 하나씩 한다면 충분히 해낼 수 있다. 그런 식으로 연구를 계속 하다보면 습관처럼 이 책의 여러 단계를 활용할 수 있다. 그렇다고 모든 단계를 순서대로 똑같이 따라 할 필요는 없다. 연구자는 연구의 초기 단계에서 나중 단계를 미리 생각하기도 하고, 마무리 단계에서 씨름하다 다시 앞 단계로 돌아오기도 한다. 그래서 이 책에는 연구를 할 때 나중 단계를 미리 생각해보기도 하고, 앞 단계로 다시 되돌아가보기도 하라는 조언이 자주 나온다. 무척 체계적인 연구자조차 뜻밖의 착상이 불현듯 떠올라 연구의 방향을 완전히 바꾸기도 한다. 계획을 따르되 언제든지 다른 길을 탐색할 수 있고, 필요하다면 첫 계획을 완전히 버리고 새로운 계획을 세울 수도 있다는 마음가짐이 필요하다.

연구를 처음 시작하는 초보 연구자에게는 이 책에서 다루는 문제 중에 당장 필요치 않아 보이는 문제도 있을 것이다. 물론 열 쪽짜리 소논문과 박사논문은 다르다. 하지만 소논문이든 박사논문이든 무엇인가 쓰기 위해서는 생각이란 것을 해야 한다. 이러한 생각의 기술은 새내기 연구자 시절부터 연습해볼 수 있다. 노련한 연구자도 이런 생각의 기술을 연습하던 초보시절이 있었다. 새내기 시절부터 이렇게 한 발씩 길을 가다 보면 어느새 능력 있는 연구자가 되어 있을 것이다.

연구의 모든 것을 일일이 알려줄 책은 세상에 없다. 이 책도 심리학이나 경제학, 철학 같은 분야의 구체적 연구방법론을 알려줄 수 없다. 물리학이나 화학, 생물학의 연구 방법에 대해서는 더더군다나 말하기 힘들다. 또 학문 연구의 방법을 어떻게 실무 분야에 적용할 수 있을지도 다루지 않는다.

그러나 이 책을 읽는 동안 연구라는 것이 어떠한 과정과 사고방식을 통해 이루어지는지 감을 잡을 수 있을 것이다. 또 어떤 계획으로 논문의 뼈대를 잡고 초고를 쓰고 수정하는지도 이해할 수 있다. 이 책에서 얻은 지식에다 담당교수의 조언이 더해지면 연구과제 때문에 겁먹는 일 없이 연구를 잘 해낼 수 있다는 자신감이 생길 것이다. 그러면 결국 학교에서든 실무 분야에서든 아주 복잡한 연구과제도 혼자 힘으로 해내는 방법을 터득하게 된다.

탄탄한 연구기술을 배우려면 무엇보다 노련한 연구자들이 연구 목적을 어떻게 생각하는지 알아야 한다.

1 연구란 무엇이고 연구자들은 어떻게 생각할까

의문이 들면 우리는 답을 찾기 위해 여러 정보를 수집한다. 이것이 바로 연구다. 우리 동네 좋은 배관공이 누구일까, 하는 단순한 질문일 수도 있고 생명의 기원을 찾는 근원적 질문일 수도 있다. 그저 혼자만 알면 되거나 다른 사람에게 간단히 알려줄 수 있는 답이라면 그 답을 굳이 풀어 쓸 필요는 없다. 하지만 연구를 글로 옮겨야 할 때도 있다. 다른 사람들이 나의 주장을 타당하다고 인정하기에 앞서 어떻게 이런 주장을 이끌어냈는지 꼼꼼하게 따져봐야 한다면 우리는 연구를 글로 옮겨야 한다. 어떻게 보면 연구보고서에는 누가 봐도 당연한 사실이 가득하다. 한때 공룡이 있었다거나 세균이 질병을 일으킨다거나 심지어 지구가 둥글다는, 누가 들어도 타당한 사실이 상당 부분을 차지한다.

자신의 논문이 인류의 지식에 그다지 보탬이 되지 않으리라 여길 수도 있다. 그럴지도 모른다. 그러나 제대로만 하면 자신의 지식과 능력에는 큰 보탬이 된다. 그래서 다음에 쓰는 논문은 더 잘 쓸 수 있을 것이다. 학자의 길이 아니라 경영이나 전문 직종을 택하겠다고 마음먹은 사람도 마찬가지다. 연구는 학계에서만 중요한 것이 아니다. 학계 안팎 어디에서나 중요하다. 따라서 학문 연구의 기술을 잘 닦아두면 훗날 자신의 분야에, 아니 어쩌면 온 인류에 이바지하는 연구를 하게 될지도 모른다.

연구하는 방법을 제대로 알면 다른 사람의 연구를 활용하고 판단하는 법도 터득할 수 있다. 어떤 분야든 결정을 내리기 전에 여러 글을 읽고 평가해야 한다. 다른 사람이 자신의 글을 어떻게 평가하는지 안다면 다른 사람의 글도 제대로 읽고 평가할 수 있다. 이 책은 학술연구를 주로 다루지만, 사실 우리는 우리 삶에 영향을 미치는 다양한 연구자료를 매일 읽거나 듣는다. 그런 연구보고를 무턱대고 믿기 전에 신빙성 있는 근거와 추론에 기반을 두었는지부터 판단해야 한다.

물론 추론과 증거가 아니더라도 훌륭한 결론에 도달할 수는 있다. 전통과 권위에 의존할 수도 있고 직관이나 영적 통찰 또는 직감을 따를 수도 있다. 하지만 우리가 믿는 이유뿐 아니라 다른 사람들도 우리처럼 믿어야 하는 이유를 '설명'하려면 단순한 의견이나 느낌을 말하는 데 그쳐서는 안 된다.

'연구' 논문은 여느 설득문과는 다르다. 자신의 느낌이나 신념이 아니라 세상 사람들이 진실이라고 인정하는 사실에 의존해야 한다. 다른 사람들이 타당하다고 여기는 근거에서 출발해야 한다. 그러한 근거에서 자신의 주장을 어떻게 이끌어냈는지 추론 과정을 명료하게 보여줄 수 있어야 한다. 따라서 연구자로 성공하려면 단지 자료를 잘 수집하고 분석하기만 해서는 안 된다. 추론 과정을 효과적으로 보여줄 수 있어야 한다. 그래야 독자들이 논문의 추론 과정을 평가하고 판단한 뒤에 연구자의 주장을 하나의 사실로 인정할 수 있다.

1.1 연구 목적 설정 방법

연구자라면 누구나 사실과 정보를 수집한다. 이런 사실과 정보를 통틀어 '자료'라 한다. 연구자의 목표와 경험에 따라 자료를 사용하는 방식도 각기 다르다. 하나의 주제를 중심으로 자료를 수집하는 연구자도 있다. 예를 들어 '알라모 전투 이야기' 같은 방식이다. 개인적인 흥미를 만족시키거나 그저 숙제를 하기에는 좋은 방식이다.

하지만 연구자는 대개 단순한 사실 너머의 무엇을 독자에게 알려주고 싶어 한다. 따라서 주제와 관련된 모든 자료를 무차별적으로 찾지는 않는다. 연구자에게는 주제와 관련해서 떠오른 질문이 있을 것이다. 예를 들어 '알라모 전투담이 왜 미국의 애국신화로 둔갑했을까?'라는 의문을 품었다고 치자. 연구자는 이 문제를 놓고 답을 찾고, 자신의 답을 증명하고 뒷받침할 만한 자료를 찾는다.

하지만 노련한 연구자라면 자신의 답이 왜 믿을 만한지 보여주는 데 그치지 않는다. 자신의 질문이 왜 연구가치가 있는지, 그 질문의 답을 찾으면 그보다 큰 문제를 새로운 관점으로 어떻게 이해할 수 있는지 보여주려 한다. 예를 들어 노련한 연구자는 '알라모 전투담이 왜 미국의 애국신화로 둔갑했는지 이해한다면 한 지역의 신화가 민족성 형성에 어떻게 영향을 주는가와 같은 더 큰 문제에 답할 수 있다'고 말한다.

그렇다면 우리는 노련한 연구자와 얼마나 비슷하게 생각하고 있을까? 자신의 연구 주제를 다음처럼 한 문장으로 설명해보자.

1. 나는 X(알라모 전투담)를 연구해서(연구 주제Research Topic)

　2. Y(왜 이 이야기가 미국의 애국신화로 둔갑했는지)를 찾아내어(연구 질문Research Question)

　　3. 다른 사람들에게 Z(어떻게 한 지역의 신화가 민족성 형성에 영향을 주는가)를 알리고 싶다

　　(연구 의의Research Significance).

위 문장을 자세히 들여다보도록 하겠다. 연구의 진행 과정뿐 아니라 연구자의 성장 과정도 집약적으로 보여주는 문장이기 때문이다.

1. **연구 주제: "나는 X라는 주제를 연구해서"** 연구자는 '알라모 전투'라는 주제만으로 연구를 시작하기도 한다. 알라모 전투가 수업 과제일 수도 있고, 알라모 전투에 이해하기 힘든 어떤 점이 있거나 단지 호기심이 동했기 때문일 수도 있다. 초보 연구자들은 여기에서 멈추는 경우가 허다하다. 끝까지 연구 주제만 끌어안고 있는 경우가 많다. 수많은 자료를 쌓아놓고는 무엇을 활용하고 버려야 할지 몰라 전전긍긍한다. 그러고는 그저 이런저런 사실을 마구잡이로 쑤셔 넣어 온갖 잡동사니로 어지러운 서랍 같은 논문을 써내기 일쑤다. 어쩌다 같은 주제에 관심이 있는 독자가 나타나 논문에서 소개한 새로운 사실에 흥미를 느끼고는 그 글을 읽을 수도 있다. 하지만 그런 독자조차 그 모든 사실에서 어떤 답을 끌어낼 수 있을지 궁금해 할 것이다.

2. **연구 질문: "어떻게, 왜 Y인지 찾아내어"** 조금 경험이 있는 연구자는 단지 연구 주제가 무엇인지 밝히는 데서 시작하지 않고, 연구 질문이 무엇인지에서

시작한다. 예를 들어 '왜 알라모 전투담이 애국신화가 되었을까?'라는 질문에서 시작한다. 이런 논문에서 '사실'은 연구자의 대답을 증명하기 위해 쓰인다. 독자는 논문에 담긴 이런저런 사실에서 무언가를 끌어낼 수 있다는 것을 알 수 있다. 또 질문이 있어야 연구자도 어떤 사실을 찾고 활용해야 할지 알게 된다. 사실은 대답을 뒷받침하기 위해서만이 아니라 대답을 검증하고 때로는 폐기하기 위해서도 필요하다. 자신의 대답을 뒷받침할 만한 충분한 자료가 있어야 대답과 모순되는 듯한 자료에도 대응할 수 있다. 그래야 자신의 생각을 검증하는 논문을 써서 다른 사람의 검증을 받을 수 있다.

3. 연구 의의: "다른 사람들에게 Z를 알리고 싶다" 그러나 노련한 연구자라면 독자가 원하는 것이 단지 타당한 대답만은 아니라는 사실을 잘 안다. 독자는 연구자의 질문이 왜 의미 있는지 알려고 한다. 노련한 연구자는 독자의 질문을 미리 꿰뚫어본다. "그래서? 알라모 전투담이 왜 애국신화가 되었는지 알아야 하는 이유가 뭐지?" '그래서?'는 사실 노련한 연구자에게도 곤혹스러운 질문이다. 하지만 연구자라면 독자가 이렇게 묻기 전에 대답하려 애써야 한다. "그 사실을 알아내면 어떻게 이야기가 민족성을 형성하는가라는 큰 질문에 답할 수도 있다"고 답해주어야 한다.

그러나 유능한 연구자는 거기서 멈추지 않는다. 독자들은 여전히 '그래서?'라고 다시 물으며 훨씬 더 포괄적인 답을 원하기도 한다. 따라서 '무엇을 통해 민족성이 형성되었는지 안다면 미국인의 자기정체성을 더 잘 이해할 수 있다. 미국인의 자기 정체성이 무엇인지 이해한다면 다른 나라 사람들이 왜 미국인을 지금처럼 평가하는지도 알 수 있다'와 같이 답해주어야 한다. '그래서?'가 아니라 '흠, 그거 알아볼 만하군!'이라는 반응을 이끌어낼 때 진정 훌륭한 연구자라 할 수 있다.

모든 질문이 다 훌륭한 것은 아니다. '전투 전날 밤 알라모에 얼마나 많은 고양이들이 잠자고 있었을까?'라는 질문을 던질 수도 있다. 하지만 그것을 알아서 어쩌겠는가? 그런 질문의 답을 통해 무언가 알아볼 가치가 있는 더 큰 문제를 끌어내기는 힘들다. 따라서 연구할 가치가 없는 질문이라고 할 수 있다(정말 그럴까? 조금 후에 다시 살펴보겠지만 아닐 수도 있다).

세 가지 유형의 질문

경험 있는 연구자는 독자마다 다른 종류의 질문과 대답을 기대한다는 사실 또한 알고 있다. 학계에서 가장 흔한 질문은 '개념 질문'이다. 반면에 실무 분야에서 가장 흔한 질문은 '실용 질문'이다.

1.2.1 개념 질문: '무엇을 생각해야 할까?'

'그래서?'의 답이 무엇을 할지가 아니라 어떤 문제를 이해하도록 돕겠다는 내용이면 그 질문은 개념 질문이다.

1. 나는 X라는 주제를 연구해서

   2. 어떻게/왜 Y인지, 혹은 Y인지 아닌지를 찾아내어

      3. 다른 사람들에게 어떻게/왜 Z인지, 혹은 Z인지 아닌지를 알려주고 싶다.

누군가와 연구에 대해 이야기를 나눈다면 이런 대화가 오갈 것이다.

A: 위기 진단에 대해 연구하는 중이야.

B: 왜?

A: 평범한 사람들이 테러리즘의 영향을 받았을 때 어떻게 위기를 진단하는지 알고 싶거든.

B: 그래서?

A: 그걸 알면 평범한 사람들이 위기에 대해 생각할 때 정서적, 이성적 요소가 어떻게 영향을 미치는가라는 큰 질문에 답할 수 있거든.

인문학과 사회과학, 자연과학 분야의 연구자는 주로 개념 질문을 놓고 답을 끌어낼 목적으로 연구한다. 예를 들어 '당대의 정치 상황이 셰익스피어의 희곡에 어떤 영향을 주었는가?' '북아메리카에서 거대 포유동물이 멸종한 원인이 무엇인가?' '혜성의 구성 물질이 무엇인가?' 같은 질문이다. 이런 질문의 해답은 세상을 변화시키는 방법을 알려주지는 않지만 세상을 더 잘 이해하도록 돕는다.

물론 개념 질문의 대답이 실용문제를 푸는 데 의외로 유용할 수도 있다. 그리

고 중요한 현실문제를 풀기 위해서는 대체로 그 문제를 제대로 이해하기 위한 개념적 연구를 해야만 한다. 학계에서 많은 연구자의 주된 목표는 우리의 이해를 증진시키는 데 있다.

1.2.2 실용 질문: '무엇을 해야 할까?'

그러나 연구자는 다른 유형의 질문을 할 수도 있다. '그래서?'라는 질문에 어렵거나 개선의 여지가 있는 상황을 변화시키거나 고치기 위해 무엇을 해야 할지 알려줄 수도 있다. 이런 질문을 '실용 질문'이라 부르자.

1. 나는 X라는 주제를 연구해서

  2. Y를 알아내어(그래서?)

    3. 독자들에게 Z를 개선하거나 고치기 위해서는 무엇을 해야 하는지 알려주고 싶다.

실용 질문을 놓고 연구하는 중이라면 다음과 같은 대화가 오갈 수 있다.

A: 위기상황에서의 효과적인 의사소통이라는 주제를 연구 중이야.

B: 왜?

A: 평범한 미국인이 어떤 심리적 요인 때문에 테러리즘으로 인한 개인적 위험을 실제보다 더 크게 느끼는지 알아내려고 해.

B: 그래서?

A: 대중에게 테러리즘의 실제 위험을 알리려면 그런 심리적 요인을 줄일 방법을 찾아야 한다고 정부에 조언할 수 있거든.

실용 질문은 학계 밖에서 특히 산업계에서 흔하게 찾을 수 있는 질문이다. 의료나 공학 같은 분야의 연구자들도 실용 질문을 할 때가 있다. 하지만 대개 연구자들은 세 번째 유형의 질문을 더 많이 한다. 세 번째 질문은 순수하게 실용적이지도, 순수하게 개념적이지도 않은 질문이다. 이 질문을 응용 질문이라 부르겠다.

응용 질문: '무엇을 해야 할지 알려면 무엇을 이해해야 할까?'

대개의 경우 실용문제를 해결하기 위해 어떤 조치를 취해야 할지 우리는 알고 있다. 하지만 구체적으로 무슨 일을 해야 하는지 판단하기 전에 그 문제를 더 잘 이해하려면 연구를 해야 한다. 이런 유형의 연구를 응용연구라 한다. 개념 질문과 실천 질문의 중도적 위치에 있는 응용 질문의 해답은 실제 문제의 해결책이 아니라 해결책에 한 걸음 다가가는 방법을 알려준다.

A: 9.11 테러로 인해 평범한 미국인들의 일상생활이 어떻게 달라졌는지 알아내려고 해.

B: 그래서?

A: 그러면 어떤 심리적 요인 때문에 평범한 미국인이 테러리즘으로 인한 개인적 위기를 실제보다 더 크게 느끼는지 알 수 있거든.

B: 그래서?

A: 그러한 심리적 요인의 영향을 어떻게 줄일 수 있는지 알 수 있겠지.

B: 그래서?

A: 그러면 정부가 그런 연구를 활용해 테러리즘의 현실적 위험을 더 효과적으로 알릴 수 있지 않을까.

응용 질문은 경영학과 공학, 의학 분야를 비롯해 기업이나 정부기관이 어떤 문제를 해결하기 전에 알아야 할 사실을 파악할 목적으로 자주 연구하는 문제다.

1.2.4 적절한 연구 질문을 선택하는 법

초보 연구자는 순수 개념 질문을 싫어하기도 한다. 너무 '이론'적이어서 '현실'에 맞지 않다고 생각하기 때문이다. 그래서 개념 질문에 허황된 현실적 시사점을 짜깁기하기도 한다. 곧 '알라모 전투담에서 인종이 어떤 정치적 파장을 낳았는지 안다면 인종주의가 어떻게 애국심을 고취하는지 이해하여 중동 분쟁에서 인종주의가 애국주의에 호소하는 상황을 막을 수 있다'와 같은 거창한 질문을 제시한다.

그 마음이야 이해할 만하지만 꼭 다루어야 할 상황이 아니면 응용문제나 실천문제는 건드리지 않는 것이 좋다. 열 쪽짜리 소논문에서 중대한 실용문제의 답을 찾을 가능성은 별로 없기 때문이다. 어쨌든 학자들은 대개 자신의 임무가 세계의 여러 문제를 직접 푸는 데 있기보다는 더 잘 이해하는 데 있다고 생각한다 (문제를 이해하여 그 문제를 해결할 수도 있고 못할 수도 있다).

1.2.5 개념 질문의 어려움: '그래서?'

실용 질문인 경우 대체로 '그래서?'라는 질문에 답할 필요가 없다. 어떤 면에서 도움이 되는지 눈에 보이기 때문이다. 응용 질문도 대개는 그 답 속에 실용적 용도가 이미 들어 있다. 알츠하이머병을 왜 연구하는지 질문하는 독자는 거의 없을 것이다. 하지만 개념 질문인 경우 '그래서?'의 답이 뚜렷하지 않은 경우가 많다. 독자는 이렇게 물을 수도 있다. '셰익스피어가 맥베스 부인의 죽음을 무대 위에서 보여주지 않고 대사로만 처리했다고? 그래서?' '종교의식에서 가면을 쓰는 문화도 있지만 쓰지 않는 문화도 있다고? 그래서?' '그런 것을 아는 게 왜 중요하지?'

개론수업에서는 '그래서?'에 그럴 듯하게 답만 해도 충분히 만족스러운 글이 될 수 있다. 따라서 초보 연구자들은 '그래서?'라는 문제를 두고 씨름하곤 한다. 이런 문제를 두고 고심한다고 해서 연구에 실패한 것도, 연구를 할 준비가 되지 않았다는 뜻도 아니다. 초안을 다 작성할 때까지 '그래서?'의 답을 못 찾을 수도 있다. 아니, 최종 원고를 완성할 때까지 못 찾을 수도 있다. 답을 찾았다 하더라도 다른 사람 눈에 그다지 중요해 보이지 않는 답일 수도 있다.

그러나 석사논문이나 박사논문을 쓴다면 염두에 두어야 할 독자가 담당교수만이 아니다. 교수를 비롯하여 같은 분야의 학자들이 흡족해할 만한 답을 제시해야 한다. 그들은 '논문이 얼마나 타당한 대답을 제시하는가'라고 물을 뿐 아니라 '얼마나 의미 있는 질문을 하는가'에 따라서도 논문을 평가한다. 경험 있는 연구자라면 논문을 읽은 독자 중 몇몇 혹은 다수가 '나는 동의하지 않아'라고 생각할 수도 있다는 점을 충분히 안다. 독자의 이런 반론은 연구 결과를 공유하는 과정에서 으레 일어나는 일이다. 하지만 경험 있는 연구자가 절대 용납할 수 없는 것은 '별로 궁금하지 않아'라는 독자의 반응이다.

따라서 아무리 어렵더라도 다른 사람들이 '그래서?'라고 물어볼 상황을 떠올려야 한다. 그리고 이 질문에 답하려고 애쓸수록 힘든 일을 성공적으로 해내는 방법을 터득하게 된다. 이것이 바로 독자에게 시간을 들여 읽을 만한 논문이라는 인상을 주는 방법이다(독자의 관심을 끌기 위해서 어떻게 서론을 써야 하는지는 10장에서 다루겠다).

2 주제에서 질문으로, 질문에서 가설로

연구는 단지 자료를 수집하는 데서 그치는 것이 아니다. 자료를 찾기 위해 도서관으로 나서거나 인터넷에 접속하기 전부터 시작해 필요한 자료를 다 찾은 후에도 계속된다. 이 과정에는 무수히 많은 과제가 있다. 연구의 모든 세부과제에는 다음과 같은 다섯 가지 일반목적이 있다.

- 대답할 가치가 있는 질문을 한다.
- 훌륭한 논거로 설명할 수 있는 대답을 찾는다.
- 논거를 뒷받침할 수 있는 믿을 만한 근거를 찾는다.
- 대답을 설득력 있게 납득시킬 만한 논문의 초고를 작성한다.
- 앞의 네 가지 목표를 모두 만족시킬 때까지 수정한다.

이 다섯 가지 목표를 연구실에 붙여두어도 좋다.

이러한 단계를 막힘없이 곧장 따라갈 수 있다면 연구란 식은 죽 먹기일 것이다. 그러나 이미 알고 있듯이(혹은 곧 깨닫게 되듯이) 연구와 연구보고는 이렇게 일사분란하게 진행되지 않는다. 한 가지 작업을 하는 동안 나중 단계를 미리 그려보기도 하고, 앞 단계를 다시 살펴보기도 해야 한다. 많은 자료를 찾고 읽으며 초고를 쓰는 동안 주제가 바뀔 수도 있다. 어쩌면 수정 단계에서 새로운 질문을 발견할 수도 있다. 연구란 오락가락, 뒤죽박죽, 예측할 수 없는 과정이다. 하지만 계획이 있다면 충분히 해낼 수 있다. 계획을 버려야 할 때조차 계획은 우리에게 유용하다.

2.1 주제에서 질문으로

연구자들이 연구를 시작하는 방법은 각양각색이다. 경험 있는 연구자는 대개 그 분야의 학자들이 해답을 구하는 질문으로 연구를 시작한다. '북아메리카 대륙의 거대 포유류의 멸종 원인이 무엇일까?' 같은 질문이다. 그냥 막연하게 무언가 알고 싶은 것이 있어서 연구를 시작하는 사람도 있다. 거대한 나무늘보나 마스토돈 같은 동물에 대해 어렴풋이 무엇인가 더 알고 싶은 사람도 있을 것이다. 이렇게 막연한 궁금증에서 연구가치가 있는 질문을 끄집어낼 수 있을지 탐색하면서 기꺼이 시간을 투자할 수도 있다.

가장 좋은 연구 질문은 그 자체로 궁금증을 유발하는 질문이 아니다. 그보다 더 큰 문제를 이해하는 데 도움을 줄 수 있는 질문이다(문제는 늘 '그래서?'다). 북아메리카의 나무늘보가 왜 멸종했는지 안다면 많은 역사인류학자들이 고개를 갸우뚱하는 더 큰 문제의 해답을 찾을 수 있을지도 모른다. '초기 아메리카 원주민들은 몇몇 사람들의 생각대로 자연과 조화를 이루며 살았을까? 아니면 큰 포유류를 지나치게 사냥해서 멸종위기로 몰아넣었을까?(이 문제를 이해한다면 우리는 아마 ○○○도 이해하게 될지 모른다)'와 같은 질문을 도출해야 한다.

연구자의 마음속에 불현듯 솟아오르는 질문도 있다. 어떤 대답으로 자신을 이끌지 알 수 없거나 아주 하찮은 문제여서 연구자 자신에게만 가치 있는 듯 보이는 질문일 수도 있다. '왜 커피 방울은 동그랗게 마를까?' 같은 질문이다. 이런 질문은 아무런 성과 없이 끝날 수도 있다. 하지만 그 대답을 끝까지 찾아가보기 전에는 모를 일이다. 사실 커피 방울이 왜 동그랗게 마르는지 의아해했던 과학자는 액체의 성질에 대한 중요한 발견을 이루었다. 이는 그 분야의 학자들에게도 중요할 뿐 아니라 페인트 제조자들에게도 유용한 발견이었다. 그러니 '전투 전날 밤 알라모에 얼마나 많은 고양이가 자고 있었나?' 같은 질문에서 무엇을 얻게 될지는 그 대답에 도달할 때까지 아무도 모를 일이다.

사실 연구자에게 가장 소중한 능력은 평범한 일에도 의구심을 품는 습관이다. '커피 방울이 왜 동그랗게 마를까?' '셰익스피어가 맥베스 부인의 죽음을 무대 위에 올리지 않고 왜 대사로 처리했을까?' 혹은 '눈썹은 왜 머리카락처럼 길게 자라지 않을까?' 같은 질문에서 중요한 대답이 나오기도 한다. 따라서 평범한 곳에서 뭔가 다른 점을 포착하는 능력을 키워야 한다. 그러면 학생이든 교수이든 연구 주제가 부족해 걱정하는 일은 없을 것이다.

이미 주제를 정했다면 질문을 찾기 위해 2.1.3을 읽어보자. 질문 한두 개를 이미 찾았다면 2.1.4의 목록을 사용해 그 질문을 평가해보자. 아직 주제를 정하지 못했다면 다음 계획에 따라 주제를 찾아보자.

2.1.1 관심주제를 탐색하라
자신의 분야에서 적합한 주제를 고르기 위해 이런 질문을 해보자.

- 이미 어느 정도 알고 있는 주제가 무엇인가? 그 주제에 대해 더 많이 알아낼 수 있다.
- 무엇에 대해 더 알고 싶은가? 장소? 사람? 시간? 사물? 생각? 과정?
- 관심 있는 문제를 다루는 토론그룹을 인터넷에서 찾을 수 있는가?
- 전공 분야의 여러 문제 중 다른 사람과 토론할 때 적절한 논리와 근거로 주장을 펼 수 없었던 문제는 무엇인가?
- 비전공자들이 오해하는 문제가 있다면 무엇인가?
- 담당교수는 어떤 주제를 연구하는가? 담당교수가 혹시 당신에게 연구의 일부를 떼어줄 의향이 있는가? 주저하지 말고 물어보라.
- 도서관에 어떤 분야의 자료가 풍부한가? 담당교수나 사서에게 물어보라.

- 전공 분야 안팎에서 더 수강할 강의는 무엇인가? 교재를 찾아내 훑어보면서 연구 질문을 찾아본다.
- 염두에 두고 있는 직업이 있다면 어떤 연구보고서가 도움이 될 것인가? 고용주들 은 논문 샘플을 요구하기도 한다.

출판자료를 참고하여 아이디어를 얻을 수도 있다.

- 《철학자 색인*Philosopher's Index*》《지리학 초록*Geographical Abstract*》《여성학 초록*Women's Studies Abstracts*》처럼 전공 분야의 참고도서를 훑으며 주제를 살펴본다(이 책의 참고문 헌목록에서 전공 분야를 골라 참고하라).
- 전공 분야별로 매년 중요한 연구동향을 소개하는 학술지를 훑어본다(이 책의 참고 문헌목록에서 전공 분야를 골라 참고하라).

학술연구의 목표는 자신의 답을 다른 사람과 함께 공유하는 데 있지만 연구를 통 해 얻은 지식은 자신에게도 소중하다. 그러니 앞날을 미리 생각하라. 앞으로 1년 후 자신에게 도움이 될 연구가 무엇인지 찾아보라. 하지만 장기적 관점을 잃지 말아야 한다. 연구의 길은 멀고 험한 오지 탐험과 같다. 험난한 길을 기꺼이 함께 갈 만큼 흥미로운 주제인지 다시 생각해보라.

2.1.2 해결할 수 있는 범위로 주제를 좁혀라

다리, 새, 가면처럼 백과사전 항목 같은 주제를 고른다면 자료가 너무 많아 읽는 데만 평생을 바쳐야 한다. 따라서 다룰 수 있을 만한 크기로 주제를 잘라내야 한 다. 도서관으로 향하기 전에 우선 자신의 특별 관심사가 무엇인지 숙고하여 주제 를 좁힌다. 가면의 무엇이 흥미로운가? 이미 알고 있는 지식을 동원해 그 주제를 생각해보고 이런저런 단어나 어구를 덧붙여본다.

종교의례의 가면
호피족 종교의례의 가면
호피족의 풍요 기원제에서 하늘의 정령을 상징하는 진흙 카치나 가면

관련 자료를 어느 정도 읽기 전에는 주제를 좁히지 못할 수도 있다. 그러면 시간이 더 필요하니 연구를 일찍 시작해야 한다(이러한 준비 작업은 인터넷을 활용해서도 많이 할 수 있다).

- 선택한 주제를 우선 백과사전에서 찾아 개괄적으로 훑어본다(이 책의 참고문헌목록에서 일반자료를 참고하라). 전문사전에서 그 주제를 찾아 다시 읽는다(이 책의 참고문헌목록에서 전공 분야를 골라 참고하라).
- 그 주제를 다룬 연구가 어떤 것이 있는지 훑어본다(보통 백과사전에도 몇몇 연구가 소개되어 있다).
- 전공 분야의 연간 도서목록에서 당신이 선택한 주제 밑에 어떤 제목의 책이 있는지 훑어본다. 이런 방법으로 읽어야 할 도서목록을 작성할 수 있다.
- 인터넷에서 관련 자료를 검색한다(인터넷 자료를 사용할 때 주의해야 할 점은 3.4.3 참조).

논쟁적인 주제는 무엇보다 유용하다. '피서는 할로윈 가면 속에 어린이의 원형공포가 드러난다고 주장했다. 정말 그럴까?' 같은 주제는 좋은 주제라 할 수 있다. 논쟁을 해결할 수 없다 해도 최소한 그런 논쟁이 어떻게 진행되는지 이해할 수 있다(3.1.2 참조).

2.1.3 주제를 놓고 질문하라

주제를 놓고 질문하는 것은 단 한 번으로 끝내지 말고 연구 내내 되풀이해야 한다. 자료를 읽으면서 질문을 해야 한다. 특히 '어떻게'와 '왜'라고 묻는다(4.1.1 - 4.1.2 참조). 아래와 같은 질문을 던져보라(아래에 제시된 질문은 뚜렷이 구분되지 않고 서로 겹치는 부분도 있으니 굳이 구분하려고 애쓸 필요는 없다).

1. 더 넓은 맥락(역사, 사회, 문화, 지리, 기능, 경제 등)에서 그 주제에 어떤 의미가 있는지 묻는다:
   - 더 큰 맥락에서는 어떻게 볼 수 있을까? 가면이 생기기 전에는 가면 대신 무엇이 있었을까? 가면은 어떻게 생겼을까? 왜 생겼을까? 가면은 한 사회 또는 지역의 다른 부분에 어떤 변화를 일으켰을까? 어떻게, 왜 그런 변화가

일어났을까? 왜 가면이 할로윈 의식의 일부가 되었을까? 할로윈이 미국에서 크리스마스 다음으로 꼽히는 중요한 축제가 되는 데 가면이 어떻게 일조했을까? 그 이유는 무엇일까?

- 더 큰 제도 안에서 어떤 역할을 하는가? 가면은 어떻게 한 사회와 문화의 가치를 반영할까? 호피부족의 춤에서 가면은 어떤 역할을 할까? 공포영화에서는? 가장무도회에서는? 가장 이외에 가면은 어떤 목적으로 쓰일까? 호피족의 카치나 가면이 시장에서 인기를 끌면서 전통 디자인에 어떤 변화가 일어났는가?

- 비슷한 주제와 어떻게 비교하거나 대비할 수 있을까? 아메리카 원주민의 의례용 가면은 아프리카의 가면과 어떻게 다른가? 할로윈 가면은 마디그라 축제의 가면과 어떤 관계가 있는가? 가면과 성형 수술은 어떤 점에서 유사한가?

2. 대상 자체의 특성을 묻는다:

- 시간에 따라 어떻게 변화했는가? 그 이유는? 앞으로는 어떻게 달라질까? 할로윈 가면은 어떻게 변화했는가? 그 이유는? 아메리카 원주민의 가면은 어떻게 달라졌는가? 그 이유는?

- 주제의 여러 부분이 어떻게 서로 맞물리며 전체가 되는가? 호피 의례에서 가면의 가장 중요한 역할은 무엇인가? 그 이유는? 왜 어떤 가면은 눈만 가릴까? 얼굴 아랫부분만 가리는 가면이 드문 이유는?

- 주제 안에 서로 다른 범주가 얼마나 많은가? 할로윈 가면에는 어떤 종류가 있는가? 가면마다 다른 점은? 다른 기능은 무엇인가?

3. 긍정의문문을 부정의문문으로 바꾸어본다: 왜 가면은 크리스마스에는 쓰이지 않을까? 아메리카 원주민의 가면은 아프리카의 가면과 어떻게 다르지 않은가? 종교의례에서 전통적으로 중요치 않은 가면의 역할은 무엇인가?

4. 사변적 질문을 한다: 왜 가면은 아프리카의 종교의례에서는 중요한데 서양의 종교의례에서는 중요하지 않은가? 왜 어른보다 아이들이 할로윈 가면 쓰는 것을 더 좋아할까? 사냥꾼들은 위장할 때 왜 가면을 쓸까?

5. '~라면 어떻게 될까?'라고 묻는다: 만약 주제로 삼은 대상이 존재하지 않거나 사라지거나 다른 맥락에 놓인다면 어떻게 될까? 안전을 위해 꼭 써야 할 때만

가면을 쓴다면 어떻게 될까? 그리스 연극처럼 영화나 TV드라마에서 모든 배우들이 가면을 쓰고 나온다면 어떻게 될까? 소개팅을 할 때 가면을 쓰고 나가는 것이 관습이라면 어떻게 될까? 결혼식은? 장례식은?

6. 자료를 읽고 떠올린 반론을 질문으로 표현한다: **자료 속 주장의 증거나 논리가 불충분하거나 틀렸다고 생각한다면 그런 반론을 질문으로 만든다**(4.1.2 참조). 마르티네에 따르면 사육제 가면에는 사람들을 사회적 규범에서 해방시키는 독특한 힘이 있다고 한다. 그러나 나는 종교의례의 가면에는 사람들을 물질적 삶에서 해방시켜 영적 삶으로 안내하는 힘이 있다고 생각한다. 모든 가면에는 사람들에게 대안적인 사회적 또는 영적 삶을 체험하게 하는 기능이 있다는 것을 더 큰 틀에서 보여줄 수 있을까?

7. 자료의 주장에 동의한다면 동의를 바탕으로 질문을 끌어낸다: **자료의 주장에 설득력이 있다면 그 주장을 더 넓은 범위에 적용할 수 있는지 묻는다**(4.1.1 참조). 엘리아스에 따르면 18세기 런던에서 가면무도회가 유행한 이유는 사회적 유동성으로 인한 불안 때문이었다고 한다. 다른 유럽 국가의 수도에서 가면무도회가 유행한 것도 이러한 불안 때문일까?

    자료의 주장을 뒷받침하는 증거를 더 요구하는 질문을 만들 수도 있다. 엘리아스는 출판자료만을 이용해 주장을 펼쳤다. 편지나 일기 같은 미출간 자료에서도 증거를 찾을 수 있을까?

8. 유사한 주제를 다룬 연구와 비슷한 질문을 한다: 스미스는 게티스버그 전투를 경제적 관점에서 분석했다. 알라모 전투를 경제적 관점에서 분석하면 어떤 결과가 나올까?

9. 다른 연구자의 질문 중 해답을 얻지 못한 것이 있는지 찾아본다: 학술지의 논문은 대개 마지막 한두 문단에 해결하지 못한 문제나 더 연구해야 할 주제 등을 제시한다. 다른 연구자가 제안한 연구를 모두 해볼 수는 없겠지만 일부를 떼어내 해볼 수는 있다.

10. 관련 주제를 다루는 토론그룹이 인터넷에 있는지 찾는다: 처음에는 조용히 오가는 대화를 주시하며 어떤 종류의 질문을 토론하는지 파악한다. 검색엔진을 이용해 토론그룹을 찾을 수 없다면 담당교수에게 묻거나 전공 분야의 학술단체 웹사이트를 방문한다. 관심을 끄는 토론 질문을 찾아보라. 아주

구체적이고 명확한 질문이 떠오르면 토론그룹에 물어볼 수도 있다. 하지만 우선 대학생이나 대학원생의 질문을 환영하는 분위기인지 확인하는 것이 좋다.

2.1.4 질문을 평가하라

모든 질문이 유용한 것은 아니다. 질문을 평가한 후 흥미로운 대답이 나올 것 같지 않으면 버린다. 다음과 같은 사항을 고려해보라.

1. 너무 쉽게 답할 수 있는 질문인가.
   - 쉽게 정보를 찾을 수 있다: '나바호족의 춤에는 어떤 가면이 사용될까?'
   - 자료를 찾아 요약하기만 하면 된다: '피셔는 가면과 공포에 대해 무엇이라고 했는가?'
2. 대답을 증명할 훌륭한 증거를 찾을 수 있는가.
   - 타당한 사실을 찾을 수 없다: '마야인의 가면은 외계인을 모델로 삼은 것일까?'
   - 개인의 기호나 취향을 묻는 질문이다: '발리섬의 가면이 마야인의 가면보다 아름다운가?'
   - 지나치게 많은 자료를 읽어야 한다: '가면은 어떻게 만들어지는가?' 가장 그럴듯한 증거를 찾기 위해 수많은 논문을 뒤지고 싶지는 않을 것이다(보통 질문이 지나치게 포괄적일 때 이런 문제가 일어난다).
   - 독자들이 중요하게 여길 만한 참고자료를 얻을 수 없다: 고급 단계의 연구가 아니더라도 가능한 한 최선의 자료를 제시해야 한다. 특히 석·박사논문은 좋은 자료를 찾는 것이 필수적이다. 훌륭한 자료를 찾을 수 없다면 다른 질문을 찾아라.
3. 대답을 그럴 듯한 논리로 반박할 수 있는가.
   - 반증보다 근거가 압도적으로 많은 대답은 자명해 보인다. '이누이트족의 문화에서 가면은 얼마나 중요한가?'라고 묻는다고 치자. 대답은 뻔하다. '무척.' 반증할 여지가 없는 주장을 증명하는 것은 의미가 없다(하지만 '태양이 지구 주위를 돈다'처럼 자명하다고 여겨지던 주장에 의문을 제시하고 대담하게 반증한 사람들이

세계적 명성을 얻기도 한다).

누군가 이미 물었던 질문이라고 해서 그 질문을 버릴 필요는 없다. 처음으로 그 질문을 하는 사람처럼 그 문제를 완전히 이해할 수 있을 때까지 대답을 찾아보라. 누군가 이미 대답을 했다 해도 더 나은 대답을 찾아낼 수도 있다. 적어도 새로운 관점의 대답을 찾아낼 수 있다. 사실 인문학과 사회과학에서 훌륭한 질문에는 하나 이상의 훌륭한 답이 있다. 대답이 어떻게 다른지, 서로 상반된 의견의 차이가 무엇인지 비교하면서 그중 가장 나은 것을 찾아 지지하는 연구를 계획할 수도 있다(6.2.5 참조).

자신이 대답하고 싶은 질문을 찾는 것이 가장 중요하다. 대학원생이든 학부생이든 많은 학생들은 다른 사람의 질문에 이미 공인된 대답을 암기하는 것이 교육의 목적이라고 생각한다. 그러나 그렇지 않다. 교육의 목적은 다른 사람이 아닌 자신의 질문에 자신만의 대답을 찾는 것이다. 그러기 위해서는 여러 현상에 의구심을 품고 골똘히 생각하는 법을 배워야 한다. 특히 지극히 당연해 보이는 일에 의구심을 품어봐야 한다.

2.2 질문에서 가설로

연구를 진행하기 전에 거쳐야 할 단계가 하나 더 있다. 초보 연구자는 무시하고 넘어가기도 하지만 경험 있는 연구자들은 대개 거치는 단계다. 일단 질문을 찾았다면 그럴 듯한 대답을 떠올려보라. 불완전해도 좋고, 그저 추측에 지나지 않아도 좋다. 이 단계에서는 대답이 옳은지 아닌지 걱정할 필요가 없다. 그것은 나중에 밟을 단계다.

예를 들어 '왜 의식에 가면을 사용하는 종교가 있고 그렇지 않은 종교가 있을까?' 하고 물었다고 치자. 이렇게 답을 추측해볼 수 있다.

다신교 문화에서는 다양한 신을 구분하기 위해 가면이 필요했을 것이다.
종교와 의술이 연결되어 있는 문화에서는 가면 사용이 일반적이다.
중동에서 유래한 종교는 우상금지라는 유대교 전통의 영향을 받았을 것이다.

이렇게 두루뭉술한 대답에서 연구해볼 만한 가치가 있는 제안이 나올 수도 있다.

특정 문화에서 가면의 비종교적 역할과 관련이 있을 것이다.

그럴 듯한 대답을 한 개 이상 떠올려보자. 막연하고 추상적이어도 괜찮다. 많은 연구를 하고 난 뒤에도 대답을 증명할 수 없다면 논리적일 듯한 대답이 왜 그른지를 증명하는 논문을 쓸 수도 있다. 그러면 적어도 다른 연구자들이 똑같은 문제에 시간을 낭비하는 일을 막을 수 있으니 그 자체로도 소중한 기여를 한 셈이다(그럴 듯한 대답 같지만 틀린 답에 대해 논하는 방법은 10.1.1 - 10.1.2 참조).

　사실 그럴 듯한 대답을 두세 개 정도 찾는 것이 좋다. 물론, 그중에서 가장 마음에 드는 대답이 하나 있다 해도 그 답을 다른 답과 비교하다 보면 더욱 구체화시킬 수 있기 때문이다. 어쨌든 다른 대답이 왜 틀렸는지 증명하지 못하면 자신의 대답이 왜 옳은지도 보여줄 수 없는 법이다. 연구 초기 단계에서 가능한 한 자신의 대답을 명료하고 완전하게 글로 옮겨라. 생각은 명확하지 않으면서 그렇다고 착각하기 쉽다. 막연한 생각을 글로 옮기는 것이 주장을 명쾌하게 다듬거나 혹은 명쾌하게 증명할 수 없는 주장이라는 것을 깨닫는 가장 좋은 방법이다.

2.2.1 연구 가설을 정하라

승산이 있어 보이는 대답이 있다면 '연구 가설'로 정하고 이 가설을 길잡이 삼아 연구를 진행한다. 물론 질문만 있어도 그 질문을 길잡이 삼아 자료를 찾을 수 있다. 어떤 질문이든 관련 대답에는 한계가 있기 때문이다. 하지만 아무리 불확실한 가설이라도 가설이 있다면 앞서 생각하는 데 도움이 된다. 특히 그 가설을 증명하기 위해 어떤 '종류'의 증거가 필요한지 미리 생각할 수 있다. '통계자료가 필요할까? 인용문이나 관찰, 이미지 혹은 역사적 사실이 필요할까? 무엇보다 어떤 종류의 근거로 이 가설을 반박할 수 있을까?' 이런 질문에 답하다 보면 어떤 종류의 자료를 찾아야 하는지 알 수 있다. 사실 가설이 없다면 자료를 수집했다 해도 질문의 답에 관련이 있는 자료인지 아닌지조차 알 수 없다.

　연구 가설을 떠올릴 수 없다면 질문을 놓고 다시 생각해보라. 연구 질문 목록을 다시 꺼내 대답할 수 있는 질문을 찾아보라. 이 과정을 생략했다면 2.1.3으로 다시 돌아가라. 완전히 새로운 주제로 다시 시작할 수도 있다. 단기적으로 보면 시간낭비처럼 보이지만 장기적으로는 연구를 완전히 망치는 일을 막을 수 있다. 석·박사논문을 쓴다면 자료를 읽고 생각을 하면서 오랫동안 가설을 다질 수도 있다. 하지만 대답의 가능성이 보이지 않는다면 어떤 연구이건 깊이 들어가지 말라.

초고를 쓸 때까지, 심한 경우에는 최종 원고를 끝낼 때까지도 가설을 생각해내지 못하기도 한다. 그러나 절대 그렇게 해서는 안 된다. 마지막 페이지를 쓸 때까지도 최선의 답이 무엇인지 결정하지 못할 수는 있다. 글을 쓰거나, 심지어 수정하다 보면 새로운 발견을 하게 될 수도 있다. 그렇다고 쓰다 보면 대답이 나오겠지 하는 심사로 마지막 페이지까지 가서는 안 된다.

2.2.2 연구 가설의 함정을 경계하라

최종 대답을 지나치게 빨리 결정하는 것은 좋지 않다. 하지만 많은 초보 연구자와 몇몇 경험 있는 연구자들은 연구 초반에 그 어떤 연구 가설이나 잠정적인 가설조차도 생각하기 두려워한다. 혹시 선입견을 갖게 될지도 모른다는 염려 때문이다. 물론 그럴 위험도 있다. 그러나 연구 가설이 있다고 해서 더 좋은 가설을 찾지 못하는 것은 아니다. 가장 객관적인 과학자조차도 몇 가지 결과를 예상하고, 그 결과를 검증하기 위한 실험을 한다. 단 하나의 결과를 예상하고 검증할 때도 많다. 가설을 미리 말하지 않는 연구자도 마음속에는 한 가지 가설이 있게 마련이다. 단지 가설이 그릇된 것으로 판명될 일에 대비해 공개적으로 내보이지 않을 따름이다.

물론 연구 가설이 위험할 때도 있다. 연구 가설 때문에 더 좋은 가설을 보지 못하거나 여러 증거로 보건대 가설을 포기해야 할 상황인데도 못내 매달려 있는 경우다. 사람을 만날 때처럼 연구를 할 때도 첫 번째 가설에 지나치게 푹 빠져서는 안 된다. 좋아하는 마음이 클수록 단점이 쉽게 눈에 띄지 않는 법이다. 이런 위험만 없다면 결점이 있는 가설이라도 아예 없는 것보다 있는 편이 훨씬 좋다.

2.2.3 대답을 찾을 수 없다면 질문이 왜 중요한지 주장하라

지금까지 질문을 강조하다 보니 질문에 대답하지 못하면 실패한 연구라는 인상을 주었을지도 모르겠다. 하지만 사실 연구자가 답을 찾지는 못했지만 그 이전에 누구도 묻지 않았던 질문을 왜 물어야 하는지 설명하는 중요한 연구도 많다. 예를 들어 '거북이는 꿈을 꿀까?' '하품은 전염성이 있는데 졸음은 전염성이 없을까? 아니면 졸음도 전염성이 있을까?' 같은 질문이다. 이런 연구들은 왜 그런 질문이 중요한지, 그 질문의 훌륭한 대답은 어떠해야 하는지를 주요하게 다룬다. 때로는 누군가 벌써 자신의 질문에 대답했을 수도 있다. 그 대답이 불완전할 수도 있고 운이 좋다면 틀렸을 수도 있다. 만약 옳은 답을 찾을 수 없다면 많은 사람이 옳다고 생각하는 대답이 왜 그른지를 설명할 수도 있다(이런 연구의 서문은 10.1.2 참조).

끊임없이 질문을 할 때만 비판적 상상력을 키울 수 있다. 비판적 상상력은 이제 모든 분야에서 필수적인 능력이다. 사실 경험 있는 연구자들은 잘 알겠지만 모든 문제에는 대개 궁극적인 대답이 없거나 있다 해도 몇 되지 않는다. 궁극적인 질문이란 것이 있을 수 없기 때문이다. 경험 있는 연구자들은 오래된 질문에 대답하는 것만큼이나 새로운 질문을 하는 것도 중요하다는 사실을 잘 안다. 또 자신의 새로운 질문이 언젠가는 낡은 질문이 되어 더 새로운 연구자의 훨씬 새로운 질문에 자리를 내주어야 한다는 것도 잘 안다.

더 새로운 연구자가 되는 것이 바로 당신의 몫이다.

2.3   스토리보드 활용하기

소논문에는 자세한 계획이 필요치 않을 것이다. 대강의 윤곽이면 충분하다. 그러나 긴 연구과제라면 윤곽만으로는 충분치 않다. 특히 석·박사논문처럼 긴 연구보고서인 경우에는 더욱 그러하다. 처음에 머리에 떠오르는 계획은 그저 개요에 지나지 않을 때가 많다. 그저 큰 제목만 I, II 또는 A, B 하고 나열하는 식이다 (23.4.2 참조). 개요를 선호한다면 그런 형식도 괜찮다. 특히 연구과제가 비교적 짧을 때는 쓸 만한 방법이다. 그러나 개요를 사용하면 빠른 시간에 너무 많은 것을 정해야 하기 때문에 생각을 충분히 하기 전에 최종 계획에 갇히게 되는 문제점이 있다.

이러한 위험을 피하기 위해서 학계 안팎의 많은 연구자들은 긴 보고서를 계획할 때 '스토리보드'를 사용한다. 스토리보드는 여러 장에 걸쳐 펼쳐진 개요와 같다. 계획을 진행하면서 자료와 생각을 덧붙일 수 있도록 여백을 많이 남겨두는 형식으로 개요보다 더 유연하다. 스토리보드는 증거를 어떻게 찾을지 계획하고 주장을 체계적으로 정리할 때도 좋지만 초고를 쓰거나 최종 원고를 평가할 때도 유용하다. 계획이 바뀔 때마다 새로 작성해서 인쇄해야 하는 개요와는 달리 스토리보드는 실제로 한 장씩 뒤섞으면서 새롭게 구성할 수 있다. 벽에다 죽 늘어놓고 관련 있는 페이지끼리 한데 묶거나 큰 단원 아래 소단원을 놓다 보면, 한 눈에 전체를 조망하고 연구진행 정도를 파악할 수 있는 '지도'가 된다.

2.3.1 질문과 연구 가설을 진술하라

스토리보드를 시작하려면 첫 페이지 상단에 자신의 질문과 연구 가설을 가능한 한 정확하게 진술하라. 거기에다 관련 가설을 덧붙이면 질문과 연구 가설의 한계와 장점을 더욱 명료하게 볼 수 있다. 새로운 가설이 생각나는 대로 덧붙이고 틀리다고 판명될 때마다 지운다. 그러나 버려서는 안 된다. 서문에서 그중 하나를 이용할 수도 있기 때문이다(10.1.1 참조).

2.3.2 논거를 진술하라

가설을 뒷받침할 논거를 페이지 하나에 하나씩 쓴다. 한두 개밖에 없더라도 써야 한다(논거에 대해서는 5.4.2 참조). 자신의 연구를 친구에게 설명한다고 상상해 보라. '알라모 전투담을 통해 텍사스 사람들이 고유한 정체성을 발전시켰다는 것을 보여주고 싶어.' 그러면 친구는 이렇게 물을 것이다. '그렇게 생각하는 이유가 뭐야?' 논거란 대답을 뒷받침하기 위해 제시하는 포괄적 진술이다. '첫째, 알라모 전투담은 텍사스 정체성의 핵심을 강조하기 위해 사실을 왜곡해. 둘째, 알라모 전투담은 텍사스(와 서부)가 새로운 개척지라는 것을 보여주려 하지. 셋째 …… 등등.'

한두 가지 논거밖에 생각해낼 수 없다면(대개 둘 이상 필요하다) 페이지를 몇 장 남겨두고 윗부분에 다음처럼 표시해둔다. '논거3: 알라모 전투의 무엇이 텍사스 사람들에게 자신들이 특별하다는 느낌을 주는가.' 대답을 증명하기 위해 필요한 논거가 어떤 것인지 막연하게나마 안다면 적어둔다. '논거4: 알라모 전투담이 단지 신화에 그치지 않는다는 것을 보여줄 무언가가 필요하다.' 물론 모든 논거에는 뒷받침할 만한 근거가 필요하다. 그러니 논거 하나하나를 두고 '왜 이렇게 생각하지? 이 논거를 입증하기 위해서는 어떤 근거가 필요하지?' 하고 묻는다. 그러면 필요한 근거를 찾는 데 집중할 수 있을 것이다(2.3.3과 5.4.2 참조).

생소한 주제이거나 연구 초기 단계라면 논거는 합리적인 추측에 지나지 않으며 앞으로 바뀌게 될 가능성이 크다. 논거는 연구와 생각의 길잡이가 되기 때문에 아무리 사변적인 논거라도 아예 없는 것보다는 있는 것이 훨씬 낫다.

2.3.3 어떤 유형의 근거가 필요한지 대강 그려보라

전문 분야마다 선호하는 근거의 유형이 다르다. 통계자료를 선호할 수도 있고 인용이나 관찰, 역사적 사실, 이미지 등을 중요하게 여길 수도 있다. 논거를 하나씩 되짚어보며 그 논거를 증명하려면 어떤 유형의 근거가 필요한지 미리 그려보라. 설득력이 있으려면 어떤 유형의 근거가 가장 효과적일지 구체적으로 따져보는 것도 도움이 된다. 어떤 근거가 필요한지 떠올릴 수 없다면 그 부분은 빈 칸으로 남겨둔다. 그리고 2차 자료를 읽으며 전공 분야의 연구자들이 어떤 유형의 증거를 선호하는지 알아보라.

2.3.4 전체를 보라

스토리보드를 책상 위에 펼쳐놓거나 벽에 붙여라. 그리고 한 걸음 뒤로 물러서 그 순서를 보라. 초고를 계획하려면 여러 부분의 순서를 어떻게든 배열해야 한다. 그러니 지금 순서를 생각해두는 것이 좋다. 자신이 생각한 순서에 특정 논리가 있는가? 인과관계? 시간 순서? 상대적 중요도? 주제의 복잡성? 진술의 길이?(순서의 원칙에 대해 더 자세히 알고 싶다면 6.2.5 참조). 다른 순서도 생각해보라. 스토리보드는 최종 계획이 아니다. 생각의 방향을 잡고 발견한 내용을 체계적으로 구성하기 위해 사용하는 하나의 도구일 뿐이다.

페이지 하나를 채웠다면 그 부분의 초고를 써보자. 연구의 어떤 단계에서든 생각을 글로 옮겨야 더 나은 생각을 할 수 있다.

이런저런 자료를 한가하게 뒤적이며 관심가는 대로 독서를 할 때도 있다. 이렇게 무작정 자료를 뒤지는 것도 연구의 중요한 길을 여는 방법이다. 그러나 논문 마감까지 한 달여밖에 남지 않았다면 어느 날 갑자기 번개가 내리치듯 불현듯 영감이 떠오르리란 기대는 하지 않는 것이 좋다. 이럴 때는 계획이 필요하다. 스토리보드는 계획을 세우도록 도와주는 쉽고 믿을 만한 도구다.

2.4　글쓰기 모임을 조직하라

학술연구는 혼자 해야 한다는 점에서 힘들다. 그룹 연구과제가 아니라면 혼자서 읽고 생각하고 써야 한다. 그러나 꼭 혼자 해야 할 필요는 없다. 적어도 모든 과정을 혼자 해야 할 필요는 없다. 담당교수가 아닌 다른 사람 중에서 연구가 어떻게 진행되는지 물어주고 초고를 검토해주고 때에 따라서는 얼마나 썼는지 채근해줄 사람을 찾아보라. 편안한 친구도 좋지만 서로 생각을 교환하고 초고를 읽어주며 조언해줄 다른 연구자를 우선 찾아보라.

　네댓 명이 정기적으로 만나 서로의 연구에 대해 이야기를 나눌 수 있는 모임을 만들면 더 좋다. 초기 단계부터 각자의 연구를 세 구절 주제문(1.1참조)으로 정리해 토론해보라.

나는 X라는 주제를 연구해서
　Y를 찾아내
　　Z를 더 잘 이해하고 싶다.

연구가 좀더 진행되면 '엘리베이터 이야기'를 만들어 토론한다. '엘리베이터 이야기'란 다른 구성원들이 모임에 참석하러 오는 길에 엘리베이터에서 얼른 훑어볼 수 있는 분량으로 간략하게 자신의 연구를 요약한 것이다. 앞서 다룬 세 구절 주제문에다 연구 가설, 가설을 뒷받침하는 주요 논거를 포함한다(13.4 참조).

　연구의 후기 단계에서는 개요와 초고를 돌려보며 서로를 가상의 독자로 삼아 독자의 반응을 예측해볼 수 있다. 모임 구성원들이 당신의 초고에 문제점이 있다고 느끼면 진짜 독자도 그렇게 느낄 것이다. 또 생각이 막힐 때 모임 구성원들의 도움을 받아 브레인스토밍을 해볼 수도 있다. 무엇보다 이런 모임이 있다면 자기 통제에 도움이 된다. 누군가에게 연구진행을 보고해야 하기 때문에 계획을 따라

가기가 수월하다.

글쓰기 모임은 석·박사논문을 쓰는 학생들에게는 일반적 관행이다. 그러나 수업 과제물이라면 이야기가 다를 수 있다. 당신이 모임이나 동료 학생에게 지나치게 의존한다고 생각하는 교수도 있을 수 있다. 그러니 담당교수에게 모임의 역할을 확실히 이야기하라. 그렇지 않으면 담당교수가 필요 이상의 도움을 받는다고 판단할 수도 있다(7.10 참조).

3 유용한 자료를 찾는 법

자, 이제 질문 하나쯤은 찾아냈을 것이다. 어쩌면 연구 가설을 비롯해 가설을 증명할 만한 몇 가지 잠정적 논거까지 준비했을 수도 있다. 그렇다면 이제 논거를 증명하고 가설을 검증하는 데 필요한 자료를 찾기 시작할 차례다. 그러나 자료 찾기와 읽기를 별개의 과정으로 생각해서는 안 된다. 그럴 듯한 자료를 찾았다면 우선 읽으면서 또 다른 자료를 찾는다. 자료를 읽으며 스토리보드에 이런저런 메모를 채워놓다 보면 빈틈과 새로운 질문을 발견하게 된다. 이런 빈틈을 메우고 질문을 해결하려면 또 다른 자료를 찾아야 한다. 이 책에서는 자료 찾기와 읽기를 각각 나누어 두 단계로 설명하지만 실제로는 두 가지를 오가며 동시에 하게 될 것이다.

3.1 독자가 어떤 유형의 자료를 기대하는지 파악하라

연구자의 연구 경력에 따라 독자가 기대하는 자료의 수준도 달라진다. 여기서는 자료의 유형을 1차, 2차, 3차 자료로 구분하겠다. 사실 뚜렷이 구분할 수 있는 문제는 아니지만 이렇게 구분하면 연구자들의 자료 사용법을 잘 설명할 수 있다.

3.1.1 근거를 찾을 때는 1차 자료

문학이나 예술, 역사 분야에서 1차 자료는 원작을 뜻한다. 작가나 화가, 작곡가들이 창조한 일기나 편지, 원고, 이미지, 영화, 영화대본, 레코드, 악보 등을 말한다. 이러한 자료에는 정보가 있다. 논거를 증명하는 데 사용할 수 있는 말이나 이미지, 소리가 들어 있다. 정보는 사물일 수도 있다. 동전이나 옷, 도구를 비롯하여 어느 시대와 사람이 소유했던 다양한 물건일 수도 있다.

경제학이나 심리학, 화학 같은 분야의 연구자는 주로 관찰과 실험을 통해 정보를 수집한다. 인터뷰를 통해 증거를 수집하는 분야도 있다(효과적인 인터뷰를 하려면 정보를 끌어내고 기록하는 데 믿을 만한 방법을 써야 한다). 이런 분야에서는 연구자가 수집한 정보가 곧 근거다. 이러한 정보의 1차 자료는 그 정보가 처음 실린 출판물이다. 정부 간행물이나 기업 문서일 수도 있고 학술논문일 수도 있다.

경험 있는 연구자는 1차 자료에서 우선 정보를 찾는다. 예를 들어 알라모 전투담에 대한 글을 쓴다면 편지와 일기, 목격담 등 그 시대에 쓰인 1차 자료를 우선 찾으려 할 것이다.

3.1.2 다른 연구자에게 배우려 할 때는 2차 자료

2차 자료란 1차 자료를 분석한 책이나 논문을 말한다. 알라모 전투담을 분석한 학술지의 글은 그 주제를 다루는 연구자에게는 2차 자료다. 전공 분야 학자의 글이 실린 전문사전이나 백과사전 또한 2차 자료다. 2차 자료를 사용하는 목적은 다음 세 가지다.

1. 최근 연구동향에 발맞출 수 있다. 다른 연구자의 작업과 보조를 맞추고, 지식을 얻고, 생각을 다듬으며, 출판된 연구동향을 따라가기 위해 2차 자료를 읽는다.

2. 다른 견해를 알 수 있다. 다른 사람의 견해를 알지 못하고, 예상할 만한 독자의 질문과 반론을 미리 파악하고 답변하지 못하면 제대로 된 연구논문이라 할 수 없다(5.4.3 참조). 2차 자료를 읽으며 다양한 관점을 파악할 수 있다(2차 자료에서 어떠한 대안적 견해를 얻을 수 있는가? 2차 자료에 인용된 자료 중 꼭 언급해야 할 것이 무엇인가?). 초보 연구자는 자신의 주장과 상반된 견해를 인용하면 자신의 주장이 흔들릴 것이라 생각하기도 한다. 그러나 사실은 그 반대. 상반된 견해를 밝힌다면 자신과 다른 견해를 알고 있으며, 자신 있게 대응할 수 있다는 것을 보여줄 수 있다(5.4.3 참조).

   무엇보다 상반된 견해를 다루다 보면 자신의 논리를 다듬을 수 있다. 이성적 판단력을 갖춘 다른 사람이 왜 자신과 다르게 생각하는지 이해하지 못하면 자신의 생각을 제대로 안다고 할 수 없다. 따라서 자료를 찾을 때는 자신의 견해를 뒷받침하는 자료만 찾으려 하지 말고, 자신의 견해와 상반되는 자료도 눈을 크게 뜨고 찾아보자.

3. 연구와 분석 모델을 찾을 수 있다. 2차 자료를 읽으면 다른 사람들이 무엇을 썼는지도 알 수 있지만 어떻게 썼는지도 알 수 있다. 곧 형식과 표현의 모델로 삼을 만한 자료를 찾을 수 있다. 2차 자료를 읽을 때는 자신의 주제를 잘 아는 동료와 대화를 한다고 생각하라. 자신이 답변할 차례라면 그 분야를 잘 아는 사람처럼 이야기하고 싶을 것이다. 그러려면 동료학자가 어떻게 논리를 전개하는지, 어떻게 단어를 사용하는지, 어떤 종류의 근거를 제시하는지, 또는 어떤 종류의 근거를 활용하지 않는지를 주의 깊게 관찰해야 한다. 자료를 읽는 과정은 글로 이루어지는 '대화'니 세세한 표현법까지 따라할 수 있다. 긴 문단으로 쓰는지, 아니면 소제목과 특수 기호를 사용해 여러 부분으로 쪼개는지(사회과학에서 흔하게 쓰는 방법이지만 인문학에서는 자주 쓰지 않는다) 살펴보라.

2차 자료를 분석의 모델로 삼을 수도 있다. 예를 들어 알라모 전투담을 연구한다면 리틀빅혼 전투를 다룬 보고서를 꼼꼼히 뜯어볼 수도 있다. 그 접근법이 심리학적인가? 아니면 사회적, 역사적, 정치적인가? 구체적 논거나 근거는 관련이 없을 수도 있지만 2차 자료가 사용한 자료 유형과 추론을 거쳐 때에 따라서는 같은 구성을 활용해 주장을 전개할 수도 있을 것이다.

주제에 꼭 들어맞는 자료가 아니더라도 자신의 주제를 다루는 자료처럼 훑어보면서 다른 연구자가 어떻게 정보를 다루고 제시하는지 살펴보자(전체적인 논리만 활용한다면 이런 자료까지 출처를 밝힐 필요는 없다. 하지만 출처를 밝힌다면 접근법에 권위를 더할 수 있을 것이다).

연구자들은 1차 자료에서 적절한 정보를 찾을 수 없을 때만 2차 자료에 인용된 정보를 사용한다. 2차 자료에 인용된 정보를 활용할 때는 대체로 신중하게 다루어야 한다. 오류율이 높기 때문이다. 고급 단계의 연구를 한다면 중요한 인용문을 정확하게 전달했는지 꼭 확인해야 한다. 연구자들이 훌륭한 학술지나 학회에 글을 올리면서 고의로 잘못된 정보를 보고하는 일은 드물다. 하지만 부주의로 실수를 저지르는 경우는 비전문가가 짐작하거나 전문가들이 인정하는 것보다 많다.

물론 이제까지 알라모 전투담이 어떻게 분석되었는지 연구한다면 알라모 전투담을 분석한 2차 자료가 1차 자료가 된다.

초보 연구자라면 2차 자료 읽기가 힘들 수도 있다. 보통 2차 자료는 상당한 배경 지식을 전제하기 때문이다. 그리고 명료하지 않은 글인 경우도 많다(11.2 참조). 잘 모르는 주제를 연구한다면 전문사전이나 믿을 만한 3차 자료부터 훑어보는 것이 좋다.

3.1.3 주제를 개괄적으로 훑어볼 때는 3차 자료

3차 자료는 2차 자료를 바탕으로 비전문가들이 읽기 쉽도록 쓴 자료다. 일반적인 백과사전이나 사전, 〈타임스〉와 〈애틀랜틱 먼슬리〉 같은 신문과 잡지, 일반 대중을 위해 기획된 도서가 3차 자료에 해당한다. 잘 편집된 일반 백과사전에서 많은 주제를 빨리 훑어볼 수도 있다. 그러나 연구자들이 공식적으로 신중하게 편집한 백과사전이 아니라 위키피디아처럼 익명의 기고에 의존하는 자료는 주의해야

한다. 위키피디아는 여러 분야에서 비교적 정확하다고 평가되기는 하지만 모든 분야에서 항상 정확하다고 할 수는 없다. 때로는 잘못된 정보를 제공하기도 한다. 위키피디아를 믿을 만한 출처로 인용해서는 안 된다.

잡지와 신문기사를 사용할 때도 마찬가지로 신중해야 한다. 2차 자료를 잘 보고하고 설명해주는 기사도 있지만 대부분의 경우 지나치게 단순화하거나 심지어 왜곡하기도 한다. 물론 3차 자료가 특정 주제를 어떻게 다루는지 연구한다면 이러한 자료를 1차 자료로 이용할 수 있다. 예를 들어 브리태니커 백과사전의 성차별적 관점이나 위키피디아의 사실 조작에 대해 연구한다면 이런 자료가 1차 자료가 된다. 이제 자료의 여러 유형을 이해했다면 자료를 찾으러 나서보자.

3.2 자료를 빠짐없이, 정확하고, 적절하게 기록하라

자료를 찾기에 앞서 자료를 인용하는 법을 알아야 한다. 당신이 제시한 근거를 신뢰할 수 있을 때만 독자는 당신의 글을 신뢰할 수 있다. 독자가 근거를 신뢰할 수 있으려면 그 출처를 찾아볼 수 있어야 한다. 연구자로서 가장 중요한 의무는 독자들이 찾아볼 수 있도록 정확하고 꼼꼼하게 자료의 출처를 밝히는 것이다.

3.2.1 인용방식을 정한다

분야마다 적합한 인용방식이 있다. 가장 흔히 사용하는 두 가지 방식은 2부에서 자세히 설명하겠다.

- 주석표기방식(또는 내주표기방식): 인문학과 몇몇 사회과학 분과에서 많이 사용하는 방식이다(16, 17장 참조).
- 참고문헌방식(또는 외주표기방식): 많은 사회과학 분과와 자연과학에서 사용하는 방식이다(18, 19장 참조).

어떤 형식을 사용해야 할지 잘 모르겠다면 담당교수와 상의하라. 자료목록을 만들기 전에 15장의 인용방식 개괄을 읽고, 필요한 인용방식에 따라 16장이나 18장 중 하나를 골라 읽는다.

3.2.2 서지정보를 기록한다

시간을 절약하고 실수를 피하려면 처음 자료를 찾았을 때 필요한 서지정보를 모두 기록해두어야 한다. 흔히 책의 속표지나 학술논문의 표제지에서 서지정보를 찾을 수 있다. 자료의 유형에 따라 구체적으로 필요한 정보가 다를 수는 있지만 자료마다 다음과 같은 정보만큼은 기록해둔다.

- 누가 자료를 썼는가? 또는 수집했는가?
    - 저자(들)
    - 편저자(들)
    - 번역가(들)
- 자료를 확인하는 데 필요한 정보는?
    - 제목과 부제
    - 자료가 들어 있는 논문집, 학술지, 신문처럼 더 큰 출처의 제목과 부제
    - 더 큰 출처 안에 들어 있다면 구체적인 쪽수
    - 권수
    - 호수
    - 판차
    - 온라인 자료인 경우, URL 주소와 접속일자
- 누가, 언제 그 자료를 출판했는가?
    - 발행인, 발행 기관
    - 발행 장소
    - 발행 일자

미의회도서관 청구기호를 기록해둘 수도 있다. 서지정보를 밝힐 때는 필요하지 않지만 나중에 그 자료를 다시 참고해야 할 때 도움이 될 수 있다.

논문을 쓰다보면 언젠가는 이러한 서지정보를 필요한 인용양식에 맞춰 정리해야 하니 자료를 처음 찾았을 때 그에 맞춰 정리해두면 좋다. 표 16.1과 17장에서 주석표기방식과 그 예를 볼 수 있다. 참고문헌표기방식을 사용하려면 표 18.1과 19장을 참고하라.

이렇게 자료를 기록하다 보면 '더 빠른 방법이 없을까' 하고 생각하게 된다. 그만큼 지루한 작업이기 때문이다. 온점과 반점, 괄호에 이르기까지 규칙을 세세히 따라야 한다. 그러나 부적절하고, 불완전하며, 부정확하게 인용출처를 밝혔다가는 초보 연구자로 낙인찍히기 딱 좋다. 따라서 자료를 찾은 순간에 빈틈없이, 정확하고, 적절하게 서지정보를 기록해두는 습관을 키워야 한다. 서지정보를 자동으로 양식에 맞춰 변환해주는 컴퓨터 프로그램도 있다. 유용한 도구이기는 하지만 적절한 인용양식과 원칙이 무엇인지에 대한 인간의 지식을 대체할 수는 없다. 게다가 항상 제 기능을 다하리라고 보장할 수도 없다.

3.3 체계적 자료 검색

자료를 검색할 때는 지식을 바탕으로 체계적으로 해야 한다. 중요한 자료를 놓치면 논문의 신빙성이 떨어진다.

3.3.1 주제를 잘 아는 사람을 찾는다

우선 주변 사람들에게 당신이 선택한 주제와 그 주제를 다룬 기본적인 참고자료를 알 만한 사람이 있는지 묻는다. 선배나 교수일 수도 있지만 학계에 몸담지 않은 사람일 수도 있다. 업종별 전화번호부에서 관련분야를 찾아볼 수도 있다. 꼭 누군가를 찾는다고 보장할 수는 없지만 운이 좋다면 찾을 수도 있을 것이다.

3.3.2 인터넷을 훑어본다

대학에 오기 전에 많은 학생이 인터넷으로만 조사를 한다. 고등학교 도서관이 작은 데다 자료도 많지 않고 선생님들도 자료의 질에 대해 까다롭지 않기 때문이다. 그러나 많은 분야에서 중요하고 의미 있는 연구들이 온라인으로 발표되거나 저장되므로 '구글스칼라Google Scholar' 같은 학술 검색 엔진을 쓰면 연구를 준비하는 데 유용하다. 좋은 학술 검색 엔진의 도움으로 어떤 종류의 자료를 구할 수 있는지 대강 파악할 수 있을 뿐 아니라 특정 자료가 그 주제를 다룬 다른 책이나 논문에서 몇 번이나 인용됐는지도 알 수 있다(다른 연구에서 수백 차례나 수천 차례 인용된 자료가 있다면 그 자료를 잘 알아둬야 한다). 온라인 데이터베이스와 검색 엔진에는 연관 검색 키워드가 달려 있을 때가 많다. 연구 초기 단계에서는 꼬리에 꼬리를 물며 연관 검색어를 따라가다 보면, 그렇게 하지 않았더라면 알지 못했을 맥락에서 연구 질문을 이해하는 데 도움이 된다. 그러나 인터넷만 검색한다면 도서관을 뒤지고 다녀야 찾을 수 있는 중요한 정보를 놓치고 만다. 도서관 도서 목록을 온라인으로 볼 수 있다면 온라인 도서 목록에서 출발하라(3.3.6 참조). 다시 말하건대 계획이 있다면 더 효과적으로 연구할 수 있다.

3.3.3 서지 전담 사서와 이야기한다

필요한 자료를 어떻게 찾을지 모르겠다면 사서에게 물어보자. 많은 대학도서관이 참고자료실 견학이나 특별소장도서 전시를 기획하거나, 도서목록과 데이터베이스에서 자료를 검색하는 법을 알려주는 특강을 연다. 초보 연구자라면 이런 기회를 이용해 전공 분야의 온라인 검색기술을 배워볼 만하다.

자신의 전공 분야에 정통한 사서와 이야기를 나눠볼 수도 있다. 사서가 대신 자료를 찾아 줄 수는 없지만 필요한 자료를 찾을 수 있도록 도와줄 것이다. 연구 질문을 이미 정했다면 사서에게 연구 질문이 무엇인지 이야기하라. '저는 X에 대한 자료를 찾고 있습니다. Y를 밝히고 싶기 때문입니다.' 연구 가설과 논거가 있다면 그 역시 이야기하라. '저는 Y(논거)를 보여줄 자료를 찾습니다. Z(가설)를 주장하고 싶기 때문입니다.' 자신과 사서의 시간을 낭비하지 않으려면 미리 질문을 연습해둔다.

3.3.4 전공 분야의 참고자료실을 살펴본다

연구자라면 지니고 있는 공통적인 가치와 사유 방식이 있다. 그러나 분야마다 구체적인 방법론은 다르다. 전공 분야의 방법론을 터득하려면 도서관의 참고자료실을 방문해 서가의 도서들을 열람해보라. 참고자료실에는 전공 분야의 연구 방법과 데이터베이스, 자료를 알려주는 책이 있다. 다음과 같은 자료만큼은 친숙해져야 한다.

■ 자신의 분야에서 출간된 연간도서목록(《철학자 색인 *Philosopher's index*》이나 《교육학 색인 *Education Index*》)

- 여러 해에 걸친 특정 주제의 연구동향을 요약한 문헌(《문헌색인집*Bibliographic Index*》은 참고문헌목록이라 할 수 있다.)
- 신문이나 전문 잡지의 글을 요약한 초록모음집
- 그 해의 연구 성과를 다룬 비평선집: 전공 분야의 서가에서 '비평Review in'으로 시작하는 자료를 찾는다.
- 잘 모르는 분야라면 개인이나 학회가 운영하는 웹 사이트가 도움이 된다.

자신의 주제를 다룬 2차 자료에 어떤 것이 있는지 조금이라도 알고 있다면 더 구체적으로 자료를 찾을 수 있다(3.3.7 - 3.3.8을 바로 읽어보라). 그렇지 못하다면 전공 분야의 참고도서를 이용해 연구를 시작하도록 하자.

3.3.5 전공 분야의 참고자료를 훑어본다

우선 관련 분야의 전문 백과사전이나 사전에서 자신의 주제를 찾아보자.《철학백과사전*Encyclopedia of Philosophy*》이나 《옥스퍼드 문학용어 사전*Concise Oxford Dictionary of Literary Terms*》 같은 책에서 자신의 주제를 개괄적으로 소개한 부분을 찾아 읽으면 기초적인 1, 2차 자료가 무엇인지 알 수 있다(이 책의 참고문헌 부분에서 자기가 연구하는 분야의 범주 1과 2를 보라).

3.3.6 도서관 도서목록을 검색한다

책의 주제어. 주제와 관련된 최근 도서를 하나 찾았다면 도서관의 온라인 도서목록에서 그 책의 의회도서관 주제어가 무엇인지 찾아본다. 항목의 맨 밑에 있을 것이다. 예를 들어 본서에는 다음 두 가지 주제가 달려 있다.

1. 박사학위논문, 학술 분야   2. 학술 작문

주제어를 클릭하면 같은 주제를 다룬 다른 책도 찾을 수 있다. 이런 방법으로 찾은 다른 책에는 또 다른 주제어가 추가로 달려 있을 확률이 많다. 이런 식으로 주제어를 넓히면서 꼬리에 꼬리를 물고 많은 자료를 찾을 수 있다.

키워드. 연구 질문이나 연구 가설의 키워드를 이용해 온라인 도서목록을 검색해 본다(예: 알라모, 텍사스 독립, 제임스 보이). 너무 많은 제목이 검색된다면 최근 10년 동 안 유명 대학출판사에서 발간된 책부터 살펴본다. 더 폭넓은 자료를 찾으려면 전 세계 도서관의 통합데이터베이스인 월드캣WroldCat을 검색한다. 해당 대학의 도 서관에서 월드캣을 검색할 수 없다면 미의회도서관 목록을 검색한다(http://www. loc.gov). 주요 대학의 도서목록에는 대개 미의회도서관 목록이 연결되어 있다. 도 서관 상호대차 서비스를 이용하려면 서두르는 것이 좋다.

논문. 관련 자료가 대부분 논문이라면 대학 도서관 데이터베이스에서 최근 논문 을 하나 찾는다. 논문의 데이터베이스 항목에는 키워드 목록이 있다. 키워드를 이용해 같은 주제를 다룬 논문을 더 찾아본다. 그저 키워드를 누르기만 하면 되 는 경우가 많다. 학술지 논문 초록을 제공하는 데이터베이스도 있다. 데이터베이 스에서 찾은 키워드를 사용하여 도서관 도서목록도 검색해본다.

3.3.7 정기간행물을 검색한다

연구 경험이 있다면《정기간행물색인Reader's Guide to Periodical Literature》처럼 신문 과 잡지 같은 자료를 소개하는 연간 안내서를 잘 알고 있을 것이다. 전문 분야 마다 2차 자료를 소개하는 연간 안내서도 있다.《예술학 초록Art Abstract》《역사 학 초록Historical Abstract》《인류학 초록Abstract in Anthropology》 같은 자료집이다(이 책의 참고문헌 부분에서 자기가 연구하는 분야의 범주 4를 보라). 대부분 온라인이나 CD로 도 볼 수 있다.

　　이러한 참고도서를 이용해 더 많은 자료에 접근할 수 있다. 하지만 그 어느 것 도 도서관을 대체할 수는 없다. 도서관에서 직접 이것저것 뒤지다 보면 뜻밖에 유용한 자료를 찾을 수 있다.

3.3.8 서가를 둘러본다

도서관을 이리저리 둘러보는 것보다 온라인 검색이 빠르다고 생각할 수도 있다. 하지만 더 느릴 수도 있다. 온라인에서 모든 연구를 한다면 도서관에서만 찾을 수 있는 중요한 자료를 놓칠 것이다. 무엇보다 우연한(또는 운명적) 만남의 행운,

곧 직접 도서관 서가를 뒤지며 우연히 자료를 발견하는 즐거움을 놓치게 된다.

개가식 도서관이라면 주제와 관련된 책이 꽂혀 있는 서가의 위와 아래, 양 옆을 죽 훑어본다. 그리고 몸을 돌려 뒤편에도 어떤 책이 있는지 본다. 누가 알겠는가. 필요한 책이 그곳에 있을지. 그럴 듯한 제목을 발견했다면, 더군다나 대학출판사에 나온 새 책이라면 차례를 살펴본다. 그리고 권말의 찾아보기에서 자신의 연구 질문이나 대답에 관련된 키워드를 찾아보라. 또 참고문헌목록을 훑으며 자신의 연구와 연결되는 듯한 제목을 찾아본다. 이런 검색은 온라인보다 서가 앞에서 더 빨리 할 수 있다.

자료로 효용가치가 있어 보이는 책이라면 서문이나 서론을 훑어본다. 서문이나 서론을 읽고 나서도 여전히 효용가치가 있어 보이면 더 자세히 살펴보기 위해 옆으로 빼둔다. 그다지 효용가치가 있어 보이지 않더라도 미의회도서관 청구번호와 서지정보(저자, 제목, 발행자, 발간일 등. 자세한 내용은 이 책의 2부를 참조)를 적어둔다. 무엇을 다룬 책인지도 몇 마디로 정리해둔다. 한 달 후에 어쩌면 그 책이 유용하다고 생각하게 될지도 모른다.

온라인에서도 많은 학술지의 차례를 볼 수 있지만 도서관의 학술지 코너를 뒤지는 것이 더욱 생산적이다. 자료로 효용가치가 있을 것 같은 논문이 어떤 학술지에 실려 있을지 찾아본다. 대개 학술지의 매 권에는 연간 논문을 요약한 목록이 실려 있다. 근처 서가에 어떤 학술지가 꽂혀 있는지도 훑어보고 최근 발간호의 차례도 살펴본다. 온라인에서만 검색했더라면 놓칠 뻔한 관련 논문을 도서관에서 발견할 때가 얼마나 많은지 놀랄 것이다.

초보 연구자라면 이렇게 전공 분야의 정기간행물을 훑어보면서 그 성향을 대강 파악할 수도 있다. 고급 용지에다 삽화도 많고 광고까지 실려 있다면 순수 학술지보다는 잡지에 가깝다. 그렇다고 반드시 믿을 만하지 못한 연구를 다루는 것은 아니니 살펴볼 만한 가치가 있다.

3.3.9 꼬리에 꼬리를 물고 자료 찾기

고급 단계의 연구를 진행 중이라면 자료의 참고문헌목록을 이용해 새로운 자료를 찾고, 그렇게 찾은 자료의 참고문헌목록을 다시 이용해 더 많은 자료를 찾는다.

■ 자신의 주제를 다룬 최근 도서들의 참고문헌을 훑어보라. 모든 혹은 대부분의 도서에 언급된 자료가 있다면 찾아보라. 그 책의 저자가 쓴 다른 책도 찾아본다.

■ 유용해 보이는 책이 있다면 그 책의 찾아보기에서 네 번 이상 언급된 저자가 있는지 찾아본다.

■ 학술논문은 대개 앞부분 몇 단락에 연구동향을 다룬다. 따라서 학술논문의 앞 몇 단락을 훑어보는 것도 도움이 된다.

■ 자신의 주제와 조금이라도 관련이 있는 최근 박사논문을 찾아보라. 박사논문은 대개 첫 장이나 둘째 장에서 연구동향을 검토한다.

최신 자료일수록 좋다. 하지만 옛날 자료에서 오랫동안 주목받지 못했던 정보를 찾을 수도 있다.

3.4   자료의 연관성과 신빙성 평가

이렇게 자료를 찾다 보면 활용할 수 있는 양보다 더 많은 자료를 찾게 될 것이다. 따라서 자료를 빨리 훑어보며 그 효용성을 평가해야 한다. 이때 기준은 두 가지다. 연관성과 신빙성이다.

3.4.1   자료의 연관성 평가

주제와 관련 있어 보이는 책을 찾았다면 체계적으로 훑어본다.

■ 찾아보기에 자신의 연구 질문이나 대답과 연관된 키워드가 있다면 그 키워드가 나오는 부분을 찾아 훑어본다.

■ 책의 서론을 읽는다. 저자들은 주로 서론 마지막 페이지에 책의 내용을 개괄하니 그 부분을 찾아 읽는다.

■ 마지막 장을 속독한다. 특히 마지막 장의 처음과 마지막 6~7페이지를 집중적으로 읽는다.

■ 시간이 있다면 주제와 연관된 장을 찾아 마찬가지로 처음과 마지막 6~7페이지를 읽는다. 주제와 관련된 키워드가 많이 나오는 장을 골라 읽는다.

■ 여러 학자의 글을 수록한 논문 선집이라면 편집자의 서문을 훑어본다.

최신판인지 반드시 확인해야 한다. 연구자의 견해가 달라져 글을 수정하거나 앞서 주장을 부정하기도 하기 때문이다. 고급 단계의 연구를 하고 있다면 효용가치가 있어 보이는 자료의 비평을 찾아 읽어본다(이 책의 참고문헌 부분에서 자기가 연구하는 분야의 범주 4를 보라).

학술지에 게재된 논문은 다음과 같이 평가한다.

■ 초록이 있다면 읽어본다.
■ 서론의 마지막 두세 문단과 '결론'이라고 제목이 달린 부분을 모두 찾아 속독한다.
■ 서론이나 결론이 따로 없다면 처음과 마지막 몇 문단을 읽는다. 소제목이 있다면 소제목 아래 처음 한두 문단을 훑어본다.

온라인 자료는 다음과 같이 평가한다.

■ 종이 논문 형식이라면 학술논문과 똑같은 방법으로 속독한다.
■ '서론Introduction'이나 '개괄Overview' '요약Summery' 같은 부분을 읽는다. 그런 부분이 없다면 사이트 소개를 찾아 읽는다.
■ 사이트맵Sitemap이나 찾아보기Index라는 부분이 있다면 그 목록을 훑어보며 연구질문이나 대답과 연관된 키워드를 찾는다. 있다면 클릭하여 읽어본다.
■ 검색 기능이 있는 웹사이트라면 연구 주제의 키워드를 입력해본다.

3.4.2 출판자료의 신빙성 평가

읽어보지 않고 자료를 평가할 수는 없다. 그러나 얼마나 믿을 만한 자료인지 금방 알 수 있는 몇 가지 척도가 있다.

1. 저자가 저명한 학자인가? 출판물은 대개 저자의 이력을 언급한다. 검색엔진을 이용해 더 자세히 알아볼 수도 있다. 정평이 있는 학자들은 대체로 믿을 만하다. 하지만 주제가 총기규제나 낙태처럼 사회적 논란이 되는 문제인 경우

에는 주의해야 한다. 저명한 학자조차 특정집단을 두둔할 수 있다. 특히 이익 집단이 지원하는 연구는 더욱 주의해야 한다.

2. 최신 자료인가? 저명한 학자들은 다른 학자의 연구를 대중에게 알리기 위해 책과 논문을 쓰기도 한다. 그러나 당신이 그 책을 읽을 때쯤 이러한 3차 자료는 이미 철지난 것이 되어 있을 수 있다. 자료의 유효기간은 주제마다 다르다. 그러니 그 분야를 잘 아는 사람을 찾아 확인해보라. 사회과학 분야의 학술논문인 경우 10년 정도가 한계다. 책은 15년 정도다. 인문학 분야의 출판물은 대체로 수명이 더 길다.

3. 저명한 출판사에서 발행한 자료인가? 대학출판사는 대부분 믿을 만하다. 특히 잘 알려진 대학의 출판사는 믿을 만하다고 할 수 있다. 원고를 출판하기 전에 전문가에게 검토를 부탁하기 때문이다. 이런 과정을 동료비평peer review이라 부른다. 몇몇 분야의 상업출판사 중에도 믿을 만한 곳이 있다. 문학의 노튼Norton, 과학의 아블렉스Ablex, 법학의 웨스트West가 그런 경우다. 세상의 이목을 집중시킬 만한 선정적 주장을 펼치는 대중적 도서에는 의문을 품는 것이 좋다. 저자가 박사학위를 가졌다 해서 현혹되어서는 안 된다.

4. 동료 학자의 검토를 거친 논문인가? 오프라인이든 온라인이든 학술지는 대체로 동료학자의 검토를 거친 글을 싣는다. 그러나 상업적 잡지에는 이런 검토가 드물다. 저자가 제시하는 정보가 사실인지 확인하는 잡지는 더군다나 드물다. 동료비평을 거치지 않은 글을 자료로 사용할 때는 신중을 기해야 한다.

5. 좋은 평가를 받은 자료인가? 출판된 지 1년 이상 지난 책이라면 그 분야의 학술지에 서평이 있을 것이다. 분야와 관련된 출판자료가 어떤 평을 받았는지 찾아보기 쉽도록 비평 목록을 제공하는 분야도 많다(본서의 참고문헌목록에서 전공 분야를 찾아보라).

6. 다른 사람들이 자주 인용하는 자료인가? 다른 사람들의 인용 빈도를 알면 얼마나 영향력 있는 자료인지 파악할 수 있다. 자료의 영향력을 알아보려면 피인용 지수citation index를 참고하자(이 책의 참고문헌 부분에서 자기가 연구하는 분야의 범주 4를 보라).

이 모든 척도가 자료의 신빙성을 보증해주지는 않지만 자료에 합리적인 신뢰를 가질 수 있도록 도와준다. 신빙성 있는 자료를 찾을 수 없다면 가지고 있는 자료의 한계를 인정하자. 신빙성 있어 보이는 자료지만 실제로는 그렇지 않은 것을 발견했다면 그것 자체로도 흥미진진한 연구 질문이 될 수 있다.

3.4.3 온라인 자료의 신빙성 평가

온라인 자료 또한 책과 논문처럼 신빙성을 평가하되 더 신중해야 한다. 믿을 만한 웹사이트가 점점 증가하는 추세이긴 하지만 아직도 그릇된 정보의 수렁 같은 사이트가 있다. 인터넷에서만 찾을 수 있는 정보라면 다음과 같은 척도로 사이트나 온라인 출판물의 신빙성을 따져보자.

1. 평판이 좋은 단체가 지원하는 사이트다. 개인이 지원하는 사이트 중에도 믿을 만한 것이 있긴 하지만 대체로 신빙성이 부족한 편이다.
2. 믿을 만한 전문 잡지와 관련 있는 사이트다.
3. 믿을 만한 출판자료를 보완하는 사이트다. 학술지 중에는 인터넷을 활용해 저자와 독자 사이의 토론을 열거나, 도서관에 아직 도착하지 않은 최신 자료를 제공하거나, 논문 외의 자료를 관리하거나, 출판 비용이 비싼 삽화를 제공하는 곳도 있다. 또 정부와 학술 데이터베이스는 대체로 온라인에서만 접근 가능하다.
4. 논쟁적인 사회 문제에 대해 격렬하게 찬반 의견을 제시하지 않는다.
5. 근거 없는 주장을 펼치거나, 다른 연구자를 공격하거나, 독설을 사용하지 않으며 철자와 구두법, 문법에 오류가 없다.
6. 최근 업데이트 일자를 알려준다. 업데이트 일자가 없다면 신중하게 사용해야 한다.

신중한 독자들이 신뢰하는 사람이 운영하는 사이트만 믿어야 한다. 누가 사이트를 운영하는지 알 수 없다면 한 걸음 뒤로 물러서자.

　요즘은 온라인에서 오래 전에 출판된 텍스트의 믿을 만한 판본도 많이 접할 수 있다. 많은 대학 사이트에서는 잘 편집된 텍스트도 찾아볼 수 있다. 이런 온라인 검색은 '원 스톱 구매'와 비슷하다. 자리를 움직일 필요가 전혀 없다. 그러나 온라인에서 구할 수 있는 자료는 많은 경우 대학 도서관에 비해 훨씬 불완전하다. 또 온라인에서만 연구를 하다 보면 실제 도서관을 활용한 연구 방법을 배울 수 없다. 활자화된 모든 출판물을 온라인에서 볼 수 있는 시대가 언젠가는 올 것이다(이런 미래에 대해 뭐라 말할 수 없는 복잡한 감정을 느낄 연구자도 있을 것이다). 그러나 그 전까지는 책이 가득한 서가를 서성이는 도서관 탐색을 인터넷 서핑이 대체할 수는 없다.

3.5 평범한 참고자료를 넘어서라

소논문을 쓴다면 대개는 전공 분야에서 통상적으로 활용되는 자료 유형만 집중적으로 다루어야 한다. 그러나 석·박사논문을 쓴다면 이렇게 평범한 자료 너머도 생각해봐야 한다. 예를 들어 1600년대 농업의 변화가 런던 곡물 시장에 어떤 경제적 영향을 주었는지 연구한다고 치자. 그러면 엘리자베스 시대의 희곡을 읽거나, 노동계급의 삶을 묘사한 그림을 보거나, 당대의 저명한 종교인사가 사회적 행동에 대해 남긴 언급도 찾아볼 수 있다. 반대로 1600년대 일상을 표현한 시각예술을 연구한다면 해당 시대와 지역의 경제사를 찾아볼 수도 있다. 제한된 시간에 소논문을 써야 할 때는 이런 시도를 해볼 수 없지만, 여러 달에 걸쳐 중요한 연구를 하고 있다면 연구 질문과 연관된 통상적인 참고자료 너머를 보는 것이 좋다. 그러면 구체적인 분석의 질도 높아지고 자신이 다룰 수 있는 지식의 범위도 넓어질 뿐 아니라 연구자의 중요한 능력인 다양한 종류의 자료를 종합하는 능력도 커질 것이다.

4 자료를 활용하는 법

꼼꼼히 들여다볼 가치가 있는 자료를 찾았다면 아무 생각 없이 읽으면서 정보를 기록만 해서는 안 된다. 필기는 그저 글씨를 쓰는 작업이 아니다. 신중하게 필기를 하면 자료의 표현이나 요지뿐 아니라 숨은 의미와 결과, 단점, 새로운 가능성도 읽을 수 있다. 저자와 함께 앉아 대화를 나누듯 자료를 읽어야 한다(독자를 생각할 때도 마찬가지다. 독자와 함께 앉아 대화를 나누는 모습을 상상해보라).

내용을 파악할 때는 관대하게, 평가할 때는 비판적으로

고급 단계의 연구라면 중요한 자료는 시간을 들여 두 번 읽는다. 처음에는 관대한 마음으로 글의 관점을 따라가며 속독한다. 자료를 읽으며 지나치게 빨리 반론을 펼치면 자료를 잘못 이해하거나 자료의 약점을 부풀려 생각할 수도 있다.

두 번째 읽을 때는 천천히 비판적으로 읽는다. 다정하지만 예리하게 친구에게 질문을 던지는 기분으로 읽어보라. 친구가 어떻게 대답할지 상상해보고 다시 질문을 한다. 자료의 주장에 동의하지 않는다고 그냥 덮어버려서는 안 된다. 그 자료를 활용해 자신만의 독창적인 생각을 할 수 있도록 읽어보라.

어느 정도 독서량이 쌓이고, 자신만의 아이디어도 몇 개쯤 틀이 잡힐 쯤이면 자료를 제대로 활용할 수 있다. 그러나 처음부터 수동적인 소비자가 아니라 적극적이고 창조적인 동료처럼 정신을 집중하고 읽어야 한다. 그리고 어느 시점이 오면 자료를 '넘어설' 방법을 찾아야 한다. 자료에 동의할 때도 마찬가지다. 그런 시점은 빠를수록 좋다.

4.1.1 생산적 동의

자료를 읽으며 자신의 견해가 옳다는 것을 확인할 때는 행복한 순간이다. 그러나 수동적으로 자료의 주장에 고개를 끄덕이기만 해서는 자신만의 생각을 발전시킬 수 없다. 자료의 주장을 더 넓은 범위에서 생각해보자. 자료의 주장을 적용할 수 있는 새로운 사례가 있는가? 자료의 주장이 새로운 시각을 열어주는가? 자료에 나오지는 않지만 자료의 주장을 뒷받침할 증거가 또 있는가? 생산적 동의의 구체적 방법은 다음과 같다.

또 다른 증거를 제시한다. **자료의 주장을 뒷받침할 새로운 증거를 제시한다.**

스미스는 일화적 증거를 활용해 알라모 전투담이 텍사스 외의 지역에서도 신화적 지위를 누린다고 밝혔지만 대도시 신문에서 '더 나은 증거'를 찾을 수 있다.

1. 자료에서 낡은 근거로 주장을 뒷받침했다면, 당신은 새로운 정보를 제공한다.
2. 자료에서 설득력이 부족한 근거로 주장을 뒷받침했다면, 당신은 더 탄탄한

근거를 제시한다.

근거를 제시하지 않은 주장을 증명한다. 추정이나 가정에 그친 주장을 증명한다.

스미스는 경기능력을 향상시키기 위해 시각화라는 방법을 제안했는데 운동선수의 정신활동을 분석한 연구에 따르면 좋은 충고였다는 것이 판명되었다.

1. 자료가 X일지 모른다고 추측만 한다면, 당신은 X가 확실하다는 근거를 제시한다.
2. 자료가 X가 사실일 것이라 추정한다면, 당신은 그것을 증명한다.

주장을 더 넓게 적용한다. 자료의 주장을 다른 영역에도 적용한다.

스미스의 증명에 따르면 의학도들이 생리과정을 배울 때 하나보다 여러 은유를 사용한 설명이 도움이 된다고 한다. 공학도들이 물리적 과정을 이해할 때도 마찬가지인 듯하다.

1. 자료가 A라는 상황에 주장을 적용한다면, B라는 상황에도 주장을 적용해본다.
2. 자료는 특정 상황에서 X라고 주장하지만, 일반적 상황에서도 X일 수 있다.

4.1.2 생산적 반대

자료의 주장에 동의할 때보다 동의하지 않을 때가 훨씬 중요하다. 반대를 활용하면 전체적인 연구 가설을 얻어낼 수도 있기 때문이다. 그러므로 자료의 주장에 동의할 수 없다고만 쓰지 말고 자신만의 생각을 펼쳐보라. 반대에는 몇 가지 유형이 있다(뚜렷하게 구분되지 않고 서로 겹치는 유형들이다).

종류의 불일치. 자료는 X를 두고 Y 종류로 분류하지만 실제로는 그렇지 않을 수도 있다.

스미스에 따르면 '특정 종교집단'이 컬트로 간주되는 이유는 '이상한 신앙 때문'이라고 한다. 하지만 '그런 신앙'도 일반적인 신앙과 '하나도 다르지 않다.'

1. X를 두고 Y 종류(또는 Y와 같다)라고 주장하지만, 그렇지 않을 수도 있다.
2. X에 항상 Y라는 특징이나 자질이 있다고 하지만, 그렇지 않을 수도 있다.
3. X는 당연하다/훌륭하다/중요하다/유용하다/도덕적이다/흥미롭다…… 하지만 그렇지 않을 수도 있다(역으로도 할 수도 있다. 자료에서 X가 Y 종류가 '아니라고' 주장한다면, 당신은 거꾸로 X는 곧 Y라는 사실을 증명할 수도 있다).

부분–전체 불일치. 자료가 여러 부분 사이의 관계를 잘못 이해한다고 증명할 수도 있다.

스미스는 스포츠가 지식인에게 꼭 필요하다고 주장했지만 사실 스포츠맨은 대학에 설 자리가 없다.

1. X가 Y의 부분이라 주장하지만, 그렇지 않을 수도 있다.
2. X의 여러 부분이 특정 방식으로 서로 연관되어 있다고 주장하지만, 그렇지 않을 수도 있다.
3. 모든 X는 Y를 포함한다고 주장하지만, 그렇지 않을 수도 있다.

발달 또는 역사 불일치. 자료가 주제의 유래와 발전과정을 잘못 이해한다고 증명한다.

스미스는 세계 인구가 계속 증가할 것이라 주장하지만, 그렇지 않을 수도 있다.

1. X가 변화하고 있다고 주장하지만, 그렇지 않을 수도 있다.
2. X가 Y에서 유래했다고 주장하지만, 그렇지 않을 수도 있다.
3. X가 특정 방식으로 발전했다고 주장하지만, 그렇지 않을 수도 있다.

인과관계 불일치. 자료의 인과관계에 착오가 있다는 것을 보여줄 수 있다.

스미스는 소년원으로 청소년 범죄를 막을 수 있다고 주장했다. 하지만 여러 증거로 보건대 소년원은 청소년 범죄자를 더 증가시키는 듯하다.

1. X 때문에 Y가 일어난다고 주장하지만, 그렇지 않을 수도 있다.
2. X 때문에 Y가 일어난다고 주장하지만, X와 Y 둘 다 Z 때문에 일어난다.
3. X가 Y의 충분조건이라고 주장하지만, 그렇지 않을 수도 있다.
4. X의 유일한 결과는 Y라고 주장하지만, Z 또한 결과가 될 수 있다.

관점의 불일치. 앞서 다룬 불일치 때문에 연구의 골자가 바뀌지는 않는다. 그러나 자료의 기본적인 관점에 동의하지 않는다면 독자에게 다른 방식으로 생각해 보도록 권할 수 있다.

스미스는 광고가 경제적 역할만 한다고 가정했지만, 새로운 예술 형태의 실험장 구실을 할 수도 있다.

1. 자료는 Y라는 맥락 또는 관점에서 X를 논하지만, 다른 관점에서 X를 연구하면 새로운 사실을 알 수 있다(이때 맥락이란 사회나 종교, 역사, 경제, 윤리, 남성성과 여성성 등을 의미한다).
2. 자료는 Y라는 이론/가치를 이용해 X를 분석하지만, 다른 관점에서 새로운 방식으로 X를 연구할 수 있다.

앞서도 말했지만 자신만의 관점이 생길 만큼 독서량이 충분히 쌓이기 전에는 이런 식으로 자료를 평가하는 것이 힘들 수도 있다. 하지만 자료를 읽기 시작한 순간부터 이 책의 조언을 따른다면 더 빨리, 더 생산적으로 자료를 판단할 수 있다.

물론 자료의 주장에 생산적으로 동의 또는 반대할 수 있다는 사실을 발견했다면 '그래서?'라고 반드시 물어봐야 한다. '스미스에 따르면 동부 사람들은 알라모 전투담에 그리 열광하지 않는다고 하는데 사실 동부 사람뿐 아니라 많은 사람

들이 알라모 전투담에 열광하지 않는다. 그래서 이 사실을 중명해서 어쩌자는 것인가?'

4.2 체계적 필기법
연구의 다른 단계와 마찬가지로 필기도 계획이 있어야 더 잘 할 수 있다.

셔먼, 욕설, 133쪽   **역사/경제**(성 논의?)

주장: 18세기에는 욕설이 경제 문제가 되었다.

자료: 〈젠틀멘스 매거진〉 1751년 7월호 인용(인용쪽수는 밝히지 않음). 한 여자가 불경죄로 벌금 1실링을 내지 못해 10일 중노동형을 선고받다.

" . . . 어느 엄격한 경제학자가 욕 잘하는 계층을 상대로 성전을 선포하면 국고에 보탬이 될지도 모른다는 생각을 언급했다."

나의 질문: 남자도 여자만큼 자주 벌금형을 받았을까? 오늘날에도 욕설은 경제 문제일까? 음담패설을 하는 코미디언은 더 인기가 있을까? 영화는 더 현실감을 줄까?

그림 4.1. 메모 카드의 예

4.2.1 필기 틀 만들기
필기 틀을 만들어두면 더 명료하게 필기를 할 수 있다. 유용한 범주로 내용을 분석, 조직하면서 자료의 피상적 내용을 넘어 생각해볼 수 있는 시스템을 고안해야 한다. 그림 4.1처럼 카드에 손으로 직접 써 넣는 방법을 추천하는 교수도 더러 있다. 낡은 방법처럼 보이지만 효율적 필기 틀이 되어줄 수 있다. 노트북 컴퓨터로 작업을 하더라도 틀이 있다면 유용하다(자료의 새로운 요지나 주장을 기록할 때마다 새로운 페이지를 사용한다). 다음 방법으로 필기 틀을 만들어보자.

- 페이지 상단에 서지정보(저자, 축약한 제목, 쪽수)를 기록할 공간을 만든다.
- 키워드를 기재할 칸을 만든다(그림 4.1의 오른편 상단 참조). 키워드를 써두어야 나중에 주제별로 필기를 분류하고 재분류할 수 있다(4.3.4 참조).
- 각 페이지마다 여러 종류의 메모를 적을 수 있는 칸을 따로 만든다. 칸마다 제목을 붙일 수도 있다(그림 4.1처럼 주장, 자료, 나의 질문 같은 제목을 달 수 있다).
- 특히 자신의 반응이나 동의, 반대, 추측 등을 기록할 칸을 반드시 만든다. 그렇게 해야 읽은 내용을 단순히 기록하는 데서 그치지 않을 수 있다.
- 자료의 표현을 그대로 옮길 때는 색깔이나 글자 크기, 글꼴을 달리하여 한 눈에 인용문인 줄 알아보도록 한다. 또 파일이 깨질 경우에 대비해 인용부호도 반드시 달아두자.
- 자료의 문단을 자신의 표현으로 바꿔 썼다면(바꿔쓰기는 4.2.2 참조) 색깔이나 글자 크기를 다르게 지정한다. 그래야 자신의 생각이라 착각하는 위험을 막을 수 있다. 파일이 깨질 경우에 대비해 중괄호(∥) 안에 넣는다. 컴퓨터에 바로바로 입력할 수 없다면 이런 필기 틀을 몇 장 복사해 들고 다니면서 사용한다.

4.2.2 요약, 바꿔쓰기, 인용

논문에 활용할 모든 자료를 그대로 옮기려면 끝도 없다. 그러니 언제 인용 대신 요약이나 바꿔쓰기를 사용할지 알아야 한다.

한 문단이나 부분, 또는 전체 논문이나 책의 요지만 필요할 때는 요약한다. 일반적인 맥락이나 관련 상황을 제시할 때는 요약이 유용하다. 하지만 구체적으로 관련 있는 자료나 견해를 제시할 때는 문제가 다르다. 요약은 훌륭한 근거가 되어주지 못한다(근거에 대한 자세한 내용은 5.4.2 참조).

자료의 주장을 보다 명료하고 예리하게 표현할 수 있다면 바꿔쓰기를 활용한다. 바꿔쓰기란 단어 한두 개를 바꾸는 것을 뜻하지 않는다. 자신만의 표현으로 필요한 부분을 다시 쓰는 작업이다(7.9.2 참조). 하지만 바꿔쓰기도 직접인용만큼 좋은 근거는 아니다.

다음과 같은 경우에는 자료의 내용을 그대로 인용한다.

- 자료에 쓰인 표현 자체가 자신의 논거를 뒷받침한다. 예를 들어, 지역마다 알라모 전투에 다르게 반응했다고 주장하려면 각 지역 신문의 표현을 정확히 인용해야 할 것이다. 그러나 일반적 정서만 전달해도 된다고 판단했다면 신문의 표현을 바꿔쓰기 할 수도 있다.
- 자신의 견해를 뒷받침하는 권위 있는 자료다.
- 자료의 표현이 뛰어날 정도로 독창적이다.
- 자신의 주장을 매우 설득력 있게 표현하고 있어 인용문 자체가 논술의 골자가 될 수 있다.
- 자신의 주장과 상반되는 의견을 담고 있는 인용문이어서 공정한 논의를 위해 정확히 옮기고 싶다.

중요한 부분을 바로 기록해두지 않으면 나중에 인용할 수 없다. 따라서 필요치 않다고 생각하는 경우에도 자료를 옮겨 적거나 복사해두는 것이 좋다(복사에 대한 자세한 내용은 4.3.1 참조). 인용문을 옮겨 쓸 때는 축약해서는 '절대' 안 된다. 나중에 정확히 되살릴 수 있을 것 같지만 그렇지 못할 때가 많다. 인용문에 오류가 있다면 논문의 신뢰성에 치명적인 타격이 된다. 따라서 원문을 대조하며 인용문을 재차 확인한다.

4.2.3 의도치 않은 표절을 피하는 법

필기를 꼼꼼히 해두지 않으면 학생이든 교수든 난처한 상황이 생긴다. 사소한 실수 때문에 비웃음을 사기도 하고 무의식적으로 표절을 저질러 학계를 떠나야 하기도 한다. 이러한 위험을 피하려면 필기할 때 잊지 말아야 할 철칙이 두 가지 있다.

- 반드시 해야 할 일: 자료에서 따온 표현과 생각은 분명하게 표시해둔다. 그래야 몇 주 혹은 몇 달 후에 자신의 표현과 생각이라고 착각하는 실수를 피할 수 있다. 앞에서 설명한 대로 글자 크기나 글꼴을 달리하고, 직접인용문은 인용부호로, 바꿔쓰기는 중괄호로 묶어둔다.
- 반드시 하지 말아야 할 일: 독자가 당신의 표현에서 원문의 어휘와 느낌을 떠올릴

수 있을 만큼 원문과 흡사하게 바꿔쓰기 해서는 안 된다(7.9.2 참조).

인용문이 여러 줄 이상이라면 복사를 하거나 컴퓨터의 복사하기 기능을 이용하는 편이 낫다. 복사한 자료 위에 출처의 제목과 키워드를 써서 분류하기 편하도록 한다.

　마지막으로 잊지 말아야 할 것이 하나 있다. 온라인 자료는 출처를 밝히지 않아도 된다고 생각해서는 절대 안 된다. 유료 사이트든, 모두에게 개방된 사이트든 마찬가지다. 자신의 머리로 직접 창조하지 않은 것은 무엇이든 반드시 그 출처를 밝혀야 한다(표절에 대해서는 7.9 참조).

4.3　효율적 필기법

독자는 논문을 평가할 때 연구자가 얼마나 훌륭한 자료를 사용했으며, 얼마나 정확하게 자료를 인용하는지도 보지만 얼마나 깊이 있게 그 자료를 이해했는지도 본다. 깊이 있게 자료를 이해하려면 이해한 내용을 옮겨 적기만 해서는 안 된다. 필기를 활용해 연구과제를 더 잘 이해해야 한다.

4.3.1　생각을 키우는 필기

경험이 없는 연구자들은 그저 자료를 옮겨 쓰는 일이 필기라고 생각한다. 그래서 자료를 찾으면 몇몇 부분을 복사하거나 한 자도 빠짐없이 옮겨 쓴다. 이렇게 옮겨 쓰거나 복사를 하면 정확한 인용과 훌륭한 바꿔쓰기에는 도움이 된다. 그러나 거기에서 그친다면 자료를 적극적으로 활용할 수 없다. 이렇게 김빠진 자료를 차곡차곡 쌓아두기만 하면 논문에서도 김빠진 채 남아 있을 것이다.

　자료를 많이 복사했다면 비판적으로 사고할 수 있도록 자료에 주석을 달아보자. 논문이나 장의 주요 내용을 표현하는 문장을 골라내는 일부터 시작하자(주장이나 주요 논거 등이다). 줄을 쳐서 강조하거나 여백에 표시를 해둔다. 그리고 자신의 논문에 넣고 싶은 생각이나 정보를 표시한다(형광펜을 사용하면 정보의 성격에 따라 다른 색깔로 표시해둘 수 있다).

　줄을 긋거나 강조한 부분을 복사 자료의 뒷면에 요약하거나 그 부분에 대한 자신의 생각을 짤막하게 적어둔다. 아니면 이해하는 데 도움이 될 만한 메모를 여백에 적어둔다. 더 많이 써둘수록 나중에 더 잘 이해하고 기억할 수 있다.

4.3.2 연구 질문과 연구 가설을 끌어내는 필기

필기를 최대한 활용하려면 근거로 사용할 정보만 기록하지 말고, 그 정보를 해설하고 자신의 주장과 연결하는 데 도움을 줄 만한 자료도 적어둔다. 이렇게 다양한 유형의 자료가 필요하다는 사실을 잊지 않으려면 그에 적합한 필기 틀을 만들어두는 것이 좋다(4.2.1 참조). 다음 세 가지는 연구 가설과 직접 관련된 정보의 유형이다.

- 가설을 뒷받침하거나 새로운 가설을 제안하는 논거
- 논거를 뒷받침하는 근거
- 가설의 타당성을 떨어뜨리거나, 심지어 가설과 상반되는 견해

주장을 뒷받침하는 자료만 필기해서는 안 된다. 가설을 뒷받침하는 논리를 전개하려면 가설을 제한하거나, 가설과 상반되는 자료에도 대응해야 한다(5.4.3참조).

가설을 뒷받침하지도, 가설에 이의를 제기하지도 않지만 가설을 더 큰 맥락 속에서 이해할 수 있도록 돕는 자료도 있다. 이런 자료를 활용하면 더 이해하기 쉬운 논문을 쓸 수 있다.

- 연구 질문의 역사적 배경을 찾아본다. 그 질문을 다룬 권위 있는 자료가 있는지, 특히 선행연구를 중심으로 찾아본다(6.2.2와 10.1.1 참조).
- 질문의 중요성을 설명해주는 역사적 또는 현대적 상황
- 중요한 정의와 분석 원칙
- 가설을 직접 뒷받침하지는 않지만 복잡한 문제를 더 쉽게 설명 또는 예시하거나 논의를 더 흥미롭게 만들어줄 만한 추론, 비교, 일화
- 주제와 관련하여 뛰어나게 독창적인 표현을 사용한 자료

자료를 고의적으로 잘못 옮기는 사람은 정직하지 않다. 하지만 정직한 연구자들도 자료의 역할이나 특징을 고려하지 않고 기록만 하다가 무의식중에 독자에게 잘못된 정보를 제공하기도 한다. 이런 실수를 저지르지 않으려면 다음과 같은 원칙을 따른다.

1. 자료의 주장만 인용한다. 자료가 어떤 저자의 논리를 요약했다고 해서 그 저자의 의견에 반드시 동의하는 것은 아니다. 자료가 다른 이의 주장을 설명하는 부분은 적절한 설명이 아니라면 인용하지 않는다.
2. 서로 다른 자료가 왜 같은 주장을 펴는지 적어둔다. 같은 이유는 다른 이유만큼 중요하다. 사회적 영향이 10대 음주의 원인이라고 똑같이 생각하는 심리학자 두 사람이 있다면 가족 환경을 예로 드는 사람이 있을 수 있고, 또래의 압력을 예로 드는 사람이 있을 수 있다.
3. 인용문의 전후맥락을 써둔다. 중요한 결론을 메모할 때는 결론에 이르는 추론 과정을 개괄적으로 적어둔다. 아래의 예문에서 A보다는 B가 더 유용한 필기다.

   A – 바르톨리(123쪽)전쟁의 원인은 . . . Z다.
   B – 바르톨리: 전쟁의 원인은 Y와 Z다(123쪽). 그러나 가장 중요한 원인은 Z다(123쪽). 그 이유는 두 가지다: 첫째, . . . (124–126쪽); 둘째, . . . (126쪽)

   결론에만 관심이 있다 해도 저자가 어떻게 결론을 이끌어냈는지 기록해두면 그 결론을 더욱 정확하게 활용할 수 있다.
4. 각 진술의 적용 범위와 확실성 정도를 적어둔다. 실제보다 더 확실하거나 넓은 범위를 다루는 진술 같은 느낌을 주지 않도록 한다. 아래의 예문에서 A는 B를 공정하게 옮겼다고 할 수 없다.

   A: 위기 인식을 다룬 한 연구 (윌슨 1988)에 따르면 위험 부담이 큰 도박과 편부모 가정 사이에 상관관계가 있을지 모른다고 한다.

B: (윌슨 1988)은 편부모 가정이 위험 부담이 큰 도박의 원인이라고 말한다.

5. 인용하려는 문장이 있다면 자료에서 그 문장의 용도가 무엇인지 적어둔다. 중요한 주장을 표현하는가 아니면 부수적 언급인가, 단서인가 혹은 다른 주장을 인정하는가. 이렇게 구분해두어야 다음과 같은 실수를 피할 수 있다.

존스의 원문: 두 사건이 연달아 일어난다고 해서 두 사건 사이에 인과관계가 있다고 말할 수는 없다. 또 통계적 상관관계가 인과관계를 증명하는 것도 아니다. 그러나 그 자료를 연구한 사람이라면 그 누구도 흡연이 폐암의 원인 중 하나라는 것을 의심치 않을 것이다.

잘못된 인용: 존스에 따르면 "두 사건이 연달아 일어난다고 해서 두 사건 사이에 인과관계가 있다고 말할 수 없다. 또 통계적 상관관계가 인과관계를 증명하는 것도 아니다." 따라서 통계적 증거는 흡연이 폐암을 유발한다는 것을 보여주는 믿을 만한 지표가 아니다.

4.3.4 필기 내용 분류

마지막으로 개념적으로 힘든 작업이 남았다. 필기를 할 때 내용을 둘 이상의 키워드로 분류해둔다(그림 4.1의 오른편 상단 참조). 메모에 포함된 낱말을 기계적으로 사용해서는 안 된다. 구체적 내용보다는 일반적인 요지와 함의에 따라 분류한다. 사용한 키워드로 목록을 만들고 관련 내용에는 같은 키워드를 다시 적어둔다. 메모 하나하나마다 다른 키워드를 새로 만들어내서는 안 된다.

이 단계는 매우 중요하다. 필기 내용을 한두 개의 키워드로 응축할 수 있기 때문이다. 컴퓨터를 이용해 작업한다면 키워드를 입력하고 '찾기' 기능을 한 번만 시행해도 관련 메모끼리 한 번에 묶을 수 있다. 키워드를 하나 이상 사용한다면 여러 방법으로 필기를 분류하고 묶으면서 새로운 관계를 파악할 수 있다(이 방법은 다람쥐 쳇바퀴 돌 듯 연구가 진전이 없을 때 특히 유용하다. 4.5.3 참조).

읽으면서 쓰라

이 이야기는 앞에서도 했다(앞으로도 다시 할 것이다). 쓰다 보면 치열하게 생각할 수밖에 없다. 머릿속 생각을 확실하게 파악하고 나서 글로 옮기겠다며 글쓰기를 미루지 말라. 경험 있는 연구자는 많이 써봐야 연구 주제를 더 빠르고 훌륭하게 이해할 수 있다는 사실을 잘 안다. 성공한 연구자들은 15분이건 한 시간 이상이건 시간을 정해 놓고 매일 쓴다고 한다. 자료를 읽으며 떠오른 생각을 쓸 수도 있고, 추론 과정을 요약할 수도 있고, 새롭게 떠오른 주장을 한 문장 정도로 써둘 수도 있다. 어쨌든 성공적인 연구자는 늘 '무언가'를 쓴다. 논문 초고를 쓰기 위해서가 아니라 생각을 고르고 새로운 생각을 하기 위해서다. 목표대로 글쓰기를 하지 못한다면 컴퓨터 옆에 계획표를 붙여둔다.

논문에 활용할 만한 무언가를 썼다면 스토리보드에 첨가한다. 최종 원고를 쓰려면 틀림없이 그 메모를 수정해야 할 때가 많을 것이다. 하지만 나중에 활용하지 못하거나 아주 개략적이라 해도 연구 도중에 많이 써야 나중에 쉽게 초고를 쓸 수 있다. 이렇게 읽으면서 메모하는 예비 글쓰기와 초고 쓰기는 사실 별개의 과정이 아니다. 하지만 서로 다른 단계처럼 생각하는 것이 도움이 된다.

생소한 주제를 연구한다면 초기 글쓰기의 대부분은 그저 요약과 바꿔쓰기 정도일 것이다. 나중에 다시 읽다보면 자기 생각이 거의 없다는 사실에 실망하며 독창성이 없다고 낙담하기도 한다. 하지만 그럴 필요는 없다. 요약과 바꿔쓰기를 통해 우리 모두는 새로운 자료와 낯설고 복잡한 개념, 더 나아가 새로운 사고법을 자유자재로 활용할 수 있게 된다. 이해하려고 애쓰는 내용을 글로 써보는 과정은 모든 사람의 학습곡선에서 전형적인, 어찌 보면 필수적인 단계다.

연구진행 점검

필기와 스토리보드를 정기적으로 점검하면서 어디까지 왔는지, 어디로 가야 하는지 점검한다. 무언가 가득 찬 페이지는 여러 근거로 논거를 뒷받침할 수 있다는 것을 뜻한다. 반면에 텅 빈 페이지는 앞으로 해야 할 작업을 뜻한다. 연구 가설이 여전히 타당한지 다시 확인한다. 가설을 뒷받침할 만한 훌륭한 논거가 있는가? 그 논거를 뒷받침할 만한 좋은 근거는? 새로운 논거나 증거를 더 찾을 수 있는가?

필기에서 연구대답 찾기

앞에서 연구의 길잡이가 될 연구 가설을 찾아야 한다고 당부했다. 최소한 연구
를 안내할 질문이라도 있어야 한다. 하지만 아주 막연한 질문으로 연구를 시작
하는 연구자도 있다. 너무 막연한 나머지 연구를 하다 보면 문제가 무엇이었는
지 확실치 않을 때도 있다. 이럴 때는 메모를 뒤지면서 연구 가설이 될 만한 일
반적 법칙을 찾는다. 그리고 그 일반적 법칙이 어떤 질문의 답이 될 수 있는지
고민해본다.

우선 자료에 언급되거나 자료를 읽으면서 생겼던 의문이나 반론, 혼란이 있
는지 찾는다(2.1.3과 4.1 참조). 당신이 뜻밖이라 느꼈던 점은 다른 사람도 마찬가지
로 의외라 생각할 것이다. 어떤 점이 뜻밖이었는지 써보자.

알라모 전투담이 텍사스에서 처음 유래했을 것이라 예상했는데 그렇지 않았다. 그 유래
는 . . .

그렇다면 알라모 전투담이 지역이 아닌 국가적 현상으로 시작되었다는 잠정적
가설을 제안할 수 있다. 대단하지는 않지만 그럴 듯한 출발이다.

메모를 읽으면서 가설을 찾아낼 수 없다면 가설을 끌어낼 만한 일정한 패턴
이 있는지 찾아본다. 막연한 질문으로 자료를 수집했다면 몇 가지 뻔한 키워드로
자료를 분류했을 것이다. 가면이라는 주제를 다룬다면 그 유래(아프리카, 인도, 일본
등)나 용도(연극, 종교, 축제 등), 재료(금, 깃털, 나무 등) 등의 범주를 사용했을 것이다.
예를 들어,

이집트 – 미라 가면, 귀족층은 금, 다른 계층은 나무
아스테카 – 금과 보석으로 만든 가면은 귀족층의 무덤에서만 발견
뉴기니 부족 – 사자死者의 가면은 희귀한 새의 깃털로 만든다

이러한 사실에서 다음과 같은 일반적 진술을 끌어낼 수 있다. '가면 문화는 가장

귀한 재료를 사용해 종교적 가면, 특히 사자死者의 가면을 만든다.'

　이러한 진술을 두세 개 정도 끌어냈다면 모든 진술을 다 포함하는 더 포괄적이고 일반적인 논리를 구성해야 한다. 예를 들면 다음과 같다.

많은 문화는 훌륭한 재료와 노동력을 투자하여 각 문화의 근원적 가치를 표현하는 가면을 만든다(일반화). 이집트와 아스테카, 오세아니아 문화는 모두 가장 희귀하고 귀한 재료로 종교적 가면을 만든다. 오세아니아 문화에서는 남자들 대부분이 가면을 만드는 일에 참여하지만 이집트와 아스테카 문화에서는 가장 재능 있는 예술가와 장인들만 가면을 만들 수 있었다.

이런 일반화에 동의하지 않을 독자가 있을 것 같다면 그러한 반론도 고려해볼 만한 주장으로 제시하고 그런 오해가 어디서 비롯되었는지 알려주고 바로잡아야 한다.

4.5.2 질문 구성하기

이제 까다로운 단계에 이르렀다. 이 단계는 제품을 분해하여 그 설계를 역으로 구성해내는 역공학reverse engineering과 비슷하다. 질문을 하지도 않고 답을 찾았으니 이제 거꾸로 거슬러 올라가면서 자신이 제시한 일반 원칙이 대답해줄 만한 질문이 무엇인지 고민해야 한다. 곧 자신의 일반화가 대답해줄 질문을 고안하는 것이다. 앞의 예에서는 '가면문화에서 가면의 중요성을 보여주는 징표가 무엇일까?'가 질문이 될 것이다. 모순적으로 보일 수도 있지만 경험 있는 연구자는 대답을 찾은 후 질문을 고안할 때도 많다. 문제를 풀고 난 뒤 질문했어야 할 문제를 찾아내는 것이다.

4.5.3 필기 재분류

앞에서 소개한 모든 방법이 도움이 되지 않았다면 메모를 다시 분류해본다. 메모에 처음 키워드를 붙일 때 근거뿐 아니라 자신의 생각을 체계적으로 정리할 수 있는 일반 개념을 활용했을 것이다. 이러한 일반 개념을 나타내는 키워드를 신중하게 선택했다면 메모를 다양한 방식으로 분류하며 자료를 새로운 시각으로 볼 수 있다. 처음에 선택한 키워드가 적절하지 않았다면 메모를 다시 읽으며 새로운 키워드를 정하고 재분류한다.

4.6 연구의 블랙홀을 견디는 법

자, 이제 경험 있는 연구자조차 벗어날 수 없는 문제, 언젠가는 모든 연구자가 경험할 문제를 다루겠다. 수백 장의 메모와 십여 가지의 논거를 뒤적이다 보면 다람쥐 쳇바퀴 도는 정도가 아니라 뭐가 뭔지 모르는 블랙홀로 빨려 들어가는 듯한 느낌을 받을 때가 있다. 연구과제는 점점 복잡해지는 것 같고, 해낼 수 없는 연구에 뛰어들었다는 생각으로 무력해지곤 한다.

안타깝게도 이러한 순간을 피하는 확실한 예방책은 없다. 그나마 다행인 것은 이런 순간은 대개 연구자들을 찾아왔다가 떠나간다는 사실이다. 당신의 블랙홀도 마찬가지다. 복잡한 연구를 통째로 붙들고 씨름하기보다 끊임없이 무언가를 하면서 계획대로 한 번에 한 단계씩 해나간다면 이런 순간은 지나갈 것이다. 그렇기 때문에 연구를 되도록 일찍 시작해야 하고 작은 단계로 쪼개야 한다. 하루에 초고를 몇 페이지 쓰겠다는 등 해낼 수 있는 목표를 정해야 한다.

많은 연구자들이 일지를 쓰면서 연구 경험에서부터 배우려고 한다. 무엇을 했으며, 무엇을 발견했는지, 어떤 논리의 흐름을 따랐는지, 왜 어떤 논리를 따르고, 어떤 논리는 버리는지를 매일매일 써두는 것이다. 이렇게 글을 쓰면 자료를 더 정확하게 읽을 수 있고 자신의 사고를 더 명료하게 돌아볼 수 있다.

논증 짜기

사람들은 대개 쓰는 것보다 읽는다. 읽어야 할 새 논문은 계속 나타나고, 찾아야 할 자료는 끝이 없으며, 모아야 할 정보는 언제든 조금 더 남아 있게 마련이다. 그러나 원하는 만큼 모든 연구를 마치기 전에 논문 초안을 어떻게 쓸지 생각해야 할 시점이 있다. 스토리보드에 메모가 가득하고 그럴 듯하게 보일 때가 바로 그 시점이다. 연구 가설을 합리적으로 뒷받침할 만한 논증의 윤곽을 그릴 수 있다면 이제 초고를 구상할 준비가 되었다(2.3 참조). 스토리보드를 가득 채웠지만 초고를 구상할 만큼 훌륭한 생각이 떠오르지 않는다면 가설을 다시 생각해봐야 한다. 어쩌면 질문 자체를 다시 생각해봐야 할 수도 있다. 그러나 초안을 계획해보기 전에는 자신이 어디쯤 와 있는지 확실히 알 수 없다.

논문을 써본 적이 없다면 우선 초안을 두 단계로 나누어 계획해보자.

■ 메모를 학술논증의 여러 요소로 분류한다.
■ 이렇게 분류한 요소를 체계적으로 조직한다.

이 장에서 우리는 우선 논증을 구성하는 여러 요소를 어떻게 모을지 설명한 다음 이러한 요소를 어떻게 조직하여 주장을 펼칠지 다루겠다. 연구 경험이 쌓이다 보면 이 두 과정을 한꺼번에 하는 법을 터득할 것이다.

5.1   학술논증이 될 수 있는 것과 없는 것

요즘 '논증argument'이라는 말에는 부정적 어감이 묻어날 때가 많다. 라디오와 TV에서 귀에 거슬리는 논증을 많이 방송한 탓도 있을 것이다. 그러나 학술논증은 '적수'를 제압하여 입 다물게 하거나 무릎 꿇게 하는 것이 아니다. 사실 '적수'가 있는 경우도 드물다. 훌륭한 논증이 응당 그래야 하듯이 학술논증은 가상의 독자와 다정하게 대화를 나누며 문제를 함께 해결하는 과정이다. 연구자가 제시한 해답을 독자가 아직 받아들이지 못했을 뿐이다. 그렇다고 독자가 연구자의 주장에 반대하는 것은 아니다(물론 반대할 수도 있다). 단지 연구자가 믿을 만한 증거를 바탕으로 훌륭한 논리를 전개하며 독자의 타당한 질문과 망설임에 적절하게 대답할 때까지 판단을 보류할 뿐이다.

마주 보고 대화를 나눌 때는 논증을 함께 펴려고 노력하기가 쉽다(실제로 함께 논증을 편다는 뜻은 아니다). 조용히 앉아 있는 청중 앞에서 강연을 하는 것이 아니라 수다스러운 친구들과 테이블에 둘러앉아 대화를 하는 모습을 떠올려보자. 자신의 논거와 근거를 제시하며 주장을 밝히고, 왜 그렇게 생각하는지 이야기하면 친구들은 자세한 내용을 묻고 반론이나 견해를 밝힐 것이다. 그러면 당신은 친구들의 질문에 대답하거나 친구들에게 또 다른 질문을 던질 수도 있다. 그러면 친구들은 당신에게 다시 질문을 할 것이다. 잘만 한다면 다정하지만 진지한 분위기에서 대화를 주고받으며 친구들과 '함께' 최선의 논증을 펼칠 수 있다.

글을 쓸 때는 이런 종류의 공동 작업이 힘들다. 글쓰기 모임(2.4 참조)이 없다면 대개 혼자 글을 쓰기 때문이다. 그러니 가상의 독자가 묻는 질문에 답하는 동시에 '독자를 대신해' 독자만큼이나 날카로운 질문을 자주 던져야 한다. 그렇다고 주장의 타당성과 관계없이 독자를 설득하는 교묘한 수사 전략을 구사하라는 말이 아니다. 이렇게 독자와 질문을 주고받아야 자신의 주장과 논거, 근거를 검증할 수 있고 나중에 가능한 한 최선의 주장을 제시할 수 있다. 훌륭한 연구논문에서 독자들은 상상의 대화가 오간 흔적을 느낀다.

앞서 말했듯이 근거에 바탕을 둔 추론만이 훌륭한 결론에 이르는 유일한 길은 아니다. 최선의 길이 아닐 때조차 있다. 직관이나 느낌, 영적 통찰력에 의존해 좋은 결정을 내리기도 한다. 그러나 그런 경우에 자신의 주장이 왜 타당한지, 왜 다른 사람들도 자신처럼 생각해야 하는지 '설명'하려면 어떻게 그런 결론에 다다랐는지 '증명'할 방법이 없다. 독자에게 판단해보라고 직감이나 느낌을 근거로 제시할 수는 없기 때문이다. 그저 우리의 직감이나 느낌이 그러하니 우리의 주장을 의심하지 말고 받아들이라고 하는 수밖에 없다. 신중한 독자라면 이런 주장을 인정하기란 힘들 것이다.

주장을 펼칠 때는 독자가 숙고할 수 있도록 논거와 근거를 내보여야 한다. 또 독자의 질문과 자신의 답을 상상해봐야 한다. 생각만큼 어려운 일은 아니다.

5.2 독자의 질문을 중심으로 논증을 설계하라

독자와의 대화를 상상하기란 쉽다. 사실 우리는 매일 그런 대화를 하기 때문이다.

A: 지난 학기에 힘들었다면서? 이번 학기는 어떨 것 같아?(질문 형태로 문제를 제시한다.)

B: 더 나아지겠지.(질문에 대답한다.)

A: 왜?(대답의 논거를 요구한다.)

B: 전공 분야의 수업을 듣거든.(논거를 제시한다.)

A: 어떤 수업?(논거를 뒷받침할 근거를 요구한다.)

B: 예술사와 디자인 개론.(논거를 뒷받침할 근거를 제시한다.)

A: 전공수업을 들으면 지난 학기와 왜 달라지지?(논거가 왜 타당한지 이해하지 못한다.)

B: 흥미 있는 수업을 들으면 더 열심히 공부하거든.(자신의 논거를 설명하는 보편 원칙을 제시한다.)

A: 필수로 들어야 하는 수학은?(논거에 반론을 제기한다.)

B: 지난 학기에는 수학을 중도에 포기해야 했어. 하지만 이번에는 좋은 선생님을 만났지.(반론을 인정하고 그에 답변한다.)

A나 B 중 한 사람이 되어 이런 대화를 한다고 상상해보면 학술논증도 별반 다를 바 없다는 사실을 알게 된다. 결국 학술논증은 다음과 같은 다섯 질문의 대답을 중심으로 전개되기 때문이다.

- 주장은?
- 주장을 뒷받침하는 논거는?
- 논거를 증명하는 근거는?
- 반론과 대안적 관점에 대한 답변은?
- 논거가 어떤 면에서 주장과 관련이 있는가?

이 다섯 질문을 묻고 답한다고 해서 독자가 반드시 당신의 주장을 받아들이란 법은 없다. 하지만 적어도 당신의 논문과 당신을 비중 있게 여기긴 할 것이다.

5.3 연구 가설에서 주장으로

앞에서 연구의 초기 단계는 질문을 찾고 잠정적인 답변을 상상하는 단계라고 설명했다. 이러한 답변을 연구 가설이라 부르자. 가설을 증명하는 논증을 전개하는 방법을 살펴보기 전에 마지막으로 용어를 정리해보자. 훌륭한 논거와 근거로 가설을 뒷받침할 때 그 가설은 곧 논증의 주장이 된다. 주장은 논증의 핵심이자 논문의 요지다(논제thesis라 부르는 사람도 있다).

5.4 논증의 요소

논증에 반드시 필요한 세 요소가 있다. 주장claim과 주장이 타당한 이유를 설명하는 논거reason, 논거를 증명하는 근거evidence다. 이 세 가지 핵심요소에 한두 가지 요소를 더 추가해보자. 우선 독자나 자료의 질문과 반론, 다른 관점에 대한 대답도 논증의 요소가 된다. 그리고 당신의 논거와 주장이 어떻게 연결되는지 이해하지 못하는 독자를 위한 답변도 논증의 요소로 새롭게 추가할 수 있다.

5.4.1 주장의 진술과 평가

스토리보드(또는 개요)의 첫 페이지를 다시 시작한다. 빈종이 하나를 꺼내 맨 밑에 주장을 한두 문장으로 적는다. 가능한 한 구체적이어야 한다. 이 문장을 바탕으로 초안을 계획하고 작성하기 때문이다. 따라서 '중요한' '흥미로운' '의미 있는' 같은 애매모호한 평가어는 피한다. 다음 두 문장을 비교해보자.

가면은 많은 종교의례에서 중요한 역할을 한다.
콜럼버스 이전 시대의 아메리카에서 아프리카와 아시아에 이르기까지 사제들은 가면을 이용해 신적 존재에 생명을 불어넣고 신자들이 신성을 직접 체험할 수 있게 했다.

그리고 얼마나 의미 있는 주장인지 평가해본다(문제는 다시 '그래서?'다). 의미 있는 주장이라면 독자는 '이미 알고 있어'가 아니라 '정말? 흥미로운데. 어떻게 그런 주장을 증명할 수 있지?'라고 반응한다(2.1.4 참조). 너무나 진부한 주장이어서 그를 증명하는 논문을 읽을 필요도 없고, 쓸 필요는 더더군다나 없는 경우도 있다. 다음과 같은 주장이 그런 예다.

이 보고서는 알라모 전투담 같은 민간전설을 초등학생들에게 가르치는 것에 대해 논한다.(그래서?)
알라모 전투담 같은 민간전설로 우리나라의 역사를 가르치는 현상이 초등교육에서 보편적이다.(그래서?)

물론 독자의 지식에 따라 흥미롭게 여기는 주제는 다를 수 있다. 연구 경험이 없는 연구자가 그것까지 예측하기란 힘들다. 논문을 처음 쓴다면 일단 가장 중요한 독자는 바로 자기 자신이라고 가정한다. 자신의 대답이 '자신에게라도' 의미 있다면 그것으로 충분하다. 논문 쓰기를 처음 시작할 때는 몰랐던 사실을 알게 되었다면 그것으로 충분하다. 하지만 자신조차 자신의 주장이 모호하거나 진부하다고 생각한다면 그 주장을 증명하기 위해 논증의 여러 요소를 모을 필요가 없다. 논증을 펼 이유가 없기 때문이다.

5.4.2 근거, 논거, 주장

논거와 근거로 주장을 뒷받침하라는 이야기는 뻔한 소리처럼 들리기도 한다. 하지만 논거와 근거를 혼동하기가 쉽다. 논거와 근거가 같은 의미인 것처럼 사용할 때가 허다하기 때문이다.

당신의 주장은 어떤 논거를 바탕으로 하는가?
당신의 주장은 어떤 근거를 바탕으로 하는가?

하지만 논거와 근거는 다르다.

- 우리는 논리적 논거를 생각해내고 엄밀한 근거를 수집한다. 엄밀한 논거를 수집하거나 논리적 근거를 생각해낼 수는 없다. 근거를 토대로 논거를 제시하지만 논거를 토대로 근거를 제시할 수는 없다.
- 논거는 추상적이다. 자신이 생각해낸 논거라면 그 출처를 밝힐 필요가 없다. 근거는 보통 우리가 생각해내는 것이 아니다. 따라서 항상 그 출처를 밝혀야 한다. 자신의 관찰이나 실험을 통해 얻은 근거라 해도 마찬가지다. 어떤 방법으로 근거를 찾았는지 반드시 알려야 한다.
- 논거는 근거의 뒷받침이 필요하다. 근거는 믿을 만한 출처 외에는 다른 뒷받침이 필요치 않다.

문제는 우리가 진정한 사실이라고 생각하는 것, 따라서 엄밀한 근거라고 생각하는 것을 독자들은 그렇지 않다고 여길 수도 있다는 데 있다. 예를 들어 어느 연구자가 다음과 같은 주장과 논거를 제시했다고 하자.

초기 알라모 전투담은 그전부터 존재해온 미국인의 공통 가치를 반영한다.(주장) 알라모 전투담이 즉각 미국적인 영웅 희생담으로 자리 잡은 것을 보면 알 수 있다.(논거)

이 논거를 뒷받침하기 위해 이 연구자는 다음과 같은 '엄밀한' 근거를 제시했다.

전투가 끝나자 곧 많은 신문이 민족의 영웅상을 칭송하기 위해 알라모 전투담을 이용했다 (근거).

위 문장을 사실로 받아들이는 독자는 이 문장을 근거로 인정할 것이다. 하지만 논문을 쓸 때 늘 염두에 두어야 할 회의적인 독자는 이렇게 물을 수 있다.

'곧'이라니 얼마나 '곧'이지? '많은'이라니 얼마나 많지? 어떤 신문? 뉴스기사로? 아니면 사설로? 정확히 무엇이라 보도했지? 알라모 전투담을 언급하지 않은 신문은 얼마나 많지?

물론 논거가 자명한 사실이거나 권위 있고 신빙성 있는 자료에서 나왔다면 독자들은 그 논거에 근거한 주장도 쉽게 받아들인다.

우리는 모두 평등하게 태어났다.(논거) 따라서 그 누구도 우리를 통치할 자연권이 없다.(주장)

사실 개론수업에서는 권위적인 자료에서 뽑은 논거만 인정하기도 한다. 이런 수업의 과제물은 이렇게 써야 한다.

윌슨은 종교적 가면에 대해 X라고 했고, 양은 Y라고 했으며, 슈미트는 Z라고 했다.

그러나 고급 단계의 연구라면 독자는 그 이상을 기대한다. 2차 자료가 아니라 1차 자료 혹은 연구자가 직접 관찰한 결과에서 나온 근거를 원한다.
　　스토리보드를 다시 훑어보라. 스토리보드에 적힌 논거를 하나하나 점검하며 다음과 같은 질문을 던져보자.

논거마다 해당 분야에서 적절하게 여기는 유형의 근거를 댈 수 있는가? 근거가 충분하며 적절한가? 검증이 더 필요한 근거가 아닌가? 더 나은 출처의 근거가 필요하지 않은가?

그렇다면 자료를 더 찾거나 혹은 자신이 활용하는 자료의 한계를 인정해야 한다. 주장과 논거, 근거는 논증의 핵심을 이룬다. 그러나 한두 가지 더 필요한 요소가 있다.

5.4.3 독자의 질문을 예측하고 답변하기

우리의 바람과는 달리 훌륭한 독자일수록 비판적인 법이다. 공정한 시각으로 논문을 읽지만 그대로 받아들이지는 않는다. 질문을 생각해내고, 반론을 제기하고, 대안을 찾아본다. 우리가 독자와 함께 앉아 대화를 나눈다면 독자의 질문에 대답할 수 있다. 하지만 우리는 글을 쓰고 있으니 스스로 묻고 답해야 한다. 그렇지 않으면 독자의 생각을 못 읽거나 그다지 중요하게 여기지 않는 듯한 인상을 줄 수 있다.

독자의 질문에는 두 종류가 있다. 두 종류 모두 상상하고 답변해보자.

1. 논증 '내부'의 문제, 주로 근거의 문제를 지적하는 질문

   독자는 다음처럼 비판을 제기할 수 있다. 각 비판마다 그에 답할 짧은 하위논증을 생각해보자.

   - 신뢰할 수 없거나 낡은 근거다.
   - 부정확하다.
   - 불충분하다.
   - 모든 근거를 공정하게 다루지 않는다.
   - 해당 분야에 적합하지 않은 유형이다.
   - 논거와 관련이 없다.

   독자는 논거에 대해서도 이의를 제기할 수 있다. 다음과 같은 독자의 반응을 머릿속에 그려보며 답변을 생각해보자.

- 이치에 맞지 않고 모순적이다.
- 주장을 뒷받침하기에 충분하거나 적절치 못하다.
- 주장과 관련이 없다(5.4.4에서 이 문제를 다시 다루겠다).

2. 논증 '외부'의 문제를 지적하는 질문

우리와 관점이 다른 사람들은 용어를 다르게 이해하거나 다르게 추론하거나
심지어 우리가 보기에 관련성이 없는 근거를 제시하기도 한다. 당신과 독자
의 관점도 다를 수 있다. 이런 차이를 파악하고 그에 답변해야 한다. 관점이
다르다고 그저 반론이라고 여겨서는 안 된다. 내 관점만 옳고 독자의 관점은
틀렸다고 주장하면 독자를 영영 잃게 된다. 차이를 인정하고 비교하면서 독
자가 논증의 관점에서 논증을 이해할 수 있게 애써야 한다. 독자가 끝까지 동
의하지 않을 수도 있다. 그러나 독자의 견해를 이해하며 존중한다는 사실을
보여준다면 독자 또한 당신의 견해를 이해하고 존중하려 애쓸 것이다.

초보연구자라면 독자의 관점이 어떻게 다를지 모르기 때문에 이런 질문을 상상
해보는 것이 어려울 것이다. 그렇더라도 독자가 제기할 만한 질문과 반론을 몇
가지라도 생각해보려 애써야 한다. '내 주장을 의심할 만한 이유가 무엇이 있을
까'라고 묻는 습관을 기르자. 석·박사논문을 쓴다면 전공 분야의 다른 학자들이
어떤 문제를 제기할지 미리 파악해야 한다. 아무리 경험이 많은 연구자라도 반론
을 상상하고 대답하는 연습을 게을리해서는 안 된다. 그저 연습에 지나지 않더라
도 자꾸 하다 보면 독자의 존경을 살 만한 사고유형을 터득하게 되고, 미심쩍은
결론을 성급히 내리는 위험도 막을 수 있다. 독자가 반론을 제기할 것 같은 부분
이 있다면 스토리보드에 그 반론이 어떤 것일지, 어떻게 답변할지 덧붙인다.

5.4.4 논거의 타당성 구축

우리가 마지막으로 살필 주장의 요소는 경험 있는 연구자조차 제대로 이해하기
힘들어하는 요소다. 활용하기는 더 어렵고, 설명하기는 더욱 까다로운 요소다.
이 요소를 '전제warrant'라고 부르자.

그렇다면 언제 논증에 전제를 덧붙여야 할까? 주장을 뒷받침하는 논거가 사
실에 입각해 옳고, 근거도 충분하지만 독자들이 논거와 주장 사이의 연관성을 보
지 못할 것 같을 때 전제를 덧붙인다.

예를 들어 어떤 연구자가 다음과 같이 썼다고 상상해보자.

1836년은 미국이 아직 세계무대에서 자신감 있게 활동하던 때가 아니어서(논거) 알라모 전투담이 빠른 속도로 퍼져나갔다.(주장)

다음과 같은 독자의 반론을 예측할 수 있다.

알라모 전투담이 빠른 속도로 퍼져나간 것도 사실이고, 1836년에 미국이 세계무대에서 자신감 있게 활동하지 못했던 것도 사실이다. 하지만 자신감 없었던 것과 알라모 전투담이 빠르게 퍼져나간 것이 어떻게 연결되는지 이해할 수 없다.

그렇다면 단지 미국이 당시에 세계무대에서 자신감 있게 활동하지 못했다는 근거나 알라모 전투담이 빠르게 퍼져나갔다는 근거를 제시하는 방식으로는 독자의 질문에 제대로 답변할 수 없다. 독자는 두 가지를 이미 사실로 인정하기 때문이다. 대신에 연구자는 논거와 주장이 어떻게 연결되는지 설명해야 한다. 논거가 참이면 왜 주장도 참이 되는지 보여주어야 한다.

이때 전제가 필요하다. 이해하기에는 어려운 개념이지만 논문을 쓰려면 전제를 어떻게 활용하는지 반드시 알아야 한다. 논거가 사실이고 근거도 정확하지만 '논거와 주장이 관련이 없거나 근거와 논거가 관련이 없다'는 이유로 독자가 이의를 제기하는 경우가 흔하기 때문이다.

그렇다면 우리는 일상 대화에서 전제를 어떻게 사용할까? 먼 나라에서 온 새 친구와 다음과 같은 사소한 언쟁을 벌인다고 상상해보자.

영하 5도니까(논거) 너는 모자를 써야 해.(주장)

대부분의 사람들에게는 이 문장에서 논거가 분명 주장을 뒷받침하는 것처럼 들린다. 그 관련성을 굳이 설명할 필요가 없다. 하지만 친구가 다음처럼 이상한 질문을 했다고 가정해보자.

영하 5도면 어때? 왜 내가 모자를 써야 해?

논거(영하 5도)의 진실성을 묻는 것이 아니라 논거가 주장(모자를 써야 한다)과 어떤 연관이 있는지 묻는 질문이다. '이런 질문을 하다니' 하고 의아한 느낌이 들더라도 보편 원칙을 들어 질문에 답을 해주어야 한다.

날씨가 추우면 우리는 옷을 따뜻하게 입어야 하기 때문이지.

이 문장이 바로 전제다. 우리의 경험을 전제로 보편 원칙을 진술하는 것이다. 보편 조건(날씨가 춥다)에는 당연히 뒤따르는 보편 귀결(우리는 옷을 따뜻하게 입어야 한다)이 있다고 타당하게 말할 수 있다. 이러한 보편 원칙을 전제로 사용해 구체적 논거(영하 5도)가 구체적 주장(모자를 써야 한다)과 어떻게 연결되는지 보여줄 수 있다. 보통 보편 조건과 보편 귀결이 사실이면 구체적 사례 또한 사실이라고 인정하기 때문이다.

더 자세히 설명하면, 그 원리는 다음과 같다(논리학 개론수업 같은 내용이다).

- 전제의 보편 조건은 '날씨가 춥다'이다. 이런 보편 조건에서 '우리는 옷을 따뜻하게 입어야 한다'는 보편 귀결을 끌어낼 수 있다. 따라서 '날씨가 추우면 우리는 옷을 따뜻하게 입어야 한다'는 보편타당한 원칙을 진술할 수 있다.
- '영하 5도'라는 구체적 논거는 '날씨가 춥다'는 보편 조건의 타당한 사례다.
- '너는 모자를 써야 해'라는 구체적 주장은 '우리는 옷을 따뜻하게 입어야 한다'는 보편 귀결의 타당한 사례다.
- 전제로 진술된 보편 원칙이 타당하고, 논거와 주장 모두 보편 법칙의 타당한 사례이기 때문에 '모자를 써라'는 주장을 보편타당하게 펼칠 만한 전제를 얻었다.

자, 여섯 달 후 그 친구의 고향을 방문했더니 친구가 이렇게 말했다고 가정해 보자.

오늘 밤은 26도가 넘으니(논거) 긴 팔 옷을 입어야 해.(주장)

친구의 말에 당신은 어리둥절할 것이다. 어떻게 26도가 넘는다는 논거가 긴 팔 옷을 입으라는 주장과 연결될 수 있을까? 아마 다음과 같은 보편 원칙을 전제로 떠올릴 것이다.

따뜻한 밤에 사람들은 따뜻하게 입어야 한다.

하지만 이 전제는 타당하지 않다. 전제가 타당하지 않으면 논거가 주장을 뒷받침한다고 할 수 없다. 논거와 전제가 관련이 없기 때문이다. 하지만 친구가 이런 말을 덧붙였다면 어떨까?

이 동네에서는 따뜻한 밤이면 벌레에 물리지 않도록 팔을 보호해야 해.

그러면 주장은 그럴 듯하게 들린다. 단, 다음과 같은 사실을 믿을 때만 그러하다.

- 전제가 타당하다(따뜻한 밤이면 벌레에 물리지 않도록 팔을 보호해야 한다).
- 논거가 타당하다(오늘 밤은 26도가 넘는다).
- 논거는 보편 조건의 타당한 사례다(26도는 따뜻한 날씨의 타당한 사례다).
- 주장은 보편 귀결의 타당한 사례다(긴 팔 옷을 입는 것은 벌레에 물리지 않도록 팔을 보호하는 타당한 사례다).
- 단서나 예외를 달 수 없다(지난 밤 한파가 닥쳤지만 모든 곤충이 죽지는 않았다, 혹은 긴 팔 옷 대신 벌레 퇴치제를 사용할 수 없다, 등)

위 내용을 모두 믿는다면 특정한 시기와 지역에서만이라도 '26도가 넘는 따뜻한 밤에는 긴 팔 옷을 입어야 한다'는 주장을 받아들일 수밖에 없다.
　우리가 알고 있는 보편 원칙은 수도 없이 많다. 우리는 매일 보편 원칙을 배우며 살아간다. 그렇지 않으면 일상을 헤쳐갈 수 없다. 사실 우리는 민간지혜를 전제로 표현한다. 보통 속담이라 불리는 것들이다. '호랑이 없는 굴에 토끼가 스승이다' '눈에서 멀어지면 마음에서도 멀어진다' '겉 다르고 속 다르다' 같은 속담이 이런 보편 원칙이다.
　그렇다면 학술논증에서는 전제를 어떻게 사용할까. 학술적인 사례를 들어 살펴보자. 하지만 일상 대화에서와 비슷하다.

19세기 초반에 많은 미국 사람들은 백과사전을 소유하지 않았음이 틀림없다.(주장) 백과사전이 유언장에 언급되는 경우가 드물기 때문이다.(논거)

논거가 타당하다고 가정해보자. 곧 19세기 초반에 백과사전이 유서에 언급되는 경우가 드물다는 근거가 많다고 치자. 그렇다 해도 독자는 이 논거가 주장과 어떻게 연관되는지 의아히 여길 것이다. '그래, 19세기 초반 유언장에 백과사전이 언급되는 경우가 드물다는 게 사실일 수는 있지. 그래서? 그런 사실이 어떻게 백과사전을 소유한 사람이 드물었다는 주장과 연결되는지 이해할 수 없어.' 이런 질문을 미리 예상한다면 전제를 함께 제시해야 한다. 곧 자신의 논거와 주장이 어떻게 연결되는지 보여주는 보편 원칙을 제시해야 한다. 다음과 같은 전제를 제시할 수 있다.

19세기 초반 유언장에 귀중품이 언급되지 않았다면 그 물건이 재산의 일부가 아니었음을 뜻한다.(전제) 당시 유언장에는 백과사전이 언급되는 경우가 드물다.(논거) 따라서 백과사전을 소유한 사람이 거의 없었다.(주장)

다음과 같은 경우에 한해서만 우리는 주장의 타당성을 인정할 것이다.

- 전제가 타당하다.
- 논거가 타당하다. 동시에 전제에서 제시한 보편 조건의 타당한 사례가 된다(백과사전을 귀중품의 사례로 볼 수 있다).
- 주장은 전제에 제시한 보편 귀결의 타당한 사례다(백과사전을 소유하지 않은 것이 귀중품을 소유하지 못한 사례가 된다).

　　독자가 위의 조건 중 어느 하나라도 의심할 것 같다면 그런 조건을 뒷받침할 주장을 다시 생각해내야 한다.
　　그렇다고 문제가 끝난 것이 아니다. "전제는 '항상, 예외 없이' 타당한가? 유언

표 5.1. 논증 구조

보편 조건		보편 귀결
한 나라가 자신감이 부족할 때 (보편 조건)	따라서	영웅적 전투담을 빨리 흡수한다. (보편 귀결)
1836년에 미국은 세계무대에서 자신감 있게 활동하지 못했다. (구체적 논거)		알라모 전투담이 빠른 속도로 퍼 져 나갔다.(구체적 주장)
구체적 조건(논거)	**따라서**	**구체적 귀결(주장)**

장에 부동산만 언급하는 지역도 있지 않을까?" 하고 궁금하게 여기는 독자도 있을 수 있다. 혹은 "애당초 유언장을 쓰는 사람이 드물지 않았을까?" 하고 질문하는 독자도 있을 것이다. 이처럼 전제의 한계를 묻는 독자가 있을 것 같다면 예외가 있을 수 없다는 또 다른 논증을 펼쳐야 할 것이다.

그렇기 때문에 복잡한 문제일수록 논증에 마침표를 찍기가 어렵다. 독자가 근거는 인정하더라도 근거를 다루는 논리를 인정하지 않을 수 있기 때문이다.

그러면 논거와 주장의 관련성을 검증하는 법을 살펴보자. 우선 논거와 주장 사이에 다리를 놓을 전제를 구성한다. 논거와 주장을 순서대로 진술해보자.

1836년에 미국은 세계무대에서 자신감 있게 활동하지 못했다.(논거) 따라서 알라모 전투담은 빠르게 퍼져나갔다.(주장)

이제 위 문장의 논거와 주장을 포함하는 보편 원칙을 만들어보자. 전제의 형식은 여러 가지지만 가장 편리한 형식은 '~할 때 ~하다When-then' 형식이다. 다음 문장은 이런 형식으로 논거와 주장을 다루고 있다.

민족이 자신감이 부족할 때 영웅적 전투담을 빨리 흡수한다.

근거와 논거, 주장의 관계를 표 5.1로 표현할 수 있다. 이런 주장을 인정하려면 독자들은 다음 사실을 받아들여야 한다.

- 전제가 타당하다.
- 구체적 논거가 타당하다.
- 구체적 논거는 전제에 표현된 보편 조건의 타당한 사례다.
- 구체적 주장은 전제에 표현된 보편 귀결의 타당한 사례다.
- 전제의 적용을 제한할 어떤 조건도 없다.

독자들이 전제나 논거의 타당성을 부정할 것 같다면 그를 뒷받침하는 논증도 생각해야 한다. 독자들이 논거나 주장이 전제의 타당한 사례가 될 수 없다고 생각할 것 같다면 그런 의문을 다룰 논증도 생각해야 한다.

연구 경험이 쌓이다 보면 논증을 머릿속에서 점검하는 법도 터득하게 된다. 그러나 초보 연구자라면 논쟁의 여지가 있는 논거에 어떤 전제를 제시할지 개략적으로 써본다. 그리고 그 전제를 검증한 후 스토리보드에서 적절한 위치를 찾아 첨가해둔다. 전제를 뒷받침하는 논증이 필요하다면 논증의 간략한 개요도 함께 써둔다.

전제를 제시하는 일이 초보 연구자에게 특히 어려운 이유는 무엇일까? 전공 분야의 연구를 처음 해보는 초보 연구자들은 다음과 같은 이유 때문에 전제를 어렵게 느낀다.

- 고급 단계 연구자들은 어떤 논리로 논증을 펼치는지 잘 밝히지 않는다. 동료학자들이 당연하게 생각하는 부분이라 여기기 때문이다. 초보 연구자는 스스로 그런 원리를 깨쳐야 한다('오늘밤은 26도가 넘으니 긴 팔 옷을 입어라'는 주장을 듣고 어리둥절해 하는 것과 똑같은 경험이다).
- 전제에는 전문가들이 당연하게 여겨 언급되지 않는 예외가 있게 마련이다. 초보 연구자는 이 또한 스스로 깨쳐야 한다.
- 전문가들은 당연한 전제나 그 단서를 진술할 필요가 없는 때가 언제인지 잘 안다. 이 역시 초보 연구자가 스스로 터득해야 한다. 예를 들어 '6월 초여서 기름 값 지출이 증가할 것이다'라고 쓰는 전문가는 '여름이 다가오면 기름 값이 오른다'는 당연한 전제를 언급하지 않는다.

많은 사람이 당연하게 여기기 때문에 잘 언급하지 않는 전제를 제시하면 너무 잘난 척하거나 너무 순진하게 보일 수 있다. 그러나 독자에게 설명해야 하는 전제를 생략하면 비논리적으로 보인다. 비결은 독자들이 언제 전제를 필요로 하고, 언제 필요로 하지 않는지 아는 데 있다. 그 비결을 터득하는 데는 시간이 필요하다.

따라서 전제를 제시하는 일이 너무 혼란스럽다고 낙담하지 마라. 사실 경험 있는 연구자조차 전제를 적절히 제시하기란 어렵다. 하지만 전제에 대해 안다면 중요한 질문을 할 수 있다. '독자들이 논거와 근거가 사실이라고 여길 뿐 아니라 논거와 근거가 주장과 연결된다고 생각하는가?' 그렇지 않다면 그 관련성을 증명할 하위논증을 생각해야 한다.

5.5 근거에 기반을 둔 논증과 전제에 기반을 둔 논증
논증에는 두 종류가 있으며 종류에 따라 독자가 판단하는 방법도 다르다

- 논거와 전제를 사용해 주장을 끌어내는 논증: 이런 논증의 주장은 '반드시' 사실이라 여긴다.
- 근거에 바탕을 둔 논거에서 주장을 끌어내는 논증: 이런 논증의 주장은 '대체로' 사실이라 여긴다.

모순적으로 보이겠지만 연구자는 첫 번째 유형보다 두 번째 유형, 곧 근거를 바탕으로 한 논증을 더욱 신뢰한다. 다음 논증은 근거를 바탕으로 한 논거에서 주장을 끌어냈다.

주삿바늘 무상교환제도는 마약 사용을 증가시켰다.(주장) 바늘로 인한 질병 감염의 위험이 줄었다고 생각한 사람들이 더 많은 마약을 사용했기 때문이다.(논거) 주삿바늘 무상교환제도에 참가했던 사람들을 대상으로 한 연구 결과, 참가자 34퍼센트의 마약 사용 횟수가 매주 1.7회에서 2.1회로 증가했는데, 그 이유는 참가자들이 주삿바늘을 통해 감염되는 질병의 위험이 사라졌다고 느꼈기 때문이라고 한다.(근거)

이 논증의 근거가 충분하고 설득력 있다고 여긴다면(그렇지 않을 수도 있지만) 주장이 타당하다 생각할 것이다. 하지만 절대적으로 옳은 것은 아니다. 누군가가 이 논증의 근거보다 새롭고 나은 근거를 찾아내 반론을 펼 수도 있기 때문이다.

　이번에는 같은 논거로 같은 주장을 펴지만 근거가 아니라 논리로 증명하는 논증을 살펴보자. 전제와 논거가 참이고, 논거와 주장이 전제의 타당한 사례라면 주장은 참이 된다.

주삿바늘 무상교환제도는 마약 사용을 증가시켰다.(주장) 감염된 바늘로 인한 질병 감염의 위험이 줄었다고 생각한 사람들이 더 많은 마약을 사용했기 때문이다.(논거) 위험 행동의 위험성이 감소하면 사람들은 그 행동을 더욱 자주 한다.(전제)

이 논증의 주장을 인정하려면 어디서든, 어떤 상황이든, 전제가 항상 참이라고 믿어야 한다. 하지만 위 논증에서 제시하는 전제는 사람들이 대개 부인할 수밖에 없는 주장이다. 안전벨트와 충격흡수 조향축이 있다는 이유로 무모하게 운전하는 사람은 드물기 때문이다.

　모든 논증은 전제에 의존하지만 '학술'논증을 읽는 독자는 보편 원칙보다는 근거를 바탕으로 추론한 주장을 더 신뢰한다. 보편 원칙이 아무리 설득력 있다 해도 많은 예외와 단서, 한계가 뒤따르기 때문이다. 반론의 여지가 없는 원칙을 전제로 주장을 펼친다고 생각하는 사람들은 이렇게 복잡한 문제를 놓치는 경우가 허다하다. 이들은 상반되는 근거가 있다 해도 자신의 전제가 옳다고 확신하고, 자신의 전제가 옳기 때문에 자신의 추론도 당연히 옳다고 믿는다. 이러한 논증은 사실보다는 공리공론에 입각한다. 따라서 자신의 주장을 논리적으로 충분히 입증할 수 있다 해도 가능한 한 많은 근거로 주장을 뒷받침하라. 전제를 사용해 결론을 탄탄히 하되 근거를 기반으로 결론을 끌어내라.

5.6　논증 구성

주장의 다섯 요소를 모두 만족시키는 짧은 주장을 하나 예로 들어 보겠다.

어린이를 대상으로 한 TV프로그램은 어린이의 지적 발달에 도움을 줄 수도 있지만 그 못지않게 지나친 폭력성으로 정서 발달에 해를 입힐 수 있다.(주장) 본보기가 어린이의 발달에 중요하다는 데 부모들은 동의한다. 그래서 부모는 자녀에게 영웅담을 들려준다. 그렇다면 나쁜 행동을 보는 것 또한 어린이에게 영향을 미칠 것이다.(전제) 어린이는 하루 동안 수없이 많은 폭력사례를 본다. 평균적으로 어린이는 매일 네 시간씩 TV를 시청하며 12회가량의 폭력장면을 본다(스미스 1992).(근거) 타르노프에 따르면 어린이들은 만화의 폭력과 실제를 혼동하지는 않는다고 않다(2003).(반론 수용) 그러나 바로 그 이유 때문에 어린이는 만화 외의 프로그램에서는 폭력의 영향을 더 받을 수 있다. 만화 등장인물과 실제 사람만 구분한다면 끔찍한 폭력을 저지르는 실제 배우는 실제 삶을 반영한다고 생각할 수 있기 때문이다.(반박) 따라서 우리는 TV 폭력이 폭력적인 어른을 키우는 데 일조한다는 가능성을 배제할 수 없다.(주장 재진술)

위 문단의 각 요소는 일반적인 논문이라면 대개 몇 단락에 걸쳐 전개된다.

논증은 전공 분야마다 다른 특성이 있는 것처럼 보이지만 모두 다음 다섯 질문에 대한 답으로 구성된다.

- 주장은?
- 논거는?
- 논거를 뒷받침하는 근거는?
- 반론은 어떻게 반박하는가?
- 논거는 주장과 어떻게 연결되는가?

이런 질문을 놓고 스토리보드에 수차례 답을 써봐야 한다. 그렇지 않으면 쓰다만 것 같거나 설득력 없는 논문을 쓰기 십상이다.

6 초고 짜기

논증의 요소를 모았다면 이제 초고를 쓸 수 있다. 경험 있는 연구자들에 따르면 초고를 쓰기 전에 계획을 세우는 것이 큰 도움이 된다. 훌륭한 초고를 쓰려면 탄탄한 논증의 요소만으로는 부족하다. 그 요소를 어떻게 통일성 있는 전체로 구성할지 계획이 필요하다. 계획이라고 다 같은 것은 아니다. 유용한 계획이 있는가 하면 쓸모없는 계획도 있다.

6.1 쓸모없는 계획

피해야 할 계획 몇 가지를 살펴보자.

1. 논문을 이야기처럼, 특히 미스터리 소설처럼 계획해서는 안 된다. 곧 결론에 이르러서야 주장을 밝히는 방법은 곤란하다. 연구자가 처음에 무엇을 발견했고, 어떤 어려움을 극복했으며, 어떤 단서를 쫓아, 우여곡절 끝에 주장에 이르렀는지 추적하고 싶은 독자는 거의 없다. 그러니 다음과 같은 구성은 피한다.

'첫 문제는, 그 후에 비교를 했더니, 결국 마지막에 다다른 결론이'

2. 인용문과 요약, 인터넷에서 다운받은 자료를 짜깁기해서는 안 된다. 독자는 다른 사람이 아니라 바로 당신의 생각을 읽고 싶어 한다. 특히 인터넷 자료를 더덕더덕 붙인 콜라주 같은 글은 싫어한다. 그렇게 쓴다면 아마추어라는 소리를 듣는 데서 끝나지 않고, 표절이라는 비난을 받게 될 수도 있다.

3. 과제나 주제의 표현을 중심으로 무턱대고 논문을 구성해서는 안 된다. 과제가 여러 문제를 나열하는 형식이라 해서 논문도 그 순서대로 써야 할 필요는 없다. 프로이드와 융의 상상력 이론을 비교하는 과제라 해서 1장은 프로이드, 2장은 융 하는 형식으로 쓸 필요는 없다. 주제를 여러 요소로 쪼개 그 요소를 중심으로 보고서를 구성하는 것이 더 생산적일 수 있다(6.2.5 - 6.2.6 참조).

6.2 독자를 중심에 둔 계획

논문의 형식이 이미 관행처럼 굳어진 분야도 있다. 실험과학 분야의 독자는 다음과 같은 형식의 논문을 기대한다.

서론Introduction – 방법론과 자료Methods and Materials – 결과Results – 논의Discussion – 결론Conclusion

이미 정해진 양식을 따라야 한다면 담당교수에게 묻거나 해당분야의 2차 자료를 모델로 삼는다. 그러나 자신이 직접 논문을 구성해야 한다면 연구자 자신뿐 아니라 독자가 보기에도 합당한 구성이어야 한다. 그러한 논문 양식을 구상하려면 스토리보드나 개요를 다시 점검해보자.

6.2.1 스토리보드를 개요로 바꾸는 법

개요를 활용하여 논문 쓰는 쪽을 선호한다면 스토리보드를 개요로 바꾸자.

- 우선 로마자 I를 표시한 뒤 주장을 진술한다.
- 그 밑에 로마자 II, III 등을 표시한 뒤 주장을 뒷받침하는 논거를 완전한 문장으

로 첨가한다.

- 각 논거 밑에 영문 대문자 A. B 등을 사용하여 근거를 요약하는 문장을 나열한다. 그 밑에 다시 아라비아숫자 1, 2 등을 사용해 근거를 나열한다.

〈예〉

I. 서론: 컴퓨터의 교육적 효용은 확실치 않다.

II. 용도마다 효과가 다르다.

    A. 어떤 용도든 활용하는 단어 수가 증가한다.

        1. 연구1: 950 vs. 780

        2. 연구2: 1103 vs. 922

    B. 컴퓨터실에서 학생들은 상호작용을 할 수 있다.

III. 연구에 따르면 컴퓨터는 논문 수정에 제한적 도움을 준다.

    A. 연구A: 컴퓨터를 사용하여 논문을 쓰면 더 많은 단어를 사용한다.

        1. 한 문장당 평균 2.3개의 단어를 더 사용한다.

        2. 논문당 평균 20퍼센트 이상의 단어를 더 사용한다.

    B. 연구B: 효율적인 수정을 위해서는 논문을 출력해서 읽어야 한다.

        1. 컴퓨터 스크린보다 출력 문서를 보며 수정할 때 오탈자를 22퍼센트 줄일 수 있다.

        2. 철자법 실수는 2.26퍼센트 줄일 수 있다.

IV. 결론: 컴퓨터가 얼마나 학습을 향상시키는지 말하기에는 아직 이르다.

    A. 믿을 만한 경험적 연구가 부족하다.

    B. 많은 프로그램이 아직 과도기 단계에서 역사가 극히 짧다.

I, A, 1 같은 기호를 빼고 다음처럼 문장이 아닌 어구로 아주 간략하게 개요를 쓸 수도 있다.

서론: 효과 불분명

다른 용도/다른 효과

    단어 사용 증가

상호작용 증가

수정 연구

    연구A 더 긴 문장

    연구B 더 긴 보고서

결론: 효과를 판단하기에는 너무 이름

연구 초반에는 이런 간략한 개요밖에는 떠올리지 못할 수도 있다. 짧은 연구라면 이렇게만 해도 충분하다. 각 항목마다 요지가 무엇인지만 정확히 알고 있으면 된다. 하지만 완전한 문장으로 개요를 작성하는 것이 더 유용하다. 특히 긴 연구과제라면 스토리보드를 활용하는 것이 더 효율적이다.

6.2.2 서론 초고

서론은 두 번 쓰겠다고 마음먹어야 한다. 개요를 작성하면서 자신을 위해 한 번 쓰고, 나중에 초고를 수정하고 논문의 내용을 숙지한 후에 독자를 위해 최종 서론을 다시 써야 한다. 최종 서론에는 대개 네 가지 요소가 있으니, 이를 염두에 두고 서론의 초고를 계획하면 좋다(9장 참조).

1. **연구 주제와 '구체적으로' 연관이 있는 연구를 '간략하게' 소개한다.** 5.4.1에서 스토리보드의 첫 페이지를 새로 마련하여 페이지 하단에 주장을 적어두라고 당부했을 것이다. 이제 그 위에다 더 깊이 연구하고 싶거나 수정하거나 바로잡고 싶은 선행연구를 간략히 정리한다. 주제와 어렴풋이 관련된 모든 연구를 다 나열해서는 안 된다. 연구 경험이 많지 않은 연구자는 자신의 성실성을 보여주기 위해 수많은 연구를 나열하는 경우가 많다. 그러나 관련성 없는 참고자료를 끝도 없이 읽어야 한다면 독자는 감동보다는 짜증을 낼 것이다. 예를 들어 알라모 전투담을 연구한다면 알라모 전투를 역사적으로 분석한 모든 연구를 소개할 필요는 없다. 더 깊이 파헤치고 싶거나 수정하거나 바로잡고 싶은 연구만 언급하면 된다.

독자에게 유용한 순서로 자료를 배열하라. 역사적 순서가 중요하다면 연대기적으로 나열한다. 그렇지 않다면 다른 기준으로 자료를 묶는다. 특징이나 중요성, 견해 등이 기준이 될 수 있다. 이렇게 자료를 묶었다면 독자들이 이해를 도울 수 있는 순서대로 배열한다(순서에 대해서는 6.2.5 참조). 자신이 읽은 순서나 기억나는 순서대로 자료를 제시해서는 안 된다.

2. 이론의 틈새나 부족한 점을 중심으로 연구 질문을 새롭게 표현한다. 어떠한 정보가 부족해서, 또는 어떤 틈새를 메우기 위해 질문을 생각했는지를 중심으로 질문을 다시 쓴다. 선행연구의 어느 부분을 심화, 수정 또는 교정할 것인지 해당 연구를 간략히 요약하고 밝힌다. 선행연구가 잘못 되었거나 충분히 설명하지 못했거나 숙고하지 못한 부분이 무엇인지 언급한다.

알라모 전투담이 민족신화에서 왜 중요한가?
→ 알라모 전투담이 민족신화에서 왜 중요한지 설명한 역사학자가 거의 없다.

연구자는 늘 이렇게 문제를 제기한다. 문제를 제기하는 방법도 다양하다. 자료를 읽으며 다른 연구자가 문제제기를 어떻게 하는지 눈여겨 봐둬라.

3. 가능하면 '그래서?'의 답도 간략히 써둔다. 연구 질문의 답을 통해 독자들이 이해하게 될 더 포괄적인 문제는 무엇일까?

이런 이야기가 어떻게 미국의 애국신화가 되었는지 이해한다면 미국인의 가치나 뚜렷한 특징이 무엇인지 더 잘 이해할 수 있다.

어쩌면 더 큰 의미를 생각해내기가 힘들 수도 있다. 생각이 나면 스토리보드에 첨가해두되, 그렇지 않다면 애써 시간을 들여 고민할 필요는 없다. 이 문제는 뒤에서 다시 다루겠다(10.1.3 참조).

4. 주장의 표현을 다듬고 그 적절한 위치를 지정한다. 스토리보드 첫 페이지에 주장을 써두었을 것이다. 이 주장을 어디에 둘지 결정해야 한다. 두 가지 방

법이 있다.

- 서론 끝에서 주장을 밝힌 후 결론 도입부에서 다시 다루는 방법
- 논증을 정리하면서 결론에만 밝히는 방법

고급 단계의 연구 경험이 별로 없는 연구자에게는 서론 끝과 결론 도입부에 반복해서 주장을 진술하는 방법을 추천한다. 논문 초반, 곧 서론 끝에서 주장을 밝히면 독자들은 연구의 목적을 염두에 두면서 논문을 더 빨리, 더 잘 이해하며 더 오래 기억한다. 또 주장을 초반에 밝히면 연구자도 헤매지 않을 수 있다.

초보 연구자들은 서론에서 주장을 밝혀버리면 독자가 지루해서 논문을 덮어버리지 않을까 염려하기도 하고, 서론에서 했던 말을 결론에서 반복해도 되는지 걱정하기도 한다. 두 가지 모두 근거 없는 걱정이다. 질문이 흥미롭다면 독자는 연구자가 그 대답을 어떻게 증명하는지 궁금해 한다.

스토리보드의 서론 페이지 하단에 주장을 진술했다면, 결론 페이지를 다시 덧붙이고 페이지 상단에 주장을 새로 진술한다. 할 수 있다면 서론의 주장보다 구체적으로 써보자. '논의discussion' 또는 '결론conclusion'이라는 제목이 달린 마지막 부분에서만 주장을 진술하는 분야도 있다. 이런 분야의 독자는 서론을 속독한 뒤 바로 결론을 읽어보기도 한다. 이런 독자를 위해 서론에다 본론뿐 아니라 결론까지 간략히 소개해두면 좋다.

결론에만 주장을 밝히기로 결정했다면 스토리보드의 서론 페이지에 진술한 주장을 결론 페이지 상단으로 옮겨 적는다. 하지만 이렇게 옮겨간 주장을 대체할 새 문장, 독자를 본론으로 안내할 수 있는 문장이 서론에 필요하다. 이런 안내 문장에는 논문 전체를 관통하는 주요 용어가 들어 있어야 한다(6.2.3 참조). 이러한 안내문장은 최종 서론을 작성할 때 쓰는 것이 좋다(10.1.4). 그러니 지금은 스토리보드의 서론 페이지 하단에 안내문장을 위한 공간만 비워두자. 안내문장을 대강 써두거나 나중에 첨가하겠다는 메모 정도면 된다.

서론 마지막에 독자를 위해 '길안내'를 덧붙이는 연구자도 있다. 논문의 구성을 한 눈에 볼 수 있게 제시하는 것이다.

1부에서는 ~을 논하고, 2부에서는 ~문제를 다루고, 3부에서는 ~을 살펴보겠다.

그러나 분야마다 다르다. 사회과학에서는 이런 길안내가 보편적이지만 인문학에서는 오히려 어색하게 여긴다. 이런 길안내를 환영하지 않는 분야의 연구자라 해도 초고를 쓸 때는 자신의 길잡이로 스토리보드에 덧붙여둘 수 있다. 초고를 쓰면서 활용한 뒤 최종 원고에서는 삭제하거나 짧게 줄이면 된다.

6.2.3 주요 용어

일목요연한 주장을 전개하는 논문이라는 인상을 주려면 글 전체를 관통하는 주요 개념 몇 가지를 독자에게 알려야 한다. 중요한 개념을 그때그때 다르게 표현한다면 독자는 되풀이되는 개념을 파악하지 못할 수 있다. 따라서 이런 개념을 반복해서 일컫는 명확한 용어가 필요하다. 매번 똑같은 용어를 사용할 필요는 없지만, 독자들이 주요 개념을 놓치지 않을 만큼은 사용해주어야 한다.

이렇게 전체를 관통하는 용어는 메모를 분류할 때 사용했던 키워드일 수도 있다. 무엇보다 연구 질문과 주장의 핵심 어휘는 반드시 주요 용어로 삼아야 한다. 또 논문의 각 부분을 특징지을 특정 용어도 필요하다. 초고를 시작하기 전에 논문 전체를 관통하는 핵심 개념을 파악하고, 이런 개념 하나하나를 지칭할 용어를 선택하라. 각 부분을 특징짓는 개념도 마찬가지다. 초고를 쓰면서 새로운 개념을 발견할 수도 있고, 앞서 정한 개념을 버릴 때도 있다. 그러나 중요한 용어와 개념을 염두에 두면 더욱 통일성 있는 논문을 쓸 수 있다. 자, 그러면 논문 전체에 통일성을 주는 일반용어를 어떻게 찾아낼지 구체적으로 알아보자.

1. 스토리보드의 서론과 결론 페이지에서 가장 중요한 개념을 나타내는 단어 네댓 개를 찾아 동그라미를 친다. 주장을 가장 확실하게 진술한 문장에서 찾아야 한다.
   - 주제와 연결되는 뻔한 단어는 피한다: '알라모' '전투' '패배'
   - 주장에 끌어들여 더 심화시키려는 개념에 집중한다: '패배의 영향' '패배 안의 승리' '영웅적 이상' '희생' '민족정기' 등
2. 개념을 하나씩 짚어가며 그 개념을 표현할 주요 용어를 선택한다. 이 용어는 논문 전체에 반복해서 등장할 것이다. 동그라미를 친 단어를 그대로 이용할 수도 있고, 새로운 단어를 찾을 수도 있다. 종이를 하나 따로 준비하여 주요

용어를 적어 내려가라. 주요 용어로 사용할 만한 단어가 몇 없다면 주장이 너무 포괄적일 수도 있다(5.4.1 참조).

각 부분을 특징지을 주요 용어도 같은 방법으로 찾는다. 논거 페이지를 하나씩 점검하며 진술한 논거를 다시 읽고 중요 단어에 동그라미를 친다. 서론과 결론 페이지의 동그라미와 관련 있는 단어도 있을 것이다. 그렇지 않은 단어들은 각 부분을 특징짓는 개념이라 할 수 있다. 이런 핵심 개념마다 주요 용어를 선정한다.

초고를 쓸 때는 논문 전체를 관통하는 일반용어와 각 부분을 특징짓는 특정 용어를 둘 다 앞에 놓고 쓴다. 그래야 당신이(그리고 독자가) 논지를 벗어나 헤매는 것을 방지할 수 있다. 초고를 쓰다보면 이런 주요 용어와 상관없는 글을 써 내려가고 있을 때도 있다. 그렇다고 억지로 논지로 돌아오려고 애쓸 필요는 없다. 계속 쓰다보면 무언가 새로운 것을 발견할 수도 있기 때문이다.

6.2.4 소제목

소제목을 활용하지 않는 분야(부록의 A.2.2 참조)라 해도 초고를 쓸 때는 소제목을 정하는 것이 좋다. 6.2.3에서 찾아낸 주요 용어를 이용하여 소제목을 만들어라. 글의 특정 부분을 특징짓는 주요 용어를 찾을 수 없다면 그 부분이 전체 논문에서 어떤 역할을 하는지 주의 깊게 살펴라. 어쩌면 불필요한 내용을 반복하거나 관련이 없는 부분일 수도 있다.

소제목을 사용하지 않는 분야라면 논지에서 벗어나지 않기 위해 소제목을 사용한 뒤 최종보고서에서는 삭제한다.

6.2.5 논거의 순서

논문의 여러 부분을 어떻게 배열할지 정하는 일은 초고를 계획할 때 가장 어려운 부분이다. 앞서 논증의 요소를 모을 때는 논거를 특별한 순서대로 배열하지는 않았다(순서대로 배열할 필요가 없는 것이 스토리보드의 장점이기도 하다). 그러나 초고를 계획할 때는 독자의 이해를 최대한 도울 수 있도록 순서를 정해야 한다. 쉬운 일은 아니다. 특히 낯선 분야의 새로운 주제를 놓고 글을 쓴다면 더욱 어렵다.

어떻게 논거를 배열해야 좋을지 모르겠다면 다음 방법을 고려해보자.

- **비교와 대조**: 둘 이상의 존재나 개념, 대상을 비교할 때 사용할 수 있는 틀이다.

비교와 대조에는 두 가지 방법이 있는데 다음 제시하는 두 방법 중 대체로 두 번째 방법이 더 효과적이다. 예를 들어 호피족 가면이 이누이트족의 가면보다 종교적 상징의 색채가 더 강한지 비교한다면, 보고서의 전반부에서는 이누이트족 가면을 다루고 후반부에서는 호피족 가면을 다루겠다고 계획할 수도 있다. 하지만 이렇게 배열하면 두 주제를 서로 연결하지 못하고 따로따로 요약만 하다 끝날 위험이 있다. 주제를 여러 개념요소로 나누어보자. 가면을 연구한다면 상징적 표현과 디자인 특징, 진화 단계 등으로 나눌 수 있다.

다음 두 가지 배열 방법은 주제에 초점을 맞추는 방법이다.

- **연대기적 방법**: 가장 단순한 방법이다. 초기에서 후기로, 원인에서 결과로
- **주제의 요소별 배열**: 주제를 여러 구성요소로 쪼갤 수 있다면 요소를 하나씩 차례로 다룬다. 그러나 이때 어떻게 요소를 배열해야 독자의 이해를 도울 수 있을지 생각해봐야 한다.

독자의 이해를 돕기 위한 요소별 배열법을 살펴보자.

- 짧고 단순한 내용에서 길고 복잡한 내용으로: 독자들은 대개 복잡한 문제보다 덜 복잡한 문제를 먼저 읽고 싶어 한다.
- 친숙한 내용에서 낯선 내용으로: 독자들은 대개 모르는 내용보다 아는 내용을 먼저 읽고 싶어 한다.
- 논쟁의 여지가 적은 내용에서 많은 내용으로: 독자들은 대개 동의하는 내용부터 읽는 것을 편하게 여긴다.
- 덜 중요한 것에서 더 중요한 것으로(또는 역으로): 독자는 중요한 논거를 먼저 읽고 싶어 한다. 하지만 중요한 논거를 나중에 다루어야 더 효과적일 때도 있다.
- 먼저 읽은 내용을 바탕으로 나중 내용을 이해할 수 있는 배열: 특정 사건이나 법칙, 정의 등을 먼저 알고 있어야 다른 것을 이해할 수 있는 경우도 있다.

이런 원칙은 서로 겹칠 때가 많다. 독자가 동의하며 가장 많이 알고 있는 내용은 동시에 가장 짧고 친숙한 내용일 수 있다. 그러나 서로 충돌할 때도 있다. 독자가 가장 쉽게 이해하는 논거는 가장 반론의 여지가 많은 논거일 수도 있다. 연구자가 보기에 가장 중요한 논거가 독자에게 가장 낯선 내용일 수도 있다. 정해진 규칙은 없다. 그저 선택의 원리만 있을 뿐이다.

어떤 순서이든 독자의 요구를 반영한 것이어야 한다. 자료 자체의 논리(비교와 대조 배열법처럼)를 무조건 따르거나 연구자의 머리에 떠오르는 순서대로 무턱대고 써서는 안 된다.

6.2.6 연결어

독자들이 순서를 확실히 알 수 있도록 해야 한다. 스토리보드의 논거 페이지 위에 순서를 명료하게 나타내는 단어를 써둔다. '첫째' '둘째' '나중에' '마지막으로' '게다가' '더 복잡한 문제는' '따라서' 같은 단어들이다. 어색하리만치 뻔해 보이는 단어라고 걱정할 필요는 없다. 지금은 그저 혼자 활용하는 단계이기 때문이다. 최종 원고에서 수정하거나 어색한 연결어를 지워버릴 수 있다.

6.2.7 부분별 서론 개요

전체 논문을 규정할 서론이 필요하듯 각 부분도 서론이 필요하다. 한두 쪽 분량의 부분이면 짧은 단락 하나로도 충분하다. 각 부분을 특징짓는 주요 용어를 소개하고, 단락 끝에 요지를 한 문장으로 요약하는 것이 이상적이다. 논거를 표현하거나, 다른 의견에 대한 입장을 밝히거나, 전제를 설명하는 문장일 수도 있다. 다섯 페이지가 넘는 부분에는 서론 끝에서 요지를 한 번 밝히고, 결론에서 다시 밝힌다.

6.2.8 부분별 근거와 반론 수용, 전제, 요약

부분별로 관련 주장을 간략히 정리하라. 보고서의 부분마다 논점이 있어야 하고, 그 논점을 뒷받침하는 하위논증을 펼쳐야 한다는 사실을 잊지 말자.

근거. 각 부분은 대개 논거를 지지하는 근거로 구성된다. 논거 뒤에 근거를 간략히 정리한다. 하나의 논거를 뒷받침하기 위해 다양한 유형의 근거를 사용한다면 독자가 이해하기 쉽게 유형별로 묶고 순서를 정한다.

근거 설명. 근거를 어디에서 찾았는지, 왜 믿을 만한지, 정확히 어떤 의미에서 논거를 뒷받침하는지 설명한다. 주로 근거를 먼저 제시한 후 설명을 덧붙이지만 필요에 따라 간략히 설명한 후 근거를 제시할 수도 있다.

반론 수용과 반박. 독자가 무엇에, 어디에서 반론을 제기할지 상상해보고 어떻게 답할지도 대강 정리해본다. 이런 반박은 최소한 한 가지 주장과 여러 논거로 구성된 하위논증일 때가 많다. 근거까지 포함하기도 하고, 다시 뒤따를지 모를 또 다른 반론에 대한 반박을 펼치기도 한다.

전제. 논거의 관련성을 보여주기 위해 전제가 필요하다면 논거를 진술하기 전에 설명한다(그저 강조를 목적으로 전제를 사용한다면 논거 뒤에 놓을 수도 있다). 전제의 사실성에 의문을 품을 독자가 있을 것 같다면 전제를 뒷받침하는 하위논증을 대략 정리해둔다. 논거나 주장이 전제의 타당한 사례가 아니라고 여길 독자가 있을 것 같다면 그 타당성을 증명할 하위논증도 간략히 써둔다.

요약. 20페이지 정도나 그 이상 되는 논문이라면 주요 부분이 끝날 때마다 논증의 진행 과정을 간략히 요약한다. 특히 날짜나 이름, 사건, 수치 같은 정보로 가득한 논문이라면 이러한 요약이 필요하다. 수많은 정보가 논증의 맥을 흐리게 할 수도 있기 때문이다. 이 부분에서 무엇을 보여주었는가? 주장이 어디까지 진행되었는가? 이런 요약이 너무 뻔해 보인다면 최종 원고에서 삭제한다. 분야마다 요소를 배열하는 방식은 조금씩 다를 수 있다. 그러나 논증에 필요한 요소와 기본적인 배열 원칙은 어떤 분야에서나 같다. 분야를 막론하고 모든 논문에서 잊지 말아야 할 점은 단지 자신의 주장을 내보이기 위해서가 아니라 독자의 이해를 돕기 위해서 논증의 요소를 배열해야 한다는 것이다.

6.2.9 결론 개요

스토리보드 결론 페이지 상단에 최종 주장을 진술했을 것이다. 그 주장이 중요한 이유를 더 생각해낼 수 있다면('그래서?'의 또 다른 답) 주장 아래에 간략히 적어둔다 (결론에 대해서는 10.3 참조).

6.3 나머지는 따로 모아둔다

초안의 첫 계획을 세우고 나면 초안에 사용하지 않을 자료가 많이 남을 것이다. 독자에게 다 보여주겠다는 일념으로 나머지 자료를 논문에 억지로 쑤셔 넣어서는 안 된다. 사실 활용할 자료보다 남은 자료가 더 많을 때 연구를 충분히 했다고 할 수 있다. 나머지 자료는 나중을 위해 따로 모아둔다. 그 자료 안에 또 다른 연구의 씨앗이 있을 수도 있다.

스토리보드와 개요를 작성했으니 이제 문장을 다듬으며 초고를 쓸 수 있을 것이라 생각하는 사람도 있을 것이다. 그동안 이런저런 생각을 하며 많은 글을 썼으니 이렇게 써두었던 글을 그냥 초고에 집어넣으면 될 것이라 생각하기도 한다. 하지만 경험 있는 연구자라면 그런 기대를 품지 않는다. 경험 있는 연구자라면 잘 알고 있는 두 가지 사실이 있다. 첫째, 예비 글쓰기는 꼭 필요하지만 초고에 그대로 활용할 수는 없다. 둘째, 계획과 스토리보드를 작성한 후 초고를 쓴다면 새로운 발견을 할 수는 있지만 그러한 예비단계가 초고 쓰기 자체를 대체할 수는 없다. 사실 생각을 글로 옮기기 전까지는 자신이 어떤 생각을 할 수 있는지 모른다. 글을 쓰고 나서 '내게 이런 생각이 있었구나' 하고 발견할 때가 연구의 가장 짜릿한 순간이다.

그러니 스토리보드나 개요를 글로 옮기는 것이 초고 쓰기라고 생각해서는 안 된다. 열린 마음으로 초고를 쓴다면 자신도 몰랐던 자신의 생각을 찾아낼 수 있다. 그러나 논문 쓰기의 모든 단계가 그러하듯 계획이 있어야 초고를 쓰면서 이렇게 놀라운 발견도 하게 되는 법이다.

7.1   자신에게 가장 편안한 방법을 찾아라

초고를 쓰는 방법은 사람마다 다르다. 천천히 신중하게 쓰는 사람도 있다. 한 문단을 제대로 쓰고 나서야 다음 문단을 시작할 수 있는 사람이다. 이런 사람에게는 세심한 계획이 필요하다. 이런 유형이라면 신중하게 계획을 세워라. 그냥 생각나는 대로 쓰는 사람도 있다. 막히면 건너뛰거나 나중에 넣을 생각으로 생략한다. 수치를 글로 표현할지, 아라비아숫자로 표현할지 같은 형식적인 문제에 부딪히면 물음표만 찍어두고 넘어간다. 더 이상 쓸 것이 남아 있지 않을 때까지 일단 쓰고는 다시 읽으면서 초고를 고친다. 이런 유형은 수정하는 데 많은 시간이 필요하다. 그러니 일찌감치 쓰기 시작해야 한다. 하지만 어느 방법이든 자신에게 효과적인 방법을 선택하라. 경험 있는 연구자들은 대체로 초고를 빨리 끝내고, 수정을 철저히 하는 편이다.

7.2   생산적인 초고 쓰기 습관을 키워라

우리는 대개 가장 비효율적인 방법으로 보고서를 쓴다. 마감일에 쫓겨 마감 전날 밤에 초고를 쓰고, 마감일 아침에 몇 분간 수정을 한다. 이런 식으로는 소논문도 제대로 쓰기 힘들다. 긴 논문은 절대 제대로 쓸 수 없다. 우리에게는 시간이 필요하다. 그리고 한 번에 해낼 수 있는 작은 목표로 쪼개진 계획이 필요하다. 하지만 늘 전체를 생각해야 한다.

무엇보다 조금씩 나누어 규칙적으로 초고를 써야 한다. 장거리 마라톤을 하듯 한꺼번에 초고를 쓰면 생각이 무뎌지고 지루함을 느낀다. 작은 목표를 정해 적절한 길이로 과제를 나누고 그 계획을 지켜라. 쓰다 말고 다시 시작할 때는 지난번에 쓰다 만 부분에서 다시 시작할 필요는 없다. 스토리보드를 점검하면서 오늘은 어느 부분의 초고를 쓸지 정해도 좋다. 그러고는 오늘 쓴 부분이 논문의 각 부분과 전체에 어떻게 연결될지 생각해보라. "이 부분이 뒷받침하는 논거는 무엇일까? 전체적인 논리에서는 어디쯤 해당할까? 이 부분을 특징짓는 개념을 나타내는 주요 용어는 무엇일까?" 막히면 다른 부분으로 넘어간다. 어떤 어려움이 닥쳐도 초고를 쓰기 위해 자료를 더 읽으려 하지 말라. 습관적으로 일을 미루는 유형은 대개 연구과제에 겁을 먹어 무력해진 사람들이다. 이런 사람은 계속 시작을 미룬다. 하지만 연구를 한 번에 해낼 수 있는 작은 과제로 쪼개면 이렇게 해로운 습관도 극복할 수 있다.

7.3 주요 용어를 길안내로 삼아라

초고를 쓸 때는 논문 전반을 관통하는 여러 일반적 개념을 나타내는 주요 용어를 목록으로 만들어 앞에 두고 시작하는 것이 좋다. 주요 용어를 얼마나 자주 사용하는지 가끔씩 확인해보라. 논문 전반을 관통하는 일반용어와 각 부분을 특징짓는 용어를 둘 다 확인해보라. 그렇다고 주요 용어에 얽매어 새로운 생각을 억눌러서는 안 된다. 논지에서 벗어난 느낌이 들더라도 한동안 그냥 생각을 전개해본다. 어쩌면 흥미로운 생각이 떠오를 수도 있다. 머릿속에 떠오르는 생각에 모든 걸 맡기고 어디까지 가는지 지켜보라.

7.4 인용과 바꿔쓰기, 요약을 적절하게 활용하라

필기(4.2.2 참조)를 다룰 때 언급했던 문제이기도 하다. 보고서의 많은 부분은 자신의 생각을 표현하는 자신만의 언어로 채워야 한다. 그러나 자신의 생각을 뒷받침하려면 인용과, 바꿔쓰기, 요약을 자주 하게 된다. 물론 분야마다 그 비율은 다르다. 일반적으로 인문학 연구자들이 가장 많이 인용을 활용하는 편이다. 사회과학과 자연과학 분야는 통상적으로 바꿔쓰거나 요약을 한다. 그러나 정해진 규칙이 있는 것은 아니다. 주장을 펼치기 위해 자료를 어떻게 활용하느냐에 달려 있다. 그러면 몇 가지 원칙을 살펴보자.

- 요약: 자료의 세부사항이 당신의 주장과 관련이 없거나 많은 공간을 할애할 만큼 중요한 내용이 아닐 때 요약한다.
- 바꿔쓰기: 자료의 내용을 더 명료하고 간결하게 진술할 수 있거나 자료의 세세한 표현이 아니라 내용으로 주장을 뒷받침할 수 있을 때 바꿔쓴다(바꿔쓰기에 대해서는 7.9 참조).
- 인용: 다음과 같은 상황에서는 인용을 활용한다.
  - 자료의 표현 자체가 논거를 뒷받침하는 근거가 될 때
  - 자료의 견해가 자신의 의견과 다르기 때문에 공정히 다루기 위해 정확하게 인용하고 싶을 때
  - 자신의 견해를 뒷받침해줄 권위 있는 자료일 때
  - 뛰어나게 독창적인 자료일 때
  - 주요 개념을 아주 설득력 있게 표현한 인용문이어서 그 자체가 논의의 틀을 잡아줄 수 있을 때

자신만의 생각과 인용, 바꿔쓰기, 요약을 균형 있게 활용해야 한다. 다른 사람의 말을 그저 되풀이하거나, 심하게는 다운로드 해서 자신의 문장 몇 개를 중간 중간에 짜깁기하는 방식으로 써서는 안 된다. 교수들은 이렇게 독창성 없는 글에 실망하고 분개한다. 인용과 바꿔쓰기, 요약과 자신의 새로운 생각 사이에 균형을 유지하라. 석·박사논문처럼 고급 단계의 연구라면 이렇게 짜깁기한 글은 재고의 여지도 없이 거부당한다.

독자의 평가는 논문의 자료를 얼마나 신뢰할 수 있느냐에 비례한다. 따라서 요약, 바꿔쓰기, 인용을 할 때마다 적절한 인용방식에 따라 서지정보를 제시한다 (2부 참조).

7.5 인용문을 본문에 넣는 방법

인용문을 본문에 넣는 방식은 두 가지다.

- 네 줄 이하는 기존 문단에 삽입한다.

■ 다섯 줄 이상은 안으로 들여 쓴 블록 인용문을 새로 시작한다.

삽입 인용문run-in quotation과 블록 인용문block quotation을 본문과 통합하는 방법은 두 가지다.

1. 독립된 인용문장이나 문단을 넣고 몇 가지 설명어를 앞에 덧붙인다. 그렇다고 다음처럼 모든 인용문 앞에 '말하다says' '진술하다states' '주장하다claims' 같은 단어를 천편일률적으로 붙여서는 안 된다.

다이아몬드는 말한다. "비옥한 초승달 지대와 중국의 역사에는 . . . 현대에 도움이 될 만한 여러 교훈이 있다. 환경은 변하게 마련이며 과거에 앞섰던 문화가 미래에도 반드시 앞서리란 보장이 없다."(417)

대신 약간의 해석을 덧붙인다.

다이아몬드는 역사가 반복하리라 기대해서는 안 된다는 교훈을 과거로부터 배울 수 있다고 제안한다. "비옥한 초승달 지대와 중국의 역사에는 . . . 현대에 도움이 될 만한 여러 교훈이 있다 . . ."

2. 인용문을 자신의 문장에 잇대어 엮는다.

정치지도자들은 과거로부터 배워야 한다. 그러나 다이아몬드는 비옥한 초승달 지대와 중국의 역사에서 '현대가 배워야 할 교훈'이 있다면 '환경은 변하게 마련이며 과거에 앞섰던 문화가 미래에도 반드시 앞서리란 보장이 없다'는 것이라고 말한다(417). 따라서 역사에서 배워야 할 한 가지 교훈은 역사 자체가 반복될 것이라 기대해서는 안 된다는 것이다.

인용문을 자신의 문장에 잇대어 엮으려면 그 의미를 바꾸지 않는 한에서 변형해야 한다. 덧붙이거나 바꾼 단어가 있다면 각괄호(())를 사용하여 표시하고, 생략한 부분은 생략부호(...)로 표시한다. 다음은 원문을 손대지 않고 인용한 예다.

포스너는 종교의 영적 기능이 아니라 사회적 기능에 초점을 맞춘다. "미국 사회의 뚜렷한 특징은 종교다원주의다. 우리는 사회규범의 원천이자 집행자로서 종교가 역사적으로 중요하다는 관점에서 미국의 종교다원주의가 사회규범을 활용한 통치체제의 효율성과 어떻게 연결되는지 숙고해야 한다."(299)

다음은 연구자의 문장 속에 엮기 위해 원문을 변형한 예다.

종교다원주의를 논하며 포스너는 미국 사회의 '뚜렷한 특징'은 ... (미국의)'종교다원주의' 라고 말한다. 우리는 미국의 사회규범이 '사회규범의 원천이자 집행자로서 종교가 역사적으로 중요하다는 관점에서 ... 통치체제의 효율성'에 어떻게 영향을 미치는지 고려해야 한다(299).
(인용문을 본문에 통합하는 방법은 25장 참조)

처음 인용하는 자료는 저자의 이름 전체를 밝힌다. 이름 앞에 Mr. Mrs. Professor 같은 경칭은 붙이지 않는다(Dr., Reverend, Senator 등의 경칭 사용에 대해서는 24.2.2 참조). 두 번째 인용할 때부터는 성만 사용하면 된다.

스티븐 핑커에 따르면 "언어 본능에 관한 주장은 ... 사람들 사이에 있을 수 있는 유전적 차이라는 사실과 아무 관계가 없다." 핑커는 계속해서 주장하기를 ...

왕이나 여왕, 교황을 지칭할 때가 아니면 이름만으로 출처를 밝혀서는 안 된다. 아래와 같은 실수는 절대 저지르지 않도록 하자.

스티븐 핑커에 따르면 "언어 본능에 관한 주장은 ... 사람들 사이에 있을 수 있는 유전적 차이와는 사실 아무 관계가 없다." 스티븐은 계속해서 주장하기를 ...

7.6 각주와 후주를 현명하게 사용하라

주석표기방식bibliography-style(3.2.1 참조)을 사용한다면 초고를 쓸 때 각주footnote와 후주endnote(각주와 후주의 형식은 16장 참조)를 어떻게 사용할지 결정해야 한다. 물론 모든 자료의 출처는 주를 사용해 밝혀야 한다. 그러나 출처를 밝힐 때만이 아니라 본문에 넣고 싶지는 않지만 그렇다고 생략하고 싶지도 않은 중요한 내용을 각주나 후주에 넣을지도 정해야 한다(이러한 내용 주는 참고문헌표기방식의 괄호주와 함께 사용할 수 있다. 18.3.3 참조).

- 자료의 출처를 밝히는 데 후주를 활용한다면 내용 주는 각주를 활용한다. 그렇지 않으면 독자가 본문을 읽다말고 맨 뒤에 달린 후주를 찾아 확인해야 할 것이다.
- 내용 주는 자제한다. 내용 주가 너무 많으면 논문의 흐름이 단절되며 산만한 느낌을 준다.

독자는 대개 내용 주를 읽지 않는다는 사실을 명심하라. 독자들은 본문에 들어가지 않을 만큼 중요치 않은 정보를 굳이 각주에서 읽어야 할 필요가 있을까 생각한다.

7.7 복잡하거나 자세한 근거는 제시하기 전에 설명하라

초고를 쓸 때쯤이면 연구자는 자신이 수집한 근거가 논거를 뒷받침한다고 확신한다. 그래서 독자들 또한 근거와 논거의 관련성을 틀림없이 이해할 것이라 생각한다. 그러나 근거는 그 자체로 설명이 되지 못한다. 특히 긴 인용문이나 이미지, 표나 그래프 같은 근거로 설명을 대체할 수는 없다. 따라서 근거를 제시하기 전에 독자들이 근거에서 무엇을 끌어내야 하는지 설명하는 문장을 하나 정도 덧붙인다.

예를 들어 다음 단락을 읽고 인용문이 어떻게 앞 문장을 뒷받침하는지 이해하기는 어렵다.

햄릿은 기도하고 있는 새아버지 클라디우스 뒤로 다가갔다. 그는 그 자리에서 새아버지를

죽일지 말지 논리적으로 침착하게 생각했다.(주장)

> 자, 기회는 지금이다. 마침 저 자가 기도를 드리니
> 자 지금 하자(그를 죽이자). 그러면 저 자는 천국으로 가고
> 나는 복수를 하게 된다 . . .
> (하지만)이 악한은 내 아비를 죽이지 않았는가. 그런데
> 단 하나밖에 없는 아들인 내가 이 악한을 천국으로 보낸다니.
> 아니, 이건 복수가 아니라 사례를 하는 꼴이군.(근거)

이 인용문에서 침착한 합리성을 명백하게 언급하는 줄은 단 한 줄도 없다. 그렇다면 다음 인용문과 비교해보자.

햄릿은 기도하고 있는 새아버지 클라디우스 뒤로 다가가며 그를 그 자리에서 죽일지 말지 논리적으로 침착하게 생각했다.(주장) 처음에 햄릿은 클라디우스를 즉시 죽이려 했다. 그러나 잠시 멈추어 생각을 했다. 클라디우스가 기도할 때 그를 죽이면 그의 영혼을 천국으로 보내게 될 것이다. 하지만 햄릿은 클라디우스를 지옥으로 보내고 싶었다. 그래서 햄릿은 침착하게 나중에 클라디우스를 죽이기로 결정했다.(논거)

> 자, 기회는 지금이다. 마침 저 자가 기도를 드리니
> 자 지금 하자(그를 죽이자). 그러면 저 자는 천국으로 가고
> 나는 복수를 하게 된다 . . .
> (하지만)이 악한은 내 아비를 죽이지 않았는가. 그런데
> 단 하나밖에 없는 아들인 내가 이 악한을 천국으로 보낸다니.
> 아니, 이건 복수가 아니라 사례를 하는 꼴이군.

표나 그래프를 이용해 통계 근거를 제시할 때는 이렇게 미리 설명하는 것이 훨씬 중요하다(8.3.1 참조).

뜻밖의 발견을 열린 마음으로 받아들여라

초고를 쓰기 전에 가장 훌륭한 초고의 모습을 그려두었고 그 계획을 따라간다면 초고를 쓰면서 뜻밖의 일은 별로 없을 것이다. 그렇더라도 처음부터 끝까지 새로운 길에 늘 열린 마음을 지녀야 한다.

- 초고가 논지를 벗어나 옆길로 새기 시작하면 혹시 계획보다 더 나은 생각을 찾을 수 있는지 따라가본다.
- 근거를 설명하다 논거가 의심스러워졌다면 그냥 넘어가지 말고 그 원인을 추적하라.
- 근거를 제시하는 순서가 어색하다고 느껴진다면 초고를 거의 마쳐간다고 여겨지더라도 다른 순서로 배열해보라.
- 최종 결론에 이르러서야 어떻게 주장을 재진술하면 더 명확하고 선명하게 전달할 수 있는지 깨달을 때도 있다.

마감일 전에 더 좋은 생각이 떠올랐다면 논문을 고치는 데 시간을 투자하라. 크게 개선될 논문을 생각하면 그 정도는 아무 것도 아니다.

7.9 **부주의한 실수로 인한 표절을 방지하는 법**

초고를 쓸 때는 연구자로서 최악의 실수를 저지를 위험이 가장 높을 때라 할 수 있다. 초고를 쓰다보면 다른 연구자의 생각을 도용하는 듯한 인상을 줄 만한 일을 할 때가 있다. 그러면 표절 의혹을 받는다. 그런 의혹을 씻지 못한다면 형편없는 학점을 받거나 심지어 제적을 당할 수도 있다.

많은 교수가 표절하지 말라고 경고하면서도 표절이 무엇인지는 설명하지 않는다. 설명의 여지가 없는 고의적이고 부정직한 행동이라 생각하기 때문이다. 물론 인터넷에서 구매한 글을 제출하거나 선배나 친구의 글을 복사해서 자기 이름만 써서 내는 행위가 표절이라는 것은 누구나 다 안다. 자료에서 복사하거나 인터넷에서 다운로드 받은 자료를 여러 쪽에 걸쳐 도용하면 표절이 된다는 것도 많은 사람이 안다. 그런 경우라면 '하지 마!'라는 말밖에 해줄 수 없다.

하지만 독자를 고의로 속이려 들지 않더라도 부주의하거나 잘 몰랐던 탓에 많은 학생들이 표절 의혹을 받곤 한다. 어떻게 하면 독자에게 표절이라는 인상을 주는지 살펴보자.

- 인용한 자료에 인용부호를 붙이지 않거나 블록 인용문으로 처리하지 않는다.
- 자료를 바꿔쓰기 하고 출처를 밝히긴 했지만 그 표현이 원문과 너무 비슷하여 인용이나 다름없다. 누가 보더라도 원문의 단어만 살짝 바꾸었다는 것을 알 수 있다.
- 참고자료의 생각과 방법을 활용했지만 출처를 밝히지 않았다.

7.9.1 출처를 밝혔다 해도 인용한 자료는 아주 사소한 것까지 표시하라

출처를 밝혔다 해도 무엇이 자신의 표현이고, 무엇이 인용한 것인지 독자에게 알려야 한다. '단 한 줄'을 인용했다 해도 인용부호나 블록 인용문을 사용하지 않으면 표절 의혹을 받을 수 있다. 몇 단어만 옮겨 쓸 때는 문제가 더 복잡하다. 다음 예를 살펴보자.

기술은 기술을 낳기 때문에 발명전파의 중요성은 발명의 중요성을 넘어설 가능성이 있다. 기술의 역사는 자기촉매 과정이라 불리는 것을 잘 보여준다. 곧 시간에 비례해 그 속도가 빨라진다. 과정 그 자체가 촉매가 되기 때문이다(다이아몬드 1998, 301).

재러드 다이아몬드의 이런 생각을 글에서 다룬다면 '발명의 중요성' 같은 다이아몬드의 표현을 이용해야 할 것이다. 하지만 그런 구절까지 인용부호를 달 필요는 없다. 독창적인 생각이나 표현이 담긴 구절이 아니기 때문이다. 하지만 위 문단에서 '기술은 기술을 낳고'와 '자기촉매 과정' 같은 두 구절은 인상적인 구절이기 때문에 인용부호를 붙여주어야 한다.

기술의 힘은 개별적인 발명 너머에 있다. 기술은 '더 많은 기술을 낳기' 때문이다. 다이아몬드의 표현을 빌면 '자기촉매 과정'(301)이다.

일단 인용한 구절을 재인용할 때는 인용부호를 달지 않아도 되고, 출처를 밝히지 않아도 된다.

하나의 발명이 또 다른 발명을 낳고, 그 발명이 또 다른 발명을 낳는다면 이 과정은 자생력 있는 촉매과정이 되어 모든 국경을 넘어 기하급수적으로 확산된다.

사실 애매한 문제다. 어떤 독자에게는 독특해 보이는 표현이 다른 독자에게는 평범해 보일 수도 있다. 평범한 어구에 지나치게 많은 인용부호를 달면 순진하거나 자신 없어 보일 수 있다. 그러나 독자가 인용부호를 달아야 한다고 생각하는 부분에 인용부호를 달지 않으면 남의 생각을 도용한다는 의혹을 받을 수 있다. 부정직해 보이는 것보다 순진해 보이는 것이 낫으니, 특히 초보 연구자 시절에는 인용부호를 마음 놓고 사용하자(하지만 해당 분야의 일반적 관행을 따라야 한다. 예를 들어 변호사들은 법령이나 판결문의 표현을 인용부호 없이 그대로 쓸 때가 많다).

7.9.2　원문과 너무 비슷하게 바꿔쓰지 마라

자신의 어휘로 참고자료보다 더욱 명확하고 선명하게 표현했다면 적절하게 바꿔쓰기를 했다고 할 수 있다. 그러나 독자가 논문을 읽으면서 당신의 단어와 어구를 원문의 표현과 하나하나 대비할 수 있다면 공정한 바꿔쓰기의 선을 넘어 표절처럼 보일 수도 있다. 예를 들어 다음 단락은 우리가 앞서 말한 내용을 표절했다 할 수 있다.

부스와 콜럼, 윌리엄스에 따르면 적절한 바꿔쓰기란 참고자료를 더욱 명확하고 선명하게 표현하기 위해 자신의 어휘를 사용하는 것이다. 그러나 원문과 흡사하게 바꿔쓰기를 해서 어떤 단어와 어구를 바꿔썼는지가 한 눈에 보인다면 독자는 표절이라고 생각할 수도 있다.

다음 바꿔쓰기는 표절에 근접하다.

적절한 바꿔쓰기는 자료를 자신만의 표현으로 다시 써서 더욱 명확하고 선명하게 다듬는 것이다. 그러나 바꿔쓰기 한 원문과 너무 흡사해서 바꿔쓰기 한 문장의 단어와 어구를 독자가 원문의 표현 하나하나에 대응시킬 수 있다면 표절이라 보일 수 있다(부스, 콜럼, 윌리엄스, 2007).

다음 바꿔쓰기는 표절이 아니다.

부스와 콜럼, 윌리엄스에 따르면(2007), 바꿔쓰기란 다른 사람의 생각을 더욱 명료하게 표현하기 위해 자신의 언어를 사용하는 것이다. 그러나 바꿔쓰기와 원문의 단어 하나하나가 비슷하다면 표절이 된다.

표절 의혹을 피하려면 바꿔쓰기 하는 동안에 원문을 보지 말라. 바꿔쓰기 할 단락을 읽은 후 고개를 돌리고 잠시 그 단락에 대해 생각한다. 원문은 치워둔 채 자신만의 표현으로 그 단락을 바꿔쓰기 한다. 그리고 자신이 쓴 문장의 어휘를 손으로 하나씩 짚으며 원문의 순서를 따라 같은 생각을 표현한 곳이 있는지 찾아본다. 자신이 읽었을 때 그런 부분이 눈에 띈다면 독자도 충분히 찾아낼 것이다. 그러니 다시 바꿔쓰라.

7.9.3 자신의 생각이 아닌 것은 출처를 밝혀라

보기보다 복잡한 규칙이다. 우리의 생각은 대개 인류의 오랜 역사의 어디쯤에 그 출처를 추적할 수 있기 때문이다. 독자들은 우리에게 익숙한 모든 생각의 머나먼 출처까지 하나하나 밝힐 것을 기대하지는 않는다. 그러나 (1) 특정 인물과 연결되는 생각과 (2) 해당 분야의 상식이 되기에는 아직 새로운 생각인 경우에는 출처를 밝혀야 한다.

예를 들어 심리학자들은 두뇌의 다른 부분을 이용해 우리가 생각하고 느낀다고 주장한다. 하지만 이런 생각의 출처를 밝히기를 기대하는 독자는 없다. 이런 생각은 더 이상 특정 자료와 연결되지 않으며 이제 누구에게나 친숙한 생각이어서 다른 사람의 생각을 도용한다고 생각할 독자는 없다. 한편, 합리적인 의사결정에 감정이 중요하다고 주장하는 심리학자도 있다. 이런 생각은 새로운 데다 특정 연구자와 밀접하게 관련이 있기 때문에 그 출처를 밝혀야 한다.

원리는 이렇다. 당신이 직접 생각해내지 않은 아이디어인데 해당 분야의 독자가 보고서를 읽으면서 당신이 생각해낸 것이라 여길 만한 것이 있다면 모두 출처를 밝혀라. 단순명쾌해 보이지만 사실 애매한 부분이 많다. 확실치 않을 때마다 담당교수에게 확인해보라.

7.9.4 몰랐다고, 오해했다고, 그럴 의도는 아니었다고 변명하지 마라

표절이라고 보이지만 사정을 들여다보면 그저 자료를 어떻게 활용하고, 인용하는지 몰라서 벌어진 일일 때가 많다. 누구에게나 개방된 인터넷 사이트에서 무료로 다운로드 한 자료는 출처를 밝힐 필요가 없다고 진정으로 믿는 학생도 있다. 잘못된 생각이다. 모두에게 개방되었든 무료이든 관계 없다. 다른 사람이 창조한 것은 무엇이든 그 출처를 밝혀야 한다.

의도적으로 독자를 속이려 한 것이 아니라고 변명하는 학생도 많다. 그러나 문제는 독자가 읽는 것은 논문의 구절구절이지 연구자의 마음이 아니라는 것이다. 따라서 표절은 연구자의 의도 문제가 아니라 독자의 수용 문제라고 생각하라. 독자에게 표절이라는 인상을 줄 만한 것은 모두 피하라. 자신의 이름으로 논문을 제출한다는 것은 분명하고 구체적으로 인용했다고 밝히지 않은 나머지 부분은 모두 자신이 썼다고 암암리에 맹세하는 것이다. 이렇게 생각하면 좋다. 자신의 논문에 인용한 자료의 저자가 자신의 글을 읽는다고 상상해보자. 바꿔쓰기와 요약, 심지어 요지나 방법론에 이르기까지 그 연구자가 자신의 생각이라 여길 만한 것이 있는가? 그렇다면 그 출처를 밝히고, 연구자의 표현을 그대로 옮긴 부분은 인용부호로 묶거나 블록 인용문을 사용하라.

7.10 필요 이상의 도움은 피하라

경험 있는 연구자는 자신의 초고를 다른 사람에게 정기적으로 보여주며 비평과 충고를 구한다. 좋은 방법이다. 그러나 어느 정도까지 다른 사람의 도움을 받아도 되는지, 논문에서 밝혀야 할 종류의 도움이 어떤 것인지는 교수마다 생각이 다르다. 다른 사람에게 도움을 받을 때는 다음 두 질문을 스스로에게 던져보자.

1. 어느 정도까지 도움을 받아도 되는가?
   - 수업 과제물인 경우에 교수들은 대체로 다른 사람에게 포괄적인 비평이나 사소한 교정을 받으라고 학생들에게 권장한다. 그러나 다른 사람이 구절구절 다시 써주거나 중요한 내용을 일러주는 것은 안 된다.
   - 석·박사논문이나 출판을 목적으로 한 글인 경우에는 글을 대신 써주는 것만 제외하고 가능한 한 모든 도움을 교수와 동료를 비롯한 여러 사람에게 받는 것이 좋다.

여기에도 애매한 부분이 있다. 담당교수에게 기준을 묻고, 그 기준 내에서 얻을 수 있는 도움을 최대한 구해보라.

2. 논문에 밝혀야 할 유형의 도움은 무엇인가?
   - 수업 과제라면 다른 사람의 개략적 비평이나 사소한 교정, 또는 학교의 글쓰기 상담자에게 받은 도움은 밝히지 않아도 된다. 그러나 특별하거나 도움을 많이 받은 경우는 밝혀두자. 담당교수의 기준이 무엇인지 물어보라.
   - 석·박사논문이나 출판을 목적으로 한 글이라면 관례적인 도움은 밝히지 않아도 된다. 물론 서문에서 밝힌다면 정중하고 예의바른 태도일 것이다 (A.2.1 참조). 편집을 특별히 또는 많이 도와준 사람이 있다면 밝혀야 한다. 또 다른 사람의 머리에서 나온 주요 생각이나 어구도 출처를 밝혀야 한다.

7.11 습관적 미루기와 슬럼프를 극복하는 법

초고를 시작할 수 없을 것 같은 느낌이 들거나 몇 단어 이상 쓰지 못한다면 슬럼프에 빠진 것일 수도 있다. 학교생활이 주는 스트레스 때문에 심각한 불안장애로 슬럼프를 겪는 학생도 있다. 당신 또한 그런 경우일 수 있다. 상담교사를 만나보자. 하지만 스스로 고칠 수 있는 경우도 많다.

- 목표가 없거나 너무 높은 목표를 잡은 탓에 생각이 막히기도 한다. 그렇다면 규칙적인 계획을 세우고 한 번에 해낼 수 있는 작은 목표를 정한다. 계속 글을 쓸 수

있도록 도울 장치가 있다면 어떤 것이든 활용하라. 진도표도 괜찮고, 글쓰기 파트너를 정해 정기적으로 만나는 방법도 있다.

- 과제가 너무 거대해 보여 겁을 집어먹은 탓에 어디부터 시작해야 할지 모를 때도 있다. 그렇다면 우리의 충고대로 한 번에 해낼 수 있는 작은 과제로 과정을 쪼개보자. 그리고 한 번에 하나씩 집중해서 해내자. 작은 부분 몇 개를 완성하기 전에는 전체 과제를 두고 고민하지 말자.

- 모든 문장과 문단을 완벽하게 쓰고 나서야 다음 문장을 쓸 수 있다는 집착에 빠져 있을 수도 있다. 그렇다면 지금 초고를 쓰는 것이 아니라 그냥 생각을 스케치해보고 있을 뿐이라고 여기자. 그러고는 이를 악물고 되는 대로 짧게라도 써보자. 초고를 쓴다는 생각을 버리고 써내려가다 보면 글쓰기를 시작할 수 있다. 또 완벽해야 한다는 강박증을 어느 정도 피할 수 있다. 언제 어디서든 일을 하려면 완벽주의와는 어느 정도 타협을 해야 한다.

논문을 쓸 때마다 어려움에 부딪힌다면 학교의 교수학습센터를 찾아가보자. 이렇게 습관적으로 미루는 사람이나 생각이 막혀 글을 쓸 수 없는 사람을 돕는 상담자가 당신에게 꼭 맞는 충고를 해줄 것이다.

하지만 이렇게 생각이 막혀 글이 나오지 않는 시간을 이용해 잠재의식 속에서 자신의 생각을 더욱 숙성시킬 수도 있다. 이런저런 아이디어와 연결하고, 풀고, 다시 연결하면서 무언가 새롭고 놀라운 생각이 떠오를 수도 있다. 생각이 막혀 글이 나오지 않지만 시간 여유가 있다면(그러니 논문 쓰기를 일찍 시작하라) 하루 이틀 동안 다른 일을 해보라. 그리고 다시 책상으로 돌아와 글을 쓸 수 있는지 시험해보자.

8 표와 그래프로 근거를 제시하기

수치자료는 시각적으로 제시해야 독자들이 더 쉽게 이해할 수 있다. 그러나 도표에도 다양한 종류가 있다. 그중에는 자료의 특성과 내용에 잘 맞는 것이 있는가 하면 잘 맞지 않는 것도 있다. 이번 장에서는 적합한 도표를 어떻게 선택하는지, 자료의 내용뿐 아니라 자료가 연구자의 주장을 어떻게 뒷받침하는지를 효과적으로 보여주려면 도표를 어떻게 설계해야 할지 살펴보겠다(그래프 작성과 활용에 대한 안내서는 본서의 참고문헌목록 참조, 도표를 설계하는 방법은 26장 참조).[1]

8.1   언어적 표현과 시각적 표현

수치가 몇 개 되지 않을 때는 자료를 보통 언어로 제시한다(텍스트에서 수치를 제시하는 방법은 23장 참조). 근거의 많은 부분이 수와 관계가 있거나 많은 자료를 한꺼번

---

1. 용어 설명: 도표를 가리키는 용어는 다양하다. 우선 용어를 정리하도록 하자. 이 장에서 '도표 graphics'는 근거를 시각적으로 제시하는 모든 형태를 일컫는다. 사람들은 가끔 '도판illustrations'이라는 용어도 사용한다. 일반적으로 도표는 '표tables'와 '그림figures' 두 가지로 분류한다. 표는 수치나 말로 표현된 자료를 범주별로 분류하여 열과 줄로 짜인 격자 안에 표시하는 것이다. 그림은 그 외의 도표를 나타내는 말로 그래프와 차트, 사진, 그림과 다이어그램을 포함한다. 수치자료를 제시하는 그림으로는 '차트'와 '그래프'가 있다. 차트는 대체로 막대와 원, 점이나 다른 형태로 이루어지며, 그 래프는 대개 선으로 이루어진다(일반적인 도표 유형과 용도는 표 8.7 참조).

에 다루어야 할 때는 시각적으로 제시한다. 하지만 자료가 짧고 단순할 때는 도표로 제시하나 문장으로 제시하나 독자는 쉽게 이해할 수 있다.

1966년에 남자들은 평균 3만 2,144달러를 벌었고, 여자들은 2만 3,710달러를 벌었다. 그 차이는 8,434달러다.

표 8.1. 남성-여성 임금($), 1996

남성	32,144
여성	23,710
차이	8,434

표 8.2. 가족 구조의 변화, 1970-2000

가족 형태	전체 가족의 백분율			
	1970	1980	1990	2000
양 부모 가정	85	77	73	68
모자 가정	11	18	22	23
부자 가정	1	2	3	4
무 부모 가정	3	4	3	

그러나 한 문단에 네댓 개 이상의 숫자를 제시하면 독자가 제대로 이해하기 힘들다. 그 수치를 서로 비교해야 하는 경우에는 특히 힘들다.

1970년과 2000년 사이에 가족 구조는 두 가지 면에서 달라졌다. 1970년에는 85퍼센트의 가족이 양 부모 가정이었지만 1980년에는 그 비율이 77퍼센트로 감소하더니 1990년에는 73퍼센트로, 2000년에는 68퍼센트로 줄었다. 한 부모 가정, 특히 모자 가정의 비율이 증가했다. 1970년에는 모자 가정이 11퍼센트였는데 1980년에는 18퍼센트로 증가하더니 1990년에는 22퍼센트, 2000년에는 23퍼센트로 늘었다. 부자 가정은 1970년에 1퍼센트였고, 1980년에는 2퍼센트, 1990년에는 3퍼센트, 2000년에는 4퍼센트였다. 무 부모 가정은 3-4퍼센트로 큰 변화가 없었다.

이런 자료는 표 8.2처럼 표를 사용하면 더 효과적으로 제시할 수 있다.

가장 효과적인 도표의 선택

앞 문단처럼 복잡한 자료를 도표로 제시하는 방법은 다양하다. 가장 간결하고 널리 쓰이는 것이 표와 막대 그래프, 선 그래프다. 각 형식마다 고유한 수사적 효과가 있다.

- 구체적 수치를 강조할 때는 표 8.2처럼 표를 이용하라.
- 비교 수치를 한 눈에 볼 수 있게 강조할 때는 그림 8.1 같은 막대 그래프를 사용하라.
- 동향을 강조할 때는 그림 8.2 같은 선 그래프를 사용하라.

같은 자료라 해도 독자는 도표의 종류에 따라 다르게 반응한다.

- 표는 정확하고 객관적인 인상을 준다. 수치 하나하나를 강조한다. 그러나 표 앞에 수치 간의 관계나 동향을 설명하는 문장이 없다면 독자 스스로 관계와 동향을

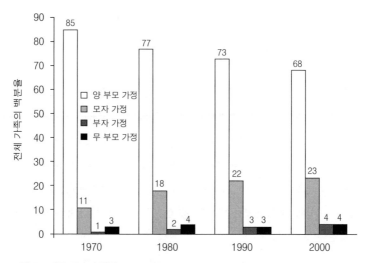

그림 8.1. 가족 구조의 변화, 1970-2000

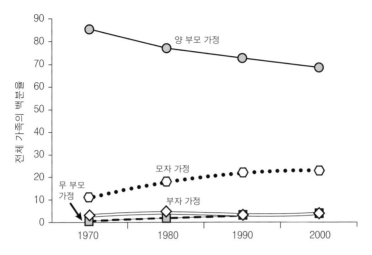

그림 8.2. 가족 구조의 변화, 1970−2000

추론해야 한다.

- 막대 그래프와 선 그래프는 구체적 수치를 전달하는 데 있어서는 표보다 정확도
가 떨어진다. 하지만 독자가 빨리 파악할 수 있는 시각 이미지다. 그러나 둘 사이
에도 차이가 있다.
- 막대 그래프는 다른 항목 사이의 비교를 강조한다.
- 선 그래프는 특정 시간에 걸친 동향을 강조한다.

그냥 머릿속에 먼저 떠오르는 도표를 무턱대고 선택하지 말고, 의도한 결과를 가
장 효과적으로 얻을 수 있는 도표를 선택하라.

얼마나 다양한 형식의 도표를 두고 고민하느냐는 연구 경험에 달려 있다. 양
적 연구를 처음 해본다면 기본적인 표와 막대 그래프, 선 그래프만 고려하라. 컴
퓨터 프로그램에 더 다양한 도표가 있겠지만 친숙치 않은 도표는 일단 무시하라.

고급 단계의 연구라면 독자는 많은 형태의 도표 중에서 연구자가 자신의 주
장과 자료 유형에 가장 적합한 도표를 선택하기를 기대한다. 표 8.7에 여러 도표
의 수사적 용도를 설명해두었으니 참고하라. 그러나 많은 데이터 사이의 복잡한
관계를 통상적으로 다루는 분야의 학위논문이나 학술논문이라면 창조적으로 자
료를 제시하는 법도 고민해야 한다.

8.3 표와 그래프의 설계

요즘에는 컴퓨터 프로그램을 이용해 멋진 도표를 만들 수 있기 때문에 그저 소프트웨어를 사용해 표와 그래프를 뚝딱 만들어내고 싶은 심정이 들기 십상이다. 하지만 도표가 아무리 근사해도 혼란스럽거나, 오해를 불러일으키거나, 연구자의 주장과 관련이 없다면 독자는 그 도표를 높이 평가하지 않는다. 연구자 자신이 도표를 명확하고 분명하게 만들어 자신의 주장과 연결하려면 어떻게 해야 할지 판단한 뒤 소프트웨어를 활용해 도표를 만들어야 한다(논문에 표와 그림을 만들고 넣는 방법은 A.3.3 참조).

8.3.1 독자가 이해하기 쉽게 구성하라

복잡한 수치를 표현하는 도표는 그 자체로 설명이 되지 않는다. 독자가 도표에서 눈여겨봐야 할 것이 무엇인지, 도표가 주장과 어떤 관련이 있는지 연구자가 설명해야 한다.

1. 자료가 자신의 요지를 어떻게 뒷받침하는지 진술하는 문장을 표와 그래프 앞에 덧붙인다. 독자가 눈여겨봐야 할 수치가 있다면 문장에서 언급하라(그 수치는 표나 그래프에도 등장해야 한다).

2. 모든 표와 그래프에 이름을 단다. 자료의 내용을 알리고, 가능하다면 중요한 관계까지 설명할 수 있는 이름이 좋다. 표의 이름은 제목title이라 부르며 표 왼편 상단에 둔다. 그래프의 이름은 캡션caption이라 부르며 그래프 왼편 하단에 둔다(제목과 캡션의 여러 형태는 26장 참조). 제목과 캡션은 간략하면서도 자료의 특성을 충분히 설명할 수 있어야 한다. 또 도표마다 다른 제목이나 캡션을 붙여야 한다.

   - 너무 포괄적인 제목이나 설명은 피한다.

     가구의 가장(X)

     한 부모 또는 양 부모 가구의 변화, 1970–2000(O)

   - 명사구를 사용한다. 관계사절을 피하고 대신 분사구를 사용하라.

     Number of families that subscribe to weekly news magazines(X)

     Number of families subscribing to weekly news magazines(O)

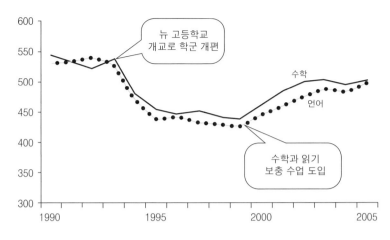

그림 8.3. 미드시티 고등학교의 SAT 점수, 1990-2005

- 배경지식이나 자료의 의미를 설명하지 않는다.

  인력 전문화 이전 시기에 우울증 아동의 상담 효과 저조, 1995-2004(X)

  우울증 아동의 상담 효과, 1995-2004(O)

- 비슷한 자료를 제시하는 도표와 구분할 수 있는 이름을 붙인다.

  남성의 고혈압 위험 요인, 일리노이주 메이우드

  남성의 고혈압 위험 요인, 자메이카의 킹스턴

3. 자료가 어떻게 자신의 논점을 뒷받침하는지 한 눈에 보여주는 정보를 표나 그림에 넣는다. 동향을 보여주는 통계를 포함한 표이고, 얼마나 변화했는지가 중요하다면 마지막 열에 변화를 표시하는 항목을 넣는다. 또는 그림 8.3 처럼 그래프에 언급되지 않는 영향 때문에 변화가 일어난다면 그를 설명하는 내용을 덧붙인다.

학군 개편으로 읽기와 수학 점수가 100점가량 떨어졌지만 수학과 읽기 보충수업을 도입하여 상당히 호전되었다.

4. 표나 그림에서 독자가 눈여겨봐야 할 부분이 있다면 강조한다. 표나 그림을 소개하는 문장에서 언급된 수치와 관계가 있다면 특히 강조하라. 예를 들어 표 8.3에서 도표가 다음 문장을 어떻게 뒷받침하는지 이해하려면 우리는 표

를 오래 들어봐야 할 것이다.

휘발유 소비에 대한 대부분의 예측은 틀린 것으로 판명되었다.

표 8.3. 휘발유 소비

	1970	1980	1990	2000
연간 주행 마일(000)	9.5	10.3	10.5	11.7
연간 휘발유 소비(갤런)	760	760	520	533

표 8.4. 일인당 운전 거리와 휘발유 소비, 1970–2000

	1970	1980	1990	2000
연간 주행 마일(000)	9.5	10.3	10.5	11.7
(1970년 대비 변화율%)		8.4%	10.5%	23.1%
연간 소비(갤런)	760	760	520	533
(1970년 대비 변화율%)			(31.5%)	(31.6%)

따라서 수치가 어떻게 논점과 연결되는지 설명해주는 또 다른 문장과 더 유용한 제목, 필요한 데이터를 한 눈에 볼 수 있는 시각적 장치가 필요하다(표 8.4 참조). 다음 문장을 첨가하면 표 8.4의 주요 자료를 어떻게 해석해야 할지 알 수 있다. 또 색깔을 사용해 표의 주요 정보를 강조하면 독자가 한 눈에 그 정보를 파악할 수 있다.

휘발유 소비는 그동안 많은 사람이 예측한 것처럼 증가하지 않았다. 2000년에 미국인들은 1970년보다 연간 주행 마일이 23퍼센트 증가했지만 연료 소비는 32퍼센트 감소했다.

8.3.2 내용이 허락하는 한 간결하게 만들어라
모든 도표에 가능한 한 많은 데이터를 넣으라고 권장하는 안내서도 있다. 하지만 독자는 산만하지 않으면서 연구자의 논점과 연결되는 데이터만 한 눈에 볼 수 있는 도표를 선호한다.

1. 관련 있는 데이터만 포함시킨다. 논점과 뚜렷한 관련은 없지만 기록상 남겨 두고 싶은 자료가 있다면 적절한 이름을 붙인 뒤 부록에 넣는다(A.2.3 참조).
2. 단순하게 구성하라.
   - 그래프
     - 두 개 이상의 그래프를 한데 묶고 싶을 때만 상자 안에 넣는다.
     - 배경에 음영이나 색을 넣지 않는다.
     - 2차원 그림에 3차원 배경을 넣지 않는다. 입체감을 더하는 것은 의미가 없다. 독자가 어떻게 수치를 읽어야 할지 혼란만 느끼게 할 뿐이다.
     - 3차원이 아니면 달리 표현할 길이 없고, 독자가 3차원 그래프에 친숙할 때만 3차원으로 구성한다.
   - 표
     - 세로줄과 가로줄 중 하나만 사용한다. 독자의 시선을 특정 방향으로 유 도하고 싶거나 도표가 유별나게 복잡하다면 희미한 회색 선을 사용하라. 마이크로필름에 담을 예정이라면 빗금이나 음영을 넣어서는 안 된다. 사 진 이미지가 흐려지기 때문이다.
     - 줄이 많은 표에는 다섯줄마다 희미한 음영을 넣는다.
     - 마이크로필름에 넣을 문서라면 글자 크기는 9 이상이어야 한다. 그보다 작은 글자는 읽을 수 없다.
   - 차트와 그래프
     - 그림이 복잡하거나 독자에게 정확한 수치를 보여주고 싶을 때만 모눈을 사용한다. 마이크로필름으로 찍을 문서가 아니라면 모든 선은 희미한 회 색으로 처리한다.
     - 색과 음영은 대조하고 싶을 때만 사용한다. 컬러판으로 인쇄할 예정이 며 나중에 복사해서 사용하지 않을 텍스트에만 색을 사용한다(흑백 복사를 하면 이 색이나 저 색이나 비슷비슷해 보인다).
     - 2차원 이미지로 나타낼 수 있는 자료라면 굳이 3차원 차트나 그래프로 표현하지 마라. 입체감을 더한다고 이득이 되는 건 아니다. 오히려 독자 의 수치판단을 왜곡할 위험이 있다.
     - 아이콘을 사용하지 마라(예를 들어 자동차 생산량을 나타내기 위해 자동차 이미

지를 넣지 마라). 정보를 전달하는 데 별 도움이 되지 않을 뿐 아니라 독자의 수치판단을 왜곡할 위험도 있고 아마추어 연구자 같은 인상을 주기 쉽다.

3. 명확한 이름을 붙여라.

- 표의 행과 열, 그래프의 양 축에 이름을 붙인다(이름의 구두법과 철자법은 26장 참조).
- 그래프의 세로축에는 눈금과 이름을 사용해 간격을 나타낸다(표 8.4 참조).
- 가능하면 그래프 옆에 따로 설명을 달지 말고, 이미지 상에서 선과 막대에 이름을 붙여라. 선과 막대에 이름을 붙이면 이미지가 너무 복잡해져서 읽기 힘들 경우에만 옆에 따로 설명을 단다.
- 구체적 수치가 중요하다면 해당 막대나 선, 영역에 수치를 덧붙인다.

8.3.3 표와 막대 그래프, 선 그래프를 그릴 때 지켜야 할 규칙

표. 많은 자료가 담긴 표는 매우 난해해 보인다. 이미지와 내용을 가능한 한 간단하게 만든다.

- 독자가 원하는 정보를 쉽게 찾을 수 있도록 행과 열의 순서를 정한다. 알파벳 순서에 따라 기계적으로 배열하지 않는다.
- 어림값을 사용하는 것이 적절한 경우라면 어림값을 제시한다. 천 단위 미만의 차이가 중요하지 않은 경우라면 2,123,499와 2,124,886은 부적절하리만치 정확한 수치다.
- 합계는 마지막 행이나 열에 표시한다. 첫 행이나 열에 표시하는 것은 적절하지 않다. 표 8.5와 표 8.6을 비교하면 8.5는 복잡해 보이며 항목이 적절하게 정리되어 있지 않다. 반면에 8.6은 보다 명료하다. 제목도 독자의 이해를 도우며, 표 자체도 복잡하거나 산만하지 않고 항목도 잘 정리되어 있어서 반복되는 패턴을 쉽게 파악할 수 있다.

막대 그래프. 막대 그래프는 구체적 수치 못지않게 이미지도 효과적으로 전달한다. 그러나 아무런 규칙 없이 막대를 나열하면 어떤 주장도 전달할 수 없다. 따라

표 8.5. 주요 산업국가의 실업률, 1990-2000

	1990	2001	변화
호주	6.7	6.5	(0.2)
캐나다	7.7	5.9	(1.8)
프랑스	9.1	8.8	(0.3)
독일	5.0	8.1	3.1
이탈리아	7.0	9.9	2.9
일본	2.1	4.8	2.7
스웨덴	1.8	5.1	3.3
영국	6.9	5.1	(1.8)
미국	5.6	4.2	(1.6)

표 8.6. 산업국의 실업률 변화, 1990-2000

영어권 국가 vs. 비영어권 국가			
	1990	2001	변화
호주	6.7	6.5	(0.2)
미국	5.6	4.2	(1.6)
캐나다	7.7	5.9	(1.8)
영국	6.9	5.1	(1.8)
프랑스	9.1	8.8	(0.3)
일본	2.1	4.8	2.7
이탈리아	7.0	9.9	2.9
독일	5.0	8.1	3.1
스웨덴	1.8	5.1	3.3

서 독자가 연구자의 주장을 이해하는 데 도움이 되는 순서대로 막대를 배열한다. 예를 들어 그림 8.4를 설명 문장과 함께 살펴보자. 그림 8.4의 항목은 알파벳 순서로 나열되어 있어서 독자가 연구자의 주장을 이해하는 데 도움이 되지 않는다. 반면에 그림 8.5는 논리 정연한 이미지로 연구자의 주장을 뒷받침한다.

대부분의 사막 지대는 북아프리카와 중동에 집중 분포한다.

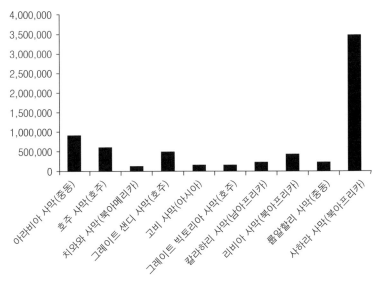

그림 8.4. 세계 10대 사막

대부분의 사막 지대는 북아프리카와 중동에 집중 분포한다.

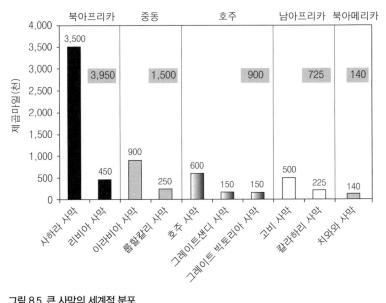

그림 8.5. 큰 사막의 세계적 분포

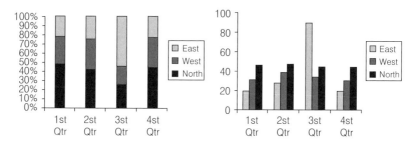

그림 8.6. 다층형 막대 도표 vs. 그룹형 막대 도표

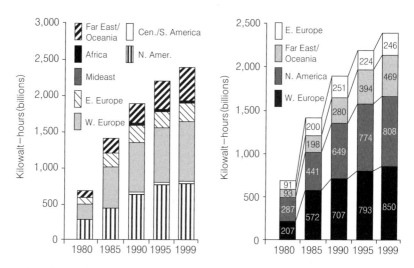

그림 8.7. 원자력 에너지 생산국을 보여주는 다층형 막대, 1980-1999

일반적인 막대 그래프에서 막대 하나하나는 전체를 나타낸다. 그러나 전체를 이루는 여러 부분의 구체적 수치를 보여주는 것이 독자에게 도움이 될 때도 있다.

- '다층형 막대Stacked bar' 그래프: 그림 8.6의 왼편 도표에서와 같이 막대를 여러 비례부분으로 분할한다.
- '그룹형 막대grouped bar' 그래프: 그림 8.6의 오른편 도표에서와 같이 전체를 이루는 부분 하나하나를 다른 막대로 표현하고, 이 부분막대를 하나의 그룹으로 묶는다.

다층형 막대는 여러 전체 수치를 비교하는 것이 부분별 수치를 각각 비교하는 것보다 더 중요할 때만 사용한다. 그러나 독자는 눈대중으로 쉽게 그 비율을 파악할 수 없다. 따라서 다층형 막대 그래프를 사용할 때는 다음과 같이 한다.

■ 각 부분을 논리적 순서대로 배열한다. 가능하면 가장 큰 부분을 가장 진한 색깔로 표시하고 맨 앞에 둔다.
■ 각 부분에 구체적 수치를 표시하고, 상응하는 부분끼리 묶어 회색선으로 연결하여 그 비율을 명확히 볼 수 있게 한다.

그림 8.7을 보면 불필요한 부분을 제거하고, 나머지 부분을 논리적으로 배열하여 제목을 상세히 달았을 때 훨씬 보기 편하다는 것을 알 수 있다.

그룹형 막대 그래프는 전체를 구성하는 여러 부분을 비교하는 데 도움을 준다. 하지만 그룹형 막대 그래프에서 서로 다른 전체를 비교하는 것은 어렵다. 암산을 해야 하기 때문이다. 여러 전체를 비교하는 것보다 전체 속의 부분을 비교하는 것이 중요할 때 그룹형 막대 그래프를 사용하되 다음과 같은 원칙을 따른다.

■ 여러 그룹의 막대 그래프를 적절한 순서로 배열한다. 가능하면 크기가 비슷한 그룹끼리 차례로 배열한다(각 그룹 속의 막대를 배열할 때도 마찬가지다).
■ 각 그룹에 이름을 붙인다. 그룹 그래프 위에 붙이거나 가로축 아래에 붙인다.

막대 그래프에 적합한 자료는 대체로 원 그래프에도 적합하다. 원 그래프는 잡지나 타블로이드 신문, 회사의 경영 보고서 등에 많이 쓰이긴 하지만 사실 막대 그래프보다 읽기가 힘들다. 게다가 잘못 해석될 여지도 있다. 독자가 머릿속으로 여러 부분의 비율을 비교해야 하기 때문이다. 게다가 원 그래프의 여러 부분은 그 크기를 판단하기가 어렵다. 연구자들은 대체로 원 그래프를 비전문적 형태로 간주한다. 원 그래프 대신에 막대 그래프를 사용하자.

선 그래프. 선 그래프는 동향을 강조하기 때문에 독자가 정확하게 그래프를 해석하려면 명료하게 그려야 한다. 그러기 위해서는 다음과 같은 원칙을 따르라.

- 자신의 논점을 뒷받침할 수 있는 방향(위 또는 아래)으로 선을 그릴 수 있도록 변인을 선택한다. 예를 들어 고등학교 중퇴자 감소(아래)가 좋은 소식이라면, 중퇴하지 않고 남아 있는 학생의 증가(위)로 같은 자료를 표현할 수도 있다.
- 논점을 뒷받침하기 위해 꼭 필요한 경우가 아니면 하나의 그래프에 7개 이상의 선을 그리지 않는다.
- 그림 8.8처럼 선의 음영을 사용해 서로 다른 선을 구분해서는 안 된다.
- 몇 개의 수치만으로 선 그래프를 그린다면 정확성이 떨어질 것이다. 데이터포인트data point라 불리는 수치가 10개 미만이라면 그림 8.9처럼 데이터포인트마다 점을 표시하여 얼마나 많은 수치를 사용했는지 밝힌다. 데이터포인트가 10개 이상이라면 점을 표시하지 마라.

그림 8.8과 8.9를 비교해보자. 그림 8.8이 더 읽기 어렵다. 선의 음영이 각 선을 제대로 구분해주지 못하는 데다 변인과 수치를 연결하기 위해 앞뒤로 그래프를 훑어봐야 하기 때문이다. 그에 비해 그림 8.9는 더 명료하다.

동일한 자료를 다양한 방법으로 보여줄 수 있다는 사실이 고민스러울 수도 있다. 이런 고민을 해결하려면 다음과 같은 방법을 써보자. 우선 같은 자료를

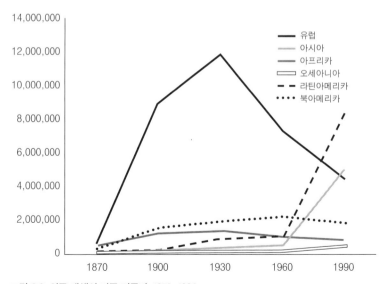

그림 8.8. 외국 태생의 미국 거주자, 1870-1990

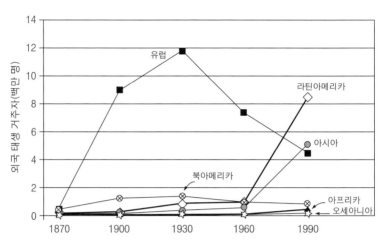

그림 8.9. 외국 태생의 미국 거주자, 1870-1990

여러 방식으로 표현하여(컴퓨터 프로그램을 사용해 빠른 시간에 할 수 있다) 그 자료를
처음 접하는 사람에게 보여주고 얼마나 효과적인지, 얼마나 명료한지 물어보
자. 각 도표 앞에 도표를 통해 증명하려는 주장이 무엇인지 설명하는 문장도 반
드시 써두자.

8.4 윤리적 자료 제시

도표는 명료하고 정확하고 타당해야 할 뿐 아니라 정직해야 한다. 주장을 증명하
기 위해 수치 사이의 관계나 데이터를 왜곡해서는 안 된다. 예를 들어 그림 8.10의
두 막대 그래프는 같은 자료를 보여주지만 사뭇 다르게 해석될 수 있다. 왼편 도표
는 0부터 100까지의 눈금을 사용하기 때문에 기울기가 꽤 완만하다. 따라서 오염
감소치도 작아 보인다. 그러나 오른편 도표의 세로축 눈금은 0이 아니라 80에서
시작한다. 이렇게 중간에서 시작하는 눈금은 작은 차이도 크게 과장할 수 있다.

그래프는 상관관계를 잘못 표현하여 독자에게 오해를 불러일으킬 수도 있다.
조합원 비율이 감소하면 실업률도 감소한다고 주장하면서 그림 8.11을 증거로
제시했다고 치자. 그림 8.11에서 조합원 비율과 실업률은 밀접한 연관이 있는 것
처럼 보이기 때문에 독자는 이 두 변인 사이에 상관관계가 있다고 무심코 추론할

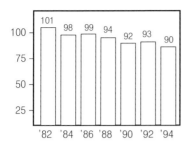 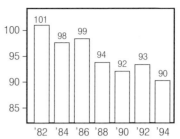

그림 8.10. 캐피털 시티 오염도, 1982–1994

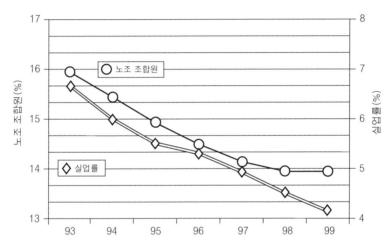

그림 8.11. 노조 조합원 비율과 실업률, 1993–1999

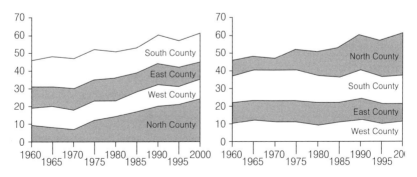

그림 8.12. 스테이트 대학 학생부의 카운티 분포도

수도 있다. 그러나 좌측 눈금(조합원 비율)은 우측 눈금(실업률)과 다르다. 두 변인의 감소가 평행선을 이루는 것처럼 표현하기 위해 두 변인을 고의적으로 왜곡한 그래프다. 두 변인 사이에 관계가 있을지도 모르지만 이렇게 왜곡된 이미지로는 그 관계를 증명할 수 없다.

또 그래프를 이용해 독자가 수치를 잘못 판단하도록 유도할 수도 있다. 그림 8.12의 두 도표는 시각적으로는 달라 보이지만 사실 동일한 자료를 나타낸다. 그림 8.12의 도표는 '다층면적stacked area' 도표다. 이러한 다층면적 도표는 선의 '기울기'가 아니라 선 사이의 면적으로 수치의 차이를 표현한다. 두 도표에서 남부와 동부, 서부를 나타내는 띠의 너비는 전반적으로 대략 비슷하다. 결국 수치 변화가 거의 없다는 것을 나타낸다. 그러나 북부를 나타내는 띠는 갑자기 넓어졌다. 수치가 크게 증가했음을 뜻한다. 왼편 도표를 보고 독자는 남부와 동부, 서부도 북부처럼 크게 증가했다고 잘못 판단할 수 있다. 이 세 지역을 나타내는 띠가 북부 위에 있어서 그 또한 같이 상승하는 것처럼 보이기 때문이다. 반면에 오른편 도표에서는 이 세 지역이 아래에 있기 때문에 상승하지 않는 것처럼 보인다. 단지 북부 지역만 상승했다.

왜곡된 시각적 표현을 피하기 위해 지켜야 할 규칙이 네 가지 있다.

- 대비를 확대하거나 줄일 목적으로 눈금을 조작하지 않는다.
- 수치를 왜곡할 만한 이미지를 전달하는 그림은 사용하지 않는다.
- 표나 그림을 불필요하게 복잡하거나 오해를 불러일으킬 만큼 단순하게 만들지 않는다.
- 표나 그림이 뒷받침하는 주장이 있다면 문장으로 진술한다.

표 8.7. 일반적인 도표 유형과 사용법

데이터	수사적 용도

막대 그래프 Bar Chart

사례case라 불리는 일련의 항목을 대상으로 한 가지 변인variable을 비교할 때(예: 6개 회사(사례)별 용역 노동자의 평균 임금(변인))

사례별로 강한 시각적 대비 효과를 줄 수 있으며 비교를 강조한다. 구체적 수치가 중요하다면 막대에 숫자를 첨가한다. 등급이나 동향을 보여줄 수도 있다. 수직막대가 가장 보편적이지만 사례가 많거나 이름이 복잡한 경우에는 수평막대를 사용하기도 한다. 8.3.3 참조.

그룹형 또는 분리형 막대 그래프 Bar Chart, Grouped or Split

일련의 사례를 대상으로 한 변인을 하위요소로 나누어 비교할 때(예: 6개 회사(사례)의 여성과 남성 용역 노동자(하위요소)의 평균 임금(변인))

각 사례 내부 또는 사례 간 하위요소를 대비할 때 유용하다. 그러나 사례별 총계 수치를 비교할 때는 유용하지 않다. 구체적 수치가 필요하면 막대에 첨가한다. 등급이나 동향은 제대로 표현하지 못한다. 동향이 중요하지 않다면 일련의 시간에 걸친 자료에도 활용할 수 있다. 8.3.3 참조.

다층형 막대 그래프 Bar Chart, Stacked

일련의 사례를 대상으로 둘 이상의 하위요소로 나누어진 변인을 비교할 때(예: 6개 산업(사례)의 지역별(하위요소) 희롱 신고(변인))

사례별 총합뿐 아니라 사례 내부의 하위요소별 수치를 비교할 때 가장 좋다. 그러나 사례 간 하위요소를 비교하기는 어렵다(이 경우는 그룹형 막대 그래프 사용). 구체적 수치는 막대와 영역에 표시한다. 총계 수치만 등급이나 동향을 표현할 수 있다. 8.3.3 참조.

히스토그램Histogram

비교하는 두 변인 중 하나가 구간으로 분할되어 막대 그래프의 사례와 같은 기능을 할 때(임금이 $0-5,000, $5-10,000, $10-15,000 등(구간변인)인 용역노동자(연속변인))

연속적인 자료집합 내부의 구간별 비교에 가장 효과적이다. 동향을 보여주지만 구간을 강조한다(예: $5-10,000 구간의 갑작스러운 증가는 시간제 노동자를 나타낸다). 구체적 수치는 막대에 표시한다.

이미지 그래프 Image Chart

지도나 다이어그램 같은 이미지 위에 1개 이상의 변인을 표시할 때(예: 투표 양상(변인)을 보여주기 위해 주(사례)에 빨간색이나 파란색으로 표시하기)

기존의 범주를 바탕으로 자료의 분포를 보여줄 때 유용하다. 구체적 수치는 강조하지 않는다. 지도나 과정 다이어그램처럼 이미지가 친숙한 경우에 가장 효과적이다.

원 그래프 Pie Chart

여러 사례를 대상으로 한 가지 변인의 비율을 보여줄 때(예: 미국 행정부별(사례) 예산 비중(변인))

한 부분을 전체에 대비시킬 때 가장 유용하다. 비교할 부분이 소수이거나 부분별 크기가 크게 다를 때만 유용하다. 그렇지 않으면 부분별 비교가 어렵다. 구체적 수치는 각 부분에 표시한다. 대중적 논쟁에서는 보편적이지만 전문가들은 선호하지 않는다. 8.3.3 참조.

표 8.7. (계속)

데이터	수사적 용도

선 그래프 Line Graph

한 개 이상의 사례를 대상으로 연속 변인을 비교할 때(두 액체(사례)의 온도와 점성)	동향을 보여줄 때 가장 효과적이다. 구체적 수치는 강조하지 않는다. 일정 시간에 걸친 자료에 유용하다. 구체적 수치를 표시하려면 데이터포인터에 수치를 첨가한다. 동향의 중요성을 보여주려면 눈금을 분할한다(평균 실정 이상 또는 이하) 8.3.3 참조.

영역 그래프 Area Chart

한 개 이상의 사례를 대상으로 두 연속 변인을 비교할 때(한 학군(사례) 내에서 시간 경과(변인)에 따른 읽기 시험 성적(변인))	동향을 보여준다. 구체적 수치는 강조하지 않는다. 일정 시간에 걸친 자료에 사용할 수 있다. 구체적 수치는 데이터포인트에 표시한다. 선 아래 영역은 정보를 전달하지 않지만 독자가 수치를 잘못 판단토록 할 우려가 있다. 다층 선 그래프나 다층면적 그래프와 혼동하기 쉽다.

다층면적 그래프 Area Chart, Stacked

두 개 이상의 사례를 대상으로 두 연속 변인을 비교할 때(몇몇 상품(사례)의 시간경과(변인)에 따른 이윤(변인))	사례의 총계가 달라지는 동향을 보여줄 뿐 아니라 각 사례가 그 총계에 얼마나 기여하는지도 보여준다. 8.4에서 설명한 대로 각 사례별 동향이나 수치를 독자가 잘못 판단할 위험이 있다.

분산형 차트 Scatterplot

한 사례의 다양한 데이터포인트에서 두 변인을 비교할 때(예: 한 도시(사례) 내에서 주택매매(변인)와 도심지로부터의 거리(변인)), 또는 데이터포인트 하나에서 다양한 사례를 비교할 때(10개 제조사(사례)의 브랜드 충성도(변인)와 수리 횟수(변인))	자료의 분포를 보여주는 데 가장 유용하다. 뚜렷한 동향이 없거나 데이터포인트에 초점을 맞출 때 쓴다. 데이터포인트가 많지 않은 경우에는 개별 수치가 강조될 수 있다.

버블 차트 Bubble Chart

한 가지 사례를 대상으로 다양한 데이터포인트에서 세 가지 변인을 비교할 때(예: 한 도시(사례) 내의 주택판매(변인)와 도심지로부터의 거리(변인), 가격(변인)) 또는 데이터포인트 하나에서 다양한 사례를 비교할 때(예: 10개 제조사(사례)의 이미지 광고(변인)와 수리 횟수(변인), 브랜드 충성도(변인))	세 번째 변인과 다른 두 변인의 관계를 강조한다. 세 번째 변인이 나머지 두 변인의 결과인지를 답할 때 가장 유용하다. 그러나 독자는 버블이 나타내는 상대적 수치를 잘못 판단하기 쉽다. 숫자를 표시하면 그런 문제를 줄일 수 있다.

9 초고 수정

초보 연구자는 초고를 쓰고 나서 이제 다 끝났다고 생각하기도 한다. 그러나 신중한 연구자는 그렇지 않다는 것을 안다. 신중한 연구자는 독자가 아니라 자신을 위해 초고를 쓴다. 자신의 생각대로 주장(또는 더 나은 주장)을 펼칠 수 있는지 확인해보기 위해 쓴다. 그리고 독자의 요구와 기대에 부응할 때까지 초고를 고친다. 수정은 어려운 일이다. 연구자는 자신의 논문을 속속들이 알다보니 독자의 입장에서 글을 읽기가 쉽지 않다. 수정을 잘 하려면 독자가 논문에서 얻으려는 것이 무엇인지, 독자들이 그것을 자신의 초고에서 찾을 수 있는지 알아내야 한다. 이 장에서 제안하는 방법이 다소 기계적으로 느껴질 수 있다. 그러나 자신의 초고를 객관적으로 분석해야 자신의 의도대로 글을 읽는 한계를 극복할 수 있다.

우리는 하향식 수정을 제안한다. 우선 논문의 '외형(서론과 결론)'을 보고, 그 다음에는 전체적인 구성을 살피고, 그후에 각 부분과 문단, 문장을 뜯어보고, 마지막으로 철자법과 구두법을 점검한다(철자법과 구두법은 3부 참조). 물론 꼭 이 순서대로 되지는 않는다. 문장을 수정하다가, 혹은 문단을 이리저리 바꾸며 전체 구성을 고치다가 단어 한두 개를 놓고 고심하며 손보기도 한다. 그러나 우리가 제안한 대로 전체에서 부분으로 내려오며 수정을 한다면 최선의 결과를 얻을 수 있다. 각 부분을 수정할 때도 마찬가지로 이런 하향식 원리를 쓰면 좋다.

경험 있는 연구자는 수정할 때 컴퓨터 화면보다는 출력물을 읽는 것이 더 확실하다고 생각한다. 초반에 쓴 초고는 컴퓨터 화면에서 수정할 수도 있겠지만 최소한 최종 초고 정도는 출력을 해서 읽어봐야 보고서의 전체 구조를 더 잘 이해할 수 있고 실수도 더 잘 잡아낼 수 있다.

9.1 논증에 맹점이 있는지 확인하라

초고 완성은 중요한 성과이지만 첫 번째 초고를 끝내고 바로 문장을 다듬기 시작해서는 안 된다. 첫 번째 초고에는 탄탄한 문제 제기에 견뎌내지 못할 부분들이 있을 수 있다. 문장을 다듬는 데 많은 시간을 투자한다면 나중에 논증의 일부를 다시 구성해야 한다는 사실을 인정하기 어려울지 모른다. 그러니 문장을 다듬는 대신 논증의 논리 전개를 확인하라. 당신의 논증과 관련된 가장 탄탄한 반론이 무엇일지 고려했는가? 당신의 논거에 도전하거나 논거를 복잡하게 만들 증거를 찾아보았는가? 당신이 제시한 증거가 달리 해석될 가능성을 고려해보았는가? 아니라면 지금 하라. 자신의 논증을 개선할 중대한 대안을 생각해내기 어렵다면 초고를 마쳤으니 지도 교수를 찾아가라. 지도 교수는 아마 흔쾌히 시간을 내어 당신의 논증에 당신이 간과한 반박 가능한 부분을 함께 논의해줄 것이다.

9.2 서론과 결론, 주장을 확인하라

독자가 다음 세 가지를 확실하게 파악할 수 있어야 한다.

- 서론은 어디에서 끝나는가?
- 결론은 어디에서 시작하는가?
- 주장을 진술하는 문장은 무엇인가?

서론이 어디에서 끝나고 결론이 어디에서 시작하는지 확실하게 표시하기 위해 서론과 본문 사이에 그리고 본문과 결론 사이에 소제목이나 여백을 집어넣는 방법도 있다(10장에서 마지막 초고의 서론과 결론을 수정하는 법, 특히 어디에서 어떻게 주장을 알려야 하는지를 자세히 다루겠다).

본론이 논리정연한지 확인하라

논문의 외형을 명확하게 잡았다면 이제 본론을 점검하자. 독자는 다음 사항이 분명한 논문을 논리정연하다고 생각한다.

- 논문의 모든 부분을 관통하는 주요 용어는?
- 각 부분과 그 하위 부분은 어디에서 시작하고 끝나는가?
- 각 부분은 앞부분과 어떻게 연결되는가?
- 각 부분은 전체 논문에서 어떤 역할을 하는가?
- 각 부분과 그 하위 부분의 주장을 진술하는 문장은?
- 각 부분을 특징짓는 주요 용어는?

독자들이 이런 요소를 확실히 파악할 수 있도록 다음과 같은 사항을 점검한다.

1. **주요 용어가 논문 전체에 일관되게 나오는가?**
   - 서론과 결론에 제시한 주장에서 주요 용어를 동그라미 친다(7.3 참조).
   - 본론에서 같은 용어를 찾아 동그라미 친다.
   - 그 용어가 가리키는 개념과 관련 있는 다른 단어에 밑줄을 긋는다.

주요 용어가 많은 문단에 등장하지 않는다면 독자는 논문이 갈팡질팡한다고 느낀다. 주요 용어가 등장하지 않는 부분이 있다면 수정할 때 용어를 집어넣는다. 동그라미 친 용어보다 용어와 연관된 밑줄 친 단어가 더 많다면 독자가 밑줄 친 단어와 주요 개념을 연결할 수 있도록 한다. 독자들이 연관성을 이해하지 못할 수도 있으니 관련된 단어 중 몇몇을 주요 용어로 바꾸어준다. 글이 논지에서 벗어나 헤매고 있다면 수정 작업은 더욱 커질 것이다.

2. **각 부분과 하위 부분의 시작을 확실히 알 수 있는가?**

소제목을 활용하여 다른 부분으로 넘어간다는 것을 표시할 수 있다(6.2.4 참조). 긴 논문에는 주요 부분 사이에 여백을 둘 수도 있다. 연구자 자신이 소제목을 무엇으로 정할지, 어디다 소제목을 달아야 할지 결정하는 데 어려움을 느낀다면 독자는 그 논문을 이해하는 데 더욱 큰 어려움을 겪을 것이다. 논문 전체의 흐름을 읽을 수 없기 때문이다(다양한 수준의 소제목을 표기하는 방법은 A.2.2 참조).

3. 각 부분이 앞부분과 어떻게 관련 있는지 알려주는 연결어로 시작되는가?

각 부분이 어디에서 시작하고 끝나는지도 확실히 알려주어야 하지만 연구자가 왜 그런 순서로 여러 부분을 배열했는지도 독자에게 알려주어야 한다(6.2.5 - 6.2.6 참조). '첫째' '둘째' '게다가' '다음 문제는' '그러나 반대하는 사람들은' 같은 표현으로 논리의 흐름을 표현하라.

4. 각 부분과 전체의 연관성이 분명한가?

각 부분마다 '이 부분이 대답하는 질문은 무엇일까?' 하고 물어보자. 논증의 요소를 구성하는 다섯 유형의 질문(5.2 참조) 중 하나에 답하는 부분이 아니라면 그 부분이 논증과 관련이 있는지 다시 생각하라. 개념이나 문제의 맥락을 제시하고 배경을 설명하는가? 혹은 다른 측면에서 독자를 돕는가? 주장과의 연관성을 설명할 수 없는 부분은 삭제를 고려하라.

5. 각 부분의 논점이 해당 부분의 서론 끝(또는 해당 부분의 끝)에 한 문장으로 진술되어 있는가?

가능하면 각 부분의 논점은 해당 부분의 서론 끝에 진술한다. 어떤 상황에서도 글 중간에 논점을 숨겨두어서는 안 된다. 네댓 쪽 이상의 부분이라면 논점을 마지막에 재진술할 수도 있다.

6. 한 부분을 특징짓는 주요 용어가 그 부분에서 일관되게 사용되는가?

전체 논문을 관통하는 주요 용어가 그 논문을 특징짓는다면, 각 부분과 하위 부분을 특징짓는 주요 용어 또한 해당 부분에 일관되게 등장하여 그 부분에 통일성을 주어야 한다. 앞서 다룬 1번 단계를 각 부분마다 반복한다. 각 부분의 논점을 표현한 문장을 찾아서 그 부분을 특징짓는 주요 용어를 파악한다. 그리고 부분의 주요 용어가 해당 부분 전체에 일관되게 나타나는지 확인한다. 주요 용어가 당신 눈에 띄지 않는다면 독자들은 그 부분이 어떤 측면에서 전체 보고서에 기여하는지 더욱 이해하지 못할 것이다.

9.4 문단을 하나하나 확인하라

각 단락은 해당 부분의 논점과 연결되어야 한다. 각 부분과 마찬가지로 단락에도 그 단락의 내용을 소개하는 문장이 한두 개 있어야 한다. 이런 문장은 대개 요지를 진술하며 단락에서 전개할 주요 개념을 포함한다. 단락의 첫 문장에서 요지를 설명하지 않았다면 마지막 문장에서는 꼭 해야 한다. 배열 원칙(6.2.5 참조)에 따라 문장을 배열하고 단락의 요지와 연결시켜라.

짧은 단락(다섯 줄 미만)을 연달아 쓰거나 무척 긴 단락(대부분의 분야에서 반 페이지 이상이면 긴 단락에 속한다)을 연이어 쓰지 않도록 한다. 두세 문장짜리 짧은 단락은 나열과 내용 전환, 각 부분의 서론과 결론, 그리고 강조하고 싶은 진술에만 사용한다(본서에서 짧은 단락을 사용한 이유는 독자의 속독을 돕기 위해서다. 그러나 독자의 속독을 배려하는 것은 논문을 쓸 때 고려해야 할 사항은 아니다).

9.5 초고를 잠시 묵혀둔 후, 내용을 바꿔쓰기 해보라

논문 작성을 일찍 시작했다면 수정한 초고를 묵혀둘 시간이 있을 것이다. 오늘은 훌륭해 보였던 글이 내일은 다르게 보이기도 한다. 묵혀두었던 초고를 다시 읽을 때는 처음부터 끝까지 죽 읽지 말고 중요한 부분만 속독한다. 서론과 주요 부분의 첫 단락과 결론을 속독하라. 그리고 논문을 읽지 않은 사람을 위해 논문 내용을 바꿔쓰기 해보라. 바꿔쓰기 한 내용이 논리적인가? 논문의 주장을 훌륭하게 요약했는가? 다른 사람에게 전체 서론과 주요 부분의 서론만 속독해달라고 부탁한다면 더 좋다. 그 사람이 논문을 얼마나 잘 요약하는지를 통해 독자들이 얼마나 잘 이해할지 짐작해볼 수 있다.

마지막으로 담당교수의 충고를 신중하게 고려하여 논문을 수정한다. 애써 시간을 들여 초고를 읽고 충고를 해준 사람의 성의를 무시하지 말라는 의미만은 아니다. 이런 기회를 활용해 논문을 개선할 수 있다. 그렇다고 모든 충고를 다 따르라는 뜻은 아니지만 하나하나 신중하게 생각해봐야 한다.

10 최종 서론과 결론 쓰기

최종 초고를 마무리했고 자신이 쓴 내용을 완전히 파악했다면 이제 최종 서론과 결론을 쓸 수 있다. 서론과 결론은 독자가 논문의 나머지 부분을 읽고 기억하는 데 중대한 영향을 미친다. 따라서 많은 시간을 들여서라도 가능한 한 명확하고 설득력 있게 쓸 필요가 있다.

서론에는 세 가지 목적이 있다.

- 다른 연구와 자신의 연구를 연결하기
- 독자가 왜 논문을 읽어야 하는지 알려주기
- 독자가 논문을 이해할 수 있는 기본 틀을 제공하기

대체로 서론은 전체의 10퍼센트 정도를 차지한다(과학 분야에서는 더 짧은 경우가 많다).

결론에도 세 가지 목적이 있다.

- 독자가 주장을 확실히 이해하도록 돕기
- 연구의 의의 알리기
- 심화 연구 제안하기

결론은 대개 본론보다 짧다(석·박사논문인 경우 서론과 결론은 대체로 독립된 장을 이룬다).

10.1 최종 서론 쓰기

분야마다 서론을 쓰는 방식이 다른 것 같지만 사실 어느 분야든 서론에는 6.2.2에서 설명한 네 가지 요소가 들어 있다.

1. **연구 맥락과 배경 소개.** 관련 연구를 요약한다면 '문헌고찰Literature Review'이라고 제목을 달기도 한다. 다른 연구와 어떤 맥락에서 연결되는지 검토하면서 다음 단계를 준비하는 부분이다. 되도록 짧게 쓴다.
2. **연구 질문 진술.** 보통 1단계에서 언급한 관련 연구가 밝히지 못하거나 이해하지 못한 것이 무엇이고, 어떤 결함이 있는지 진술한다. '그러나' '하지만'으로 시작하거나 단서를 다는 다른 표현으로 시작할 때가 많다.
3. **연구 질문의 의의.** '그래서?'에 답한다. 독자의 동기를 유발하는 데 중요한 부분이다.
4. **주장.** 2번에서 밝힌 연구 질문에 답한다. 짧게 줄인 서론의 예를 살펴보자(아래 예에서 문장 하나하나는 둘 이상의 문장으로 길게 쓸 수 있다).

수세기 동안 위기 분석가들은 위기를 합리적인 확률이론과 통계의 문제로 연구했다. (연구 맥락) 그러나 위기 소통 책임가들의 발견에 따르면 평범한 사람들이 위기를 생각하는 방식은 통계에 바탕을 둔 확률과는 관련이 없다.(연구 질문) 비전문가들이 위기를 어떻게 생각하는지 이해하지 못한다면 인간 인지구조의 중요한 측면이 수수께끼로 남아 있을 것이다.(연구 의의) 비전문가는 최악의 시나리오를 그려보고, 그 시나리오가 얼마나 끔찍한지 평가하면서 위기를 판단하는 듯하다.(주장)

10.1.1 선행연구를 짧게 개괄한다

모든 논문이 선행연구를 첫머리에 언급하지는 않는다. 무엇이 밝혀지지 않았거나 이해되지 않았는지 언급하면서 바로 연구 질문으로 서론을 시작한 뒤 관련 문헌을 살펴보는 논문도 있다. 지식이나 이론의 빈틈이 무엇인지 잘 알려진 상황에서 흔히 쓰는 방법이다.

간접흡연과 심장병 사이의 관계는 아직도 논쟁거리로 남아 있다.

그러나 이러한 빈틈이 잘 알려져 있지 않은 경우에는 이렇게 서론을 시작하면 아래 예문처럼 뜬금없어 보일 수 있다.

연구자들은 평범한 사람들이 어떻게 위기에 대해 생각하는지 이해하지 못한다.

일반적으로 논문을 쓰는 연구자들은 자신이 어떤 선행연구를 더 심화연구하거나 고치거나 바로잡을지 설명하면서 독자를 준비시킨다. 일반 독자를 대상으로 한 글이라면 이런 배경설명은 간략해야 한다.

우리 모두는 매일 위험을 감수한다. 길을 건너거나, 고지방 음식을 먹거나, 심지어 샤워를 할 때도 위험이 존재한다. 위기연구는 확률게임으로 시작되었기 때문에 오래도록 수학의 영역으로 여겨졌다. 20세기까지 연구자들은 수학적 방법론으로 투자와 상품, 심지어 전쟁에 이르기까지 많은 분야에서 위험을 연구했다. 따라서 대부분의 연구자들은 위기는 통계적으로 수량화될 수 있는 문제라 생각하며 위기를 둘러싼 결정은 합리성에 기반을 두어야 한다고 생각한다.

동료 연구자를 독자로 둔 논문이라면 자신이 확장하거나 수정하려는 연구가 무엇인지 구체적으로 설명해야 한다. 선행연구를 공정하게 설명하는 것이 중요하다. 따라서 선행연구를 진행한 연구자의 입장에서 그 연구를 설명한다.

16세기에 지롤라모 카르다노가 확률게임을 수량적 관점에서 생각한 이래(카르다노 1545), 위험은 순수하게 수학적 문제로 간주되었다. 17세기에 파스칼과 라이프니츠를 비롯한 학자들이 미적분학을 발전시키자 위기연구는 크게 발전하였다(번스타인 1996). 20세기 연구자들은 연구 범위를 넓혀 투자와 소비상품, 환경, 심지어 전쟁에 이르기까지 삶의 전 분야에서 위기를 연구했다(스팀슨 1990, 1998). 그러나 이런 문제 또한 수학적인 관점에서만 연구되었다.(이후에 최근 연구동향을 자세히 설명한다.)

논문 특히 석·박사논문인 경우에는 이런 내용이 몇 쪽에 걸쳐 이어지기도 한다. 주제와 연관이 있는 수많은 책과 논문을 인용하면서 자신이 얼마나 많은 연구를 했는지 보여준다. 그런 정보는 동료 연구자, 특히 초보 연구자에게는 유용한 참고문헌이 되기도 한다. 그러나 바쁜 독자라면 연구자가 구체적으로 어떤 연구를 심화연구하거나 고치거나 바로잡으려는지 빨리 알고 싶을 것이다.

　　선행연구를 제대로, 공정하게 설명하는 것이 중요하다. 그 연구를 진행한 연구자라면 어떻게 자신의 연구를 소개했을까를 염두에 두면서 설명한다. 인용을 할 때도 임의로 하거나 문맥과 다르게 해서는 안 된다. 연구자 자신이 연구를 소개한다면 어떤 부분을 인용했을지 생각해보라.

　　연구 경험이 별로 없다면 선행연구 검토에 자신이 별로 없을 수도 있다. 선행연구를 많이 알지 못하기 때문이다. 그렇다면 연구를 시작하기 전의 자신과 비슷한 독자를 상상해보자. 연구 초반에 자신이 모르는 것이 무엇이었나? 연구를 통해 바로잡으려 한 것이 무엇이었나? 연구를 통해 자신이 잘못 이해했던 어떤 점이 해결되었나? 앞서 폐기한 연구 가설을 활용할 때가 바로 이 부분이다. 'X인 것 같지만 사실은~'(4.1.2 참조).

10.1.2　선행연구와 이론의 빈틈을 중심으로 질문을 재진술한다
배경을 설명한 뒤 선행연구가 이루지 못하거나 불완전하거나 혹은 틀린 부분이 무엇인지 진술한다. 단서나 대조를 나타내는 '그러나' '하지만'을 비롯한 연결어로 방금 살펴본 선행연구와 이론을 수정하려 한다는 뜻을 전한다.

16세기에 지롤라모 카르다노가 . . . 수학적 문제로 간주되었다.(배경) 그러나 위기 소통 책임자들의 발견에 따르면 평범한 사람들이 위기를 생각하는 방식은 비합리적이며, 통계에 바

탕을 둔 확률과는 관련이 없다. 아직 밝혀지지 않은 것은 이렇게 평범한 사람들의 위기 평가가 그저 어림짐작에서 비롯되는지 아니면 체계적인 특성을 지니는지 하는 점이다.(질문 재진술)

10.1.3 연구 질문의 의의를 진술한다

연구 질문의 대답을 찾는 것이 왜 중요한지 독자에게 알려야 한다. 가장 곤혹스러운 질문인 '그래서?'를 독자가 던졌다고 상상하고 대답해보자. 연구 질문의 대답을 찾지 못한다면 어떤 결과가 빚어질지를 중심으로 답변을 구성한다.

16세기에 지롤라모 카르다노가 . . . 수학적 문제로 간주되었다.(배경) 그러나 위기 소통 책임자들의 발견에 따르면 . . . 아직 밝혀지지 않은 것은 이렇게 평범한 사람들의 위기 평가가 그저 어림짐작에서 비롯되는지 아니면 체계적인 특성을 지니는지 하는 점이다.(질문 재진술). (그래서?)평범한 사람들이 일상생활에서 위기를 어떻게 판단하는지 밝혀낼 수 있다면 체계적인 듯하지만 이른바 '합리적 사고'의 범위에 포함되지 않는 인지과정을 더 잘 이해할 수 있을 것이다.(연구 질문의 의의)

'그래서?'에 답하느라 고전할 수도 있다. 경험만이 풀 수 있는 문제다. 사실 경험 있는 연구자조차 '그래서?' 앞에서는 곤혹스럽다.

10.1.4 주장을 진술한다

선행연구에서 무엇이 밝혀지지 않았고, 왜 그것을 밝혀야 하는지를 이야기했다면 독자는 이제 주장, 곧 연구 질문의 답이 무엇인지 궁금할 것이다. 아래에 제시한 예문은 많이 축약한 내용이다.

16세기에 지롤라모 카르다노가 . . . 수학적 문제로 간주되었다.(배경) 그러나 위기 소통 책임자들의 발견에 따르면 평범한 사람들이 위기를 생각하는 방식은 비합리적이며, 통계에 바탕을 둔 확률과는 관련이 없다.(질문) (그래서?)평범한 사람들이 위기를 어떻게 이해하는지 밝혀내기 전에는 중요한 추론형태가 수수께끼로 남는다. 체계적으로 보이지만 이른바 '합리적 사고'에는 포함되지 않은 인지과정의 원리를 이해할 수 없기 때문이다.(연구 질문의 의의) 평범한 사람들은 앞으로 일어날지 모르는 사건에 수량적 확률을 매겨 위험을 평가하는 것이 아니라 최악의 시나리오를 그려보고 그 이미지가 얼마나 생생하고 끔찍한가에 따라 위기를 평가하는 듯하다.(주장)

논문 끝부분에 이를 때까지 주장을 유보해야 한다면 주장을 진술하는 대신 주장의 주요 용어를 사용하여 앞으로 전개될 내용의 틀을 잡아줄 문장을 넣는다.

평범한 사람들은 수량적 가능성을 계산하는 것이 아니라 자신들의 시각적 상상력을 체계적으로 활용해 위기를 평가하는 것 같다.(주장 예고)

여기서 소개한 네 단계가 기계적으로 보일 수도 있지만 학계 안팎을 막론한 모든 분야에서 글의 서문은 대부분 이렇게 네 단계로 구성된다. 자료를 읽을 때, 특히 학술논문을 읽을 때 이 네 요소를 찾아보라. 서론을 잘 쓰는 법을 배울 수 있을 뿐 아니라 읽고 있는 자료도 더 잘 이해할 수 있다.

10.1.5 첫 문장을 새로 쓴다

논문의 첫 문장을 쓰는 것이 너무 힘들어서 상투적인 문장을 써내는 연구자도 있다. 다음과 같은 문장은 피하라.

- 과제의 표현을 반복하지 마라.
- 사전의 정의를 인용하지 마라: 웹스터 사전에 따르면 위기란 . . .
- 거드름을 피우지 마라: 수세기 동안 철학자들은 . . . 라는 끓어오르는 질문을 두고 논쟁을 벌였다(좋은 질문은 스스로 진가를 발하게 마련이다).

선행연구보다 강렬한 인상을 남기고 싶다면 다음과 같은 첫 문장을 시도해보자(그러나 뒤에 덧붙인 주의사항도 반드시 기억하자).

1. 인상적인 인용

누군가가 말했듯 위기를 평가하는 것은 아름다움을 판단하는 것과 같다. 비합리적일 수밖에 없는, 보는 사람의 눈에 달려 있다는 말이다.

2. 인상적인 정보

많은 사람들은 비행기보다 차를 선호한다. 사실 비행기 추락보다 고속도로 사고로 사망할 확률이 몇 배나 높지만 비행기 추락의 생생한 이미지 탓에 공포를 느끼기 때문이다.

3. 관련 일화

조지 밀러는 고객을 만나기 위해 거리가 멀어도 항상 차를 몰고 간다. 비행기는 추락의 위험이 아주 크다고 생각하기 때문이다. 교통사고로 목이 부러졌지만 그는 여전히 자신이 옳은 계산을 했다고 생각한다. "적어도 나는 살아남았잖소. 비행기 추락에서 살아남을 확률은 0이요."

이 세 가지 방법을 결합할 수도 있다.

누군가가 말했듯 위기를 평가하는 것은 아름다움을 판단하는 것과 같다. 비합리적일 수밖에 없는, 보는 사람의 눈에 달려 있다는 말이다. 많은 사람들은 비행기보다 차를 선호한다. 사실 비행기 추락보다 고속도로 사고로 사망할 확률이 몇 배나 높지만 비행기 추락의 생생한 이미지 탓에 공포를 느끼기 때문이다. 조지 밀러는 고객을 만나기 위해 거리가 멀어도 항상 차를 몰고 간다. 비행기는 추락의 위험이 아주 크다고 생각하기 때문이다. 교통사고로 목이 부러졌지만 그는 여전히 자신이 옳은 계산을 했다고 생각한다. "적어도 나는 살아남았잖소. 비행기 추락에서 살아남을 확률은 0이요."

이렇게 시작하는 문장에 서론의 나머지 부분(과 논문의 나머지 부분)에서 사용할 주요 개념을 지칭하는 용어를 반드시 포함시켜라. 앞의 사례에서는 '평가' '위기' '생생한 이미지' '비합리적' '가능성이 더 많다' 정도다.

주의사항: 이렇게 재치 있는 머리말을 쓰기 전에 해당 분야의 다른 학자도 이런 유형의 글을 사용하는지 확인하라. 몇몇 분야에서는 진지한 학술논문에 쓰기에는 너무 대중적인 글이라고 생각할 수도 있다.

10.2 최종 결론 쓰기

특별히 좋은 생각이 없다면 서론에 활용한 요소를 중심으로 결론을 구성하되 역순으로 한다.

10.2.1 주장을 재진술한다

결론 도입부에 주장을 재진술하되 서론보다 더 자세히 진술한다.

평범한 사람들은 위험을 평가할 때 합리적이거나 수량적인 근거를 사용하지 않는다. 적어도 여섯 가지 심리요인을 근거로 활용하는데 감정뿐 아니라 시각적 상상력도 체계적으로 활용한다.

결론을 쓸 때쯤이면 자신의 주장을 확실히 알고 있을 것이다. 마지막으로 주장을 다시 진술하되 가능한 한 구체적으로 완벽하게 진술한다.

10.2.2 주장의 새로운 의미, 적용, 새로운 연구의 가능성(또는 세 가지 모두)을 지적한다

주장을 재진술했다면 독자에게 그 중요성을 다시 알린다. 주장의 새로운 의미나 적용 가능성을 언급하면 더욱 좋다.

이러한 발견은 인간의 인지에 대해 생각지 못했던 점을 시사한다. 곧 통계확률과는 별개이면서 상당히 정확하고 현실적인 수량논리가 있다는 점이다. 이렇게 상상적이지만 체계적인 위기 평가 논리를 이해한다면 위기 소통 책임자들이 일상생활 속의 위기를 더 잘 설명할 수 있을 것이다.

마지막으로 심화 연구를 제안하라. 연구 공동체가 어떻게 이러한 연구를 이어갈 수 있는지 시사하는 것이다. 연구 맥락을 설명하는 서론 부분과 상통하는 부분이라 할 수 있다.

이러한 요인들을 통해 위기 이해를 개선할 수는 있지만, 그렇다고 '인간'의 위기 평가의 모든 요인을 설명할 수는 없다. 나이와 성별, 교육, 지능의 상관도도 연구해야 한다. 예를 들어...

10.3 마지막으로 제목을 정하라

제목은 독자가 맨 처음 읽는 것이지만 연구자는 맨 마지막에 쓰는 것이다. 제목은 논문의 주제를 알릴 뿐 아니라 개념 틀도 보여주어야 한다. 따라서 앞서 동그라미를 치거나 밑줄을 그었던(9.2 참조) 주요 용어을 바탕으로 제목을 구성한다. 다음 세 가지 제목을 비교해보라.

위험

위험 고찰

비합리적이지만 체계적인 위험 평가: 상대적 위험 평가에 있어서 시각적 상상력의 역할

첫 번째 제목은 정확하지만 보고서의 내용을 안내하기에는 너무 포괄적이다. 두 번째는 더 구체적이긴 하다. 세 번째는 제목과 부제 두 가지를 사용해 논문의 주요 용어를 미리 알려준다. 제목에서 보았던 주요 용어가 서론에 다시 나오고, 전체 논문에 반복해서 나온다면 독자는 논문 전체가 일관성 있게 연결되어 있다고 느낀다. 위의 예처럼 두 부분으로 구성된 제목이 가장 유용하다. 핵심 개념을 알리는 주요 용어를 더 많이 쓸 수 있기 때문이다.

제목을 정할 때쯤이면 이제 논문이 지긋지긋해서 그저 얼른 제출해버리고 싶은 심정일 것이다. 그런 충동을 이겨야 한다. 한 가지 중요한 일이 더 남아 있기 때문이다.

문장 수정

마지막으로 중요한 과제는 가능한 한 문장을 명료하게 쓰는 일이다. 자신의 글이 어색하다고 느껴질 때도 있다. 특히 독자를 기죽게 할 만큼 낯설거나 복잡한 주제를 다룰 때 그러하다. 사실 어떻게 명료한 글을 쓸 수 있는지 도무지 그 방법이 생각나지 않을 때도 있다. 손 봐야 할 필요가 있다고 느껴지는 문장을 수정하는 데도 계획이 필요하다. 하지만 무엇보다 자신에게는 괜찮은 문장 같지만 독자에겐 그렇지 않은 문장을 찾아내는 법을 알아야 한다.

　여기에서 모든 문장의 문제를 해결하는 법을 일일이 가르쳐줄 수는 없다. 그러나 '심각한 학자'연 하는 문장, 알 만한 독자들의 눈에 그저 가식적으로 보이는 글을 쓰지 않는 법은 알려줄 수 있다. 아래 짧은 예문을 살펴보자.

1a. An understanding of terrorist thinking could achieve improvements in the protection of the public.(테러리스트적 사고의 이해는 대중 보호에서 개선을 이룰 수 있을 것이다.)

이 문장이 얼마나 근사하건 간에 이 문장을 쓴 연구자가 하려는 말은 다음 문장에 지나지 않는다.

1b. If we understood how terrorists think, we could protect the public better.(테러리스트가 어떻게 생각하는지 이해한다면 대중을 더 잘 보호할 수 있다.)

문장 1a를 진단하고 1b로 수정하려면 몇 가지 문법 용어를 알아야 한다. 명사, 동사, 능동 동사, 수동 동사, 완전주어, 단순주어, 주절, 종속절 등이다. 기억이 가물가물하다면 더 읽기 전에 문법책을 한 번 훑어보자.

11.1 　문장의 첫 7~8단어에 집중하라

명료하고 훌륭한 논문이나 장, 문단의 열쇠가 처음 몇 문장에 있듯이 명료한 문장의 열쇠도 처음 몇 단어에 있다. 독자가 첫 7~8단어를 쉽게 이해한다면 그 다음도 빨리 읽고, 잘 이해하며, 오래 기억할 수 있다. 첫 7~8단어가 명료한 문장과 그렇지 못한 문장을 다음 예에서 비교해보자.

2a. The Federalists' argument in regard to the destabilization of government by popular democracy arose from their belief in the tendency of factions to further their self-interest at the expense of common good.(대중민주주의에 의한 정부의 불안정화에 대한 연방주의자들의 주장은 당파가 공공선을 희생시키며 자기들의 이익을 추구하는 경향이 있다는 믿음에서 비롯되었다.)

2b. The Federalists argued that popular democracy destabilized government, because they believed that factions tended to further their self-interest at the expense of the common good.(연방주의자들은 대중민주주의가 정부를 불안하게 만든다고 주장한다. 당파는 공공선을 희생시키며 자기들의 이익을 추구하는 경향이 있다고 믿기 때문이다.)

2b 같은 문장을 쓰려면, 혹은 2a 같은 문장을 2b 같은 문장으로 수정하려면 다음 일곱 원칙을 따른다.

- 긴 도입구나 도입절로 시작하는 문장은 가능한 줄인다. 문장의 주어를 빨리 소개한다.
- 주어는 짧고 구체적으로 쓴다. 주어는 뒤따르는 동사가 표현하는 행위의 행위자를 가리킨다.
- 주어와 동사 사이에 한두 단어 이상 끼워 넣지 않는다.
- 주요 행위는 명사가 아니라 동사로 적는다.
- 독자에게 친숙한 정보를 문장 처음에, 새로운 정보를 끝에 쓴다.
- 위의 다섯 가지 원칙을 반영할 수 있는 능동 동사나 수동 동사를 선택한다.
- 1인칭 대명사를 적절하게 사용한다.

이 모든 원칙의 결론은 다음과 같다. 독자는 짧고, 구체적이며, 친숙한 주어를 빨리 파악하길 원하며, 구체적 행동을 나타내는 동사를 쉽게 찾아내고 싶어 한다. 이 점만 주의하면 문장의 다른 요소는 저절로 해결되게 마련이다. 자신의 글을 진단할 때도 이 원칙을 따르면 된다. 문장마다 첫 7~8단어를 속독하라. 이러한 원칙에 맞지 않는 문장은 유심히 뜯어보면서 다음 규칙에 따라 수정하라.

11.1.1 긴 도입구나 도입절을 피하라

다음 두 문장을 비교해보자(도입구는 굵은 글씨로, 완전주어는 이탤릭체로 표시했다).

3a. **In view of claims by researchers on higher education indicating at least one change by most undergraduate students of their major field of study,** *first year students* seem not well informed about choosing a major field of study.(많은 학부생이 전공 분야를 적어도 한 번 이상 바꾼다는 고등교육 연구자들의 주장을 고려해보면, 대학 1학년 학생들은 전공 분야 선택에 대한 충분한 정보를 얻지 못하는 듯하다.)

3b. *Researchers on higher education* claim that most *students* change their major field of study at least once during their undergraduate careers. **If that is so,** then *first-year students* seem not well informed when they choose a major.(고등교육 연구자들은 많은 학생들이 학부 기간 동안 적어도 한 번 이상 전공 분야를 바꾼다고 주장한다. 그렇다면 대학 1학년 학생들은 전공을 선택할 때 충분한 정보를 얻지 못하는 듯하다.)

많은 독자들은 3a가 3b보다 읽기 어렵다고 느낀다. '1학년 학생first year students'이라는 주어에 도달하기 전에 스물네 단어에 달하는 도입구를 읽어야 하기 때문이다. 3b의 두 문장은 각각 '고등교육 전문가Researchers on higher education'라는 주어와 '그렇다면If that is so'이라는 짧은 도입구로 시작된다.

원칙은 이렇다. 주어로 문장을 바로 시작하라. 필요한 경우에만 열 단어가 넘지 않는 도입구나 도입절로 문장을 시작하되, 이런 문장을 많이 쓰지 않도록 한다. 긴 도입구나 절은 3b처럼 독립 문장으로 수정한다.

11.1.2 주어는 짧고 구체적으로

독자가 문장의 주어를 쉽게 파악할 수 있어야 한다. 하지만 주어가 길고, 복잡하고, 추상적이라면 쉽게 파악하기 힘들다. 다음 두 문장을 비교해보자(각 문장의 완전주어는 이탤릭체로, 한 단어짜리 단순주어는 굵은 글씨로 나타냈다).

4a. *A school system's successful **adoption** of a new reading curriculum for its elementary schools* depends on the demonstration in each school of the commitment of its principal and the cooperation of teachers in setting reasonable goals.(학교 시스템의 새 읽기 과정의 성공적 채택은 각 학교 교장의 헌신과 교사들의 협조로 합리적 목표를 세우는 모습을 보여주는 것에 달려 있다.)

4b. *A school **system*** will successfully adopt a new reading curriculum for elementary schools only when *each **principal*** demonstrates that ***she*** is committed to it and ***teachers*** cooperate to set reasonable goals.(학교 시스템이 초등학교를 위한 새 읽기 과정을 성공적으로 채택할 수 있으려면 각 학교 교장은 그에 헌신한다는 것과 교사들이 합리적 목표를 세우기 위해 협조한다는 것을 보여줄 수 있어야 한다.)

4a에서 완전주어는 열네 단어에 이를 만큼 길고, 단순주어는 추상명사인 '채택 adoption'이다. 더욱 명확한 문장인 4b에서 모든 동사의 완전주어는 짧고, 각 단순 주어는 비교적 구체적(system, each principal, she, teachers)이다. 또 각 주어의 행위가 동사로 표현되어 있다(system will adopt, principal demonstrates, she is committed, teachers cooperate).

원칙은 이렇다. 주어가 몇 개의 구체적 단어로 주요 인물을 가리키는 문장이 읽기 쉽다. 또 이러한 인물이 다음에 오는 동사의 '행위자'일 때가 가장 이해하기 쉽다.

그러나 문제는 그렇게 간단하지만은 않다. 추상적 대상을 주어로 사용하여 명료한 이야기를 전달할 수 있을 때도 있다.

5. *No skill* is more valued in the professional world than problem solving. *The ability to solve problems quickly* requires us to frame situations in different ways and to find more than one solution. In fact, *effective problem solving* may define general intelligence.(문제해결력만큼 실무 분야에서 중요하게 여겨지는 능력은 없다. 문제를 빨리 푸는 능력은 상황을 다양한 방식으로 규정하고 한 가지 이상의 해결책을 찾아내도록 요구한다. 사실 효과적인 문제해결력으로 일반 지능을 정의내릴 수도 있다.)

위 문장에서 추상적 주어 때문에 어려움을 느낄 독자는 거의 없다. 짧고 친숙한 단어들이기 때문이다(no skill, the ability to solve problems quickly, effective problem solving). 독자에게 어려움을 주는 것은 길고, 친숙하지 않은 데다 추상적인 주어다.

주어가 길고 추상적인 문장을 수정하려면 다음 세 가지 단계를 따른다.

- 문장의 주요 주어를 파악한다.
- 주요 주어의 주요 행위가 무엇인지 찾아낸다. 주요 행위가 추상명사 속에 숨어 있다면 동사로 바꾼다.
- 주요 인물을 새로운 동사의 주어로 만든다.

예를 들어 다음 두 문장을 비교해보자(행위는 굵은 글씨로, 동사는 대문자로 표시했다).

6a. Without a means for **analyzing interactions** between social class and education in regard to the **creation** of more job opportunities, success in **understanding** economic mobility WILL REMAIN limited.(더 많은 일자리 창출에 있어서 사회계층과 교육 사이의 상호작용 분석 수단이 없기 때문에 경제적 계층이동에 대한 이해는 제한적인 상태다.)

6b. Economists do not entirely UNDERSTAND economic mobility, because they cannot ANALYZE how social class and education INTERACT to CREATE more job opportunities.(경제학자들은 경제적 계층이동을 제대로 이해하지 못한다. 사회계층과 교육이 어떻게 서로 상호작용하며 더 많은 일자리를 창조하는지 분석할 수 없기 때문이다.)

두 문장 모두에서 주체는 경제학자economists다. 그러나 6a에서 주체인 economists는 어떤 동사의 주어도 아니다. 사실 문장에 등장하지도 않는다. 명사 속에 숨겨진 행위(analyzing, understanding)를 통해 경제학자가 하는 일이겠거니 하고 추론할 뿐이다. 6a 문장의 주체를(economists, social class, education) 명백한 동사(understand, analyze, interact, create)의 주어로 만들어 6b 문장으로 수정했다.

　　독자는 글의 주어가 주요 행위의 주체이기를 원한다. 구체적이고 생생한 인물일수록 좋다. 그리고 주요 행위에는 구체적 동사를 사용하면 좋다.

11.1.3　주어와 동사 사이에 한두 단어 이상 끼워 넣지 말라
　　짧은 주어를 일단 파악했다면 독자는 빨리 동사를 찾고 싶어 한다. 그러니 동사와 그 주어 사이에 긴 구나 절을 삽입하지 않도록 한다.

7a. Some economists, because they write in a style that is impersonal and objective, do not communicate with lay people easily.(어떤 경제학자들은, 개인적 감정이 배제된 객관적 문체로 글을 쓰기 때문에 비전문가들과 쉽게 소통할 수 없다.)

위 문장에서 '~때문에because' 절이 '어떤 경제학자some economists'와 '소통할 수 없다do not communicate' 사이를 갈라놓기 때문에 읽기의 흐름이 잠시 끊긴다. 이 문장을 수정하려면 주어와 동사 사이에 끼어 있는 절을 문장의 머리나 끝으로 옮긴다. 앞뒤 문맥 중 어느 쪽과 긴밀하게 연결되어 있느냐에 따라 달라진다. 확신이 생기지 않으면 문장 끝에 둔다(11.1.5 참조).

7b. Because some economists write in a style that is impersonal and objective, they do not communicate with lay people easily. This inability to communicat . . .

7c. Some economists do not communicate with lay people easily because they write in a style that is impersonal and objective. They use passive verbs and . . .

그러나 짧은 삽입어구라면 독자는 쉽게 이해할 수 있을 것이다.

8. Few economists *deliberately* write in a style that is impossible and objective.

11.1.4 주요 행위는 명사가 아니라 동사로
독자는 동사를 빨리 파악하기를 원하는 동시에 동사가 주요 행위를 나타내기를 바란다. have, do, make, be 같은 무의미한 동사를 추상명사와 함께 연결하여 주요 행위가 가려지지 않도록 하라. 주요 행위를 담고 있는 명사는 동사로 바꾸자.
　다음 두 문장을 비교해보자(행위를 지칭하는 명사는 굵은 글씨로, 행위를 지칭하는 동사는 대문자로, 구체적 행위를 나타내지 않는 동사는 이탤릭체로 표시했다).

9a. During the early years of the Civil War, the South's **attempt at enlisting** Great Britain on its side was met with **failure**.(남북전쟁 초기에 영국을 자기편으로 끌어들이려는 남부의 시도는 실패에 부딪혔다.)

9b. During the early years of the Civil War, the South ATTEMPTED to ENLIST Great Britain on its side, but FAILED.(남북전쟁 초기에 남부는 영국을 자기편으로 끌어들이

려고 시도했지만 실패했다.)

9a에서는 중요한 행동이 동사가 아니라 명사다(attempt, enlisting, failure). 9b는 이런 행위를 동사(attempted, enlist, failed)로 표현했기 때문에 더 직접적인 느낌을 준다.

11.1.5 독자에게 익숙한 정보는 문장 처음에, 새로운 정보는 마지막에

문장의 주어를 쉽게 파악할 수 있을 때 독자는 문장을 쉽게 이해한다. 그러나 단지 짧고 구체적일 뿐 아니라 친숙한 주어일 때 가장 잘 이해한다. 아래 10a와 10b에서 두 번째 문장이 문장의 흐름을 매끄럽게 하는지 아닌지를 비교해보라.

10a. New questions about the nature of the universe have been raised by scientists studying black holes in space. The collapse of a dead star into a point perhaps no larger than a marble creates a black hole. So much matter squeezed into so little volume changes the fabric of space around it odd ways. (우주의 본질을 둘러싼 새로운 의문이 우주의 블랙홀을 연구하는 학자들에 의해 제기되었다. 죽은 별이 구슬만 한 점으로 붕괴되는 현상이 블랙홀을 만든다. 아주 많은 물질이 아주 작은 부피로 응축되는 과정은 주변 우주의 구성을 기이한 방식으로 변화시킨다.)

10b. New questions about the nature of the universe have been raised by scientists studying black holes in space. A black hole is created by the collapse of a dead star into a point larger than a marble. So much matter squeezed into so little volume changes the fabric of space around it odd ways. (우주의 본질을 둘러싼 새로운 의문이 우주의 블랙홀을 연구하는 학자들에 의해 제기되었다. 블랙홀은 죽은 별이 구슬만 한 점으로 붕괴되면서 만들어진다. 아주 많은 물질이 아주 작은 부피로 응축되는 과정은 주변 우주의 구성을 기이한 방식으로 변화시킨다.)

독자들은 대부분 10a보다는 10b가 매끄럽다고 생각한다. 두 번째 문장의 주어인 '블랙홀A black hole'이 10a의 주어인 '죽은 별이 구슬만 한 점으로 붕괴되는 현상

The collapse of a dead star into a point'보다 더 짧고 구체적이기 때문이다. 그러나 10b가 매끄럽게 읽히는 이유는 논리가 다르기 때문이기도 하다.

10a에서 두 번째 문장을 시작하는 단어들은 새로운 정보를 나타낸다.

10a. . . . black holes in space. The collapse of a dead star into a point perhaps no larger than a marble creates . . .

두 번째 문장에서 '별이 붕괴하는 현상'이라는 표현이 갑자기 나타났다. 반면에 10b의 두 번째 문장은 앞 문장에 등장했던 단어들로 시작한다.

10b. . . . black holes in space. A black hole is created when . . .

이렇게 문장을 바꾸고 나면 두 번째 문장의 끝 부분은 세 번째 문장과도 논리적으로 연결된다.

10b. . . . the collapse of a dead star into a point no larger than a marble. So much matter compressed into so little volume changes . . .

반면에 10a에서는 두 번째 문장의 끝 부분이 세 번째 문장으로 자연스럽게 연결되지 못한다.

10a. The collapse of a dead star into a point perhaps no larger than a marble creates a black hole. So much matter squeezed into so little volume changes the fabric of space around it odd ways.

이렇게 한 문장의 끝 부분이 다음 부분으로 자연스럽게 연결되지 못하기 때문에 독자들은 10a가 10b보다 매끄럽지 못하다고 느낀다.

익숙한 정보우선 원칙에 따라 새 정보, 특히 새로운 전문용어는 당연히 뒤에 온다. 따라서 새로운 전문용어를 소개할 때는 문장의 끝에 제시하라. 다음을 비교해보자.

11a. Calcium blockers can control muscle spasms. Sarcomeres are the small units of muscle fibers in which these drugs work. Two filaments, one thick and one thin, are in each sarcomere. The protein actin and myosin are contained in the thin filament. When actin and myosin interact, your heart contracts.(칼슘 차단제는 근육 경련을 억제한다. 근절은 칼슘 차단제가 영향을 미치는 근육 섬유의 작은 단위다. 두 개의 섬유가 각 근절에 있다. 하나는 굵고 하나는 가늘다. 액틴 단백질과 미오신이 가는 섬유에 들어 있다. 액틴과 미오신이 상호작용하면 심장은 수축한다.)

11b. Muscle spasm can be controlled with drugs known as *calcium blockers*. They work in small units of muscle fibers called *sacromeres*. Each Sacromere has *two filaments, one thick and one thin*. The thin filament contains *two proteins, actin and myosin*. When actin and myosin interact, your heart contracts.(근육 경련은 칼슘 차단제라는 약물로 억제할 수 있다. 칼슘 차단제는 근육 섬유의 작은 단위에 영향을 미치는 데 이 단위를 근절이라 부른다. 각 근절에는 두 개의 섬유가 있다. 하나는 두껍고 하나는 가늘다. 가는 섬유에는 두 가지 단백질이 있다. 액틴과 미오신이다. 액틴과 미오신이 상호작용하면 심장은 수축한다.)

11a에서 새로운 전문용어는 '칼슘 차단제Calcium blocker, 근절sarcomere, 섬유 filament, 액틴actin, 미오신myosin'인데 각 문장의 앞부분에 등장한다. 반면에 11b에서는 새로운 용어가 문장의 끝부분에 등장한다. 일단 이렇게 한 번 등장한 뒤에는 익숙한 정보가 되었으니, 다음 문장의 첫 부분에 등장할 수 있다.

새로운 정보보다 익숙한 정보를 앞에 배치하고, 익숙한 정보를 이용해 낯선 정보를 소개한다. 이 규칙은 글쓰기에서 가장 중요하다.

11.1.6 능동과 수동은 문장 구성 원칙에 따라 선택하라
수동형 동사를 피하라는 충고를 들은 적이 있을 것이다. 좋은 충고다. 다음 문단의 두 번째 문장처럼 수동형 동사 때문에 앞서 다룬 원칙에 위배되는 문장을 써

야 하는 경우에는 특히 그렇다.

12a. Global warming may have many catastrophic effects. Tropical diseases and destructive insect life even north of the Canadian border could be increased(수동동사) by this climate change.(지구 온난화는 많은 파괴적인 결과를 불러일으킬 것이다. 캐나다 국경 너머 북부 지역에서조차 열대병과 해충이 기후변화로 증가하고 있다.)

두 번째 문장은 새로운 정보를 전달하는 데다 열한 개의 단어로 구성된 주어로 시작한다. Tropical disease . . . Canadian border가 수동형 동사인 be increased의 주어인데, 이 동사 뒤에는 앞 문장에서 이미 제시된 바 있는 by this climate change라는 짧고 친숙한 정보가 등장한다. 따라서 이 문장은 동사가 능동형일 때 더 명료해진다.

12b. Global warming may have many catastrophic effects. This climate change could increase(능동동사) tropical disease and destructive insect life even north of the Canadian border.

12b로 수정하면 익숙한 정보를 주어로 내세울 수 있고, 긴 어구를 뒤로 옮길 수 있다. 이 경우에는 능동형 동사가 옳은 선택이다.
　　그러나 수동형 동사를 절대 사용하지 않는다면 '익숙한 정보를 낯선 정보 앞에'라는 원칙에 위배되는 문장을 쓰게 되기도 한다. 10a에서 그 예를 볼 수 있다.

10a. New questions about the nature of the universe have been raised by scientists studying black holes in space. The collapse of a dead star into a point perhaps no larger than a marble creates(능동동사) a black hole. So much matter squeezed into so little volume changes the fabric of space around it odd ways.

위 문단의 두 번째 문장은 능동문이다. 그러나 수동문으로 고치면 문맥의 흐름이 더 자연스럽다.

10b. New questions about the nature of the universe have been raised by scientists studying black holes in space. A black hole is created(수동동사) by the collapse of a dead star into a point larger than a marble. So much matter squeezed into so little volume changes the fabric of space around it odd ways.

독자는 짧고 구체적이며 친숙한 주어를 좋아한다. 주어 뒤에 어떤 동사가 나오는가는 그다지 중요치 않다. 따라서 능동형과 수동형 중 어느 동사를 선택해야 적절한 주어(짧고 구체적이고 친숙한 주어)를 쓸 수 있을지 생각하라. 누군가에게 자신의 문장을 크게 읽어달라고 부탁하면 독자의 반응을 예측해볼 수 있다. 자신의 문장이 매끄럽지 못하거나 늘어진다는 느낌이 든다면, 독자들은 분명 당신보다 그 문장을 더 마음에 들어 하지 않을 것이다.

11.1.7　1인칭 대명사의 적절한 사용법

학술논문에서 '나' 또는 '우리' 같은 단어를 피하라는 충고를 들어봤을 것이다. 그러나 이 문제에 대해서는 의견이 분분하다. 절대 '나'를 사용하지 말라고 하는 교수도 있다. '나'를 사용하면 '주관적인' 글이 된다고 생각하기 때문이다. 반면에 '나'를 사용하면 더욱 생기 있고 친밀한 글을 쓸 수 있다고 생각하는 사람도 있다.

　그러나 많은 교수와 편집자들이 다음 두 가지 경우에는 '나'를 사용하지 말아야 한다는 데 동의할 것이다.

- 자신이 없는 연구자는 I think나 I believe로 시작하는 문장을 지나치게 많이 쓴다 (In my opinion도 이런 부류의 표현에 들어간다). 독자는 당연히 연구자 자신이 생각하거나 믿는 내용을 논문에 썼을 것으로 간주한다. 그러니 굳이 밝힐 필요가 없다.
- 경험 없는 연구자들은 자신의 연구를 다음처럼 진술하는 경우가 허다하다. 'First, I consulted . . . , then I examined . . . ,' 독자는 당신의 연구담보다 연구 결과를 알고 싶어 한다.

그러나 우리의 의견으로는, 많은 학술지도 비슷한 생각이겠지만 1인칭이 적절한

두 경우가 있다. 바로 이 문장을 살펴보자.

But, we believe, and most scholarly journals agree, that the first person is appropriate on two occasions.(그러나 우리의 의견으로는, 많은 학술지도 비슷한 생각이겠지만 1인칭이 적절한 두 경우가 있다.)

■ 가끔씩 I(we) believe라는 표현을 써주면 독단적인 어조를 부드럽게 해줄 수 있다. 앞 문장에 비해 다음 문장은 덜 부드럽고, 더 무뚝뚝한 느낌이다.

But, ~~we believe, and most scholarly journals agree, that~~ the first person is appropriate on two occasions.(그러나 1인칭이 적절한 두 경우가 있다.)

요지는 너무 자주 사용하면 자신 없게 들리고, 너무 사용하지 않으면 잘난 척하는 것처럼 들린다는 것이다.

■ '나' 또는 '우리' 같은 1인칭 주어는 또한 논증을 펼치는 연구자로서의 고유한 행동을 나타내는 동사의 주어로 적합하다. 이러한 동사는 주로 서론이나 결론에 등장한다. '나는 X를 제시/논증/증명/주장하겠다(I will show/argue/prove/claim that X), 혹은 나는 Y라고 증명/제시했다(I have demonstrated/concluded that Y).' 논증을 제시하거나 증명, 주장할 수 있는 사람은 연구자 자신밖에 없으니 '나'라는 주어를 사용할 수 있다.

14. In this report, I will show that social distinctions at this university are . . .(이 논문에서 나는 대학에서의 사회적 구별이 . . . 라는 사실을 제시하려 한다.)

하지만 다른 사람도 따라할 수 있는 연구 행동에는 1인칭 주어를 거의 사용하지 않는다. 이런 단어로는 calculate, measure, weigh, examine 등이 있다. 이런 동사를 다음 문장처럼 능동형으로 사용하는 예는 드물다.

15a. I calculated the coefficient of X.(나는 X의 계수를 계산했다.)

대신에 이런 동사는 주로 수동형으로 쓰인다. 누구든지 할 수 있는 행동이기 때문이다.

15b. The coefficient of X was calculated.(X의 계수가 계산되었다.)

논문의 저자가 둘 이상이라면 '우리we'라는 주어도 앞에 제시한 원칙에 따라 사용할 수 있다. 그러나 많은 교수와 편집자들이 아래의 두 경우에는 we를 주어로 사용하는 데 반대한다.

■ 필자를 재귀적으로 언급하는 'we'
■ 일반인을 가리키는 부정 대명사 'we'

다음 문장에서처럼 'we'를 사용하는 것은 금물이다.

16. We must be careful to cite sources when we use data from them. When we read writers who fail to do that, we tend to distrust them.(우리는 자료의 데이터를 활용할 때 자료의 출처를 밝히는 데 주의를 기울여야 한다. 자료의 출처를 밝히지 않는 글을 읽는다면, 우리는 그 저자를 신뢰하지 않는 경향이 있다.)

그러나 무엇보다 담당교수의 생각이 중요하다. 담당교수가 단호하게 '나' 또는 '우리'를 사용하지 말라고 한다면 그 의견을 따라야 한다.

11.2 글을 읽으면서 평가하라

독자가 글을 어떻게 평가하는지 알고 나면 명료한 글을 쓰는 법을 알 수 있다. 또 자료들이 왜 그렇게 난해하게 느껴지는지도 알 수 있다. 내용 자체가 어려워서 읽기 힘든 자료도 있다. 하지만 저자가 명료하게 글을 쓰지 않았기 때문에 힘든 자료도 있다. 다음 예문을 보자.

15a. Recognition of the fact that grammars differ from one language to another can serve as the basis for serious consideration of the problems confronting translators of the great works of world literature originally written in a language other than English.(언어마다 문법이 다르다는 사실의 인식은 영어가 아닌 다른 언어로 쓰인 세계 명작 번역자가 겪는 문제를 진지하게 고려하는 기초가 된다.)

사실 이보다 더 난해한 글도 많다. 하지만 위 내용이 전달하려는 바를 간단히 말하면 다음과 같다.

15b. Once we know that languages have different grammars, we can consider the problems of those who translate great works of literature into English.(언어마다 문법이 다르다는 것을 알고 나면 세계 명작을 영어로 옮기는 번역가의 문제를 생각해볼 수 있다.)

이해하기 힘든 학술논문이 있다면(분명 있을 것이다), 무턱대고 자신만 탓하지 말고 그 글의 문장을 진단해보라. 문장의 주어가 길고, 새로운 정보를 전달하는 추상명사로 가득하다면 문제는 당신의 읽기 능력이 부족해서가 아니라 저자가 명료하게 쓰지 못한 탓일 수 있다. 그런데, 불행하게도, 학술논문을 많이 읽다보면 이런 글쓰기를 모방할 위험도 커진다. 사실 학계에서든 아니든 모든 전문 분야에서 볼 수 있는 글쓰기의 문제다.

11.3 적절한 단어 선택
글쓰기에 대해 많이 듣는 또 하나의 충고는 '적절한 단어를 선택하라'다.

1. 정확한 단어를 선택하라. affect와 effect, elicit과 illicit을 혼동해서는 안 된다. 여러 글쓰기 안내책자에 사람들이 흔히 혼동하는 단어 목록이 실려 있다. 글쓰기 초보자라면 이런 안내책자를 읽어보자.

2. 어법상 적절한 수준의 단어를 선택하라. 초고를 빨리 써내려가다 보면 의도
하는 것과 대충 비슷한 뜻이긴 하지만 학술논문에 쓰기에는 너무 일상적인
단어를 선택할 수도 있다. 동료 학자를 비판할criticize 수도 있고, 헐뜯을knock
수도 있다. 위험은 위협적일frightening 수도 있고, 무서울scary 수도 있다. 앞에
서 두 단어는 비슷한 뜻이긴 하지만 두 번째 단어가 더 가볍게 들린다.

하지만 진짜 '학자'처럼 쓰려고 지나치게 애쓰다 보면 너무 격식적인 단어를 사용
할 위험도 있다. 생각하다think/숙고하다cogitate, 마시다drink/흡수하다imbibe 같은
단어는 서로 의미는 비슷하지만 두 번째 단어는 보편적으로 쓰이는 영어라고 하
기에는 너무 고상하다. 무척 고상하게 들리는 단어들은 문장 속에 넣기 전에 더
친숙한 단어가 있는지 찾아보라.
　확실치 않은 단어는 모두 사전을 찾아보라는 충고를 흔히 듣곤 한다. 하지
만 그런 단어는 오히려 문제가 되지 않는다. 문제는 자신이 확실히 안다고 생각
하는 단어에서 비롯된다. 게다가 외관visage이나 순회하다perambulate 같은 단어
들이 어떤 맥락에서는 지나치게 고상하다고 알려주는 사전은 어디에도 없다.
단기적 해결책은 논문을 제출하기 전에 누군가에게 읽어봐달라고 부탁하는 것
이다(하지만 읽어준 사람의 의견을 받아들일 때는 신중해야 한다. 7.10 참조). 장기적 해결책
은 많이 읽고, 많이 쓰고, 힘들더라도 많은 비평을 들어보고, 그로부터 배워가
는 것이다.

11.4　문장 점검

논문을 인쇄하기 전에 마지막으로 읽으면서 문법과 철자, 구두점의 실수를 고친
다. 경험 있는 저자들이 많이 쓰는 방법은 마지막 문장부터 거꾸로 한 문장씩 읽
는 법이다. 이렇게 하면 자신의 논리에 사로잡히는 일 없이 수정에 집중할 수 있
고, 단어 하나하나를 점검할 수 있다. 컴퓨터 프로그램의 철자 체크에만 의존해
서는 안 된다. 이러한 철자 체크는 철자는 옳지만 단어를 잘못 사용한 경우는 찾
아내지 못한다(예: their/there/they're, it's/its, too/to, acccept/except, affect/effect, already/all
ready, complement/compliment, principal/principle, discrete/discreet 등). 이렇게 혼란스러운

철자가 있다면 두 단어 모두 철저하게 찾아보라(철자는 20장 참조).

외국어와 수치, 약어 등을 많이 사용한다면 이 책의 3부에서 관련 장을 찾아 읽어보라.

마지막으로 차례가 있다면 차례의 순서와 제목이 본문과 일치하는지 확인해 보라. 본문에 앞장이나 뒷장을 참고하라는 내용이 있다면 그 참고사항이 정확히 표시되었는지도 확인한다.

작문 수업에서만 글쓰기를 고민하는 학생도 있다. 물론 작문 수업이 아닌 다른 수업의 교수들은 문체보다는 내용에 더 집중할 가능성이 많다. 그렇다고 명료성이나 일관성까지 무시하지는 않는다. 역사 교수나 미술 교수가 논문을 읽고 '잘 쓰지 못했다'고 비판한다면 '작문 수업도 아닌데 왜 그러세요?'라고 대답해서는 안 된다. 모든 수업은 명료하고, 논리정연하며, 설득력 있는 글쓰기를 연습할 수 있는 기회다. 이러한 글쓰기 능력은 평생의 자산이 될 것이다.

11.5 포기하고 출력하라

글쓰기를 시작하는 것보다 힘든 일이 있다면 멈추는 일이다. 하루만 더 읽으면서 글의 구조를 다듬고, 한 시간만 더 도입부를 손보고, 1분만 더……. 더 이상은 설명하지 않아도 알 것이다. 노련한 연구자들이 연구와 논문에 대해 알고 있는 중요한 사실이 한 가지 더 있다면, 그것은 결코 완벽한 글을 쓸 수 없으며 마지막 순간에 온갖 수고를 들여 1퍼센트 아니 5퍼센트를 고치더라도 크게 달라지지 않는다는 것이다. 학위논문을 쓰는 학생들은 특히 마음속에 정한 완벽의 기준에 맞추느라 무척 고심한다. 하지만 '어떤 석·박사논문도 전적으로 완벽할 수는 없다. 반드시 해야 할 일은 끝마치는 것이다.' 분명히 언젠가는 그만두어야 할 시점이 있다. 그만 포기하고 출력해야 한다(하지만 제출하기 전에 마지막으로 훑어보면서 확인하라. 페이지 나누기와 여백도 확인해보고, 표와 그림이 제대로 들어가 있는지 등도 살펴보라).

이제 할 일은 끝났다고 생각할지도 모른다. 하지만 아직 마지막 과제가 남아 있다. 돌려받은 과제물에 적힌 논평으로부터 배우는 일이다.

12 논평에서 배우기

과제물에 적힌 성적에만 관심이 있고, 교수의 중요한 논평은 들여다보지 않는 학생도 있다. 심한 경우에는 과제물을 아예 찾아가지 않기도 한다. 이런 학생을 보면 교수는 어이없고 화가 난다. 앞으로 학문 분야 또는 실무 분야에서 많은 글을 쓰게 될 것이다. 따라서 독자가 어떻게 자신의 글을 평가하는지, 다음에 더 좋은 평가를 받으려면 어떻게 해야 하는지 이해하는 것이 중요하다. 이를 위해 또 한 가지 단계가 필요하다.

12.1 구체적 논평에서 일반적 원칙을 찾아내라

교수의 논평에서 다음 번 과제에 적용할 만한 논평에 집중한다.

- 철자와 구두법, 문법에서 반복하여 저지르는 실수가 있는지 찾아본다. 이런 실수를 찾았다면 무엇을 고쳐야 할지 알 수 있을 것이다.
- 사실이나 데이터를 잘못 다루었다고 언급되었다면 자신의 필기를 다시 확인해보라. 필기를 잘못 했는가? 혹은 논문에 잘못 옮겼는가? 믿을 만하지 못한 자료에 의존했는가? 무엇인가 이유를 찾았다면 다음 번 연구에서는 어떻게 해야 할지 알 수 있을 것이다.
- 교수가 당신의 글을 비판했다면 그 원인을 찾아보라. 글이 매끄럽지 못하거나, 난해하거나, 어색하다고 지적했다면 11장을 활용해 문장을 점검하라. 조직적이지 못하다거나 일관성이 없다고 논평했다면 9장을 활용해 점검해보자. 비판의 원인이 무엇인지 찾지 못할 때도 있지만, 만약 찾는다면 다음에는 어떤 점을 주의해야 할지 알 수 있다.

교수와 이야기를 나누어라

교수의 논평 속에 '비조직적' '비논리적' '근거 없는'이라는 단어가 들어 있는데, 그 이유를 알 수 없다면 교수에게 상담을 신청하자. 연구의 어느 단계와 마찬가지로 교수와의 상담 또한 계획을 세우고 미리 준비한다면 더 잘 할 수 있다.

- 교수가 철자와 구두점, 문법 사항에 표시를 해두었다면 교수와 상담하기에 '앞서' 그 부분을 진한 글씨로 수정하라. 그러면 교수의 논평을 중요하게 여긴다는 사실을 보여줄 수 있다. 교수의 논평 밑에 자신의 생각을 짧게 써서 주의 깊게 읽었다는 것을 보여줄 수도 있다.
- 성적에 대해 불평하지 마라. 다음에 더 좋은 글을 쓰기 위해 논평을 제대로 이해하고 싶다는 점을 분명히 하라.
- 몇몇 논평에만 집중하라. 상냥하게 질문하는 법을 미리 연습하라. "이렇게 평가하셨는데 이유는 말씀 안 하셨어요"라고 말하지 말고 "제가 어느 부분에서 글을 잘못 구성했는지 알려주시겠어요? 그러면 다음에 더 잘 할 수 있을 것 같아요"라고 말하라.
- 교수가 구체적으로 어떤 단락을 염두에 두고 그렇게 평가했는지 묻고, 그런 단락을 어떻게 고쳐 써야 할지 물어본다. "어떤 점이 마음에 안 드세요?"라고 묻지 말고 "구체적으로 어디에서 제가 잘못 했나요? 그 부분을 어떻게 고칠 수 있나요?"라고 묻자.

교수가 평가의 이유를 명료하게 설명하지 못한다면 아마 당신의 글을 하나하나 꼼꼼하게 뜯어보지 않고, 전체적인 느낌만으로 평가했을 것이다. 그렇다면 나쁜 소식이다. 교수와의 상담을 통해 별로 배울 것이 없기 때문이다.

A학점을 받았다 해도 교수를 찾아갈 수 있다. 어떻게 A를 받았는지 아는 것도 중요하다. 다음 과제는 더 어려울 수 있고, 그렇다면 다시 초보 연구자의 심정으로 돌아가야 할 수도 있다. 사실 연구할 때마다 매번 초보 연구자가 된 듯한 느낌이 든다고 놀랄 필요는 없다. 많은 연구자가 느끼는 점이다. 그러나 계획이 있다면 우리는 대개 그런 느낌을 극복할 수 있다.

13 기타 연구발표 방법

출판할 만큼 연구 경력이 많지 않은 학생도 수업시간에 '구두 발표oral presentation'를 통해 자신의 연구 일부를 다른 학생들에게 알릴 수 있다. 구두 발표를 준비하는 것은 논문을 쓰는 것보다는 쉽지만 여전히 계획과 약간의 연습이 필요하다. 사실 일어서서 자신의 연구를 명확하고 조리 있게 말하는 것은 어떤 직업을 염두에 두든 꼭 필요한 능력이다. 박사논문을 쓴다면 나중에 출판을 염두에 둘 수도 있겠지만, 학술지에 제출하기 전에 자신의 연구를 구두로 설명할 기회를 먼저 찾아야 할 것이다.

　이 장에서는 논문 쓰기 계획을 활용해 어떻게 구두 발표를 준비할 수 있는지 다루겠다. 또 포스터poster라는 형식의 발표도 다루겠다. 포스터는 쓰기와 말하기의 요소를 혼합한 형식이다. 마지막으로 학회에서 발표할 기회를 얻으려면 어떻게 학회발표제안서를 써야 하는지도 다루겠다.

13.1 구두 발표

구두 발표가 글쓰기보다 좋은 점이 더러 있다. 발표를 하고 난 뒤 질의응답 시간에 피드백을 즉시 얻을 수 있다는 점이다. 이때 피드백은 대체로 논문 논평만큼 심하지 않다. 특히 새로운 아이디어를 시험적으로 제시하거나 새로운 자료를 검증하는 발표라면 청중의 반응은 너그러운 편이다. 그러나 이러한 피드백을 잘 활용하려면 논문을 쓸 때만큼이나 신중하게 발표를 계획해야 한다.

13.1.1 중심 주제를 좁혀라

발표에 주어진 시간은 아마 20분 정도밖에 되지 않을 것이다(좋은 방법은 아니지만 준비해 간 글을 읽는다면 2행간double space 문서로 7~10쪽 정도다). 그러니 연구의 핵심만 말하거나 일부만 다루어야 한다. 다음 세 가지 방법을 고려해보라.

- **논증 개괄과 문제 진술.** 만약 새로운 문제라면 그 독창성에 집중한다. 짧은 소개로 시작하라: '짤막한 문헌 평론 + 연구 질문 + 연구 질문의 의의 + 주장(9.2 참조)' 그리고 논거를 설명하고, 각 논거의 근거를 요약하라.
- **하위논증 요약.** 논증이 너무 크다면 핵심적인 하위 주장에 집중한다. 도입부에서 큰 범위의 문제와 결론을 언급하되, 발표에서는 그 일부만 다룬다는 점을 확실히 밝힌다.
- **방법론 또는 자료 보고.** 새로운 방법론이나 자료를 제시한다면 왜 그런 방법론과 자료가 중요한지 설명한다. 문제를 간략하게 정의한 뒤 어떻게 새로운 방법론이나 자료로 그 문제를 풀 수 있는지 보여준다.

13.1.2 청자와 독자의 차이를 이해하라

청자를 괴롭히는 발표자들의 유형은 다양하다. 로봇처럼 암기한 문장을 읊는 발표자도 있고, 청중에게는 눈길도 제대로 주지 않고 원고에만 코를 박고 한 단어 한 단어 빠짐없이 읽어 내려가는 발표자, 자료 슬라이드만 끝도 없이 보여주는 발표자도 있다. 체계 없이 그저 '아, 이 슬라이드가 보여주는 것은……'만 반복하기도 한다. 이런 발표자들은 수동적인 청자를 두고 능동적인 독자, 또는 활발한 대화 참여자라고 생각한다. 그러나 청자는 그렇지 않다.

- 책을 읽다 어려운 문단이 나오면 우리는 잠시 멈춰 다시 읽기도 하고, 생각을 하기도 한다. 글의 구성을 다시 되짚어보며 소제목을 살피기도 하고, 문단이 어디서 나뉘는지 확인해보기도 한다. 딴 생각으로 산만해지면 되돌아와 읽을 수도 있다.
- 대화할 때는 질문이 생기면 바로 묻기도 하고, 추론 과정을 더 명료하게 설명해달라거나 아니면 그저 다시 설명해달라고 요청하기도 한다.

그러나 청중석에 앉아 있는 청자들은 그렇게 하지 않는다. 청자들은 주의 깊게 듣고 복잡한 추론을 따라가려고 애써야 한다. 만약 흐름을 놓친다면 자신만의 상념에 빠져들 것이다. 따라서 발표를 할 때는 목표가 무엇인지, 어떤 체계로 이야기하는지 분명히 밝혀야 한다. 만약 글을 써서 읽을 생각이라면 문장 구조를 글보다 훨씬 단순하게 해야 한다. 일관성 있는 주어를 사용한 짧은 문장을 선택하라(11.1.2 참조). '나' '우리' '여러분' 같은 주어를 많이 사용하라. 글에서는 어색하리만치 반복된다고 느껴지는 요소들이 구두 발표에서는 청자에게 도움이 된다.

13.2 귀 기울여 들을 만한 발표를 계획하라

청자의 관심을 사로잡으려면 청자'에게' 강의하는 것이 아니라 청자와 '함께' 대화를 나누는 형식이어야 한다. 이런 형식으로 발표하기란 쉽지 않다. 말하듯이 글을 쓸 수 있는 사람도 드물고, 메모 없이 논리정연하게 말할 수 있는 사람도 드물기 때문이다. 미리 써간 글을 읽어야겠다면 1분에 반 쪽 정도의 속도 이상으로 빠르게 읽어서는 안 된다(한 쪽당 300단어 정도). 평소 말할 때보다 천천히 읽도록 유의하라. 발표자가 고개를 숙이고 발표 내내 머리 정수리만 보여준다면 청중은 흥미를 못 느낄 것이다. 따라서 가끔씩 몸을 세우고 의도적으로 청중을 똑바로 쳐다보라. 특히 중요한 내용을 말할 때는 청중과 눈을 맞추는 것이 좋다. 한 쪽당 적어도 한두 번은 청중과 눈을 맞추라.

읽는 것보다 훨씬 좋은 방법은 메모를 보면서 말하는 것이다. 하지만 그런 방법을 잘 활용하려면 준비를 철저히 해야 한다.

발표 시간 20분 중 청중이 흥미를 잃기 전에 관심을 사로잡을 기회는 단 한 번이다. 그러니 다른 부분보다 서론을 더 신중하게 준비하라. 10.1에서 설명한 서론의 네 가지 요소에다 내용 소개를 덧붙이는 구조로 짠다(아래에서 괄호 안의 시간은 대충 어림잡은 시간이다).

메모는 문제 정의의 네 가지 요소를 기억하기 위한 용도로만 활용하라. 단어 하나하나 빠짐없이 적어놓은 대본은 안 된다. 내용을 기억할 수 없다면 구두 발표를 할 준비가 되지 않은 것이다. 아래 사항을 떠올릴 수 있을 정도로 메모해둔다.

1. 확장, 수정 또는 교정하려는 선행연구(1분 이하)
2. 연구 질문 정의: 선행연구 또는 이론에서 어떤 빈틈을 다루려는가(30초 이하)
3. 그래서?의 대답(30초)

이 세 가지는 독자의 관심을 끄는 데 필수적이다. 연구 질문이 새롭거나 논쟁적이라면 시간을 더 투자한다. 청자가 연구 질문의 의의를 알고 있다면 짧게 언급한다.

4. 주장, 연구 질문의 답(30초 이하)

청자에게는 독자보다 더 빨리 답을 알려주어야 한다. 대답을 마지막으로 미루어야 할 합당한 이유가 없다면 대답의 요지만이라도 진술한다. 발표 뒷부분으로 대답을 미룬다면 적어도 대답을 대충 예고하라.

5. 발표의 구성을 미리 알린다(10 - 20초). 말로 차례를 설명하는 것이 가장 유용하다. '첫째 저는 ~을 논하고' 글에서는 이렇게 쓰는 것이 어색하게 보일 수도 있지만, 청자는 독자보다 더 많은 도움이 필요하다. 발표의 본론에서도 이러한 구조를 다시 밝혀준다.

서론 발표를 연습하라. 제대로 내용을 기억하기 위해서가 아니라 발표할 때 독자를 쳐다보기 위해서다. 일단 연습을 마친 다음 메모를 보면서 제대로 했는지 확인한다.

전부 합해서 서론에 3분 이상을 쓰지 않도록 한다.

13.2.2 한 눈에 내용을 떠올릴 수 있는 메모로 본문 발표를 준비하라

메모를 할 때는 그대로 읽을 완벽한 문장을 써서는 안 된다. 물론 완벽한 문단은 더군다나 안 된다. 메모란 발표의 체계를 한 눈에 보도록 도와주고, 중요한 순간에 무슨 이야기를 할지 힌트를 주는 것이다. 다 써둔 논문에서 문장을 잘라다 붙이는 형식이어서는 안 된다. 무에서부터 메모를 창조하라.

요지 하나하나마다 페이지를 따로 마련하라. 각 페이지에 요지를 적되 주제가 아니라 주장을 쓴다. 주장을 짤막하게 줄여 쓰거나 꼭 필요한 경우에는 완벽한 문장으로 쓴다. 주장 위에 소제목을 대체할 만한 명백한 연결어를 덧붙인다. "첫 문제는……"

즉시 알아볼 수 있게 요지에 강조 표시를 한다. 그 아래에 주장을 뒷받침하는 근거를 '주제' 형식으로 나열한다. 근거가 통계나 인용이라면 고스란히 옮겨 써야할 것이다. 통계나 인용이 아니라면 메모를 보지 않고 이야기할 수 있을 만큼 충분히 숙지해야 한다.

가장 중요한 요지를 처음에 다룰 수 있도록 구성한다. 그래야 혹시 발표가 길어질 때(대체로 그렇지만) 다음 부분을 생략하거나 결론으로 바로 넘어가도 논증의 핵심을 놓치지 않을 수 있다. 핵심을 나중에 클라이맥스처럼 다루려 하다가 클라이맥스에 채 도달하기도 전에 끝나버릴 수도 있다. 무언가를 건너뛰어야 한다면 질의응답 시간을 활용해 건너뛴 부분을 다시 다룬다.

13.2.3 서론에 맞추어 결론을 구성하라

결론은 기억하기 쉬워야 한다. 누군가 청자에게 '존이 뭐라고 말했어?' 하고 물어본다면 청자가 결론을 전해줄 수 있어야 하기 때문이다. 결론은 메모를 보고 읽는 것이 아니라 청자를 쳐다보면서도 말할 수 있을 만큼 잘 기억해두어야 한다. 결론에는 세 가지 요소가 있어야 한다.

- 주장: 서론보다 자세하게

청자들이 당신의 논거나 자료에 더 관심이 있다면 그 또한 함께 요약한다.

- '그래서?'의 답

서론에서 제시한 답을 재진술할 수도 있지만 사변적인 답이라도 좋으니 새로운 답을 덧붙이도록 해보자.

- 후속 연구 제안

결론을 충분히 연습해 정확히 얼마나 걸리는지 알아두도록 하라(1~2분을 넘어서는 안 된다). 발표를 하다가 그 정도 시간이 남았다면 결론으로 넘어간다. 상대적으로 중요치 않은 마지막 요지가 아직 남아 있다 해도 바로 결론으로 넘어간다. 한두 가지 논점을 건너뛰어야만 했다면 질의응답 시간에 다루도록 한다. 혹시 발표가 짧게 끝났다 해도 즉석에서 이것저것 덧붙여 말하지 말라. 시간이 남는다면 다음 발표자에게 양보한다.

13.2.4 질문에 대한 답변을 준비하라

운이 좋다면 발표 후에 질문을 받을 것이다. 따라서 예상 가능한 질문에 대해서는 답을 준비해둔다. 자료나 출처에 대한 질문을 예상해보라. 특히 발표할 때 출처를 밝히지 않은 자료에 대해서는 질문에 답할 준비를 해야 한다. 저명한 학자나 학파와 관련이 있는 문제를 다룬다면 당신의 연구가 그들과 어떻게 연결되는지 부연 설명할 준비를 해둔다. 특히 그들의 결과나 방법론을 부정하거나 더 정교하게 다듬은 연구라면 부연설명을 준비해두라. 또 당신이 접해 보지 못한 자료를 언급하는 질문에도 답할 준비를 해야 한다. 아직 보지 못했다고 인정하고, 앞으로 찾아보겠다고 답하는 것이 가장 좋다. 우호적인 질문이라면 왜 그 자료가 관련성이 있는지 질문자에게 물어본다. 수세적으로 답변할 준비만 해서는 안 된다. 질문을 활용해 요지를 다시 강조하고, 아직 다루지 못한 문제를 언급하라.

모든 질문을 주의 깊게 듣고, 질문을 제대로 이해하도록 한다. '대답하기 전에 잠시 시간을 두고 질문을 생각해보라.' 질문을 이해하지 못했다면 질문자에게 다시 말해달라고 요청한다. 반사적으로, 또는 수세적으로 날카롭게 답변하지 않도록 한다. 좋은 질문은 아무리 적대적이라 해도 굉장히 소중하다. 그런 질문을 활용해 생각을 다듬어라.

13.2.5 배포 자료를 만들어라

짧은 인용문이나 자료는 그냥 읽어도 좋지만 인용문이 많다면 배포 자료를 만든다. 슬라이드를 사용한다 해도 종이자료를 만들어 나누어준다. 요지를 개괄한 후 필기할 수 있도록 여백을 남겨 배포할 수도 있다.

13.3 포스터 발표

포스터는 큰 판에 관련 근거와 함께 연구 내용을 요약해 보여주는 것이다. 포스터 발표는 대개 복도나 큰 방에서 다른 발표와 동시에 이루어진다. 사람들이 걸어다니며 포스터를 하나씩 보면서 발표자에게 질문을 던진다. 포스터 발표는 쓰기와 말하기의 장점을 결합한 것이다. 사람들은 포스터를 읽기 때문에 청자보다 더 집중할 수 있고, 자료를 조직하기 위해 사용한 시각기호(상자, 선, 색깔, 제목과 소제목)의 도움으로 더 쉽게 이해할 수 있다.

근사한 포스터를 제작해주는 소프트웨어나 웹 사이트를 사용해 포스터를 디자인할 수도 있다. 포스터의 내용은 읽기용 발표문 작성 지침을 따라 구성하되 두 가지를 더 고려한다.

1. 논증을 단계별로 제시하라. 논증을 세 단계의 세부 사항으로 나누어 시각적으로 제시한다.
   - 포스터 상단에 문제를 정의하거나 논증을 개괄하거나 요약한다(상자 안에 넣거나 글자 크기를 크게 하는 등의 방법으로 강조하라).
   - 아래에 논거를 소제목으로 나열하며 논증을 요약한다.
   - 그 아래에 논거를 재진술하고 논거별로 근거를 묶어 제시한다.

2. 모든 그래프와 표는 설명하라. 그래프마다 캡션을 달고, 데이터의 초점이 무엇인지, 자신의 논거와 주장에 어떻게 관련이 있는지 설명하는 문장 한두 개를 덧붙인다.

13.4 학회발표제안서

학회는 연구 결과를 공유할 수 있는 좋은 기회다. 그러나 학회에서 발표하려면 대개 제안서를 제출해야 한다. 제안서를 쓸 때는 연구를 몇 문단에 걸쳐서 요약하는 형태로 쓰지 말고, 학회 가는 길에 우연히 엘리베이터에서 마주친 친구에게 자신의 발표를 간략히 소개하는 30초 분량의 '엘리베이터 이야기'로 써라(사실 신중하게 준비하고 연습한 엘리베이터 이야기는 자신의 연구를 소개하는 어떤 대화에서건, 특히 면접에서 유용하다). 엘리베이터 이야기는 다음 세 부분으로 이루어진다.

- '그래서?'의 대답을 강조하는 문제 정의
- 주장과 주요 논거 개괄
- 가장 중요한 근거 요약

학회 심사자들은 제안서의 구체적 표현보다는 '사람들이 왜 당신의 발표를 듣고 싶은가'에 더 관심이 있다. 제안서의 목적은 연구 질문을 제시하고, 심사자의 '그래서?' 질문에 답하는 것이다. 따라서 당신의 주장이 전공 분야에 어떻게 공헌할 수 있을지에 집중하라. 특히 새로운 점이 무엇인지, 논쟁적인 점이 무엇인지를 중점으로 다룬다. 같은 문제를 다룬 선행연구가 있다면 그 연구를 소개하고 자신의 자료와 주장이 어떤 점에서 새로운지 강조하라. 자료와 주장 중 무엇을 강조하느냐는 둘 중 무엇이 더 독창적이냐에 달려 있다.

당신의 주제에 대해서는 심사자가 당신보다 더 모를 수 있으며, 따라서 질문이 왜 중요한지 이해하지 못할 수도 있다는 사실을 유념하라. 따라서 첫 '그래서?'에 답한 뒤에도 다시 '그래서?'를 묻고 답한다. 할 수만 있다면 한 번 더 묻는다. 학회에서 발표자가 되느냐, 아니면 다른 사람의 발표를 듣기만 하느냐는 연구의 질보다는, 얼마나 중요한 질문을 던지는가에 달려 있다.

14 연구정신

앞서도 말했지만 연구 말고도 훌륭한 결론에 도달하는 방법은 많다. 직감이나 감정에 의존할 수도 있고, 심지어 영적 통찰력에 기댈 수도 있다. 그러나 그렇게 도달한 진리는 개인적이다. 우리의 감정을 근거로 다른 사람에게 진리를 받아들이고, 그에 따라 행동하라고 설득할 수 없기 때문이다. 이렇게 도달한 개인적 진리인 경우에는 그저 우리의 주장을, 내적인 경험을 믿어 달라고 요구하는 수밖에 없다.

하지만 학문적 진리와 그 진리에 도달한 방법은 공개적 연구의 대상이 되어야 한다. 모든 사람이 확인할 수 있는 근거와 바라건대 독자들이 합리적이라 여길 만한 논리를 기반으로 연구주장을 펴야 한다. 그리고 독자는 자신 또는 다른 사람이 생각할 수 있는 모든 방법을 동원해 연구의 모든 근거와 논리를 검증해야 한다. 까다로운 기준처럼 들리겠지만 우리의 주장을 다른 사람이 믿고, 그를 기반으로 세상을 이해하고, 행동하고, 심지어 삶을 살아가길 바란다면 응당 그래야 한다.

이처럼 근거를 기반으로 공적인 믿음을 형성한다는 원칙에는 지키기 어려울 수도 있는 두 가지 원칙이 따라온다. 하나는 권위와 연관된 원칙이다. 500년 전까지도 '근거'를 토대로 세상을 더 잘 이해하려는 시도는 위협으로 여겨졌다. 중요한 진리는 이미 알려졌기 때문에 학자의 임무란 그 진리를 보존하고 전달하는 것이지 그에 도전하는 것은 아니라고 많은 권력자들이 생각했다. 새로운 사실이 낡은 믿음에 의심을 던져도, 낡은 믿음이 사실을 묵살하곤 했다. 정당한 근거로 권위에 도전하는 결론을 끌어내고 주장했던 용감한 학자들이 추방되거나 투옥되었고 처형되기도 했다.

오늘날에도 근거를 토대로 논증을 펼치는 사람들은 나름대로 소중히 여기는 믿음을 간직한 사람들의 분노를 사기도 한다. 예를 들어 몇몇 역사학자가 이런

저런 근거를 들며 토머스 제퍼슨이 자신의 노예인 샐리 헤밍스와의 사이에 적어도 한 자녀 이상을 두었을 것이라 주장한 적이 있었다. 이런 주장에 반대하던 사람도 있었다. 그를 반증할 만한 근거가 있어서가 아니라 '제퍼슨 같은 사람이 그랬을 리가 없다(5.5 참조)'는 맹신 때문이었다. 그러나 학술연구에서든 전문연구에서든 훌륭한 근거와 합리적 추론이 매번 낡은 믿음을 누르고 승리하게 마련이다. 아니 그래야만 한다.

아직도 이 세상에는 기존의 믿음을 시험하는 것보다 수호하는 것이 더 중요하다고 믿는 사람들이 있다. 그러나 연구의 가치를 아는 사람들은 그렇게 생각하지 않는다. 권위가 제아무리 소중히 여기는 믿음이라 해도, 우리는 그 믿음에 의문을 품을 수 있다. 아니 반드시 의문을 품어봐야 한다. 단, 확실한 근거를 토대로 한 합리적인 논거를 바탕으로 답을 끌어내야 한다.

여기에는 자연스럽게 따라오는 원칙이 한 가지 더 있다. 우리가 어떤 주장을 펼칠 때는 다른 사람이 우리의 주장과 그 주장을 끌어낸 과정에 의문을 품을 수 있다는 것을 늘 염두에 두어야 한다는 것이다. 더 나아가 그렇게 의문을 품도록 장려해야 한다. 상대방이 '왜 그렇게 믿어?'라고 묻도록 해야 한다. 물론 이런 질문이 썩 달갑지 않을 때도 많다. 하지만 '나는 동의하지 않아. 적어도 아직은 아니야'라는 상대의 반론과 망설임, 단서 등에 기쁜 마음으로 귀 기울여야 한다. 낡은 생각에 도전하는 사람일수록 이러한 질문을 수용하고 대답할 준비를 해야 한다. 자신의 주장이 다른 사람의 깊은 신념에 도전하는 것이기 때문이다.

이러한 연구의 가치를 실천하기 어렵다고, 심지어 고통스럽다고 생각하는 학생도 있다. 누군가 자신의 믿음에 도전한다면 그를 두고 열정적인 진리 탐색으로 여기기보다는 자신의 내밀한 가치에 대한 개인적 공격이라 받아들이는 학생도 있다. 냉소적 회의주의로 무장하고 모든 것을 의심하되 아무것도 믿지 않는 학생도 있다. 편리한 상대주의에 빠지는 학생도 있다. "각자 생각하는 대로 믿을 권리가 있어. 그러니까 모든 믿음은 그걸 믿는 사람한테만은 옳은 거야!" 많은 학생들이 자신의 안락한 믿음을 뒤흔들지 모를 대답에, 심지어 자신에게 떠오른 의문에조차 귀를 막은 채 연구에서 멀어져간다.

그러나 직업의 세계와 학계, 시민사회, 심지어 정치계에서도 개인적 의견이나 상대주의적 관점, 또는 안전한 기존 '권위'가 검증된 지식과 어렵게 얻은 지혜를 대신할 수는 없다.

　그렇다고 오랜 세월 동안 지속되고 검증된 믿음을 가볍게 무시하라는 뜻은 아니다. 오랜 믿음을 버리고 새로운 믿음을 받아들이려면 가능한 한 최고의 근거와 훌륭한 추론으로 뒷받침되는 합리적 논증을 우호적이지만 엄격한 분위기 속에서 대화를 통해 철저하게 검토할 수 있어야 한다. 곧 다른 사람의 논증을 검증하고 평가하는 자신만의 합리적 논증을 펼 수 있을 때 우리는 '책임 있게' 무엇을 믿을 수 있다.

　수업 과제물 하나에서 이 모든 가치를 다 찾기는 힘들다. 그러나 아무리 딱딱하다 해도, 그리고 그 독자가 누구이건 학술논문은 하나의 대화다. 물론 상상의 대화다. 무엇을 믿고 믿지 말아야 할지를 두고 독자와 대화를 나누는 협조적이면서도 치밀한 탐색 과정이다.

2부

• • •

인용출처 표기

15 인용출처 표기 개괄

연구자의 첫째 의무는 사실을 정확하게 전달하는 것이고, 두 번째 의무는 어디에서 사실을 얻었는지 알리는 것이다. 따라서 연구자는 논문에서 활용하는 사실과 생각, 표현의 출처를 밝혀야 한다.

15.1 왜 자료의 출처를 밝혀야 하는가

자료의 출처를 밝히는 이유는 적어도 네 가지다.

1. **다른 연구자의 공로를 인정한다.** 연구는 어려운 일이다. 연구를 잘 하는 사람은 구체적 보상을 받아야 한다(돈, 승진, 좋은 점수, 학위 등). 그러나 그 못지않게 중요한 것이 인정이다. 곧 사람들이 높이 평가하고 활용하는 연구에 이름을 알릴 영광과 특권을 얻는 것이다. 사실 이런 인정만이 유일한 보상인 연구자도 있다. 따라서 다른 연구자의 연구를 인용할 때는 그 연구자의 공로를 인정

해야 한다(또 표절 의혹을 받지 않도록 조심해야 한다. 7.9 참조).

2. **인용한 사실의 정확성을 독자에게 알린다.** 다른 연구자에 대한 예의를 지키기 위해 출처를 밝히기도 하지만 독자의 신뢰를 얻기 위해 밝히기도 한다. 사실을 정확히 전달하는 것만으로는 충분치 않다. 그 정보를 어디에서 얻었는지 출처를 밝혀야 독자가 사실의 신빙성을 평가할 수 있고, 원한다면 직접 확인해볼 수도 있다. 독자는 자신이 모르거나 찾아볼 수 없는 자료를 신뢰하지 않는다. 자료를 신뢰하지 않는다면 그 자료에서 나온 사실도 신뢰하지 않으며, 그 사실을 활용한 논증도 신뢰하지 않는다. 따라서 자료의 출처를 빠짐없이 정확하고 적절하게 밝히는 것이 신뢰의 첫 고리를 잇는 일이다.

3. **배경이 된 연구 전통을 독자에게 알린다.** 연구자는 활용 자료의 출처를 밝히기도 하지만 자신이 심화연구하려거나 지지 또는 반대, 교정하려는 연구를 밝히기도 한다. 그러면 독자는 연구자의 특정 연구만 이해하는 것이 아니라 해당 분야의 다른 연구와 그 연구의 관계를 알 수 있다.

4. **연구를 계승하거나 심화하려는 독자에게 도움을 준다.** 독자는 학술논문에 인용된 자료를 보며 해당 논문의 신빙성을 평가하기도 하지만 자신의 연구에 활용하기도 한다. 따라서 인용출처를 밝히는 것은 다른 연구자가 자신의 발자취를 따라올 뿐 아니라 새로운 방향을 발견하도록 돕는 일이다.

다른 사람의 연구를 가로채는 것처럼 보여서는 절대 안 되며(7.9 참조) 인용출처를 적절히 밝혀야 표절 혐의가 생기지 않는다. 또한 적절한 인용출처 표시는 논증에 힘을 실어주며 당신의 연구를 토대로 연구를 진척시키려는 다른 사람들에게도 도움이 된다.

15.2 인용출처 표기의 기본사항

인용출처 표기 규칙을 지키려면 논문에서 언제 인용출처를 표기해야 하며, 어떤 정보를 포함시켜야 하는지 알아야 한다.

15.2.1 인용출처를 밝혀야 하는 상황

7장, 특히 7.9에서 자료의 출처를 밝혀야 하는 상황을 상세히 다루었다. 간략이 말해 다음과 같은 상황에서는 항상 출처를 밝혀야 한다.

- 표현을 똑같이 인용할 때(인용에 대해서는 25장 참조)
- 특정 자료와 관련 있는 생각을 바꿔쓰기 할 때, 똑같이 옮겨 쓰지 않았다 해도 출처를 밝힌다.
- 특정 자료의 논리나 자료, 방법을 활용할 때

인용이나 바꿔쓰기를 하지는 않았지만 논증의 특정 부분과 연관 있는 자료를 독자에게 제시할 때 출처를 밝히기도 한다. 자신의 주장과 다른 자료라 해도 이렇게 인용출처를 밝히면 반대 견해를 잘 알고 있다는 사실을 보여줄 수 있다.

15.2.2 인용출처 표기의 필수 요소

인용출처 표기는 역사가 오랜 전통이다. 분야마다 글쓰기 방식이 달라지기 시작하면서 자료를 기록하고 그 출처를 밝히는 방식도 어느 시점부터인가 달라지기 시작했다. 인용출처 표기방식이 표준화된 뒤에 연구자는 한두 개가 아니라 여러 방식 중 하나를 선택해야 했다.

인용방식마다 어떤 요소를 밝히고 어떻게 표기하는지는 다르지만 그 목적은 같다. 독자가 자료를 찾고 확인하는 데 필요한 정보를 주는 것이다. 책과 논문, 미출간 자료, 온라인 자료를 포함한 문자자료를 인용할 때는 아래 질문에 답할 수 있는 정보를 제시해야 한다.

- 누가 자료를 저술 또는 편집, 번역했는가?(세 가지 정보가 모두 필요할 때도 있다.)
- 어떤 정보로 자료를 찾을 수 있는가? 제목과 부제, 자료가 실린 학술지나 선집, 시리즈의 명칭. 권 수, 판차를 포함하여 자료를 확인할 때 필요한 정보. 수록 페이지, 큰 텍스트의 일부를 참고했을 때는 참고한 자료를 찾을 수 있는 구체적 정보.
- 누가, 언제 발행했는가? 발행인과 발행지, 발행일자. 미출간 자료인 경우에는 출

간되지 않았음을 표기.

■ 어디에서 자료를 찾을 수 있는가? 대부분의 인쇄 자료는 도서관이나 서점에서 찾을 수 있으므로 구체적 장소를 말할 필요가 없다. 온라인에서 찾은 자료는 URL이나 상용 데이터베이스 이름을 제시해 독자가 자료를 찾을 수 있도록 돕는다. 특별한 컬렉션에서 찾은 자료는 그 컬렉션이 보관된 장소도 밝힌다.

오디오와 비디오자료 같은 종류의 자료에서는 세부 사항이 달라지겠지만 모든 자료의 인용출처 표기는 다음 세 질문에 답한다. 누가 자료를 저술, 편집, 번역 또는 수집했는가? 어떤 정보로 자료를 찾을 수 있는가? 누가 언제 발행했는가? 어디에서 찾을 수 있는가?

논문을 읽는 독자는 연구자가 해당 분야에 적합한 인용방식을 사용하리라 기대한다. 연구자가 해당 분야에 적합한 인용방식을 사용해야 하는 이유는 독자에게 익숙한 방식을 사용한다는 의미도 있지만 독자의 가치와 관행을 이해한다는 의미도 있다. 하지만 인용출처 표기의 세세한 사항은 복잡하다. 언제 대문자와 마침표, 쉼표를 넣을지, 어떻게 행간을 넣을지는 복잡한 문제다. 그러나 이렇게 사소한 문제를 제대로 처리하지 못하면 독자는 더 중요한 문제에서 당신을 신뢰해도 될지 의심스러워한다. 그러나 인용출처 표기방식의 모든 사항을 세세히 기억하려고 애쓰는 연구자는 드물다. 하지만 가장 많이 사용하는 방식은 기억해두어야 한다. 그래야 자꾸 찾아보는 일을 피할 수 있다. 그러나 일반적이지 않거나 특별한 요소를 지닌 자료의 출처를 밝힐 때는 이 책과 같은 안내서를 참고하라.

15.3 두 가지 인용방식

이 책에서는 가장 흔한 인용방식 두 가지를 다룬다. 주석표기방식과 참고문헌방식이다. 주석표기방식은 내주표기방식이라고도 하는데 인문학에서 광범위하게 사용되며 몇몇 사회과학 분과에서도 사용된다. 참고문헌방식은 외주표기방식이라고도 하며 많은 사회과학 분과와 자연 및 물리과학에서 사용된다. 어떤 방식을 써야 할지 잘 모르겠다면 담당교수에게 문의하라.

분야마다 다른 방식을 써야 할 수도 있다(예를 들어 미술사 수업과 정치학 수업에서는 각각 다른 인용방식을 사용할 것이다). 그러나 한 편의 논문 내에서는 한 가지 방식을 일관되게 따라야 한다.

초보 연구자라면 이 부분에 소개하는 두 가지 인용방식의 짧은 설명을 읽어 두라. 나중에 주석표기방식을 사용할 때는 16장의 개략적 설명을 읽은 뒤 17장의 자료 유형별 상세한 지침과 사례를 참고하라. 참고문헌방식을 사용하려면 18장의 개괄과 19장의 세부사항을 참고한다.

15.3.1 주석표기방식Bibliography Style

주석표기방식에서는 자료를 언급한 문장의 끝에 위첨자로 번호를 표시하여 자료를 인용했음을 밝힌다.

He concludes that "being a person is not a pat formula, but a quest, a mystery, a leap of faith."[1]

그런 뒤에 해당 번호의 주에서 자료의 정보(저자, 제목, 출판정보)와 인용쪽수를 알린다. 주는 해당 페이지 밑에 달기도 하고(각주), 논문 마지막에 하나의 목록으로 한데 모으기도 한다(후주). 주의 일반 형식은 아래와 같다.

N: 1. Jaron Lanier, *You Are Not a Gadget: A Manifesto* (New York: Alfred A. Knopf, 2010), 5.

같은 자료를 다시 인용할 때는 두 번째 주부터는 짧게 줄일 수 있다.

N: 5. Lanier, *Not a Gadget*, 133-34.

논문 끝에 '참고문헌목록bibliography'을 두어 인용한 자료의 목록을 제시하라. 보통 이러한 목록에는 주에서 출처를 밝힌 모든 자료뿐 아니라 본문에서 인용하지는 않았지만 참고했던 자료까지 포함시킨다. 참고문헌목록에 기재하는 정보는 일반적인 주와 같지만 그 표기방식은 약간 다르다.

B: Lanier, Jaron. *You Are Not a Gadget: A Manifesto.* New York: Alfred A. Knopf, 2010.

15.3.2 참고문헌방식Reference List Style

참고문헌방식에서는 언급한 자료 옆에 괄호주(저자와 인용쪽수 포함)를 사용해 자료를 인용했다는 사실을 알린다.

He concludes that "being a person is not a pat formula, but a quest, a mystery, a leap of faith" (Lanier 2010, 5).

논문 끝의 '참고문헌목록Reference list'에 모든 자료를 나열하라. 참고문헌목록에는 괄호주로 출처를 밝힌 자료를 모두 기재하며 본문에 인용하지는 않았지만 참고한 자료를 포함시키기도 한다. 괄호주에서 서지정보를 다 밝히지 않기 때문에 참고문헌목록의 각 항목에는 자료의 완벽한 서지정보가 담겨 있어야 한다. 참고문헌목록의 일반 형식은 아래와 같다.

R: Lanier, Jaron. 2010. *You Are Not a Gadget: A Manifesto.* New York: Alfred A. Knopf.

15.4 전자자료

표준적인 인용출처 표기방식은 인쇄시대에 발달한 것이다. 그러나 이제 인터넷을 포함한 전자자료를 사용하는 연구자가 늘고 있다. 연구자들은 이러한 자료를 활용하면서 새로운 자료 유형의 특성에 맞춘 인용방식을 고안해 사용하고 있다. 이러한 방식은 전자자료의 일시적이며 유동적인 성질을 잘 반영한다.

15.4.1 인터넷 자료

인용출처에 들어갈 정보. 온라인 정보를 인용할 때는 인쇄자료를 인용할 때와 같은 정보를 많이 포함하지만 정보를 찾거나 구하기 어렵거나, 특별한 알림 없이 자료가 달라질 때도 있다. 이런 이유 때문에 독자들은 논문에 인용된 온라인 자료를 찾기 어려울 때가 있으며 때로는 자료의 권위와 신뢰성에 문제를 제기하기도 한다.

- 글쓴이나 발행자, 후원자를 밝히지 않은 웹사이트가 많다. 이런 웹사이트는 익명의 자료나 다름없으며 권위 있거나 믿을 만한 자료가 아닌 경우가 많으므로 자료의 신빙성을 진지하게 평가한 뒤 사용해야 한다(3.4.3을 보라). 믿을 만한 자료로 여겨지는 웹사이트나 블로그라 해도 가명으로 게시된 댓글도 마찬가지이다.
- 온라인 자료는 특별한 통보 없이 수정될 수 있으며 수정을 나타내는 기준이 없다. 어떤 웹사이트에 표시된 수정 일자는 단순한 철자 오류 수정을 뜻하지만 다른 웹사이트의 수정 일자는 사실에 관한 자료나 주장을 바꾼 것을 표시할 수도 있다.
- 인터넷 자료는 둘 이상의 사이트에 동시에 게재되기도 한다. 이때 각 사이트의 신뢰도는 다를 수 있다.
- 인터넷 자료는 대체로 URL로 접속할 수 있지만, URL이 항상 그대로 있는 것은 아니다. 몇 달 뒤, 몇 주 뒤, 심지어 며칠 뒤에도 변하지 않으리라 확신할 수 없다. 따라서 연구자가 처음에 참고한 자료를 나중에 연구자 자신이나 독자가 찾아보는 것이 어렵거나 불가능할 수도 있다.

인터넷 자료는 신중하게 선택해야 한다. 여러 웹사이트나 여러 매체(인쇄매체와 전자매체)에 실린 데이터라면 더 안정적이며 신뢰할 만한 버전을 골라 참고하되, 어느 버전을 참고했는지 밝힌다.

인터넷 자료의 두 범주. 인터넷 자료는 두 범주로 나눌 수 있다.

1. 인터넷에 있다는 것 말고는 모든 면에서 인쇄자료와 똑같은 자료도 많다. 예를 들어 종이 학술지 대신에 온라인 학술지에 실린 논문이 있다. 이런 유형의 인터넷 자료로는 온라인 도서나 신문, 잡지기사나 문서가 있다. 이런 범주의 자료를 인용할 때는 인쇄자료와 유사한 형식으로 출처를 표기한다. 기본적인

출판정보(저자명, 제목, 출간일 등)로 시작하여 마지막에 URL과 접속일자 또는 자료를 접근할 때 쓴 데이터베이스를 표기하면 된다. 이러한 범주의 인용 출처 표기 사례는 17장(주석표기방식)과 19장(참고문헌방식) 모두에서 찾아볼 수 있다.

2. 개인이나 단체의 웹사이트와 소셜 네트워크 서비스는 인터넷 자료의 고유한 특성을 보여주는 범주다. 이러한 자료는 기본적인 출판정보가 없다. 이러한 자료를 인용할 때는 URL과 접속일자(아래 참조) 외에도 가능한 한 많은 정보를 제시해야 한다. 인용출처 표기 사례는 17.7(주석표기방식)과 19.7(참고문헌방식)을 참조한다.

URL과 접속일자. 어떤 자료를 인용하든 항상 URL뿐 아니라 출판정보를 빠짐없이 밝혀야 한다. 그렇게 해야 URL이 달라져도 독자들이 저자명, 제목을 비롯한 출판정보로 당신이 인용한 자료를 찾아볼 수 있다.

URL의 대문자 사용은 화면에 나타난 대로 고스란히 옮긴다. URL이 빗금으로 끝난다면 빗금도 포함한다. URL을 각괄호로 묶어서는 안 된다. URL에서는 행갈이를 하지 않는 것이 최선이지만 해야 한다면 20.4.2에서 제시한 지침을 참고하라.

웹사이트에 자료의 인용 정보와 더불어 추천 URL 형식이 있다면 컴퓨터 브라우저 주소창에 있는 URL말고 웹사이트에서 제시한 URL을 쓰라. 디지털 객체 식별자digital object identifier(DOI)를 사용하는 URL도 있다. DOI에 바탕을 둔 URL은 일반적인 URL보다 지속적이고 안정적이다. DOI를 포함한 자료의 출처를 밝히려면 인용출처에서 http://dx.doi.org/에 DOI를 덧붙인다. 예시는 그림 16.1(주석표기방식)이나 그림 18.1(참고문헌방식), 17장과 19장에서 학술지 논문에 대한 부분을 보라.

온라인 자료를 인용할 때는 마지막 접속 일자를 포함시키는 것이 좋다. 자료가 수정되거나 삭제됐다면 독자(그리고 당신의 교수님)는 당신이 마지막으로 자료를 사용한 것이 언제인지 알고 싶을 것이다. 17장과 19장에 접속일자를 밝힌 예시가 많다.

상용 데이터베이스. 학술지와 기타 정기 간행물과 몇몇 전자책을 비롯한 많은 온라인 자료는 접근이 제한된 상용 데이터베이스에서 볼 수 있다(대학이나 주요 도서관 웹사이트를 통해서만 접근할 수 있을 때가 많다). 이런 데이터베이스에서 자료와 함께 추천 URL을 제시한다면 화면의 주소창에 보이는 URL말고 추천 URL을 사용하라. 디지털 객체 식별자를 토대로 한 URL이 있다면 그것을 이용하는 것이 가장 좋다. 그러나 적절하게 짧고 직접적인 URL이 없다면 URL대신 데이터베이스 이름을 사용할 수 있다(예: LexisNexis Academic). 예시는 17.1.10(주석표기방식)과 19.1.10(참고문헌방식)을 보라.

15.4.2 다른 전자 매체

다운로드하거나 시디롬이나 디비디롬으로 읽을 수 있는 전자책처럼 다른 전자 매체로 구할 수 있는 출판물은 인쇄된 책과 비슷하게 인용출처를 밝히되 매체나 파일 형식에 대한 정보를 첨가하면 된다. 주석표기방식의 예시는 17.1.10과 17.5.8, 참고문헌방식의 예시는 19.1.10과 19.5.8을 보라.

　자료를 한 가지 이상의 전자매체(예를 들어 한 가지 이상의 전자책 형식)로 구할 수 있거나 전자책과 종이책 둘 다로 구할 수 있다면 가장 믿을 만하며 권위 있는 버전(3.4 참조)을 참고하되 자신이 참고한 버전의 출처를 항상 밝힌다.

15.5 인용출처 표기 준비사항

인용출처를 표기할 때 무엇이 필요한지 미리 안다면 준비하고 확인하는 과정의 수고를 덜 수 있다.

- 가장 믿을 만한 자료, 가장 믿을 만한 버전을 사용하라. 2차 또는 3차 자료에서 찾은 정보라면 원전을 추적하라.
- 여러 버전으로 접근할 수 있는 자료라면 실제 참고한 버전을 밝히라. 여러 버전 사이에는 작지만 중대한 차이가 있을 수 있다. 이러한 차이는 인용이나 다른 방식으로 자료를 활용할 때 그 정확도에 영향을 미칠 수 있다.
- 필기를 하기 전에 모든 서지정보를 기록한다. 16.1(주석표기방식)이나 18.1(참고문헌

방식)의 표를 참고하여 몇몇 일반적 자료 유형에 필요한 서지정보가 무엇인지 파악하라.

■ 모든 인용과 바꿔쓰기는 페이지를 기록한다.

■ 초고를 쓸 때 출처를 밝혀야 할 부분을 빠짐없이 확실하게 표기하라. 나중에 수정할 때 불필요한 인용을 없애는 것이 어디에서 다른 사람의 생각을 빌려왔는지 기억을 더듬는 것보다 더 수월하다.

■ 초고가 마지막 단계에 이르렀다면 17장이나 19장을 참고하여 구두점과 빈 칸 사용을 포함한 모든 형식을 올바로 사용했는지 확인하라.

■ 참고문헌목록이나 참고자료 목록은 자료를 참고하는 순간에 작성할 수도 있고, 초고를 쓰거나 수정할 때 만들 수도 있다. 세부사항 하나하나를 꼼꼼히 점검하라.

인용출처를 모두 올바로 표기하는 일은 지루한 작업일 수 있다. 그러나 연구의 모든 면이 그러하듯 무엇이 필요한지 미리 알고, 초기부터 그 과정을 준비한다면 연구에서 가장 재미없다 여겨지는 이 부분도 더 빠르고 수월하고 확실하게 처리할 수 있다.

15.6 참고문헌 관리 프로그램에 대해

참고문헌 검색의 대부분을 온라인에서 했다면 참고문헌 관리 프로그램을 이용하면 어떨까 하는 생각이 들 것이다. EndNote, RefWorks, Zotero 같은 관리 프로그램들이 다양한 형태의 문헌 정보 관리를 돕는다. 이렇게 정리된 문헌정보를 이 책에서 설명한 인용양식 가운데 하나로(대부분의 프로그램에서 "트레이비언Turabian" 이나 "시카고Chicago" 양식으로 불리는) 바꿔 직접 논문으로 옮길 수 있다. 단, 몇 가지 기억해야 할 사항이 있다.

■ 자료를 재확인하라. 도서 목록을 구성할 때 실제 자료와 비교해 하나하나 확인해 보라. 저자명과 제목, 발행일 등이 정확한지, 적당한 영역에 입력됐는지 확인하라. 자료를 직접 입력하든 도서관 목록이나 다른 데이터베이스에서 인용정보를 전환해서 끌어오든 확인은 해야 한다.

- 인용출처를 재확인하라. 일단 논문에 삽입한 뒤에는 당신이 선택한 인용 양식에 따라 올바르게 구성되었는지, 구두점이 제대로 찍혔는지 확인하라. 최종 초고는 특히 더 주의 깊게 검토하라. 참고문헌 관리 프로그램도 실수를 하므로 인용출처를 정확히 표시하는 일은 여전히 당신의 몫이다. 주석표기방식에 대한 예시는 16장과 17장, 참고문헌방식에 대한 예시는 18장과 19장을 보라.
- 인용출처 목록의 데이터 사본을 적어도 두 개는 보관하라. 학교 도서관 서버에 데이터 사본을 저장할 수 있다 해도 로컬드라이브에도 사본을 하나 저장해둔다.

참고문헌 관리 프로그램은 가장 흔히 쓰이는 몇 유형의 자료만 인용하는 논문에 적절하다. 특히 학술지에 게재된 논문을 잘 다룬다. 여러 다양한 유형의 자료를 인용한다면 인용출처 목록을 교정하고 최종 논문을 편집하며 시간을 더 쓸 각오를 해야 한다. 참고문헌 관리 프로그램을 이용하는 대신에 워드프로세서나 스프레드시트 응용프로그램을 사용해 올바른 인용 양식대로 직접 정보를 기록할 수도 있다.

주석표기방식: 기본 형식

인문학과 몇몇 사회과학 분과에서 널리 사용하는 인용방식은 주석표기방식, 곧 내주표기방식이다. 이 장에서는 주석표기방식의 기본 규칙을 개괄하겠다. 참고문헌목록과 정식 주, 약식주, 괄호주까지 살펴보려 한다. 주의 예는 N으로 표시하고, 참고문헌목록 항목의 예는 B로 표시했다.

주석표기방식에서는 참고자료를 언급한 문장의 끝에 위첨자 번호로 자료를 활용했다는 것을 표시한다.

According to one scholar, "The railroads had made Chicago the most important meeting place between East and West."[4]

그리고 해당 주에 같은 번호를 지정한 뒤 인용자료의 정보(저자, 제목, 출판정보)와 인용 페이지를 밝힌다. 주는 각 장 아래에 넣기도 하고(각주), 논문 마지막에 넣기도 한다(후주). 주에는 일반적 형식이 있다.

N: 4. William Cronon, *Nature's Metropolis: Chicago and the Great West* (New York: W.W. Norton & Company, 1991), 92-93.

같은 자료를 다시 인용할 때는 두 번째부터 축약 형태를 이용한다.

N: 8. Cronon, *Nature's Metropolis*, 383.

대체로 논문 끝의 '참고문헌목록'에도 사용한 자료의 목록을 실어야 한다. 이 목록에는 주를 사용해 인용한 모든 자료를 기재하며, 인용하지는 않았지만 참고한 자료를 넣는 경우도 많다. 참고문헌목록의 각 항목에는 정식 주에 기재한 것과 같은 정보를 넣지만 형식이 약간 다르다.

B: Cronon, William. *Nature's Metropolis: Chicago and the Great West.* New York: W. W. Norton & Company, 1991.

독자는 연구자가 인용 규칙을 철저하게 따를 것을 기대한다. 이러한 규칙에는 기재 정보와 기재 순서뿐 아니라 구두법과 대문자, 이탤릭체 사용 등이 포함된다. 인용출처를 올바르게 표기하려면 사소한 세부사항들을 세밀하게 신경 써야 하는데 사실 이러한 사항을 모두 일일이 기억하는 연구자는 거의 없다. 이러한 세부 규칙을 쉽게 활용하는 법은 다음 장에서 안내하도록 하겠다.

기본 형식

자료와 자료 인용의 유형은 무수히 다양하다. 하지만 연구자는 그중 단 몇 가지만 사용할 가능성이 높다. 일반적이지 않은 자료를 인용할 때는 인용출처 표기법을 그때그때 찾아봐야 할 것이다. 그러나 자주 사용하는 몇 가지 인용방식의 기본 형식은 쉽게 익힐 수 있다. 그러면 자료를 읽으면서 서지정보를 빠르고 확실하게 기록해둘 틀을 만드는 데도 도움이 된다.

이번 장에서는 이러한 기본 형식을 설명하겠다. 그림 16.1은 몇 가지 일반적 자료 유형의 인용출처 표기 틀과 사례를 보여준다. 17장에서는 이번 장에서 설명한 형식의 예외를 포함하여 다양한 자료 유형의 출처 표기사례를 다룰 것이다.

그림 16.1. 주와 참고문헌목록의 기본 양식

다음 양식은 주(N)와 참고문헌목록(B)에서 일반 자료 유형의 출처를 밝힐 때 기재해야 할 요소와 그 순서를 보여준다. 또 구두법과 제목의 대문자 사용, 여러 요소의 글꼴도 보여준다. 회색음영 표시는 약어(혹은 축약하지 않은 용어)를 비롯해 실제 출처표기에 등장하는 용어를 나타낸다. XX는 실제로 인용한 페이지 번호를, YY는 전체 논문이나 장의 페이지 범위를 나타낸다.

더 많은 예와 설명, 변형은 17장을 참조하라. 약식주의 형식은 표 16.2를 참조하라.

책

1. 저자 또는 편자가 한 사람일 때

N: 주 번호. 저자의 이름과 성, *책 제목: 부제* (출판사 소재지: 출판사명, 출판연도), XX - XX.

1. Malcolm Gladwell, *The Tipping Point: How Little Things Can Make a Big Difference* (Boston: Little, Brown, 2000), 64-65.

B: 저자의 성, 이름. *제목: 부제.* 출판사 소재지: 출판사명, 출판연도.

Gladwell, Malcolm. *The Tipping Point: How Little Things Can Make*

그림 16.1. 계속

---

a Big Difference. Boston: Little, Brown, 2000.

저자 대신 편자가 있는 책에는 다음처럼 양식을 수정한다.

N: 주 번호. 편자의 이름과 성, ed., *책 제목* . . .

      7. Joel Greenberg, ed., *Of Prairie, Woods, and Water* . . .

B: 편집자의 성, 편집자의 이름, ed. *책 제목* . . .

      Greenberg, Joel, ed. *Of Prairie, Woods, and Water* . . .

2. 저자가 여럿일 때

저자가 둘인 책은 다음 양식을 사용한다.

N: 주 번호. 1번 저자의 이름과 성 and 2번 저자의 이름과 성, *제목: 부제* (출판사 소재지: 출판사명, 출판연도), XX - XX.

      2. Peter Morey and Amina Yaqin, *Framing Muslims: Stereotyping and Representation after 9/11* (Cambridge, MA: Harvard University Press, 2011), 52.

B: 1번 저자의 성, 이름, and 2번 저자의 이름과 성. *제목: 부제*. 출판사 소재지: 출판사명, 출판연도.

      Morey, Peter, and Amina Yaqin. *Framing Muslims: Stereotyping and Representation after 9/11*. Cambridge, MA: Harvard University Press, 2011.

저자가 셋인 책은 다음처럼 양식을 변형한다.

N: 주 번호. 1번 저자의 이름과 성, 2번 저자의 이름과 성, and 3번 저자의 이름과 성, *책 제목* . . .

      5. Joe Soss, Richard C. Fording, and Sanford F. Schram, *Disciplining the Poor* . . .

그림 16.1. 계속

B: 1번 저자의 성, 이름, 2번 저자의 이름과 성, and 3번 저자의 이름과 성, 제
목 . . .

Soss, Joe, Richard C. Fording, and Sanford F. Schram. *Disciplining
the Poor* . . .

저자가 넷 이상인 책은 다음처럼 양식을 변형한다.

N: 주 번호, 1번 저자의 이름과 성 et al., 제목 . . .

15. Jay M. Bernstein et al., *Art and Aesthetics after Adorno* . . .

3. 저자뿐 아니라 편자나 역자가 있을 때

저자뿐 아니라 편자가 있는 책은 다음 양식을 사용한다.

N: 주 번호. 저자의 이름과 성, 제목: 부제, ed. 편자의 이름과 성 (출판사 소
재지: 출판사명, 출판연도), XX - XX.

9. Jane Austen, *Persuasion: An Annotated Edition*, ed. Robert
Morrison (Cambridge, MA: Belknap Press of Harvard University
Press, 2011), 311-12.

B: 저자의 성, 이름, 제목: 부제. Edited by 편자의 이름과 성. 출판사 소재지:
출판사명, 출판연도.

Austen, Jane. *Persuasion: An Annotated Edition*. Edited by Robert
Morrison. Cambridge, MA: Belknap Press of Harvard University
Press, 2011.

편자가 없고 역자가 있는 책이라면 ed.와 Edited by 대신에 trans.와
Translated by를 쓰고, 편자 정보대신 역자 정보를 넣는다.

4. 판차

N: 주 번호. 저자의 이름과 성, 책 제목: 부제, 판차 ed. (출판사 소재지: 출판

그림 16.1. 계속

사명, 출판연도), XX - XX.

　　11. John Van Maanen, *Tales of the Field: On Writing Ethnography*, 2nd ed. (Chicago: University of Chicago Press, 2011), 84.

B: 저자의 성, 이름, *제목: 부제*, 판차 ed. 출판사 소재지: 출판사명, 출판연도.

Van Maanen, John. *Tales of the Field: On Writing Ethnography*. 2nd ed. Chicago: University of Chicago Press, 2011.

5. 여러 저자의 글을 모은 책에서 한 장을 인용할 때

N: 　주 번호. 장 저자의 이름과 성, "장 제목: 부제," in 책 제목: 부제, ed. 편자의 이름과 성 (출판사 소재지: 출판사명, 출판연도), XX - XX.

　　15. Angeles Ramirez, "Muslim Women in the Spanish Press: The Persistence of Subaltern Images," in *Muslim Women in War and Crisis: Representation and Reality*, ed. Faegheh Shirazi (Austin: University of Texas Press, 2010), 231.

B: 장 저자의 성, 이름. "장의 제목: 부제." In 책 제목: 부제, edited by 편자의 이름과 성, YY - YY. 출판사 소재지: 출판사명, 출판연도.

Ramírez, Ángeles. "Muslim Women in the Spanish Press: The Persistence of Subaltern Images." In *Muslim Women in War and Crisis: Representation and Reality*, edited by Faegheh Shirazi, 227-44. Austin: University of Texas Press, 2010.

학술지 논문

6. 종이 학술지 논문

N: 　주 번호. 저자의 이름과 성, "논문 제목: 부제," *학술지 제목* 권수, 호수 (발행일자): XX - XX.

　　4. Alexandra Bogren, "Gender and Alcohol: The Swedish Press

그림 16.1. 계속

Debate," *Journal of Gender Studies* 20, no. 2 (June 2011): 156.

B: 저자의 성, 저자의 이름. "논문 제목: 부제," 학술지 제목 권수, 호수 (발행일자): YY - YY.

Bogren, Alexandra. "Gender and Alcohol: The Swedish Press Debate." *Journal of Gender Studies* 20, no. 2 (June 2011): 155-69.

저자가 여럿인 논문은 2번에 제시된 양식을 따른다.

7. 온라인 학술지 논문

온라인에서 참고한 학술지 논문의 경우 접속일자와 URL을 포함시켜라. DOI가 있는 논문은 인터넷 주소창의 URL보다는 http://dx.doi.org/에 DOI를 덧붙여서 URL을 만들라. 아래 예에서 제시된 논문의 DOI는 10.1086/ 658052이다.

N: 주 번호. 저자의 이름과 성, "논문 제목: 부제," *학술지 제목 권수*, 호수 (발행일자): XX - XX, accessed 접속일자, URL.

5. Lisa J. Kiser, "Silencing the Lambs: Economics, Ethics, and Animal Life in Medieval Franciscan Hagiography," *Modern Philology* 108, no. 3 (February 2011): 340, accessed September 18, 2011, http://dx.doi.org/10.1086/658052.

B: 저자의 성, 이름. "논문 제목: 부제." *학술지 제목 권수*, 호수 (발행일자): YY - YY, accessed 접속일자, URL.

Kiser, Lisa J. "Silencing the Lambs: Economics, Ethics, and Animal Life in Medieval Franciscan Hagiography." *Modern Philology* 108, no. 3 (February 2011): 323-42. Accessed September 18, 2011. http://dx.doi.org/10.1086/658052.

더 자세한 내용은 15. 4. 1 참조.

16.1.1 순서

주와 참고문헌목록에서 각 요소의 순서는 자료의 유형에 관계없이 동일한 일반적 형식을 따른다. 저자, 제목, 출판정보의 순이다. 하지만 주에서는 저자 이름과 성의 순서로 표기하는 반면 참고문헌목록에서는 저자의 성, 이름의 순으로 표기한 뒤 저자의 성을 기준으로 알파벳순으로 전체 항목을 배열한다. 주에는 특정 문단의 출처를 밝히는 페이지 번호나 기타 위치정보를 기재하지만 참고문헌목록에는 그런 정보를 기재하지 않는다. 단, 논문이나 장처럼 더 큰 전체의 일부인 경우에는 자료의 첫 페이지와 끝 페이지를 밝힌다.

16.1.2 구두점

주에서는 요소 사이에 쉼표를 찍을 때가 많지만 참고문헌목록에서는 마침표를 사용한다. 출판정보는 주에서는 괄호로 묶지만 참고문헌목록에서는 괄호로 묶지 않는다. 형식이 이렇게 다른 이유는 주는 본문처럼 읽히는 반면 참고문헌목록은 각 자료를 나열하는 목록이기 때문이다. 따라서 주에서 마침표를 찍으면 문장의 끝을 의미하지만, 참고문헌목록에서는 저자와 제목, 출판정보를 분리하기 위해 마침표를 사용해도 혼란스럽지 않다.

16.1.3 대문자 사용

대부분의 책 제목은 헤드라인스타일로 대문자를 사용하되, 외국어 제목인 경우에는 문장스타일로 대문자를 사용한다(22.3.1 참조). 고유명사는 평소처럼 대문자를 사용한다(22장 참조).

16.1.4 이탤릭체와 인용부호

책이나 학술지 같은 큰 단위의 제목은 이탤릭체로 표시하지만 장이나 논문 같은 작은 단위의 제목은 로마체로 표기하고 인용부호로 묶는다. 박사논문처럼 책만큼 길지만 출간되지 않은 자료의 제목은 로마체로 표기하고 인용부호로 묶는다(22.3.2 참조).

16.1.5 수 표기

제목에 포함된 수는 원제의 표기형식을 따라 문자 또는 숫자로 표시한다. 원문에
로마자로 표시된 쪽 번호가 있다면 소문자 로마자로 기재한다. 장 번호나 표 번
호 같은 숫자는 원문에 로마자나 문자로 표시되었더라도 아라비아숫자로 바꿔
기재한다.

16.1.6 약어

주에서는 editor, translator 같은 용어는 약어(ed., trans.)로 표시한다. 참고문헌목록
에서는 이러한 용어 뒤에 정보를 기재할 때는 풀어쓰지만(Edited by) 뒤에 정보가
따라나오지 않을 때는 약어를 사용한다(ed.). 복수는 대개 뒤에 s를 첨가한다(eds.).
단 약자가 s로 끝나는 경우에는 첨가하지 않는다(trans.). volume, edition, number(vol.,
ed., no.) 같은 용어는 항상 약어로 쓴다.

16.1.7 들여쓰기

주의 첫줄은 본문의 문단처럼 들여쓰기를 하되 두 번째 줄부터는 모두 왼쪽정렬
을 한다. 참고문헌목록은 내어쓰기hanging identation를 한다. 첫 줄은 왼쪽정렬하
고, 두 번째 줄부터는 모두 문단 첫 줄만큼 들여쓰기를 한다.

16.2 참고문헌목록

주석표기방식을 사용하는 논문에는 일반적으로 주와 참고문헌목록이 있다. 참
고문헌목록에는 주에서 출처를 밝힌 모든 자료를 나열한다. 똑같은 정보가 주와
참고문헌목록에서 반복되더라도 두 군데 모두 표기해야 한다. 독자는 주와 참고
문헌목록을 다른 용도로 이용하기 때문이다. 주는 독자가 읽기의 흐름을 끊지 않
으면서 자료의 출처를 빨리 확인하도록 돕는다. 참고문헌목록은 독자에게 연구
범위와 선행연구와의 관련을 보여줄 뿐 아니라 목록의 자료를 독자 자신의 연구
에 활용하도록 돕는다. 따라서 목록에 기재할 자료가 얼마 없거나 담당교수가 반
대하는 경우만 아니면 논문에 항상 주와 참고문헌목록을 모두 포함시켜야 한다.
참고문헌목록을 두지 않는다면 자료를 처음 소개할 때만이라도 주에서 완벽한

정보를 제시하자.

<h3>16.2.1 참고문헌목록의 여러 유형</h3>

몇 가지 특별 자료 유형을 제외하고 대체로 참고문헌목록에는 본문에서 인용한 모든 자료를 기재한다(16.2.3 참조). 본문에서 언급하지는 않았지만 자신의 추론에 중요한 역할을 한 자료도 넣을 수도 있다. 이런 유형을 참고문헌Bibliography 또는 참고자료Sources Consulted라 부른다. 부록의 표 A.15에 실린 참고문헌목록의 예시를 참고하라.

또 다른 유형도 있다.

- **추천 참고문헌**Selected bibliography: 주에서 인용출처를 밝힌 자료의 일부만 기재하기도 한다. 지면을 절약하거나 독자가 관심을 둘 것 같지 않은 사소한 참고자료를 생략하기 위해서다. 그럴 만한 좋은 이유가 있거나 담당교수가 인정한다면 추천 참고문헌목록을 사용해도 좋다. 추천 참고문헌이라 제목을 달고 추천 기준을 설명하는 두주headnote를 덧붙인다.
- **단일 저자 참고문헌**Single-author bibliography: 한 저자의 저술을 모아 목록으로 제시하기도 한다. 대개 일반적인 참고문헌에 개별 목록을 추가하는 형식일 때가 많지만, 한 사람의 저자를 연구한 논문이고 별도의 참고자료가 거의 없다면 해당 저자의 문헌만 목록으로 만들어 덧붙이기도 한다. Works of +저자명으로 제목을 달기도 하고, Published Works of + 저자명이나 Writings of + 저자명 등의 제목을 사용한다.
- **주해 참고문헌**Annotated bibliography: 참고문헌목록에 기재한 각 자료 뒤에 자료의 내용과 자신의 연구와의 관련성을 설명하는 짧은 설명을 달기도 한다. 이러한 참고문헌 유형을 선택했다면 대체로 모든 자료에 설명을 덧붙이는 것이 일반적이다. 그러나 중요한 자료나 자신의 연구와 명백하게 관련 있는 자료에만 주해를 달기도 한다. 짧은 어구로 주해를 덧붙일 때는 각괄호로 묶어 출판정보 뒤에 첨가한다(각괄호 안팎에 마침표를 찍지 않는다는 사실에 유념하라).

B: Toulmin, Stephen. *The Uses of Argument*. Cambridge: Cambridge University

Press, 1958. [a seminal text describing argument in nonsymbolic language]

완벽한 문장으로 주해를 덧붙일 수도 있다. 이런 경우에는 행을 바꾸고 문단처럼
첫 줄을 들여쓰기 한다.

B: Toulmin, Stephen. *The Uses of Argument*. Cambridge: Cambridge University
Press, 1958.

This is the seminal text in describing the structure of an argument in
nonsymbolic language.

16.2.2 순서 배열

저자명 알파벳순. 대개 참고문헌목록은 저자나 편집자 등 각 항목의 첫머리에 기
재된 인물의 성을 기준으로 하여 알파벳순으로 항목을 배열한다(외국 인명과 복합
성 등 특별한 유형의 이름을 알파벳순으로 정렬하는 문제는 17.1.1을 참조하라). 많은 워드 프로
그램에는 알파벳순 정렬 기능이 있다. 이런 기능을 사용하려면 각 항목 끝에서
자동 줄바꿈을 사용하지 말고 반드시 엔터키를 눌러 문단 바꿈을 하도록 한다.
학과나 대학에 따라 문자단위letter by letter나 단어단위word by word 알파벳순 정렬
을 하도록 규정하는 곳도 있다. 석·박사논문을 쓰고 있다면 이런 규정이 있는지
확인해보라. 두 가지 정렬 방법은《시카고 편집 매뉴얼*Chicago Manual of Style*》16판
(2010)의 16.58 - 61을 참조하라.

　참고문헌에 동일인이 저술하거나 편집, 번역한 자료가 둘 이상 있다면 제
목 알파벳순에 따라 자료들을 배열한다(a나 the 같은 관사는 무시). 이 경우에 두
번째 항목부터는 이름 란에 모두 3엠 대시(3-em dash, 대시 세 개나 하이픈 여섯 개를
이은 부호. 21.7.3 참조)를 표시한다. 편집되거나 번역된 책은 3엠 대시 뒤에 쉼표
를 찍고 ed., trans. 등의 적절한 설명을 붙인다. 동일인이 공동 저술하거나 공
동 편집한 책이 있다면 단독 저술·편집한 자료를 모두 기재한 뒤에 넣는다. 이
런 수정은 참고문헌목록 전체를 저자명 알파벳순으로 정렬한 '뒤'에 직접 하
는 게 가장 좋다.

B: Gates, Henry Louis Jr. *America behind the Color Line: Dialogues with African Americans*. New York: Warner Books, 2004.

———. *Black in Latin America*. New York: New York University Press, 2011.

———, ed. *The Classic Slave Narratives*. New York: Penguin Putnam, 2002.

———. *The Signifying Monkey: A Theory of African-American Literary Criticism*. New York: Oxford University Press, 1988.

———. *Tradition and the Black Atlantic: Critical Theory in the African Diaspora*. New York: BasicCivitas, 2010.

Gates, Henry Louis Jr., and Cornel West. *The African American Century: How Black Americans Have Shaped Our Country*. New York: Free Press, 2000.

동일한 저자들이 공저한 책이 여러 권 있을 때도 같은 원칙을 따른다.

B: Marty, Martin E., and R. Scott Appleby, eds. *Accounting for Fundamentalisms*. Chicago: University of Chicago Press, 2004.

———. *The Glory and the Power: The Fundamentalist Challenge to the Modern World*. Boston: Beacon Press, 1992.

Marty, Martin E., and Micah Marty. *When True Simplicity Is Gained: Finding Spiritual Clarity in a Complex World*. Grand Rapids, MI: William B. Eerdmans Publishing Company, 1998.

자료에 저자명이나 편자명이 없다면 인용출처의 첫 항목을 기준으로 알파벳순을 정한다. 대체로 제목인 경우가 많다. a나 the 같은 관사는 무시한다.

B: *Account of the Operations of the Great Trigonometrical Survey of India*. 22 vols. Dehra Dun: Survey of India, 1870-1910.

"The Great Trigonometrical Survey of India." *The Calcutta Review* 38 (1863): 26-62.

"State and Prospects of Asia." *The Quarterly Review* 63, no. 126 (March 1839):

특별한 이름 유형. '성'과 '이름'을 쉽게 구분할 수 없는 저자도 있다. 대개 도서관의 도서목록을 참고하여 올바른 순서를 알 수 있다. 잘 알려진 역사적 저자인 경우에는 《메리엄 - 웹스터 인명사전Merriam-Webster's Biographical Dictionary》을 참고한다. 이런 이름을 알파벳순으로 나열할 때는 다음 원칙을 따른다. 약식주나 괄호주에서는 성을 정확히 표기하라(아래 예에서 성은 굵은 글씨로 표기했다). 특정 외국어의 성이 많이 등장한다면 그 언어의 관습을 따른다.

■ 복합 성: 복합 성을 알파벳순으로 나타낼 때는 복합 성의 첫 부분을 사용한다. 자신의 성과 남편 성을 하이픈 없이 나란히 쓰는 여성인명은 대체로 두 번째 성을 기준으로 알파벳순 정렬을 한다. 외국인명의 복합 성에는 예측할 만한 형식이 있는 경우(아래 참조)가 많지만 프랑스어나 독일어처럼 그렇지 않은 경우도 있다.

Kessler- Harris, Alice	**Mies van der Rohe,** Ludwig
Hine, Darlene Clark	**Teilhard de Chardin,** Pierre

■ 접사가 들어 있는 이름: de나 di, D', van 같은 접사를 성의 첫 부분으로 인정하느냐 마느냐는 언어마다 다르다. 확실히 모르겠다면 《메리엄 - 웹스터 인명사전》이나 온라인 도서목록을 찾아보라. 이러한 접사는 소문자나 대문자로 쓰기도 하고, 아포스트로피(')가 따라오기도 한다는 점에 유의하라.

de Gaulle, Charles	**Beauvoir,** Simone de
di Leonardo, Micaela	**Kooning,** Willem de
Van Rensselaer, Stephen	**Medici,** Lorenzo de'

■ 'Mac,'이나 'Saint,' 또는 'O'로 시작하는 이름: 'Mac,'이나 'Saint,' 또는 'O'로 시작하는 이름은 그 축약형(Mc, St.)과 철자(Sainte, San), 대문자 사용(Macmillan, McAllister), 하이픈이나 아포스트로피 사용(O'Neill/Odell, Saint-Gaudens/St. Denis)에 변이가 많다.

실제 책에 표기된 이름대로 알파벳순을 적용하라. 비슷하다고 함께 묶어서는 안
된다.

■ 비영어권 저자명: 많은 언어의 인명 관습은 영어와 다르다. 논문에서 특정 언어의
이름을 많이 다룬다면 해당 언어의 관습을 조사한다.
　　스페인 인명은 여러 단어로 이루어진 경우가 많다. 어머니 성과 아버지 성을
모두 쓰는데, 그 사이를 접속사 y로 연결한다. 이런 이름은 첫 단어를 이용해 알
파벳순으로 정렬한다.

Ortega y Gasset, José　　　　　　　Sánchez Mendoza, Juana

　　아랍어 인명에서 접속어 al-이나 el-로 시작하는 이름은 그 뒤에 표기된 단어
를 이용해 알파벳순으로 정렬하고, Abu나 Abd, Ibn으로 시작하는 이름은 Mac이나
Saint로 시작하는 영어 이름과 같은 원칙을 사용한다.

Hakim, Tawfiq al-　　　　　　　　Abu Zafar Nadvi, Syed
Jamal, Muhammad Hamid al-　　　Ibn Saud, Aziz

　　중국 인명이나 일본 인명인 경우에는 저자가 해당 언어의 전통 관습을 따라
성 다음에 이름을 표기한다면 순서를 그대로 따르되 성과 이름 사이에 쉼표를 넣
지 않는다. 저자가 서양 관습을 따라 이름 다음에 성을 표기한다면 영어 인명처
럼 취급한다.

전통용법　　　　　　　　　　　　**서양용법**
Chao Wu-chi　　　　　　　　　　　Tsou, Tang
Yoshida Shigeru　　　　　　　　　　Kurosawa, Noriaki

알파벳순 외의 순서. 알파벳순 외의 순서가 독자에게 더 유용할 때도 있다. 단일 저
자 참고목록은 연대기순으로 배열하는 것이 더 유용할 때가 많다. 신문기사나 문

서보관서의 기록 같은 특별한 목록도 마찬가지다. 특정 용도에 따라 새로 순서를 고안하는 것이 유용할 때도 있다. 예를 들어 지형도 목록은 주나 지역순으로 배열할 수 있다. 알파벳순이나 연대기순 이외의 순서를 사용할 때는 두주를 달고 이유를 설명한다.

범주별 배열. 참고문헌목록이 긴 경우에는 항목을 범주별로 분류하여 독자가 서로 관련된 자료를 한 눈에 볼 수 있게 도울 수 있다. 긴 참고문헌목록을 범주별로 분류하는 방법은 아래와 같다.

- 외형적 형태별 분류: 필사본, 보관문서, 기록 등으로 목록을 분류할 수 있다.
- 1차, 2차, 3차 자료별 분류: 단일 저자 참고문헌처럼 1차 자료를 2, 3차 자료와 구분할 수 있다.
- 영역별 분류: 자료를 영역별로 분류할 수 있다. 독자의 관심 분야가 다양하거나 (본서의 참고문헌목록 참조) 일반적으로 함께 결합하지 않은 분야를 연결한 연구에서 유용한 방법이다. 예를 들어 희극문학의 이론과 심리학을 다룬 논문이라면 참고문헌을 다음과 같이 분류할 수 있다: 희극 이론, 심리학적 연구, 문학 비평, 희극 작품.

범주별로 문헌목록을 따로 만들거나 하나의 문헌목록을 여러 부분으로 나눌 수 있다. 각 문헌목록이나 부분 앞에 소제목을 달고, 필요하다면 두주를 단다. 하나의 문헌목록을 여러 부분으로 나누는 경우에는 모든 부분에 동일한 배열 원칙을 적용한다(대개 알파벳순 배열을 사용한다). 또 꼭 필요한 경우가 아니면 하나의 자료를 둘 이상의 범주에 기재해서는 안 된다. 개별 문헌목록마다 서로 다른 배열 원칙을 적용한다면 앞에 설명을 덧붙인다.

16.2.3 생략해도 되는 자료
관례상 다음 유형의 자료는 참고문헌목록에서 생략할 수 있다.

- 신문기사(17.4 참조)

- 고대와 중세 문학작품 및 초기 영문학 작품(17.5.1), 잘 알려진 영어연극
- 성경을 비롯한 다른 경전(17.5.2)
- 주요 사전이나 백과사전처럼 잘 알려진 참고자료(17.5.3)
- 공연 팸플릿(17.5.4)이나 초록(17.5.5), 소책자나 소논문(17.5.6) 같은 짧은 출판물
- 미출간 인터뷰와 개인 통신문(17.6.3), 블로그 게시물이나 댓글(17.7.2), 소셜네트워크 게시물(17.7.3)이나 토의그룹이나 메일링리스트의 게시물(17.7.4)
- 보존 기록물 컬렉션의 개별 문서(17.6.4)
- 예술작품이나 다른 시각자료를 포함한 시각 및 공연예술 자료(17.8.1), 실황공연 (17.8.2)
- 미국헌법(17.9.5), 판례(17.9.7)를 비롯한 공문서(17.9)

이러한 유형의 자료라 해도 자신의 논증에서 아주 중요하거나 자주 인용되는 자료라면 참고문헌목록에 포함시킬 수 있다.

또 필사본 모음집 한 곳에서 여러 문서를 인용하는 등 하나의 큰 단위에 속한 자료를 많이 활용한다면 이런 유형의 자료라 해도 큰 단위의 출처를 밝힐 수 있다(17장 관련부분 참조).

16.3 주

연구자는 자신의 분야와 독자, 연구의 특성에 따라 몇 가지 유형의 주를 사용한다. 이 부분에서는 다양한 주의 형태를 설명하고, 적절한 종류를 선택하는 법을 다루겠다.

16.3.1 각주 vs. 후주

논문에서, 특히 석·박사논문에서 각주를 사용해야 하는지, 후주를 사용해야 하는지 미리 정해 놓은 학과도 있다. 그렇지 않다면 일반적으로 각주를 선택한다. 읽기가 더 수월하기 때문이다. 후주를 달면 인용문이 나올 때마다 뒷부분을 들춰보는 수고를 해야 한다. 게다가 내용 주(16.3.5)를 후주로 달면(16.3.5), 독자들이 읽지 않을 수도 있다. 뒷부분을 들춰보지 않고서는 내용 주인지 문헌 주인지 알 수 없

기 때문이다.

하지만 각주가 너무 길거나 지나치게 많은 논문은 지루하고 어려워 보인다. 이런 경우에는 후주를 선택하라. 또 후주를 사용하면 표를 제시하거나 시를 인용하는 데 더 넓은 지면을 활용할 수 있고, 특별한 글자모양과 문단모양이 필요한 자료를 잘 보여줄 수 있다.

후주를 사용하려면 내용 주를 독자가 놓치는 일이 없도록 내용 주와 문헌 주를 분리하라. 문헌 주는 번호를 달아 후주에 모아 넣고, 내용 주에는 별표(?)나 기타 기호(16.3.3)를 사용하여 각주에 기재한다. 단 내용 주가 꽤 많다면 이 방법은 사용하지 않는 것이 좋다.

16.3.2 본문에 주 번호 표시하기

자료의 내용을 언급하거나 이런저런 방법으로 활용할 때마다 본문에 위첨자로 번호를 표기해 자료의 서지정보를 알려주는 주로 독자를 안내해야 한다. 자신의 문장과 잇대어 엮은 삽입 인용문run-in quotation이든 개별적인 블록 인용문block quotation(25.2 참조)이든 바로 뒤에 번호를 단다. 인용출처를 밝힐 때는 문장이나 절의 마침표나 인용부호, 닫는 괄호 뒤에 번호를 다는 것이 일반적이다.

Magic was a staple of the Kinahan charm.[1]
"This,"wrote George Templetin Strong, "is what our tailors can do."[2]
(In an earlier book he had said quite the opposite.)[3]

하지만 주에 언급된 내용이 대시 앞 내용이라면 번호를 대시 앞에 넣는다.

The bias surfaced in the Shotwell series[4]—though not obviously.

번호를 두 개 이상 한 곳에 겹쳐 쓰지 마라(5, 6처럼). 번호를 하나만 달고 모든 출처정보와 논평을 하나의 주에 기재한다(16.3.5 참조). 기호(16.3.3 참조)가 붙은 주에는 기호와 주 본문 사이에 마침표를 찍지 않고 한 칸을 띈다.

미관상 제목이나 부제목, 소제목 중간이나 끝에 주를 달지 않는다. 장 전체에 관련된 주라면 해당 장의 첫 페이지에 다른 주에 앞서 번호 없이 각주를 단다. 소제목이 달린 부분에 적용되는 주라면 그 부분의 첫 문장 뒤에 번호를 단다.

16.3.3 주 번호 배정

1에서부터 시작해 순서대로 번호를 단다. 논문에 여러 장이 있다면 각 장마다 다시 1부터 시작한다. 번호를 건너뛰거나 5a같은 번호는 사용하지 않는다.

후주에는 문헌 주를, 각주에는 내용 주를 둔다면 각주에는 번호를 매기지 않는다. 각 페이지에 처음 나오는 각주에는 별표(*)를 한다. 한 페이지에 둘 이상의 각주가 필요하다면 별표(*), 칼표(†), 이중칼표(‡), 섹션기호(§) 등의 기호를 위첨자로 사용한다.

표에 대한 주는 26.2.7 참조하라.

16.3.4 주의 형식

후주와 각주 둘 다 문단형식을 따라 들여쓰기 한다. 주 번호를 맨 앞에 쓰되 위첨자가 아니라 보통 글씨로 쓴다. 번호 뒤에 마침표를 찍고 한 칸 비운 뒤 내용을 기재한다. 기호(16.3.3)가 붙은 주에는 기호와 주 본문 사이에 마침표를 찍지 않고 한 칸을 띈다.

주 번호를 위첨자로 표시해도 되는 분야도 있다. 이 경우에는 마침표와 빈 칸 없이 바로 내용을 시작한다. 이런 경우에는 번호 대신 기호로 표시하는 주(16.3.3 참조)도 마침표와 빈 칸 없이 기호 뒤에서 바로 내용을 시작한다.

각주. 인용출처를 밝힐 내용이 있는 페이지에서 해당 주를 달기 시작한다. 본문 마지막 줄과 각주의 첫 줄 사이에 짧은 가로선을 넣는다. 앞 페이지에서 이어지는 각주도 마찬가지다. 워드 프로그램이 자동으로 줄을 그어주지 않는다면 직접 긋는다. 각주가 다음 페이지까지 이어진다면 문장 중간에서 끊는다. 그래야 주가 다음 페이지로 이어진다는 것을 독자가 알 수 있다. 주에서는 행간 여백을 두지 않되 한 페이지에 둘 이상의 각주가 있다면, 두 번째 각주부터는 한 행을 비운 뒤 다시 시작한다. 각주가 실린 페이지의 예시는 그림 A.10을 참조하라.

후주. 후주는 본문 뒤에, 부록이 있다면 부록 뒤에 싣되 참고문헌목록보다는 앞에
실어야 한다. 주에서는 행간 여백을 두지 않되 주 사이에 한 줄씩 비운다. 주Notes
라고 제목을 단다. 장 별로 번호를 매겼다면 '1장' 등의 제목을 달아 장별 후주를
구분한다. 후주의 예시는 그림 A.14를 참고하라.

16.3.5 복합 주

여러 자료의 출처를 한 번에 밝힐 때. 한 가지 논점을 펼치기 위해 여러 자료를 인용
했다면 이런 자료를 하나의 주로 묶어야 본문이 주 번호로 복잡해 보이는 상황을
피할 수 있다. 이렇게 여러 자료의 출처를 한 번에 밝힐 때는 본문에 언급되는 순
서대로 나열하고, 각 출처 사이에 세미콜론(;)을 찍어 구분한다.

(본문)

Only when we gather the work of several scholars—Walter Sutton's
explications of some of Whitman's shorter poems; Paul Fussell's careful
study of structure in "Cradle" S. K. Coffman's close readings of "Crossing
Brooklyn Ferry" and "Passage to India"—do we begin to get a sense of both
the extent and the specificity of Whitman's forms.[1]

(주)

N: 1. Sutton, "The Analysis of Free Verse Form, Illustrated by a Reading of
Whitman," *Journal of Aesthetics and Art Criticism* 18 (December 1959): 241-
54; Fussell, "Whitman's Curious Warble: Reminiscence and Reconciliation,"
in *The Presence of Whitman*, ed. R. W. B. Lewis, 28-51; Coffman, "'Crossing
Brooklyn Ferry': Note on the Catalog Technique in Whitman's Poetry," *Modern
Philology* 51 (May 1954): 225-32; Coffman, "Form and Meaning in Whitman's
'Passage to India,'" *PMLA* 70 (June 1955): 337-49.

독자에게 추가 자료를 많이 소개할 때도 이런 형식이 유용하다(줄 인용string cite이라
고도 한다).

N: 2. For accounts of the coherence-making processes of consciousness from, respectively, psychological, neuropsychological, and philosophical points of view, see Bernard J. Baars, *A Cognitive Theory of Consciousness* (New York: Cambridge University Press, 1988); Gerald Edelman, *Bright Air, Brilliant Fire: On the Matter of the Mind* (New York: Basic Books, 1992); and Daniel Dennett, *Consciousness Explained* (Boston: Little Brown, 1991).

출처와 논평을 동시에 기재할 때: 하나의 주에 자료출처와 논평을 동시에 기재할 때는 출처를 먼저 밝히고 마침표를 찍은 뒤 새로운 문장으로 논평을 덧붙인다.

(본문)

To come to Paris was to experience the simultaneous pleasures of the best contemporary art and the most vibrant art center.[9]

(주)

N: 9. Natt, "Paris Art Schools," 269. Gilded Age American artists traveled to other European art centers, most notably Munich, but Paris surpassed all others in size and importance.

주에 인용문이 있다면 인용문 뒤에 마침표를 찍은 뒤 출처를 밝힌다.

(본문)

Property qualifications dropped out of U.S. practice for petit juries gradually during the nineteenth century, but remained in force for grand juries in some jurisdictions until the mid-twentieth century.[33]

(주)

N: 33. "The grand jury inquires into complaints and accusations brought before it and, based on evidence presented by the state, issues bills of indictment." Kermit Halt, *The Magic Mirror: Law in American History* (New York: Oxford University Press, 1989), 172.

중요한 논평을 주에 기재할 때는 신중해야 한다. 논증에 필수적인 논평이라면 본문에 포함시킨다. 주변적인 내용이라면 주에서 언급할 만큼 중요한지 다시 신중하게 생각해본다.

16.4 약식주

모든 주에 서지정보를 완벽히 표기하라고 요구하는 교수도 있지만 대체로 자료를 처음 인용할 때 모든 서지정보를 기재했다면 두 번째부터는 약식주를 사용할 수 있다. 분야에 따라 참고문헌목록에만 모든 서지정보를 기재하고, 주에는 모두 약식을 사용하기도 한다.

전공 분야의 관행이 무엇인지 모른다면 학과나 대학의 지침을 참고하라.

16.4.1 약식주

약식주는 참고문헌목록의 해당 항목이나 선행 주로 독자를 안내할 만한 정보를 포함해야 한다. 약식주에는 '저자 주author-only notes'와 '저자 - 제목 주author-title notes'가 있다. 많은 분야에서 '저자 - 제목 주'를 사용한다. '저자 주'를 사용하는 분야에서도 같은 저자의 저작을 둘 이상 인용할 때는 저자 - 제목 주를 사용한다. 저자(또는 편자)가 없다면 '제목 주title-only notes'를 이용할 수도 있다. 약식주의 유형별 형식은 그림 16.2를 참조한다.

그림 16.2. 약식주의 형식

> 약식주의 세 유형에서 어떤 요소가, 어떤 순서로 표기되어야 하는지 살펴보자(각 유형을 언제 사용하는지는 16.4.1 참조). 또 구두점과 제목의 대문자 사용과 각 요소의 글꼴도 살펴보자. 회색음영 표시는 인용에 실제 등장하는 용어를 보여준다. XX는 인용쪽수를 나타낸다.

그림 16.2. 계속

저자 주

1. 저자가 한 사람일 때

N: 주 번호. 저자의 성, XX - XX.

   2. Gladwell, 85-90.

저자 대신 편자나 역자기 있는 책(17.1.1 참조)은 저자 자리에 편자나 역자를 넣되 정식 주에서 사용하는 ed.나 trans.를 붙이지 않는다.

N: 주 번호. 편자 또는 역자의 성, XX - XX.

   9. Greenberg, 15.

같은 성을 가진 저자가 두 사람 이상 있다면 이름이나 이름 첫 글자를 덧붙여 구분한다.

2. 저자가 둘 또는 셋일 때

N: 주 번호. 1번 저자의 성 and 2번 저자의 성, XX - XX.

   7. Morey and Yaqin, 52.

N: 주 번호. 1번 저자의 성, 2번 저자의 성, and 3번 저자의 성, XX - XX.

   15. Soss, Fordings and Schram, 135-36.

3. 저자가 넷 이상일 때

N: 주 번호. 1번 저자의 성 et al., XX - XX

   10. Bernstein et al, 114-15

저자-제목 주

4. 책

N: 주 번호, 저자의 성, *축약 제목*, XX - XX.

그림 16.2. 계속

---

2. Gladwell, *Tipping Point*, 85-90.

저자가 둘 이상인 경우에는 2번과 3번 형식을 따라 저자명을 표기한다.

5. 논문

N: 주 번호, 저자의 성, "축약 제목," XX - XX.

8. Kiser, "Silencing the Lambs," 328.

논문의 저자가 둘 이상이라면 2번과 3번 형식을 따라 저자명을 표기한다.

제목 주

6. 저자가 없는 책

N: 주 번호. 축약 제목, XX - XX.

11. *Account of Operations*, 252.

7. 저자가 없는 논문

N: 주 번호. "축약 제목," XX - XX.

17. "Great Trigonometrical Survey," 26-27.

저자 주에는 저자의 성과 인용쪽수(또는 기타 위치정보)를 표기한다. 저자의 성 뒤
에 쉼표를 찍고, 쪽수를 기재한 뒤 마침표를 찍는다. 저자 대신 편자가 있는 책
은 편자의 성을 사용하되 뒤에 ed.는 덧붙이지 않는다. 저자—제목 주에서 제목
은 전체 제목에서 최대 네 단어까지 사용하여 축약한다. 저자 성 뒤에 쉼표를
찍고, 축약 제목을 쓰되 정식 주의 표기를 따라 이탤릭체로 표기하거나 인용부
호로 묶는다.

N: 1. Harriet Murav, *Music from a Speeding Train: Jewish Literature in Post-*

Revolution Russia (Stanford, CA: Stanford University Press, 2011), 219.

    4. Murav, 220.

또는

    4. Murav, *Speeding Train*, 220.

    12. Francoise Meltzer, "Theories of Desire: Antigone Again," *Critical Inquiry* 37, no. 2 (Winter 2011): 170.

    17. *Meltzer*, 184.

또는

    17. Meltzer, "Theories of Desire," 184.

    20. Hasan Kwame Jeffries, "Remaking History: Barack Obama, Political Cartoons, and the Civil Rights Movement," in *Civil Rights History from the Ground Up: Local Struggles, a National Movement*, ed. Emilye Crosby (Athens: University of Georgia Press, 2011), 260.

    22. Jeffries, 261-62.

또는

    22. Jeffries, "Remaking History," 261-62.

저자나 편자가 여럿인 경우에는 정식 주에 나오는 순서대로 그 성을 나열한다.

N: 5. Daniel Goldmark and Charlie Keil, *Funny Pictures: Animation and Comedy in Studio-Era Hollywood* (Berkeley: University of California Press, 2011), 177-78.

    8. Goldmark and Keil, 180.

또는

    8. Goldmark and Keil, *Funny Pictures*, 180.

16.4.2 Ibid.

연구자들이 라틴어 용어와 약어인 idem(동일한), op.cit.(opere citato, 인용된 자료에서), loc.cit.(loco citato, 인용된 곳에서) 등을 약식주에 표기하던 시절이 있었다. 이제 이런 관행은 시들해졌으니 라틴 인용어 사용은 피하는 것이 좋다. 단, ibidem에서 나온 ibid.만은 여전히 사용하고 있다. '같은 곳에서'라는 뜻으로 바로 앞에서 소개했던 자료를 가리킬 때 쓴다.

N: 30. Buchan, *Advice to Mothers*, 71.

   31. Ibid., 95.

   32. Ibid.

주에서 Ibid.는 대문자로 시작하되 이탤릭체를 사용하지 않는다. Ibid.는 약자이기 때문에 반드시 뒤에 마침표를 찍어주어야 한다. 주에 쪽수를 밝혀야 한다면 Ibid. 뒤에 쉼표를 찍고 쪽수를 기재한다. 앞의 주와 쪽수까지 똑같다면 Ibid. 뒤에 쪽수를 쓰지 않는다. 앞의 주에서 인용출처를 밝힌 자료가 둘 이상이라면 Ibid.를 사용해서는 안 된다. 앞의 주와 같은 자료를 인용했더라도 앞의 주가 같은 쪽에 있지 않을 때는 Ibid.를 쓰지 않도록 한다.

16.4.3 괄호주

괄호주 vs. 각주 혹은 후주. 특정 연구를 길게 논의하거나 자주 인용해야 한다면 괄호주를 쓸 수 있다. 본문에 괄호주를 사용해 출처를 밝히면 독자가 읽기도 쉽다. 처음 인용할 때는 각주나 후주로 서지정보 전체를 밝히고 다음에 언급할 때부터는 약식주(16.4.1 참조) 대신 괄호주를 사용하라. 괄호주 예시는 16.4.3을 참고하라.

　　몇 가지 정보만으로도 독자가 쉽게 찾을 수 있는 자료 유형인 경우 출처를 밝힐 때 괄호주를 간편하게 사용하기도 한다. 예를 들어 신문기사(17.4 참조)나 판례(17.9.7), 오래된 문학작품(17.5.1), 성서나 다른 경전(17.5.2), 혹은 시각·공연예술(17.8)에 괄호주를 사용한다. 이런 자료는 종종 참고문헌목록에서 생략되기도 한다(16.2.3 참조).

　　언어와 문학을 연구하는 분야는 일반적으로 각주나 후주 대신 괄호주를 사용한다. 자료를 처음 인용할 때도 괄호주를 사용하는 경우가 많다.

괄호주의 형식. 본문에서 주 번호를 기재할 위치에 괄호주를 넣는다. 인용절이나 문장, 문단의 뒤에 넣으면 된다. 본문에 포함된 삽입 인용문의 괄호주는 쉼표나 마침표 등 구두점 뒤가 아니라 앞에 온다. 그러나 블록 인용문은 최종 구두점 뒤에 괄호주를 넣는다(25.2.2 참조).

약식주의 '저자—제목 주' 형식에 포함된 정보를 기재하면 충실한 괄호주라 할 수 있다(참고문헌방식에서 사용하는 괄호주와는 구성요소와 구두점이 약간 다르다는 사실에 주의하라. 참고문헌방식에 대해서는 18장과 19장 참조하라. 두 가지 방식을 혼동하거나 섞어서 사용해서는 안 된다).

"What on introspection seems to happen immediately and without effort is often a complex symphony of processes that take time to complete"(LeDoux, *Synaptic Self*, 116).
According to an expert, the norms of friendship are different in the workplace (Little, "Norms of Collegiality," 330).

모든 괄호주에 저자, 제목, 쪽수를 표기하도록 하는 분야도 있다. 하지만 모든 주에서 이런 정식 괄호주를 사용하면 글의 흐름을 방해하기 때문에 약식을 사용하도록 하는 분야도 있다. 약식 괄호주를 사용해도 되는 분야라면 아래 세 형식 중 하나를 사용하라.

■ 인용쪽수 주: 괄호 안에 인용쪽수나 독자가 쉽게 정보를 찾을 수 있는 위치정보만 넣을 수도 있다(해리엇 비처 스토의 《톰 아저씨의 오두막》을 언급한 아래 첫 예처럼). 인용 쪽이 연구의 주요 대상이거나 앞에서 저자나 책을 이미 언급했을 때 이런 형식을 사용한다.

Poor John! interposes Stowe's narrative voice. "It was rather natural; and the tears that fell, as he spoke, came as naturally as if he had been a white man"(169).
Ernst Cassirer notes this in *Language and Myth* (59-60).

■ 저자 인용쪽수 주: 앞에서 언급한 자료이긴 하지만 독자가 본문에서 그 자료를 쉽게 찾을 수 없거나 저자의 자료 중 단 하나만 참고할 때는 저자와 쪽수 또는 자료의 위치를 알리는 다른 정보를 밝힌다.

While one school claims that "material culture may be the most objective source of information we have concerning America's past"(Deetz, 259), others disagree.

■ 제목 인용쪽수 주: 독자가 본문에서 쉽게 저자를 찾아낼 수 있거나 저자의 저작 중 둘 이상을 인용할 때는 축약 제목과 쪽수를 밝힌다.

According to Furet, "The Second World War completed what the First had begun—the domination of the great political religions over European public opinion" (*Passing*, 360).

자주 인용하는 저작이라면 제목을 줄여서 사용할 수 있다. 축약 제목으로 쉽게 원제를 알 수 없다면 처음 인용할 때 주에서 축약 제목을 설명한다(자료의 출처를 밝힐 때 축약 제목을 6개 이상 사용한다면 논문에 별도의 목록을 만들어 덧붙인다. A.2.1 참조).

N: 2. François Furet, *The Passing of an Illusion: The Idea of Communism in the Twentieth Century*, trans. Deborah Furet (Chicago: University of Chicago Press, 1999), 368 (cited in text as *PI*).
According to Furet, "the Second World War completed what the First had begun—the domination of the great political religions over European public opinion" (*PI*, 360).

신문기사처럼 저자가 자료를 찾기 위해 저자와 제목, 쪽수를 주로 활용하는 자료가 아닌 경우에는(17장에서 관련 부분 참조) 필요에 맞게 괄호주 양식을 변형하여 사용한다.

In a *New York Times* article on the transitions within the Supreme Court (September 30, 2005), Linda Greenhouse discusses these trends.

17 주석표기방식: 유형별 정리

16장에서는 주석표기방식의 기본 형식을 개괄했다. 참고문헌과 정식 주, 약식주, 괄호주까지 살펴보았다. 주석표기방식을 잘 모른다면 이 장을 읽기 전에 16장을 읽어보라.

이 장에서는 다양한 자료를 유형별로 나누어 주와 참고문헌목록에 어떻게 표기하는지 자세히 다루겠다. 가장 일반적인 자료인 책과 학술지 논문에서 시작해 기타 출판물과 미출간물, 기록자료까지 다루려 한다. 책(17.1)과 학술지 논문(17.2) 같은 일반적 유형의 자료를 다루는 부분에서는 저자명과 제목 같은 요소의 다양한 변형을 다른 자료에서보다 더 깊이 있게 다룰 것이다.

대부분의 자료 유형의 전자 자료 예시는 다른 유형의 예시와 함께 다루었다. 전자책은 17.1.10에서, 웹사이트와 블로그, 소셜네트워크 서비스는 17.7에서 다루었다.

각 유형별로 정식 주와 참고문헌 작성지침과 예를 실었다(주 예는 N으로, 참고문헌 예는 B로 표시). 같은 자료를 정식 주와 참고문헌에서 어떻게 다르게 또는 비슷하게 기재하는지 보여주기 위해 한 자료의 정식 주와 참고문헌 표기사례를 동시에 보여주었다. 그렇지 않은 경우에는 특정 유형에 속한 다양한 자료의 예를 실어 조금씩 다른 부분을 확인할 수 있게 했다. 약식주 형식은 16.4를 보라.

이번 장에서 다루지 않은 유형의 자료를 인용하려면 《시카고 편집 매뉴얼》 16판(2010) 14장을 참고하라. 이 책에 실린 원칙과 예시를 수정해 자신만의 인용방식을 창조할 수도 있다. 대부분의 교수와 학과, 대학은 일관성만 있다면 연구자 자신이 고안한 인용방식을 인정한다.

17.1 책

책은 다른 출판자료보다 다양한 요소를 반영하는데, 이 부분에서 다루는 요소의 다양한 표기방식은 다른 유형의 자료에도 적용할 수 있다.

17.1.1 저자명

저자(그리고 편자나 번역자, 기타 기고자) 이름은 표제지에 나온 대로 정확히 표시한다. 머리글자가 둘 이상인 이름은 머리글자 사이에 빈칸을 둔다(24.2.1). 저자가 여러 명인 경우는 그림 16.1을 보라.

주에서는 이름과 성의 순서로 기재한다.

N: 11. Harriet Murav, *Music from a Speeding Train: Jewish Literature in Post-revolution Russia* (Stanford, CA: Stanford University Press, 2011), 219-20.

6. G. J. Barker-Benfield, *Abigail and John Adams: The Americanization of Sensibility* (Chicago: University of Chicago Press, 2010), 499.

11. Donald R. Kinder and Allison Dale-Riddle, *The End of Race? Obama, 2008, and Racial Politics in America* (New Haven, CT: Yale University Press, 2012), 47.

참고문헌목록에는 16.2.2에서 설명한 대로 처음 나온 저자 이름을 성과 이름 순으로 기재하되 몇몇 비영어권 이름을 비롯한 다른 경우는 16.2.2의 설명을 따른다. 그 외 추가되는 저자는 뒤에 기재하되 이름 성 순으로 표시한다.

B: Murav, Harriet. *Music from a Speeding Train: Jewish Literature in Post-revolution Russia*. Stanford, CA: Stanford University Press, 2011.

Barker-Benfield, G. J. *Abigail and John Adams: The Americanization of Sensibility*. Chicago: University of Chicago Press, 2010.

Kinder, Donald R., and Allison Dale-Riddle. *The End of Race? Obama, 2008, and Racial Politics in America*. New Haven, CT: Yale University Press, 2012.

저자 외에도 편자나 역자가 있는 경우. 표제지에 저자뿐 아니라 편자나 역자가 있다면 저자명을 위의 원칙대로 표기하고 편자나 역자의 이름을 책 제목 뒤에 첨가한다. 편자와 역자 둘 다 있는 책은 원전의 표제지와 같은 순서대로 기재한다. 저자이름이 책 제목에 들어가 있다면 주에서는 저자 이름을 생략해도 되지만 참고문헌목록에서는 빠트리면 안 된다. 주에서는 편자나 역자의 이름 앞에 ed.(eds.가 아니다. 여기서는 '편집자'를 뜻하지 않고 '~가 편집한(edited by)'을 뜻하기 때문이다)나 trans.를 넣는다.

N: 6. Elizabeth I, *Collected Works,* ed. Leah S. Marcus, Janel Mueller, and Mary Beth Rose (Chicago: University of Chicago Press, 2000), 102-4.

7. Georg Wilhelm Friedrich Hegel, *The Science of Logic*, ed. and trans. George di Giovanni (Cambridge: Cambridge University Press, 2010), 642-43.

10. *The Noé Jitrik Reader: Selected Essays on Latin American Literature,* ed. Daniel Balderston, trans. Susan E. Benner (Durham, NC: Duke University Press, 2005), 189.

참고문헌에서는 편자명이나 역자명 앞에 Edited by나 Translated by를 붙인다.

B: Elizabeth I. *Collected Works.* Edited by Leah S. Marcus, Janel Mueller, and Mary Beth Rose. Chicago: University of Chicago Press, 2000.

Hegel, Georg Wilhelm Friedrich. *The Science of Logic.* Edited and translated by George di Giovanni. Cambridge: Cambridge University Press, 2010.

Jitrik, Noé. *The Noé Jitrik Reader: Selected Essays on Latin American Literature.* Edited by Daniel Balderston. Translated by Susan E. Benner. Durham, NC: Duke University Press, 2005.

표제지의 편자와 역자 소개에 복잡한 설명이 달린 경우도 있다. 'Edited with an Introduction and Notes by(~가 서문과 주석을 쓰고 편집하다)'나 'Translated with a Foreword by(~가 번역하고 서문을 쓰다)' 같은 설명이 있다 해도 위의 예를 따라 단순하게 Edited by나 Translated by로 기재한다. 서문을 저자가 아닌 다른 사람이 쓴 경우에는 서문을 특별히 인용하지 않는다면 서문 저자의 이름을 따로 언급할 필요가 없다(17.1.8 참조).

저자 대신 편자나 역자가 있는 경우. 책의 표제지에 저자가 없고 편자나 역자가 있다면 편자명이나 역자명을 저자명 자리에 기재한다. 편자나 역자의 이름을 저자의 이름처럼 취급하되 ed. 나 trans. 를 이름 다음에 덧붙인다. 편자나 역자가 여럿이면 eds. 나 trans. (단복수 동일)을 쓴 뒤 그림 16.1에서 설명한 '저자가 여럿일 때' 원칙에 따라 표시한다.

N: 3. Seamus Heaney, trans., *Beowulf: A New Verse Translation* (New York: W. W. Norton, 2000), 55.

4. Anne-Maria Makhulu, Beth A. Buggenhagen, and Stephen Jackson, eds., *Hard Work, Hard Times: Global Volatility and African Subjectivities* (Berkeley: University of California Press, 2010), viii-ix.

B: Heaney, Seamus, trans. *Beowulf: A New Verse Translation*. New York: W. W. Norton, 2000.

Makhulu, Anne-Maria, Beth A. Buggenhagen, and Stephen Jackson, eds. *Hard Work, Hard Times: Global Volatility and African Subjectivities*. Berkeley: University of California Press, 2010.

■ 단체가 저자인 경우: 단체나 협회, 위원회, 기업이 발행한 자료의 표제지에 저자 명이 없다면 발행자와 중복되더라도 단체명을 저자명 자리에 표기한다. 공문서 는 17.9를 보라.

N: 9. American Bar Association, *The 2010 Federal Rules Book* (Chicago: American Bar Association, 2010), 221.

B: National Commission on Terrorist Attacks upon the United States. *The 9/11 Commission Report*. New York: W. W. Norton, 2004.

■ 저자명이 필명인 경우: 널리 사용되는 필명은 저자의 실명처럼 취급한다. 실명이 알려지지 않았다면 필명 뒤에 pseud.라고 쓰고 각괄호([ ])로 묶는다.

N: 16. Mark Twain, *The Prince and the Pauper: A Tale for Young People of All Ages* (New York: Harper & Brothers, 1899), 34.

B: Centinel [pseud.]. "Letters." In *The Complete Anti-Federalist*, edited by Herbert J. Storing. Chicago: University of Chicago Press, 1981.

■ 저자가 익명인 경우: 저자가 알려져 있거나 누구일 것이라 짐작은 되지만 책 표제지에 기재되어 있지 않다면 저자명을 각괄호에 넣는다(물음표를 달아 불확실함을 표현한다). 저자나 편자가 알려져 있지 않다고 저자명에 'Anonymous'라고 쓰는 일은 없도록 하자. 이런 경우에는 책 제목으로 주나 문헌목록을 시작한다.

N: 22. [Ebenezer Cook?], *Sotweed Redivivus, or The Planter's Looking-Glass* (Annapolis, 1730), 5-6.

31. *A True and Sincere Declaration of the Purpose and Ends of the Plantation Begun in Virginia, of the Degrees Which It Hath Received, and Means by Which It Hath Been Advanced* (1610), 17.

B: [Cook, Ebenezer?]. *Sotweed Redivivus, or The Planter's Looking-Glass.* Annapolis, 1730.

A True and Sincere Declaration of the Purpose and Ends of the Plantation Begun in Virginia, of the Degrees Which It Hath Received, and Means by Which It Hath Been Advanced. 1610.

17.1.2 제목

책 제목과 부제를 모두 기입한다. 제목과 부제 모두 이탤릭체로 쓰되 둘 사이에 콜론(:)을 집어넣어 구분한다. 부제가 둘이라면 제목과 부제 사이에는 콜론(:)을, 첫 번째 부제와 두 번째 부제 사이에는 세미콜론(;)을 넣는다.

N: 5. Daniel Goldmark and Charlie Keil, *Funny Pictures: Animation and Comedy in Studio-Era Hollywood* (Berkeley: University of California Press, 2011), 177-78.

B: Ahmed, Leila. *A Border Passage: From Cairo to America; A Woman's Journey.* New York: Farrar, Straus and Giroux, 1999.

제목과 부제는 헤드라인스타일로 대문자를 사용한다. 곧 제목과 부제의 첫 단어부터 마지막 단어까지 모든 주요단어의 첫 글자는 대문자로 표기한다. 외국어 제목은 문장스타일로 대문자를 사용한다. 곧 제목과 부제 첫 단어와 원어에서 대문자로 표시하는 고유명사와 고유형용사(몇몇 로망스어에서는 고유형용사와 고유명사에도 대문자를 쓰지 않는다)의 첫 글자만 대문자로 쓴다(헤드라인스타일과 문장스타일의 자세한 안내는 22.3.1 참조).

(헤드라인스타일) *How to Do it: Guides to Good Living for Renaissance Italians*
(문장스타일) *De sermone amatorio apud elegiarum scriptores*

원제의 철자와 하이픈, 구두점을 똑같이 지키되 두 가지 예외사항이 있다. 모두 대문자인 단어(두문자어는 제외: 24장 참조)는 헤드라인스타일 또는 문장스타일에 따라 대·소문자로 바꾼다. &는 'and'로 바꾼다. 숫자는 문헌목록의 다른 제목과 일관성을 지켜야 할 만한 충분한 이유가 없다면 원제의 형식을 따라 문자나 숫자(Twelfth Century 또는 12th Century)로 표기한다. 책의 장과 부분 제목 표기는 17.1.8을 참조하라.

제목의 특별한 요소. 제목에서 특별한 형식으로 표기해야 할 요소가 몇 개 있다.

■ 날짜: 원제에 쉼표가 없더라도 제목이나 부제의 날짜 앞에는 쉼표를 붙인다. 원제에서 전치사나 콜론과 함께 날짜를 쓴다면("from 1920 to 1945") 원제의 표현을 따른다.

N: 5. Romain Hayes, *Subhas Chandra Bose in Nazi Germany: Politics, Intelligence, and Propaganda*, 1941-43 (New York: Columbia University Press, 2011), 151-52.

B: Sorenson, John L., and Carl L. Johannessen. *World Trade and Biological Exchanges before 1492*. Bloomington, IN: iUniverse, 2009.

■ 제목 속의 제목: 이탤릭체로 표기된 제목 안에 또 다른 이탤릭체의 제목이 있다면 제목 속 제목은 인용부호로 묶는다. 이미 인용부호로 묶여 있다면 인용부호를 없애지 말고 놔둔다.

N: 22. Elisabeth Ladenson, *Dirt for Art's Sake: Books on Trial from "Madame Bovary" to "Lolita"* (Ithaca, NY: Cornell University Press, 2007), 17.

B: McHugh, Roland. *Annotations to "Finnegans Wake."* 2nd ed. Baltimore: Johns Hopkins University Press, 1991.

그러나 원제 전체가 인용구나 제목 속의 제목으로 이루어졌다면 인용부호로 묶지 않는다.

N: 8. Sam Swope, *I Am a Pencil: A Teacher, His Kids, and Their World of Stories* (New York: Henry Holt, 2004), 108-9.

B: Wilde, Oscar. *The Picture of Dorian Gray: An Annotated, Uncensored Edition.* Edited by Nicholas Frankel. Cambridge, MA: Harvard University Press, 2011.

■ 이탤릭체로 표기된 용어: 이탤릭체로 표기된 제목 안에 이탤릭체로 표기된 용어가 있을 수도 있다. 생물종의 명칭이나 배의 이름이 그런 경우인데, 이때 이탤릭체로 표기된 용어를 로마체로 바꾼다.

N: 7. T. Hugh Pennington, *When Food Kills: BSE,* E. Coli, *and Disaster Science* (New York: Oxford University Press, 2003), 15.

B: Lech, Raymond B. *The Tragic Fate of the* U.S.S. Indianapolis: *The U.S. Navy's Worst Disaster at Sea.* New York: Cooper Square Press, 2001.

■ 물음표와 느낌표: 제목이나 부제가 물음표나 느낌표로 끝난다면 뒤에 다른 구두점을 찍지 않는다. 예외가 하나 있다. 약식주(16.4.1 참조)에서처럼 제목 뒤에 보통 쉼표가 나올 때는 쉼표를 그냥 둔다. 21.12.1을 참고하라.

N: 26. Jafari S. Allen, *¡Venceremos? The Erotics of Black Self-Making in Cuba* (Durham, NC: Duke University Press, 2011), 210-11.

   27. Allen, *¡Venceremos?,* 212.

B: Wolpert, Stanley. *India and Pakistan: Continued Conflict or Cooperation?* Berkeley: University of California Press, 2010.

옛 책의 제목. 18세기 이전에 출판된 책은 원제의 구두점과 철자를 그대로 표기한다. 원제가 헤드라인스타일을 따라 대문자를 사용하지 않았다 해도 원제의 형식을 따른다. 그러나 모두 대문자로 표기된 단어가 있다면 첫 글자만 대문자로 남겨두고 나머지 글자는 소문자로 바꾼다. 제목이 매우 길다면 줄여서 기재할 수도 있지만, 독자가 도서관이나 도서목록에서 완전한 제목을 찾을 수 있을 만큼의 정보는 제공해주어야 한다. 제목에서 생략한 부분은 점 세 개를 찍어 표시한다. 참고문헌에서 제목의 끝부분을 축약했다면 점 네 개를 찍는다(줄임표 세 개와 마침표 하나; 25.3.2 참조).

N: 19. John Ray, *Observations Topographical, Moral, and Physiological: Made in a Journey Through part of the Low-Countries, Germany, Italy, and France: with A Catalogue of Plants not Native of England . . . Whereunto is added A Brief Account of Francis Willughby, Esq., his Voyage through a great part of Spain* ([London], 1673), 15.

B: Escalante, Bernardino. *A Discourse of the Navigation which the Portugales doe make to the Realmes and Provinces of the East Partes of the Worlde. . . .* Translated by John Frampton. London, 1579.

영어가 아닌 제목. 영어가 아닌 제목에는 문장스타일로 대문자를 사용한다. 곧 문장의 첫 단어와 고유명사, 고유형용사의 첫 글자만 대문자로 표기한다. 대문자 표기 원칙을 잘 모른다면 믿을 만한 자료를 찾아 참고한다.

N: 3. Sylvain Gouguenheim, *Aristote au Mont-Saint-Michel: Les racines grecques de l'Europe chrétienne* (Paris: ditions du Seuil, 2008), 117.

6. Ljiljana Piletić Stojanović ed. *Gutfreund i češki kubizam* (Belgrade: Muzej savremene umetnosti, 1971), 54-55.

B: Kelek, Necla. *Die fremde Braut: Ein Bericht aus dem Inneren des türkischen Lebens in Deutschland.* Munich: Goldmann Verlag, 2006.

외국어 제목을 영어로 번역해 덧붙이려면 번역제목은 이탤릭체로 표기하지 말고 각괄호로 묶는다. 인용부호도 사용하지 않는다. 대문자 사용은 문장스타일을 따른다.

N: 7. Henryk Wereszycki, *Koniec sojuszu trzech cesarzy* [The end of the Three Emperors' League] (Warsaw: PWN, 1977), 5.

B: Yu Guoming. *Zhongguo chuan mei fa zhan qian yan tan suo* [New perspectives on news and communication]. Beijing: Xin hua chu ban she, 2011.

원서와 번역본의 출처를 모두 밝혀야 한다면 무엇을 강조하고 싶은지에 따라 다음 형태 중 하나를 선택하여 사용한다.

(원서를 강조하고 싶은 경우)

B: Furet, François. *Le passé d'une illusion.* Paris: Éditions Robert Laffont, 1995. Translated by Deborah Furet as *The Passing of an Illusion* (Chicago: University of Chicago Press, 1999).

또는

(번역서를 강조하고 싶은 경우)

Furet, François. *The Passing of an Illusion.* Translated by Deborah Furet. Chicago: University of Chicago Press, 1999. Originally published as *Le passé d'une illusion* (Paris: Éditions Robert Laffont, 1995).

17.1.3 판

판edition에는 여러 뜻이 있지만 기본적으로 한 책이 내용과 형식(내용 또는 형식)을 달리하여 두 번 이상 출판되는 것을 의미한다. 2판 이상 출판된 책을 인용한다면 판에 따라 변화가 있기 때문에 몇 판을 참고했는지 밝혀야 한다(다음에 제시한 사항이 표시되지 않은 책이라면 초판이라고 생각하면 된다. 초판은 특별히 판차를 밝히지 않는다).

개정판. 재발행된 책의 내용에 중대한 변화가 있다면 '개정판revised edition' 또는 '제2판second edition 또는 subsequent edition'이라고 부른다. 이런 정보는 보통 표제지에 나오며 판권지에도 출판연도와 함께 다시 나온다.

초판이 아닌 다른 판을 인용한다면 어떤 판을 인용했는지 제목 뒤에 표기해야 한다. '개정증보 제2판Secon Edition, Revised and Enlarged' 같은 표현은 2nd ed로, '개정판Revised Edition'은 Rev. ed로 줄여 표기하라. 출판연도는 자신이 인용하는 판본의 출판연도만 표기한다. 그 이전 판본의 출판연도까지 밝힐 필요는 없다 (17.1.6 참조).

N: 1. Paul J. Bolt, Damon V. Coletta, and Collins G. Shackelford Jr., *American Defense Policy*, 8th ed. (Baltimore: Johns Hopkins University Press, 2005), 157-58.

B: Foley, Douglas E. *Learning Capitalist Culture: Deep in the Heart of Tejas*. 2nd ed. Philadelphia: University of Pennsylvania Press, 2010.

Levitt, Steven D., and Stephen J. Dubner. *Freakonomics: A Rogue Economist Explores the Hidden Side of Everything*. Rev. ed. New York: William Morrow, 2006.

재판. 형태를 바꾸어 다시 발행되는 책도 있다. 예를 들어 같은 출판사나 다른 출판사가 같은 책을 문고판이나 전자책(17.1.10 참조)으로 다시 발행하기도 한다. 원작의 내용과 크게 다르지 않다 해도 재판을 참고했다면 밝혀야 한다. 특히 원판 발행 후 1, 2년 이상 흐른 뒤 나왔거나 고전작품을 다시 발행한 것이라면 반드시 밝혀야 한다. 이런 경우에는 원작과 인용하는 판본의 출판연도를 모두 밝힌다 (17.1.6 참조).

N: 23. Randall Jarrell, *Pictures from an Institution: A Comedy* (1954; repr.,

Chicago: University of Chicago Press, 2010), 79-80.

B: Dickens, Charles. *Pictures from Italy*. 1846. Reprint, Cambridge: Cambridge University Press, 2011.

17.1.4 권

여러 권으로 이루어진 다권본에서 특정 권을 인용할 때는 권수를 밝혀야 한다.

다권본 중 한 권을 인용할 때. 다권본 중 특정한 책 한 권의 인용출처를 표기하는 방법은 인용하는 권의 제목이 대표 표제와 같은지 다른지에 따라 다르다. 대표 표제와 권 제목이 다르다면 대표 표제를 먼저 기재한 뒤 인용하는 책의 권수와 제목을 표기한다. 권수를 표기할 때는 약어 vol. 뒤에 아라비아숫자로 표기하면 된다.

N: 10. Hamid Naficy, *A Social History of Iranian Cinema,* vol. 2, *The Industrializing Years, 1941-1978* (Durham, NC: Duke University Press, 2011), 16.

B: Naficy, Hamid. *A Social History of Iranian Cinema*. Vol. 2, *The Industrializing Years, 1941-1978*. Durham, NC: Duke University Press, 2011.

개별 제목이 따로 없는 다권본의 한 권을 인용할 때는 참고문헌에는 인용권수를 각각 표기한다(다권본 전체를 인용하는 방법은 아래 참조). 주에서는 인용쪽수 바로 앞에 vol. 표시 없이 인용권수를 표기한다. 인용권수와 쪽수 사이에는 콜론을 넣되 띄어쓰기는 하지 않는다.

N: 36. Muriel St. Clare Byrne, ed., *The Lisle Letters* (Chicago: University of Chicago Press, 1981), 4:243.

B: Byrne, Muriel St. Clare, ed. *The Lisle Letters*. Vol. 1 and 4. Chicago: University of Chicago Press, 1981.

전체 편저자와 각 권의 편저자가 다른 다권본도 있다. 이런 경우에는 인용하는 권의 저자나 편자 정보를 기재한다(17.1.1 참조). 개별 권 편저자명은 인용하는 권의 제목 뒤에 표기한다. 다권본에서 2책 이상으로 구성된 특정 권을 인용할 때는 아래 첫 예처럼 권수와 책수(vol. 2, bk. 3)를 모두 표기한다.

N: 40. Barbara E. Mundy, "Mesoamerican Cartography," in *Cartography in the Traditional African, American, Arctic, Australian, and Pacific Societies*, ed. David Woodward and G. Malcolm Lewis, vol. 2, bk. 3 of *The History of Cartography*, ed. J. Brian Harley and David Woodward (Chicago: University of Chicago Press, 1998), 233.

B: Donne, John. *The Variorum Edition of the Poetry of John Donne. Edited by Gary A. Stringer*. Vol. 7, *The Holy Sonnets*, edited by Gary A. Stringer and Paul A. Parrish. Bloomington: Indiana University Press, 2005.

다권본 전체를 인용할 때. 다권본에서 두 권 이상 인용한다면 참고문헌에 다권본 전체를 기재할 수도 있다. 다권본 전체를 기재할 때는 대표 표제와 전체 권수를 밝히고, 여러 해에 걸쳐서 출간된 책이라면 발행기간을 표기한다.

B: Aristotle. *Complete Works of Aristotle: The Revised Oxford Translation*. Edited by J. Barnes. 2 vols. Princeton, NJ: Princeton University Press, 1983.

Tillich, Paul. *Systematic Theology*. 3 vols. Chicago: University of Chicago Press, 1951-63.

전체 저작과 개별 권의 제목과 편자가 다른 경우에는 위에서 설명한 대로 개별 권의 서지정보를 밝히는 것이 더 정확하다.

17.1.5 총서

총서series의 일부를 인용할 때 총서 정보를 꼭 밝혀야 할 필요는 없다. 하지만 정보를 밝혀둔다면 독자가 자료를 찾거나 자료의 신빙성을 평가하는 데 도움이 될 것이다. 이런 정보는 제목 뒤(판이나 권수, 편자가 있다면 그 뒤), 출판정보 앞에 넣어라.

총서명은 로마체로 기재하고, 헤드라인스타일에 따라 대문자를 표기하되 처음의 The는 생략한다. 총서의 각 권에 번호가 있다면 총서명 뒤에 자신이 인용한 권수를 밝힐 수 있다. 총서의 편자는 생략하는 경우가 많지만 총서명 뒤에 표기해도 무방하다. 편자와 권 번호 함께 쓸 때는 권 번호 앞에 vol.을 쓴다.

N:　7. Blake M. Hausman, *Riding the Trail of Tears*, Native Storiers: A Series of American Narratives (Lincoln: University of Nebraska Press, 2011), 25.

B: Lunning, Frenchy, ed. *Fanthropologies*. Mechademia 5. Minneapolis: University of Minnesota Press, 2010.

Stein, Gertrude. *Selections*. Edited by Joan Retallack. Poets for the Millennium, edited by Pierre Joris and Jerome Rothenberg, vol. 6. Berkeley: University of California Press, 2008.

17.1.6　출판정보

출판정보에는 다음 세 가지가 들어 있다: 출판사 소재지(도시), 출판사명, 출판일(연도). 출판정보는 주에서는 괄호로 묶지만 참고문헌에서는 괄호로 묶지 않는다.

N:　1. Malcolm Gladwell, *The Tipping Point: How Little Things Can Make a Big Difference* (Boston: Little, Brown, 2000), 64-65.

B: Gladwell, Malcolm. *The Tipping Point: How Little Things Can Make a Big Difference*. Boston: Little, Brown, 2000.

20세기 전에 출판된 경우에는 출판사명을 생략할 수 있다.

N:　32. Charles Darwin, *The Descent of Man, and Selection in Relation to Sex* (London, 1871), 1:2.

B: Darwin, Charles. *The Descent of Man, and Selection in Relation to Sex*. 2 vols. London, 1871.

출판사 소재지. 출판사의 편집부가 있는 도시로 표제지에 주로 나오지만 판권지에 나오기도 한다. 도시가 둘 이상 표기되어 있다면(예를 들어 Chicago and London) 첫 도시만 밝힌다.

Los Angeles: Getty Publications
New York: Columbia University Press

출판사 소재지가 유명한 도시가 아니거나 같은 이름의 다른 도시와 혼동될 우려가 있다면 주나 지방, 필요하다면 군의 약어도 표기한다(주 이름의 약어는 24.3.1 참조). 출판사명에 주 이름이 들어 있다면 주 이름 약자는 기재할 필요가 없다.

Cheshire, CT: Graphics Press
Harmondsworth, UK: Penguin Books
Cambridge, MA: MIT Press
Chapel Hill: University of North Carolina Press

외국 도시 이름은 현재 일반적으로 사용되는 영어표기를 사용한다.

Belgrade (Beograd ×)   Milan (Milano ×)

소재지를 알 수 없는 경우라면 주에서는 약어인 n. p. (참고문헌에서는 N. p.)를 출판사명 앞에 표시한다. 출판사 소재지로 추정되는 곳이 있다면 물음표를 붙여 각괄호로 묶어 표기한다.

(n.p.: Windsor, 1910)
[Lake Bluff, IL?]: Vliet & Edwards, 1890

출판사명. 출판사명은 표제지에 적힌 대로 기재한다. 책이 출판된 후에 출판사명이 바뀌었거나 참고문헌의 여러 책에서 같은 출판사가 책마다 다른 명칭으로 기재되었더라도 해당 책의 표제지에 기재된 이름을 따른다.

Harcourt Brace and World
Harcourt Brace Jovanovich
Harcourt, Brace

그러나 지면을 아끼기 위해 The와 Inc., Ltd., S.A., Co., & Co., and Publishing Co. 같은 약어와 축약하지 않은 형태를 생략할 수 있다.

The University of Texas Press	대신에	University of Texas Press
Houghton Mifflin Co.	대신에	Houghton Mifflin
Little, Brown & Co.	대신에	Little, Brown

외국 출판사명은 번역하거나 축약해서는 안 된다. 그러나 위에서 지적한 대로 출판사가 위치한 도시명은 영어표기법을 따른다. 출판사명을 알 수 없는 책은 출판사 소재지(알 수 있다면)와 출판일만 표기한다.

출판일. 책의 출판일은 월일 없이 연도만 표시하며 저작권 일자와 보통 동일하다. 대개 판권지에 있지만 표제지에 나오기도 한다.

수정판과 재판은 저작권 일자가 둘 이상 있을 수 있다. 그런 경우에는 가장 최근 일자를 기재한다. 예를 들어 "© 1982, 1992, 2003."으로 표시되어 있다면 2003이 출판연도다. 이런 책의 출판연도를 표기하는 법은 17.1.3을 참고하라.

출판연도를 알 수 없다면 n.d.라고 표시한다. 출판연도가 표시되어 있지 않지만 추정할 수 있는 경우에는 자신이 추정하는 출판연도를 각괄호 안에 표기하고 물음표를 찍어 불확실하다는 사실을 보여준다.

B: Agnew, John. *A Book of Virtues*. Edinburgh, n.d.
Miller, Samuel. *Another Book of Virtues*. Boston, [1750?].

출판사와 출판 계약이 맺어졌고 제목도 이미 정해졌지만 출간일이 정해지지 않은 출간예정도서를 인용할 때는 출판연도 자리에 '출간예정forthcoming'이라고 표시한다. 출판계약이 맺어지지 않은 책은 모두 미출간 원고(17.6 참조)로 취급한다.

N: 91. 저자의 이름과 성, *제목*(출판사 소재지: 출판사, forthcoming).

17.1.7 쪽 번호를 비롯한 위치정보

인용문단과 구절의 쪽 번호를 비롯한 위치정보는 주에는 표기하지만 참고문헌에는 표기하지 않는 것이 일반적이다. 한 가지 예외가 있다. 참고문헌에서 책의 한 장이나 한 부분의 출처를 밝힐 때는 장이나 부분의 쪽 범위를 제시한다(예시는 17.1.8 참조).

쪽 범위 표기법은 23.2.4를 참고하라.

쪽과 장, 부분의 번호. 위치 정보는 주에서 책의 출처를 밝힐 때 대개 맨 마지막에 온다. page라는 단어나 p. 또는 pp. 같은 약자는 넣지 않는다. 원문에 로마숫자로 표시된 경우가 아니면 모두 아라비아숫자로 표기한다.

N: 14. Richard Arum and Josipa Roksa, *Academically Adrift: Limited Learning on College Campuses* (Chicago: University of Chicago Press, 2011), 145-46.

17. Jacqueline Jones, preface to the new edition of *Labor of Love, Labor of Sorrow: Black Women, Work, and the Family, from Slavery to the Present*, rev. ed. (New York: Basic Books, 2010), xiv.xv.

쪽 범위 대신에 장 전체chap.나, 부pt., 책bk., 또는 절sec.로 표기하기도 한다.

N: 22. Srikant M. Datar, David A. Garvin, and Patrick G. Cullen, *Rethinking the MBA: Business Education at a Crossroads* (Boston: Harvard Business Press, 2010), pt. 2.

19세기 이전에 인쇄된 책에는 쪽 번호가 없고, 접지 번호나 기호Signature가 표시되어 있다. 접지 번호는 다시 폴리오나 장으로 나눈 뒤 앞장(recto 또는 r)과 뒷장(verso 또는 v)으로 나눈다. 이런 자료에서 인용된 문구나 문단의 출처를 밝힐 때는 이러한 번호와 기호를 띄어쓰기 없이 연결하여 표기하되 이탤릭체를 사용하지 않는다(예: G6v, 176r, 232r-v, 또는 폴리오 전체를 참고한다면 fol. 49).

다른 형태의 위치정보. 가끔은 특정 주나 그림, 표, 숫자가 매겨진 행(몇몇 시 작품처럼)을 인용하고 싶을 때가 있다.

■ 주 번호: 주를 인용했다면 인용출처를 밝힐 때 약어인 n(복수는, nn)을 사용한다. 해당 쪽에 하나밖에 없거나 번호가 없는 각주를 인용할 때는 쪽 번호 뒤에 띄어쓰기 없이 n이라고만 덧붙인다. 각주가 둘 이상 있는 주에서 주를 인용했다면 쪽 번호 뒤에 n(순서대로 나열된 주를 둘 이상 인용할 때는 nn)이라 쓰고 그 뒤에 주 번호를 기재한다.

N: 45. Anthony Grafton, *The Footnote: A Curious History* (Cambridge, MA: Harvard University Press, 1997), 72n.

   46. Dwight Bolinger, *Language: The Loaded Weapon* (London: Longman, 1980), 192n23,192n30,199n14, 201nn16-17.

■ 그림과 표 번호: 그림은 약어 fig.를 사용하여 표기한다. 그러나 표table와 지도map, 삽화plate 같은 형식에는 약어를 사용하지 않고 원래 단어를 그대로 사용한다. 쪽 번호 뒤에 그림이나 표 번호를 기재하라.

N: 50. Richard Sobel, *Public Opinion in U.S. Foreign Policy: The Controversy over Contra Aid* (Boston: Rowman and Littlefield, 1993), 87, table 5.3.

■ 행 번호: 시를 비롯해 행 번호로 위치를 나타내는 자료를 인용할 때는 *l.* (line)과 *ll.* (lines) 같은 약어는 사용하지 않는다. 숫자인 1, 11과 혼동하기 쉽기 때문이다. 약

어 대신 line이나 lines 같은 단어로 표기하거나 행을 언급하는 것이 문맥상 분명할 때는 숫자만 표기한다.

N: 44. Ogden Nash, "Song for Ditherers," lines 1-4.

17.1.8   장을 비롯해 제목이 달린 부분들

대체로 한 가지 논증이나 서사를 일관되게 펼치는 책에서 일부를 인용할 때는 책 제목을 밝혀야 한다. 하지만 저자 한 사람 또는 여러 사람이 쓴 다양한 주제의 글을 모아놓은 책에서 일부를 참고한다면 가장 관련 깊은 장이나 부분을 밝히면 된다. 그래야 독자도 그 자료가 당신의 연구와 구체적으로 어떻게 연결되는지 쉽게 이해할 수 있다.

B: Carnes, Mark C., ed. *Novel History: Historians and Novelists Confront America's Past (and Each Other)*. New York: Simon and Schuster, 2001.

대신에

Demos, John. "Real Lives and Other Fictions: Reconsidering Wallace Stegner's *Angle of Repose*." In *Novel History: Historians and Novelists Confront America's Past (and Each Other)*, edited by Mark C. Carnes, 132-45. New York: Simon and Schuster, 2001.

한 사람이 쓴 책에서 일부를 인용할 때. 한 사람이 쓴 책에서 제목이 달린 부분을 인용한다면 그 부분의 제목을 우선 밝히되 로마체로 쓰고 인용부호로 묶는다. 그 뒤에 in을 쓰고 책 제목을 기재하라. 참고문헌에서는 책 제목 뒤에 해당 부분의 쪽 범위를 표기하고, 주에서는 구체적인 인용쪽수를 밝힌다.

N: 1. Susan Greenhalgh, "Strengthening China's Party-State and Place in the World," in *Cultivating Global Citizens: Population in the Rise of China* (Cambridge, MA: Harvard University Press, 2010), 82.

B: Greenhalgh, Susan. "Strengthening China's Party-State and Place in the

World." In *Cultivating Global Citizens: Population in the Rise of China*, 79-114. Cambridge, MA: Harvard University Press, 2010.

서론introduction, 서문preface이나 후기afterword 같은 일반적 제목이 달린 부분을 인용할 때는 책 제목 앞에 부분 제목을 로마체로 표기하되 인용부호 없이 기재한다. 참고문헌에서는 이러한 제목의 첫 글자를 대문자로 표기하고, 인용부호 없이 로마체로 기재한다. 책의 주요 저자가 아닌 다른 사람이 서문이나 서론, 후기를 썼다면 부분 저자의 이름을 먼저 표기하고 책의 전체 저자는 제목 뒤에 쓴다.

N: 7. Alfred W. Crosby, preface to the new edition of *Ecological Imperialism: The Biological Expansion of Europe, 900-1900,* new ed. (New York: Cambridge University Press, 2004), xv.

16. Craig Calhoun, foreword to *Multicultural Politics: Racism, Ethnicity, and Muslims In Britain*, by Tariq Modood (Minneapolis: University of Minnesota Press, 2005), xvi.

서론, 서문, 후기 같은 일반적 제목이 달린 부분의 저자가 책의 전체 저자와 같다면 참고문헌목록에서는 부분이 아니라 책 전체를 표기한다.

B: Crosby, Alfred W. Preface to the new edition of *Ecological Imperialism: The Biological Expansion of Europe, 900-1900*. New ed. New York: Cambridge University Press, 2004.

Calhoun, Craig. Foreword to *Multicultural Politics: Racism, Ethnicity, and Muslims in Britain*, by Tariq Modood. Minneapolis: University of Minnesota Press, 2005.

여러 저자의 글을 편집한 책에서 일부를 인용할 때. 여러 저자가 기고한 책의 부분을 인용할 때는 그 부분의 저자와 제목을 먼저 기재한다(제목은 로마체로 표기하고 인용부호로 묶는다). 그 뒤에 in이라고 쓰고 책의 제목과 편자명을 넣는다. 참고문헌에서는 책 제목 뒤에 해당 부분의 쪽 범위를 기재하고, 주에서는 자신이 참고한 쪽수를 구체적으로 밝힌다.

N: 3. Cameron Binkley, "Saving Redwoods: Clubwomen and Conservation, 1900-1925," in *California Women and Politics: From the Gold Rush to the Great Depression*, ed. Robert W. Cherny, Mary Ann Irwin, and Ann Marie Wilson (Lincoln: University of Nebraska Press, 2011), 155.

B: Binkley, Cameron. "Saving Redwoods: Clubwomen and Conservation, 1900-1925." In *California Women and Politics: From the Gold Rush to the Great Depression*, edited by Robert W. Cherny, Mary Ann Irwin, and Ann Marie Wilson, 151-74. Lincoln: University of Nebraska Press, 2011.

같은 책에서 둘 이상의 기고를 인용한다면 두 글을 별개의 자료로 취급할 수도 있고, 지면을 절약하기 위해 16.4.1에서 다룬 방식으로 표기할 수도 있다. 책의 특정 부분을 처음 인용할 때는 주에서 인용하는 부분과 책 전체의 정보를 빠짐없이 제시한다. 그 뒤 같은 책에서 다른 부분을 인용한다면 인용 부분의 저자와 제목은 완전히 표기하되 전체 책의 정보는 약식으로 표기한다. 같은 책의 같은 부분을 계속 인용한다면 일반적인 약식주를 사용할 수 있다(아래처럼 저자 주를 쓰거나 저자 - 제목주를 쓴다).

N: 4. Robert Bruegmann, "Built Environment of the Chicago Region," in *Chicago Neighborhoods and Suburbs: A Historical Guide*, ed. Ann Durkin Keating (Chicago: University of Chicago Press, 2008), 259.

   12. Janice L. Reiff, "Contested Spaces," in Keating, 55.

   14. Bruegmann, 299-300.

   15. Reiff, 57.

참고문헌에서는 책 전체의 정보를 완전히 제시한 뒤 개별 부분은 약식으로 기재한다.

B: Keating, Ann Durkin, ed. *Chicago Neighborhoods and Suburbs: A Historical Guide.* Chicago: University of Chicago Press, 2008.

Bruegmann, Robert. "Built Environment of the Chicago Region." In Keating, 76-314.

Reiff, Janice, L. "Contested Spaces." In Keating, 55-63.

선집에 포함된 작품을 인용할 때. 선집에 실려 있는 단편소설이나 시, 에세이를 인용할 때는 여러 저자의 기고를 편집한 책과 같은 방식으로 출처를 밝힌다. 작품의 제목을 로마체로 표기하고 인용부호로 묶는다. 단, 책 한 권 분량에 가까운 시나 산문에서 발췌한 내용은 제목을 이탤릭체로 써야 한다(22.3.2 참조).

N: 2. Isabel Allende, "The Spirits Were Willing," in *The Oxford Book of Latin American Essays, ed. Ilan Stavans* (New York: Oxford University Press, 1997), 463-64.

B: Wigglesworth, Michael. Excerpt from *The Day of Doom.* In *The New Anthology of American Poetry,* vol. 1, *Traditions and Revolutions, Beginnings to 1900,* edited by Steven Gould Axelrod, Camille Roman, and Thomas Travisano, 68-74. New Brunswick, NJ: Rutgers University Press, 2003.

논문의 맥락상 원작의 발행일자가 중요하다면 주와 참고문헌에서 작품명과 선집명 사이에 발행일을 표시한다.

N: 2. Isabel Allende, "The Spirits Were Wilting"(1984), in *The Oxford Book . . .*

B: Wigglesworth, Michael. Excerpt from *The Day of Doom.* 1662. In *The New Anthology . . .*

17.1.9   모음집으로 발행된 편지와 기타 통신문

책으로 묶인 편지나 비망록 같은 것을 인용할 때는 보낸 사람과 받는 사람의 이름을 제시하고 뒤에 통신일자를 쓴다(미출간 개인 통신문은 17.6.3을, 미출간 원고 컬렉션은 17.6.4를 보라). 편지letter라는 단어를 쓸 필요는 없지만 보고report나 비망록 memorandum은 표시한다. 컬렉션 이름을 비롯한 정보는 여러 사람의 글을 모은 책과 같은 형태로 기재한다. 같은 자료를 다시 인용할 때는 보낸 사람과 받는 사람의 이름만(필요하다면 통신일자까지) 표시한 약식주를 쓸 수 있다.

N: 1. Henry James to Edith Wharton, November 8, 1905, in *Letters*, ed. Leon Edel, vol. 4, 1895-1916 (Cambridge, MA: Belknap Press of Harvard University Press, 1984), 373.

2. James to Wharton, 375.

5. EBW to Harold Ross, memorandum, May 2, 1946, in *Letters of E. B. White*, ed. Dorothy Lobrano Guth (New York: Harper and Row, 1976), 273.

참고문헌목록에는 전체 모음집을 제시한다.

B: James, Henry. *Letters*. Edited by Leon Edel. Vol. 4, 1895-1916. Cambridge, MA: Belknap Press of Harvard University Press, 1984.

White, E. B. *Letters of E. B. White*. Edited by Dorothy Lobrano Guth. New York: Harper and Row, 1976

17.1.10 전자책

전자책은 17.1에서 다룬 대로 종이책 버전처럼 인용한다. 거기에다 실제로 참고한 형식에 대한 정보를 포함해야 한다. 온라인에서 책을 읽었다면 접속일자와 URL을 모두 표시한다. 책에 추천 URL이 함께 제시돼 있다면 컴퓨터 화면 주소창에 있는 URL대신 추천 URL을 제시한다. 도서관이나 상용 데이터베이스에서 참고했다면 URL대신 데이터베이스 이름을 제시한다. 전용 전자책 양식으로 책을 다운로드했다면 형식을 명시하되 접속일자는 포함하지 않는다. 더 자세한 내용은 15.4.1을 보라.

N: 1. George Pattison, *God and Being: An Enquiry* (Oxford: Oxford University

Press, 2011), 103-4, accessed September 2, 2012, http://dx.doi.org/10.1093/acprof:oso/9780199588688.001.0001.

2. Joseph P. Quinlan, *The Last Economic Superpower: The Retreat of Globalization, the End of American Dominance, and What We Can Do about It* (New York: McGraw-Hill, 2010), 211, accessed November 1, 2011, ProQuest Ebrary.

4. Erin Hogan, *Spiral Jetta: A Road Trip through the Land Art of the American West* (Chicago: University of Chicago Press, 2008), 86-87, Adobe PDF eBook.

8. Malcolm Gladwell, *Outliers: The Story of Success* (Boston: Little, Brown, 2008), 193, Kindle.

B: Pattison, George. *God and Being: An Enquiry.* Oxford: Oxford University Press, 2011. Accessed September 2, 2012. http://dx.doi.org/10.1093/acprof:oso/9780199588688.001.0001.

Quinlan, Joseph P. *The Last Economic Superpower: The Retreat of Globalization, the End of American Dominance, and What We Can Do about It.* New York: McGraw-Hill, 2010. Accessed November 1, 2011. ProQuest Ebrary.

Hogan, Erin. *Spiral Jetta: A Road Trip through the Land Art of the American West.* Chicago: University of Chicago Press, 2008. Adobe PDF eBook.

Gladwell, Malcolm. *Outliers: The Story of Success.* Boston: Little, Brown, 2008. Kindle.

몇몇 전자책 양식은 쪽 번호가 안정적이어서 어느 전자책 기기로 읽어도 쪽 번호가 같지만(예를 들어, PDF 기반 전자책) 기기마다 글자 크기를 비롯한 설정을 변경할 수 있는 전자책 형식은 읽는 사람마다 쪽 번호가 달라진다. 전자책 양식이나 데이터베이스를 밝히면 당신이 인용한 쪽 번호가 안정적인지 아닌지 독자들이 판단하는 데 도움이 된다. 쪽 번호가 안정적이지 않을 때 쓸 수 있는 또 다른 방법으로는 장이나 번호가 매겨진 부분(17.1.7 참조)을 표시하는 방법이 있다. 장이나 부분에 번호가 없다면 장이나 부분의 제목을 이용한다(17.1.8 참조). 다음 전자책 인용 예시는 종이책의 출판 정보도 제시하지 않았다.

N: 11. Fyodor Dostoevsky, *Crime and Punishment*, trans. Constance Garnett (Project Gutenberg, 2011), pt. 6, chap. 1, accessed September 13, 2011, http://gutenberg.org/files/2554/2554-h/2554-h.htm.

17.2 학술지 논문

학술지는 학술 또는 전문 간행물로 학교 도서관에서 보거나 구독을 통해 구할 수 있다. 제목에 학술지journal라는 단어를 포함하는 경우가 많지만(예: Journal of Modern History), 그렇지 않은 경우도 있다(예: Signs). 학술지는 더 일반적인 독자를 위해 만들어지는 잡지와는 다르다. 학술지와 잡지를 구분하는 것은 중요하다. 학술지 논문을 인용하는 법과 잡지기사를 인용하는 법이 다르기 때문이다. 학술지인지 잡지인지 구분하기 힘든 정기 간행물이 있다면 그 안에 수록된 글에 인용정보를 밝히는 부분이 있는지 본다. 있다면 학술지로 취급한다.

많은 학술지 논문은 온라인에서, 대개 학교 도서관 웹사이트나 상용 데이터베이스에서 읽을 수 있다. 온라인에서 읽은 논문을 인용하려면 접속일자와 URL을 출처에 포함시켜야 한다. 논문과 함께 URL이 제시돼 있다면 컴퓨터 화면 주소창에 있는 URL이 아니라 웹사이트에 제시된 URL을 쓴다. 도서관이나 상용 데이터베이스에서 논문을 참고했다면 URL 대신 데이터베이스 이름을 제시해도 좋다. 더 자세한 내용은 15.4.1을 보라.

17.2.1 저자명

저자명은 논문 첫머리에 나오는 대로 정확히 밝힌다. 주에서는 일반적인 순서대로(이름을 앞에) 저자명을 제시한다. 참고문헌목록에서는 처음 제시된 저자명은 반대로 성 이름 순서로 쓴다. 몇몇 특별한 경우는 16.2.2와 17.1.1.을 보라.

17.2.2 논문명

제목과 부제를 완벽히 기입하라. 로마체로 표기하고, 제목과 부제는 콜론으로 구분하고 모두 인용부호로 묶는다. 대문자 표기는 헤드라인스타일을 따른다(22.3.1 참조).

N: 12. Saskia E. Wieringa, "Portrait of a Women's Marriage: Navigating between Lesbophobia and Islamophobia," *Signs* 36, no. 4 (Summer 2011): 785-86, accessed February 15, 2012, http://dx.doi.org/10.1086/658500.

B: Saskia E. Wieringa. "Portrait of a Women's Marriage: Navigating between Lesbophobia and Islamophobia." *Signs* 36, no. 4 (Summer 2011): 785-93. Accessed February 15, 2012. http://dx.doi.org/10.1086/658500.

생물종 명칭이나 책 제목처럼 일반적으로 이탤릭체로 표기하는 용어가 논문 제목 안에 있다면 이탤릭체로 남겨둔다. 본문에서 인용부호로 인용되는 용어가 논문 제목에 있다면 작은따옴표로 묶는다. 큰따옴표를 논문 제목에 사용하기 때문이다. 물음표나 느낌표로 끝나는 제목이나 부제의 뒤에는 쉼표나 마침표를 찍지 않는다. 약식주에서처럼(16.4.1 참조) 제목 뒤에 보통 쉼표가 따라올 때는 구두점을 둘 다 쓴다. 21.12.1도 참고하라.

N: 23. Lisa A. Twomey, "Taboo or Tolerable? Hemingway's *For Whom the Bell Tolls* in Postwar Spain," *Hemingway Review* 30, no. 2 (Spring 2011): 55. 25. Twomey, "Taboo or Tolerable?," 56.

B: Lewis, Judith. "'Tis a Misfortune to Be a Great Ladie': Maternal Mortality in the British Aristocracy, 1558-1959." *Journal of British Studies* 37, no. 1 (January 1998): 26-53. Accessed August 29, 2011. http://www.jstor.org/stable/176034.

외국어 제목은 해당 언어의 관례에 따라 문장스타일로 대문자를 표기한다(22.3.1 참조). 영어 번역을 덧붙이고 싶다면 인용부호 없이 각괄호로 묶는다.

N: 22. Antonio Carreño-Rodríguez, "Modernidad en la literatura gauchesca: Carnavalización y parodia en el *Fausto* de Estanislao del Campo," *Hispania* 92, no. 1 (March 2009): 13-14, accessed December 8, 2011, http://www.jstor.org/stable/40648253.

B: Kern, W. "Waar verzamelde Pigafetta zijn Maleise woorden?" [Where did

Pigafetta collect his Malaysian words?] *Tijdschnift voor Indische taal-, land-en volkenkunde* 78(1938): 271-73

17.2.3 학술지명

학술지명은 논문 제목 뒤에 이탤릭체로 쓰고, 헤드라인스타일을 따라 대소문자를 표기한다(22.3.1 참조). 표제지나 차례 상단에 기재된 것과 똑같이 기재한다. 약어를 사용해서는 안 된다. 단, 맨 앞의 The는 생략할 수 있다. PMLA(Publications of the Modern Language Association of America)처럼 정식명칭이 두문자어인 학술지명은 풀어쓰지 않는다. 외국 학술지명은 헤드라인스타일이나 문장스타일로 대소문자를 표기하되 관사를 생략해서는 안 된다(Der Spiegel).

17.2.4 발행정보

학술지 인용에는 권수와 호수, 발행일을 기재한다. 독자가 해당 논문을 찾기 위해 이 모든 정보가 다 필요하지 않을 수도 있지만 혹시 한 가지라도 잘못 기재할 상황에 대비해 모두 기재하는 것이 좋다.

권수와 호수. 권수는 학술지명 뒤에 구두점 없이 표기하되 이탤릭체를 사용하지 않는다. 학술지에 로마자로 표기되었더라도 아라비아숫자로 바꾸어 표기한다. 호수가 있다면 권수 뒤에 표기한다. 권수와 호수 사이에는 쉼표를 찍고 호수 앞에 no.를 붙인다.

N: 2. Campbell Brown, "Consequentialize This," *Ethics* 121, no. 4 (July 2011): 752, accessed August 29, 2011, http://dx.doi.org/10.1086/660696.

B: Ionescu, Felicia. "Risky Human Capital and Alternative Bankruptcy Regimes for Student Loans." *Journal of Human Capital* 5, no. 2 (Summer 2011): 153-206. Accessed October 13, 2011. http://dx.doi.org/10.1086/661744.

권수 없이 호수만 있는 학술지라면 학술지명 뒤에 쉼표를 찍고 호수를 표기한다.

B: Beattie, J. M. "The Pattern of Crime in England, 1660-1800." *Past and Present*, no. 62 (1974): 47-95.

발행일. 발행일은 권수(호수가 있는 경우는 호수) 뒤에 괄호로 묶어 표시한다. 발행일의 형식은 해당 학술지의 관행을 따른다. 연도는 반드시 기재해야 하며 해당 학술지의 관행에 따라 계절이나 달 또는 정확한 일자를 기재할 수 있다. 계절명의 첫 글자는 학술지에 대문자로 표기되지 않았다 해도 반드시 대문자로 쓴다.

N: 27. Susan Gubar, "In the Chemo Colony," *Critical Inquiry* 37, no. 4 (Summer 2011): 652, accessed August 29, 2011, http://dx.doi.org/10.1086/660986.

B: Bartfeld, Judi, and Myoung Kim. "Participation in the School Breakfast Program: New Evidence from the ECLS-K." *Social Service Review* 84, no. 4 (December 2010): 541-62. Accessed October 31, 2012. http://dx.doi.org/10.1086/657109.

출판이 결정되었지만 아직 출판되지 않은 논문인 경우에는 발행일과 쪽 번호 대신 '출판예정forthcoming'이라고 쓴다. 아직 출판이 결정되지 않은 논문은 미출간 원고로 취급한다(17.6 참조).

N: 4. 저자 이름과 성, "논문 제목," *학술지명* 권수 (forthcoming).

B: 저자의 성, 이름. "논문 제목." *학술지명* 권수 (forthcoming).

17.2.5 쪽 번호

특정 인용문단의 출처를 밝히는 주에서는 구체적인 쪽 번호를 기재한다. 그러나 논문 전체를 출처로 밝히는 주나 참고문헌에서는 해당 논문의 전체 쪽 범위를 기재한다(23.2.4 참조). 관례상 학술지 논문의 쪽 번호 앞에는 쉼표가 아니라 콜론을 찍는다.

N: 4. Tim Hitchcock, "Begging on the Streets of Eighteenth-Century London," *Journal of British Studies* 44, no. 3 (July 2005): 478, accessed January 11, 2012, http://dx.doi.org/10.1086/429704.

B: Gold, Ann Grodzins. "Grains of Truth: Shifting Hierarchies of Food and Grace
   in Three Rajasthani Tales." *History of Religions* 38, no. 2 (November 1998):
   150-71. Accessed April 8, 2012. http://www.jstor.org/stable/3176672.

17.2.6 특별호와 부록

한 가지 주제만 중점적으로 다룬 학술지의 특정호는 특별호a special issue라고 부른
다. 일반호와 마찬가지로 권수와 호수가 있다. 특별호만의 제목과 편집자가 있다
면 모두 밝힌다. 제목은 로마체로 표기하고 인용부호로 묶는다.

N: 67. Gertrud Koch, "Carnivore or Chameleon: The Fate of Cinema Studies,"
   in "The Fate of Disciplines," ed. James Chandler and Arnold I. Davidson,
   special issue, *Critical Inquiry* 35, no. 4 (Summer 2009): 921, accessed August
   30, 2011, http://dx.doi.org/10.1086/599582.

B: Koch, Gertrud. "Carnivore or Chameleon: The Fate of Cinema Studies."
   In "The Fate of Disciplines," edited by James Chandler and Arnold I.
   Davidson. Special issue, *Critical Inquiry* 35, no. 4 (Summer 2009): 918-28.
   Accessed August 30, 2011. http://dx.doi.org/10.1086/599582.

특별호 전체를 인용할 때는 논문 정보는 생략한다.

B: Chandler, James, and Arnold I. Davidson, eds. "The Fate of Disciplines."
   Special issue, *Critical Inquiry* 35, no. 4 (Summer 2009).

학술지 부록supplement에도 제목과 저자나 편자가 따로 있을 수 있다. 특별호와
달리 부록은 학술지의 정규호와는 별도로 번호를 매기며 쪽 번호에 S를 표기하는
경우가 많다. 권수와 부록호수 사이에는 쉼표를 넣는다.

N: 4. Ivar Ekeland, James J. Heckman, and Lars Nesheim, "Identification

and Estimation of Hedonic Models," in "Papers in Honor of Sherwin Rosen,"
Journal of Political Economy 112, S1 (February 2004): S72, accessed December
23, 2011, http://dx.doi.org/10.1086/379947.

B: Ekeland, Ivar, James J. Heckman, and Lars Nesheim. "Identification and
Estimation of Hedonic Models." In "Papers in Honor of Sherwin Rosen,"
Journal of Political Economy 112, S1 (February 2004): S60.S109. Accessed
December 23, 2011. http://dx.doi.org/10.1086/379947.

17.3 잡지기사

잡지기사의 인용출처 표기는 많은 점에서 학술지 논문 인용방식을 따르지만(17.2
참조) 발행일과 쪽수는 달리 취급한다.

대체로 주간지나 월간지는 권수와 호수가 있더라도 발행일만 표시한다. 이때
발행일은 괄호로 묶지 않는다. 인용문의 출처를 밝히는 주에서는 인용쪽수를 밝
히지만 참고문헌에서는 해당 기사의 쪽 범위를 밝히지 않아도 된다. 여러 쪽에
걸쳐 관련 없는 자료와 함께 실린 경우가 많기 때문이다. 쪽 번호를 표기할 때는
콜론이 아니라 쉼표를 앞에 찍어 발행일과 구분한다. 학술지 제목처럼 잡지 제목
맨 앞에 오는 The는 생략한다(17.2.3 참조).

N: 11. Jill Lepore, "Dickens in Eden," *New Yorker*, August 29, 2011, 52.
B: Lepore, Jill. "Dickens in Eden." *New Yorker*, August 29, 2011.

잡지의 고정 칼럼이나 고정란을 인용할 때는 제목을 헤드라인스타일로 표기하
되 인용부호로 묶지 않는다. 필자명이 없는 고정란은 참고문헌에서 필자명 대신
잡지명을 기재한다.

N: 2. Barbara Wallraff, Word Court, *Atlantic Monthly*, June 2005, 128.

온라인 잡지의 기사는 URL과 접속일자를 포함시킨다(15.4.1 참조). 온라인 잡지의

기사에는 쪽 번호가 없을 수도 있다.

N:　　7. Robin Black, "President Obama: Why Don't You Read More Women?,"
Salon, August 24, 2011, accessed October 30, 2011, http://www.salon.com/
books/writing/index.html?story=/books/feature/2011/08/24/obama_summer_
reading.

B: Black, Robin. "President Obama: Why Don't You Read More Women?" *Salon*,
August 24, 2011. Accessed October 30, 2011. http://www.salon.com/books/
writing/index.html?story=/books/feature/2011/08/24/obama_summer_reading.

17.4　신문기사

17.4.1　신문 이름

영어 신문명은 처음 나오는 The를 생략한다. 신문 이름에 신문사 소재지가 포함
되어 있지 않다면 정식 명칭에다 소재지 정보를 첨가한다. 단 〈월스트리트 저
널*Wall Street Journal*〉이나 〈크리스천 사이언스 모니터*Christian Science Monitor*〉처럼
잘 알려진 신문이라면 첨가하지 않아도 무방하다. 여러 도시에서 발행되거나 발
행지가 불분명하다면 괄호 안에 발행 주나 지방을 덧붙인다(대체로 약어로 표시한다.
24.3.1 참조). 외국 신문은 처음에 나오는 관사를 생략하지 말고 발행지를 제목 뒤
에 덧붙인다.

Chicago Tribune　　　　　　　　*Le Monde*
Saint Paul (Alberta 또는 *AB) Journal*　　*Times (London)*

17.4.2　주에서 출처를 밝히는 법

기사를 비롯한 일간지의 글은 주에서만 출처를 밝힌다. 참고문헌에 기재해야 할
필요는 없다. 그러나 논증에 매우 중요하거나 자주 인용되는 특정 기사가 있다면
참고문헌에 포함시킬 수도 있다. 잡지기사의 인용출처 표기법(17.3 참조)을 따르

되 쪽 번호는 생략한다. 신문기사는 판마다 다른 쪽에 실리거나 아예 실리지 않기도 하기 때문이다. 최종판final edition이나 중서부판Midwest edition 같은 정보를 첨가하여 어떤 판본을 참고했는지 밝힐 수도 있다. 온라인에서 읽은 기사를 인용할 때는 접속일자와 URL을 포함해야 한다. 상용 데이터베이스에서 참고한 기사를 인용할 때는 URL대신 데이터베이스 이름을 제시해도 좋다. 더 자세한 내용은 15.4.1을 보라.

N: 4. Editorial, *Milwaukee Journal Sentinel*, March 31, 2012.

5. Christopher O. Ward, letter to the editor, *New York Times*, August 28, 2011.

10. Mel Gussow, obituary for Elizabeth Taylor, *New York Times*, March 24, 2011, New York edition.

13. Saif al-Islam Gaddafi, interview by Simon Denyer, *Washington Post*, April 17, 2011, accessed September 3, 2011, http://www.washingtonpost.com/world/ an-interview-with-saif-al-islam-gaddafi-son-of-the-libyan-leader/2011/04/17/AF4RXVwD_story.html.

18. Associated Press, "Ex-IMF Chief Returns Home to France," *USA Today*, September 4, 2011, accessed September 4, 2011, http://www.usatoday.com/ news/nation/story/2011-09-04/Ex-IMF-chief-returns-home-to-France/50254614/1.

22. Richard Simon, "Redistricting Could Cost California Some Clout in Washington," *Los Angeles Times*, August 28, 2011, accessed August 30, 2011, http://www.latimes.com/news/local/la-me-california-congress-20110829,0,1873016.story.

29. Mark Lepage, "Armageddon, Apocalypse, the Rapture: People Have Been Predicting the End since the Beginning," *Gazette* (Montreal), May 21, 2011, accessed December 20, 2012, LexisNexis Academic.

일요판 신문의 "잡지" 부록이나 기타 특별한 부분에 실린 기사는 잡지 기사 인용법을 따른다(17.3을 보라).

17.4.3 본문에서 신문 기사를 인용하는 법

주를 사용해 출처를 밝히는 대신에 주요 정보를 문장 속에서 밝힐 수도 있다. 최소한 신문의 이름과 발간일, 정보가 있다면 기사작성자는 밝혀야 한다. 이런 정보는 괄호를 이용해 밝힐 수도 있지만 그렇다고 16.4.3에 설명된 괄호주 인용방식을 따르는 것은 아니다.

In a *New York Times* article on the brawl in Beijing (August 19, 2011), Andrew Jacobs compares the official responses with those posted to social media networks.

또는

In an article published in the *New York Times* on August 19, 2011, Andrew Jacobs compares the official responses to the brawl in Beijing with those posted to social media networks.

17.5 기타 출판자료

인용출처를 밝힐 때 특별한 주의가 필요한 출판자료가 몇가지 더 있다.

17.5.1 고대와 중세 저술 및 초기 영문학 작품

고대 그리스 로마와 중세 유럽, 르네상스 잉글랜드 시대의 저술은 현대 저술과는 다른 방식으로 출처를 밝힌다. 이러한 자료에는 부분(책, 행, 연 등)별 번호가 있으므로 쪽 번호 대신에 이런 번호로 출처를 밝힌다. 이런 저술들은 수세기 동안 다양한 판본과 번역본으로 만들어졌기 때문에 현대 판본의 출판정보는 다른 자료에서만큼 중요하지 않다.

출판정보가 중요하지 않기 때문에 이런 고대, 중세 및 초기 영어 저술은 각주나 괄호주(16.4.3 참조)에서만 출처를 밝히기도 한다. 저자명과 작품명, 부분 번호(아라비아숫자로)를 밝힌다. 아래 예에서 각기 다른 유형별로 구두점과 약어, 숫자 사용이 어떻게 달라지는지 살펴보라.

The eighty days of inactivity reported by Thucydides (8.44.4) for the Peloponnesian fleet of Rhodes, terminating before the end of winter (8.60.2-3), suggests . . .

N: 3. Ovid, *Amores* 1.7.27.

8. *Beowulf*, lines 2401-7

11. Spenser, *The Faerie Queene*, bk. 2, canto 8, st. 14.

문학 분야처럼 텍스트를 세밀하게 분석하는 분야의 논문이거나 번역의 차이를 주요하게 다루는 논문이라면 관련 정보를 참고문헌목록에 포함시킨다. 17.1.1에 설명된 번역서나 편저의 인용 규칙을 따른다.

N: 35. Propertius, *Elegies*, ed. and trans. G. P. Goold, Loeb Classical Library 18 (Cambridge, MA: Harvard University Press, 1990), 45.

B: Aristotle. *Complete Works of Aristotle: The Revised Oxford Translation*. Edited by J. Barnes. 2 vols. Princeton, NJ: Princeton University Press, 1983.

고전작품. 고전작품을 인용할 때는 위에서 설명한 일반 법칙뿐 아니라 다음 규칙을 따른다.

저자와 작품명, 부분 번호 사이에 구두점을 찍지 않는다. 각 번호는 빈칸 없이 마침표를 찍어 구분하며 아라비아숫자(그리고 필요한 경우에는 소문자)를 사용한다. 같은 자료의 여러 부분을 인용할 때는 쉼표를 사용하여 나열하고, 다른 자료를 인용할 때는 세미콜론을 사용하여 나열한다.

N: 5. Aristophanes *Frogs*, 1019-30.

6. Cicero, *In Verrem*. 2.1.21, 2.3.120; Tacitus, *Germania*. 10.2-3.

10. Aristotle, *Metaphysics* 3.2.996b5-8; Plato, *Republic* 360e-361b.

저자명과 작품명, 선집명을 줄여 쓸 수도 있다. 《옥스퍼드 고전 사전*Oxford Classical Dictionary*》에 가장 널리 쓰이는 약어가 실려 있다. 같은 작품을 계속 인용할 때는

Ibid. 대신에 가능한 한 약자를 사용한다. 아래 첫 예시에서는 저자(투키디데스)가 제목 대신 쓰였으므로 쉼표가 필요하지 않다.

N: 9. Thuc. 2.40.2-3.
      14. Pindar, *Isthm.* 7.43-45.

중세 작품. 영어 이외의 언어로 쓰인 중세 작품은 고전작품을 인용할 때와 똑같이 인용한다.

N: 27. Augustine, *De civitate Dei* 20.2
      31. Abelard, *Epistle 17 to Heloïse* (Migne, *PL* 180.375c-378a).

초기 영문학 작품. 초기 영문학 작품에는 위에서 설명한 일반 원칙 외에도 다음과 같은 규칙을 적용한다.
    시와 연극은 책, 편, 행으로 인용하거나 연과 행, 막과 장, 행 같은 단위로 인용한다.

N: 1. Chaucer, "Wife of Bath's Prologue," *Canterbury Tales*, lines 105-14.
      3. Milton, *Paradise Lost*, book 1, lines 83-86.

번호가 달린 단위를 표기할 때는 막이나 행 같은 단위를 생략하고 고전작품을 이용할 때와 비슷한 형식을 사용할 수 있다(위 참조). 단, 주를 달아 자신이 사용한 인용형식을 반드시 설명하라.

N: 3. Milton, *Paradise Lost*, 1.83-86 (references are to book and line numbers).

판마다 단어 사용과 행 번호, 장 구분이 다르다면(특히 셰익스피어 작품인 경우) 참고문헌에 어떤 판을 참고했는지 구체적으로 밝힌다. 참고문헌목록을 두지 않는 글에서는 처음 인용할 때 주에서 어느 판인지 구체적으로 밝힌다.

B: Shakespeare, William. *Hamlet*. Edited by Ann Thompson and Neil Taylor.
Arden Shakespeare 3. London: Arden Shakespeare, 2006.

17.5.2 성경과 기타 경전

성경과 기타 종교의 경전은 각주나 후주, 괄호주(16.4.3 참조)를 사용해 인용출처를 밝힌다. 참고문헌에 기재할 필요는 없다.

　성경을 인용할 때는 인용 부분의 축약된 권명과 장, 절 번호를 표기하되 쪽 번호는 기재하지 않는다. 권명은 상황에 따라 기존 약어를 사용하거나 더 짧은 약어를 사용한다(24.6 참조). 어떤 형태가 적절한지 확실치 않다면 담당교수에게 문의하라. 권명에 포함된 숫자와 장과 절 번호는 아라비아숫자로 표기하며 장 번호와 절 번호는 콜론으로 구분한다.

기존 약어:

N:　4. 1 Thess. 4:11, 5:2-5, 5:14.

더 짧은 약어:

N:　5. 2Sm 11:1-17, 11:26-27;1 Chr 10:13-14.

성경은 버전마다 권명과 번호가 다르기 때문에 처음 인용할 때 어느 버전을 참고했는지 이름 전체나 공인된 약자를 사용해 밝힌다(24.6.4 참조).

N:　6. 2 Kings 11: 8 (New Revised Standard Version).
　　　7. 1 Cor. 6:1-10 (NAB).

다른 종교의 경전을 인용할 때는 성경 인용의 일반 형식을 적절하게 수정하여 적용한다(24.6.5 참조).

17.5.3 참고도서

주요 사전이나 백과사전처럼 잘 알려진 참고도서는 주에서만 인용출처를 밝히고 참고문헌목록에는 대개 포함시키지 않는다. 그러나 논증에서 중요하거나 자주 인용되는 특정 자료가 있다면 참고문헌에서 밝혀도 좋다. 주에서 이러한 자료의 인용출처를 밝힐 때 출판정보를 생략할 수는 있지만 초판이 아니라면 판차를 밝혀야 한다. 온라인에서 참고한 항목을 인용할 때는 접속일자와 URL이 필요하다(15.4.1 참조). 사전이나 백과사전처럼 중요 용어로 배열된 자료를 인용할 때 알파벳 순서로 배열된 자료라면 s.v(sub verbo: ~라는 단어 아래에, 복수형은 s.vv.)라고 쓴 뒤, 권수나 쪽 번호가 아니라 인용 항목을 밝힌다.

N: 1. *Oxford English Dictionary*, 3rd ed., s.v. "mondegreen," accessed February 1, 2012, http://www.oed.com/view/Entry/251801.

2. *Encyclopaedia Britannica*, s.v. "Sibelius, Jean," accessed April 13, 2011, http://www.britannica.com/EBchecked/topic/542563/Jean-Sibelius.

잘 알려지지 않은 참고도서는 주에서 출판정보를 밝히고 참고문헌에도 기재한다.

N: 4. *MLA Style Manual and Guide to Scholarly Publishing*, 3rd ed. (New York: Modern Language Association of America, 2008), 6.8.2.

B: Aulestia, Gorka. *Basque.English Dictionary*. Reno: University of Nevada Press, 1989.

17.5.4 비평

다양한 정기 간행물에 실린 도서비평이나 공연비평은 보통 주에서 인용출처를 밝히되 참고문헌에는 기재하지 않는다. 논증에서 중요하거나 자주 인용되는 특정 비평이 있다면 참고문헌에 기재할 수도 있다.

비평가 이름을 기재한 후 review of라 쓰고 그 뒤에 비평 작품명과 저자명(또는 작곡가, 감독 등)을 쓴다. 공연이라면 공연 장소와 일자를 덧붙이고 마지막으로 비평이 실린 간행물을 밝힌다. 온라인에서 참고한 자료를 인용할 때는 접속일자와 URL이 필요하다(15.4.1 참조).

N: 7. David Malitz, review of concert performance by Bob Dylan, Merriweather

Post Pavilion, Columbia, MD, *Washington Post*, August 17, 2011, accessed
August 31, 2011, http://www.washingtonpost.com/lifestyle/style/music-review-
bob-dylan-at-merriweather-post-pavilion/2011/08/17/gIQAeb1DMJ_story.html.

    15. A. O. Scott, review of *The Debt*, directed by John Madden, Miramax
Films, *New York Times*, August 31, 2011.

B: Mokyr, Joel. Review of *Natural Experiments of History*, edited by Jared Diamond
    and James A. Robinson. *American Historical Review* 116, no. 3 (June 2011):
    752-55. Accessed December 9, 2011. http://dx.doi.org/10.1086/ahr.116.3.752.

17.5.5 초록

학술지 논문이나 논문을 비롯한 연구물 초록에서 정보를 인용할 수도 있다. 이때
는 초록이 요약하는 연구 정보를 빠짐없이 밝히고 제목 뒤에 abstract라는 단어를
넣는다.

N: 13. Campbell Brown, "Consequentialize This," abstract, *Ethics* 121, no. 4
    (July 2011): 749.

참고문헌목록에는 초록이 아닌 전체 논문이나 연구물을 표기한다.

17.5.6 소책자와 보고서

소책자나 기업보고서, 팸플릿을 비롯한 출판물은 책 인용법을 따라 인용하라. 저
자와 발행인 같은 일반적인 정보가 부족하다면 독자가 자료를 찾을 수 있도록 다
른 정보를 충분히 제공한다. 이런 자료는 대개 주에서만 출처를 밝히고 참고문헌
에는 기재하지 않는다. 하지만 논증에서 중요하거나 자주 인용된다면 기재할 수
도 있다. 온라인에서 참고한 자료를 인용할 때는 접속일자와 URL을 포함해야 한
다(15.4.1 참조).

N: 34. Hazel V. Clark, *Mesopotamia: Between Two Rivers* (Mesopotamia, OH:
    End of the Commons General Store, 1957).

35. *TIAA-CREF Life Funds: 2011 Semiannual Report* (New York: TIAA-CREF Financial Services, 2011), 85-94, accessed October 5, 2011, http://www.tiaa-cref.org/public/prospectuses/lifefunds_semi_ar.pdf.

17.5.7 마이크로폼 자료

마이크로폼 형식으로 참고한 자료는 자료 형태(책, 신문 기사, 논문 등)에 따라 인용 출처를 밝힌다. 출판정보 뒤에 출판형태(마이크로피시, 마이크로필름 등)를 명시한다. 가능하면 주를 이용해 인용한 자료를 찾을 수 있는 구체적 정보를 제공한다. 아래의 첫 번째 예에서 마이크로피시 본문의 쪽수는 약어 p.를 붙여 확실히 표시했다. 다른 숫자는 피시와 프레임을, 문자는 줄을 나타낸다.

N: 5. Beatrice Farwell, *French Popular Lithographic Imagery*, vol. 12, *Lithography in Art and Commerce* (Chicago: University of Chicago Press, 1995), text-fiche, p. 67, 3C12.

B: Tauber, Abraham. "Spelling Reform in the United States." Ann Arbor, MI: University Microfilms, 1958. Microfilm.

17.5.8 시디롬 또는 디비디롬

시디롬이나 디비디롬으로 출판된 자료는 유사한 종이자료, 특히 책 인용법을 따른다.

N: 11. *Complete National Geographic: Every Issue since 1888 of "National Geographic" Magazine*, DVD-ROM (Washington, DC: National Geographic, 2010), disc 2.

B: *Oxford English Dictionary*. 2nd ed. CD-ROM, version 4.0. New York: Oxford University Press, 2009.

17.5.9 온라인 컬렉션

특정 영역만을 다루거나 비슷한 자료를 모은 페르세우스Perseus 같은 웹사이트의 이름은 인용출처를 밝힐 때 언급해야 할 만큼 중요할 수 있다. 이런 웹사이트에 저장된 자료는 실제 보존 기록물 컬렉션과 유사하게 취급된다(17.6.4 참조). 출판 정보뿐 아니라 컬렉션 이름과 접속일자, URL도 밝혀야 한다(15.4.1.3 참조).

N: 1. Pliny the Elder, *The Natural History*, ed. John Bostock and H. T. Riley (1855), in the Perseus Digital Library, accessed May 15, 2011, http://www. perseus. tufts.edu/hopper/text?doc=:text:1999.02.0137.

한 컬렉션에서 여러 자료를 인용한 경우, 참고문헌목록에는 전체 컬렉션을 표기한다(이 경우 접속일은 불필요).

B: Perseus Digital Library. Edited by Gregory R. Crane. http://www.perseus. tufts.edu/.

17.6 미출간 자료

미출간 자료는 출판자료보다 독자가 찾아보기 힘들다. 이런 자료는 한 곳에서만 구할 수 있는 데다가 공식적인 출판정보가 없기 때문이다. 이러한 자료를 인용할 때는 독자에게 도움을 줄 만한 '모든' 정보를 알린다.

미출간 자료의 제목은 이탤릭체가 아니라 로마체로 표기하고 인용부호로 묶는다. 이렇게 양식을 달리해야 유사한 출판자료와 구분할 수 있다. 영어 제목은 헤드라인스타일을 따라 대소문자를 사용한다.

17.6.1 석·박사논문

석사논문과 박사논문은 제목을 로마체로 쓰고 인용부호로 묶는다는 점만 빼면 책을 인용할 때와 비슷하다. 저자와 제목 뒤에 논문 종류와 학술기관, 발표일을 나열한다. 책의 출판일처럼 논문 발표일도 주에서는 괄호로 묶되 참고문헌목록에서는 묶지 않는다. 박사논문dissertation은 diss.로 줄여 쓴다. 미출간unpublished라는 단어는 쓸 필요가 없다. 온라인에서 논문을 참고했다면 접속일과 URL을 밝힌다. 자료에 추천 URL이 있다면 컴퓨터 화면 브라우저의 주소창에 있는 URL말고 추천 URL을 쓴다. 상용 데이터베이스에서 자료를 참고했다면 URL 대신 데이터베이스 이름을 쓴다. 더 자세한 안내는 15.4.1을 보라.

N: 1. Karen Leigh Culcasi, "Cartographic Representations of Kurdistan in the Print Media" (master's thesis, Syracuse University, 2003), 15.

     3. Dana S. Levin, "Let's Talk about Sex . . . Education: Exploring Youth Perspectives, Implicit Messages, and Unexamined Implications of Sex Education in Schools" (PhD diss., University of Michigan, 2010), 101-2, accessed March 13, 2012, http://hdl.handle.net/2027.42/75809.

     4. Afrah Daaimah Richmond, "Unmasking the Boston Brahmin: Race and Liberalism in the Long Struggle for Reform at Harvard and Radcliffe, 1945-1990" (PhD diss., New York University, 2011), 211-12, accessed September 25, 2011, ProQuest Dissertations & Theses.

B: Levin, Dana S. "Let's Talk about Sex . . . Education: Exploring Youth Perspectives, Implicit Messages, and Unexamined Implications of Sex Education in Schools." PhD diss., University of Michigan, 2010. Accessed March 13, 2012. http://hdl.handle.net/2027.42/75809.

17.6.2   학회에서 발표한 강의와 소논문

강의나 소논문의 저자와 제목 뒤에 후원기관과 위치를 쓰고 발표한 학회 일자를 쓴다. 이런 정보는 주에서는 괄호로 묶되 참고문헌에서는 묶지 않는다. 미출간이라고 밝힐 필요는 없다. 온라인으로 강의록이나 논문을 참고했다면 접속일과 URL을 인용출처에 포함시킨다(15.4.1.3 참조). 온라인으로 발표를 보거나 들었다면 다음 예시를 17.8.3의 조언에 따라 고쳐 쓴다.

N: 2. Gregory R. Crane, "Contextualizing Early Modern Religion in a Digital World" (lecture, Newberry Library, Chicago, September 16, 2011).

     7. Irineu de Carvalho Filho and Renato P. Colistete, "Education

Performance: Was It All Determined 100 Years Ago? Evidence from São Paulo, Brazil" (paper presented at the 70th annual meeting of the Economic History Association, Evanston, IL, September 24-26, 2010), 6-7, accessed January 22, 2012, http://mpra.ub.uni-muenchen.de/24494/1/MPRA_paper_24494.pdf.

B: Pateman, Carole. "Participatory Democracy Revisited." Presidential address, annual meeting of the American Political Science Association, Seattle, September 1, 2011.

17.6.3 면담과 개인적 통신문

자신이 진행한 면담을 비롯하여 미출간 면담자료는 주에서만 출처를 밝히는 것이 관례다. 참고문헌에 기재할 필요는 없지만 특정 면담이 논증에 있어서 아주 중요하거나 자주 인용된다면 밝혀도 좋다. 먼저 피면담자와 면담 진행자를 밝힌 뒤 면담 장소와 일자(알 수 있다면)를 기재하고, 기록테이프나 기록문서(있다면)가 보관된 장소를 알린다. 이런 자료의 약식주는 일반 형식과 다르다는 점에 유의하라. 출판된 인터뷰는 16.4.1을 참고(방송 인터뷰는 17.8.3을 참고).

N: 7. David Shields, interview by author, Seattle, February 15, 2011.

14. Benjamin Spock, interview by Milton J. E. Senn, November 20, 1974, interview 67A, transcript, Senn Oral History Collection, National Library of Medicine, Bethesda, MD.

17. Macmillan, interview; Spock, interview.(약식주)

피면담자의 이름을 밝힐 수 없는 경우에는 그 이유를 밝히고(예: All interviews were confidential; the name of interviewees are withheld by mutual agreement. 모든 면담은 비밀리에 진행되었으며 피면담자의 이름을 알리지 않기로 합의하였습니다) 상황에 맞게 다른 정보를 활용해 출처를 알린다.

N: 10. Interview with a health care worker, March 23, 2010.

대화와 편지, 이메일 같은 자료는 주에서만 출처를 밝힌다. 하지만 논증에 있어서 중요하거나 자주 인용된다면 기재할 수 있다. 이런 자료에서 중요한 정보는 상대의 이름과 형태, 교신 일자다. 많은 경우에 괄호주(16.4.3)를 이용하거나 본문 속에서 정보를 밝힐 수 있다. 이메일 주소는 생략한다. 소셜네트워크 서비스의 게시물을 인용할 때는 17.7.3을, 토의그룹과 메일링리스트를 인용할 때는 17.7.4를 보라.

N: 2. Maxine Greene, e-mail message to author, April 23, 2012.

(본문에서 출처를 밝힐 때)

In a telephone conversation with the author on January 1, 2012, Mayan studies expert Melissa Ramirez confided that . . .

17.6.4   보존 기록물 컬렉션Manuscript Collections

보존 기록물 컬렉션의 문서에는 출판자료보다 복잡하고 다양한 요소가 많다. 인용출처를 밝힐 때는 가능한 많은 정보를 포함시키고 일관된 형식에 따라 정보를 표기한다. 필요하다면 이곳에 개괄된 형식을 수정하여 사용한다.

기재 정보와 순서. 가능하면 각 자료의 저자와 작성일자, 문서명과 형태, 컬렉션명과 보관 기관명을 밝힌다. 주에서는 저자의 이름을 가장 먼저 쓴다. 제목만 있고 저자가 없는 문서이거나 제목이 저자보다 중요한 문서라면 제목을 먼저 쓴다.

N: 5. George Creel to Colonel House, September 25, 1918, Edward M. House Papers, Yale University Library, New Haven, CT.

   23. James Oglethorpe to the Trustees, January 13, 1733, Phillipps Collection of Egmont Manuscripts, 14200:13, University of Georgia Library, Athens (hereafter cited as Egmont MSS).

   24. Burton to Merriam, telegram, January 26, 1923, Charles E. Merriam Papers, University of Chicago Library.

   31. Minutes of the Committee for Improving the Condition of Free Blacks,

Pennsylvania Abolition Society, 1790-1803, Papers of the Pennsylvania Society for the Abolition of Slavery, Historical Society of Pennsylvania, Philadelphia (hereafter cited as Minutes, Pennsylvania Society).

44. Memorandum by Alvin Johnson, 1937, file 36, Horace Kallen Papers, YIVO Institute, New York.

45. Joseph Purcell, "A Map of the Southern Indian District of North America" [ca.1772], MS 228, Ayer Collection, Newberry Library, Chicago.

약식주를 사용하려면 보편적인 약식주 형식(16.4.1)을 변형해 가능한 한 정보를 충분히 제시하여 출처를 명확하게 밝힌다.

N: 46. R. S. Baker to House, November 1, 1919, House Papers.

47. Minutes, April 15, 1795, Pennsylvania Society.

논증에서 중요하고 자주 인용되는 문서인데 보존 기록물 컬렉션에서 그 문서 하나만 인용한다면 참고문헌에 문서정보를 기재할 수도 있다. 참고문헌에서는 저자명을 가장 먼저 쓴다. 제목은 있는데 저자가 없거나 저자가 제목보다 더 중요하다면 제목을 먼저 쓴다.

B: Dinkel, Joseph. Description of Louis Agassiz written at the request of Elizabeth Cary Agassiz. Agassiz Papers. Houghton Library, Harvard University, Cambridge, MA.

보존 기록물 컬렉션 한 곳에서 여러 문서를 인용할 때는 컬렉션 전체를 참고문헌에 기재한다. 컬렉션명을 먼저 쓰고 뒤에 저자(들)명이나 보관 기관명을 기재한다. 보관 기관이 없는 미출간 자료는 컬렉션 정보 대신 in the author's possession(필자 소유)이나 Private collection(개인 소유)이라 쓰고 위치는 언급하지 않는다.

B: Egmont Manuscripts. Phillipps Collection. University of Georgia Library, Athens.

House, Edward M., Papers. Yale University Library, New Haven, CT.

Pennsylvania Society for the Abolition of Slavery. Papers. Historical Society of Pennsylvania, Philadelphia.

Strother, French, and Edward Lowry. Undated correspondence. Herbert Hoover Presidential Library, West Branch, IA.

Women's Organization for National Prohibition Reform Papers. Alice Belin du Pont files, Pierre S. du Pont Papers. Eleutherian Mills Historical Library, Wilmington, DE.

추가 표기 형식. 보존 기록물 컬렉션의 정보를 표기할 때 참고할 만한 몇 가지 형식을 아래에서 다루겠다.

■ 구체적 제목 vs. 일반적 제목: 문서의 상세 제목에는 인용부호를 사용하되 '보고서 report'나 '비망록minutes' 같은 일반 제목에는 인용부호를 사용하지 않는다. 이런 일반적 단어가 문서의 공식 제목에 있다면 대문자로 표기하지만, 문서의 유형을 설명하기 위해 쓰인다면 대문자를 사용하지 않는다.

■ 위치정보: 주에 기재할 만한 쪽수가 표시된 보존 기록물도 있지만, 쪽수 대신 다른 위치정보를 사용하거나 아예 사용하지 않는 문서도 많다. 오래된 필사본에는 쪽수보다는 접지 번호나 폴리오 번호(fol., fols)가 있는 경우가 보통이다. 보존 기록물 컬렉션에는 자료를 찾을 때 사용할 만한 시리즈나 파일 번호가 있는 경우도 있다.

■ Papers와 Manuscript: 문서명에 자주 등장하는 Papers와 Manuscripts는 같은 뜻이다. 둘 다 사용할 수 있으며 축약 형태는 MS와 MSS(복수형)로 표기한다.

■ 편지: 편지의 출처를 주에서 밝히려면 발신인명을 먼저 밝힌 후 to라고 쓰고 수신인명을 밝힌다. 문맥상 발신자와 수신자를 확실히 알 수 있다면 이름을 빼고 성만 써도 된다. 편지인 경우에는 편지letter라고 쓸 필요가 없지만 다른 형태의 통신문(전보telegram, 사내통신memorandum)은 그 형태를 명시한다. 서한집으로 출판된 편지는 17.1.9를 보라.

웹사이트, 블로그, 소셜네크워크, 토의그룹

웹사이트와 블로그, 소셜 네크워크 같은 곳에 게시되거나 공유된 자료는 일반적인 출판정보에서 하나 이상(저자나 제목, 발행인, 발행일)이 없을 수 있다. 접속일과 URL(15.4.1.3을 보라)말고도 URL이 바뀌거나 폐기되더라도 자료를 확인하고 (가능하다면) 찾을 수 있을 만한 정보를 충분히 표시해야 한다.

17.7.1 웹사이트

온라인 도서나 잡지, 학술지가 아닌 인터넷 자료의 출처를 밝힐 때는 가능한 한 많은 정보를 포함시킨다: 저자, 인용 페이지 제목(로마체로 표기하고 인용부호로 묶는다), 사이트명과 주인(대개 로마체로), URL, 접속일자.

대개 웹사이트 내용의 인용출처는 주에서만 밝힌다. 특정 자료가 논증에 무척 중요하거나 자주 인용될 때만 참고문헌목록에 포함시킨다.

N: 8. Susannah Brooks, "Longtime Library Director Reflects on a Career at the Crossroads," University of Wisconsin.Madison News, September 1, 2011, accessed May 14, 2012, http://www.news.wisc.edu/19704.

15. "Privacy Policy," Google Privacy Center, last modified October 3, 2010, accessed March 3, 2011, http://www.google.com/intl/en/privacypolicy.html.

18. "Toy Safety," McDonald's Canada, accessed November 30, 2011, http://www.mcdonalds.ca/en/community/toysafety.aspx.

23. "Wikipedia Manual of Style," *Wikipedia*, last modified September 2, 2011, accessed September 3, 2011, http://en.wikipedia.org/wiki/Wikipedia: Manual_of_Style.

참고문헌목록에 포함시킬 때 저자가 없다면 웹사이트 제목이나 웹사이트 주인이나 후원자 이름 다음 자료를 제시한다.

B: Google. "Privacy Policy." Google Privacy Center. Last modified October 3, 2010. Accessed March 3, 2011. http://www.google.com/intl/en/privacypolicy.html.

17.7.2 블로그 게시물과 댓글

블로그 게시물은 신문 기사와 무척 비슷한 방식으로 인용한다(17.4 참조). 알아낼 수 있는 대로 게시물 저자와 제목(인용부호로 묶는다), 블로그 이름(이탤릭체로), 게시 일자 같은 정보를 포함한다. 접속일과 URL(15.4.1.3 참조)도 표시한다. 블로거 이름이 가명일지라도 블로그에 표시된 대로 정확히 옮긴다. 블로거의 실명을 쉽게 알아낼 수 있다면 각괄호로 표시한다. 블로그 이름으로 블로그임을 분명히 알 수 없을 때는 '블로그'라고 괄호에 써서 알려줄 수 있다. 블로그가 더 큰 웹사이트의 일부라면 블로그 제목 뒤에 사이트 이름을 밝힌다. 블로그 게시물의 인용출처는 대개 주에서만 밝힐 수 있다. 논증에 중요하거나 자주 인용되는 자료만 참고문헌 목록에 개별 항목으로 포함시킨다.

N: 5. Gary Becker, "Is Capitalism in Crisis?," *The Becker-Posner Blog*, February 12, 2012, accessed February 16, 2012, http://www.becker-posner-blog.com/2012/02/is-capitalism-in-crisis-becker.html.

   7. The Subversive Copy Editor [Carol Fisher Saller], "Still Learning: Fun Language Words," *The Subversive Copy Editor Blog*, February 16, 2011, accessed February 28, 2011, http://www.subversivecopyeditor.com/blog/2011/02/still-learningfun-language-words.html.

   8. Dick Cavett, "Flying? Increasingly for the Birds," *Opinionator* (blog), *New York Times*, August 19, 2011, accessed October 14, 2011, http://www.blogs.nytimes.com/2011/08/19/flying-increasingly-for-the-birds/.

   12. John McWhorter and Joshua Knobe, "Black Martian Linguists," *Bloggingheads.tv* (video blog), August 26, 2011, accessed November 7, 2011, http://bloggingheads.tv/diavlogs/38530?in=:00&out=:03.

B: Becker, Gary. "Is Capitalism in Crisis?" *The Becker-Posner Blog*, February 12, 2012. Accessed February 16, 2012. http://www.becker-posner-blog.com/2012/02/ is-capitalism-in-crisis-becker.html.

블로그 필자가 아닌 다른 사람이 게시한 댓글을 인용할 때는 블로그 게시물을 인용하는 기본 형식을 따른다. 그러나 우선 댓글 작성자와 댓글 작성 일자와 시간을 밝힌다. 댓글 작성자의 이름이 분명 가명이라 해도 블로그에 게시된 대로 쓴다. 주에서 이미 인용출처를 밝힌 블로그 게시물에 대한 댓글은 약식주를 사용한다(16.4.1 참조).

N: 9. Roman Gil, comment, September 4, 2011 (2:14 p.m. ET), on "Second Thoughts about the Debt Debacle," *Daniel W. Drezner* (blog), *Foreign Policy*, September 1, 2011, accessed December 2, 2011, http://www.foreignpolicy.com/ posts/2011/09/01/second_thoughts_about_the_debt_debacle.

11. Mr. Feel Good, comment, February 14, 2012 (1:37 a.m.), on Becker, "Is Capitalism in Crisis?"

17.7.3 소셜네트워크 서비스

소셜 네크워크 서비스에 게시된 정보는 주에서만 인용출처를 밝힌다. 게시자(알수 있으며 본문에서 언급하지 않았다면)를 밝히고 소셜 네크워크 서비스의 이름과 게시일자와 시간을 쓴다. 접속일과 URL로 인용출처를 끝맺는다(15.4.1의 URL과 접속일자 항목 참조).

N: 11. Sarah Palin, Twitter post, August 25, 2011 (10:23 p.m.), accessed September 4, 2011, http://twitter.com/sarahpalinusa.

12. Obama for America, post to Barack Obama's Facebook page, September 4, 2011(6:53 a.m.), accessed September 22, 2011, https://www.facebook.com/ barackobama.

13. Comment on Sarah Palin's Facebook page, April 1, 2011 (3:21 p.m.), accessed December 8, 2011, https://www.facebook.com/sarahpalin.

신문 기사를 인용할 때처럼(17.4.3 참조) 인용출처를 주에서 밝히지 않고 본문에 넣는 방법을 선택할 수 있다. 그러나 독자들이 어떤 자료인지 알 수 있을 만큼 충분한 정보를 제시해야 한다.

In a message posted to her Twitter site on August 25. 2011(at 10:23 p.m.),
Sarah Palin(@SarahPalinUSA) noted that . . .

17.7.4 인터넷 토의그룹과 메일링리스트

인터넷 토의그룹이나 메일링리스트의 자료를 인용할 때는 필자 이름, 토의 제목
이나 이메일 서신의 제목란(인용부호로), 토의그룹이나 메일링리스트 이름, 메시지
나 게시물의 게시 일자와 시간을 포함한다. 이메일 주소는 생략한다. 필자 이름
이 가명이 분명할지라도 게시물에 나온 대로 쓴다. 자료가 온라인에 저장돼 있다
면 접속일과 URL도 표시한다. 개인 통신문처럼(17.6.3 참조) 이런 자료는 주에서
만 인용출처를 밝힌다.

N: 17. Dodger Fan, post to "The Atomic Bombing of Japan," September 1,
2011 (12:57:58 p.m.PDT), History forum, Amazon.com, accessed September
30, 2011, http://www.amazon.com/forum/history/.
     18. Sharon Naylor, "Removing a Thesis," e-mail to Educ. & Behavior
Science ALA Discussion List, August 23, 2011 (1:47:54 p.m. ET), accessed
January 31, 2012, http://listserv.uncc.edu/archives/ebss-l.html.

신문 기사를 인용할 때처럼(17.4.3 참조) 인용출처를 주에서 밝히지 않고 본문에 넣
는 방법을 선택할 수 있다. 그러나 독자들이 어떤 자료인지 알 수 있을 만큼 충분
한 정보를 제시해야 한다.

Sharon Naylor, in her e-mail of August 23, 2011, to the Educ. & Behavior
Science ALA Discussion List (http://listserv.uncc.edu/archives/ebss-l.html),
pointed out that . . .

17.8 시각 · 공연예술 자료

시각 및 공연예술에도 다양한 자료가 있다. 시각 이미지와 실황공연을 포함하여

방송, 다양한 매체의 녹화물과 텍스트가 있다. 이런 자료에는 보편적인 출판정보가 없기 때문에 인용출처를 밝히기가 어렵다. 따라서 가능한 한 많은 정보를 밝히되 일관된 형식에 따라 정보를 표기한다. 필요하다면 이곳에서 개괄한 일반 형식을 알맞게 바꿔 사용한다.

시각 및 공연예술 자료는 대부분 주에서 출처를 밝히거나 본문 속에서 핵심 정보를 제시하는 것이 좋다. 특별한 언급이 없는 한 이런 자료는 일반적으로 참고문헌목록에 기재하지 않는다. 논증에 필수적이거나 자주 인용되는 자료는 기재하기도 한다. 예술이나 언론학 같은 분야의 논문을 쓴다면 담당교수와 상의하라.

17.8.1 시각자료

회화, 조각, 사진. 회화와 조각, 사진, 스케치를 비롯한 기타 미술 작품은 주에서만 출처를 밝힌다. 작가명과 작품명(이탤릭체로), 제작일(어림짐작한 경우에는 ca. (circa)를 앞에 쓴다), 작품 보관기관(있다면)과 장소를 밝힌다. 필요하다면 매체도 표시할 수 있다. 온라인에서 참고한 이미지는 접속일과 URL을 포함시킨다.

N: 7. Georgia O'Keeffe, *The Cliff Chimneys*, 1938, Milwaukee Art Museum.

11. Michelangelo, *David*, 1501-4, Galleria dell'Accademia, Florence.

24. Ansel Adams, *North Dome, Basket Dome, Mount Hoffman, Yosemite*, ca. 1935, Smithsonian American Art Museum, Washington, DC.

29. Erich Buchholz, *Untitled*, 1920, gouache on paper, Museum of Modern Art, New York, accessed December 4, 2011, http://www.moma.org/collection/browse_results.php?object_id=38187

주를 이용하는 대신 본문에서 정보를 밝히거나 괄호를 이용할 수도 있다. 그렇다고 16.4.3에 설명된 괄호주의 형태를 따르지는 않는다.

O'Keeffe first demonstrated this technique in *The Cliff Chimneys* (1938; Milwaukee Art Museum).

출판자료에 실린 예술작품을 참고했고 해당 학과나 대학의 지침이 이런 자료의 출처를 밝히도록 한다면 보관 기관명과 장소 대신에 출판정보를 밝힌다.

N: 7. Georgia O'Keeffe, *The Cliff Chimneys*, 1938, in Barbara Buhler Lynes, Lesley Poling-Kempes. and Frederick W. Turner, *Georgia O'Keeffe and New Mexico: A Sense of Place* (Princeton: Princeton University Press, 2004), 25.

기타 시각자료. 인쇄 광고나 지도, 만화 같은 시각자료를 인용해야 할 때도 있다. 이런 자료는 주에서만 출처를 밝히되 미술작품 인용의 기본 형식을 상황에 맞게 수정하면서 가능한 한 많은 정보를 제공한다. 제목은 로마체로 표기하고 인용부호로 묶는다. 제목으로 이미지의 종류를 명확히 알 수 없다면 종류를 괄호로 밝힌다. 인터넷에서 참고한 자료는 접속일과 URL을 밝힌다.

N: 12. Toyota, "We See beyond Cars" (advertisement), *Architectural Digest*, January 2010, 57.

15. "Republic of Letters: 1700-1750" (interactive map), Mapping the Republic of Letters, accessed February 28, 2012, https://republicofletters.stanford.edu/.

18. "Divide by Zero" (Internet meme), Yo Dawg Pics, accessed December 2, 2012, http://yodawgpics.com/yo-dawg-pictures/divide-by-zero.

17.8.2 실황공연

실황연극, 음악, 무용 공연은 주에서만 출처를 밝힌다. 공연작품의 제목과 작자, 주요 공연자의 성명과 역할, 공연 장소와 위치, 일자를 기재한다. 연극과 긴 음악 작품의 제목은 이탤릭체로 표기하되 짧은 작품은 로마체로 표기하고 인용부호로 묶는다. 인용문에서 한 개인의 공연을 중점적으로 다룬다면 공연자명을 작품의 제목 앞에 둔다.

N: 14. *Spider-Man: Turn Off the Dark*, by Glen Berger and Julie Taymor, music and lyrics by Bono and The Edge, directed by Julie Taymor, Foxwoods Theater,

New York, September 10, 2011.

16. Simone Dinnerstein, pianist, Intermezzo in A, op. 118, no. 2, by Johannes Brahms, Portland Center for the Performing Arts, Portland, OR, January 15, 2012.

주를 사용하지 않고 본문 속에서 공연정보를 밝힐 수도 있다. 괄호주의 형식 (16.4.3)을 따르지 않더라도 괄호를 사용하여 공연정보를 표기할 수도 있다.

Simone Dinnerstein's performance of Brahms's Intermezzo in A, op. 118, no. 2 (January 15, 2012, at Portland Center for the Performing Arts), was anything but intermediate . . .

실황공연 녹화와 방송을 인용할 때는 매체 정보를 덧붙인다. 유사한 형태의 예시 는 17.8.3 - 5를 보라.

N: 17. Artur Rubinstein, pianist, "Spinning Song," by Felix Mendelssohn, Ambassador College, Pasadena, CA, January 15, 1975, on *The Last Recital for Israel*, BMG Classics, 1992, VHS.

17.8.3 영화, 텔레비전, 라디오 등

영화와 텔레비전 프로그램, 라디오 프로그램 등을 인용하는 방식은 자료의 형태에 따라 다양하다. 최소한 작품 제목과 개봉일자나 방송일자, 또는 다른 방식으로 발표된 일자, 그리고 스튜디오를 비롯해 작품 제작, 배급, 방송을 맡은 단체를 밝힌다. 비디오로 보거나 녹음된 것을 들었다면 매체 정보도 표시한다. 온라인에서 자료를 참고했다면 접속일과 URL도 표시한다(15.4.1.3 참조).

영화. 주에서는 영화 제목을 쓰고(이텔릭체로) 뒤에 감독 이름과 영화 제작사나 배급사, 개봉연도를 쓴다. 논의와 관련 있다면 작가와 배우, 제작자 등에 대한 정보를 포함할 수도 있다. 극장에서 영화를 보지 않았다면 매체 정보도 표시한다.

N: 12. *Crumb*, directed by Terry Zwigoff (Superior Pictures, 1994), DVD (Sony Pictures, 2006).

14. *Fast Times at Ridgemont High*, directed by Amy Heckerling, screenplay by Cameron Crowe, featuring Jennifer Jason Leigh and Sean Penn (Universal Pictures, 1982), DVD (2002).

15. *High Art*, directed by Lisa Cholodenko (October Films, 1998), accessed September 6, 2011, http://movies.netflix.com/.

18. A. E. Weed, At the Foot of the Flatiron (American Mutoscope and Biograph, 1903), 35mm film, from Library of Congress, The Life of a City: Early Films of New York, 1898. 1906, MPEG video, 2:19, accessed February 4, 2011, http://www.loc.gov/ammem/papr/nychome.html.

참고문헌목록에서는 영화감독 이름(dir. 다음에 쓴다)이나 제목 다음에 영화 정보를 기재한다.

B: *Crumb*. Directed by Terry Zwigoff. Superior Pictures, 1994. DVD. Sony Pictures, 2006.

또는

Zwigoff, Terry, dir. *Crumb*. Superior Pictures, 1994. DVD. Sony Pictures, 2006.

영화에 포함된 첨부 자료에 대한 정보는 본문에서 밝히는 것이 좋다.

In their audio commentary, produced twenty years after the release of their film, Herckerling and Crowe agree that . . .

텔레비전과 라디오 프로그램. 텔레비전이나 라디오 프로그램을 인용할 때는 최소한 프로그램 제목, 에피소드 제목이나 편명, 처음 방송되거나 발표된 일자, 제작하거나 방송한 단체를 밝힌다. 에피소드 번호와 에피소드나 편의 감독이나 작자의 이름, (논의와 관련 있다면) 주요 배우의 이름도 밝힐 수 있다. 프로그램 제목은 이탤릭체로 쓰되 에피소드나 편의 제목은 로마체로 쓰고 인용부호로 묶는다. 원래 방송 매체가 아니라 다른 형태로 녹화된 자료로 보고 들었다면 매체 정보도 포함시킨다.

N: 2. "Bumps on the Road Back to Work," Tamara Keith, *All Things Considered*, aired September 5, 2011, on NPR.

16. *Mad Men*, season 1, episode 12, "Nixon vs. Kennedy," directed by Alan Taylor, aired October 11, 2007, on AMC, DVD (Lions Gate Television, 2007), disc 4.

19. *30 Rock*, season 5, episode 22, "Everything Funny All the Time Always," directed by John Riggi, featuring Tina Fey, Tracy Morgan, Jane Krakowski, Jack McBrayer, Scott Adsit, Judah Friedlander, and Alec Baldwin, aired April 28, 2011, on NBC, accessed March 21, 2012, http://www.hulu.com/30-rock/.

텔레비전이나 라디오 프로그램을 인용할 때는 종종 주 대신에 본문에 주요 요소를 포함시키기도 한다. 특히 주요 요소 외의 추가 정보를 얻기 힘들거나 밝히기에 부적절할 때는 본문에서 주요 정보를 밝히면 좋다.

Mad Men uses history and flashback in "Nixon vs. Kennedy"(AMC, October 11, 2007), with a combination of archival television footage and . . .

라디오와 텔레비전 프로그램을 참고문헌목록에 실을 때는 대개 프로그램이나 시리즈 제목으로 기재한다.

B: *Mad Men*. Season 1, episode 12, "Nixon vs. Kennedy." Directed by Alan Taylor. Aired October 11, 2007, on AMC. DVD. Lions Gate Television, 2007, disc 4.

인터뷰. 텔레비전과 라디오 등에서 방송된 인터뷰는 인터뷰되는 사람을 저자로 취급하고 인터뷰하는 사람을 인용출처에서 밝힌다. 또한 인터뷰가 실린 프로그램과 출판물 정보, 인터뷰 일자(또는 출판이나 방송일자)를 표시한다. 인터뷰는 주로 주에서만 인용출처를 밝힌다. 논문에 중요하거나 자주 인용될 때만 참고문헌에 기재한다. 미발표 인터뷰를 인용하는 방법은 17.6.3을 보라.

N: 10. Condoleezza Rice, interview by Jim Lehrer, *PBS NewsHour*, July 28, 2005, accessed July 7, 2012, http://www.pbs.org/newshour/bb/politics/jan-june05/rice_3-4.html.

   12. Laura Poitras, interview by Lorne Manly, "The 9/11 Decade: A Cultural View" (video), New York Times, September 2, 2011, accessed March 11, 2012, http://www.nytimes.com/interactive/2011/09/02/us/sept-11-reckoning/artists.html.

광고. 텔레비전과 라디오 등에 실린 광고를 인용할 때는 출처를 주에서만 밝히거나 본문에 포함시킨다.

N: 18. Doritos, "Healing Chips," advertisement aired on Fox Sports, February 6, 2011, 30 seconds.

텔레비전 프로그램을 인용할 때처럼 특히 몇몇 또는 모든 부가 정보를 구할 수 없거나 밝히기에 적절히 않다면 본문에서 주요 정보만 밝힌다.

The Doritos ad "Healing Chips," which aired during Super Bowl XLV(Fox sports, February 6, 2011) . . .

비디오와 팟캐스트. 비디오나 팟캐스트를 인용할 때는 최소한 항목 이름과 설명을 기재하고 접속일과 URL(15.4.1.3 참조)을 덧붙인다. 위에서 제시한 영화와 텔레비전, 라디오 인용 사례를 본보기로 삼고 부가 정보를 덧붙인다. 제작자 이름이 가명이 분명하더라도 표시된 대로 정확히 기재한다. 제작자의 실명을 쉽게 알 수 있다면 실명을 각괄호로 덧붙인다.

N: 13. Adele, "Someone like You" (music video), directed by Jake Nava, posted October 1, 2011, accessed February 28, 2012, http://www.mtv.com/videos/adele/ 693356/someone-like-you.jhtml.

18. Fred Donner, "How Islam Began" (video of lecture, Alumni Weekend 2011, University of Chicago, June 3, 2011), accessed January 5, 2012, http://www.youtube.com/watch?v=5RFK5u5lkhA.

40. Michael Shear, host, "The Spat over President Obama's Upcoming Jobs Speech," The Caucus (MP3 podcast), *New York Times*, September 1, 2011, accessed September 6, 2011, http://www.nytimes.com/pages/podcasts/.

4. Luminosity, "Womens Work_SPN" (video), March 5, 2009, accessed April 22, 2011, http://www.viddler.com/v/1f6d7f1f.

비디오와 팟캐스트는 주로 주에서만 인용출처를 밝히거나 신문 기사처럼 본문에서 밝힐 수 있다(17.4.3 참조). 그러나 자료가 논증에 무척 중요하거나 자주 인용된다면 참고문헌목록에 기재할 수 있다.

B: Adele. "Someone like You" (music video). Directed by Jake Nava. Posted October 1, 2011. Accessed February 28, 2012. http://www.mtv.com/videos/adele/ 693356/someone-like-you.jhtml.

17.8.4 녹음자료

녹음자료를 인용할 때는 비슷한 녹음자료와 구분할 수 있도록 녹음일자와 녹음회사 명칭, 레코드 식별 번호, 저작권일자(녹음연도와 다르다면), 매체를 비롯해 되도록 많은 정보를 표시한다. 앨범 제목은 이탤릭체로 표시한다. 개별 곡들은 인용부호로 표시하되 교향곡이나 소나타처럼 장르가 언급된 음악작품 제목은 예외로 한다. 콤팩트디스크compact discs는 CD로 줄여 쓴다. 온라인에서 참고한 녹음자료는 접속일과 URL도 표시한다.

N: 11. Billie Holiday, "I'm a Fool to Want You," by Joel Herron, Frank Sinatra, and Jack Wolf, recorded February 20, 1958, with Ray Ellis, on Lady in Satin, Columbia CL 1157, 33⅓ rpm.

14. Ludwig van Beethoven, Piano Sonata no. 29 ("Hammerklavier"), Rudolf Serkin, recorded December 8-10, 1969, and December 14-15, 1970, Sony Classics, 2005, MP3.

19. Richard Strauss, Don Quixote, with Emanuel Feuermann (violoncello) and the Philadelphia Orchestra, conducted by Eugene Ormandy, recorded February 24, 1940, Biddulph LAB 042, 1991, CD.

22. Pink Floyd, "Atom Heart Mother," recorded April 29, 1970, Fillmore West, San Francisco, streaming audio, accessed July 7, 2011, http://www.wolfgangsvault.com/pinkfloyd/concerts/fillmore-west-april-29-1970.html.

참고문헌목록에서는 작곡가나 연주자 이름 다음에 녹음 자료를 기재한다. 작곡가나 연주자 중 누구를 내세우느냐는 논문 맥락에서 누가 중요한가에 따라 결정한다.

B: Rubinstein, Artur. The Chopin Collection. Recorded 1946, 1958-67. RCA Victor/ BMG 60822-2-RG, 1991. 11 CDs.

Shostakovich, Dmitri. Symphony no. 5/Symphony no. 9. Conducted by Leonard Bernstein. Recorded with the New York Philharmonic, October 20, 1959 (no. 5), and October 19, 1965 (no. 9). Sony SMK 61841, 1999. CD.

연극, 산문, 시 낭송, 강의 같은 녹음자료도 음악 녹음자료와 같은 형식으로 다룬다.

N: 6. Dylan Thomas, Under Milk Wood, performed by Dylan Thomas et al., recorded May 14, 1953, on Dylan Thomas: The Caedmon Collection, Caedmon, 2002, 11 CDs, discs 9 and 10.

B: Schlosser, Eric. Fast Food Nation: The Dark Side of the American Meal. Read by

Rick Adamson. New York: Random House, RHCD 493, 2004. 8 CDs.

17.8.5 시각·공연예술 텍스트

전시회 카탈로그. 전시회 카탈로그 인용법은 책 인용법과 같다. 참고문헌목록에서만 카탈로그 출판정보 뒤에 전시 정보를 밝힌다.

N:　6. Susan Dackerman, ed., *Prints and the Pursuit of Knowledge in Early Modern Europe* (New Haven, CT: Yale University Press, 2011), 43.

B: Dackerman, Susan, ed. *Prints and the Pursuit of Knowledge in Early Modern Europe*. New Haven, CT: Yale University Press, 2011. Published in conjunction with the exhibitions shown at the Harvard Art Museums, Cambridge, MA, and the Block Museum of Art, Northwestern University, Evanston, IL.

연극. 잘 알려진 영어 연극은 주에서만 인용출처를 밝히면 된다(17.5.1 참조). 출판연도는 생략하고, 쪽수 대신 막과 장 번호(또는 다른 부분 번호)를 이용해 인용한다.

N:　22. Eugene O'Neill, *Long Day's Journey into Night*, act 2, scene 1.

문학 분야 또는 텍스트의 면밀한 분석을 중시하는 분야의 논문을 쓰거나, 번역본이나 잘 알려지지 않은 작품을 인용한다면 책 인용법에 따라 모든 연극의 출처를 밝히고 참고문헌목록에도 포함시킨다. 문단을 인용할 때는 막과 장 같은 단위를 이용할 수도 있고 쪽 번호를 이용할 수도 있다. 해당 분야의 지침을 따르라.

N:　25. Enid Bagnold, *The Chalk Garden* (New York: Random House, 1953), 8-9.

B: Anouilh, Jean. *Becket, or the Honor of God*. Translated by Lucienne Hill. New York: Riverhead Books, 1996.

악보. 출간된 악보는 책과 같은 방법으로 인용한다.

N: 1. Giuseppe Verdi, *Giovanna d'Arco, dramma lirico* in four acts, libretto by Temistocle Solera, ed. Alberto Rizzuti, 2 vols., Works of Giuseppe Verdi, ser. 1, Operas (Chicago: University of Chicago Press; Milan: G. Ricordi, 2008).

B: Mozart, Wolfgang Amadeus. *Sonatas and Fantasies for the Piano*. Prepared from the autographs and earliest printed sources by Nathan Broder Rev. ed. Bryn Mawr, PA: Theodore Presser, 1960.

미출간 악보는 보존 기록물 컬렉션의 미출간 자료 인용법을 따른다.

N: 2. Ralph Shapey, "Partita for Violin and Thirteen Players," score, 1966, Special Collections, Joseph Regenstein Library, University of Chicago.

17.9 공문서

공문서는 전 세계의 다양한 정부기관이 제작한 광범위한 자료를 일컫는다. 여기서는 일반적인 영어 공문서를 인용하는 기본 원칙을 다루겠다. 다른 유형을 인용해야 한다면 가장 비슷한 방법을 수정하여 사용하라.

공문서는 출판자료보다 복잡하고 다양한 정보를 포함한다. 인용할 때는 가능한 많은 정보를 일관된 형식에 따라 기재한다. 필요하다면 이곳에 소개된 일반양식을 적절하게 변형하여 사용하라.

이곳에서는 대부분 미국 정부기관이 발행한 문서를 다룬다. 캐나다와 영국, 국제기관이 발행한 문서는 17.9.9 - 17.9.11을 참조하라. 미발간 정부 문서는 17.9.12를 참조하라.

17.9.1 기재 정보와 순서, 형식

인용출처를 밝힐 때는 가능한 많은 정보를 밝힌다.

■ 문서를 발행한 정부명(국가, 주, 도시, 군 또는 다른 단위)과 정부기관(입법기관, 행정기관, 사법기관, 위원회, 위원단)

- 문서명 또는 문서집명
- 저자, 편집자, 편찬자(알 수 있다면)
- 문서번호 또는 다른 확인정보(독립적인 출판물이나 2차 자료에서 참고한 자료는 발행장소와 발행인 같은 정보를 표시한다.)
- 발행일
- 필요하다면 쪽 번호나 기타 위치정보를 포함시킨다.
- 온라인에서 참고한 자료는 접속일과 URL이나 데이터베이스 이름을 쓴다(15.4.1 참조, 예시는 17.9.13).

일반적으로 위에 나열된 순서대로 관련 정보를 기재한다. 주에서는 몇몇 요소를 생략할 수도 있지만 참고문헌목록에는 포함시켜야 한다. 다른 예외는 다음 부분에서 설명한다.

N: 1. Select Committee on Homeland Security, Homeland Security Act of 2002, 107th Cong., 2d sess., 2002, HR Rep. 107-609, pt. 1, 11-12.

B: US Congress. House of Representatives. Select Committee on Homeland Security. Homeland Security Act of 2002. 107th Cong., 2d sess., 2002. HR Rep. 107-609, pt. 1.

공문서에서 서수는 관례상 nd가 아니라 d(2nd 대신 2d)로 표시한다는 점에 유의하자.

17.9.2 의회 간행물

참고문헌에 의회 간행물을 기재할 때는 미의회U.S.Congress를 맨 앞에 기재하고 그 뒤에 상원Senate이나 하원House of Representatives(또는 House)을 표시한다(단순하게 미상원U.S.Senate이나 미하원U.S.House이라고 표기할 수도 있다). 주에서는 대체로 U.S.는 생략한다. 위원회나 소위원회는 있다면 밝혀준다. 일반적으로 문서명, 국회 대수 代數(약어는 Cong.)와 회기(약어는 sess.), 발행일, 문서번호와 설명(예: H.Doc.487)을 기재한다.

의회토론. 1873년 이래 미연방정부는 의회의 토론 내용을 《의사록Congressional Record》으로 발행해왔다(주에서는 Cong. Rec.이라는 약어로 쓴다). 가능하다면 영구본을 인용하라. 회기가 끝날 때마다 나오는 영구본은 일일 《의사록》과 다를 수 있다(상원이나 하원의 일일 《의사록》을 인용할 때는 쪽 번호 앞에 H나 S를 놔둔다).

N: 16. *Cong. Rec.*, 110th Cong., 1st sess., 2008, vol. 153, pt. 8: 11629-30.

B: US Congress. *Congressional Record*. 110th Cong., 1st sess., 2008. Vol. 153, pt. 8.

토론의 연사와 주제, 일자를 주에서 밝혀야 할 때도 있다.

N: 4. Senator Kennedy of Massachusetts, speaking for the Joint Resolution on Nuclear Weapons Freeze and Reductions, on March 10, 1982, to the Committee on Foreign Relations, S.J. Res. 163, 97th Cong., 1st sess., *Cong. Rec.* 128, pt. 3: 3832-34.

1874년 이전 의회토론은 《미국의회연간기록Annals of the Congress of the United States》(1789 - 1824, 다양한 명칭으로 불린다), 《의회토론Register of Debates》(1824 - 37)과 《의회총록Congressional Globe》(1833 - 73)이라는 이름으로 출간되었다. 이러한 자료는 《의사록》과 유사한 방식으로 인용한다.

보고서와 문서. 상원(약어는 S.)과 하원(약어는 H.)의 보고서와 문서를 인용할 때는 의회 대수와 회기번호를 모두 기재한다. 가능하다면 문서번호도 기재한다. 약식주(16.4.1 참조)의 형식이 일반 형식과 다르다는 점에 유의하라.

N: 9. Select Committee on Homeland Security, Homeland Security Act of 2002, 107th Cong., 2d sess., 2002, HR Rep. 107-609, pt. 1, 11-12.

  14. Declarations of a State of War with Japan, Germany, and Italy, 77th Cong., 1st sess., 1941, S. Doc. 148, serial 10575, 2-5.

  15. Select Committee, Homeland Security Act, 11.

22. Reorganization of the Federal Judiciary, 75th Cong.,1st sess.,1937, S. Rep. 711.

B: US Congress. House. Expansion of National Emergency with Respect to Protecting the Stabilization Efforts in Iraq. 112th Cong., 1st sess., 2011. H. Doc. 112-25.

법안과 결의안. 의회 법안과 결의안은 소책자 형식으로 출간된다. 하원에서 발의한 법안과 결의안은 약어 HR이나 H. Res.로 표기하고, 상원에서 발의한 것은 S.나 S. Res.로 표시한다. 《의사록》에 자세한 출판정보가 있다면 포함시킨다. 법안이 이미 시행되었다면 법령으로 인용한다(아래 참조).

N: 16. No Taxpayer Funding for Abortion Act, H. Res. 237, 112th Cong., 1st sess., *Congressional Record*, vol. 157, daily ed. (May 4, 2011): H3014.

B: US Congress. House. No Taxpayer Funding for Abortion Act. H. Res. 237. 112th Cong., 1st sess. *Congressional Record* 157, daily ed. (May 4, 2011): H3014-37.

청문회. 의회위원회 앞에서 이루어진 증언 기록은 제목을 붙여 출간되는데 인용할 때는 이런 제목도 밝혀야 한다(이탤릭체로). 관련 위원회를 저자명란에 기입한다. 약식주(16.4.1 참조)의 형식이 일반 형식과 다르다는 점에 유의하라.

N: 13. *Hearing before the Select Committee on Homeland Security*, HR 5005, Homeland Security Act of 2002, day 3, 107th Cong., 2d sess., July 17, 2002, 119-20.

14. HR 5005, *Hearing*, 203.

B: US Congress. Senate. *Famine in Africa: Hearing before the Committee on Foreign Relations*. 99th Cong., 1st sess., January 17, 1985.

법령. 법안이나 결의안이 법률로 통과되면 법령이 된다. 법령은 우선 개별적으로 발행된 후에 1874년부터 발행되기 시작한 《미국총법령집*United States Statutes at*

Large》에 게재된 후 나중에는 《미국법전*United States Code*》에 실린다. 《미국총법령집》이나 《미국법전》 중 하나를 기재하거나 둘 다 기재하라. 법령의 구체적 절을 밝히고(절 기호(§)를 표기한 뒤 한 칸 띄우고 절 번호를 쓴다. 절을 둘 이상 가리킬 때는 §§와 et seq.을 쓴다.), 쪽 번호를 밝힌다.

법령은 주에서만 출처를 밝힌다. 참고문헌에 기재할 필요는 없다. 약식주가 일반 형식과 다르다는 점에 유의하라(16.4.1 참조).

N: 18. Atomic Energy Act of 1946, Public Law 585, 79th Cong., 2d sess. (August 1, 1946), 12, 19.

19. Fair Credit Reporting Act of 1970, *US Code* 15 (2000), §§ 1681 et seq.

25. Homeland Security Act of 2002, Public Law 107-296, *US Statutes at Large* 116 (2002): 2163-64, codified at *US Code* 6 (2002), §§ 101 et seq.

27. Homeland Security Act, 2165.

1874년 이전 법령은 17권짜리 《미국법령집, 1789 - 1873*Statutes at Large of the United States of America*, 1789 - 1873》으로 출간되었다. 이 총서의 자료를 인용할 때는 권수와 발행일을 밝힌다.

17.9.3 대통령 발행물

대통령 성명서와 행정명령, 거부교서, 연설문 같은 자료는 《주간 대통령 문서 편찬*Weekly Compilation of Presidential Documents*》과 《미대통령 공식문서*Public Papers of the Presidents of the United States*》에 게재된다. 성명서와 행정명령은 또한 《연방관보*Federal Register*》에 매일 게재되며 그 뒤에 《미국연방규정*Code of Federal Regulations*》(이하 《규정》)의 3편에 실린다. 《규정》에 실린 성명서와 명령을 참고할 때는 《규정》을 출처로 밝힌다. 개별 제목은 인용부호로 표시한다.

N: 2. Barack Obama, Proclamation 8621, "National Slavery and Human Trafficking Prevention Month, 2011," *Federal Register* 75, no. 250 (December 30, 2010): 82215.

21. William J. Clinton, Executive Order 13067, "Blocking Sudanese Government Property and Prohibiting Transactions with Sudan," *Code of Federal Regulations*, title 3 (1997 comp.): 230.

B: US President. Proclamation 8621. "National Slavery and Human Trafficking Prevention Month, 2011." *Federal Register* 75, no. 250 (December 30, 2010): 82215?16.

미국 대통령의 공식문서를 모은 다권본 자료가 둘 있다.《대통령 성명서와 문서 모음집, 1789 - 1897*Compilation of the Messages and Papers of the Presidents, 1789 - 1897*》이 있고, 후버 행정부부터 다룬《미대통령 공식문서*Public Papers of the Presidents of the United States*》다(이 두 자료에 실리지 않은 문서는 다른 곳에서 출판되었다). 이런 다권본에 실린 공문서를 인용할 때는 다권본 책 인용법에 대한 조언을 따르라(17.1.4 참조).

17.9.4 정부 부서와 기관 발행물
행정부처와 기관은 보고서와 공보, 회보를 비롯한 자료를 발행한다. 제목은 이탤릭체로 표시하고 명시된 저자명이 있다면 제목 뒤에 쓴다.

N: 30. U.S. Department of the Treasury. *Report of the Secretary of the Treasury Transmitting a Report from the Register of the Treasury of the Commerce and Navigation of the United States for the Year Ending the 30th of June, 1850*, 31st Cong., 2d sess., House Executive Document 8 (Washington, DC, 1850-51).

B: US Department of the Interior. Minerals Management Service. Environmental Division. *Oil-Spill Risk Analysis: Gulf of Mexico Outer Continental Shelf (OCS) Lease Sales, Central Planning Area and Western Planning Area, 2007-2012, and Gulfwide OCS Program, 2007-2046*, by Zhen-Gang Ji, Walter R. Johnson, and Charles F. Marshall. Edited by Eileen M. Lear. MMS 2007-040, June 2007.

17.9.5 미국헌법

미국헌법은 주에서만 출처를 밝힌다. 문헌목록에 기재할 필요는 없다. 조항article
이나 수정조항amendment, 항section을 밝히고 필요하다면 절까지 밝힌다. 아라비
아숫자를 사용하고, 원한다면 수정조항amendment이나 항section 같은 용어는 약어
를 사용한다.

N: 32. U.S. Constitution, art. 2, sec. 1, cl. 3.

33. U.S. Constitution, amend. 14, sec. 2.

괄호주(16.4.3 참조)를 이용하거나 본문 속에서 인용정보를 밝히는 경우도 많다. 본
문에서 정보를 밝힐 때는 amendment나 section 같은 용어는 축약하지 않는다. 특
정 조항을 조항 번호 대신 명칭으로 표현할 때는 단어 첫 글자를 대문자로 표기
한다.

The U.S. Constitution, in article 1, section 9, forbids suspension of the writ
"unless when in Cases of Rebellion or Invasion the public Safety may require
it." The First Amendment protects the right of free speech.

17.9.6 조약

1950년 전에 체결된 조약은 《미국총법령집United States Statutes at Large》에 실려 있
다. 비공식 기록으로는 《조약집Treaty Series》이나 《행정 협정집Executive Agreement
Series》이 있다. 1950년 이후에 체결된 조약은 《미국 조약 및 국제협정United Treaties
and Other International Agreements(UST, 1950 -)》이나 《미국 조약과 국제 조례총서Treaties
and Other International Acts Series(TIAS, 1946 -)》에 실려 있다. 세 국가 이상 참여한 조
약은 《유엔 조약모음집United Nations Treaty Series(UNTS, 1946 -)》에서 찾을 수 있
다. 1920년부터 1946년 사이의 국제조약은 《국제연맹 조약모음집League of Nations
Treaty Series》에 수록되어 있다.

앞에서 언급한 조약집 제목과 축약형은 이탤릭체로 표시한다. 조약 이름에
조약 체결자들이 언급되지 않았다면 조약을 체결한 당사자들을 나열하고 각 당

사자 사이에 하이픈을 두어 분리한다. 구체적인 일자는 서명일자를 나타내므로 연도만 밝히는 것이 나은데 체결연도는 공표연도와 다를 수도 있다. 약식주의 형식이 일반적인 약식주(16.4.1 참조)와 다르다는 점에 유의하라.

N: 4. Treaty Banning Nuclear Weapon Tests in the Atmosphere, in Outer Space, and Under Water, US-UK-USSR, August 5, 1963, *UST* 14, pt. 2, 1313.

15. Convention concerning Military Service, Denmark-Italy, July 15, 1954, *TIAS* 250, no. 3516, 45.

39. Nuclear Test Ban Treaty, 1317-18.

B: United States. Naval Armament Limitation Treaty with the British Empire, France, Italy, and Japan. February 6, 1922. *US Statutes at Large* 43, pt. 2.

17.9.7 판례

판례 인용 형식은 일반적으로 법원의 등급에 관계없이 동일하다. 주에서는 판례명 전체를(versus의 약어 v.를 포함하여) 이탤릭체로 표기한다. 판례집 권 번호(아라비아 숫자로 표기)와 판례집명(축약형으로. 아래 예시 참조), 판례번호(해당되는 경우), 판례가 기록된 첫 쪽 번호, 법원명 축약형과 판결일자(함께 괄호로 묶는다)를 비롯해 주나 지방 법원 명칭(판례번호에 들어가 있지 않다면) 같은 관련 자료를 표시한다. 판례가 기록된 첫 쪽 번호 다음에 쉼표를 찍은 뒤 실제 인용한 쪽 번호를 밝힌다.

법령은 주에서만 인용하고 참고문헌목록에는 기재할 필요가 없다.

N: 18. *United States v. Christmas*, 222 F.3d 141, 145 (4th Cir. 2000).

21. *Profit Sharing Plan v. MBank Dallas, N.A.*, 683 F. Supp. 592 (N.D. Tex. 1988).

약식주에는 판례명을 기재하고 필요하다면 쪽 번호를 같이 표기한다.

N: 35. *Christmas*, 146.

법원 등급에 따라 달라지는 요소는 판례집 명칭이다. 가장 흔하게 사용되는 판례집은 다음과 같다.

■ 미대법원: 미대법원 판결은 《미대법원판례집United States Supreme Court Reports》(U.S.로 축약)을 참고한다. 인용하려는 판결이 미대법원판례집에 아직 출간되지 않았다면 《대법원판례집Supreme Court Reporter》(S. Ct.로 축약)을 참고한다.

N: 21. *AT&T Corp. v. Iowa Utilities Bd.*, 525 U.S. 366 (1999).

        39. *Brendlin v. California*, 127 S. Ct. 2400 (2007).

■ 연방하급법원: 연방하급법원의 판례는 《연방판례집Federal Reporter》(F.)이나 《연방법원판결집Federal Supplement》(F. Supp.)을 참고한다.

N: 3. *United States v. Dennis*, 183 F. 201 (2d Cir. 1950).

       15. *Eaton v. IBM Corp.*, 925 F. Supp. 487 (S. D. Tex. 1996).

■ 주법원과 지방법원: 주법원과 지방법원의 판례는 가능한 한 주 공식판례집을 인용한다. 민간 판례집을 참고할 때는 아래 두 번째 예처럼 출처를 밝힌다. 판례집에 법원 명칭이 들어 있지 않을 때는 법원 명칭을 판결일자 앞에 기재하고 판결일과 함께 괄호로 묶는다.

N: 6. *Williams v. Davis*, 27 Cal. 2d 746 (1946).

      8. *Bivens v. Mobley*, 724 So. 2d 458, 465 (Miss. Ct. App. 1998).

17.9.8   주정부와 지방정부 문서

주정부와 지방정부의 문서의 출처를 밝힐 때는 연방정부 문서의 출처표기법을 따른다. 주 법률과 시 규정은 인용부호 없이 로마체로, 법전(편찬물)과 독립출판물 제목은 이탤릭체로 표시한다.

N: 39. Illinois Institute for Environmental Quality (IIEQ), *Review and Synopsis of Public Participation regarding Sulfur Dioxide and Particulate Emissions*, by Sidney M. Marder, IIEQ Document no. 77/21 (Chicago, 1977), 44-45.

42. Methamphetamine Control and Community Protection Act, *Illinois Compiled Statutes*, ch. 720, no. 646, sec. 10 (2005).

44. *Page's Ohio Revised Code Annotated*, title 35, sec. 3599.01 (2011).

47. New Mexico Constitution, art. 4, sec. 7.

B: Illinois Institute for Environmental Quality (IIEQ). *Review and Synopsis of Public Participation regarding Sulfur Dioxide and Particulate Emissions*, by Sidney M. Marder. IIEQ Document no. 77/21. Chicago, 1977.

17.9.9 캐나다 정부 문서

캐나다 정부 문서를 인용하는 방식은 미국 정부 문서를 인용할 때와 비슷하다. 캐나다 정부 문서임이 문맥상 분명히 드러나지 않는다면 맨 뒤에 Canada라고 쓴 뒤 괄호로 묶는다.

캐나다 법령은 매해《캐나다 법령집*Statutes of Canada*》으로 출간된 뒤 15년이나 20년마다 발행되는 통합 법령집인《캐나다 개정 법령집*Revised Statues of Canada*》에 실린다. 되도록《캐나다 개정 법령집》을 인용하고 법령의 제목과 법령집명, 편찬 연도, 장, 절을 밝힌다.

N: 4. Canada Wildlife Act, *Revised Statutes of Canada* 1985, chap. W-9, sec. 1.

5. Assisted Human Reproduction Act, *Statutes of Canada* 2004, chap. 2, sec. 2.

1876년 이후 캐나다 대법원 판례는《대법원 판례 보고*Supreme Court Reports*》(SCR)로 출판되었다. 1974년 이후 판례를 인용할 때는 판례집의 권 번호를 표시해야 한다. 연방 법원 판례는《연방 법원 판례 보고*Federal Courts Reports*》(FC, 1971 -)나《재정 법원 보고*Exchequer Court Reports*》(Ex. CR, 1875 - 1971)로 출판되었다. 이런 판례집에 실리지 않은 판례는《영연방 판례 보고*Dominion Law Reports*》(DLR)에 실려 있을 수도 있다. 판례 이름(이탤릭체로)을 기재한 다음 판결일자(괄호로)와 권 번호(있다면), 판례집 축약명, 판례가 기록된 첫 쪽 번호를 표시한다.

N: 10. *Robertson v. Thomson Corp.*, (2006) 2 SCR 363 (Canada).

11. *Boldy v. Royal Bank of Canada*, (2008) FC 99.

17.9.10 영국 정부 문서

영국 정부 문서의 인용출처를 밝히는 법은 미국 공문서의 출처를 밝히는 법과
비슷하다. 문맥상 영국 정부 문서임을 분명히 알 수 없을 때에는 인용출처 끝에
United Kingdom(괄호로 묶는다)이라는 문구를 덧붙인다.

의회 법령은 주로 주에서만 출처를 밝힌다. 특정 법령이 논문에서 무척 중요
하거나 자주 인용될 때만 참고문헌목록에 포함시킨다. 법령명과 제정일, 장 번호
(국가번호는 아라비아 숫자로, 지방번호는 소문자 로마자로 표기)를 밝힌다. 1963년 이전 법
령은 국왕 즉위 제 __년, 국왕 이름(축약형), 법령 번호(아라비아 숫자)를 밝힌다.

N: 8. Act of Settlement, 1701, 12 & 13 Will. 3, chap. 2.

15. Consolidated Fund Act, 1963, chap. 1 (United Kingdom).

16. Manchester Corporation Act, 1967, chap. xl.

영국의 판례는 대부분 《판례집》에서 적절한 기록을 찾을 수 있다. 그중에는 상고
Appeal Cases(AC), 왕립Queen's(King's) Bench(QB, KB), 가정Family(Fam.), 상속Probate(P.)
판례집이 있다. 최근까지 영국의 최상급 상소 법원은(스코틀랜드의 형사 사건을 제외하
고는) 상원House of Lords(HL)과 추밀원 내 사법위원회the Judicial Committee of the Privy
Council(PC)였지만 2005년에 영국 대법원Supreme Court of the United Kingdom(UKSC)
이 설립되었다.

판례명은 이탤릭체로 표시한다(국왕과 관련된 사건은 Rex나 Regina로 언급한다). 판
례 일자는 괄호로 묶고 판례집 권 번호(있다면)와 판례집 이름의 축약형, 판례 기
록의 첫 쪽 번호를 쓴다. 판례집 이름에 법원이 드러나 있지 않거나, 문맥상 사법
권이 뚜렷이 드러나지 않는다면 필요한 대로 둘 중 하나나 둘 다 괄호로 묶어 표
시한다.

N: 10. *Regina v. Dudley and Stephens*, (1884) 14 QBD 273 (DC).

11. *Regal (Hastings) Ltd. v. Gulliver and Ors*, (1967) 2 AC 134 (HL) (Eng.).

12. *NML Capital Limited (Appellant) v. Republic of Argentina (Respondent)*, (2011) UKSC 31.

17.9.11 국제기구 발행물

국제연합 같은 국제기구가 출판한 문서는 책처럼 인용한다. 주에서 발행을 승인한 기관(그리고 저자나 편집자), 문서의 주제나 제목, 발행인이나 발행 장소(또는 둘 다), 발행일을 밝히고 참고한 쪽 번호를 표시한다. 연속 출판물에 관한 정보나 자료를 찾을 때 도움이 될 만한 출판 정보가 있다면 포함시킨다.

N: 1. League of Arab States and United Nations, *The Third Arab Report on the Millennium Development Goals 2010 and the Impact of the Global Economic Crises* (Beirut: Economic and Social Commission for Western Asia, 2010), 82.

B: United Nations General Assembly. *Report of the Governing Council/Global Ministerial Environment Forum on the Work of Its Eleventh Special Session.* Official Records, 65th sess., supplement no. 25, A/65/25. New York: UN, 2010.

17.9.12 미출간 정부 문서

미출간 정부 문서는 17.6.4에 설명된 미출간 보존 기록물 양식을 따라 인용한다.

미국 정부의 미출간 문서는 대부분 워싱턴의 국립문서보관서National Archives and Records Administration(NARA)나 그 지국에 보관되어 있다. 이러한 미출간 자료는 문서뿐 아니라 영화와 사진, 오디오기록 모두 기록군 번호record group(RG) number를 밝힌다.

캐나다 정부의 미출간 문서는 온타리오 주 오타와의 캐나다 국립문서관Library and Archives Canada(LAC)에 보관되어 있다. 영국에는 미출간 문서 보관소가 많지만 가장 유명한 곳은 국립문서보관소National Archives(NA)와 영국 도서관British Library(BL)으로 모두 런던에 있다.

17.9.13 온라인 공문서

온라인 공문서를 인용할 때는 17.9의 관련 사례를 참고하라. 또 URL과 접속일자 (15.4.1 참조)를 표기하라. 온라인 공문서를 인용할 때는 17.9의 다른 부분에서 제시한 관련 사례를 따른다. 또한 자료에 접속한 일자와 URL도 포함시킨다. 상용 데이터베이스에서 얻은 공문서는 URL 대신 데이터베이스 이름을 제시한다. 더 자세한 내용은 15.4.1을 보라. 법률 소송을 다루는 데이터베이스는 쪽(화면) 나눔을 별표(*)로 표시한다는 점에 주의하라. 인용출처를 구체적으로 밝힐 때는 이런 별표도 표시해야 한다(17.9.7도 참고하라).

N: 1. Select Committee on Homeland Security, Homeland Security Act of 2002, 107th Cong., 2d sess., 2002, HR Rep. 107-609, pt. 1, 11-12, accessed September 8, 2011, http://www.gpo.gov/fdsys/pkg/CRPT-107hrpt609/pdf/CRPT-107hrpt609-pt1.pdf.

12. United Nations Security Council, Resolution 2002, July 29, 2011, accessed October 10, 2011, http://www.un.org/Docs/sc/unsc_resolutions11.htm.

17. *McNamee v. Department of the Treasury*, 488 F.3d 100, *3 (2d Cir. 2007), accessed September 25, 2011, LexisNexis Academic.

B: US Congress. House of Representatives. Select Committee on Homeland Security. Homeland Security Act of 2002. 107th Cong., 2d sess., 2002. HR Rep. 107-609, pt. 1. Accessed September 8, 2011. http://www.gpo.gov/fdsys/pkg/ CRPT-107hrpt609/pdf/CRPT-107hrpt609-pt1.pdf.

17.10 참고자료에 인용된 자료를 재인용할 때

책임 있는 연구자라면 참고문헌에 인용된 자료를 재인용할 때 반드시 원전을 직접 확인한다. 참고문헌의 인용문 중 유용한 자료가 있다면 참고문헌이 정확하게 인용했는지도 확인해야 하지만 원전의 의도를 공정하게 반영하는지도 따져봐야 한다.

그러나 원전을 구할 수 없다면 주에 'quoted in'이라고 쓴 뒤 2차 자료를 표기한다. 참고문헌목록에서도 필요하다면 'quoted in'이란 문구를 사용한다.

N: 8. Louis Zukofsky, "Sincerity and Objectification," *Poetry* 37 (February 1931): 269, quoted in Bonnie Costello, *Marianne Moore: Imaginary Possessions* (Cambridge, MA: Harvard University Press, 1981), 78.

B: Zukofsky, Louis. "Sincerity and Objectification." *Poetry* 37 (February 1931): 269, Quoted in Bonnie Costello, *Marianne Moore: Imaginary Possessions*. Cambridge, MA: Harvard University Press, 1981.

1차 자료를 바탕으로 쓴 2차 자료를 다룰 때도 1차 자료를 확인할 수 없는 경우가 많다(3.1.1 참조). 특히 미출간 보존 기록물 컬렉션 같은 경우가 그러하다. 이런 경우에도 위에서 개괄한 원칙을 따른다.

18 저자 - 출판연도 방식: 기본 형식

사회과학과 자연 및 물리과학에서 널리 이용되는 인용방식은 저자 - 출판연도 방식author-date style이다. 저자명과 출판연도가 주된 요소이기 때문이다. 이 장에서는 저자 - 출판연도 방식의 기본 형태를 개괄적으로 살펴보겠다. 괄호주의 예는 P로, 참고문헌의 예는 R로 표시한다.

저자 - 출판연도 방식에서는 본문에 괄호주를 넣어 자료를 인용했음을 알린다. 자료를 인용한 부분 옆에 괄호주를 넣어 저자와 발행연도, 인용쪽을 밝히는 방법이다.

According to one scholar, "The railroads had made Chicago the most important meeting place between East and West" (Cronon 1991,92-93).

논문 끝의 참고문헌목록Referece list에 모든 자료를 나열하라. 참고문헌에는 통상

괄호주에서 인용한 모든 자료를 포함해 인용하지는 않았지만 참고한 자료까지 기재한다. 괄호주에서 인용자료의 완전한 서지정보를 밝히지 않기 때문에 참고문헌에서는 서지정보를 빠짐없이 밝혀야 한다. 참고문헌목록의 모든 항목은 똑같은 일반적 형식으로 표기된다.

R: Cronon, William. 1991. *Nature's Metropolis: Chicago and the Great West.* New York: W. W. Norton & Company.

연구자는 올바른 인용 규칙을 정확히 따라야 한다. 이러한 규칙에는 어떤 정보를 어떤 순서로 표기해야 하는지도 포함되지만 구두점과 대문자, 이탤릭체 사용에 관한 사항도 들어 있다. 인용출처를 올바르게 밝히려면 연구자들이 잊기 쉬운 여러 사소한 세부사항에 신중한 주의를 기울여야 한다. 이러한 세부사항은 19장에서 상세히 설명하겠다.

18.1 기본 형식

자료를 인용하고 출처를 표기하는 방식은 무궁무진하게 다양하긴 하지만 우리는 대개 그중 몇 가지를 주로 사용한다. 자주 사용하지 않는 자료 유형을 인용할 때는 세부사항을 찾아보면 된다. 하지만 우리가 자주 사용하는 몇 가지 유형은 기본 형태를 익혀두어야 자료를 읽으면서 빠르고 정확하게 서지정보를 기록할 양식을 고안할 수 있다.

이 부분에서는 이렇게 자주 사용하는 자료 유형의 기본 형식을 다루겠다. 그림 18.1에서 몇 가지 일반 자료 유형의 인용양식을 볼 수 있다. 여기서 설명한 양식의 예외를 포함한 광범위한 자료의 사례는 19장에서 다루겠다.

18.1.1 순서

참고문헌목록에서는 자료의 유형에 관계없이 동일한 순서로 항목을 배열한다. 저자, 출판연도, 제목, 기타 출판정보의 순서다. 괄호주에서는 앞의 두 정보, 곧 저자와 출판연도만 기재한다. 특정 부분을 인용했다면 인용쪽수와 기타 위치정보도 괄호주에 기재할 수 있다. 그러나 참고문헌에는 인용쪽수를 기재하지 않는다. 단, 논문이나 장처럼 더 큰 텍스트에 포함된 일부를 참고했다면 관련 부분의 쪽 번호를 밝힌다.

18.1.2 구두점

참고문헌에서는 대부분의 정보 뒤에 마침표를 찍는다. 괄호주에서는 저자와 출판연도 사이에는 구두점을 찍지 않지만 출판연도와 쪽 번호 사이에는 쉼표를 찍는다.

18.1.3 대문자 사용

제목은 대개 헤드라인스타일로 대문자를 표기하되 외국어 제목은 문장스타일로 한다(문장스타일과 헤드라인스타일은 22.3.1 참조). 고유명사는 일반 관행대로 표기한다(22장 참조). 몇몇 전공분야에서는 학술지와 잡지, 신문을 제외한 대부분의 제목에 문장스타일로 대문자를 표기해야 한다. 해당 학과나 대학의 지침을 참고하라.

그림 18.1. 참고문헌과 괄호주의 기본 양식

아래에서는 참고문헌(R)과 괄호주(P)를 사용해 일반적 자료의 출처를 밝힐 때 기재해야 할 정보와 그 순서 및 구두점, 대문자, 글꼴 사용에 대해 다루겠다. 구두점과 제목의 대문자 표기, 이탤릭체와 인용부호 사용도 다룬다. 실제 인용에 쓰이는 약어와 용어는 회색음영으로 표시했다. XX는 구체적인 인용쪽수를, YY는 논문이나 장의 쪽 번호를 나타낸다.
더 자세한 설명과 변형, 사례는 19장을 참고하라.

책

1. 저자 또는 편자가 한 사람일 때

R: 저자의 성, 이름. 출판연도. *제목: 부제*. 출판사 소재지: 출판사명.

Gladwell, Malcolm. 2000. *The Tipping Point: How Little Things Can*

그림 18.1. 계속

Make a Big Difference. Boston: Little, Brown.

P: (저자의 성 출판연도, XX - XX)

(Gladwell 2000, 64-65)

저자대신 편자가 있는 책은 아래처럼 기재한다.

R: 편자의 성, 이름, ed. 출판연도. . .

Greenberg, Joel, ed. 2008 . . .

P: (편자의 성 출판연도, XX - XX)

(Greenberg 2008, 75-80)

2. 저자가 여럿일 때

저자가 둘인 책은 다음 양식을 사용한다.

R: 1번 저자의 성, 이름, and 2번 저자의 이름과 성, 출판연도. *제목: 부제*. 출판사 소재지: 출판사.

Morey, Peter, and Amina Yaqin. 2011. *Framing Muslims: Stereotyping and Representation after 9/11*. Cambridge, MA: Harvard University Press.

P: (1번 저자의 성 and 2번 저자의 성 출판연도, XX - XX)

(Morey and Yaqin 2011, 52)

저자가 셋인 책은 다음처럼 양식을 변형한다.

R: 1번 저자의 성, 이름, 2번 저자의 이름과 성, and 3번 저자의 이름과 성. 출판연도. . .

Soss, Joe, Richard C. Fording, and Sanford F. Schram. 2011 . . .

P: (1번 저자의 성, 2번 저자의 성, and 3번 저자의 성 출판연도, XX - XX)

(Soss, Fording, and Schram 2011, 135-36)

그림 18.1. 계속

저자가 넷 이상인 책은 다음처럼 양식을 변형한다.

P: (1번 저자의 성 et al. 발행연도, XX - XX)

(Bernstein et al. 2010, 114-15)

3. 저자뿐 아니라 편자나 역자가 있을 때

저자뿐 아니라 편자가 있는 책은 다음 양식을 사용한다.

R: 저자의 성, 이름. 출판연도. *제목: 부제*. Edited by 편자의 이름과 성. 출판사 소재지: 출판사.

Austen, Jane. 2011. *Persuasion: An Annotated Edition*. Edited by Robert Morrison. Cambridge, MA: Belknap Press of Harvard University Press.

P: (저자의 성 출판연도, XX - XX)

(Austen 2011, 311-12)

편자 대신에 역자가 있는 책은 Edited by 대신 Translated by를 쓰고 참고문헌의 편자 정보란에 역자명을 쓴다.

4. 판차

R: 저자의 성, 이름. 출판연도. *제목: 부제*. 판차 ed. 출판사 소재지: 출판사.

Van Maanen, John. 2011. *Tales of the Field: On Writing Ethnography*. 2nd ed. Chicago: University of Chicago Press.

P: (저자의 성 출판연도, XX - XX)

(Van Maanen 2011, 84)

5. 여러 저자의 글을 모은 책에서 한 장을 인용할 때

R: 장 저자의 성, 이름. 발행연도. 장 제목: 부제. In 책제목: 부제, edited by 편자의 이름과 성, YY - YY. 출판사 소재지: 출판사.

그림 18.1. 계속

Ramírez, Ángeles. 2010. "Muslim Women in the Spanish Press: The Persistence of Subaltern Images." In *Muslim Women in War and Crisis: Representation and Reality*, edited by Faegheh Shirazi, 227-44. Austin: University of Texas Press.

P: (장 저자의 성 출판연도, XX - XX)

(Ramírez 2010, 231)

학술지 논문

6. 종이 학술지 논문

R: 저자의 성, 이름. 발행연도. "논문 제목: 부제." *학술지 제목 권수*, 호수 (추가적인 발행일 정보): YY - YY.

Bogren, Alexandra. 2011. "Gender and Alcohol: The Swedish Press Debate." *Journal of Gender Studies* 20, no. 2 (June): 155-69.

P: (저자의 성 발행연도, XX - XX)

(Bogren 2011, 156)

저자가 여럿인 논문은 2번에 제시된 양식을 따른다.

7. 온라인 학술지 논문

R: 저자의 성, 이름. 발행연도. "논문 제목: 부제." *학술지 제목 권수*, 호수 (추가적인 발행일 정보). URL(Accessed 접속일자).

Kiser, Lisa J. 2011. "Silencing the Lambs: Economics, Ethics, and Animal Life in Medieval Franciscan Hagiography." *Modern Philology* 108, no. 3 (February): 323-42. Accessed September 18, 2011. http://dx.doi.org/10.1086/658052.

P: (저자의 성 발행일자)

(Kiser 2011, 340)

더 자세한 내용은 15.4.1 참조.

18.1.4 이탤릭체와 인용부호

두꺼운 자료(책, 학술지)의 제목은 이탤릭체로 표기하고, 작은 자료(장, 논문)의 제목은 로마체로 표기하고 인용부호로 묶는다. 미출간 자료(논문 등)는 책처럼 두껍더라도 로마체로 표기하고 인용부호로 묶는다. 22.3.2도 참고하라.

18.1.5 수 표기

제목에 포함된 수는 원제의 표현을 따라 문자 또는 숫자로 표기한다. 원전에서 로마자로 쓰인 페이지 번호는 소문자 로마자로 표기한다. 다른 숫자(장 번호나 표 번호)는 원전에 로마자나 문자로 표기되었더라도 모두 아라비아숫자로 나타낸다.

18.1.6 약어

editor, translator 같은 단어는 약어(ed., trans.)를 사용하되 이름 앞에 올 때는 축약하지 않는다(Edited by). 복수형은 끝에 s(eds.)를 붙인다. 단, 약어의 끝자가 s(trans.)라면 다시 s를 붙이지 않는다. volume, edition, number(vol., ed., no.) 같은 용어는 늘 축약한다.

18.1.7 들여쓰기

참고문헌은 내어쓰기hanging indentation 한다. 첫 줄을 왼쪽 정렬한 다음 나머지 줄은 문단 들여쓰기만큼 들여쓴다. 괄호주는 본문 속에 위치하므로 들여쓰지 않는다.

18.2 참고문헌

참고문헌방식을 사용하는 논문은 참고문헌에 괄호주에서 인용한 모든 자료의 서지정보를 빠짐없이 밝혀야 한다(몇 가지 특별한 유형의 자료는 18.2.2 참조). 본문에서 특별히 언급하지 않았지만 논증에서 중요한 자료도 참고문헌에 기재할 수 있다. 참고문헌은 독자에게 서지정보를 제공하기도 하지만 연구의 범위와 다른 연구와의 관계도 보여줄 수 있다. 또 독자가 참고문헌의 자료를 독자 자신의 연구에 활용하도록 도움을 준다. 본문에서 괄호주를 사용한다면 반드시 논문에 참고문헌목록을 두도록 하자.

참고문헌목록Reference이라고 제목을 단다. 참고문헌의 예시 페이지는 부록의
표 A. 16을 참고하라.

18.2.1 순서 배열

저자별 알파벳 · 연대기순 배열. 참고문헌은 저자이든 편자이든 각 항목 맨 앞에
기재된 사람의 성을 기준으로 항목을 알파벳순으로 배열한다(외국인명과 복합인명,
기타 특별 인명은 18.2.1을 참조). 문서 프로그램에는 대개 알파벳순 정렬 기능이 있
는데, 이 기능을 사용할 때는 항목마다 엔터키를 눌러 문단을 바꿔준다. 학과나
대학에 따라 문자단위letter by letter나 단어단위word by word 알파벳순 정렬을 하도
록 규정하는 곳도 있다. 석·박사논문을 쓰고 있다면 이런 규정이 있는지 확인해
보라. 두 가지 정렬방법은《시카고 편집 매뉴얼》16판(2010)의 16. 58 - 61을 참조
하라.

동일인이 저술, 편집, 또는 번역한 자료는 출판연도에 따라 연대기순으로 배
열하라. 이 경우에 두 번째 자료부터는 인명대신 3엠 대시3-em dash(21.7.3 참조)를
사용한다. 편집물 또는 번역물은 대시 뒤에 쉼표를 찍고 적절한 설명을 붙인다
(ed., trans. 등). 이처럼 동일인이 저술이나 편집, 번역한 자료는 그 사람이 공동 저
술하거나 공동 편집한 책보다 앞에 둔다. 이런 수정은 참고문헌을 저자명 알파벳
순으로 배열한 '뒤' 직접 하나하나 고치는 게 가장 좋다.

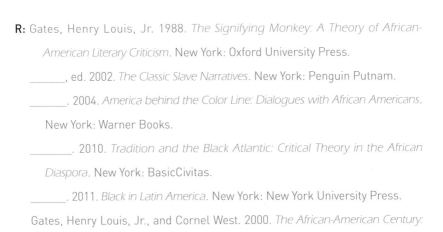

R: Gates, Henry Louis, Jr. 1988. *The Signifying Monkey: A Theory of African-
American Literary Criticism.* New York: Oxford University Press.

_____, ed. 2002. *The Classic Slave Narratives.* New York: Penguin Putnam.

_____. 2004. *America behind the Color Line: Dialogues with African Americans.*
New York: Warner Books.

_____. 2010. *Tradition and the Black Atlantic: Critical Theory in the African
Diaspora.* New York: BasicCivitas.

_____. 2011. *Black in Latin America.* New York: New York University Press.

Gates, Henry Louis, Jr., and Cornel West. 2000. *The African-American Century:*

How Black Americans Have Shaped Our Country. New York: Free Press.

이러한 원칙은 동일한 공저자들이 공저한 책이 여럿 있을 때도 적용된다.

R: Marty, Martin E., and R. Scott Appleby. 1992. *The Glory and the Power: The Fundamentalist Challenge to the Modern World*. Boston: Beacon Press.

    _____, eds. 2004. *Accounting for Fundamentalisms*. Chicago: University of Chicago Press.

Marty, Martin E., and Micah Marty. 1998. *When True Simplicity Is Gained: Finding Spiritual Clarity in a Complex World*. Grand Rapids, MI: William B. Eerdmans.

같은 저자나 같은 공저자들이 같은 해에 발행한 자료는 제목 알파벳순(a나 the는 무시한다)으로 배열하고 순서대로 발행연도 뒤에 a, b, c 같은 문자를 로마체로 띄어쓰기 없이 덧붙인다. 괄호주에서도 발행연도 뒤의 알파벳 문자를 똑같이 표기한다(18.3.2 참조).

R: Fogel, Robert William. 2004a. *The Escape from Hunger and Premature Death, 1700-2100: Europe, America, and the Third World*. New York: Cambridge University Press.

    _____. 2004b. "Technophysio Evolution and the Measurement of Economic Growth." *Journal of Evolutionary Economics* 14, no. 2: 217-21.

책이나 학술지 논문에 저자나 편집자(또는 역자 등 기타 편자)가 없다면 참고문헌에서 제목을 맨 앞에 표기하고 알파벳순을 적용한다. 이때 a나 the 같은 관사는 무시한다.

R: *Account of the Operations of the Great Trigonometrical Survey of India*. 1870-1910. 22 vols. Dehra Dun: Survey of India.

"The Great Trigonometrical Survey of India." 1863. *Calcutta Review* 38:26-62.

"State and Prospects of Asia." 1839. *Quarterly Review* 63, no. 126 (March): 369-402.

필자가 없는 신문·잡지기사는 신문명과 잡지명을 저자 자리에 표기한다(19.3과 19.4 참조). 다른 유형의 자료는 19장의 관련 부분을 참고한다. 특별한 언급이 없다면 자료명을 저자 대신 기재한다.

특별한 이름 유형. 쉽게 알아볼 수 있는 "이름"과 "성" 외에 다른 성분이 들어간 이름을 지닌 저자도 있다. 대개 도서관 도서목록을 찾아보면 올바른 순서를 알 수 있다. 역사적인 인물 이름을 찾아보기에 좋은 자료는《메리엄 - 웹스터 인명사전》이다. 이 부분에서는 이런 이름을 참고문헌에서 알파벳순으로 정렬할 때 참고할 만한 일반 원칙을 간략히 살펴본다. 약식주나 괄호주에서는 성을 정확하게 기입한다(아래 예에서 성은 굵은 글씨로 표시했다. 논문에 특정 외국어 성이 많이 등장한다면 해당 언어의 관례를 따른다).

■ 복합 성: 하이픈이 들어간 이름을 비롯해 복합 성을 알파벳순으로 나타낼 때는 복합 성의 첫 부분을 사용한다. 자신의 성과 남편 성 두 가지 모두를 하이픈 없이 사용하는 여성인명은 두 번째 성을 기준으로 알파벳순 정렬을 한다. 외국인명의 복합 성에는 예측할 만한 형식이 있는 경우(아래 참조)가 많지만 프랑스어나 독일어처럼 그렇지 않은 경우도 있다.

Kessler- Harris, Alice   **Mies van der Rohe**, Ludwig

Hine, Darlene Clark   **Teilhard de Chardin**, Pierre

■ 접사가 들어 있는 이름: de나 di, D', van 같은 접사를 성의 첫 부분으로 인정하느냐 마느냐는 언어마다 다르다. 확실히 모르겠다면《메리엄 - 웹스터 인명사전》이나 온라인 도서목록을 찾아보라. 이러한 접사는 소문자나 대문자로 쓰기도 하고, 아포스트로피(')가 따라오기도 한다는 점에 유의하라.

de Gaulle, Charles	Beauvoir, Simone de
di Leonardo, Micaela	Kooning, Willem de
Van Rensselaer, Stephen	Medici, Lorenzo de'

■ 'Mac,'이나 'Saint,' 또는 'O'로 시작하는 이름: 'Mac,'이나 'Saint,' 또는 'O'로 시작하는 이름은 그 축약형(Mc, St.)과 철자(Sainte, San), 대문자 사용(Macmillan, McAllister), 하이픈이나 아포스트로피 사용(O'Neill/Odell, Saint-Gaudens/St. Denis)에 변이가 많다. 실제 책에 표기된 이름대로 알파벳순을 적용하라. 비슷하다고 함께 묶어서는 안 된다.

■ 스페인 인명: 스페인 인명은 여러 단어로 이루어진 경우가 많다. 어머니 성과 아버지 성을 모두 쓰는데, 때때로 그 사이를 접속사 y로 연결한다. 이런 이름은 첫 단어를 이용해 알파벳순으로 정렬한다.

Ortega y Gasset, José	Sánchez Mendoza, Juana

■ 아랍 인명: 아랍 인명에서 접속어 al-이나 el-로 시작하는 이름은 그 뒤에 표기된 단어를 이용해 알파벳순으로 정렬하고, Abu나 Abd, Ibn으로 시작하는 이름은 Mac이나 Saint로 시작하는 영어 이름과 같은 원칙을 사용한다.

Hakim, Tawfiq al-	Abu Zafar Nadvi, Syed
Jamal, Muhammad Hamid al-	Ibn Saud, Aziz

중국 인명이나 일본 인명인 경우에는 저자가 해당 언어의 전통 관습을 따라 성 다음에 이름을 표기한다면 순서를 그대로 따르되 성과 이름 사이에 쉼표를 넣지 않는다. 서양 관습을 따라 이름 다음에 성을 표기한다면 영어 인명처럼 취급한다.

전통용법	서양용법
Chao Wu-chi	Tsou, Tang

Yoshida Shigeru   Kurosawa, Noriaki

범주별 배열. 괄호주 방식을 채택한 논문을 읽는 독자는 저자와 발행일 두 가지 정
보만으로 참고문헌목록에서 자료를 확인해야 한다. 따라서 특별한 경우가 아니
면 위에서 설명한 방식대로 항목을 배열한다. 그러나 아래 같은 상황에서는 범주
별로 참고문헌목록을 배열하는 방법을 고려해볼 수 있다.

■ 필사본이나 문서 모음집, 녹음자료 등 특별 유형의 자료가 서너 개 이상이라면 나
  머지 참고문헌과는 별도로 목록을 만든다.
■ 1차 자료와 2차, 3차 자료를 구분하는 것이 중요하다면 목록을 자료 유형별로 나
  눈다.

자료를 범주별로 나눈다면 각 범주별 목록 앞에 소제목을 붙이고 필요하다면 두
주를 단다. 각 범주에 속한 항목은 설명한 배열 원칙대로 배열한다. 둘 이상의 범
주에 명백하게 속하는 경우가 아니라면 한 자료를 서로 다른 범주에 반복해서 기
재하지 않는다.

18.2.2 생략해도 되는 자료
관례상 다음 유형의 자료는 참고문헌목록에서 생략할 수 있다.

■ 고대와 중세 문학작품 및 초기 영문학 작품(19.5.1참조), 잘 알려진 영어 연극(19.8.5
  참조)
■ 성경을 비롯한 경전(19.5.2 참조)
■ 주요 사전이나 백과사전처럼 잘 알려진 참고도서(19.5.3 참조)
■ 익명의 미출간 인터뷰와 개인 통신문(19.6.3), 블로그의 게시물과 댓글(19.7.2), 소셜
  네트워크 게시물(19.7.3), 토의그룹이나 메일링리스트의 게시물(19.7.4)
■ 예술작품이나 다른 시각자료를 포함한 시각 및 공연예술 자료(19.8.1), 실황공연
  (19.8.2)
■ 미국헌법(19.9.5)과 기타 공문서(19.9)

314

논증에서 대단히 중요하거나 자주 인용될 때는 이런 범주에 속한 자료도 참고문헌 목록에 포함시킬 수 있다.

18.3 괄호주

괄호주에는 독자가 참고문헌에서 완전한 서지정보를 찾을 수 있을 만한 정보를 충분히 기재한다. 저자명과 발행일자를 표기하고, 특정 단락을 인용한다면 쪽 번호나 기타 위치정보를 밝힌다. 저자명과 발행일자는 참고문헌목록의 정보와 일치해야 한다(참고문헌방식의 괄호주에 기재하는 요소와 구두점은 주석표기방식과는 조금 다르다. 16.4.3에 주석표기방식을 설명해두었으니 두 양식을 혼동하지 않도록 하자).

18.3.1 위치

참고 자료를 언급하거나 그 외 여러 방식으로 사용할 때마다 본문에 괄호주를 넣어 자료를 찾을 수 있는 기본 정보를 밝혀야 한다. 대개 괄호주는 인용문이나 자료가 언급된 문장이나 절 끝에 온다. 저자 이름을 본문에서 언급했다면 저자 이름 바로 뒤에 나머지 정보를 괄호로 묶어 밝힌다. 삽입 인용문인 경우 닫는 괄호 뒤에 쉼표나 마침표 같은 구두점을 찍는다. 25.2를 참고하라.

"What on introspection seems to happen immediately and without effort is often a complex symphony of processes that take time to complete" (LeDoux 2003, 116).

While one school claims that "material culture may be the most objective source of information we have concerning America's past" (Deetz 1996, 259), others disagree.

The color blue became more prominent in the eighteenth century (Pastoureau 2001, 124).

According to Gould (2007, 428), the song "spreads a deadpan Liverpudlian irony over the most clichéd sentiment in all of popular music."

그러나 블록 인용문에서는 마지막 구두점을 찍은 뒤에 괄호주를 단다.

He concludes with the following observation:

> The new society that I sought to depict and that I wish to judge is only being born. Time has not yet fixed its form; the great revolution that created it still endures, and in what is happening in our day it is almost impossible to discern what will pass away with the revolution itself and what will remain after it. (Tocqueville 2000, 673)

괄호주를 사용한 페이지의 예는 그림 A.11을 참조하라.

18.3.2 특별 요소와 형식

괄호주의 기본 형식은 18.1에서 설명했고, 몇몇 일반 유형의 자료의 출처를 밝히는 괄호주의 양식은 그림 18.1에서 제시했다. 여기에서는 괄호주에 기재할 수 있는 몇몇 특별 요소와 괄호주를 사용할 때 생길 수 있는 특별한 형식 문제를 다루겠다.

다음에 제시된 상황에서는 특별한 언급이 없는 한 편자나 역자를 비롯한 편찬자의 이름을 저자의 이름과 같은 방식으로 인용한다.

성이 같은 저자. 같은 성을 가진 저자가 둘 이상이라면 발행일자가 다르더라도 괄호주에 저자의 이름 머리글자를 덧붙인다. 머리글자마저 같다면 이름 전체를 표기한다.

(J. Smith 2001, 140)   (Howard Bloom 2005, 15)
(T. Smith 1998, 25-26)   (Harold Bloom 2010, 270)

동일한 저자가 동일한 발행연도에 발행한 자료. 동일 저자가 같은 발행연도에 발행했거나, 동일한 공저자들이 같은 연도에 공저한 자료가 둘 이상일 때는 참고문헌에서 자료명을 알파벳순으로 정렬한다. 그리고 순서대로 발행연도 뒤에 a, b, c

등을 붙이고(18.2.1 참조) 같은 기호를 괄호주에도 표기한다(알파벳 문자는 발행연도 뒤에 빈칸 없이 로마체로 표기한다).

(Davis 1983a, 74)
(Davis 1983b, 59-60)

저자가 없는 경우. 저자가 없는 책이나 학술지 논문을 인용한다면 참고문헌목록에서 저자명 자리에 자료명을 기재한다(18.2.1 참조). 괄호주에서는 자료명에서 최대네 단어 정도까지 추려낸 축약 제목을 표기한다. 제목은 참고문헌목록에 표기한대로 이탤릭체나 로마체로 표기한다.

(*Account of operations* 1870-1910)
("Great Trigonometrical Survey" 1863, 26)

필자가 없는 잡지·신문기사는 괄호주와 참고문헌 모두에서 저자명 자리에 잡지명이나 신문명을 넣는다(19.3과 19.4 참조). 다른 유형의 자료에 대해서는 19장의 관련 부분을 참조하라. 별다른 설명이 없다면 저자명 자리에 축약한 제목을 기재한다.

발행일자가 없는 경우. 발행일자가 없는 출판자료를 인용한다면 괄호주와 참고문헌목록 모두에서 n.d. (no date)라고 로마체 소문자로 표기하라.

(Smith n.d., 5)

다른 유형의 자료는 19장의 관련 부분을 참고하라.

여러 자료를 인용할 때. 한 가지 논점을 펼치기 위해 여러 자료를 인용할 때는 자료를 한데 묶어 하나의 괄호주 안에 기재한다. 상황에 따라 알파벳순이나 연대순 또는 중요도순으로 배열하고 자료정보 사이에 세미콜론을 찍어 구분한다.

Several theorists disagreed strongly with this position (Armstrong and Malacinski 2003; Pickett and White 2009; Beigl 2010).

18.3.3 각주와 괄호주

본문의 내용과 관련된 중요한 언급을 하고 싶다면 괄호주 대신 각주를 사용하라. 각주의 위치와 번호, 형식은 16.3.2 - 16.3.4를 참고하라. 각주에 언급한 자료의 출처를 밝힐 때는 일반적인 괄호주를 덧붙인다.

N: 10. As Michael Pollan (2007, 374) observed, "We don't know the most basic things about mushrooms."

19 저자 - 출판연도 방식: 유형별 정리

18장에서는 괄호주와 참고문헌목록을 포함해 저자 - 출판연도 방식의 기본 형식을 개괄했다. 참고문헌방식에 친숙하지 않은 독자는 이 장을 읽기에 앞서 18장을 먼저 읽을 것을 당부한다.

이번 장에서는 광범위한 자료를 살펴보며 참고문헌 표기 형식을 자세히 다루겠다(또 그만큼 자세히는 아니지만 괄호주의 형식도 다룰 것이다). 가장 일반적 자료인 책과 학술지 논문에서 시작해 기타 출간, 미출간, 기록자료까지 범위를 넓혀가려 한다. 책(19.1)과 학술지 논문(19.2)을 다룬 부분에서는 저자명과 제목 같은 정보의 다양한 변형을 어떻게 표기하는지 덜 일반적인 자료를 다른 부분보다 자세히 다루겠다.

전자 버전 자료를 인용하는 사례는 그에 상응하는 일반 유형의 사례와 함께 다루었다. 전자책 인용은 19.1.10에서 다룬다. 웹사이트, 블로그, 소셜 네크워크 서비스는 19.7에서 다룬다.

부분마다 대체로 참고문헌을 작성하는 데 도움이 될 지침과 예시(R로 표시)가 들어 있다. 괄호주는 대개 18장에서 설명한 기본 형식을 따르기 때문에 다시 확인할 필요가 있거나 특별히 혼동되는 요소가 있는 경우(예컨대 저자와 편자가 함께 기재된 책)만 예(P로 표시)를 제시했다.

이 장에서 다루지 않은 유형의 자료는《시카고 편집 매뉴얼》16판(2010), 15장을 참고하라. 이 장에서 설명한 원칙과 예시를 변형하여 자신만의 형식을 고안할 수도 있다. 일관성 있게 사용하기만 하면 이렇게 변형한 양식을 인정하는 교수와 학과, 대학이 많다.

19.1 책

책은 다른 출판자료보다 다양한 요소를 반영하는데, 이 부분에서 다루는 요소의 다양한 표기방식은 다른 유형의 자료에도 적용할 수 있다.

19.1.1 저자명

참고문헌목록에는 각 저자(그리고 편자나 역자나 다른 필자)의 이름을 표제지에 나오는 철자와 순서대로 밝힌다. 이름에 머리글자가 둘 이상 있다면 둘 사이에 빈 칸을 둔다(24.2.1 참조). 처음 제시된 저자의 이름과 성을 뒤바꾸어 성을 앞에 쓴다. 단 비영어권 이름과 18.2.1에서 다루는 다른 유형의 이름은 예외로 한다. 다른 저자들의 이름은 첫 저자의 이름 뒤에 쓰되 이름과 성을 뒤바꾸지 않는다.

R: Murav, Harriet. 2011. *Music from a Speeding Train: Jewish Literature in Post-revolution Russia.* Stanford, CA: Stanford University Press.

Barker-Benfield, G. J. 2010. *Abigail and John Adams: The Americanization of Sensibility.* Chicago: University of Chicago Press.

Kinder, Donald R., and Allison Dale-Riddle. 2012. *The End of Race? Obama, 2008, and Racial Politics in America.* New Haven, CT: Yale University Press.

괄호주에서는 저자의 성만 쓰되 참고문헌에 표기된 성과 일치해야 한다. 저자가 세 명 이상일 때는 그림 18.1을 보라.

P: (Murav 2011, 219-20)

(Barker-Benfield 2010, 499)

(Kinder and Dale-Riddle 2010, 47)

저자 외에도 편자나 역자가 있는 경우. 표제지에 저자 외에도 편자나 역자가 있다면 저자명을 위에서 설명한 대로 표기하고 책 제목 뒤에 편자나 역자의 이름을 넣는다. 편자와 역자 둘 다 있다면 책의 표제지에 기입된 순서대로 표기한다.

참고문헌목록에는 편자나 역자의 이름 앞에 각각 Edited by나 Translated by를 넣는다.

R: Elizabeth I. 2000. *Collected Works.* Edited by Leah S. Marcus, Janel Mueller, and Mary Beth Rose. Chicago: University of Chicago Press.

Hegel, Georg Wilhelm Friedrich. 2010. *The Science of Logic.* Edited and translated by George di Giovanni. Cambridge: Cambridge University Press.

Jitrik, Noé. 2005. *The Noé Jitrik Reader: Selected Essays on Latin American*

Literature. Edited by Daniel Balderston. Translated by Susan E. Benner. Durham, NC: Duke University Press.

표제지의 편자와 역자 소개에 복잡한 설명이 달린 경우도 있다. 'Edited with an Introduction and Notes by(~가 서문과 주석을 쓰고 편집하다)'나 'Translated with a Foreword by(~가 번역하고 서문을 쓰다)' 같은 설명이 있다 해도 위의 예를 따라 단순하게 edited by나 translated by라고 기재하면 된다. 저자가 아닌 사람이 서문이나 서론을 썼더라도 그 부분을 특별히 인용하지 않는 한 서문이나 서론의 저자를 별도로 언급할 필요는 없다(19.1.9 참조).

괄호주에는 참고문헌의 저자명 뒤에 표기되는 편자나 역자는 포함시키지 않는다.

P: (Elizabeth I 2000, 102-4)

(Hegel 2010, 642-43)

(Jitrik, 189)

저자 대신 편자나 역자가 있는 경우. 책 표제지에 저자명 대신 편자명이나 역자명이 표기되어 있다면 편자명이나 역자명을 저자명 자리에 기재한다. 저자명 표기 원칙을 따르되(위 참조), 참고문헌목록에서는 편자명이나 역자명 뒤에 각각 ed.(복수는 eds.)나 trans.(단·복수 동형)를 이름 뒤에 넣는다. 편자나 역자가 여럿이라면 그림 18.1에서 설명한'저자가 여럿일 때'의 원칙을 따른다.

R: Heaney, Seamus, trans. 2000. *Beowulf: A New Verse Translation*. New York: W. W. Norton.

Makhulu, Anne-Maria, Beth A. Buggenhagen, and Stephen Jackson, eds. 2010. *Hard Work, Hard Times: Global Volatility and African Subjectivities*. Berkeley: University of California Press.

P: (Heaney 2000, 55)

(Makhulu, Buggenhagen, and Jackson 2010, viii-ix)

■ 단체가 저자인 경우: 단체나 협회, 위원회, 기업이 발행한 자료의 표제지에 저자 명이 없다면 발행자와 중복되더라도 단체명을 저자명 자리에 표기한다. 공문서 는 19.9를 보라.

R: American Bar Association. 2010. *The 2010 Federal Rules Book*. Chicago: American Bar Association.

P: (American Bar Association 2010, 221)

■ 저자명이 필명인 경우: 널리 알려진 필명은 저자의 실명처럼 사용한다. 실명이 알 려져 있지 않다면 참고문헌에서는 필명 뒤에 pseud.라고 각괄호([ ])에 넣어 덧붙 인다. 괄호주에서는 [pseud.]를 사용하지 않는다.

R: Twain, Mark. 1899. *The Prince and the Pauper: A Tale for Young People of All Ages*. New York: Harper and Brothers.
　Centinel [pseud.]. 1981. "Letters." In *The Complete Anti-Federalist*, edited by Herbert J. Storing. Chicago: University of Chicago Press.

P: (Twain 1899, 34)
　(Centinel 1981, 2)

■ 저자가 익명인 경우: 저자가 알려져 있거나, 누구일 것이라 짐작은 되지만 책 표 제지에 기재되어 있지 않다면 저자명을 각괄호에 넣는다(불확실함을 나타내기 위해 물 음표도 첨가한다). 저자나 편자가 알려져 있지 않더라도 참고문헌의 저자명 자리에 는 익명Anonymous이라고 쓰지 말고 제목을 표기한다. 참고 주에는 제목을 축약하 여(18.3.2 참조) 기재한다.

R: [Cook, Ebenezer?]. 1730. *Sotweed Redivivus, or The Planter's Looking-Glass*. Annapolis.
　A True and Sincere Declaration of the Purpose and Ends of the Plantation Begun in Virginia, of the Degrees Which It Hath Received, and Means by Which It Hath

Been Advanced. 1610. London.

P: ([Ebenezer Cook?] 1730, 5-6)

(*True and Sincere Declaration* 1610, 17)

19.1.2 발행일

책의 출판연도는 월이나 일 없이 출판연도만을 표기하며 대개 판권일자와 같다. 대체로 판권지에 나오지만 표제지에 나올 때도 있다.

참고문헌목록에서는 출판연도를 별개의 요소로 취급하여 마침표를 찍는다. 괄호주에서는 저자명 뒤에 구두점 없이 바로 표기한다.

R: Franzén, Johan. 2011. *Red Star over Iraq: Iraqi Communism before Saddam*. New
York: Columbia University Press.

P: (Franzén 2011, 186)

개정판이나 재판에는 둘 이상의 판권일자가 있을 수 있다. 이런 경우에는 가장 최근 일자가 출판연도를 뜻한다. 예를 들어 'ⓒ 1992, 2003, 2010.'에서는 2010이 출판연도다.

출판연도를 알 수 없다면 n.d.라고 약어로 표기한다. 출판연도가 기재되어 있지 않지만 언제인지 추정할 수 있다면 각괄호에 넣어 덧붙일 수 있다. 이때 불확실함을 나타내기 위해 물음표를 찍는다.

R: Agnew, John. n.d. *A Book of Virtues*. Edinburgh.

Miller, Samuel. [1750?]. *Another Book of Virtues*. Boston.

P: (Agnew n.d., 5)

(Miller [1750?], 5)

출판사와 출판계약을 맺었고 제목도 정해졌지만 출판일이 아직 결정되지 않은 책은 출판연도 자리에 출간예정forthcoming이라고 쓴다. 괄호주에서는 앞에 쉼표를 찍어 혼동을 막는다. 아직 출판계약이 맺어지지 않은 책은 모두 미출간 원고로 취급한다(19.6 참조).

R: 저자의 성, 이름. Forthcoming. *제목*. 출판사 소재지: 출판사명.

P: (저자의 성, forthcoming, 16)

19.1.3 제목

참고문헌목록에는 제목과 부제를 빠짐없이 기재한다. 둘 다 이탤릭체로 표기하며 제목과 부제 사이에 콜론(:)을 찍는다. 부제가 둘이라면 첫 번째와 두 번째 부제 사이에는 세미콜론(;)을 찍는다.

R: Goldmark, Daniel, and Charlie Keil. 2011. *Funny Pictures: Animation and Comedy in Studio Era Hollywood*. Berkeley: University of California Press.

Ahmed, Leila. 1999. *A Border Passage: From Cairo to America; A Woman's Journey*. New York: Farrar, Straus and Giroux, 1999.

모든 제목과 부제는 헤드라인스타일로 대문자를 표기한다. 곧, 제목과 부제의 첫 단어와 끝 단어, 모든 주요 단어의 첫 글자를 대문자로 표기한다. 외국어 제목은 문장스타일로 대문자를 표기한다. 곧, 제목과 부제의 첫 단어의 첫 글자와 원어의 관례에 따라 첫 글자를 대문자로 표기하는 고유명사와 고유형용사의 첫 글자만 대문자로 쓴다(몇몇 로망스어는 고유형용사와 몇몇 고유명사의 첫 글자를 대문자로 쓰지 않는다)(헤드라인스타일과 문장스타일에 대한 더 자세한 설명은 22.3.1을 보라).

(헤드라인스타일)

How to Do It: Guides to Good Living for Renaissance Italians

(문장스타일)

De sermone amatorio apud latinos elegiarum scriptores

원제의 철자와 하이픈, 구두점을 그대로 쓰되 두 가지 예외가 있다. 모두 대문자

로 쓰인 단어는 대소문자를 섞어 쓰는 형식으로 바꾸고(24장에 다룬 약칭어와 약성어
는 예외) 앰퍼샌드(&)는 and로 바꾼다. 숫자는 참고문헌목록의 다른 제목들과 형
식을 일관되게 맞춰줘야 할 만한 이유가 없다면 원제에 쓰인 대로 글자로 풀거나
숫자로 쓴다(twelfth century 또는 12th century). 책의 장과 다른 부분의 제목 표기방식
은 19.1.9를 참고하라.

제목의 특별한 요소. 제목에서 특별한 형식으로 표기해야 할 요소가 몇 개 있다.

■ 날짜: 원제에 쉼표가 없더라도 제목이나 부제의 날짜 앞에는 쉼표를 붙인다. 원제
에서 전치사나 콜론과 함께 날짜를 쓴다면("from 1920 to 1945") 쉼표를 덧붙이지 않
는다.

R: Hayes, Romain. 2011. *Subhas Chandra Bose in Nazi Germany: Politics, Intelligence,
and Propaganda, 1941-43*. New York: Columbia University Press.

Sorenson, John L., and Carl L. Johannessen. 2009. *World Trade and Biological
Exchanges before 1492*. Bloomington, IN: iUniverse.

■ 제목 속의 제목: 이탤릭체로 표기된 제목 안에 또 다른 이탤릭체의 제목이 있다면
제목 속 제목은 인용부호로 묶는다. 이미 인용부호로 묶여 있다면 인용부호를 없
애지 말고 놔둔다.

R: Ladenson, Elisabeth. 2007. *Dirt for Art's Sake: Books on Trial from "Madame
Bovary" to "Lolita."* Ithaca, NY: Cornell University Press.

McHugh, Roland. 1991. *Annotations to "Finnegans Wake."* 2nd ed. Baltimore:
Johns Hopkins University Press.

그러나 원제 전체가 인용부호로 묶여 있거나 제목 속의 제목이라면 인용부호를
없앤다.

R: Swope, Sam. 2004. *I Am a Pencil: A Teacher, His Kids, and Their World of Stories.* New York: Henry Holt.

Wilde, Oscar. 2011. *The Picture of Dorian Gray: An Annotated, Uncensored Edition.* Edited by Nicholas Frankel. Cambridge, MA: Harvard University Press.

■ 이탤릭체로 표기된 용어: 이탤릭체로 표기된 제목 안에 보통 이탤릭체로 표기되는 용어가 있을 수도 있다. 생물종의 명칭이나 배의 이름이 그런 경우인데, 이때 용어를 로마체로 바꾼다.

R: Pennington, T. Hugh. 2003. *When Food Kills: BSE, E. coli, and Disaster Science.* New York: Oxford University Press.

Lech, Raymond B. 2001. *The Tragic Fate of the* U.S.S. Indianapolis: *The U.S. Navy's Worst Disaster at Sea.* New York: Cooper Square Press.

■ 물음표와 느낌표: 제목이나 부제가 물음표나 느낌표로 끝난다면 뒤에 다른 구두점을 찍지 않는다(예외는 21.12.1을 참조).

R: Allen, Jafari S. 2011. *¡Venceremos? The Erotics of Black Self-Making in Cuba.* Durham, NC: Duke University Press.

Wolpert, Stanley. 2010. *India and Pakistan: Continued Conflict or Cooperation?* Berkeley: University of California Press.

옛 책. 18세기 이전에 출판된 작품의 제목은 원제의 구두점과 철자대로 쓴다. 또한 원제의 대문자 표기가 헤드라인스타일을 따르지 않더라도 원제대로 표기한다. 그러나 모두 대문자로 표기된 단어는 대소문자로 바꿔 표기한다.

R: Ray, John. 1673. *Observations Topographical, Moral, and Physiological: Made in a Journey Through part of the Low-Countries, Germany, Italy, and France: with A Catalogue of Plants not Native of England . . . Whereunto is added A Brief*

Account of Francis Willughby, Esq., his Voyage through a great part of Spain. [London].

Escalante, Bernardino. 1579. *A Discourse of the Navigation which the Portugales doe make to the Realmes and Provinces of the East Partes of the Worlde. . .* Translated by John Frampton. London.

영어가 아닌 제목. 영어가 아닌 제목은 해당 언어의 고유명사 표기 원칙을 따라 대문자로 표기한다. 이러한 원칙을 잘 모른다면 믿을 만한 자료를 찾아본다.

R: Gouguenheim, Sylvain. 2008. *Aristote au Mont-Saint-Michel: Les racines grecques de l'Europe chrétienne*. Paris: Éditions du Seuil.

Piletić Stojanović Ljiljana, ed. 1971. *Gutfreund i češki kubizam*. Belgrade: Muzej savremene umetnosti.

Kelek, Necla. 2006. *Die fremde Braut: Ein Bericht aus dem Inneren des türkischen Lebens in Deutschland*. Munich: Goldmann Verlag.

외국어 제목을 영어로 번역해 덧붙이려면 원제 뒤에 표기한다. 번역제목은 이탤릭체로 표기하지 말고 각괄호로 묶는다. 인용부호도 사용하지 않는다. 문장스타일대로 대문자를 표기한다.

R: Wereszycki, Henryk. 1977. *Koniec sojuszu trzech cesarzy* [The end of the Three Emperors' League]. Warsaw: PWN.

Yu Guoming. 2011. *Zhongguo chuan mei fa zhan qian yan tan suo* [New perspectives on news and communication]. Beijing: Xin hua chu ban she.

원서와 번역본의 출처를 모두 밝혀야 한다면 무엇을 강조하고 싶은지에 따라 다음 형태 중 하나를 선택하여 사용한다.

(원서를 강조하고 싶은 경우)

R: Furet, François. 1995. *Le passé dune illusion*. Paris: Éditions Robert Laffont. Translated by Deborah Furet as *The passing of an illusion* (Chicago: University of Chicago Press, 1999).

또는

(번역서를 강조하고 싶은 경우)

Furet, François. 1999. *The passing of an illusion*. Translated by Deborah Furet. Chicago: University of Chicago Press. Originally published as *Le passé d'une illusion* (Paris: Éditions Robert Laffont, 1995).

19.1.4 판

두 가지 이상 판본으로 출판되는 작품도 있다. 각 판본은 내용이나 형식, 또는 둘 다 다를 때도 있다. 초판이 아니라면(대개 초판이라고 따로 표시되지 않는다) 항상 실제 참고한 판본의 출처를 밝힌다.

개정판. 재발행된 책의 내용에 중대한 변화가 있다면 '개정판revised edition' 또는 '제2판second or subsequent edition'이라고 부른다. 이런 정보는 보통 표제지에 나오며 판권지에도 출판연도와 함께 다시 나온다.

초판이 아닌 다른 판을 인용한다면 어떤 판을 인용했는지 제목 뒤에 표기해야 한다. '개정증보 제2판Secon Edition, Revised and Enlarged' 같은 표현은 2nd ed로, '개정판Revised Edition'은 Rev. ed로 줄여 표기하라. 출판연도는 자신이 인용하는 판본의 출판연도만 표기한다. 그 이전 판본의 출판연도까지 밝힐 필요는 없다(19.1.2 참조).

R: Foley, Douglas E. 2010. *Learning Capitalist Culture: Deep in the Heart of Tejas*. 2nd ed. Philadelphia: University of Pennsylvania Press.

Levitt, Steven D., and Stephen J. Dubner. 2006. *Freakonomics: A Rogue Economist Explores the Hidden Side of Everything*. Rev. ed. New York: William Morrow.

재판. 많은 책은 두 가지 형식 이상으로 재발행되거나 출판된다. 예를 들어 (처음 책을 출판했던 출판사나 다른 출판사가) 문고본으로 출판하거나 전자책으로 출판한다 (19.1.1 참조). 항상 자신이 참고한 버전의 출판 정보를 기록한다. 참고한 판이 초판 출판 뒤 한두 해 이상 지난 다음 출판되었다면 참고문헌목록에는 초판 발행일 (19.1.2 참조)을 괄호로 포함시킨다.

R: Jarrell, Randall. 2010. *Pictures from an Institution: A Comedy*. Chicago: University of Chicago Press. (Orig. pub. 1954.)

P: (Jarrell 2010, 79-80)

고전작품의 재판도 재판 출판연도를 밝히는 것이 좋다. 그러나 논문의 맥락상 원판 출판연도가 중요하다면 참고문헌목록과 괄호주에서 재판연도 앞에 원판 출판연도를 각괄호로 표기한다.

R: Dickens, Charles. 2011. *Pictures from Italy*. Cambridge: Cambridge University Press. (Orig. pub. 1846.)

P: (Dickens 2011, 10)

또는

R: Dickens, Charles. [1846] 2011. *Pictures from Italy*. Cambridge: Cambridge University Press.

P: (Dickens [1846] 2011, 10)

19.1.5 권

여러 권으로 이루어진 다권본에서 특정 권을 인용할 때는 권수를 밝혀야 한다.

다권본 중 한 권을 인용할 때. 다권본에 속한 개별 책에 제목이 따로 있다면 전체 다권본 제목을 먼저 쓰고, 개별 책의 권 번호와 제목을 쓴다. 권 번호는 아라비아 숫자를 쓰되 앞에 약어 vol. 을 붙인다.

R: Naficy, Hamid. 2011. *A Social History of Iranian Cinema*. Vol. 2, *The Industrializing Years, 1941-1978*. Durham, NC: Duke University Press.

개별 제목이 따로 없는 다권본에서 한 권만 인용한다면 참고문헌목록에 인용권 수를 표기한다(다권본 전체를 인용하는 방법은 아래 참조). 괄호주에서는 권수 바로 뒤 에 인용쪽수를 표기하고 권수와 쪽수 사이에는 콜론을 넣되 띄어쓰기는 하지 않는다.

R: Byrne, Muriel St. Clare, ed. 1981. *The Lisle Letters*. Vol. 1 and 4. Chicago: University of Chicago Press.

P: (Byrne 1981, 4:243)

다권본에는 전체 편집자와 각 권당 편집자나 저자가 다른 경우도 있다. 이런 다 권본의 일부를 인용할 때는 인용하는 권의 편집자나 저자(19.1.1 참조)를 밝히되 권 제목 뒤에 표기한다. 아래의 예는 다권본에서 1권 다책으로 출판된 책(vol. 2, bk. 3)의 인용출처를 밝히는 법도 보여준다. 괄호주에는 인용 부분의 저자만 기재 한다.

R: Mundy, Barbara E. 1998. "Mesoamerican Cartography." In *The History of Cartography*, edited by J. Brian Harley and David Woodward, vol. 2, bk. 3, *Cartography in the Traditional African, American, Arctic, Australian, and Pacific Societies*, edited by David Woodward and G. Malcolm Lewis, 183-256. Chicago: University of Chicago Press.

P: (Mundy 1998, 233)

다권본 전체를 인용할 때. 다권본 전체를 인용할 때는 제목과 전체 권수를 밝힌다. 여러 해에 걸쳐서 출간된 책이라면 전체 발행기간의 범위를 참고문헌목록과 괄 호주에서 밝힌다.

R: Aristotle. 1983. *Complete Works of Aristotle: The Revised Oxford Translation.* Edited by J. Barnes. 2 vols. Princeton, NJ: Princeton University Press.

Tillich, Paul. 1951-63. *Systematic Theology.* 3 vols. Chicago: University of Chicago Press.

P: (Tillich 1951-63, 2:41)

19.1.6 총서

총서series의 일부를 인용할 때 총서 정보를 꼭 밝혀야 할 필요는 없다. 하지만 정보를 밝혀둔다면 독자가 자료를 찾거나 자료의 신빙성을 평가하는 데 도움이 될 것이다. 총서 정보는 제목 뒤(판이나 권수, 편자 이름이 있다면 그 뒤), 출판정보 앞에 넣어라.

총서명은 로마체로 기재하고, 헤드라인스타일에 따라 대문자를 표기하되 제목의 첫 The는 생략한다. 총서의 각 권에 번호가 있다면 총서명 뒤에 자신이 인용한 권수를 밝힐 수 있다. 총서의 편자는 생략하는 경우가 많지만 총서명 뒤에 표기해도 무방하다. 편자와 권수를 모두 포함시킬 때는 권수 앞에 vol.을 붙인다.

R: Hausman, Blake M. 2011. *Riding the Trail of Tears.* Native Storiers: A Series of American Narratives. Lincoln: University of Nebraska Press.

Lunning, Frenchy, ed. 2010. *Fanthropologies.* Mechademia 5. Minneapolis: University of Minnesota Press.

Stein, Gertrude. 2008. *Selections.* Edited by Joan Retallack. Poets for the Millennium, edited by Pierre Joris and Jerome Rothenberg, vol. 6. Berkeley: University of California Press.

19.1.7 출판정보

출판정보에는 보통 두 요소가 포함된다. 출판사 소재지(도시)와 출판사명이다 (세 번째 출판정보인 출판연도는 저자 - 출판연도 방식에서는 저자명 뒤에 독립된 요소로 기재한다 (19.1.2 참조)).

R: Gladwell, Malcolm. 2000. *The Tipping Point: How Little Things Can Make a Big Difference*. Boston: Little, Brown.

20세기 전에 출판된 책이나 출판사명이 기재되지 않은 책을 인용할 때는 출판사명을 생략할 수 있다.

R: Darwin, Charles. 1871. *The Descent of Man, and Selection in Relation to Sex*. 2 vols. London.

출판사 소재지. 출판사의 편집부가 있는 도시로 표제지에 주로 나오지만 판권지에 나오기도 한다. 도시가 둘 이상 표기되어 있다면(예를 들어 Chicago and London) 첫 도시만 밝힌다.

Los Angeles: Getty Publications
New York: Columbia University Press

출판사 소재지가 유명한 도시가 아니거나 같은 이름의 다른 도시와 혼동될 우려가 있다면 주나 지방, 필요하다면 군의 약어도 표기한다(주 이름의 약어는 24.3.1 참조). 출판사명에 주 이름이 들어 있다면 주 이름 약자는 기재할 필요가 없다.

Cheshire, CT: Graphics Press
Harmondsworth, UK: Penguin Books
Cambridge, MA: MIT Press
Chapel Hill: University of North Carolina Press

외국 도시 이름은 현재 일반적으로 사용되는 영어표기를 사용한다. 예를 들어, 유고슬라비아의 수도 베오그라드Beograd는 벨그레이드Belgrade로, 이탈리아 도시 밀라노Milano는 밀란Milan으로 표기한다.

출판사 소재지를 알 수 없다면 출판사명 앞에 N.p.라고 표시할 수 있다. 출판사 소재지로 추정되는 곳이 있다면 물음표를 붙여 각괄호로 묶어 표기한다.

N.p.: Windsor.

[Lake Bluff, IL?]: Vliet & Edwards.

출판사명. 출판사명은 책의 표제지에 나오는 것과 똑같이 기입한다. 책이 발행된
뒤 출판사 이름이 바뀌었거나 참고문헌목록의 여러 책에 같은 출판사가 다른 방
식으로 표기되었다 해도 인용하는 책의 표제지에 기재된 형식을 따른다.

Harcourt Brace and World

Harcourt Brace Jovanovich

Harcourt, Brace

그러나 The와 Inc., Ltd., S.A., Co., & Co., and Publishing Co. 같은 약어(와 이런
약어를 풀어 쓴 단어들)를 생략할 수 있다.

The University of Texas Press	대신에	University of Texas Press
Houghton Mifflin Co.	대신에	Houghton Mifflin
Little, Brown & Co.	대신에	Little, Brown

외국 출판사명은 번역하거나 축약해서는 안 된다. 그러나 위에서 지적한 대로 출
판사가 위치한 도시명은 영어표기법을 따른다. 출판사명을 알 수 없는 책은 출판
사 소재지(알 수 있다면)와 출판일만 표기한다.

19.1.8 쪽 번호를 비롯한 위치정보
쪽 번호를 비롯해 인용한 단락이나 요소의 위치를 나타내는 정보는 괄호주에는
표기하지만 참고문헌목록에는 표기하지 않는다(예외: 참고문헌목록에서 책의 한 장이나
기타 부분을 밝힐 때에는 그 장이나 부분의 쪽 범위를 제시한다. 예시는 19.1.9를 보라).
　쪽 범위 표기법은 23.2.4를 참고하라.

쪽과 장, 부분의 번호. 쪽 번호는 괄호주 인용에서 대개 마지막에 온다. page라는 단어나 약어인 p.나 pp.는 쓰지 않고 아라비아숫자로 기재한다. 단, 원문에 로마 숫자로 표기된 쪽은 로마숫자를 사용한다.

P: (Arum and Roksa 2011, 145-6)

(Jones 2010, xiv-xv)

쪽 범위 대신에 장 전체chap.나, 부pt., 책bk., 또는 절sec.로 표기하기도 한다.

P: (Datar, Garvin, and Cullen 2010, pt. 2)

19세기 이전에 인쇄된 책에는 쪽 번호가 없고, 접지 번호나 기호Signature가 표시되어 있다. 접지 번호는 다시 폴리오나 장으로 나뉜 뒤 앞장(rectro 또는 r)과 뒷장(verso 또는 v)으로 나뉜다. 이런 자료에서 인용된 문구나 문단의 출처를 밝힐 때는 이러한 번호와 기호를 띄어쓰기 없이 연결하여 표기하되 이탤릭체를 사용하지 않는다(예: G6v, 176r, 232r-v, 또는(폴리오 전체를 참고한다면) fol. 49).

특별한 형태의 위치정보. 가끔은 특정한 주나 그림, 표, 번호가 달린 행(몇몇 시 작품처럼)을 인용할 때도 있다.

■ 주 번호: 주를 인용했다면 인용출처를 밝힐 때 약어인 n(복수는, nn)을 사용한다. 해당 쪽에 하나밖에 없거나 번호가 없는 각주를 인용할 때는 쪽 번호 뒤에 빈칸이나 구두점 없이 n이라고만 덧붙인다. 각주나 후주가 둘 이상 있는 주에서 주를 인용했다면 쪽 번호 뒤에 n(순서대로 나열된 주를 둘 이상 인용할 때는 nn)이라 쓰고 그 뒤에 주 번호를 기재한다.

P: (Grafton 1997, 72n)

(Bolinger 1980, 192n23, 192n30, 199n14, 201nn16-17)

- 그림과 표 번호: 그림은 약어 fig. 를 사용하여 표기한다. 그러나 표table와 지도map, 삽화plate 같은 형식에는 약어를 사용하지 않고 원래 단어를 그대로 사용한다. 쪽 번호 뒤에 그림이나 표 번호를 기재하라.

P: (Sobel 1993, 87. table 5.3)

- 행 번호: 시를 비롯해 행 번호로 위치를 나타내는 자료를 인용할 때는 *l.* (line)과 *ll.* (lines) 같은 약어는 사용하지 않는다. 숫자인 1, 11과 혼동하기 쉽기 때문이다. 약어 대신 line이나 lines 같은 단어로 표기하거나 행을 언급하는 것이 문맥상 분명할 때는 숫자만 표기한다.

P: (Nash 1945, lines 1-4)

19.1.9 장을 비롯해 제목이 달린 부분들

대부분의 경우 하나의 논증이나 서사가 이어지는 책은 책의 주 제목을 밝혀야 한다. 하지만 때로는 자신의 연구와 관련 깊은 부분이라면 독립적인 글이나 장을 인용출처에 제시할 수 있다. 그래야 독자도 그 자료가 당신의 연구와 구체적으로 어떻게 연결되는지 쉽게 이해할 수 있다.

R: Carnes, Mark C., ed. 2001. *Novel History: Historians and Novelists Confront America's Past (and Each Other)*. New York: Simon and Schuster.

P: (Carnes 2001, 137)

대신에

R: Demos, John. 2001. "Real Lives and Other Fictions: Reconsidering Wallace Stegner's *Angle of Repose*." In *Novel History: Historians and Novelists Confront America's Past (and Each Other)*, edited by Mark C. Carnes, 132-5. New York: Simon and Schuster.

P: (Demos 2001, 137)

한 사람이 쓴 책에서 일부를 인용할 때. 한 사람이 쓴 책에서 제목이 달린 부분을 인용했다면 참고문헌목록에서는 인용한 부분의 제목을 책 제목보다 앞에 쓴다(로마체로 표기하고 인용부호로 묶는다). 뒤에 In이라고 표시한 뒤 책 제목을 밝히고 그 뒤에 인용한 부분의 쪽 범위를 넣는다.

R: Greenhalgh, Susan. 2010. "Strengthening China's Party-State and Place in the World." In *Cultivating Global Citizens: Population in the Rise of China*, 79-114. Cambridge, MA: Harvard University Press.

단일 저자가 쓴 책이지만 '서문'이나 '후기' 같은 일반적 제목이 달린 부분을 다른 저자가 쓴 책도 더러 있다. 인용부호 없이 로마체로 표기하되 첫 단어만 대문자 표기한다. 괄호주에서는 해당 부분의 저자명만 밝힌다.

R: Calhoun, Craig. 2005. Foreword to *Multicultural Politics: Racism, Ethnicity, and Muslims in Britain*, by Tariq Modood, ix-xv. Minneapolis: University of Minnesota Press.
P: (Calhoun 2005, xii)

그러나 '서문'이나 '후기' 같은 일반적 제목이 달린 부분을 쓴 저자가 책 전체의 저자와 동일이라면 참고문헌에서는 부분이 아니라 전체 책 정보를 싣는다.

여러 필자의 글을 편집한 책에서 일부를 인용할 때. 여러 필자의 기고를 묶어 편집한 책의 부분을 인용한다면 참고문헌목록에서는 해당 부분의 필자와 출판일, 제목(로마체로 쓰고 인용부호로 묶는다)을 표기한 뒤 In이라 쓴다. 그리고 책의 제목과 편집자 이름을 넣고 인용 부분의 쪽 범위를 밝힌다. 괄호주에서는 해당 부분의 필자명만 언급한다.

R: Binkley, Cameron. 2011. "Saving Redwoods: Clubwomen and Conservation, 1900-1925." In *California Women and Politics: From the Gold Rush to the Great*

Depression, edited by Robert W. Cherny, Mary Ann Irwin, and Ann Marie Wilson, 151-74. Lincoln: University of Nebraska Press.

P: (Binkley 2011, 155)

여러 필자의 기고를 묶은 책에서 둘 이상의 기고를 인용한다면 지면을 절약하기 위해 약식으로 표기할 수 있다. 참고문헌목록에서는 책 전체의 서지정보를 빠짐 없이 밝힌 뒤 인용 부분은 약식으로 출처를 밝힌다. 인용 부분의 저자명, 발행일 과 제목을 축약 없이 적은 뒤 In이라고 표시하고 축약한 편집자명과 발행일, 인 용 부분의 쪽 범위를 표기한다.

R: Keating, Ann Durkin, ed. 2008. *Chicago Neighborhoods and Suburbs: A Historical Guide*. Chicago: University of Chicago Press.

Bruegmann, Robert. 2008. "Built Environment of the Chicago Region." In Keating 2008, 76-314.

Reiff, Janice, L. 2008. "Contested Spaces." In Keating 2008, 55-63.

이런 형식을 사용한다면 괄후 주에서는 책 전체가 아니라 인용 부분만 언급하는 것이 좋다.

P: (Keating 2008, 299-300)   대신에   (Bruegmann 2008, 299-300)
(Keating 2008, 57)   대신에   (Reiff 2008, 57)

선집에 포함된 작품을 인용할 때. 선집에 실려 있는 단편소설이나 시, 에세이를 인 용할 때는 여러 저자의 기고를 편집한 책과 같은 방식으로 출처를 밝힌다. 선집 에 실린 작품의 제목을 로마체로 표기하고 인용부호로 묶되 책 한 권 분량에 가 까운 시나 산문의 발췌본은 제목을 이탤릭체로 쓴다(22.3.2 참조).

R: Allende, Isabel. 1997. "The Spirits Were Willing." In *The Oxford Book of Latin American Essays*, edited by Ilan Stavans, 461-67. New York: Oxford University

Press.

Wigglesworth, Michael. 2003. Excerpt from *The Day of Doom*. In *The New Anthology of American Poetry*, vol. 1, *Traditions and Revolutions, Beginnings to 1900*, edited by Steven Gould Axelrod, Camille Roman, and Thomas Travisano, 68-74. New Brunswick, NJ: Rutgers University Press.

P: (Allende 1997, 463-64)

(Wigglesworth 2003, 68)

논문의 맥락에서 원작의 발행일자가 중요하다면 괄호주와 참고문헌목록 모두에서 선집의 출판연도 앞에 원작 발행일자를 각괄호로 표시한다.

R: Wigglesworth, Michael. [1662] 2003. Excerpt from . . .

P: (Wigglesworth [1662] 2003, 68)

19.1.10 전자책

전자책은 19.1에서 다룬 대로 종이책처럼 인용한다. 또한 어떤 형식을 참고했는지 밝혀야 한다. 온라인에서 읽었다면 접속일과 URL을 모두 밝힌다. 책에 추천 URL이 제시돼 있다면 컴퓨터 브라우저의 주소창에 뜨는 URL 대신 추천 URL을 표기한다. 전자책을 도서관 데이터베이스나 상용 데이터베이스에서 참고했다면 URL 대신 상용 데이터베이스 이름을 밝힌다. 전용 전자책 형식으로 책을 다운로드했다면 형식을 구체적으로 밝히되 접속일자는 포함시키지 않는다. 더 자세한 내용은 15.4.1을 참고하라.

R: Pattison, George. 2011. *God and Being: An Enquiry*. Oxford: Oxford University Press. Accessed September 2, 2012. http://dx.doi.org/10.1093/acprof:oso/9780199588688.001.0001.

Quinlan, Joseph P. 2010. *The Last Economic Superpower: The Retreat of Globalization, the End of American Dominance, and What We Can Do about It*. New York: McGraw-Hill. Accessed November 1, 2011. ProQuest Ebrary.

Hogan, Erin. 2008. *Spiral Jetta: A Road Trip through the Land Art of the American West*. Chicago: University of Chicago Press. Adobe PDF eBook.

Gladwell, Malcolm. 2008. *Outliers: The Story of Success*. Boston: Little, Brown. Kindle.

P: (Pattison 2011, 103-4)

(Gladwell 2008, 193)

몇몇 전자책 형식은 쪽 번호가 안정적이어서 어느 전자책 기기로 읽어도 쪽 번호가 같지만(예를 들어, PDF 기반 전자책) 기기마다 글자 크기를 비롯한 설정을 변경할 수 있는 전자책 형식은 읽는 사람마다 쪽 번호가 달라진다. 자신이 참고한 형식이나 데이터베이스 이름을 제시하면 독자들이 인용출처의 쪽 번호가 안정적인지 아닌지 판단할 수 있다. 쪽 번호가 안정적이지 않을 때는 장이나 번호가 달린 기타 부분으로 인용출처를 밝히는 방법도 있다(19.1.8 참조). 장이나 부분에 번호가 없다면 장이나 부분의 제목을 제시할 수도 있다(19.1.9 참조). 다음 제시하는 예시에도 원래 종이책 출판 정보가 없다.

R: Dostoevsky, Fyodor. 2011. *Crime and Punishment*. Translated by Constance Garnett. Project Gutenberg. Accessed September 13, 2011. http://gutenberg.org/files/2554/2554-h/2554-h.htm.

P: (Dostoevsky 2011, pt. 6, chap. 1)

19.2 학술지 논문

학술지는 주로 도서관에서나 구독으로 볼 수 있는 학술적이거나 전문적인 정기간행물이다. 제목에 학술지journal라는 단어를 포함하는 경우가 많지만(예: Journal of Modern History), 그렇지 않은 경우도 있다(예: Signs). 잡지는 보통 학술 출판물에 속하지 않는다. 독자에게는 학술지보다 잡지가 더 편하다. 내용도 쉬울 뿐더러 학교나 학술도서관이 아니더라도 쉽게 구할 수 있기 때문이다. 학술지와 잡지를 구분하는 것은 중요하다. 학술지 논문을 인용하는 법과 잡지기사를 인용하는 법이 다르기 때문이다. 학술지인지 잡지인지 구분하기 힘든 정기 간행물이 있다면 그 안에 수록된 글에 인용정보를 밝히는 부분이 있는지 본다. 있다면 학술지로 취급한다.

많은 학술지 논문은 온라인에서 볼 수 있다. 학교 도서관 웹사이트나 상용 데이터베이스에서 볼 수 있을 때도 많다. 온라인에서 읽은 논문을 인용할 때는 접속일과 URL을 밝혀라. 논문에 URL이 제시돼 있다면 컴퓨터 브라우저의 주소창에 뜨는 URL대신 추천 URL을 표기한다. 도서관 데이터베이스나 상용 데이터베이스에서 논문을 참고했다면 URL대신 데이터베이스 이름을 표기한다. 더 자세한 내용은 15.4.1을 보라.

19.2.1 저자명

저자명은 논문 첫머리에 나오는 대로 정확히 밝힌다. 책의 저자를 밝히는 것과 같다. 19.1.1을 참조하라. 괄호주에는 저자의 성을 쓴다. 참고문헌목록에서 처음 나열하는 저자의 이름은 이름과 성을 뒤바꿔 성, 이름 순으로 표시한다. 특별한 이름 유형은 18.2.1을 보라.

19.2.2 발행일

학술지 논문의 발행일은 주로 발행연도만으로 구성된다. 참고문헌목록에는 저자명 뒤에 별도로 기재하고 마침표를 찍는다. 괄호주에서는 저자명 뒤에 구두점 없이 표기한다.

R: Gubar, Susan. 2011. "In the Chemo Colony." *Critical Inquiry* 37, no. 4 (Summer): 652-71. Accessed August 29, 2011. http://dx.doi.org/10.1086/660986.

Bartfeld, Judi, and Myoung Kim. 2010. "Participation in the School Breakfast Program: New Evidence from the ECLS-K." *Social Service Review* 84, no. 4 (December): 541-62. Accessed October 31, 2012. http://dx.doi.org/10.1086/657109.

P: (Gubar 2011, 652)

(Bartfeld and Kim 2010, 550-51)

발행일에 관련된 추가정보는 참고문헌목록에서는 권수 뒤에(호수가 있다면 호수 뒤
에, 19.2.5 참조) 괄호로 표기할 수 있다.

논문 출판이 결정되었지만 아직 출판되지 않았다면 발행일자와 쪽 번호 대신
출판예정forthcoming이라고 쓴다. 괄호주에서는 혼동을 피하기 위해 저자명 뒤에
쉼표를 찍고 forthcoming이라고 쓴다. 출판이 결정되지 않은 논문은 모두 미출간
원고로 취급한다(19.6 참조).

R: 저자의 성, 이름. Forthcoming. "논문 제목". 학술지명 권수.

P: (저자의 성, forthcoming)

19.2.3 논문명

제목과 부제를 완벽히 기입하라. 로마체를 사용하고 제목과 부제 사이에 콜론을
넣고 둘 다 인용부호로 묶는다. 헤드라인스타일로 대문자를 표기한다(23.3.1 참조).

R: Saskia E. Wieringa. 2011. "Portrait of a Women's Marriage: Navigating
between Lesbophobia and Islamophobia." *Signs* 36, no. 4 (Summer): 785-
93. Accessed February 15, 2012. http://dx.doi.org/10.1086/658500.

생물종 명칭과 책 제목처럼 본문에서 보통 이탤릭체로 표기하는 용어는 논문 제
목에서도 이탤릭체로 표기한다. 본문에서 인용부호로 묶는 용어는 논문 제목에
큰따옴표를 쓰므로 작은따옴표로 묶는다. 물음표나 느낌표로 끝나는 논문 제목
이나 부제 뒤에는 쉼표나 마침표를 찍지 않는다. 21.12.1을 참고하라.

R: Twomey, Lisa A. 2011. "Taboo or Tolerable? Hemingway's *For Whom the Bell
Tolls* in Postwar Spain." *Hemingway Review* 30, no. 2 (Spring): 54-72.

Lewis, Judith. 1998. "'Tis a Misfortune to Be a Great Ladie': Maternal Mortality in
the British Aristocracy, 1558-1959." *Journal of British Studies* 37, no 1 (January):
26-40. Accessed August 29, 2011. http://www.jstor.org/stable/176034.

외국어 제목은 해당 언어의 관례에 따라 문장스타일로 대문자를 표기한다. 영어 번역을 덧붙이고 싶다면 인용부호 없이 각괄호로 묶는다.

R: Carreño-Rodríguez, Antonio. 2009. "Modernidad en la literatura gauchesca: Carnavalización y parodia en el *Fausto* de Estanislao del Campo." *Hispania* 92, no. 1 (March): 12-24. Accessed December 8, 2011. http://www.jstor.org/stable/40648253.

Kern, W. 1938. "Waar verzamelde Pigafetta zijn Maleise woorden?" [Where did Pigafetta collect his Malaysian words?] *Tijdschrift voor Indische taal-, land- en volkenkunde* 78:271-73.

19.2.4 학술지명

학술지명은 논문 제목 뒤에 이탤릭체로 쓰고, 헤드라인스타일을 따라 대소 문자를 표기한다(22.3.1 참조). 표제지나 학술지 웹사이트에 기재된 것과 똑같 이 기재한다. 약어를 사용해서는 안 된다. 단, 맨 앞의 The는 생략할 수 있다. PMLA(Publications of the Modern Language Association of America)처럼 정식명칭이 두문 자어인 학술지명은 풀어쓰지 않는다. 외국 학술지명은 헤드라인스타일이나 문 장스타일로 대소문자를 표기하되 관사를 생략해서는 안 된다(Der Spiegel).

19.2.5 발행정보

참고문헌목록에는 발행일 외에도 권수와 호수, 발행한 달이나 계절을 기재한다. 독자가 논문을 검색하는 데 이 모든 정보가 다 필요하지 않을 수도 있지만, 모든 정보를 밝혀야 혹시 모를 실수를 줄일 수 있다.

권수는 학술지명 뒤에 구두점 없이 바로 기재하되 이탤릭체를 사용하지 않는 다. 학술지명에 로마숫자가 있더라도 아라비아숫자로 고쳐 사용한다. 호수가 있 다면 권수 뒤에 표기하되 호수와 권수 사이에 쉼표를 넣고 호수 앞에 no.를 표기 로 한다. 발행연도(19.2.2 참조) 외에 추가적인 발행일 정보가 있다면 권수와 호수 뒤에 괄호로 묶어 표기한다. 추가정보는 계절이나 월, 또는 구체적인 날짜일 수 도 있다. 본문에서는 계절명을 대문자로 표기하지 않더라도 인용출처를 밝힐 때는 대문자로 표기한다.

R: Brown, Campbell. 2011. "Consequentialize This." *Ethics* 121, no. 4 (July): 749-71. Accessed August 29, 2011. http://dx.doi.org/10.1086/660696.

Ionescu, Felicia. 2011. "Risky Human Capital and Alternative Bankruptcy Regimes for Student Loans." *Journal of Human Capital* 5, no. 2 (Summer): 153-206. Accessed October 13, 2011. http://dx.doi.org/10.1086/661744.

권수 없이 호수만 사용하는 학술지라면 학술지명 뒤에 쉼표를 찍고 호수를 표기한다.

R: Beattie, J. M. 1974. "The Pattern of Crime in England, 1660-1800." *Past and Present*, no. 62 (February): 47-95.

19.2.6 쪽 번호
참고문헌목록에는 논문의 전체 쪽 범위를 밝힌다(23.2.4 참조). 관례상 참고문헌목록에서는 학술지 논문의 쪽 번호 앞에 쉼표 대신 콜론을 찍는다.

R: Hitchcock, Tim. 2005. "Begging on the Streets of Eighteenth-Century London." *Journal of British Studies* 44, no. 3 (July): 478-98. Accessed January 11, 2012. http://dx.doi.org/10.1086/429704.

Gold, Ann Grodzins. 1998. "Grains of Truth: Shifting Hierarchies of Food and Grace in Three Rajasthani Tales." *History of Religions* 38, no. 2 (November): 150-71. Accessed April 8, 2012. http://www.jstor.org/stable/3176672.

괄호주에서 인용 부분의 출처를 밝힐 때는 구체적인 인용쪽수만 표기하고 앞에 콜론이 아니라 쉼표를 찍는다.

P: (Hitchcock 2005, 478)

(Gold 1998, 152-53)

19.2.7 특별호와 부록

한 가지 주제만 중점적으로 다룬 학술지의 특정호는 특별호special issue라고 부른
다. 일반호와 마찬가지로 권수와 호수가 기재된다. 특별호에 제목과 편자가 따로
있다면 참고문헌목록에 밝힌다. 제목은 로마체로 쓰고 인용부호로 묶는다. 괄호
주에는 인용 부분의 필자명만 밝힌다.

R: Koch, Gertrud. 2009. "Carnivore or Chameleon: The Fate of Cinema Studies."
   In "The Fate of Disciplines," edited by James Chandler and Arnold I.
   Davidson. Special issue, *Critical Inquiry* 35, no. 4 (Summer): 918-28.
   Accessed August 30, 2011. http://dx.doi.org/10.1086/599582.
P: (Koch 2009, 920)

특별호 전체를 인용할 때는 논문 정보는 생략한다.

R: Chandler, James, and Arnold I. Davidson, eds. 2009. "The Fate of Disciplines."
   Special issue, *Critical Inquiry* 35, no. 4 (Summer).

학술지 부록supplement에도 제목과 저자나 편자가 따로 있을 수 있다. 특별호와
달리 부록은 학술지의 정규호와는 별도로 번호를 매기며 쪽 번호에 S를 표기하
는 경우가 많다. 권수와 부록호수 사이에는 쉼표를 넣는다.

R: Ekeland, Ivar, James J. Heckman, and Lars Nesheim. 2004. "Identifi cation
   and Estimation of Hedonic Models." In "Papers in Honor of Sherwin
   Rosen," *Journal of Political Economy* 112, S1 (February): S60-S109. Accessed
   December 23, 2011. http://dx.doi.org/10.1086/379947.

잡지기사

잡지기사 인용은 학술지 논문(19.2 참조) 인용법을 따르는 부분이 많지만 발행일과 쪽 번호는 다르게 표기한다.

대체로 주간지나 월간지는 권수와 호수가 있다 해도 발행일만 밝힌다. 참고 문헌목록의 발행연도 자리에 발행연도를 표기하고, 추가적인 발행일 정보(월과 구체적 날짜)는 잡지명 뒤에 표기하되 괄호로 묶지 않는다. 괄호주에서 인용 부분의 출처를 밝힐 때는 해당 쪽 번호를 밝힌다. 그러나 참고문헌목록에서는 해당 기사의 전체 쪽 범위를 생략할 수도 있다. 잡지기사는 여러 쪽에 걸쳐 관련 없는 자료들과 함께 실려 있는 경우가 많기 때문이다. 참고문헌목록에 쪽 번호를 기재할 때는 콜론 대신 쉼표를 사용해 발행일자와 구분한다. 학술지와 마찬가지로 잡지 제목 첫 글자 The는 생략한다(19.2.4 참조).

R: Lepore, Jill. 2011. "Dickens in Eden." *New Yorker*, August 29.
P: (Lepore 2011, 52)

고정 칼럼이나 고정란을 인용할 경우에는 칼럼명을 표기할 때 헤드라인스타일로 대문자를 표기하되 인용부호로 묶지 않는다.

R: Walraff, Barbara. 2005. Word Court, *Atlantic Monthly*, June.
P: (Walraff 2005, 128)

온라인 잡지의 기사는 종이 잡지의 기사 인용법을 따르되 URL과 접속일자를 포함시킨다(15.4.1 참조). 일반적으로 출처를 밝힐 만한 쪽 번호가 없다.

R: Black, Robin. 2011. "President Obama: Why Don't You Read More Women?" *Salon*, August 24. Accessed October 30, 2011. http://www.salon.com/ books/ writing/index.html?story=/books/feature/2011/08/24/obama_summer_ reading.
P: (Black 2011)

19.4 신문기사

19.4.1 신문의 이름

미국 신문명은 처음 나오는 The를 생략한다. 신문 이름에 신문사 소재지가 포함되어 있지 않다면 정식 명칭에다 소재지 정보를 첨가한다. 단 〈월스트리트 저널*Wall Street Journal*〉이나 〈크리스천 사이언스 모니터*Christian Science Monitor*〉처럼 잘 알려진 신문이라면 첨가하지 않아도 무방하다. 여러 도시에서 발행되거나 발행지가 불분명하다면 괄호 안에 발행 주나 지방을 덧붙인다(대체로 약어로 표시한다. 24.3.1 참조). 외국 신문은 처음에 나오는 관사를 생략하지 말고 필요하면 발행지를 제목 뒤에 덧붙인다.

Chicago Tribune   *Le Monde*

Saint Paul (Alberta 또는 AB) Journal   *Times* (London)

19.4.2 참고문헌목록과 괄호주를 이용한 신문 인용

일간지에서 인용한 기사나 자료는 잡지기사 인용법(19.3)을 따라 참고문헌목록에 출처를 밝힌다. 필자가 없는 기사는 필자 대신 신문명을 기재한다. 신문은 판마다 내용이 약간씩 다를 수 있으므로 최종판final edition이나 중서부판Midwest edition 같은 정보를 첨가하여 어떤 판본을 참고했는지 밝힐 수 있다. 온라인에서 읽은 기사는 접속일과 URL을 표시한다. 상용 데이터베이스에서 참고한 기사는 URL 대신 데이터베이스 이름을 밝힌다. 더 자세한 안내는 15.4.1을 보라.

R: *Milwaukee Journal Sentinel*. 2012. Editorial. March 31.

Ward, Christopher O. 2011. Letter to the editor. *New York Times*, August 28.

Gussow, Mel. 2011. Obituary for Elizabeth Taylor. *New York Times*, March 24. New York edition.

Gaddafi, Saif al-Islam. 2011. Interview by Simon Denyer. *Washington Post*, April 17. Accessed September 3, 2011. http://www.washingtonpost. com/world/an-interview-with-saif-al-islam-gaddafi-son-of-the-libyan-leader/2011/04/17/ AF4RXVwD_story.html.

Associated Press. 2011. "Ex-IMF Chief Returns Home to France." *USA Today*, September 4. Accessed September 4, 2011. http://www.usatoday.com/news/ nation/story/2011.09.04/Ex-IMF-chief-returns-home-to-France/50254614/1.

Simon, Richard. 2011. "Redistricting Could Cost California Some Clout in Washington." *Los Angeles Times*, August 28. Accessed August 30, 2011. http://www.latimes.com/news/local/la-me-california-congress-20110829,0,1873016.story.

Lepage, Mark. 2011. "Armageddon, Apocalypse, the Rapture: People Have Been Predicting the End since the Beginning." *Gazette* (Montreal), May 21. Accessed December 20, 2012. LexisNexis Academic.

괄호주에는 쪽 번호를 생략한다. 인용한 자료가 신문의 다른 판에는 다른 쪽에 실리거나 아예 실리지 않을 수도 있기 때문이다.

P: (*Milwaukee Journal Sentinel* 2012)

(Ward 2011)

(Gaddafi 2011)

(Associated Press 2004)

일요판 신문의 "잡지" 부록이나 기타 특별한 부분은 잡지 기사 인용법을 따른다. 더 자세한 내용은 15.4.1을 보라.

19.4.3 본문에서 신문 인용하는 법
괄호주를 사용하여 출처를 밝히는 대신에 본문 속에 인용정보를 포함시킬 수도 있다. 그렇더라도 참고문헌목록에서는 출처를 완전히 밝혀야 한다.

In a *New York Times* article on the brawl in Beijing (August 19, 2011), Andrew Jacobs compares the official responses with those posted to social media networks.

또는

In an article published in the *New York Times* on August 19, 2011, Andrew Jacobs compares the official responses to the brawl in Beijing with those posted to social media networks.

19.5 기타 출판자료

특별한 인용방식이 필요한 몇 가지 출판자료를 더 살펴보자.

19.5.1 고대와 중세 저술 및 초기 영문학 작품

고대 그리스 로마와 중세 유럽, 르네상스 잉글랜드 시대의 문학작품은 현대작품과는 다른 방식으로 출처를 밝힌다. 이러한 자료는 부분별 번호(책, 행, 연 등)가 표시되어 있어서 쪽 번호 대신에 이런 번호로 출처를 밝힌다. 이런 작품들은 수세기 동안 다양한 판본과 번역본으로 만들어졌기 때문에 현대 판본의 출판정보는 다른 자료에서만큼 중요하지 않다.

　따라서 고대와 중세 저술 및 초기 영문학 작품은 보통 괄호주에서만 출처를 밝힌다. 저자명과 제목을 본문에서 이미 언급하지 않았다면 처음 인용할 때 인용부분의 번호와 함께 밝힌다. 이후에도 분명히 같은 작품을 인용한다면 부분 번호만 제시한다. 아래 예에서 자료 유형별로 구두점과 축약, 번호를 어떻게 다르게 사용하는지 참고하라.

The eighty days of inactivity for the Peloponnesian fleet at Rhodes (Thucydides *The history of the Peloponnesian War* 8.44.4), terminating before the end of winter (8.60.2-3), suggests . . .

또는

The eighty days of inactivity reported by Thucydides for the Peloponnesian fleet at Rhodes (*The history of the Peloponnesian War* 8.44.4), terminating before the end of winter (8.60.2-3), suggests . . .

문학 분야 혹은 세밀한 텍스트 분석이 중요한 분야의 논문이거나 번역의 차이를 중요하게 다루는 논문이라면 관련 정보를 참고문헌목록에 포함시킨다. 19.1.1에 설명된 번역서나 편저의 인용 규칙을 따른다.

R: Propertius. 1990. *Elegies*. Edited and translated by G. P. Goold. Loeb Classical Library 18. Cambridge, MA: Harvard University Press.

Aristotle. 1983. *Complete works of Aristotle: The Revised Oxford Translation*. Edited by J. Barnes. 2 vols. Princeton, NJ: Princeton University Press.

고전작품. 고전작품을 인용할 때는 위에서 설명한 일반 법칙뿐 아니라 다음 규칙을 따른다.

작품명과 행이나 부분 번호 사이에 구두점을 찍지 않는다. 각 번호는 빈칸 없이 마침표를 찍어 구분하며 아라비아숫자(그리고 필요한 경우에는 소문자)를 사용한다. 같은 자료의 여러 부분을 인용할 때는 쉼표를 사용하여 나열하고, 다른 자료를 인용할 때는 세미콜론을 사용하여 나열한다.

P: (Aristophanes, *Frogs* 1019-30)

(Cicero, In *Verrem* 2.1.21, 2.3.120; Tacitus, *Germania* 10.2-3)

(Aristotle, *Metaphysics* 3.2.996b5-8; Plato, *Republic* 360e-361b)

저자명과 작품명, 선집명을 줄여 쓸 수도 있다.《옥스퍼드 고전 사전*Oxford Classical Dictionary*》에 가장 널리 쓰이는 약어가 실려 있다. 같은 작품을 계속 인용할 때는 Ibid. 대신에 가능한 한 약자를 사용한다. 첫 번째 예시에서는 저자(Thucydides)가 제목 대신 쓰였으므로 쉼표가 필요치 않다.

P: (Thuc. 2.40.2-3)

(Pindar *Isthm.* 7.43-45)

중세 작품. 영어 이외의 언어로 쓰인 중세 작품은 고전작품 인용법을 똑같이 적용한다.

P: (Augustine, *De civitate Dei* 20.2)

(Abelard, *Epistle 17 to Heloïse*, in Migne, PL 180.375c-378a)

초기 영문학 작품. 초기 영문학 작품에는 위에서 설명한 일반 원칙 외에도 다음과
같은 규칙을 적용한다.
　시와 연극은 책, 편, 행 또는 기타 단위로 인용한다. 요소 사이에 쉼표를 찍어
확실히 구분한다.

P: (Chaucer, "Wife of Bath's Prologue," *Canterbury Tales*, lines 105-14)

(Milton, *Paradise Lost*, book 1, lines 83-86)

번호가 달린 단위를 표기할 때는 막이나 행 같은 단위를 생략하고 고전작품을 이
용할 때와 비슷한 형식을 사용할 수 있다(위 참조). 단, 각주에서 자신이 사용한 인
용형식을 반드시 설명하라("References are to book and line numbers.").

P: (Milton, *Paradise Lost*, 1.83-86]

판마다 단어와 행 번호, 장 구분이 다르다면(특히 셰익스피어의 작품인 경우) 참고문헌
에 어떤 판을 참고했는지 구체적으로 밝힌다.

R: Shakespeare, William. 2006. *Hamlet*. Edited by Ann Thompson and Neil Taylor.
　　Arden Shakespeare 3. London: Arden Shakespeare.

19.5.2 성경과 기타 경전
　성경과 다른 종교의 경전은 각주나 미주, 괄호주를 사용해 출처를 밝힌다. 참고
문헌목록에 포함시킬 필요는 없다.
　성경을 인용할 때는 인용 부분의 권명과 장, 절 번호를 표기하되 쪽 번호는 기

재하지 않는다. 권명은 상황에 따라 기존 약어를 사용하거나 더 짧은 약어를 사용한다(24.6 참조). 어떤 형태가 적절한지 확실치 않다면 담당교수에게 문의하라. 권명에 포함된 숫자와 장과 절 번호는 아라비아숫자로 표기하며 장 번호와 절 번호는 콜론으로 구분한다.

기존 약어:

P: (1 Thess. 4:11, 5:2-5, 5:14)

더 짧은 약어:

P: (2 Sm 11:1-17, 11:26-27; 1 Chr 10:13-14)

성경은 버전마다 권명과 번호가 다르기 때문에 처음 인용할 때 각괄호를 사용해 어느 버전을 참고했는지 밝힌다. 버전의 명칭을 다 표기할 수도 있고, 공인된 축약 명칭을 표기할 수도 있다(24.6.4 참조).

P: (2 Kings 11:8 [New Revised Standard Version])
(1 Cor 6:1-10 [NAB])

다른 종교의 경전을 인용할 때는 성경 인용의 일반 형식을 적절하게 수정하여 적용한다(24.6.5 참조).

19.5.3 참고도서

주요 사전이나 백과사전처럼 잘 알려진 참고도서는 괄호주에서만 인용출처를 밝힌다. 일반적으로 참고문헌목록에는 포함시키지 않는다. 그러나 논증에서 중요하거나 자주 인용되는 특정 자료가 있다면 참고문헌에 밝혀도 좋다. 발행일을 생략하되 (초판이 아니거나, 명시된 판차가 있는 경우에는) 판차를 밝힌다. 온라인에서 참고한 글은 접속일과 URL을 모두 밝힌다. 사전이나 백과사전처럼 주요 용어로 정렬된 자료라면 s.v.(sub verbo: ~라는 단어 아래에, 복수형은 s.vv.)라고 쓰고 인용한 항목을 밝힌다.

P: (*Oxford English Dictionary*, 3rd ed., s.v. "mondegreen" [accessed February 1, 2012, http://www.oed.com/view/Entry/251801])

(*Encyclopaedia Britannica*, s.v. "Sibelius, Jean" [accessed April 13, 2011, http://www.britannica.com/EBchecked/topic/542563/Jean-Sibelius])

더 전문적이거나 잘 알려지지 않은 참고도서는 책 인용방식을 따른다(19.1 참조).

R: *MLA Style Manual and Guide to Scholarly Publishing*. 2008. 3rd ed. New York: Modern Language Association of America.

Aulestia, Gorka. 1989. *Basque-English Dictionary*. Reno: University of Nevada Press.

P: (*MLA Style Manual* 2008, 6.8.2)

(Aulestia 1989, 509)

19.5.4 비평

책과 공연 등의 비평은 다양한 정기간행물에서 찾을 수 있다. 참고문헌목록에는 비평자 성명을 기재한 뒤 review of라고 쓰고 그 뒤에 비평 작품명과 저자명(혹은 작곡가, 감독 등)을 쓴다. 기타 적절한 정보(영화 스튜디오나 공연 장소 등)가 있다면 밝히고 마지막으로 비평이 실린 간행물을 표기한다. 온라인에서 참고한 자료는 접속일과 URL을 밝힌다.

R: Malitz, David. 2011. Review of concert performance by Bob Dylan. Merriweather Post Pavilion, Columbia, MD. *Washington Post*, August 17. Accessed August 31, 2011. http://www.washingtonpost.com/lifestyle/style/music-review-bob-dylan-at-merriweather-post-pavilion/2011/08/17/glQAeb1DMJ_story.html.

Scott, A. O. 2011. Review of *The Debt*, directed by John Madden. Miramax Films. *New York Times*, August 31.

Mokyr, Joel. 2011. Review of *Natural Experiments of History*, edited by Jared Diamond and James A. Robinson. *American Historical Review* 116,

no. 3 (June 2011): 752-55. Accessed December 9, 2011. http://dx.doi.
org/10.1086/ ahr.116.3.752.

19.5.5 초록

학술지 논문이나 논문을 비롯한 작품의 초록에 실린 정보를 인용한다면 괄호주
에서 인용출처로 밝힐 수 있다. 참고문헌에는 초록이 요약하는 작품의 정보를 완
전히 밝힌다. 괄호주에는 출판연도 뒤, 쪽 번호 앞에 쉼표를 찍고 abstract라는 단
어를 쓴다.

R: Brown, Campbell. 2011. "Consequentialize This." *Ethics* 121, no. 4 (July 2011):
749-71.

P: (Brown 2011, abstract, 749)

19.5.6 소책자와 보고서

팸플릿과 기업보고서, 소책자를 비롯한 개별 출판물은 책 인용법을 따른다. 저자
나 발행자처럼 일반적으로 들어가는 정보가 부족하다면 문서를 확인할 수 있는
다른 정보를 제공한다. 온라인에서 참고한 자료는 접속일자와 URL을 표시한다.

R: Clark, Hazel V. 1957. *Mesopotamia: Between Two Rivers.* Mesopotamia, OH:
End of the Commons General Store.

TIAA-CREF. 2011. *TIAA-CREF Life Funds: 2011 Semiannual Report.* New York:
TIAA-CREF Financial Services. Accessed October 5, 2011. http://www.tiaa-
cref.org/public/prospectuses/lifefunds_semi_ar.pdf.

19.5.7 마이크로폼 자료

마이크로폼으로 참고한 자료는 참고문헌목록에서 자료의 형태(책, 신문 기사, 논문
등)에 따라 출처를 밝힌다. 출판정보 뒤에 출판형태(마이크로피시, 마이크로필름 등)를
명시한다.

R: Farwell, Beatrice. 1995. *French Popular Lithographic Imagery.* Vol. 12,
    Lithography in Art and Commerce. Chicago: University of Chicago Press.
    Text-fiche.

    Tauber, Abraham. 1958. "Spelling Reform in the United States." PhD diss.,
    Columbia University. Microfilm.

가능하면 괄호주에는 위치정보를 기재한다. 아래 예에서 p.라고 확실히 쓴 쪽
번호는 피시 텍스트 쪽 번호고, 다른 번호는 피시와 프레임을, 문자는 줄을 나
타낸다.

P: (Farwell 1995, p. 67, 3C12)

19.5.8 시디롬과 디비디롬

시디롬이나 디비디롬으로 출판된 자료는 유사한 종이자료, 특히 책 인용법을 따
른다.

R: *Complete National Geographic: Every Issue since 1888 of "National Geographic"*
    Magazine. 2010. 7 DVD-ROMs. Washington, DC: National Geographic.

    Oxford English Dictionary. 2009. 2nd ed. CD-ROM, version 4.0. New York:
    Oxford University Press.

19.5.9 온라인 데이터베이스

특정 주제만 다루거나 비슷한 자료를 모은 Perseus 같은 웹사이트의 이름은 특정
출판물을 인용할 때 언급해야 할 중요한 정보가 될 수 있다. 이런 웹사이트는 보
존 기록물 컬렉션(19.6.4 참조)과 비슷하게 생각하면 된다. 출판정보만이 아니라 컬
렉션 이름과 접속일자, URL을 밝힌다(15.4.1 참조).

R: Pliny the Elder. 1855. *The Natural History.* Edited by John Bostock and H. T.
    Riley. In the Perseus Digital Library. Accessed May 15, 2011. http://www.

perseus. tufts.edu/hopper/text?doc=:text:1999.02.0137.

P: (Pliny the Elder 1855)

컬렉션에서 두 개 이상 자료를 인용할 때는 컬렉션 전체를 출처로 제시한다(이 경우에는 접속일자가 필요치 않다).

R: Perseus Digital Library. Edited by Gregory R. Crane. http://www.perseus.tufts.edu/.

19.6 미출간 자료

미출간 자료는 출판자료보다 독자가 찾아보기 힘들다. 이런 자료는 주로 한 곳에서만 구할 수 있는 데다가 공식적인 출판정보가 없기 때문이다. 이러한 자료를 인용할 때는 독자에게 많은 도움을 주기 위해 가능한 한 '모든' 정보를 포함시키는 것이 중요하다.

미출간 자료의 제목은 로마체로 표기하고 인용부호로 묶되 이탤릭체로 표시하지 않는다. 그래야 유사한 형태의 출간 자료와 구분할 수 있다. 영어 제목은 헤드라인스타일로 대문자로 표기한다.

19.6.1 석·박사논문

학위 논문은 제목만 빼고 책처럼 인용한다. 제목은 로마체로 표기하고 인용부호로 묶는다. 저자와 출판일, 제목 뒤에 논문 종류와 학위 수여 기관을 밝힌다. 박사논문dissertation은 diss.로 줄여 쓴다. 미출간 논문이라고 해서 unpublished라고 쓸 필요는 없다. 온라인에서 자료를 참고했다면 접속일과 URL을 밝힌다. 자료에 추천 URL이 있다면 컴퓨터 브라우저 주소창에 뜨는 URL대신 추천 URL을 표기한다. 도서관 데이터베이스나 상용 데이터베이스에서 자료를 참고했다면 URL 대신 데이터베이스 이름을 밝혀도 좋다. 더 자세한 내용은 15.4.1을 보라.

R: Culcasi, Karen Leigh. 2003. "Cartographic Representations of Kurdistan in the Print Media." Master's thesis, Syracuse University.

Levin, Dana S. 2010. "Let's Talk about Sex . . . Education: Exploring Youth Perspectives, Implicit Messages, and Unexamined Implications of Sex Education in Schools." PhD diss., University of Michigan. Accessed March 13, 2012. http://hdl.handle.net/2027.42/75809.

Richmond, Afrah Daaimah. 2011. "Unmasking the Boston Brahmin: Race and Liberalism in the Long Struggle for Reform at Harvard and Radcliffe, 1945-1990." PhD diss., New York University. Accessed September 25, 2011. ProQuest Dissertations & Theses.

19.6.2 학회에서 발표한 강의와 소논문

저자와 일자, 강의나 논문의 제목 뒤에 후원단체와 장소, 구체적인 학회 일자(알 수 있다면)를 쓴다. 미출간unpublished이란 단어는 쓸 필요가 없다. 학회에서 발표한 논문이나 강의록을 온라인에서 참고했다면 접속일과 URL을 밝힌다. 발표를 온라인으로 봤다면 19.8.3의 조언에 따라 아래 예시를 변형해서 쓴다.

R: Crane, Gregory R. 2011. "Contextualizing Early Modern Religion in a Digital World." Lecture, Newberry Library, Chicago, September 16.

Carvalho Filho, Irineu de, and Renato P. Colistete. 2010. "Education Performance: Was It All Determined 100 Years Ago? Evidence from S?o Paulo, Brazil." Paper presented at the 70th annual meeting of the Economic History Association, Evanston, IL, September 24-26. Accessed January 22, 2012. http://mpra.ub.uni-muenchen.de/24494/1/MPRA_paper_24494.pdf.

Pateman, Carole. 2011. "Participatory Democracy Revisited." Presidential address, annual meeting of the American Political Science Association, Seattle, September 1.

19.6.3 면담과 개인적 통신문

연구자 자신이 직접 수행한 면담을 비롯해서 미출간 면담을 참고문헌목록에 밝힐 때는 피면담자 이름을 맨 앞에 쓰고 뒤에 일자와 면담자 이름을 쓴다. 또 면담

장소와 일자(알 수 있다면)를 기재하고, 테이프나 필기록이 보관된 장소(알 수 있다면)를 기재한다(출판된 인터뷰 인용은 19.4.2, 방송 인터뷰 인용은 19.8.3 참조).

R: Shields, David. 2011. Interview by author. Seattle. February 15.

Spock, Benjamin. 1974. Interview by Milton J. E. Senn. November 20. Interview 67A, transcript, Senn Oral History Collection, National Library of Medicine, Bethesda, MD.

괄호주에는 면담자가 아니라 피면담자 이름을 밝힌다.

P: (Shields 2011)

(Spock 1974)

피면담자의 이름을 밝힐 수 없다면 상황에 맞게 다른 정보를 활용해 괄호주에서만 출처를 밝히거나 본문에 정보를 끼워 넣는다. 이러한 정보를 참고문헌목록에 기재할 필요는 없다. 각주나 서문에서 이름을 왜 밝힐 수 없는지 설명한다(예: All interviews were confidential; the name of interviewees are withheld by mutual agreement. 모든 면담은 비밀리에 진행되었으며 피면담자의 이름을 알리지 않기로 합의하였습니다).

P: (interview with a health care worker, March 23, 2010)

대화와 편지, 이메일 등은 괄호주를 이용해 정보를 밝힌다. 밝혀야 할 주요 정보는 상대의 이름과 일자, 통신문 유형이며 쉼표를 찍어 각 요소를 구분한다. 많은 경우 이런 정보를 본문 속에서 밝힐 수도 있다. 이메일 주소는 생략한다. 소셜네트워크 서비스 게시물 인용은 19.7.3, 토의그룹과 메일링리스트 인용은 19.7.4를 참고하라.

P: (Maxine Greene, April 23, 2012, e-mail message to author)

(본문에서 출처를 밝힐 때)

In a telephone conversation with the author on January 1, 2012, Mayan studies expert Melissa Ramirez confided that . . .

19.6.4 보존 기록물 컬렉션

미출간 보존 기록물 컬렉션의 문서에는 출판자료보다 복잡하고 다양한 요소가 많다. 인용출처를 밝힐 때는 가능한 많은 정보를 포함시키고 일관된 형식에 따라 정보를 표기한다. 필요하다면 이곳에 개괄된 형식을 수정하여 사용한다.

기재 정보와 순서. 특정 컬렉션에서 여러 문서를 인용한다면 참고문헌목록에 모음 집의 정보를 기재한다. 컬렉션명을 먼저 밝힌 후 필자(들)를 기재한다. 보관소에 보관되지 않은 비슷한 유형의 미출간 문서에는 컬렉션 정보 대신에 '저자 소유in the author's possesson' 또는 '개인 수집품private collection'이라고 쓰고 장소를 언급하지 않는다. 컬렉션에는 발행일이 서로 다른 문서가 들어 있기 때문에 발행일을 표기하지 않는다.

R: Egmont Manuscripts. Phillipps Collection. University of Georgia Library, Athens.

House, Edward M., Papers. Yale University Library, New Haven, CT.

Pennsylvania Society for the Abolition of Slavery. Papers. Historical Society of Pennsylvania, Philadelphia.

Strother, French, and Edward Lowry. Undated correspondence. Herbert Hoover Presidential Library, West Branch, IA.

Women's Organization for National Prohibition Reform. Papers. Alice Belin du Pont files, Pierre S. du Pont Papers. Eleutherian Mills Historical Library, Wilmington, DE.

컬렉션의 개별 문서의 출처를 괄호주로 밝힐 때는 저자와 발행일, 문서명과 유형을 비롯해 참고문헌목록에 기재한 컬렉션명이나 보관소명을 밝힌다. 각 정보는 쉼표를 찍어 구분한다. 이런 정보를 본문 속에서 제시할 때도 많다.

P: (James Oglethorpe to the trustees, January 13, 1733, Egmont Manuscripts)

(본문에서 출처를 밝힐 때)

In his letter of January 13, 1733, to the trustees (Egmont Manuscripts), James
  Oglethorpe declared . . .

특정 컬렉션에서 단 하나의 문서를 인용할 때는 참고문헌에 그 문서를 개별적으
로 기재하고, 괄호주에서는 일반 형식대로 표기한다.

R: Dinkel, Joseph. 1869. Description of Louis Agassiz written at the request
  of Elizabeth Cary Agassiz. Agassiz Papers. Houghton Library, Harvard
  University, Cambridge, MA.

P: (Dinkel 1869)

추가 표기 형식. 보존 기록물 컬렉션의 정보를 표기할 때 참고할 만한 몇 가지 형
식을 아래에서 다루겠다.

- 구체적 제목 vs. 일반적 제목: 문서의 구체적 제목은 인용부호로 묶되 보고서report
  나 비망록minute 같은 일반적 제목은 묶지 않는다. 일반적 제목이 문서의 공식 제
  목에 들어 있다면 대문자로 표기하지만 문서의 유형을 설명하는 데 쓰였다면 대
  문자로 표기하지 않는다.
- 위치정보: 괄호주에 표기할 만한 쪽 번호가 있는 필사본도 있지만 다른 종류의 위
  치정보가 있거나 아예 없는 경우가 더 많다. 오래된 필사본에는 쪽 번호 대신에
  접지 번호나 폴리오 번호가 표시되어 있다. 출처를 밝힐 때 사용할 만한 컬렉션
  번호나 문서 번호가 있는 컬렉션도 있다.
- Papers와 Manuscripts: 보존 기록물 컬렉션명의 papers와 manuscripts는 동일한 뜻
  이다. 둘 다 사용할 수 있으며 축약하여 MS와 MSS(복수형)으로 쓴다.
- 편지: 괄호주를 이용해 편지를 인용할 때는 발신자명을 쓰고 to를 쓴 뒤 수신자
  명을 밝힌다. 편지letter라는 단어는 생략한다. 그러나 전보telegram나 사내 전언
  memorandum 등 다른 유형의 교신이라면 그 유형을 밝힌다.

19.7 웹사이트, 블로그, 소셜네트워크, 토의그룹

웹사이트, 블로그, 소셜네트워크 등에 게시되거나 공유된 자료에는 일반적인 출판정보(저자나 발행일, 제목, 발행인)가 하나 이상이 없을지 모른다. 접속일과 URL만이 아니라 URL이 바뀌거나 폐기되더라도 자료를 확인하거나 (가능하다면) 찾아볼 만한 정보를 제공해야 한다.

19.7.1 웹사이트

책이나 정기간행물이 아닌 인터넷 자료의 출처를 밝힐 때는 가능한 많은 정보를 포함시킨다: 저자, 발표 또는 수정한 날 인터넷 페이지의 제목(로마체로 표기하고 인용부호로 묶는다), 인터넷 사이트명과 주인(대개 로마체로 쓴다), URL, 접속일자(또는 접속기간). 저자가 없다면 자료를 웹사이트 제목이나 웹사이트 주인이나 후원인 이름으로 나열한다. 게시일이나 발표일이 없다면 접속일을 쓴다.

R: Brooks, Susannah. 2011. "Longtime Library Director Reflects on a Career at the Crossroads." University of Wisconsin-Madison News, September 1. Accessed May 14, 2012. http://www.news.wisc.edu/19704.

Google. 2010. "Privacy Policy." Google Privacy Center. Last modified October 3. Accessed March 3, 2011. http://www.google.com/intl/en/privacypolicy.html.

McDonald's Corporation. 2011. "Toy Safety." McDonald's Canada. Accessed November 30, 2011. http://www.mcdonalds.ca/en/community/toysafety.aspx.

Wikipedia. 2011. "Wikipedia Manual of Style." Last modified September 2. Accessed September 3, 2011. http://en.wikipedia.org/wiki/Wikipedia: Manual_of_Style.

P: (Brooks 2011)

(McDonald's Corporation 2011)

19.7.2 블로그 게시물과 댓글

블로그 게시물 인용은 신문 기사 인용(19.4 참조)과 많은 부분 비슷하다. 참고문헌 목록에는 다음 정보를 알아낼 수 있는 한 많이 기재한다. 게시물 작성자, 연도,

제목(인용부호로), 블로그 이름(이탤릭체로), 게시물이 게시된 구체적 일자. 접속일과 URL도 밝힌다. 블로거의 이름이 틀림없는 가명일지라도 정확히 기재한다. 블로거의 실명을 쉽게 알 수 있다면 각괄호로 덧붙인다. 블로그 이름만으로 블로그임을 분명히 알 수 없다면 괄호를 이용해 블로그임을 알릴 수 있다. 블로그가 더 큰 출판물의 일부라면 블로그 이름 뒤에 그 출판물의 이름을 밝힌다.

R: Becker, Gary. 2012. "Is Capitalism in Crisis?" *The Becker-Posner Blog*, February 12. Accessed February 16, 2012. http://www.becker-posner-blog.com/ 2012/02/is-capitalism-in-crisis-becker.html.

Subversive Copy Editor, The [Carol Fisher Saller]. 2011. "Still Learning: Fun Language Words." *The Subversive Copy Editor Blog*, February 16. Accessed February 28, 2011. http://www.subversivecopyeditor.com/blog/2011/02/ still-learningfun-language-words.html.

Cavett, Dick. 2011. "Flying? Increasingly for the Birds." *Opinionator* (blog). *New York Times*, August 19. Accessed October 14, 2011. http://www.blogs. nytimes.com/2011/08/19/flying-increasingly-for-the-birds/.

McWhorter, John, and Joshua Knobe. 2011. "Black Martian Linguists." *Bloggingheads.tv* (video blog), August 26. Accessed November 7, 2011. http://bloggingheads.tv/diavlogs/38530?in=:00&out=:03.

P: (Cavett 2011)

(McWhorter and Knobe 2011)

개별 독자의 댓글은 괄호주에서만 출처를 밝힌다. 댓글 작성자와 날짜, 댓글을 단 시간을 밝힌 뒤 참고문헌목록의 적절한 정보를 덧붙인다(주로 블로그 게시물의 저자와 연도를 덧붙인다). 댓글 작성자의 이름이 틀림없는 가명일지라도 댓글에 달린 대로 정확히 기재한다. 이런 정보들의 전부나 일부를 본문에 넣을 수도 있다. 단 무엇에 대한 댓글인지 분명히 밝혀야 한다.

P: (Mr. Feel Good, February 14, 2012 [1:37 a.m.], comment on Becker 2012)

According to a comment by Mr. Feel Good on February 14, 2012 (1:37 a.m.), . . .

19.7.3 소셜네트워크 서비스

소셜네크워크 서비스에 게시된 정보는 괄호주에서만 출처를 밝힌다. 게시자(본문에서 언급하지 않았다면), 서비스 이름, 게시일과 시간을 밝힌다. 접속일과 URL도 밝힌다.

P: (Sarah Palin, Twitter post, August 25, 2011 [10:23 p.m.], accessed September 4, 2011, http://twitter.com/sarahpalinusa)

(Obama for America, September 4, 2011 [6:53 a.m.], accessed September 22, 2011, https://www.facebook.com/barackobama)

신문 기사처럼(19.4.3 참조) 본문에서 출처를 밝힐 수도 있다. 독자들이 자료를 찾을 만큼 충분한 정보를 포함시키도록 하라.

In a message posted to her Twitter site on August 25, 2011(at 10:23 p.m.), Sarah Palin(@SarahPalinUSA) noted that . . .

특정 SNS서비스에서 여러 게시물을 인용할 때는 참고문헌에서 사이트 전체를 출처로 제시하고 게시일 대신 접속일을 표기한다.

R: Obama, Barack. 2011. Facebook page. Run by Obama for America. Accessed September 22, 2011. https://www .facebook .com /barackobama.

19.7.4 인터넷 토의그룹과 메일링리스트

인터넷 토의그룹이나 메일링리스트에 게시하거나 보낸 자료는 괄호주에서만 출처를 밝힌다. 발신자의 이름과 토의그룹 제목이나 이메일 메시지의 제목란(이탤릭체로), 포럼이나 리스트의 이름, 메시지를 보내거나 게시한 일자와 시간을 기재한다. 이메일 주소는 생략한다. 발신자의 이름이 가명이 틀림없다 해도 제시된 대로 정확히 기재한다. 자료가 온라인에 저장되어 있다면 접속일과 URL도 포함시킨다.

P: (Dodger Fan, post to "The Atomic Bombing of Japan," September 1, 2011 [12:57:58 p.m. PDT], History forum,Amazon.com, accessed September 30, 2011, http://www.amazon.com/forum/history/)

신문 기사(19.4.3 참조)를 인용할 때처럼 본문에 많은 정보를 끼워 넣을 수 있다. 독자들이 자료를 확인할 만한 정보를 충분히 제공하라.

Sharon Naylor, in her e-mail of August 23, 2011, to the Educ. & Behavior Science ALA Discussion List (http://listserv.uncc.edu/archives/ebss-l.html), pointed out that . . .

특정 그룹이나 리스트에서 여러 자료를 인용한다면 참고문헌목록에는 포럼 전체로 출처를 표기할 수도 있다. 게시일 대신 마지막으로 그 사이트에 접속한 일자를 쓰라.

R: Amazon.com. 2011. "The Atomic Bombing of Japan." History forum. Accessed September 1, 2011. http://www .amazon.com/forum/history.

19.8 시각 · 공연예술 자료

시각 및 공연예술에도 다양한 자료가 있다. 시각 이미지와 실황공연을 포함하여 방송, 다양한 매체의 녹화물과 텍스트가 있다. 이런 자료에는 보편적인 출판정보가 없기 때문에 인용출처를 밝히기가 어렵다. 따라서 가능한 한 많은 정보를 밝히되 일관된 형식에 따라 정보를 표기한다. 필요하다면 이곳에서 개괄한 일반 형식을 알맞게 바꿔 사용한다.

이 부분에서 다루는 많은 자료는 괄호주에서만 인용정보를 밝히거나 본문에 포함시키는 것이 좋다. 특별한 언급이 없는 한 이런 자료는 일반적으로 참고문헌 목록에 기재하지 않는다. 논증에 필수적이거나 자주 인용되는 자료는 기재하기도 한다. 예술이나 언론학 같은 분야의 논문을 쓴다면 담당교수와 상의하라.

19.8.1 시각자료

회화, 조각, 사진. 회화와 조각, 사진, 소묘 및 기타 미술 작품은 괄호주에서만 출처를 밝힌다. 작가명과 작품명(이챌릭체로), 제작일(어림짐작한 경우에는 ca. (circa)를 앞에 쓴다), 작품 보관기관(있다면)과 장소를 밝힌다. 각 요소 사이에는 쉼표를 찍는다. 필요하다면 매체를 밝혀도 된다.

P: (Georgia O'Keeffe, *The Cliff Chimneys*, 1938, Milwaukee Art Museum)

(Michelangelo, *David*, 1501-4, Galleria dell'Accademia, Florence)

(Ansel Adams, *North Dome, Basket Dome, Mount Hoffman, Yosemite*, ca. 1935, Smithsonian American Art Museum, Washington, DC)

(Erich Buchholz, Untitled, 1920, gouache on paper, Museum of Modern Art, New York)

괄호주 대신에 본문에서 미술품 정보를 밝히기도 한다.

O'Keeffe first demonstrated this technique in *The Cliff Chimneys* (1938; Milwaukee Art Museum).

출판자료나 온라인에서 예술작품을 참고했고 해당 학과나 대학의 지침이 이런 자료의 출처를 밝히도록 한다면 참고문헌목록에 그런 출처를 기재한다. 온라인에서 참고한 이미지는 접속일과 URL을 표시한다. 괄호주에서는 참고한 자료의 저자와 작품의 작가가 다르다면 기관명과 위치 대신에 일반적인 괄호주 형식대로 저자와 연도를 밝힌다.

R: Buchholz, Erich. 1920. *Untitled*. Gouache on paper. Museum of Modern Art,

New York. Accessed December 4, 2011. http://www.moma.org/collection/
browse_results.php?object_id=38187.

Lynes, Barbara Buhler, Lesley Poling-Kempes, and Frederick W. Turner. 2004.
Georgia O'Keeffe and New Mexico: A Sense of Place. Princeton, NJ: Princeton
University Press.

P: (Buchholz 1920)

(Georgia O'Keeffe, *The Cliff Chimneys*, 1938, in Lynes, Poling-Kempes, and
Turner 2004, 25)

기타 시각자료. 종이 광고나 지도, 만화 같은 시각자료를 인용해야 할 때도 있다.
이런 자료는 괄호주에서만 출처를 밝히되 미술작품 인용의 기본 형식을 상황에
맞게 수정하면서 가능한 한 많은 정보를 제공한다. 제목은 로마체로 표기하고 인
용부호로 묶는다. 제목으로 이미지의 종류를 명확히 알 수 없다면 그 종류도 밝
힌다. 온라인에서 참고한 자료는 접속일과 URL을 포함한다.

P: (Toyota, "We See beyond Cars," advertisement, *Architectural Digest*, January
2010, 57)

("Republic of Letters: 1700-1750," interactive map, Mapping the Republic of
Letters, accessed February 28, 2012, https://republicofletters.stanford.edu/)

("Divide by Zero," Internet meme, Yo Dawg Pics, accessed December 2, 2012,
http://yodawgpics.com/yo-dawg-pictures/divide-by-zero)

본문에 포함된 정보는 괄호주에서 반복할 필요가 없다.

One such meme is known as "Divide by Zero" (Yo Dawg Pics, accessed
December 2, 2012, http://yodawgpics.com/yo-dawg-pictures/divide-by-zero).

19.8.2 실황공연

실황연극, 음악, 무용 공연은 괄호주에서만 출처를 밝힌다. 작품의 제목과 주요

공연자의 성명과 역할, 공연 장소와 위치, 일자를 기재한다. 연극과 긴 음악작품의 제목은 이탤릭체로 표기하되 짧은 음악작품은 로마체로 표기하고 인용부호로 묶는다. 단, 장르로 언급되는 음악작품은 예외로 취급한다(22.3.2 참조). 인용문에서 한 개인의 공연을 중점적으로 다룬다면 공연자명을 작품의 제목 앞에 둔다. 각 요소 사이에는 쉼표를 찍는다.

P: (*Spider-Man: Turn Off the Dark*, by Glen Berger and Julie Taymor, music and lyrics by Bono and The Edge, directed by Julie Taymor, Foxwoods Theater, New York, September 10, 2011)

(Simone Dinnerstein, pianist, Intermezzo in A, op. 118, no. 2, by Johannes Brahms, Portland Center for the Performing Arts, Portland, OR, January 15, 2012.)

괄호주를 사용하지 않고 본문 속에서 공연정보를 밝힐 수도 있다.

Simone Dinnerstein's performance of Brahms's Intermezzo in A, op. 118, no. 2 (January 15, 2012, at Portland Center for the Performing Arts), was anything but intermediate . . .

기록매체를 통해 실황공연을 보거나 들었다면 출처를 참고문헌목록에 밝힌다. 비슷한 사례는 19.8.3 - 5를 참조하라.

R: Rubinstein, Artur, pianist. 1975. "Spinning Song," by Felix Mendelssohn. Ambassador College, Pasadena, CA, January 15. On *The Last Recital for Israel*. BMG Classics, 1992. VHS.

19.8.3 영화, 텔레비전, 라디오, 등

영화와 텔레비전 프로그램, 라디오 프로그램 등의 인용법은 자료 유형에 따라 다양하다. 최소한 작품의 제목, 개봉되거나 방송되거나 다른 방식으로 보거나 들을 수 있게 된 날짜, 스튜디오를 비롯해 작품 제작이나 배급, 방송을 책임진 기관의 이름은 밝혀야 한다. 비디오를 보거나 녹음을 들었다면 매체 정보도 포함시킨다. 온라인에서 자료를 참고했다면 접속일과 URL을 밝힌다(15.4.1 참조).

영화. 참고문헌목록에서는 감독 이름을 맨 앞에 둔다(이름 앞에 dir.이라고 쓴다). 연도 뒤에 영화제목(이탤릭체로)을 표기하고 영화를 제작하거나 배급한 회사 이름을 쓴다. 논문 내용과 관련 있다면 작가와 배우, 제작자 같은 정보도 포함시킬 수 있다. 극장에서 영화를 보지 않았다면 어떤 매체에서 봤는지도 밝힌다.

R: Zwigoff , Terry, dir. 1994. *Crumb*. Superior Pictures. DVD, Sony Pictures, 2006.

Heckerling, Amy, dir. 1982. *Fast Times at Ridgemont High*. Screenplay by Cameron Crowe. Featuring Jennifer Jason Leigh and Sean Penn. Universal Pictures. DVD, 2002.

Cholodenko, Lisa, dir. 1998. *High Art*. October Films. Accessed September 6, 2011. http://movies.netflix.com/.

Weed, A. E. 1903. At the Foot of the Flatiron. American Mutoscope and Biograph. 35mm film. Library of Congress, The Life of a City: Early Films of New York, 1898-1906. MPEG video, 2:19. Accessed February 4, 2011. http://www.loc.gov/ ammem/papr/nychome.html.

P: (Cholodenko 1998)

영화에 포함된 보조 자료에 대한 정보는 영화 전체 정보를 언급하는 괄호주와 함께 본문에 집어넣는다.

In their audio commentary, produced twenty years after the release of their film, Heckerling and Crowe agree that . . . (Heckerling 1982).

텔레비전과 라디오 프로그램. 텔레비전이나 라디오 프로그램을 인용하려면 적어도 프로그램 제목, 에피소드 제목이나 편명, 처음 방송되거나 발표된 연도, 작품을 제작하거나 방송한 단체를 밝힌다. 에피소드 번호나 감독 이름, 주요 배우의 이름(논의에 필요하다면)을 밝힐 수도 있다. 프로그램 제목은 이탤릭체로 쓰되 에피소드 제목이나 편명은 로마체로 쓰고 인용부호로 묶는다. 본 방송 말고 녹화된 것을 보거나 들었다면 매체 정보도 포함시킨다.

R: *All Things Considered*. 2011. "Bumps on the Road Back to Work," by Tamara Keith. Aired September 5 on NPR.

Mad Men. 2007. "Nixon vs. Kennedy," directed by Alan Taylor. Season 1, episode 12. Aired October 11 on AMC. DVD, Lions Gate Television.

30 Rock. 2011. "Everything Funny All the Time Always," directed by John Riggi. Featuring Tina Fey, Tracy Morgan, Jane Krakowski, Jack McBrayer, Scott Adsit, Judah Friedlander, and Alec Baldwin. Season 5, episode 22. Aired April 28 on NBC. Accessed March 21, 2012. http://www.hulu.com/30-rock/.

P: (*30 Rock* 2011)

괄호주를 사용하지 않고 본문 속에서 주요 정보를 밝힐 수도 있다. 특히 구할 수 있는 정보가 제한되어 있거나 많은 정보를 밝히는 것이 인용 맥락상 적절치 않을 때는 이런 방법이 유용하다.

Mad Men uses history and flashback in "Nixon vs. Kennedy" (AMC, October 11, 2007), with a combination of archival television footage and . . .

인터뷰. 텔레비전과 라디오 등의 인터뷰를 인용할 때는 인터뷰 대상을 저자로 취급하고 인터뷰 진행자는 인용문구 속에서 밝힌다. 인터뷰를 방송한 프로그램과 방송일자도 밝힌다. 미출간 인터뷰는 19.6.3을 참고하라.

R: Rice, Condoleezza. 2005. Interview by Jim Lehrer. *PBS NewsHour*, July 28. Accessed July 7, 2012. http://www.pbs.org/newshour/bb/politics/jan-june05/rice_3.4.html.

Poitras, Laura. 2011. Interview by Lorne Manly. "The 9/11 Decade: A Cultural View" (video). New York Times, September 2. Accessed March 11, 2012. http://www.nytimes.com/interactive/2011/09/02/us/sept-11-reckoning/artists.html.

P: (Rice 2005)

광고. 방송광고는 괄호주를 쓰거나 본문에서 정보를 밝힐 수 있고 두 방법을 동시에 쓸 수도 있다. 가능한 한 많은 정보를 제공한다.

P: (Doritos, "Healing Chips," advertisement aired on Fox Sports, February 6, 2011, 30 seconds, accessed September 7, 2011, http://www.foxsports.com/m/video/ 36896580/doritos-healing-chips.htm)

텔레비전 프로그램(19.8.3)을 인용할 때처럼 광고를 인용할 때도 주요 정보를 본문에 집어넣을 수 있다. 주요 정보 외에 몇몇 정보나 모든 정보를 구할 수 없거나 출처를 밝히기에 적절치 않을 때는 본문에 집어넣는다.

The Doritos ad "Healing Chips," which aired during Super Bowl XLV(Fox Sports, February 6, 2011) . . .

비디오와 팟캐스트. 비디오와 팟캐스트를 인용할 때는 적어도 자료의 이름과 설명에 접속일자와 URL을 밝힌다. 앞에서 제시한 영화와 텔레비전, 라디오 인용 사례를 본보기로 삼고 정보를 더 추가할 수 있다. 제작자의 이름이 가명임이 틀림없더라도 제시된 그대로 쓴다. 제작자 이름을 쉽게 알 수 있다면 각괄호로 덧붙인다.

R: Adele. "Someone like You" (music video). Directed by Jake Nava. Posted October 1, 2011. Accessed February 28, 2012. http://www.mtv.com/videos/adele/ 693356/someone-like-you.jhtml.

Donner, Fred. "How Islam Began" (video). Lecture, Alumni Weekend 2011, University of Chicago, June 3, 2011. Accessed January 5, 2012. http://www. youtube.com/watch?v=5RFK5u5lkhA.

Shear, Michael, host. "The Spat over President Obama's Upcoming Jobs Speech." The Caucus (MP3 podcast). New York Times, September 1, 2011. Accessed September 6, 2011. http://www.nytimes.com/pages/podcasts/.

Luminosity. "Womens Work_SPN" (video). March 5, 2009. Accessed April 22, 2011. http://www.viddler.com/v/1f6d7f1f.

내용상 필요하다면 인용한 자료가 파일에서 재생되는 시간을 괄호주로 밝혀도 좋다.

P: (Adele 2011, 2:37)

19.8.4 녹음 자료

녹음 자료를 인용하려면 녹음일자, 녹음 회사, 레코드 식별번호, 저작권일자(녹음일자와 다르다면), 매체를 비롯해 비슷한 녹음 자료와 구분할 수 있도록 가능한 한 많은 정보를 밝힌다. 참고문헌목록에는 작곡자나 연주자 중 논문의 내용과 더 관련 깊은 정보를 맨 앞에 둔다. 앨범 제목은 이탤릭체로 쓴다. 개별 곡은 인용부호로 묶되 장르로 언급되는 음악작품(22.3.2 참조)은 예외로 한다. compact disc는 CD로 줄여 쓴다. 온라인에서 참고한 녹음 자료는 접속일과 URL을 포함시킨다. 일반적으로 녹음연도를 밝히지만 혼동을 피하기 위해 녹음일자까지 다시 밝히기도 한다.

R: Holiday, Billie. 1958. "I'm a Fool to Want You," by Joel Herron, Frank Sinatra, and Jack Wolf. Recorded February 20 with Ray Ellis. On Lady in Satin. Columbia CL 1157. 33⅓ rpm.

Beethoven, Ludwig van. 1969 and 1970. Piano Sonata no. 29 ("Hammerklavier"). Rudolf Serkin, piano. Recorded December 8-10, 1969, and December 14-15,

1970. Sony Classics, 2005. MP3.

Strauss, Richard. 1940. Don Quixote. With Emanuel Feuermann (violoncello) and the Philadelphia Orchestra, conducted by Eugene Ormandy. Recorded February 24. Biddulph LAB 042, 1991. CD.

Pink Floyd. 1970. "Atom Heart Mother." Recorded April 29 at Fillmore West, San Francisco. Streaming audio. Accessed July 7, 2011. http://www. wolfgangsvault.com/pink-floyd/concerts/fillmore-west-april-29.1970.html.

Rubinstein, Artur. 1946 and 1958-67. The Chopin Collection. RCA Victor/BMG 60822-2-RG, 1991. 11 CDs.

Shostakovich, Dmitri. 1959 and 1965. Symphony no. 5/Symphony no. 9. Conducted by Leonard Bernstein. Recorded with the New York Philharmonic, October 20, 1959 (no. 5), and October 19, 1965 (no. 9). Sony SMK 61841, 1999. CD.

P: (Holiday 1958)

(Shostakovich 1959 and 1965)

연극, 산문, 시 낭송, 강의 같은 녹음자료도 음악 녹음자료와 같은 형식으로 다룬다.

R: Thomas, Dylan. 1953. Under Milk Wood. Performed by Dylan Thomas et al. Recorded May 14. On Dylan Thomas: The Caedmon Collection, discs 9 and 10. Caedmon, 2002. 11 CDs.

Schlosser, Eric. 2004. Fast Food Nation: The Dark Side of the American Meal. Read by Rick Adamson. New York: Random House, RHCD 493. 8 CDs.

19.8.5 시각·공연예술 관련 텍스트

전시회 카탈로그. 전시회 카탈로그 인용법은 책 인용법과 같다. 참고문헌목록의 출판정보 뒤에 전시회 정보를 기재한다.

R: Dackerman, Susan, ed. 2011. *Prints and the Pursuit of Knowledge in Early Modern Europe*. New Haven, CT: Yale University Press. Published in conjunction with the exhibitions shown at the Harvard Art Museums, Cambridge, MA, and the Block Museum of Art, Northwestern University, Evanston, IL.

연극. 잘 알려진 영어 연극은 괄호주에서만 출처를 밝히기도 한다(19.5.1도 참고하라). 각 요소 사이에는 쉼표를 찍는다. 출판정보는 생략하고 쪽 번호 대신 인용 부분의 막과 장(또는 다른 단위)을 기재한다.

P: (Eugene O'Neill, *Long Day's Journey into Night*, act 2, scene 1)

문학 분야 또는 텍스트의 면밀한 분석을 중시하는 분야의 논문을 쓰거나, 번역본이나 잘 알려지지 않은 작품을 인용한다면 책 인용법에 따라 모든 연극의 출처를 밝히고 참고문헌목록에도 기재한다. 해당 분야의 지침에 따라 인용 부분이나 쪽 번호를 밝힌다.

R: Bagnold, Enid. 1953. *The Chalk Garden*. New York: Random House.
Anouilh, Jean. 1996. *Becket, or The Honor of God*. Trans. Lucienne Hill. New York: Riverhead Books.
P: (Bagnold 1953, 8-9)
(Anouilh 1996, act 1, scene 1)

악보. 출간된 악보는 책과 같은 방법으로 인용한다.

R: Verdi, Giuseppe. 2008. *Giovanna d'Arco, dramma lirico* in four acts. Libretto by Temistocle Solera. Edited by Alberto Rizzuti. 2 vols. Works of Giuseppe Verdi, ser. 1, Operas. Chicago: University of Chicago Press; Milan: G. Ricordi.
Mozart, Wolfgang Amadeus. 1960. *Sonatas and Fantasies for the Piano*.

Prepared from the autographs and earliest printed sources by Nathan Broder. Rev. ed. Bryn Mawr, PA: Theodore Presser.

미출간 악보는 보존 기록물 컬렉션의 미출간 자료 인용법을 따른다.

R: Shapey, Ralph. 1966. "Partita for Violin and Thirteen Players." Score. Special Collections, Joseph Regenstein Library. University of Chicago.

19.9 공문서

공문서는 전 세계의 다양한 정부기관이 제작한 광범위한 자료를 일컫는다. 여기서는 일반 유형의 영어 공문서를 인용하는 기본 원칙을 다루겠다. 다른 유형을 인용해야 한다면 가장 비슷한 방법을 수정하여 사용하라.

　공문서는 출판자료보다 복잡하고 다양한 정보를 포함한다. 인용할 때는 가능한 많은 확인정보를 일관된 형식에 따라 기재한다. 필요하다면 이곳에 소개된 일반 양식을 수정하여 쓰라.

　이곳에서는 대부분 미국 정부기관이 발행한 문서를 다룬다. 캐나다와 영국, 국제기관이 발행한 문서는 19.9.9 - 19.9.11을 참조하라. 미발간 정부 문서는 19.9.12를 참조하라.

19.9.1 기재 정보와 순서, 형식

참고문헌목록에는 가능한 많은 정보를 밝힌다.

- 정부명(국가, 주, 도시, 군 또는 다른 단위)과 문서를 발행한 기관명(입법부, 행정부, 사법부, 이사회, 위원회, 협의회)
- 발행일
- 문서명 또는 모음집명
- 저자, 편집자, 편찬자(정보가 주어져 있다면)
- 문서번호 또는 기타 확인정보(독립기관 출판물이나 2차 자료에서 참고한 자료는 발행 장소와

발행인을 밝힌다)

- 필요하다면 쪽 번호나 기타 위치정보를 포함시킨다.
- 온라인에서 참고한 자료는 접속일과 URL이나 데이터베이스 명을 밝힌다(15.4.1 참조, 예시는 19.9.13).

일반적으로 위에 나열된 순서대로 관련 정보를 기재한다. 단, 19.9의 나머지 부분에서 설명하는 문서 유형은 예외로 한다.

R: US Congress. House of Representatives. Select Committee on Homeland Security. 2002. Homeland Security Act of 2002. 107th Cong., 2d sess. HR Rep. 107-609, pt. 1.

괄호주의 저자명 자리에는 참고문헌목록의 발행일 앞에 기재한 정보를 표기한다. 만약 그 정보가 긴 경우에는 축약할 수 있다. 단, 원칙에 따라 일관적으로 축약형을 사용해야 한다. 괄호주를 이용하지 않고 본문에서 정보의 일부 또는 전부를 밝힐 수도 있다.

P: (US House 2002, 81-82)

(본문에서 출처를 밝힐 때)

. . . as the Select Committee decreed in its report accompanying the Homeland Security Act of 2002 (81.82).

공문서에서 서수는 nd 대신 d를 쓴다. 예를 들어 2nd 대신에 2d를, 3rd 대신에 3d를 쓴다.

19.9.2 의회 간행물

참고문헌에 의회 간행물을 기재할 때는 미의회U.S.Congress를 맨 앞에 기재하고 그 뒤에 상원Senate이나 하원House of Representatives(또는 House)을 표시한다(간단하게 미상원U.S.Senate이나 미하원U.S.House이라고 표기할 수도 있다). 위원회나 소위원회도 (있다면) 밝히는 경우가 많다. 그 외에 일반적으로 표기하는 정보는 발행일, 문서명, 의회 대수代數와 회기 번호(약어는 각각 Cong.와 sess.)다. 정보를 구할 수 있다면 문서 번호와 설명(예: H.Doc.487)도 표기한다.

의회토론. 1873년 이래 미연방정부는 의회의 토론 내용을 《의사록Congressional Record》이라는 이름으로 발행해왔다(주에서는 Cong. Rec.이라는 약어로 쓴다). 미의회 회기 기간에 매일 발행되는 이 문서는 매 회기가 끝나면 영구본으로 제본되는데, 인용할 때는 영구본의 정보를 기재하는 것이 좋다. 괄호주에는 약어 Cong. Rec. 를 맨 앞에 기재하고 권수와 부 번호, 쪽 번호를 밝힌다. (매일 발행되는 하원이나 상원 의사록을 인용할 때는 쪽 번호의 H나 S를 그대로 둔다.)

R: US Congress. *Congressional Record*. 2008. 110th Cong., 1st sess. Vol. 153, pt. 8.
P: (*Cong. Rec.* 2008, 153, pt. 8: 11629-30)

토론의 연사와 주제를 밝혀야 한다면 본문에서 밝히고 괄호주에는 출판정보만 기재한다.

Senator Kennedy of Massachusetts spoke for the Joint Resolution on Nuclear Weapons Freeze and Reductions (*Cong. Rec.* 1982, pt. 3: 3832-34).

1874년 이전 의회토론은 《미국의회연간기록*Annals of the Congress of the United States*》 (1789 - 1824, 다양한 명칭으로 불린다), 《의회토론*Congressional Debates*》(1824 - 37)과 《의회 총록*Congressional Globe*》(1833 - 73)이라는 이름으로 출간되었다. 이런 자료는 《의사록》과 비슷하게 인용한다.

보고서와 문서. 상원(약어는 S.)과 하원(약어는 H. 또는 HR)의 보고서와 문서를 인용할 때는 의회 대수와 회기번호를 모두 기재한다. 가능하다면 문서번호도 포함시킨다.

R: US Congress. House. 2011. Expansion of National Emergency with Respect to Protecting the Stabilization Efforts in Iraq. 112th Cong., 1st sess. H. Doc. 112-25.

P: (US House 2011, 1-2)

법안과 결의안. 의회 법안과 결의안은 소책자 형식으로 출간된다. 하원에서 발의한 법안과 결의안은 약어 HR 또는 H. Res로 표기하고, 상원에서 발의한 것은 S. 또는 S. Res로 표기한다. 《의사록》에 자세한 출판정보가 있다면 포함시킨다. 법안이 실행됐다면 법령으로 인용한다.

R: US Congress. House. 2011. No Taxpayer Funding for Abortion Act. H. Res. 237. 112th Cong., 1st sess. *Congressional Record* 157, daily ed. (May 4): H3014-37.

P: (US House 2011, H3014)

청문회. 의회위원회 앞에서 이루어진 증언 기록은 제목을 붙여 출간되는데, 참고문헌목록에서 이런 제목도 (이탤릭체로) 밝혀야 한다. 관련 위원회는 대개 제목에 포함된다.

R: US Congress. House. 2002. *Hearing before the Select Committee on Homeland Security.* HR 5005, Homeland Security Act of 2002, day 3. 107th Cong., 2d sess., July 17.

P: (US House 2002, 119-20)

법령. 법으로 통과된 법안과 결의안인 법령은 우선 개별적으로 발행된 뒤에 1874년부터 발행하기 시작한 《미국총법령집*United States Statutes at Large*》에 게재된 후 나중에는 《미국법전*United States Code*》에 실린다. 《미국총법령집》이나 《미국법전》 중 하나를 인용하거나 둘 다 인용한다. 《법전》의 절 앞에는 기호(§)를 쓴다. 두 절 이상을 인용할 때는 §§와 et seq.를 쓴다.

괄호주에는 법안이 통과된 연도를 표기한다. 참고문헌목록에는 법령집 발행일도 표기한다. 법령집 발행일은 통과연도와 다를 수 있다.

R: Atomic Energy Act of 1946. Public Law 585. 79th Cong., 2d sess. August 1.

Fair Credit Reporting Act. 1970. *U.S. Code* 15 (2000), §§ 1681 et seq.

Homeland Security Act of 2002. Public Law 107-296. *US Statutes at Large* 116

(2002): 2135-321. Codified at *US Code* 6 (2002), §§ 101 et seq.

P: (Atomic Energy Act of 1946)

(Fair Credit Reporting Act 1970)

(Homeland Security Act of 2002, 2163-64)

1874년 이전 법령은 17권짜리 《미국법령집, 1789 - 1873*Statutes at Large of the United States of America*, 1789 - 1873》으로 출간되었다. 이 총서의 자료를 인용할 때는 권수와 발행일을 밝힌다.

19.9.3 대통령 발행물

대통령 성명서와 명령, 거부교서, 연설문 같은 자료는 《주간 대통령 문서 편찬 *Weekly Compilation of Presidential Documents*》과 《미대통령 공식문서*Public Papers of the Presidents of the United States*》에 게재된다. 성명서와 명령은 또한 《연방관보*Federal Register*》에 매일 게재되며 그 뒤에 《미국연방규정*Code of Federal Regulations*》(이하 《규정》)의 3편에 실린다. 인용하는 성명서나 명령이 이미 《규정》에 실렸다면 《규정》을 출처로 밝힌다. 개별 제목은 인용부호로 묶는다.

R: US President. 2010. Proclamation 8621. "National Slavery and Human Traffi

cking Prevention Month, 2011." *Federal Register* 75, no. 250 (December 30):

82215-16.

US President. 1997. Executive Order 13067. "Blocking Sudanese Government

Property and Prohibiting Transactions with Sudan." *Code of Federal Regulations*, title 3 (1997 comp.): 230-31.

P: (US President 2010)

(US President 1997)

미국 대통령의 공식문서를 모은 다권본 자료가 둘 있다. 《대통령 성명서와 문서
모음집, 1789 - 1897 *Compilation of the Messages and Papers of the Presidents*, 1789 - 1897》과
후버 행정부 문서부터 실린 《미대통령 공식문서》다. 이런 모음집의 자료를 인용
할 때는 다권본 도서 인용 방식을 따른다(19.1.5 참조).

19.9.4 정부 부서와 기관 발행물

각 행정부처와 기관은 보고서와 공보, 회보를 비롯한 자료를 발행한다. 저자명이
명시되어 있다면 이텔릭체로 쓴 문서 제목 뒤에 기재한다.

> **R:** US Department of the Treasury. 1850-51. *Report of the Secretary of the Treasury*
> *Transmitting a Report from the Register of the Treasury of the Commerce and*
> *Navigation of the United States for the Year Ending the 30th of June, 1850.*
> 31st Cong., 2d sess. House Executive Document 8. Washington, DC.
> US Department of the Interior. Minerals Management Service. Environmental
> Division. 2007. *Oil-Spill Risk Analysis: Gulf of Mexico Outer Continental Shelf*
> *(OCS) Lease Sales, Central Planning Area and Western Planning Area, 2007-*
> *2012, and Gulfwide OCS Program, 2007-2046*, by Zhen-Gang Ji, Walter R.
> Johnson, and Charles F. Marshall. Edited by Eileen M. Lear. MMS 2007-
> 040, June.
>
> **P:** (US Department of the Treasury 1850-51, 15-16)
> (US Department of the Interior 2007, 23)

19.9.5 미국헌법

미국헌법은 괄호주에서만 출전을 밝힌다. 참고문헌목록에 기재할 필요는 없다.
조항article이나 수정조항amendment, 항section을 밝히고 필요하다면 절clause까지 밝
힌다. 아라비아숫자를 사용하고, 원한다면 수정조항amendment이나 항section 같은
용어는 약어를 사용한다.

P: (U.S. Constitution, art. 2, sec. 1, cl. 3)

(U.S. Constitution, amend. 14, sec. 2)

본문 속에서 출처를 밝히는 경우에는 약어를 사용하지 않는다. 특정 조항을 번호 대신 명칭으로 언급할 때는 첫 글자를 대문자로 표기한다.

The U .S. Constitution, in article 1, section 9, forbids suspension of the writ "unless when in Cases of Rebellion or Invasion the public Safety may require it." The First Amendment protects the right of free speech.

19.9.6 조약

1950년 전에 체결된 조약은 《미국총법령집》에 실려 있다. 비공식 기록으로는 《조약집 *Treaty Series(TS)*》이나 《행정 협정집 *Executive Agreement Series(EAS)*》이 있다. 1950년 이후에 체결된 조약은 《미국 조약 및 국제협정 *United Treaties and Other International Agreements(UST, 1950-)*》이나 《미국 조약과 국제 조례총서 *Treaties and Other International Acts Series(TIAS, 1946-)*》에 실려 있다. 세 국가 이상 참여한 조약은 《국제연합 조약모음집 *United Nations Treaty Series: Treaties and International Agreements Registered or Filed or Recorded with the Secretariat of the United Nations(UNTS, 1946-)*》에서 찾을 수 있다. 1920년부터 1946년 사이의 국제조약은 《국제연맹 조약 모음집 *League of Nations Treaty Series(LNTS)*》에 수록되어 있다.

위에서 언급된 출판물의 제목과 축약제목은 이탤릭체로 쓴다. 조약 이름에 언급되지 않았다면 조약 체결 당사자들을 밝히고 하이픈으로 구분한다. 구체적인 일자는 서명일을 뜻하는데 공표연도에 추가로 덧붙일 수 있다.

R: US Department of State. 1963. Treaty Banning Nuclear Weapon Tests in the Atmosphere, in Outer Space, and Under Water. US-UK-USSR. August 5. *UST* 14, pt. 2.

United States. 1922. Naval Armament Limitation Treaty with the British

Empire, France, Italy, and Japan. February 6. *US Statutes at Large* 43, pt. 2.

P: (US Department of State 1963, 1313)

(United States 1922)

19.9.7 판례

판례 인용 형식은 일반적으로 법원의 등급에 관계없이 동일하다. 참고문헌목록
에는 판례명을 축약하지 않고 versus의 약어 v.를 포함하여 이탤릭체로 표기한다.
그 뒤에 판례집 권수(아라비아숫자 표기)와 판례집명(축약형은 아래 참조)을 기재하고,
판례번호(필요하다면), 판결문 첫 장의 쪽 번호, 법원의 축약 명칭과 판결일자를 표
기한다. 가제식 판례문 발행자나 주 또는 지방법원의 명칭(판례집 명칭에 들어있지 않
다면)도 포함시킨다.

R: *United States v. Christmas*. 222 F.3d 141 (4th Cir. 2000).

Profit Sharing Plan v. Mbank Dallas, N.A. 683 F. Supp. 592 (N.D. Tex. 1988).

법원 등급에 따라 달라지는 요소는 판례집 명칭이다. 가장 흔하게 사용되는 판례
집은 다음과 같다.

- 미대법원: 미대법원 판결은《미대법원판례집*United States Supreme Court Reports*》(US로
  축약)을 참고한다. 인용하려는 판결이《미대법원판례집》에 아직 실리지 않았다면
  《대법원판례집*Supreme Court Reporter*》(S. Ct.로 축약)을 참고한다.

R: *AT&T Corp. v. Iowa Utilities Bd.* 525 US 366 (1999).

Brendlin v. California. 127 S. Ct. 2400 (2007).

- 연방하급법원: 연방하급법원의 판례는《연방판례집*Federal Reporter*》(F.)이나《연방
  법원판결집*Federal Supplement*》(F. Supp.)을 참고한다.

R: *United States v. Dennis*, 183 F. 201 (2d Cir. 1950).

Eaton v. IBM Corp., 925 F. Supp. 487 (S. D. Tex. 1996).

■ 주법원과 지방법원: 주법원과 지방법원의 판례는 가능한 한 주 공식 주판례집을
인용한다. 민간 판례집을 참고할 때는 아래 두 번째 예처럼 출처를 밝힌다. 판례
집에 법원 명칭이 들어 있지 않을 때는 법원 명칭을 판결일자 앞에 기재하고 판결
일과 함께 괄호로 묶는다.

R: *Williams v. Davis*, 27 Cal. 2d 746 (1946).

Bivens v. Mobley, 724 So. 2d 458, 465 (Miss. Ct. App. 1998).

본문에서 판례 정보를 밝힐 때는 판례명과 판결연도를 알린다(판례문의 문구를 그대
로 인용할 때는 쪽 번호도 밝힌다). 판례명과 판결일자를 모두 본문에서 밝힐 수도 있고
둘 중 하나만 밝힐 수도 있다.

P: (*United States v. Christmas* 2000)

(본문에 출처를 밝힐 때)

. . . his principle was best exemplified by *United States v. Christmas* (2000).

19.9.8 주정부와 지방정부 문서

주정부와 지방정부 문서의 출처를 밝힐 때는 연방정부 문서의 출처표기법을 따
른다. 주 법률과 시 규정은 인용부호 없이 로마체로, 법전(편찬물)과 독립 기관 출
판물 제목은 이탤릭체로 표기한다. 주 헌법은 괄호주에서만 출처를 밝히거나 본
문에서 밝힌다(19.9.5도 보라).

R: Illinois Institute for Environmental Quality (IIEQ). 1977. *Review and Synopsis
of Public Participation regarding Sulfur Dioxide and Particulate Emissions*. By
Sidney M. Marder. IIEQ Document 77/21. Chicago.

Methamphetamine Control and Community Protection Act. 2005. *Illinois
Compiled Statutes*, ch. 720, no. 646 (2005).

Page's Ohio Revised Code Annotated. 2011. Title 35, Elections.

P: (IIEQ 1977, 44-45)

(Methamphetamine Control and Community Protection Act 2005, sec. 10)

(*Page's Ohio Revised Code Annotated* 2011, sec. 3599.01)

(New Mexico Constitution, art. 4, sec. 7)

19.9.9 캐나다 정부 문서

문맥상 캐나다 정부문서임이 분명히 드러나지 않을 때는 인용출처 뒤에 Canada 라 쓰고 괄호로 묶는다.

캐나다 법령은 처음에는 해마다 발행되는 《캐나다 법령집*Statutes of Canada*》으로 출판된 뒤 15년이나 20년마다 《캐나다 개정 법령집*Revised Statutes of Canada*》으로 나온다. 되도록 《캐나다 개정 법령집》을 이용하고 법령의 이름, 법령집명, 편찬 연도, 장, 절을 밝힌다.

R: Canada Wildlife Act. *Revised Statutes of Canada* 1985, chap. W-9, sec. 1.

Assisted Human Reproduction Act. *Statutes of Canada* 2004, chap. 2, sec. 2.

P: (Canada Wildlife Act 1985)

캐나다 대법원 판례는 1876년부터 《대법원 판례집*Supreme Court Reports*》(SCR)으로 발표되었다. 1974년 이후 판례는 《대법원 판례집》의 권 번호를 밝혀야 한다. 연방법원 판례는 《연방법원 판례집*Federal Courts Reports*》(FC, 1971이)이나 《재정법원 판례집*Exchequer Court Reports*》(Ex. Cr, 1875 - 1971)으로 출판된다. 앞에서 나열한 판례집에 없는 판례는 《자치령 판례집*Dominion Law Reports*》(DLR)에서 찾을 수 있을 것이다. 판례명(이탤릭체)을 쓰고 판결일(괄호로 묶는다), 권 번호(있다면), 판례집의 축약명, 판례 기록이 실린 첫 쪽의 번호를 밝힌다.

R: *Robertson v. Thomson Corp.* (2006) 2 SCR 363 (Canada).

Boldy v. Royal Bank of Canada. (2008) FC 99.

19.9.10 영국 정부 문서

영국 정부 문서를 인용하는 법은 미국 공식문서를 인용하는 법과 비슷하다. 문맥상 영국정부 문서임이 분명히 드러나지 않을 때에는 인용출처 끝에 United Kingdom(각괄호나 괄호로 묶어서)이라고 덧붙인다.

의회 결의서는 주로 괄호주에서만 출전을 밝히거나 본문에 정보를 포함시킨다. 참고문헌목록에는 기재할 필요가 없지만 특정 결의서가 논증에 중요하거나 자주 인용될 때는 기재할 수도 있다. 결의서의 제목, 결의일, 장 번호(국가 번호는 아라비아숫자로, 지방 번호는 소문자 로마자로 표기)를 표기한다. 1963년 이전 결의서는 군주명(약어)과 즉위 기원, 순서(아라비아숫자)를 밝힌다.

P: (Act of Settlement 1701, 12 & 13 Will. 3, c. 2)

(Consolidated Fund Act 1963, chap. 1[United Kingdom])

(Manchester Corporation Act 1967, chap. xl)

영국의 법률 소송 대부분은 《판례집*Law Reports*》에서 쓸 만한 기록을 찾을 수 있다. 이런 판례집으로는 상고Appeal Cases(AC), 왕립Queen's(King's) Bench(QB, KB), 상법Chancery(Ch.), 가정Family(Fam.), 상속Probate(P.) 판례집이 있다. 얼마 전까지만 해도 영국의 최고 상소 법원(스코틀랜드의 형사 소송을 제외한)은 상원House of Lords(HL)과 추밀원 사법위원회Judicial Committee of the Privy Council(PC)였지만 2005년에 영국 대법원Supreme Court of the United Kingdom(UKSC)이 설립되었다.

판례명은 이탤릭체로 쓴다(왕과 관련된 소송은 Rex나 Regina로 언급한다). 판결일은 각괄호로 묶고 판례집 권 번호(있다면)와 판례집 축약명, 판결 기록의 첫 쪽 번호를 쓴다. 판례집 이름에서 판결 법원을 분명히 알 수 없거나 문맥상 관할 법원이 분명히 드러나지 않는다면 필요에 따라 둘 중 하나나 둘 다를 괄호로 묶어 밝힌다.

R: *Regina v. Dudley and Stephens.* (1884) 14 QBD 273 (DC).

Regal (Hastings) Ltd. v. Gulliver and Ors. (1967) 2 AC 134 (HL) (Eng.).

NML Capital Limited (Appellant) v. Republic of Argentina (Respondent). (2011)

UKSC 31.

19.9.11 국제기구 발행물

국제연합 같은 국제기구가 발행한 문서는 대개 책처럼 인용한다. 관할기관(그리고 저자나 편자가 있는 경우는 저자나 편자도 밝힌다), 발행일, 문서의 주제나 제목, 발행인이나 발행장소(또는 둘 다)를 밝힌다. 다권본에 속해 있다면 다권본 정보를 밝히거나 자료를 확인할 때 도움이 될 기타 발행정보를 밝힌다.

R: League of Arab States and United Nations. 2010. *The Third Arab Report on the Millennium Development Goals 2010 and the Impact of the Global Economic Crises.* Beirut: Economic and Social Commission for Western Asia.

Uited Nations General Assembly. 2010. *Report of the Governing Council/Global Ministerial Environment Forum on the Work of Its Eleventh Special Session.* Official Records, 65th sess., supplement no. 25, A/65/25. New York: UN.

P: (League of Arab States and United Nations 2010, 82)

(UN General Assembly 2010)

19.9.12 미출간 정부 문서

미출간 정부 문서는 19.6.4에서 설명한 양식대로 출처를 밝힌다.

미국 정부의 미출간 문서는 대부분 워싱턴의 국립문서기록보관소National Archives and Records Administration(NARA)나 그 지국에 보관되어 있다. 이런 미출간 자료를 인용할 때는 문서뿐 아니라 영화와 사진, 오디오기록 모두 기록군 번호 record group(RG) number를 밝힌다.

캐나다 정부의 미출간 문서는 온타리오 주, 오타와의 캐나다 국립도서관기록관Library and Archives Canada(LAC)에 보관되어 있다. 영국에는 미출간 문서 보관소가 많지만 가장 유명한 곳은 국립문서보관소National Archives(NA)와 영국 도서관 British Library(BL)으로 모두 런던에 있다.

19.9.13 온라인 공문서

온라인 공문서의 출처를 밝힐 때는 19.9의 관련 사례를 참고하라. 또 URL과 접속일자를 표기하라. 상용 데이터베이스에서 얻은 자료는 URL 대신 데이터베이스 이름을 밝혀도 좋다. 더 자세한 내용은 15.4.1을 보라. 판례를 다루는 데이터베이스는 쪽(화면) 나눔을 별표(?)로 표시하기도 한다는 점에 주의하라. 구체적으로 인용출처를 밝힐 때는 이런 별표도 표시해야 한다(19.9.7도 함께 보라).

R: US Congress. House of Representatives. Select Committee on Homeland
    Security. 2002. Homeland Security Act of 2002. 107th Cong., 2d sess. HR
    Rep. 107-609, pt. 1. Accessed September 8, 2011. http://www.gpo.gov/
    fdsys/ pkg/CRPT-107hrpt609/pdf/CRPT-107hrpt609-pt1.pdf.
United Nations Security Council. 2011. Resolution 2002. July 29. Accessed
    October 10, 2011. http://www.un.org/Docs/sc/unsc_resolutions11.htm.
McNamee v. Department of the Treasury. 488 F.3d 100, *3 (2d Cir. 2007).
    Accessed September 25, 2011. LexisNexis Academic.

19.10 참고자료에 인용된 자료를 재인용할 때

책임 있는 연구자라면 참고문헌에 인용된 자료를 재인용할 때 반드시 원전을 직접 확인한다. 참고문헌의 인용문 중 유용한 자료가 있다면 참고문헌이 정확하게 인용했는지도 확인해야 하지만 원전의 의도를 공정하게 반영하는지도 따져봐야 한다.

그러나 원전을 구할 수 없다면 참고문헌에 'quoted in'이라고 쓴 뒤 2차 자료를 표기한다. 괄호주에서는 1차 자료의 저자명만 밝힌다.

R: Zukofsky, Louis. 1931. Sincerity and Objectification. *Poetry* 37 (February):
    269. Quoted in Bonnie Costello, *Marianne Moore: Imaginary Possessions*
    (Cambridge, MA: Harvard University Press, 1981).
P: (Zukofsky 1931, 269)

1차 자료를 바탕으로 쓴 2차 자료를 다룰 때도 1차 자료를 확인해볼 수 없는 경우가 많다(3.1.1 참조). 특히 미출간 보존 기록물 컬렉션 같은 경우가 그러하다. 이런 경우에도 위에서 개괄한 원칙을 따른다.

3부

표현양식

철자는 미국용법을 따르되 일관성 있게 표기한다. 단, 인용할 때는 원문의 철자법을 그대로 따른다(25장 참조). 의심스러울 때는 사전을 참조하되 신중해야 한다. 똑같은 단어라도 사전마다 철자법이 다를 수 있으니 더 정확하고, 최신 철자법을 따르는 사전을 선택하라.

철자에 관한 한 가장 믿을 만한 사전은《웹스터 신 국제영어사전*Webster's Third New International Dictionary*》3판이나 그 요약본인《메리엄 웹스터 대학사전*Merriam Webster's Collegiate Dictionary*》11판이다. 두 사전 모두 온라인, 종이책, CD - 롬 형태로 볼 수 있다. 지명과 인명은 사전이나《메리엄 웹스터 인명사전*Merriam-Webster's Biographical Dictionary*》과《메리엄 웹스터 지명사전*Merriam-Webster's Geographical Dictionary*》을 참조한다.

사전에 두 가지 철자가 실려 있다면 다음 원칙을 따라 한 가지를 고른다. A or B라고 나와 있다면 A와 B 중 하나를 선택하고 일관성 있게 사용한다. A. also B 라고 나와 있다면 A를 사용한다. 단, 사전에서 많이 쓰이는 것으로 제시된 철자법이 전공 분야의 철자법과 다를 때는 전공 분야의 규칙을 따른다. 다양한 전공 분야별 표현 안내서는 이 책의 참고문헌을 보라.

컴퓨터 워드 프로그램의 철자 검사 기능으로 오탈자를 찾아낼 때도 있지만 그렇지 못할 때도 있다. 예를 들어 철자 검사 기능은 an을 써야 할 자리에 and를 쓰거나, quiet 대신 quite을 쓴 오류는 잡아내지 못한다. 고유명사나 외국어 용어의 철자를 검사하는 데도 도움이 되지 않을 것이다. 또 철자를 잘못 바꾸어서 전체적인 내용에 영향을 미칠 수도 있다. 그러니 워드 프로그램의 철자 검사 기능이 훌륭한 사전이나 주의 깊은 교정을 대신할 수 있다고 생각해서는 안 된다.

이 장에서는 많은 사전에서 다루지 않는 일반적인 철자법을 살펴보려 한다. 석·박사논문을 쓴다면 해당 학과나 대학에 구체적인 철자법 지침이 있는지 확인해보자(구체적인 사전을 거명하는 곳도 있다). 대개 학위논문 담당 부서에서 이런 지침을 구할 수 있을 것이다. 수업 과제로 소논문을 쓴다면 담당교수가 특정 철자법을 따르라고 할 수도 있다. 글을 쓰기 전에 이런 요구사항을 점검하라. 그런 지침이 여기서 다루는 지침보다 더 중요하다.

20.1 복수

20.1.1 일반 규칙

일반적인 명사는 s(ch, j, s, sh, x나 z로 끝나는 단어는 es)를 붙여 복수형을 만든다. 대체로 사전에는 이런 일반 규칙을 따르지 않는 명사의 복수형만 제시된다.

이런 일반 규칙은 인명이나 북미원주민 부족명을 포함한 고유명사에도 적용된다. 그러나 이러한 고유명사는 y로 끝나더라도 일반명사처럼 y를 ie로 바꾸지 않는다(복수형과 소유격을 혼동해서는 안 된다. 소유격은 20.2 참조).

the Costetlos	the two Germanys
the Frys (the Fries(×))	the Hopis of Arizona (the Hopi(×))
the Rodriguezes	

20.1.2 특별 경우

복합어. 두 명사로 구성된 복합명사는 두 번째 명사에 s나 es를 붙인다.

bookkeepers   district attorneys   actor-singers

전치사구나 형용사가 뒤따라올 때는 주요 명사에 s나 es를 붙인다.

sisters-in-law   attorneys general   men-of-war

문자와 숫자. 대문자와 숫자의 복수형은 주로 s('s가 아니라)만 붙인다.

three As, one B, and two Cs   the 1950s   767s

그러나 소문자와 몇몇 대문자는 s만 붙이면 다른 단어(is, As)나 약어(ms)와 혼동
을 일으키기도 한다. 이렇게 혼동을 일으키는 경우에는 아포스트로피(')를 덧붙
인다. 문자를 이탤릭체로 표기할 때도 아포스트로피와 s는 로마체로 표기한다
(22.2.2 참조).

x's and y's

약어. 철자 사이에 마침표가 포함되지 않는 약어의 복수형은 s만 붙인다. 약어의
단수형이 마침표로 끝난다면 마침표 앞에 s를 붙인다(약어의 구두법은 24.1.3 참조, 학
위 약어는 24.2.3 참조).

URLs   vols.
DVDs   eds.
PhDs

불규칙 복수형을 쓰는 약어도 더러 있다(24.7 참조).

pp. (페이지를 뜻하는 p.의 복수형)   nn. (주를 뜻하는 n의 복수형)

과학 분야의 논문에서 쓰이는 측량단위의 약어(24.5 참조)는 단수형과 복수형이 동일하다.

6kg   37m^2

이탤릭체와 인용부호를 표기하는 용어. 이탤릭체로 표기하는 용어의 복수형은 로마체 s('s가 아니라)를 덧붙인다. 인용부호 속 용어는 아포스트로피 없이 s만 덧붙인다. 더 좋은 방법은 복수형을 쓸 필요가 없도록 문장을 다시 쓰는 것이다.

two *Chicago Tribunes*

. . . included many "To be continueds"

더 좋은 방법은

. . . included "To be continued" many times

20.2　소유격

20.2.1　일반 규칙

대부분의 단수 보통명사와 고유명사는 아포스트로피와 s를 붙여 소유격을 만든다. s나 x, z로 끝나는 명사도 마찬가지다. 이 규칙은 단수명사로 사용된 문자와 숫자, 약어에도 적용된다. 다음에 제시된 마지막 세 예시에서 알 수 있듯 s(발음되든 아니든)로 끝나는 고유명사에도 적용된다(소유격을 복수형과 혼동하지 않도록 한다. 복수형은 20.1에서 다룬다). 특별 유형은 20.2.2를 참고하라.

an argumen's effects	the horse's mouth	2009's economic outlook
the phalanx's advance	the waltz's tempo	JFK's speech
Russ's suggestion	Descartes's *Discourse on Method*	

Aristophanes's plays

무생물 명사는 시간을 가리킬 때를 제외하고는 소유격 형태로 거의 쓰이지 않는다.

a day's length(○)   the house's door(×)

복수형 보통명사와 고유명사는 아포스트로피만 덧붙여 소유격을 만든다(20.2.2 참조).

politicians's votes(○)   politicians's votes(×)
the Rodriguezes's house(○)   the Rodriguezes's house(×)

s로 끝나지 않는 불규칙 복수형은 아포스토피를 찍고 뒤에 s를 덧붙인다.

the mice's nest   children's literature

20.2.2 특별 경우
s로 끝나는 단수명사. 다음 유형의 명사는 아포스트로피만 붙여 소유격을 만든다.

■ 집단이나 단체를 일컫지만 문법적으로 단수로 취급되는 명사

politics' true meaning   the United States' role

■ For . . . sake 표현에 쓰인 명사가 철자 s나 소리 s로 끝나는 경우

for goodness' sake   for righteousness' sake

문장을 고쳐쓰는 방법을 택할 수도 있다(이런 상황에서의 약어 U.S.의 사용은 24.3.1 참조).

the United States' role   대신에   the role of the United States

for appearance' sake   대신에   for the sake of appearance

복합명사. 단수 복합명사의 소유격은 첫 단어가 주요 단어더라도 마지막 단어에
아포스트로피 s를 붙여 소유격을 만든다.

his sister-in-law's business   the attorney general's decision

복수 복합명사의 소유격은 일반적인 방식대로 아포스트로피만 덧붙여서 만든
다. 단, 명사 뒤에 전치사구나 형용사가 따라 오는 경우(20.1.2 참조)에는 문장을 고
쳐 쓰라.

복수 복합명사의 소유격   명사 뒤에 전치사나 형용사가 따라오는 경우

district attorneys' decisions   decisions of the attorneys general (0)

                                       attorneys general's decisions (×)

                                       attorneys's general decisions (×)

여러 명사의 소유격. 둘 이상의 명사가 각각 다른 대상을 소유할 때는 모든 명사를
소유격으로 바꾼다.

New York's and Chicago's teams   historians' and economists' methods

둘 이상의 명사가 함께 어떤 대상을 소유한다면 마지막 명사만 소유격으로 바꾼다.

Minneapolis and St. Paul's teams   historians and economists' data

이탤릭체와 인용부호로 표기하는 용어. 이탤릭체로 표시된 용어의 소유격은 아포스
트로피와 s 모두 로마체로 표시한다. 인용부호로 묶인 용어는 소유격으로 바꾸지
말고 문장을 고쳐쓰라.

the *Atlantic Monthly's* editor   admirers of "Ode on a Grecian Urn"

■ 용어가 복수형으로 끝난다면 아포스트로피만 붙인다(로마체로). 용어가 소유격 형태로 끝난다면 그냥 두거나 표현을 고쳐 쓴다.

the *New York Times'* online revenue

Harper's editors (또는 the editors of *Harper's*)

20.3 복합어와 접두사가 들어 있는 단어

복합어나 복합 수식어에 하이픈을 사용해야 하는지, 하이픈 대신에 띄어쓰기를 해야 하는지, 아니면 한 단어처럼 붙여써야 할지를 확실히 알기란 힘들다. 가장 좋은 참고자료는 사전이다. 사전에 나오지 않은 복합어는 아래에 제시하는 원칙을 따라 하이픈 사용을 결정하라. 사전에도 나오지 않고 아래 원칙에서도 다루지 않는 복합어는 하이픈을 사용하지 말고 단어마다 띄어쓰기를 한다.

아래 개괄한 형식은 반드시 지켜야 할 규칙은 아니다. 상황이나 개인적 취향, 혹은 전문 분야의 일반적 용례에 따라 그때그때 결정해야 한다. 하이픈 사용 규칙은 대개 원칙과 가독성을 배려하지만 그냥 관습적인 규칙도 있다.

20.3.1 형용사로 쓰이는 복합어

복합어 중에는 형용사로만 사용되는 것도 있다. 이러한 복합어가 수식하는 명사 앞에 올 때는 하이픈을 사용하되 명사 뒤에 쓰일 때는 띄어쓰기를 사용한다.

명사 앞	명사 뒤
open-ended question	most of the questions *were open ended*
full-length treatment	treatment is *full length*
duty-free goods	goods brought in *duty free*
thought-provoking commentary	commentary was *thought provoking*
over-the-counter drug	drug sold *over the counter*

a frequently referred-to book	this book is frequently *referred to*
spelled-out numbers	numbers that are *spelled out*

몇 가지 예외가 있다.

■ 대체로 하이픈으로 연결되는 복합어일지라도 앞에 very 같은 부사의 수식을 받을 때는 하이픈을 생략한다. 하이픈이 없더라도 독자가 복합어임을 알 수 있기 때문이다.

수식어 없이 명사 앞에 쓰이는 경우	부사 수식어와 함께 명사 앞에 쓰이는 경우
a well-known author	*a very well known* author
an ill-advised step	*a somewhat ill advised* step

■ all로 시작하거나 free로 끝나는 복합어는 하이픈을 사용한다.

명사 앞	명사 뒤
all-encompassing treatment	treatment was *all-encompassing*
toll-free call	the call was *toll-free*

■ borne, like, wide로 끝나는 복합어는 하이픈을 사용한다(명사 앞과 뒤 모두에서). 단, 사전에서 한 단어로 쓰는 경우는 예외로 한다.

하이픈 사용	한 단어(사전에 따라)
food-borne	airborne
bell-like	childlike
Chicago-wide	worldwide

■ more/most나 less/least, better/best로 시작하는 비교어구는 비교급 단어가 복합어 속의 형용사를 수식하는지, 복합어 뒤의 명사를 수식하는지 혼란스러울 때만 하

이픈을 사용한다.

형용사 수식	명사 수식
colleges produce *more-skilled* workers	we hired *more skilled* workers for the holidays

- -ly로 끝나는 부사 뒤에 형용사가 따라오는 구문은 복합어가 아니므로 어떤 상황에서든 하이픈을 사용해서는 안 된다.

명사 앞	명사 뒤
highly developed species	the species was *highly developed*
widely disseminated literature	literature has been *widely disseminated*

20.3.2 명사로도 형용사로도 쓰이는 복합어

주로 명사로 쓰이지만 다른 명사의 앞에서는 그 명사를 수식하는 형용사로 쓰이는 복합어도 있다(20.3.1의 예와는 달리 이런 복합어는 명사 뒤에서 형용사로 쓰이는 법이 거의 없다. 명사 뒤에서 형용사를 수식할 때는 아래 세 번째 예처럼 was 또는 are 같은 동사와 함께 쓰인다). 이러한 복합어는 명사를 앞에서 수식할 때는 하이픈으로 연결하되 그렇지 않을 때는 띄어쓴다.

명사 앞에서 형용사로 쓰일 때	명사로 쓰이거나 명사 뒤에서 형용사로 쓰일 때
the *decision-making* process	*decision making* became her specialty
a *continuing-education* course	a program of *continuing education*
a *middle-class* neighborhood	her neighborhood was *middle class*

몇 가지 예외가 있다.

- electronic의 약자인 e나, ex, self로 시작하는 복합어는 어떤 상황에서든 하이픈을 사용한다. 여기에도 한 가지 예외가 있다. self 앞에 un이 있다면 한 단어처럼 붙

여쓴다(예: unselfconscious).

ex-husband   self-destructive   e-mail

■ elect로 끝나는 복합어는 앞에 쓰인 직명이 한 단어인 경우에는 어떤 상황에서든 하이픈을 사용한다. 그러나 직명이 두 단어 이상일 때는 띄어쓴다.

president-elect   district attorney elect

■ and로 연결할 수 있는 대등한 두 단어로 이루어진 복합어는 어떤 상황에서든 하이픈을 사용한다.

actor-singer   *mother-daughter* relationship
city-state   *parent-teacher* conference

■ 방향을 의미하는 단어로 구성된 복합어가 한 방향을 지칭하는 경우에는 한 단어처럼 붙여쓴다. 그러나 and나 by로 연결할 수 있는 대등한 두 가지 방향을 의미하는 복합어는 하이픈을 사용한다.

northeast   a street running *north-south*
southwest   *east-southeast* winds

■ 가족관계를 나타내는 복합어는 한 단어처럼 붙여쓰기도 하고 하이픈을 사용하기도 한다. 확실치 않을 때는 사전을 찾아보라(in-law가 포함된 복합어의 복수형과 소유격 형태는 20.1.2와 20.2.2를 각각 참조하라).

grandfather   stepdaughter   step-grandmother
great-grandmother   son-in-law

■ 익숙하게 잘 알려진 어구 중에 항상 하이픈을 사용하는 것도 있다.

stick-in-the-mud   jack-of-all-trades

고유명사를 포함한 복합어. 민족명을 비롯해 고유명사를 포함한 복합어는 대개 띄어쓴다.

명사 앞에서 형용사로 쓰일 때	명사로 쓰이거나 명사 뒤에서 형용사로 쓰일 때
African American culture	an *African American* has written
French Canadian explorer	the explorer was *French Canadian*
Middle Eastern geography	the geography of the *Middle East*
State Department employees	employed by the *State Department*
Korean War veterans	veterans of the *Korean War*

그러나 첫 단어를 줄여쓸 때는 하이픈을 사용한다.

Afro-American culture	an *Afro-American* has written

and로 연결될 수 있는 상황에서도 하이픈을 사용한다.

Israel-Egypt peace treaty	*Spanish-English* dictionary

수를 포함한 복합어. 수를 포함한 복합어가 수식하는 명사의 앞에 쓰일 때는 하이픈을 사용한다. 그렇지 않으면 띄어쓴다(수를 숫자로 표기할지 글로 풀어서 표기할지는 23장 참조).

명사 앞에서 형용사로 쓰일 때	명사로 쓰이거나 명사 뒤에서 형용사로 쓰일 때
fifty-year project	the project took *fifty years*
Twenty-one-year-old student	the student was *Twenty-one years old*
Twentieth-century literature	studied the literature of the *twentieth century*

third-floor apartment	she lived on the *third floor*
214-day standoff	standoff that lasted *214 days*

몇 가지 예외가 있다.

■ percent를 포함한 복합어는 항상 띄어쓰고, 수치는 아라비아숫자로 표시한다
(23.1.3 참조).

a *15 percent* increase	increased by *15 percent*

■ 글로 풀어쓴 분수 표현에는 항상 하이픈을 사용한다(분수를 숫자로 쓸지 글로 풀지는
23.1.3 참조).

a *two-thirds* majority	a majority of *two-thirds*

■ half나 quarter로 시작하는 분수가 수식하는 명사 앞에 올 때는 하이픈을 사용하되
그렇지 않은 경우에는 띄어쓴다.

명사 앞에서 형용사로 쓰일 때	명사로 쓰이거나 명사 뒤에서 형용사로 쓰일 때
a *half-hour* session	after a *half hour* had passed
a *quarter-mile* run	ran a *quarter mile*

■ 특정 수치 범위를 표현하는 복합어는 두 수치 모두에 하이픈을 사용한다. 단 첫
번째 수치에서 두 번째 부분은 생략한다.

five- to ten-minute intervals	*eight- to ten-year-olds*

20.3.3 접두사가 들어 있는 단어

접두사가 들어 있는 단어는 명사이든(postmodernism처럼), 동사이든(misrepresent처
럼), 형용사이든(antebellum처럼), 부사이든(prematurely처럼) 한 단어처럼 붙여쓴다.

그러나 아래와 같은 경우에는 하이픈을 사용한다.

■ 접두사 뒤에 오는 단어가 대문자로 시작할 때

sub-Saharan	subdivision
pro-Asian	pronuclear

■ 접두사 뒤에 숫자가 따라 나올 때

pre-1950	predisposed
mid-80s	midlife

■ i나 a가 두 개 나란히 쓰일 때, 혹은 혼동을 일으킬 수 있는 글자와 음절을 구분하기 위해

anti-intellectual	antidepressant
intra-arterial	intramural

■ 접속사 뒤에 하이픈이나 띄어쓰기를 사용하는 복합어가 따라올 때

non-coffee-drinking	nonbelief
post-high school	postgame

■ 반복되는 두 접속사를 분리해야 할 때
sub-subentry

■ 접속사가 혼자 쓰일 때

pre- and postwar	macro- and microeconomics

이러한 규칙은 다음 접속사가 쓰인 단어에도 적용된다.

ante	cyber	macro	multi	proto	super
anti	extra	mega	neo	pseudo	supra
bi	hyper	meta	non	re	trans
bio	intra	micro	post	semi	ultra
co	inter	mid	pre	socio	un
counter	intra	mini	pro	sub	

이러한 규칙은 접속사 자리에 쓰일 수 있는 over와 under 같은 전치사에도 적용된다.

overachiever   underhead   over- and underused

20.4 행갈이

20.4.1 단어 중간의 행갈이

논문에서는 대개 복합어(20.3 참조)처럼 의식적으로 하이픈이 사용되는 단어만 행 끝에서 하이픈을 사용할 수 있다. 따라서 문서를 작성할 때 워드 프로그램의 왼쪽 정렬 기능을 사용하고(오른쪽 여백은 들쭉날쭉하게 남겨둔다) 자동 하이픈 기능을 사용하지 않도록 한다.

　하지만 양쪽 정렬을 사용해야 한다면 행 끝 하이픈을 사용해야 단어 사이 간격이 길어지는 경우를 막을 수 있다. 그렇다고 네 줄 이상 연속해서 행 끝에 하이픈을 사용하지 않도록 한다. 또 워드 프로그램의 자동 하이픈 기능에만 전적으로 의존해서는 안 된다. 자동 하이픈 기능은 믿을 만하긴 하지만 오류가 있을 때도 있다. 따라서 자동 하이픈 기능을 사용한다면 반드시 하이픈이 제대로 표시되었는지 확인해보라. 확실치 않을 때는 사전을 참고하라. 사전은 수록 단어에 가운뎃점 같은 기호를 이용해 끊어도 되는 부분을 알려준다(하이픈을 쓰고 싶지 않은 단어가 있다면 워드프로세서 프로그램에서 예외로 지정한다. 행 끝 하이픈을 손으로 직접 입력하려면 워드프로세서의 특수서식문자 메뉴에서 임의 하이픈을 집어넣는다).

철자는 같지만 발음은 다른 단어를 특히 조심해야 한다. 이런 단어는 rec-ord와 re-cord처럼 음절 구분이 서로 다를 수 있다. 워드프로세서 프로그램은 문맥과 관계없이 이런 단어들의 음절을 동일하게 구분하기도 한다.

20.4.2 띄어쓰기와 구두점 행갈이

워드 프로그램은 행갈이를 해서는 안 되는 빈칸이나 구두점에서 행을 바꿀 때도 있다. 이렇게 잘못 행갈이 된 곳이 없는지 논문을 점검해보라.

■ 머리글자: 이름과 중간 이름 모두 머리글자로 표기된 인명은 두 머리글자 사이를 띄어쓰는데, 머리글자 사이에서는 행을 바꾸지 않는다. 필요하다면 성 앞에서는 행갈이를 할 수 있다(24.2.1 참조). 논문을 계속 쓰다보면 줄이 달라지기 때문에 이런 공백은 줄바꿈 없는 공백으로 대신하는 것이 가장 좋다. 줄바꿈 없는 공백은 대부분의 워드프로세서에서 쓸 수 있다. 24.2.1도 함께 보라.

M. F. K. Fisher(○)　　　M. F. K. / Fisher(○)　　　M. / F. K. Fisher(×)

■ 수와 일자: 숫자로 표기된 수(25,000)나 기호, 약어, 측량단위와 함께 쓰인 수(10%; £6 4s. 6d.; 6:40 p.m.; AD 1895; 245 ml)는 중간에 행갈이를 하지 않는다. 일자에서는 월과 일(February 15) 사이에서 행갈이를 하지 않는다. 필요하다면 줄바꿈 없는 공백 nonbreaking space을 지정한다. 수와 일자의 표기체계에 대한 자세한 내용은 23장을 참고하라.

■ 구두점: 닫는 인용부호나 괄호, 각괄호가 줄 첫머리에 나와서는 안 된다(닫는 인용부호나 괄호, 각괄호로 시작되는 줄이 있다면 부호 앞에 불필요한 공백이 있다는 표시다). 마찬가지로 여는 인용부호나 괄호, 각괄호가 줄 끝에 나와서도 안 된다(이 역시 부호 뒤에 불필요한 공백이 있다는 표시다). 또는 목록 앞에 붙이는 (a)나 (I) 같은 기호로 행을 끝내서도 안 된다. 필요하다면 줄바꿈 없는 공백nonbreaking space를 지정한다. 구두점

에 대한 자세한 사항은 21장을, 목록 작성에 대한 사항은 23.4.2를 참고하라. 생략부호(25.3.2 참조) 중간에서도 행갈이를 하지 않도록 한다. 생략부호 중간에서 행을 바꾸지 않으려면 워드 프로그램의 생략부호를 사용하는 것이 좋다.

■ URL과 이메일 주소: 가급적 URL과 이메일 주소 중간에서는 행을 바꾸지 않도록 한다. 행을 바꿔야 할 때는 콜론이나 두 줄 빗금 '뒤', 등호(=)나 앰퍼샌드(&)의 '앞이나 뒤,' 빗금이나 마침표를 비롯한 기타 구두점이나 기호 '앞'에서 바꾼다. URL이나 이메일 주소에는 하이픈이 들어가는 경우가 많기 때문에 행갈이를 표시하기 위해 하이픈을 넣거나 하이픈에서 행갈이를 하면 혼란을 일으킬 수 있다.

http://
www.press.uchicago.edu

http://www
.press.uchicago.edu

http://www.press.uchicago.edu
/books/subject.html

워드 프로그램에 URL과 이메일 자동 하이퍼링크 기능이 있다면 위에서 제시한 원칙과는 다르게 행갈이를 할 수도 있다(밑줄을 긋거나 다른 색을 사용하여). URL이나 이메일 주소가 하이퍼링크되었다는 것만 확실하게 표시한다면 크게 문제되지 않는다. 이런 경우에도 행갈이를 표시하기 위해 하이픈을 추가로 넣어서는 안 된다.

21 구두점

이 장에서는 논문에서의 구두점 사용에 대한 일반 규칙을 다루겠다. 확실한 규칙도 있지만 그렇지 않은 것도 있으니 합리적 판단과 예민한 감각에 따라 결정을 내려야 할 때가 많을 것이다.

축약과 인용, 인용출처 표기 같은 특별한 경우에는 그에 맞는 구두점 사용 규칙이 있는데 이 책의 관련 장에서 다루고 있다.

석사논문이나 박사논문을 쓰고 있다면 해당 학과나 대학에 구체적인 구두점 사용 규칙이 있는지 확인해보라. 대개 학위논문 관리부서에서 이런 규칙을 알아볼 수 있다. 수업 과제로 소논문을 쓴다면 담당교수가 따라야 할 규칙을 제시할 수도 있다. 논문을 제출하기 전에 이러한 규칙을 다시 점검하라. 담당교수나 학과, 대학에서 요구하는 규칙이 여기에서 제시하는 규칙에 우선한다.

21.1 마침표

마침표는 평서문이나 명령문, 간접의문문을 끝맺는다. 문맥상 수사적 기능이 뚜렷할 때는 마침표로 미완성 문장을 끝맺을 수도 있다. 그러나 이러한 수사적 용법은 학술 글쓰기에는 잘 쓰이지 않는다. 어떤 경우이든 마침표는 '마침표terminal period'이니 뒤에 한 칸을 띄어준다.

Consider the advantages of this method.
The question was whether these differences could be reconciled.

여러 항목을 아래로 나열할 때는 항목이 완벽한 문장(23.4.2 참조)에만 마침표를 찍는다. 완전한 문장이 아니라면 마침표를 생략한다. 마지막 항목이더라도 완벽한 문장이 아니면 마침표를 찍지 않으며 첫 단어도 대문자로 표기하지 않는다.

The report covers three areas:
1. the securities markets
2. the securities industry
3. the securities industry in the economy

축약(24.1.3)과 인용출처 표기(16.1.2와 18.1.2), URL(20.4.2, 17.1.7, 19.1.8) 같은 곳에서

도 마침표를 사용한다. 이런 마침표는 흔히 점dots이라 불린다. 인용문(25.3.2 참조)에서는 마침표나 점을 여럿 찍어 생략부호ellipses로 쓰기도 하고, 표(26.2.6)나 서두 부분(26.2.6)에서는 독자의 시선을 유도하는 리더leader로 쓰기도 한다.

장과 절의 제목을 포함한 대부분의 소제목에는 마침표를 사용하지 않는다 (A.2.2 참조). 그림 캡션의 마침표 사용은 26.3.2를 참조하라.

21.2 쉼표

쉼표는 문장 안에서 절과 구, 단어 같은 항목을 분리한다. 독자가 절이나 구가 어디에서 끝나고 시작하는지 혼동하기 쉬울 때 특히 중요하다.

Before leaving the members of the committee met in the assembly room.
Before leaving, the members of the committee met in the assembly room.

수치 표기에서의 쉼표 사용은 23.2.2를 참고하라. 인용출처를 밝힐 때의 쉼표 사용은 16.1.2와 18.1.2를 참고하라.

21.2.1 독립절Independent Clauses

등위접속사(and, but, or, nor, for, so, yet)로 연결된 독립절이 둘 이상 있는 문장에서는 접속사 앞에 쉼표를 찍는다. 그러나 반드시 지켜야 할 규칙은 아니다. 자체 구두점이 없는 짧은 독립절이 둘 있는 문장에는 쉼표를 찍을 필요가 없다.

Students around the world want to learn English, and many young Americans are eager to teach them.
The senator arrived at noon and the president left at one.

자체 구두점이 없는 짧고 단순한 독립절이 셋 이상인 문장은 쉼표로 절과 절을 구분하고 마지막 절 앞에 등위접속사를 쓴다(등위접속사 앞에는 항상 쉼표를 찍는다). 길고 복잡한 절은 세미콜론(21.3 참조)으로 구분할 수도 있지만 문장을 고쳐쓰는 것이 더 좋다.

The committee designed the questionnaire, the field workers collected responses, and the statistician analyzed the results.
The committee designed the questionnaire, which was short; the field workers, who did not participate, collected responses; and the statistician analyzed the results, though not until several days later.

두 개의 주어나 술어를 연결하는 접속사 앞에는 대개 쉼표를 찍지 않는다.

The agencies that design the surveys and the analysts who evaluate the results should work together.
They do not condone such practices but attempt to refute them theoretically.

문장 머리의 어구나 종속절이 뒤에 오는 두 개의 독립절을 수식할 때도 있다. 이 때 어구나 종속절 뒤에 쉼표를 찍되 두 개의 독립절 사이에는 찍지 않는다.

Within ten years, interest rates surged and the housing market declined.

21.2.2 연속대등구Series

셋 이상의 단어나 구, 절로 이루어진 연속대등구 안에 구두점이 없을 때는 쉼표를 찍어 각 요소를 구분한다. 마지막 요소 앞에 쓰인 접속사 앞에는 항상 쉼표를 찍는다.

The governor wrote his senators, the president, and the vice president.
Attending the conference were Fernandez, Sullivan, and Kendrick.
The public approved, the committee agreed, but the measure failed.

연속대등구의 모든 요소가 접속사로 연결되어 있다면 쉼표를 사용하지 않는다.

The palette consisted of blue and green and orange.

셋 이상의 단어나 구, 절로 이루어진 연속대등구의 끝에 계속을 의미하는 표현 (and so forth, and so on, and the like, etc.)이 있다면 이런 표현을 대등구의 마지막 항목처럼 취급하여 앞에 쉼표를 찍는다. 연속대등구가 길 때는 혼동을 피하기 위해 이런 표현 뒤에 쉼표를 찍을 수 있다.

They discussed movies, books, plays, and the like until late in the night.
Management can improve not just productivity, but hours, working conditions, training, benefits, and so on, without reducing wages.

연속대등구에 나열된 요소에 자체 쉼표가 있거나 각 요소가 길고 복잡할 때는 (21.3 참조) 세미콜론을 사용하여 각 요소를 구분한다. 그러나 이렇게 길고 복잡한 연속대등구가 문장의 주요 동사 앞에 올 때는 문장을 고쳐쓰는 것이 좋다.

Hartford, Connecticut; Kalamazoo, Michigan; and Pasadena, California, are three cities worth comparing.
대신에
The three cities that we compare are Hartford, Conneticut; Kalamazoo, Michigan; and Pasadena, California.

21.2.3   비제한절과 구Nonrestrictive Clauses and Phrases
수식하는 명사의 고유한 특성을 설명하는 데 굳이 필요하지 않은 절을 비제한절이라 하는데 앞뒤에 쉼표를 찍는다.

These five books, which are on reserve in the library, are required reading.
이 문장에서 These five books는 필자가 마음에 두고 있는 책의 고유한 특성을 설명한다. 뒤따라오는 비제한절은 책을 설명하기 위해 굳이 필요치 않다. 그러나 다음 문장에서 종속절(that are required reading)은 제한적이다. 읽어야 하는 구체적 책을 설명하기 때문이다. 이런 제한절 앞뒤에는 쉼표를 찍지 않는다.

The books that are required reading are on reserve in the library.

which 또한 제한절에 사용되기도 하지만 미국식 용법에서는 쉼표 없이 쓰이는 제한적 that과 쉼표와 함께 쓰이는 비제한적 which를 철저히 구분한다.

제한적, 비제한적 구에도 같은 원칙을 적용한다.

The president, wearing a red dress, attended the conference.
The woman wearing a red dress is the president.

21.2.4 기타 용법

그 외에도 쉼표는 다양한 상황에서 사용된다(날짜표기의 쉼표 사용은 23.3.1을 참조).

- **도입어구**: 여러 단어로 이루어진 표현으로 문장을 시작한다면 그 표현 뒤에 쉼표를 찍는다. 특히 말할 때 잠깐 쉴 것 같다 싶다면 쉼표를 찍는다. 특별한 혼동을 일으키지 않는 한 짧은 전치사구 뒤에는 쉼표를 찍지 않는다.

If the insurrection is to succeed, the army and police must stand side by side.
Having accomplished her mission, she returned to headquarters.
To Anthony, Blake remained an enigma.
After this week the commission will be able to write its report.

- **명사 앞에 둘 이상의 형용사가 올 때**: 명사 앞에 둘 이상의 형용사가 올 때 and로 연결해도 의미가 달라지지 않는 대등한 표현이라면 형용사 사이에 쉼표를 넣는다. 그러나 형용사 중에 하나나 그 이상이 명사에 꼭 필요한(명사와 한 단위를 이루는) 형용사라면 쉼표를 쓰지 않는다. (꼭 필요한 형용사인지 아닌지 알아보는 법: 형용사의 순서를 바꿀 수 없는 경우는 쉼표를 쓰지 말라.)

It was a large, well-placed, beautiful house.

They strolled out into the warm, luminous night.

She refused to be identified with a traditional political label.

■ 설명어구: namely, that is, for example처럼 설명을 시작하는 단어와 어구 뒤에는 쉼표를 사용한다. 그러나 세미콜론이나 마침표가 필요하다면 앞에 표시한다. '곧' 의 뜻으로 or를 사용한다면 앞에 쉼표를 찍는다(이러한 표현과 유사 표현들에는 대시나 괄호를 이용할 수도 있다. 21.7.2와 21.8.1 참조).

Many people resent accidents of fate; that is, they look on illness or bereavement as undeserved.

The compass stand, or binnacle, must be visible to the helmsman.

■ 동격: 명사 뒤에 나오며 명사를 설명하는 동등한 성분 역할을 하는 단어나 구절을 동격이라 부른다. 비제한적 동격은 앞뒤로 쉼표를 찍어 구분하고 제한적 동격은 쉼표를 찍지 않는다(21.2.3 참조).

Chua, a Harvard College graduate, taught at Duke for several years.

Kierkegaard, the Danish philosopher, asked, "What is anxiety?"

(비교)

The Danish philosopher Kierkegaard asked, "What is anxiety?"

■ 지명: 지명을 표현하는 각 요소 사이에는 쉼표를 찍는다(주소표기의 쉼표 사용은 23.1.7 참조).

Cincinnati, Ohio, is on the Ohio River.

The next leg of the trip was to Florence, Italy.

■ 감탄사와 접속부사: 감탄사와 접속부사 앞뒤에 쉼표를 찍어 문장의 리듬이나 생

각의 흐름이 잠시 중단됨을 표현할 수도 있다. 그러나 문장의 흐름을 끊지 않거나 읽기를 잠시 멈출 필요가 없을 때는 쉼표를 찍지 않는다.

Nevertheless, it is a matter of great importance.
It is, perhaps, the best that could be expected.
Perhaps it is therefore clear that no deposits were made.

■ 대조성분: not, not only 등의 표현으로 시작되는 삽입어구 앞에서 독자들이 잠시 멈추기를 바란다면 해당 표현의 앞뒤에 쉼표를 찍는다. 그러나 이런 삽입어구가 두 성분으로 구성될 때는(not . . . but, not only . . . but also, 등) 대개 쉼표가 필요치 않다. 'the+비교급 ~the+비교급'의 형식은 아주 짧은 문장이 아니라면 절 사이에 쉼표를 찍어주어야 혼동을 막을 수 있다.

The idea, not its expression, is significant.
She was delighted with, but also disturbed by, her new freedom.
He was not only the team's president but also a charter member.
The more it stays the same, the less it changes.
The more the merrier.

■ 삽입구: 주어와 동사 사이 또는 동사와 목적어 사이에 삽입구를 사용할 때는 삽입구 앞뒤에 쉼표를 찍는다. 한 문장 안에 삽입구를 둘 이상 사용할 경우에는 되도록 문장을 고쳐쓸 방법이 없는지 생각해보자.

The Quinn Report was, to say the least, a bombshell.
Wolinski, after receiving instructions, left for Algiers.

■ 반복되는 단어: 똑같은 단어가 연이어 반복될 때도 쉼표를 찍어 구분한다. 단, that은 예외로 한다.

They marched in, in twos.

Whatever is, is right.

(비교)

He gave his life so that that cause might prevail.

21.3 세미콜론

세미콜론은 쉼표보다 문장의 연속성을 더 심하게 단절한다. 복합문에서 and,
but, or, nor, yet, for, so 같은 등위접속사로 연결되지 않은 독립절은 세미콜론을
사용하여 구분한다.

One hundred communities are in various stages of completion; more are on
the drawing board.

등위접속사와 함께 세미콜론을 사용하기도 하는데 절이 길거나 절 안에 쉼표나
다른 구두점이 있는 경우다. 그러나 이런 경우에도 세미콜론을 마침표로 대체하
는 것이 더 나을 수 있다.

Although productivity per capita in U.S. industry is much more than that is
in China, China has an increasingly well educated young labor force; but the
crucial point is that knowledge—which is transferable between peoples—has
become the most important world economic resource.

then, however, thus, hence, indeed, accordingly, besides, therefore 같은 단어가 두
독립절 사이에서 연결어로 쓰일 때는 이런 단어 앞에 세미콜론을 사용한다.

Some think freedom always comes with democracy; however, many voters in
many countries have voted for governments that they know will restrict their
rights.

연속대등구에 나열된 항목 내부에 구두점이 있다면 각 항목은 세미콜론을 사용하여 구분한다(21.2.2 참조).

Green indicates vegetation that remained stable; red, vegetation that disappeared; yellow, new vegetation.

세미콜론은 가끔 제목(17.1.2와 19.1.3 참고)과 두 가지 이상 자료의 인용출처를 구분할 때(16.3.5와 18.3.2 참고)도 쓴다.

21.4 콜론

콜론은 선행어구의 의미를 확장, 설명, 예시하는 절이나 구, 연속대등구 앞에 쓰인다. 독립절 사이에 쓰인 콜론은 세미콜론과 같은 구실을 하지만 균형이나 결과의 어감을 더 강조한다.

People expect three things of government: peace, perosperity, and respect for civil rights.
Chinese culture is unrivaled in its depth and antiquity: it is unmatched in its rich artistic and philosophical records.

예를 들거나 나열할 때도 콜론을 사용한다. 완전한 독립절 뒤에 쓴다. 콜론 앞에 the following이나 as follows와 같은 도입구를 써야 할 때도 많다.

The qualifications are as follows: a doctorate in economics and an ability to communicate statistical data to a lay audience.(○)
The qualifications are: a doctorate in economics . . . (×)

콜론 다음 등장하는 첫 단어는 고유명사가 아니라면 대개 대문자를 사용하지 않는다는 점에 유의하라. 콜론 뒤에 나오는 인용문의 대문자 사용은 25장을 참고하

라. 콜론은 또한 제목(17.1.2와 19.1.3 참조)과 시간표기(23.1.5), URL(17.1.7과 19.1.8 참조)에서도 사용하며 인용출처를 밝힐 때도 다양한 방법으로 사용한다.

21.5 물음표

의문문으로 구성된 완전한 문장 끝에는 물음표를 찍는다. 물음표가 그 문장의 마지막 구두점이라면 뒤에 한 칸을 띄운다.

Who would lead the nation in its hour of need?

질문을 뜻하는 절이 문장 속에 있을 때는 절 뒤에 물음표를 찍는다. 질문은 인용문이고 문장의 나머지 부분은 인용문이 아니라면 질문을 인용부호로 묶는다. 그러나 그 외의 경우에는 질문을 인용부호로 묶지 않는다.

Would the union agree? was the critical question.

이렇게 문장에 삽입된 의문문이 문장 끝에 오더라도 물음표 뒤에 마침표를 찍지 않으며 의문문의 첫 단어를 대문자로 표기할 필요도 없다. 그러나 의문문 내부에 또 다른 구두점이 있다면 첫 단어를 대문자로 표기해주어야 독자가 질문을 쉽게 알아볼 수 있다. 문장이 어색해진다면 질문을 평서문으로 고쳐쓰고 마침표를 찍는다.

Several legislators raised the question, Can the fund be used in an emergency, or must it remain dedicated to its original purpose?
Several legislators raised the question of using the fund in an emergency, which was not its original purpose.

날짜를 표기할 때 의심이나 불확실함을 나타내기 위해 물음표를 사용할 수도 있다.

The painter Niccoló dell'Abbate (1512?-71) assisted in the decorations at Fontainebleau.

21.6 느낌표

학술 글쓰기에서는 인용문이나 작품 제목(the musical Oklahoma!)에 포함된 경우가 아니면 느낌표를 거의 쓰지 않는다.

21.7 하이픈과 대시

21.7.1 하이픈

하이픈은 복합어(20.3 참조)와 수 범위(23.2.4 참조)를 포함한 다양한 상황에서 사용한다.

21.7.2 대시

대시는 하이픈을 길게 연장한 것으로 쉼표(21.2 참조)나 괄호(21.8.1)처럼 문장 속 성분을 구분하기 위해 쓰인다는 점에서는 유사하지만, 쉼표나 괄호보다 더 뚜렷하게 성분을 구분한다. 전문용어로는 엠 대시em dash라고도 하는데(대부분의 서체에서 대문자 M의 너비와 똑같았기 때문이다), 대부분의 워드 프로그램에서 대시 기호를 찾을 수 있다.[1] 하이픈을 두 번 연속 표시하여 대시를 대신할 수도 있다. 하이픈 두 개를 연이어 입력하면 자동으로 엠 대시로 바꿔주는 워드 프로그램도 많다. 대시 앞뒤로는 빈 칸을 두지 않는다.

대시를 사용해 삽입어구를 표시할 때는 쉼표나 괄호처럼 삽입어구 앞뒤에 대

---

1. 엔 대시en dash(대문자 N과 너비가 똑 같다)라 부르는 종류의 대시도 있다. 엔 대시는 출판물에서 수치나 날짜 사이에 주로 쓰이며 '~까지through'를 뜻한다(예: 1998 - 2008). 다른 상황에서 쓰이기도 하는데 그 용례는 《시카고 편집 매뉴얼Chicago Manual of Style》 16판(2010)의 6.78 - 81에 설명되어 있다. 규정상 엔 대시를 사용해야 하는 전문 분야도 있다. 많은 워드 프로그램에서 엔 대시 기호를 찾을 수 있다. 규정상 엔 대시를 써야 하는 분야가 아니라면 하이픈으로 대체할 수 있다.

시를 표시한다. 그러나 지나치게 도드라져 보이기 때문에 한 문장 안에 둘 이상의 대시 쌍을 사용하지 않도록 한다. 두 번째 층위의 삽입정보는 괄호로 대신 표현한다.

The influence of three impressionists—Monet (1840-1926), Sisley (1839-99), and Degas (1834-1917)—is obvious in her work.

부연하거나 설명하는 어구 앞에도 대시를 달 수 있다.

It was a revival of a most potent image—the revolutionary idea.

문장구조를 흐트러뜨리는 동시에 흐름을 크게 단절시키는 어구는 대시나 대시 쌍으로 묶는다.

Rutherford—how could he have misinterpreted the evidence?
Some characters in Tom Jones are "flat"—if you do not object to this borrowing of E. M. Forster's somewhat discredited term—because they are caricatures of their names.

여러 요소를 나열한 뒤에 그 주제를 요약하는 어구의 앞에 대시를 사용하기도 한다.

The statue of the discus thrower, the charioteer at Delphi, the poetry of Pindar—all represent the great ideal.

21.7.3 2엠 대시와 3엠 대시

2엠 대시는 삭제되거나 훼손되어 읽을 수 없는 부분을 인용하거나, 외설적 표현에서 사라진 단어나 글자를 나타낼 때 사용한다(엠 대시 두 개나 하이픈 네 개를 연속으로 쓴다). 사라진 단어를 나타낼 때는 대시 앞뒤로 빈칸을 두지만 사라진 문자를 나타낼 때는 대시와 남아 있는 문자 사이에 빈칸을 두지 않는다.

The vessel left the ---- of July.
H----h [Hirsch?]

특정 단어를 모호하게 표기하고 싶을 때도 같은 방법을 쓸 수 있다.

It was a d---- shame.

3엠 대시(엠 대시 세 개나 하이픈 여섯 개를 연속으로 쓴 것)는 참고문헌목록에서 되풀이되는 저자나 편집자명을 나타낼 때 쓰인다(16.2.2와 18.2.1 참조).

21.8 괄호와 각괄호

21.8.1 괄호
괄호는 보통 삽입어구나 설명어구를 표시하기 위해 사용하며 어구 앞뒤에 찍은 쉼표(21.2 참조), 대시와 비슷한 기능을 한다. 일반적으로 주절과 밀접하게 연관이 있는 성분에는 쉼표를 사용하고, 연관성이 덜한 성분에는 대시와 괄호를 사용한다. e.g.와 i.e.처럼 보충 설명을 뜻하는 약어(24.7 참조)는 괄호나 주에서만 사용할 수 있다.

The conference has (with some malice) divided into four groups.
Each painting depicts a public occasion; in each—a banquet, a parade, a coronation (though the person crowned is obscured)—crowds of people are pictured as swarming ants.
There are tax incentives for "clean cars" (e.g., gasoline-electric hybrids and vehicles powered by compressed natural gas and liquefied propane).

괄호는 인용출처를 밝힐 때(16장과 18장 참조)와 목록이나 개요의 괄호문자 표기에도 사용한다(23.4.2 참조).

21.8.2 각괄호

각괄호는 인용할 때 인용문을 변경했다는 사실을 나타내기 위해 주로 쓴다(예는 25.3 참조). 또 괄호 내부에 또 다른 괄호를 써야 할 때 사용한다.

He agrees with the idea that childhood has a history (first advanced by Philippe Aries [1914-84] in his book *Centuries of Childhood* [1962]).

21.9 빗금

빗금(/)은 분수표기(23.1.3 참조)나 시 인용(25.2.1 참조)을 비롯한 몇몇 상황에서 사용한다. 빗금(/)과 두 줄 빗금(//)은 URL을 비롯한 전자 식별기호에 쓰인다(20.4.2를 보라). 빗금이나 역빗금(\)은 여러 컴퓨터 언어와 운영체계에서 다양한 의미로 쓰인다.

21.10 인용부호

자료를 인용할 때의 인용부호 사용은 25.2.1을, 제목 및 기타 특별 상황에서의 인용부호 사용은 22.3.2를 참고하라. 인용출처를 밝힐 때 인용부호를 사용하는 법은 16.1.4와 18.1.4를 참고하라.

언어학, 철학, 신학 같은 몇몇 분야에서는 단어나 개념을 강조하기 위해 작은 따옴표를 사용하기도 한다. 이 경우에 따옴표를 닫고 쉼표나 마침표를 찍는다 (21.11.1 참조).

kami 'hair, beard'

The variables of quantification, 'something', 'nothing' . . .

그 외의 분야에서 용어를 정의할 때 인용부호와 이탤릭체를 사용하는 법은
22.2.2를 참조하라.

21.11 아포스트로피

복수형과 소유격에서 아포스트로피를 사용하는 법은 20.1과 20.2를 보라. 아포스
트로피는 축약형을 만들 때도 쓰인다(don't). 워드프로세서에 "지능형" 인용부호
기능(곧은 인용부호(")를 굽은 인용부호(")로 자동적으로 바꿔주는 기능)이 있다면
아포스트로피를 왼쪽 작은따옴표와 혼동하지 않도록 하라('twas가 아니라 'twas이다).

21.12 구두점이 겹칠 때

구두점 두 개를 함께 사용해야 할 때도 있다. 예를 들어 마침표와 닫는 괄호를 나
란히 써야 할 때다. 아래에서는 구두점 두 개가 함께 쓰일 때 순서를 정하는 원칙
과 둘 중 하나를 생략하는 원칙을 다루겠다.

21.12.1 구두점 생략

생략부호가 아니라면 마침표 둘을 절대 나란히 찍지 않는다. 약어의 마침표가 문
장의 맨 마지막에 올 때는 그 뒤에 마침표를 다시 찍지 않는다. 그러나 문장이 물
음표나 느낌표로 끝날 때는 약어의 마침표를 생략하지 않는다.

The exchange occurred at 5:30 p.m.
Could anyone match the productivity for Rogers Inc.?

쉼표와 더 강한 구두점, 예컨대 물음표나 대시를 함께 써야 할 상황에서는 쉼표
를 생략한다.

"What were they thinking?" he wondered to himself.
While the senator couldn't endorse the proposal—and he certainly had doubts

about it—he didn't condemn it.

물음표나 느낌표로 끝나는 작품의 제목은 예외로 할 수 있다. 이런 구두점은 문장의 나머지 부분과 엄밀하게 연결돼 있지 않으므로 필요한 자리에 쉼표를 그냥 쓴다.

"Are You a Doctor?," the fifth story in *Will You Please Be Quiet, Please?*, treats modern love.
Films such as *Airplane!, This Is Spinal Tap, and Austin Powers* offer parodies of well-established genres.

21.12.2 구두점 순서

구두점이 겹치는 가장 흔한 상황은 인용부호나 괄호, 각괄호와 마침표가 함께 오는 상황이다. 미국식 용법에는 여러 구두점의 순서를 정하는 믿을 만한 지침이 몇 가지 있다.

인용부호와 겹칠 때. 마지막 쉼표나 마침표가 인용부호와 겹칠 때는 쉼표나 마침표를 찍고 인용부호를 닫는다. 인용문에 속하지 않는 쉼표나 마침표도 닫는 인용부호 앞에 찍는다.

In support of the effort "to bring justice to our people," she joined the strike.
She made the argument in an article titled "On 'Managing Public Debt.'"

두 가지 예외가 있다. 언어학과 철학, 신학(21.10 참조) 같은 특정 분야에서 작은따옴표로 묶은 특별 용어는 따옴표를 닫은 후 마침표나 쉼표를 찍는다.

Some contemporary theologians, who favored 'religionless Christianity', were proclaiming the 'death of God'.

컴퓨터 파일이름이나 명령을 인용부호로 묶어야 한다면 이름이나 명령의 일부가 아닌 마침표나 쉼표는 닫는 인용부호 뒤에 써야 한다.

Click on Save As; name your file "appendix A, v. 10".

느낌표와 물음표가 인용문에 속할 때는 닫는 인용부호 앞에, 인용문이 들어 있는 전체 문장에 적용될 때는 인용부호 뒤에 온다.

Her poem is titled "What Did the Crow Know?"
Do we accept Jefferson's concept of "a natural aristocracy"?

세미콜론과 콜론은 항상 인용부호 뒤에 온다. 삽입 인용문이 세미콜론이나 콜론으로 끝날 때는 전체 문장의 구조를 마침표나 쉼표로 전환한다(25.3.1 참조).

He claimed that "every choice reflects an attitude toward Everyman"; his speech then enlarged on the point in a telling way.
The Emergency Center is "almost its own city": it has its own services and governance.

괄호나 각괄호와 겹칠 때. 완전한 문장을 괄호로 묶을 때는 마침표(또는 기타 마지막 구두점)를 찍고 괄호를 닫는다. 그러나 괄호 속 문장이 문법적으로 완전하더라도 다른 문장 속에 포함되어 있다면 괄호를 닫고 마침표를 찍는다. 각괄호에도 같은 원칙을 적용한다.

We have noted similar motifs in Japan. (They can also be found in Korean folktales.)
Use periods in all these situations (your readers will expect them).
Myths have been accepted as allegorically true (by the Stoics) and as priestly lies (by Enlightenment thinkers).

(The director promised completion "on time and under budget" [italics mine].)

괄호주의 마지막 구두점은 25.2를 참조하라.

22 이름과 전문용어, 제목

이 장에서는 이름과 전문용어, 제목을 표기하는 일반 규칙을 다루겠다. 언제 단어의 첫 글자를 대문자로 표기해야 하는지, 언제 인용부호나 이탤릭체(일반적인 로마체와 대비되는)를 사용하여 단어와 어구, 제목을 표시해야 하는지도 다루겠다.

석사논문이나 박사논문을 쓴다면 해당 학과나 대학에 이름이나 전문용어, 제목을 표기하는 규칙이 따로 있는지 알아본다. 학위논문 담당부서에서 찾아볼 수 있을 것이다. 수업 과제물로 소논문을 쓴다면 담당교수에게 이러한 항목을 표기하는 특정 원칙이 있을 수 있다. 소논문을 준비하기 전에 표기 원칙을 살펴보라. 담당교수나 학과, 대학의 원칙이 이 장에서 제시한 원칙보다 중요하다.

22.1 이름

고유명사, 곧 이름의 첫 글자는 늘 대문자로 표기한다. 하지만 일반용어와 이름을 구분하기 어려울 때도 있다. 이 책에서는 일반적인 사례만 다룰 것이다. 자세한 사항은 《시카고 편집 매뉴얼》 16판(2010), 8장을 참고하라.

본문에서 이름은 보통 로마체로 표기하지만 몇 가지 예외가 있으니 22.1.3을 참고하라.

22.1.1 인명, 지명, 단체명

일반적으로 구체적인 사람이나 장소, 단체 이름의 첫 글자는 대문자로 표기한
다. 그러나 de와 von 같은 관사가 들어간 이름이나 복합 성compound last names은
대문자 표기방식이 다양하다. 확실치 않을 때는《매리엄 웹스터 인명사전》이
나 기타 믿을 만한 자료를 참고하라. 이름의 일부로 쓰인 전치사(of)와 접속사
(and)는 대개 소문자로 표기한다. 이름 앞에 쓰인 the도 소문자로 표기한다. 이
름의 소유격은 20.2를, 이름 축약은 24.2를, 숫자가 들어간 이름은 23.1.6을
참고하라.

Eleanor Roosevelt	the United States Congress
W. E. B. Du Bois	the State Department
Ludwig van Beethoven	the European Union
Victoria Sackville-West	the University of North Carolina
Chiang Kai-shek	the Honda Motor Company
Sierra Leone	Skidmore, Owings & Merrill
Central America	the University of Chicago Press
New York City	the National Conference of Community
	and Justice
the Atlantic Ocean	the Roman Catholic Church
the Republic of Lithuania	the Allied Expeditionary Force

인명 바로 앞에 쓰인 경칭은 이름의 일부로 취급하여 대문자로 표기한다. 그러나
경칭만 따로 쓰거나 인명 뒤에 있는 경우에는 일반용어로 취급하여 소문자로 표
기한다. 지명이나 단체명의 일부로 쓰인 일반용어에도 같은 원칙이 적용된다.

President Harry Truman announced	the president announced
Professors Harris and Wilson wrote	the professors wrote

next to the Indian Ocean	next to the ocean
students at Albion College	students at the college

종족과 민족명도 첫 글자를 대문자로 표기한다. 그러나 사회경제적 계층을 나타내는 용어는 대문자로 표시하지 않는다(두 유형이 함께 들어 있는 복합어의 하이픈 사용은 20.3.2를 참조하라. 호피족Hopi 같은 부족명의 복수형은 20.1.1을 참조하라).

Arab Americans	the middle class
Latinos	blue-collar workers

이름에서 유래한 형용사는 첫 글자를 대문자로 표기한다. 단, 더 이상 특정 인물이나 장소와 관계가 없거나 일상용어에 포함된 경우에는 대문자 표기를 하지 않는다.

Machiavellian scheme	french fries
Roman and Arabic art	roman and arabic numerals

22.1.2 역사적 사건, 문화용어, 시간용어

관례적으로 대문자로 표기하는 역사적 시대와 사건이 많다. 그러나 이름이 포함되어 있지 않다면 일반적인 용어는 대문자로 표기하지 않는다. 전공 분야의 규칙을 따르자.

the Bronze Age	ancient Rome
the Depression	the nineteenth century
the Industrial Revolution	the Shang dynasty
Prohibition	the colonial period
the Seven Years' War	the baby boom

문화 양식과 운동, 학파를 지칭하는 명사와 형용사는 이름에서 유래했거나 Stoicism처럼 일반용어와 구분해야 할 때만 대문자로 표기한다. 무엇보다 전공 분야의 관행을 따르자.

classical	Aristotelian reasoning
impressionism	Dadaism
modernism	Hudson River school
deconstruction	Romanesque architecture

요일과 월, 휴일의 첫 글자는 대문자로 표기하되 계절명은 대문자로 표기하지 않는다. 날짜표기에 대한 자세한 사항은 23.3을 참고하라.

Tuesday   September   Independence Day spring

22.1.3 기타 이름 유형

기타 이름 유형도 구체적인 규칙대로 대문자를 표기한다. 이탤릭체로 써야 하는 것도 더러 있다.

■ 강좌명과 주제: 구체적인 강좌명은 대문자 표기를 하되 일반적인 주제나 학문분 과는 대문자 표기를 하지 않는다. 단, 언어명은 대문자를 표기한다.

Introduction to Asian Art	art history
Topics in Victorian Literature	English literature

■ 법령, 조약, 정부 정책: 법령과 조약, 정부 계획 같은 문서나 정책의 공식명은 대문 자로 표기하되 비공식 명칭이나 일반적 명칭은 소문자로 표기한다.

the United States (or U.S.) Constitution	the due process clause
the Treaty of Versailles	the treaty

■ 브랜드명: 상품의 브랜드명은 대문자로 표기하되 브랜드명 뒤에 ?이나 TM을 붙이지 않는다. 그러나 특정 상품을 지칭하지 않는다면 브랜드명 대신에 일반용어를 사용하라.

Coca-Cola	cola
Xerox	photocopy

■ 전자 공학: 컴퓨터 하드웨어와 소프트웨어, 네트워크, 브라우저, 시스템, 언어의 명칭은 대문자로 표기한다. 그러나 일반명칭(web처럼)은 혼자 쓰였을 때나 다른 단어와 함께 쓰였을 때 소문자로 쓴다.

Apple OS X Lion	the Internet; the net
Google Chrome	the World Wide Web; the web; website

■ 판례: 판례명은 v. (versus)를 포함하여 이탤릭체로 표기하고 대문자 표기법을 따른다. 판례명 전체를 제시한 뒤에는 줄여서 사용할 수도 있다(대개 원고나 민간 당사자의 이름으로 줄인다). 판례 인용은 17.9.7과 19.9.7을 참고하라.

처음 언급할 때	나중 언급할 때
Miranda v. Arizona	*Miranda*
United States v. Carlisle	*Carlisle*

■ 배와 항공기를 비롯한 교통수단의 이름: 배와 항공기 등의 명칭은 이탤릭체로 표기하고 대문자 표기법을 따른다. 이름 앞에 USS(United States Ship)나 HMS(Her[or His]Majesty's ship) 같은 약어가 있다면 이런 약어는 이탤릭체로 표기하지 않는다. 또 이름 뒤에 ship이라고 쓰지 않는다.

USS *Constitution*	*Spirit of St. Louis*
HMS *Saranac*	the space shuttle *Atlantis*

■ 동물과 식물: 인문학과 사회과학 논문에서는 동물명과 식물명에 지명 같은 고유 명사가 들어 있지 않다면 대문자로 표기하지 않는다. 라틴어 이명법에 따른 생물 종 명칭은 이탤릭체로 표시하며 속명은 대문자로, 종명(또는 종소명)은 소문자로 표기한다. 생물문phyla과 목orders 같은 명칭은 로마체로 표기한다. 과학 논문은 해당 분야의 관례를 따른다.

rhesus monkey	Rocky Mountain sheep
Rosa caroliniana	Chordata

22.2 전문용어

전문용어에는 이탤릭체나 인용부호를 사용하고 대문자 표기법을 따라야 할 때가 있다.

22.2.1 외국용어

영어권 독자에게 친숙하지 않은 외국어 단어나 어구는 이탤릭체로 표시하고, 해당 언어의 관습을 따라 대문자를 표기한다(해당 언어의 대문자 표기법을 잘 모른다면 믿을 만한 자료를 참고하라. 《시카고 편집 매뉴얼》 16판(2010), 11장도 좋은 자료다). 외국어 제목은 22.3.1을 참조하라.

This leads to the idea of *Übermensch* and to the theory of the *acte gratuit* and surrealism.

《메리엄 웹스터 대학사전》에 실릴 만큼 친숙한 외국용어는 이탤릭체로 표기하지 않는다.

de facto   vis-à-vis   pasha   eros

외국인명이나 인명과 함께 쓰인 호칭은 이탤릭체로 표기하지 않는다.

Padre Pio

the Académie Française

the Puerto del Sol

외국용어의 정의를 밝힐 때는 정의를 괄호나 인용부호로 묶어 용어 뒤에 기재하거나 주를 단다.

The usual phrase was *ena tuainu-iai*, "I wanted to eat."

According to Sartrean ontology, man is always *de trop* (in excess).

짧은 단어나 어구가 아니라 긴 외국자료를 인용할 때는 로마체를 사용한다. 원전에서 이탤릭체로 표기되었을 때만 이탤릭체로 표기한다. 인용 부분은 본문 속에서 인용부호로 묶거나 25.2의 원칙을 따라 블록 인용문으로 만든다.

The confusion of *le pragmatisme* is traced to the supposed failure to distinguish "les propriétés de la valeur en général" from the incidental.

22.2.2 일반 단어를 용어로 사용할 때

자신이 정의한 주요 용어를 강조하려면 처음 사용할 때 이탤릭체로 표기하고 그 뒤에는 로마체로 표기한다. 인용부호를 사용하여 독자의 주의를 환기할 수도 있다(직접인용이 아니라 특정 용어를 강조하기 위한 이런 인용을 공갈인용scare quote이라 부른다). 이렇게 하면 용어를 보편적 의미가 아니라 다른 의미로 사용하거나 반어적으로 사용한다는 것을 알릴 수 있다. 그러나 너무 자주 사용하면 효과가 떨어진다.

The two chief tactics of this group, *obstructionism* and *misinformation*, require careful analysis.

Government "efficiency" resulted in a huge deficit.

같은 단어라도 용어로 쓰일 때는 이탤릭체로 표기한다.

(용어로 쓰일 때)

The term *critical mass* is more often used metaphorically than literally.

How did she define the word *existential*?

(일반적 의미로 쓰일 때)

A critical mass of students took existential philosophy.

문자 자체를 뜻하는 문자는 이탤릭체 소문자로 표기한다. 성적이나 등급을 나타내거나 예를 들어 설명하기 위해 사용하는 문자는 로마체 대문자로 표기한다. 이런 방법으로 쓰인 문자의 복수형은 20.1.2를 참조하라.

Many of the place-names there begin with the letters *h* and *k*.

In her senior year, she received an A and six B's.

Imagine a group of interconnected persons: A knows B, B knows C, and C knows D.

22.3 제목

저술이나 예술품, 방송프로그램의 제목을 밝힐 때는 원작에 표기된 대로 표기한다. 원작을 구할 수 없다면 믿을 만한 자료를 참조하라.

원작의 철자가 20장에서 설명한 미국용법에 맞지 않는다 해도 항상 원작의 철자(하이픈 포함)를 따른다. 제목과 부제 사이에 콜론을 찍거나 날짜 앞에 쉼표를 찍는 등 제목의 구두점을 변경하는 경우는 17.1.2를 참고하라.

제목의 대문자 표기법과 글꼴(이탤릭체, 인용부호, 또는 둘 다 사용 안 함) 사용은 원작의 형식에 관계없이 이미 정해진 학계의 관습을 따른다.

22.3.1 대문자 표기법

제목의 대문자 표기법은 두 가지다. 헤드라인스타일과 문장스타일이다. 대부분의 제목은 헤드라인스타일을 따른다. 외국 제목은 문장스타일을 사용한다.

이 책에서 안내하는 두 인용방식 모두 이제는 영어로 된 제목은 헤드라인스타일로 대문자를 표기한다(7판 내용과 달라진 점이다). 16.1.3과 18.1.3을 보라.

연구자 자신이 작성하는 논문과 장, 부분의 제목도 헤드라인스타일로 대문자를 표기한다. 단, 해당 분야의 관행이 문장스타일을 선호한다면 문장스타일을 따른다(A.1.5 참조).

헤드라인스타일 대문자 표기법. 헤드라인스타일 대문자 표기법을 사용하면 제목을 본문의 다른 내용과 두드러지게 구분할 수 있다. 이 표기법에서는 제목과 부제와 첫 단어와 마지막 단어를 포함한 모든 단어의 첫 글자를 대문자로 표기하되 다음 단어는 예외로 한다.

- 관사(a, an, the)나 등위 접속사(and, but, or, nor, for, so, yet), 또는 to나 as는 제목이나 부제의 첫 단어나 끝 단어가 아니라면 대문자로 표기하지 않는다.
- of, in, at, above, under 같은 전치사는 A River Runs Through It의 through처럼 강조되거나, Look up의 up처럼 부사나 The On Button의 on처럼 형용사로 사용된 경우가 아니면 대문자로 표기하지 않는다.
- 하이픈으로 연결된 복합어의 두 번째 부분(이나 뒤이은 부분들)은 관사나 전치사, 등위 접속사(and, but, or, not, for), 음정 이름 뒤에 나오는 sharp이나 flat 같은 수식어가 아니라면, 또는 복합어의 첫 부분이 접두사(anti, pre, 등)가 아니라면 첫 글자를 대문자로 표기한다(20.3에서 제시한 다른 원칙에 어긋나더라도 원제의 하이픈 형식을 따라야 한다는 점을 기억하라).
- *Acipenser fulvescens*의 *fulvescens*처럼 종명의 두 번째 부분은 제목이나 부제의 끝 단어일 때도 소문자로 표기한다(22.1.3도 함께 보라).
- 22.1.1에 설명한 대로 고유명사에서 소문자로 사용되는 부분(Ludwig van Beethoven의 van)은 대문자로 표기하지 않는다.

The Economic Effects of the Civil War in the Mid-Atlantic States

To Have and to Hold: A Twenty-first-century View of Marriage

All That Is True: The Life of Vincent van Gogh, 1853-90

Four Readings of the Gospel according to Matthew

Self-government and the Re-establishment of a New World Order

Global Warming: What We Are Doing about It Today

Still Life with Oranges

From *Homo erectus* to *Homo sapiens:* A Black-and-White History

E-flat Concerto

헤드라인스타일을 사용했을 때 짧은 단어가 소문자로 표기되는 경향이 있긴 하지만 그렇다고 길이에 따라 대문자 표기가 정해지는 것은 아니다. 짧은 동사(is, are)와 형용사(new), 인칭대명사(it ,we) 관계대명사(that)처럼 위의 예외 목록에 포함되지 않은 단어는 모두 대문자로 표기한다. 또 긴 전치사(according)는 위에 제시된 예외에 포함되기 때문에 소문자로 표기한다.

그러나 다음 두 종류의 제목에는 헤드라인스타일을 사용하지 않는 것이 좋다.

■ 영어가 아닌 제목은 문장스타일로 대문자를 표기한다(아래 참조).
■ 18세기 전에 출판된 자료의 제목은 원제의 대문자 표기(와 철자)를 따른다. 단, 모든 글자가 대문자로 표기된 단어는 첫 글자만 대문자로 표기한다.

A Treatise of morall philosophy Contaynyge the sayings of the wyse

문장스타일 대문자 표기법. 문장스타일 대문자 표기법은 헤드라인스타일만큼 제목을 도드라지게 하진 않지만 더 간단한다. 문장스타일에서는 제목과 부제의 첫 단어와 고유명사, 고유형용사의 첫 글자만 대문자로 표기한다.

Seeing and selling late-nineteenth-century Japan

Natural crisis: Symbol and imagination in the mid-American farm crisis

Religious feminism: A challenge from the National Organization for Women
Starry night

해당 학과에 다른 규정이 없다면 외국 자료명에도 문장스타일을 사용한다.

외국어의 대문자 표기 규칙은 영어와 다를 수 있으니 해당 언어의 규칙을 잘 모른다면 믿을 만한 자료를 참고하자.

예를 들어 독일어에서 명사는 대개 첫 글자를 대문자로 쓰는 반면 형용사는 고유명사에서 나왔다 해도 첫 글자를 대문자로 쓰지 않는다. 특정 언어의 관례를 확실히 모를 때에는 믿을 만한 자료를 참고하라.

Speculum Romanae magnificentiae

Historia de la Orden de San Gerónimo

Reatlexikon zur deutschen Kunstgeschichte

Phénoménologie et religion: Structures de l'institution chrétienne

22.3.2 이탤릭체나 인용부호

대부분의 작품명은 작품 유형에 따라 이탤릭체나 인용부호를 사용해 주변 본문과 구분할 수 있다. 여기에 제시하는 지침은 본문에 쓰인 제목뿐 아니라 인용출처에 쓰인 대부분의 제목에도 적용된다(15 - 19장을 보라).

아래 제시한 예는 헤드라인스타일 대문자 표기법을 따른 예지만 문장스타일 대문자 표기법(22.3.1 참조)에도 같은 원칙이 적용된다.

이탤릭체. 아래 나열한 경우를 포함해서 긴 자료의 제목은 이탤릭체로 표기한다. 정기 간행물 제목 앞의 the나 제목의 일부로 여겨지지 않는 the는 로마체 소문자로 쓴다. 이렇게 긴 자료의 일부나 짧은 자료의 제목은 아래 인용부호 부분을 참조하라.

- 책(*Culture and Anarchy, The Chicago Manual of Style*)
- 연극(*A Winter's Tale*)과 책 한 권 길이에 해당하는 장시(*Dante's Inferno*)

- 학술지(*Signs*), 잡지(*Time*), 신문(*the New York Times*)과 블로그
- 긴 악곡(*The Marriage of Figaro*)이나 앨범 제목(*Plastic Beach* by Gorillaz)
- 사진(Ansel Adam's *North Dome*)을 비롯해 회화(*Mona Lisa*), 조각(Michelangelo's *David*)을 비롯한 미술작품
- 영화(*Citizen Kane*), 텔레비전 프로그램(*Sesame Street*), 라디오 프로그램(*All Things Considered*)

인용부호. 짧은 자료는 긴 자료의 부분이든 아니든 이탤릭체로 표기하지 않고 인용부호로 묶는다.

- 책의 장("The Last Years")이나 소제목 달린 부분
- 단편소설("The Dead"), 짧은 시("The Housekeeper"), 수필("Of Books")
- 학술지 논문이나 기타 기사("The Function of Fashion in Eighteenth-century America"), 잡지기사("Who Should Lead the Supreme Court?"), 신문기사("Election Comes Down to the Wire")를 비롯한 정기간행물의 기사와 웹사이트나 블로그("An Ice Expert Muses on Greenhouse Heat")
- 텔레비전 프로그램의 개별 에피소드("The Opposite")
- 짧은 악곡("The Star-Spangled Banner")과 녹음("All You Need Is Love")

아래 예를 포함하여 공식 출간되지 않은 자료의 제목은 로마체로 표기하고 인용부호로 묶는다.

- 석·박사논문("A Study of Kant's Early Works")
- 학술대회에서 발표한 강의와 논문("Voice and Inequality: The Transformation of American Civic Democracy")
- 보존 기록물 컬렉션의 문서 제목("A Map of the Southern Indian District of North America")

특별한 글꼴을 적용하지 않는 사례. 다음 같은 유형의 제목에는 이탤릭체나 인용부

호를 사용하지 말고 대문자 표기만 한다.

- 총서(Studies in Legal History)
- 보존 기록물 컬렉션(Egmont Maniscripts)
- 성경(the Bible)을 비롯한 기타 경전(the Upanishads)이나, 성경 버전(the King James Version), 성경 권명(Genesis; 전체 목록은 24.6 참조)
- 장르명이 달린 음악작품(Symphony no. 41, Cantata BWV 80). 이런 작품이라도 속명은 위에서 설명한 대로 길이에 따라 이탤릭체로 표기하거나(the *Jupiter* Symphony), 인용부호로 묶는다("Ein feste Burg ist unser Gott")
- 웹사이트(Google Maps, Facebook, Apple.com, the Internet Movie Database, IMDb). 22.3.2.1에 나열된 유형과 유사한 사이트는 예외로 취급할 수 있다(*Wikipedia*, the *Huffington Post*)

책이나 기타 자료의 부분을 일컫는 일반용어는 일반 단어처럼 취급한다. 보통단어와 마찬가지로 문장의 처음처럼 필요한 경우가 아니면 대문자 표기나 이탤릭체, 인용부호를 사용하지 않는다. 부분 제목에 숫자가 포함되어 있을 때는 원문의 표기와 관계없이 아라비아숫자로 표기한다(23.1.8 참조).

in Lionel Trilling's preface   as discussed in chapters 4 and 5
a comprehensive bibliography   killed off in act 3, scene 2

22.3.3 구두점

제목을 문장에 쓸 때는 제목의 일부인 구두점을 그대로 유지한다(17.1.2를 보라). 제목이 제한절로 쓰이거나 문장에서 대개 쉼표가 따라오는 위치(21.2 참조)에 온다면 쉼표를 덧붙인다.

Love, Loss, and What I Wore was later adapted for an off-Broadway play.
Her favorite book, *Love, Loss, and What I Wore*, is an autobiography recounted largely through drawings.

제목의 구두점은 제목을 포함한 문장의 구두점에 영향을 미쳐서는 안 된다. 예외: 물음표나 느낌표로 끝나는 제목 뒤에 오는 마침표는 생략한다. 21.12.2도 함께 보라.

"Are You a Doctor?" is the fifth story in *Will You Please Be Quiet, Please*?

23 수

이 장은 수를 표기하는 일반 규칙을 다룬다. 많은 인문학과 사회과학 분야에는 이 장에서 제시하는 원칙이 적절하겠지만 수치자료를 많이 사용하는 학문분과에는 더 구체적인 원칙이 있을 것이다. 자연과학이나 물리과학, 수학, 공학 분야의 논문을 쓴다면 해당 분야의 관행을 따르라.

여기서 다루지 않은 상황에는 이 장에서 제시한 원칙을 수정하여 적용하되 일관성 있게 규칙을 적용하라.

석사논문이나 박사논문을 쓴다면 해당 학과나 대학에 상세한 수 표기 원칙이 있는지 찾아보라. 학위논문 관리부서에서 구할 수 있을 것이다. 수업 과제물을 작성한다면 담당교수가 특정 원칙에 따라 수치를 표현하라고 요구할 수도 있다. 논문을 제출하기 전에 이러한 원칙을 점검해보라. 담당교수나 학과, 대학의 원칙이 이 책에서 제시하는 원칙보다 중요하다.

23.1 글로 풀까? 숫자로 쓸까?

수를 표기할 때 가장 흔한 질문은 twenty-two처럼 글로 풀 것인가, 아니면 22처럼 숫자로 표기할 것인가다. 수 뒤에 측량단위가 있다면 그 단위 또한 글(percent)로 쓸지, 기호(%)로 표기할지, 약어로 표기할지 결정해야 한다.

23.1 - 23.3에서는 본문 속에서 수를 표기하는 원칙을 다룬다. 표나 그림, 인용출처에 포함된 수의 표기는 23.4를 참고하라.

이 장에서 숫자는 특별한 언급이 없는 한 아라비아숫자(1, 2, 3 등)를 뜻한다. 로마숫자(i, ii, iii 등)는 표 23.1을 참고하라.

표 23.1. 로마숫자

아라비아	로마	아라비아	로마	아라비아	로마
1	I	11	XI	30	XXX
2	II	12	XII	40	XL
3	III	13	XIII	50	L
4	IV	14	XIV	60	LX
5	V	15	XV	70	LXX
6	VI	16	XVI	80	LXXX
7	VII	17	XVII	90	XC
8	VIII	18	XVIII	100	C
9	IX	19	XIX	500	D
10	X	20	XX	1,000	M

주: 대문자 로마자 목록을 보여주는 표다. 소문자 표기는 해당 문자의 소문자를 사용한다(I 대신에 i를, V 대신에 v를). 표에 기재되지 않은 숫자는 표의 규칙을 따라 표기한다.

23.1.1 일반 규칙

논문 초고를 쓰기 전에 수 표기의 일반 규칙을 정하고 일관되게 적용해야 한다. 어떤 규칙을 선택하느냐는 얼마나 많은 수 자료를 제시하는지, 해당 분야의 관행이 어떤지에 달려 있다. 아래에 제시한 일반 규칙을 수정해서 적용해야 하는 상황은 23.1.2 - 23.1.8을 참고하라.

인문학과 사회과학 분야의 논문을 쓰고 있고, 수 자료를 많이 이용하지 않는다면 1부터 100까지는 글로 풀어쓴다. 두 단어가 포함된 수 표현에는 하이픈을 사용한다(예: fifty-five). 백hundred, 천thousand, 십만billion, 백만million 같은 어림수도 글로 풀어쓴다. 그 외의 수는 아라비아숫자로 표기하라. 거리, 길이, 온도 등의 물리량을 나타내는 수치는 아래의 일반 규칙을 따라 표기하되 이런 물리량을 나타내는 단위는 약어를 사용하지 않는다(24.5 참조).

After seven years of war came sixty-four years of peace.

The population of the three states was approximately twelve million.

He catalogued more than 527 works of art.

Within fifteen minutes the temperature dropped twenty degrees.

수 자료에 많이 의존하는 주제라면 다른 규칙을 따라야 한다. 한 단위 수만 글로 풀어쓰고 다른 수는 모두 숫자로 표기한다.

This study of 14 electoral districts over seven years included 142 participants.

He hit the wall at 65 miles per hour, leaving skid marks for nine feet.

과학 분야는 문장 첫 머리에 쓰인 수(23.1.2 참조)만 제외하고 모두 숫자로 표기하는 것이 일반 원칙이다. 물리량에도 약어를 이용할 수 있다(24.5 참조).

The mean weight proved to be 7 g, which was far less than predicted.

위에서 설명한 일반 규칙은 first, second 등의 서수에도 똑같이 적용한다. 서수에는 st, nd, rd, th를 적절하게 덧붙인다.

On the 122nd and 123rd days of his trip, he received his eighteenth and
nineteenth letters from home.

23.1.2 특별 경우

23.1.1에서 설명한 일반 규칙을 수정해야 할 몇 가지 일반적 경우가 있다.

문장 첫머리의 수. 문장 맨 앞에는 절대 숫자를 쓸 수 없다. 숫자를 글로 풀어쓰거
나 문장을 고쳐쓴다. 특히 같은 문장에 비슷한 유형의 수치가 또 있다면 문장을
고쳐쓰는 쪽이 좋다.

Two hundred fifty soldiers in the unit escaped injury; 175 sustained minor
injuries.
(또는, 더 나은 표현은)
Of the soldiers in the unit, 250 escaped injury and 175 sustained minor injuries.

백을 넘어선 수를 글로 풀어쓸 때는 and를 생략한다(two hundred and fifty라고 쓰지 않
는다).

관련된 숫자가 연속으로 나올 때. 100 이하든 이상이든 한 문장 속에서 수 표현이
연속으로 나올 때는 위의 규칙을 무시할 수 있다. 특히 수치를 비교하는 문장이
라면 위의 규칙을 반드시 따라야 할 필요는 없다. 아래 예문에서 모든 수는 숫자
로 표현되었다.

Of the group surveyed, 78 students had studied French and 142 had studied
Spanish for three years or more.
We analyzed 62 cases; of these, 59 had occurred in adults and 3 in children.

서로 다른 두 데이터 세트의 수치를 한 문장이나 단락에서 다룬다면 일반 원칙을 무시하고 한 세트의 수치는 모두 글로 풀고, 다른 세트의 수치는 모두 숫자로 표기해 독자의 이해를 돕는다.

Within the program, 9 children showed some improvement after six months and 37 showed significant improvement after eighteen months.

어림수. 어림수(몇백, 몇천, 몇십만, 몇백만 등)가 하나만 있을 때는 글로 풀어쓴다(23.1.1 참조). 그러나 근접한 어림수를 둘 이상 함께 다룰 때는 숫자로 표기한다. 큰 단위의 어림수는 숫자와 문자를 결합하여 표현할 수 있다(23.1.4 참조).

Approximately fifteen hundred scholars attended the conference.
They sold 1,500 copies in the first year and 8,000 in the second.
These changes will affect about 7.8 million people in New York alone.

23.1.3 백분율과 소수

백분율과 소수는 숫자로 표기한다. 단, 문장 맨 앞에 나올 때는 예외로 한다(23.1.2 참조). 백분율 수치를 많이 제시하는 논문이나 과학 분야의 논문이 아니라면 percent는 단어를 그대로 쓴다. 과학 분야의 논문에서는 기호 %를 선호한다(숫자와 % 사이는 띄어쓰지 않는다). 백분율을 뜻하는 단어 percentage는 숫자와 함께 쓰지 않는다는 사실에 유의하라.

Scores for students who skipped summer school improved only 9 percent.
The percentage of students who failed was about 2.4 times the usual rate.
Within this system, the subject scored 3.8, or 95%.(○)
The average rose 9 percentage points.(×)

한 문장이나 단락에 같은 유형의 항목을 표현하는 소수와 정수가 같이 있을 때는 모두 숫자로 표현한다.

The average number of children born to college graduates dropped from 2.4 to 2.

1.00보다 작은 소수이지만 1.00 이상이 될 수 있는 수치일 때는 소수점 앞에 0을 기입한다. 상관계수처럼 1.00 이상이 될 수 없는 수치라면 소수점 앞의 0은 생략한다.

a mean of 0.73   a loss of 0.08   p < .05   a .406 batting average

분수만 표기할 때는 수 표기의 일반 규칙(23.1.1 참조)을 따라 각 부분을 글로 풀어 쓴다. 이렇게 분수를 글로 풀어 표기할 때는 하이픈을 사용한다. 정수와 분수가 함께 쓰여 하나의 수치를 나타내는 경우에는 숫자로 쓴다. 분수를 기호로 표시할 때 정수와 분수 사이를 띄어쓰지 않는다.

Trade and commodity services accounted for nine-tenths of all international receipts and payments.
One year during the Dust Bowl era, the town received only 15/16 of an inch of rain.
The main carving implement used in this society measured 21/2 feet.

23.1.4 통화
미국 통화. 미국 통화만 이따금씩 언급한다면 수 표기의 일반 원칙(23.1.1 참조)을 따르고 dollars와 cents를 단어 그대로 표기한다. 그렇지 않은 경우에는 숫자와 함께 기호 $로 표기한다. 정수 금액에서 소수점과 소수점 뒤 0은 모두 생략한다. 단, 같은 문장이나 단락에서 소수 금액을 함께 언급할 때는 생략하지 않는다.

Rarely do they spend more than five dollars a week on recreation.
The report showed $135 collected in fines.
Prices ranged from $0.95 up to $10.00.

큰 단위의 어림수는 숫자와 문자 결합으로 표기한다.

The deficit that year was $420 billion.

기타 통화. 다른 나라의 통화는 미국 달러의 형식을 따른다. 대부분 숫자 앞에 통화 기호를 표기한다. 유럽 국가들은 마침표 대신 쉼표로 소수점을 표시하기도 한다. 자료에서 직접 인용하는 경우가 아니면 마침표로 바꿔 표기할 수 있다. $ 상징이 미국 통화가 아닌 통화에 쓰인 곳에서는 어떤 통화인지 분명히 밝혀야 한다.

When she returned, she had barely fifty euros to her name.
The household records show that it cost only £6.50.
Its current estimated worth is ¥77 million.
If you subtract Can$15.69 from US$25.00, . . .

현재 대부분의 유럽 국가는 유로(€)라는 단일통화를 쓴다. 그러나 2002년 이전 시기를 주제로 글을 쓴다면 프랑스의 프랑(F)과 독일의 마르크(DM), 이탈리아의 리라(Lit) 같은 화폐를 접하게 된다. 영국의 통화는 여전히 파운드(£)와 펜스(p.) 다. 1971년 십진법화 이전 영국 통화는 파운드와 실링, 펜스로 표현되었다. 10억을 뜻하는 billion은 전통적인 영국 어법뿐 아니라 몇몇 외국어에서는 1조를 뜻한다는 점에 유의하라. 혼동을 피하려면 뚜렷이 구분해야 한다.
　통화를 더 엄밀하게 다루어야 할 문맥에는 국제표준화기구International Organization for Standardization가 현재와 과거의 통화를 3문자 통화코드로 정리한 ISO 4217 기준을 사용하는 것이 최선이다. ISO 4217 기준은 국제표준화기구 웹사이트에서 확인할 수 있다. 통화코드와 액수 사이에는 한 칸을 뗀다.

If you substract EUR 15.69 from USD 25.00. . . .

23.1.5 시간

하루 중 시간을 나타내는 표현은 글로 풀어쓰되 각 부분은 하이픈으로 연결한다. 필요하다면 in the morning이나 in the evening을 명시한다. o'clock을 사용해도 되지만 요즘 학술 논문에서는 잘 쓰지 않는 표현이다.

The participants planned to meet every Thursday around ten-thirty in the morning.

정확한 시간을 강조할 필요가 있다면 숫자를 사용하고 필요하다면 a.m.이나 p.m.도 표기한다(로마체 소문자로 표기하며 띄어쓰지 않는다(24.4.1 참조). 정각인 경우에는 콜론 뒤에 항상 00을 표기한다).

Although scheduled to end at 11:00 a.m., the council meeting ran until 1:37 p.m.

시간을 글로 풀어쓰든 숫자로 표현하든 정오와 자정만큼은 각각 단어 noon과 midnight을 사용하라. 날짜표기법은 23.3을 참고하라.

23.1.6 이름 속의 수

인명과 기관명, 단체명 중에는 문자나 숫자로 표기된 수를 포함한 유형이 있다. 고유명사의 일반적 대문자 표기법은 22.1을 참고하라.

- 지도자: 같은 이름의 황제나 국왕, 교황은 대문자 로마숫자(표 23.1 참조)를 표기해 구분한다.

  Charles V   Napoleon III   Elizabeth II   Benedict XVI

- 가족: 이름이 같은 남자 가족 구성원은 뒤에 로마숫자나 아라비아숫자를 붙여 구분할 때도 있다(24.2.1 참조). 성과 이름 순으로 쓰지 않는 한 이름과 숫자 사이에는 쉼표를 찍지 않는다는 점에 주의하자.

Adlai E. Stevenson III   Michael F. Johnson 2nd

성과 이름 순으로 쓰는 경우

Stevenson, Adlai E., III

- 행정부와 정치 단위: 왕조나 정부, 통치기구, 정치와 사법기구, 군사기구의 명칭에 서수가 포함되기도 한다. 100 이하의 수는 글로 풀어쓰고 대문자를 표기한다(필요하다면 수 표현의 각 부분 사이에 하이픈을 사용한다). 100을 넘어선 수는 숫자로 표기한다.

Nineteenth Dynasty   Fourteenth Congressional District

Fifth Republic   Forty-seventh Ward

Eighty-first Congress   Tenth Circuit

109th Congress   101st Airborne Division

- 교회와 종교단체: 교회명이나 종교단체명 앞에 서수로 표기된 숫자는 글로 풀어쓰고 대문자를 표시한다(필요하다면 하이픈을 사용한다).

Twenty-first Church of Christ, Scientist

- 일반 단체: 친목 단체와 조합의 지부는 이름 뒤에 숫자를 표기한다.

American Legion, Department of Illinois, Crispus Attucks Post No. 1268

United Auto Workers Local 890

23.1.7 주소와 도로

도로 이름에 포함된 수는 일반 규칙(23.1.1)을 따라 표기한다. 주와 연방, 주 간 고속도로는 항상 숫자로 표기하며 거리나 건물 번지, 전화와 팩스번호도 숫자로 표기한다. 본문에서는 쉼표를 찍어 주소의 각 요소를 구분한다는 점에 주의하자. 단, 우편번호 앞에는 쉼표를 찍지 않는다. 주소의 약어는 24.3.2 참조하라.

The National Park Service maintains as a museum the house where Lincoln died (516 10th Street NW, Washington, DC 20004;202-426-6924).

Ludwig Mies van der Rohe designed the apartments at 860-880 North Lake Shore Drive.

Interstate 95 serves as a critical transportation line from Boston to Miami.

23.1.8 출판자료의 부분

로마숫자로 표시된 쪽 번호(책의 전문에서처럼)를 제외하고 출판자료의 부분을 지칭하는 수는 일반 규칙(23.1.1 참조)이나 원전의 표현에 관계없이 아라비아숫자로 표기한다.

chapter 14   part 2   act 1, scene 3   page1024

23.1.9 방정식과 공식

방정식과 공식은 일반 규칙에 관계없이(23.1.1 참조) 항상 숫자로 표기한다. 수식 표기에 대한 자세한 지침은《시카고 편집 매뉴얼》16판(2010), 12장을 참고하라.

23.2 복수형과 구두점

23.2.1 복수형

글로 표기한 수 표현은 다른 명사와 같은 원칙을 따라 복수형을 만든다(20.1 참조).

Half the men surveyed were in their thirties or forties.

숫자로 표기한 수 표현은 ('s가 아니라) s만 붙여 복수형을 만든다.

The pattern changed in the late 1990s as more taxpayers submitted 1040s online.

To fly 767s, the pilots required special training.

23.2.2 수와 쉼표

네 자리 이상의 수는 대개 천, 십만, 백만 등의 단위마다 쉼표를 찍어 구분한다. 과학 분야에서는 네 자리 수의 쉼표는 생략할 때가 많다.

1,500   12,275,500   1,475,525,000

네 자리 연도에는 쉼표를 사용하지 않지만 다섯 자리 이상 연도에는 사용한다 (23.3 참조).

2007   10,000 BC

네 자리 쪽 번호나 번지, 전화나 팩스, 우편번호나 1 미만의 소수, 단체명에는 쉼표를 사용하지 않는다.

page 1012   0.1911 centimeters   15000 Elm Street   Committee of 1000

23.2.3 수와 기타 구두점

수에는 구두점이 포함될 때도 있다. 소수점은 23.1.1과 23.1.4를, 콜론은 23.1.5를, 하이픈은 23.1.1과 23.1.3을, 대시는 23.2.4를 참고하라.

23.2.4 수 범위

쪽이나 연도 범위처럼 특정 범위의 수를 표현할 때는 범위의 첫 수와 끝 수를 표기한다. 수를 글로 표기한다면 from과 to를 사용해 범위를 나타낸다. 숫자로 표기할 때는 단어를 사용할 수도 있고 하이픈으로 두 수치를 연결할 수도 있다. 하이픈을 사용할 때는 하이픈 앞뒤로 빈 칸을 두지 않는다. 인용출처 표기처럼 항상 하이픈을 사용해야 하는 상황도 있다(16 - 19장 참조). 수 범위를 나타낼 때 문자 표현과 하이픈을 함께 사용하지 않도록 한다.

from 45 to 50(○)   from 45-50(X)

45-50(○)   forty-five-fifty(X)

백 이상의 수 범위는 하이픈 양쪽의 수를 모두 그대로 표기하기도 하고(예: 245 -
280 또는 1929 - 1994), 두 번째 숫자를 축약하여 표기하기도 한다(예: 1929 - 94). 숫자
축약은 23. 2를 참조하라.

　이렇게 숫자를 줄여 쓰는 방법은 쉼표가 들어 있지 않은 쪽 번호에 유용하다
(23.2.2를 보라). 쉼표가 포함된 숫자에는 표 23.3에서 제시한 방법을 쓰되 천 단위
이상까지 달라졌다면 모든 자릿수를 반복해서 쓴다. 로마숫자(표 23.1 참조)는 절
대 축약하지 않는다.

6,000-6,018   12,473-79   128,333-129,114   xxv-xxviii

연도의 범위가 100년을 넘어설 때는 축약하지 말고 모든 자리를 그대로 표기한
다. 특정 시점부터 거꾸로 날짜를 계산하는 체계의 연도도 줄이지 말고 모두 표
기한다(가장 흔하게 쓰이는 것이 BC(before Christ)와 비기독교들이 BC 대신 사용하는
BCE(before the common era)다). 그 외의 경우는 표 23. 2의 방법을 사용하라. 날짜표
기법에 대한 자세한 내용은 23.3을 참조하라.

the years 1933-36   15,000-14,000 BCE
the winter of 1999-20000   115 BC-AD 10

표 23.2. 수 범위 축약 표기법

첫 번째 수	두 번째 수	예
1–99	모든 자리를 표기	3–10, 71–72, 96–117
100 이나 100의 배수	모든 자리를 표기	100–104, 1100–1113
101에서 109, 201에서 209 등	달라진 부분만 표기	101–8, 1103–4
110에서 199, 210에서 299 등	달라진 부분을 모두 표기하기 위해 더 필요하지 않다면 두 자리로 표기	321–28, 498–532, 1087–89, 1496–500, 11564–615, 12991–3001

날짜표기법

23.3.1 월, 일, 년

본문에서 달을 나타내는 표현은 따로 쓰였든 날짜와 함께 쓰였든 단어로 표기한
다. 날짜와 연도는 숫자로 표기하되 문장의 맨 앞에 두지 않는다. 글로 풀어주어
야 하기 때문이다(23.1.2 참조). 연도를 가리킬 때는 축약형을 사용하지 않는다("the
great flood of '05"). 표와 그림, 인용에서 쓸 수 있는 축약법은 24.4.2를 참조하라.

Every September, we recall the events of 2001.(○)
Two thousand one was a memorable year.(X)

날짜를 모두 제시할 때는 미국용법을 따라 월과 일(뒤에 쉼표), 연도 순서로 배열한
다. 일자를 표기하지 않을 때, 월 대신 계절을 표기할 때는 쉼표를 생략한다. 계
절명은 대문자로 표기하지 않는다(22.1.2 참조). 인용자료가 영국식 날짜표기법(15
March 2007)을 따른다면 바꾸지 않고 그대로 인용한다.

President John F. Kennedy was assassinated on November 22, 1963.
By March 1865, the war was nearly over.
The research was conducted over several weeks in spring 2006.

월과 일, 연도를 모두 표기할 때는 날짜에 서수, 곧 st, nd, rd, th가 따라오는 숫자
를 사용하지 않는다는 점에 유의하라. 이러한 서수는 월이나 연도 없이 날짜만
문자로 표기할 때 쓰인다.

The date chosen for the raid was the twenty-ninth.(○)
The events occurred on June 11th, 1968.(X)

23.3.2 십 년대, 세기, 연대

일반적으로 몇십 년대인지 밝힐 때는 세기를 포함하여 숫자로 표기한다(복수형은 23.2.1 참조). 몇 세기를 지칭하는지 분명하다면 숫자 표현을 축약하지 말고 글로 풀어쓴다('90s가 아니라 the nineties). 그러나 세기의 첫 20년까지는 숫자표현이든 문자표현이든 축약하지 말고 세기 정보를 완전히 밝혀준다.

The 1920s brought unheralded financial prosperity.
During the fifties, the Cold War dominated the headlines.
Many of these discoveries were announced during the first decade of the twenty-first century.

세기를 언급할 때는 숫자로 표현하거나 글로 풀어주는데, 글로 풀 때는 소문자를 사용한다(복수형은 23.2.1 참조). 글로 표현한 세기가 명사 앞에서 명사를 수식할 때는 아래 두 번째 예처럼 하이픈을 사용한다. 그 외의 경우에는 하이픈을 사용하지 않는다(20.3.2 참조).

The Ottoman Empire reached its apex in the 1600s.
She teaches nineteenth-century novels but would rather teach poetry from the twentieth century.

연대를 지칭할 때 가장 흔하게 쓰는 약어는 BC(before Christ)와 AD(anno Domini)다. BCE와 CE(24.4.3 참조) 같은 용어를 사용하는 분야도 있다. AD는 숫자 앞에 표기하지만 다른 용어는 숫자 뒤에 표기한다. 연대 범위 표기법은 23.2.4를 참조하라.

Solomon's Temple was destroyed by the Babylonians in 586 BC and again by the Romans in AD 70.

23.4 본문이 아닌 곳에서 사용된 수

앞에서는 논문의 본문 속에서 수를 표기하는 법을 다루었다. 표와 그림, 자료의 출처를 밝히는 데 쓰이거나 목록에 쓰인 수는 따로 따라야 할 몇몇 규칙이 있다. 추가적인 안내는 부록을 참고하라.

23.4.1 표와 그림, 인용출처 표기

표와 그림의 수치 데이터는 항상 아라비아숫자로 표기한다. 표 제목을 포함하여 표에 쓰인 숫자를 표기하는 법은 26.2를, 그림 캡션을 포함해 그림의 수 표기는 26.3을 참조하라.

몇 가지 예외가 있긴 하지만 아라비아숫자는 권수와 판수, 쪽 번호를 포함하여 자료의 위치정보를 나타내는 데도 쓰인다. 주석표기방식의 수 표기법은 16.1.5와 17장을, 참고문헌방식의 수 표기법은 18.1.5와 19장을 참고하라.

23.4.2 열거

본문이나 부록, 또는 논문 작성에 관련된 자료에서 논점을 열거할 때 수(와 문자) 를 사용할 수도 있다.

목록. 강조를 위해 항목을 목록으로 열거할 때도 있다. 짧고 간단한 목록은 하나 의 문장 속에 기재한다. 문장으로 항목을 나열할 때 각 항목은 문법적으로 대등 한 성분이어야 한다(모두 명사구거나 형용사 등). 각 항목 앞에는 아라비아숫자를 괄 호로 묶어 표시한다. 항목이 셋 이상일 때는 각 항목 뒤에 쉼표를 찍는다(각 항목의 구조가 복잡하다면 세미콜론을 사용하라. 21.3 참조). 목록이 앞 문장을 설명할 때는 목록 맨 앞에 콜론을 표시한다. 그렇지 않을 때는 목록 앞에 구두점을 찍지 않는다.

Wilson's secretary gave three reasons for his resignation: (1) advancing age, (2) gradually failing eyesight, and (3) opposition to the war.

The committee strongly endorsed the policies of (1) complete executive power, except as constitutionally limited; (2) strong legislative prerogatives; (3) limited judicial authority, especially when it interfered with their own role.

논문에서 괄호 숫자를 이미 다른 용도로 사용했다면 숫자 대신 소문자를 괄호로 묶어 사용한다.

Haskin's latest theory has several drawbacks: (a) it is not based on current evidence and (b) it has a weak theoretical grounding.

긴 목록이나 무척 강조하고 싶은 목록은 아래로 나열한다. 목록 앞에는 목록을 설명하는 완전한 문장을 덧붙이고 콜론을 찍는다. 이런 목록에서도 모든 항목은 문법적으로 대등해야 한다. 각 항목 앞에 굵은 점을 찍거나 아라비아숫자를 쓴다. 아라비아숫자를 사용할 때는 괄호로 묶지 말고 숫자 뒤에 점을 찍는다. 각 항목이 완전한 문장일 때는 첫 글자를 대문자로 표기하고 문장 끝에 마침표를 찍는다. 그렇지 않은 경우에는 소문자를 사용하고 마침표를 찍지 않는다(21.1 참조). 항목을 나열하기 위해 표시한 숫자는 마침표를 기준으로 정렬한다. 두 줄 이상인 항목은 다음 줄로 넘어가는 부분을 첫 줄의 첫 단어 기준으로 정렬한다.

My research therefore suggests the following conclusions:
1. The painting could not have been a genuine Picasso, regardless of the claims of earlier scholars.
2. It is impossible to identify the true artist without further technical analysis.

개요. 논문의 부록을 작성하거나 초고를 쓸 때(6.2.1 참조)는 개요를 사용하거나 개요와 비슷한 방법으로 내용을 나열하기도 한다. 이때 아래에 제시한 체계를 따라 문자와 로마숫자, 아라비아숫자를 활용해보자. 각 수준별로 탭 키 너비만큼 들여쓰기 하라. 각 수준마다 적어도 항목이 둘은 있어야 한다. 그렇지 않다면 개요의 구조를 다시 생각해보라. 항목이 어구일 때는 문장스타일(22.3.1)로 대문자를 표기하되 마지막 구두점은 사용하지 않는다. 완벽한 문장일 때는 여느 문장처럼 대문자와 구두점을 사용하라(예는 6.2.1 참조).

I. Wars of the nineteenth century

A. United States

    1. Civil War, 1861-65

       a) Cause

          (1) Slavery

             (a) Compromise

                i) Missouri Compromise

                ii) Compromise of 1850 . . .

       b) Result

....

II. Wars of the twentieth century

    A. United States

       1. First World War . . .

24 약어

이 장에서는 일반적인 약어 사용법을 다룬다. 형식을 갖춘 글쓰기에서 약어 사용이 제한되던 시절이 있었지만 이제 약어는 모든 종류의 글에 광범위하게 쓰인다. 그렇더라도 해당 분야의 관례를 따라 사용해야 한다. 여기에 제시하는 지침은 인문학과 사회과학 분과에서 주로 사용하고 있다. 자연과학이나 물리학, 수학 또는 기타 과학 분야의 논문을 쓴다면 해당 분야의 관례를 따르자.

여기에서 다루지 않은 약어가 필요한 전공 분야도 있을 수 있다. 《메리엄 웹스터 대학사전》에 여러 분야의 많은 약어가 실려 있으니 이를 참고하라. 참고할 만한 다른 자료로는 《시카고 편집 매뉴얼》16판(2010) 10장이 있다.

석사논문이나 박사논문을 쓴다면 해당 학과나 대학에 구체적인 약어 사용지침이 있는지 확인해보라. 학위논문 관리부서에서 쉽게 구할 수 있다. 수업 과제물로 소논문을 쓴다면 담당교수가 특정한 약어 사용법을 제시할 수도 있다. 논문을 제출하기 전에 이런 요구사항을 점검하라. 담당교수나 학과, 대학의 지침이 이곳에서 제시하는 지침보다 더 중요하다.

24.1 일반 원칙

24.1.1 약어의 유형

용어는 몇 가지 방식으로 줄이거나 축약할 수 있다. 각 단어의 머리글자만 따서 만드는 약어인 두문자어 중에서 머리글자를 하나의 단어로 발음하는 약어(예: NATO, AIDS)는 약성어acronym, 각 머리글자를 개별적으로 발음하는 약어(EU, PBS)는 약칭어initialism이라 한다. 단어를 줄여서 만든 약어도 있다. 용어의 첫 글자와 두 번째 글자만 남기거나(Mr., Dr., atty.) 뒷부분을 생략하기도 한다(ed., Tues.). 이 장에서는 이 모든 형식을 약어abbreviation라는 일반용어로 총칭하되 필요한 경우에는 유형별 차이를 다루겠다.

24.1.2 약어가 필요할 때

논문의 본문에는 대체로 약어를 가끔씩만 쓴다. 약어를 쓰면 논문이 너무 비격식적이거나 전문적으로 보이기 때문이다. 이 장에서는 원래 용어보다 약어가 더 많이 쓰이는 경우와 일관성 있게 사용하기만 하면 학술 글쓰기에도 용납되는 약어를 다루겠다.

해당 분야의 지침이 허락한다면 인명과 제목을 비롯해 논문에 자주 등장하는 용어를 약어로 쓸 수 있다. 처음 언급할 때 용어를 제시하고 그 뒤에 약어를 괄호에 넣어 덧붙인다. 그 다음에 그 용어를 언급할 때는 약어를 일관되게 사용한다. 이러한 약어를 더러 쓴다면 논문의 서두 부분에 약어 목록을 덧붙인다. 그렇게 하면 용어가 처음 등장할 때 숙지하지 못한 독자도 약어를 쉽게 찾아볼 수 있다 (A.2.1 참조).

논문의 본문 외 부분에는 약어가 더 일반적으로 쓰인다. 꼭 약어를 써야 하는 부분도 많다. 이 장에서는 표와 그림, 인용출처 표기에 사용할 수 있는 몇 가지 약어를 다루겠다. 표와 그림에 쓰이는 약어에 대한 자세한 사항은 26장을 참조하라. 주석표기방식의 약어는 16.1.6과 17장을, 참고문헌방식의 약어는 18.1.6과 19장을 참조하라.

24.1.3 약어의 형식

약어는 대체로 아래 제시하는 일반 원칙을 따르지만 예외도 많다.

■ 대문자 표기: 약어는 모두 대문자나 소문자로 표기하기도 하고, 대소문자를 결합하여 표기하기도 한다.

BC	p.	Gov.
CEO	a.m.	Dist. Atty.
U.S.	kg	PhD

■ 구두점: 모두 대문자인 약어에는 일반적으로 마침표를 쓰지 않지만 소문자 약어나 대소문자를 혼합한 약어에는 각 축약성분 뒤에 마침표를 찍는다. 하지만 위의 예에서 보듯 예외도 있다. 미터법 단위(24.5 참조)는 소문자로 표기하지만 마침표를 찍지 않는다. 학위 명칭도 소문자를 포함하든 아니든 마침표를 쓰지 않는다. 다른 예외도 이 장의 여러 사례에서 발견할 수 있다.

■ 띄어쓰기: 각 단어의 머리글자를 따서 만드는 약성어(NATO)와 약칭어(PBS)는 일반적으로 각 문자 사이를 띄어쓰지 않는다. 그러나 단어의 일부를 줄여서 만든 약

어는 축약한 성분 사이에 빈 칸을 둔다(Dist. Atty.). 단, 첫 성분이 한 글자일 때는 빈칸을 두지 않는다(S.Sgt.). 약어에 쓰인 앰퍼샌드(&) 앞뒤로는 빈칸을 두지 않는다(Texas A&M). 인명 띄어쓰기는 24.2.1을 참조하라.

■ 이탤릭체: 약어는 이탤릭체로 표시하지 않는다. 단, 이탤릭체로 표시하는 용어의 약어는 이탤릭체로 표시한다(*OED, for Oxford English Dictionary*).

■ 부정관사: 약어가 부정관사 뒤에 나올 때는 약어의 발음에 따라 a나 an을 선택한다. NATO, AIDS 같은 두문자어는 단어처럼 발음되지만 EU 같은 두문자어는 머리글자를 하나씩 개별적으로 발음한다.

member nation of NATO	a NATO member
person with AIDS	an AIDS patient
member nation of the EU	an EU member
the FFA	an FFA Chapter

24.2 이름과 칭호

24.2.1 인명

일반적으로 사람의 성이나 이름은 줄여쓰지 않는다. 본문에서 성명을 이미 밝힌 사람을 다시 언급할 때는 성만 표기한다. 그러나 같은 성을 가진 사람을 두 사람 이상 언급한다면 혼동을 막기 위해 전체 성명을 밝혀준다(Alice James, William James). 논문에서 이런 이름을 자주 거론해야 한다면 약어를 고안해(AJ, WJ) 사용할 수도 있다. 그러나 약어를 사용할 때는 반드시 24.1.2의 설명을 따르도록 하자.

이름이나 중간 이름 자리에 주로 머리글자만 표기하는 사람도 있다. 이러한 머리글자 뒤에는 마침표를 찍고 한 칸을 띄운다. 그러나 이름 전체를 축약한다면 마침표와 빈 칸은 생략한다.

G. K. Chesterton   JFK

M. F. K. Fisher   FDR

Ms.와 Mr. 같은 경칭은 항상 줄여쓰며, 첫 글자를 대문자로 표기하고 마침표를 찍는다. 그러나 논문에서는 대체로 이러한 경칭을 사용하지 않는다. 단, 부부 중 한 사람을 언급할 때는 혼란을 막기 위해 사용한다.

Sr., Jr., III(또는 3rd), IV(혹은 4th) 같은 약어 앞에는 쉼표를 찍지 않는다. 이런 약어는 축약하지 않은 전체 성명 뒤에서만 사용한다. 성만 표기할 때는 사용하지 않는다. 왕과 성직자는 이름만 사용하기도 한다. 아버지와 아들을 자주 언급할 때 축약 형태를 쓸 수 있다(Holmes Sr.). 하지만 축약 형태를 쓰기 전에 반드시 전체 이름을 제시해야 한다. 이러한 약어가 이름의 일부일 때는 약어를 풀어쓰지 않는다(예를 들어 John Smith Jr.를 John Smith Junior라고는 쓰지 않는다).

Oliver Wendell Holmes Jr.   William J. Kaufmann III   Mary II

24.2.2 직명

인명에 아래와 같은 정부나 군부, 성직 직명이 따라오기도 한다. 이런 직명이 인명 앞에서 쓰여 인명의 일부로 취급될 때는 원래 용어 대신 약어로 쓰이며 첫 글자를 대문자로 표시하는 것이 관례이다.

Adm.	Admiral	Lt.	Lieutenant
Ald.	Alderman, Alderwoman	Lt. Col.	Lieutenant Colonel
Atty. Gen.	Attorney General	Maj.	Major
Capt.	Captain	Pres.	President
Col.	Colonel	Rep.	Representative
Dist. Atty.	District Attorney	Rev.	Reverend
Dr.	Doctor	Sen.	Senator
Fr.	Father	Sgt.	Sergeant
Gen.	General	S.Sgt	Staff Sergeant

Gov.	Governor		Sr.	Sister
Hon.	Honorable		St.	Saint

이런 직명이 붙은 인명을 처음 언급할 때는 직명과 함께 성과 이름을 모두 표기한다(원한다면 직명도 약어를 사용하지 않고 원래 단어를 쓸 수 있지만 일관성을 지켜야 한다). 두 번째 언급할 때부터는 대체로 성만 제시한다. 그러나 직명을 다시 밝혀야 할 때는(비슷한 인명의 다른 인물과 구분하여야 하거나 학문적 존경의 표현으로) 성과 함께 축약하지 않은 직명을 쓴다. Honorable이나 Hon은 반드시 전체 성명과 함께 쓴다. Honorable이나 Reverend를 전체 성명 앞에 축약하지 않고 쓸 때는 앞에 the를 붙여야 한다.

Sen. Richard J. Durbin	Senator Durbin
Adm. Michael Mullen	Admiral Mullen
Rev. Jane Schaefer	Reverend Schaefer
Hon. Patricia Birkholz	Birkholz

또는

the Honorable Patricia Birkholz

직명을 따로 사용하거나 인명 뒤에서 사용할 때는 일반용어로 취급하여 소문자로 표기하고 축약하지 않는다.

the senator from Illinois	Myers served as an admiral

Dr.는 이러한 일반 규칙에서 예외로 취급한다. 약어 Dr.를 이름 앞에 표기하거나 의학박사학위의 공식 약어인 MD를 이름 뒤에 쉼표로 묶어 표기하기도 한다. Dr.와 MD를 동시에 사용하지는 않는다.

Dr. Lauren Shapiro discovered the cause of the outbreak.
Lauren Shapiro, MD, discovered . . .

Dr. Shapiro discovered . . .

The doctor discovered . . .

학위뿐 아니라 직명 중에도 인명 뒤에 축약형으로 쓰는 경우가 있다. 이런 약어
는 위의 MD처럼 쉼표로 묶어 사용한다.

JP   justice of the peace 치안판사

LPN   licensed practical nurse 준간호사

MP   member of Parliament 하원의원

SJ   Society of Jesus 예수회

24.2.3   학위명
일반적인 학위명은 본문을 비롯한 다른 곳에서 축약형을 쓸 수 있다. 가장 일반
적인 학위명은 다음 목록에 제시했다. 대부분은 약칭어(24.1.1 참조)로, 마침표나
빈칸 없이 대문자로 표기한다.

    머리글자와 줄인 용어가 둘 다 들어 있는 학위명은 대문자와 소문자를 모두
사용하되 마침표나 빈칸은 쓰지 않는다. 예전에는 모든 학위명에 마침표를 썼다
(M.A., Ph.D., LL.B.). 아직도 몇몇 기관은 학위명에 마침표를 쓰는 방식을 선호하
기도 한다.

AB   artium baccalaureus (bachelor of arts)

AM   artium magister (master of arts)

BA   bachelor of arts

BD   bachelor of divinity

BFA   bachelor of fine arts

BM   bachelor of music

BS   bachelor of science

DB   divinitatis baccalaureus (bachelor of divinity)

DD   divinitatis doctor (doctor of divinity)

DMin	doctor of ministry
DO	osteopathic physician (doctor of osteopathy)
EdD	doctor of education
JD	juris doctor (doctor of law)
LHD	litterarum humaniorum doctor (doctor of humanities)
LittD	litterarum doctor (doctor of letters)
LLB	legum baccalaureus (bachelor of laws)
LLD	legum doctor (doctor of laws)
MA	master of arts
MBA	master of business administration
MD	medicinae doctor (doctor of medicine)
MFA	master of fi ne arts
MS	master of science
PhB	philosophiae baccalaureus (bachelor of philosophy)
PhD	philosophiae doctor (doctor of philosophy)
SB	scientiae baccalaureus (bachelor of science)
SM	scientiae magister (master of science)
STB	sacrae theologiae baccalaureus (bachelor of sacred theology)

24.2.4 기관명, 회사명, 기타 단체명

정부기관과 방송사, 단체, 친목단체, 봉사단체, 조합 등 두문자어(24.1.1 참조)로 흔히 쓰이는 단체명은 본문이나 다른 부분에서 약어로 표기할 수 있다. 처음 언급할 때는 축약하지 않은 이름을 표기하고 그 뒤에 약어를 괄호로 묶어 덧붙인다 (24.1.2 참조). 이러한 약어는 모두 대문자로 표기하며 마침표는 사용하지 않는다. 대표적인 단체명 약어 목록은 아래와 같다. 이 범주에 속하는 다른 이름들(예를 들어 ABA, CBS, NEH)도 비슷하게 처리한다.

AAAS	CNN	NAFTA	TVA
AFL-CIO	EU	NFL	UN

AMA	FTC	NIMH	UNESCO
AT&T	HMO	NSF	CDC
NAACP	OPEC	WHO	YMCA

일반적으로 축약된 이름으로 알려지지 않은 회사는 본문에서 축약되지 않은 형태로 쓰고 첫 글자를 대문자로 표기한다. 축약형과 앰퍼샌드(&)가 들어가는 회사 이름도 있다. 정확한 표기방식이 확실치 않을 때는 회사의 웹사이트에서 이름을 찾아본다. 옛 이름인 경우에는 권위 있는 자료를 참고한다. 회사 이름의 Inc.나 Ltd.는 생략할 수 있다. 이름 앞의 the는 대문자 표기를 하지 않는다. 두 번째 언급할 때부터는 & Co.나 Corporation을 생략할 수 있다.

Merck & Co.   RAND Corporation   the University of Chicago Press

표와 그림, 인용출처 표기에는 회사명에 다음과 같은 약어를 사용할 수 있다.

Assoc.	LP (limited partnership)
Bros.	Mfg.
Co.	PLC (public limited company)
Corp.	RR (railroad)
Inc.	Ry. (railway)

24.3 지리용어

24.3.1 지명

본문에서 국가와 주, 군, 영역, 바다와 호수, 산맥 등은 축약하지 않은 원래 이름을 쓰고 대문자로 표기한다(22.1.1 참조).

United States는 명사로 사용할 때는 항상 축약하지 않은 형태로 쓴다. 형용사로 사용할 때는 US라고 줄여쓰기도 하고 전체 표현을 쓰기도 한다(전체 표현을 쓰면 더 공식적인 어감을 준다).

She was ineligible for the presidency because she was not born in the United States.
His US citizenship was revoked later that year.

표와 그림, 인용출처 표기, 메일주소에서 미국의 주는 미국 우체국이 고안한 두 글자 우편 코드로 줄여 사용한다.

AK	Alaska	MT	Montana
AL	Alabama	NC	North Carolina
AR	Arkansas	ND	North Dakota
AZ	Arizona	NE	Nebraska
CA	California	NH	New Hampshire
CO	Colorado	NJ	New Jersey
CT	Connecticut	NM	New Mexico
DC	District of Columbia	NV	Nevada
DE	Delaware	NY	New York
FL	Florida	OH	Ohio
GA	Georgia	OK	Oklahoma
HI	Hawaii	OR	Oregon
IA	Iowa	PA	Pennsylvania
ID	Idaho	RI	Rhode Island
IL	Illinois	SC	South Carolina
IN	Indiana	SD	South Dakota
KS	Kansas	TN	Tennessee
KY	Kentucky	TX	Texas
LA	Louisiana	UT	Utah
MA	Massachusetts	VA	Virginia

MD	Maryland	VT	Vermont
ME	Maine	WA	Washington
MI	Michigan	WI	Wisconsin
MN	Minnesota	WV	West Virginia
MO	Missouri	WY	Wyoming
MS	Mississippi		

표와 그림, 인용출처 표기, 메일주소에서 캐나다의 주와 준주도 축약하여 쓸 수 있다.

AB	Alberta	NU	Nunavut
BC	British Columbia	ON	Ontario
MB	Manitoba	PE	Prince Edward Island
NB	New Brunswick	QC	Quebec
NL	Newfoundland and Labrador	SK	Saskatchewan
NS	Nova Scotia	YT	Yukon
NT	Northwest Territories		

24.3.2 주소

본문에서는 아래 나열한 용어를 비롯한 주소 용어(예를 들어 street대신 쓰이는 유의어들)를 약어로 표기하지 않으며 첫 글자를 대문자로 표기한다. 표와 그림, 인용, 우편주소에는 약어를 사용한다. 두 글자로 된 약칭어를 제외한(NE 같은) 모든 약어에 마침표를 사용한다는 점에 유의하라. 본문 속 주소 표기의 예는 23.1.7을 참조하라.

Ave.	Avenue	St.	Street
Blvd.	Boulevard	N.	North
Ct.	Court	S.	South
Dr.	Drive	E.	East

Expy.	Expressway		W.	West
Pkwy.	Parkway		NE	Northeast
Rd.	Road		NW	Northwest
Sq.	Square		SE	Southeast
Pl.	Place		SW	Southwest

24.4　시간과 일자

24.4.1　시간

구체적인 시간을 나타내기 위해 본문 및 다른 부분에서 a.m.(ante meridiem, 오전)과 p.m.(post meridiem, 오후)을 사용할 수 있다. 로마체 소문자로 써야 한다. 오전in the morning, 오후in the evening, 정각o'clock 등의 표현과 같이 쓰지 않는다(23.1.5 참조).

24.4.2　일과 월

본문에서는 요일명과 월명은 약어를 사용하지 말고 대문자로 표기한다. 표와 그림, 인용에서는 약어를 사용할 수 있다. 약어를 사용한다면 일관되게 사용하라(축약되지 않는 월명도 있다는 점에 유의하라).

Sun.	Wed.	Sat.		Jan.	Apr.	July	Oct.
Mon.	Thur.			Feb.	May	Aug.	Nov.
Tues.	Fri.			Mar.	June	Sept.	Dec.

24.4.3　연대

연대 표기방식은 다양하지만 모두 약어와 숫자 연도를 함께 쓴다. 연대를 표기할 때는 BC와 AD가 가장 흔하게 쓰이지만 BCE와 CE도 대신 쓸 수 있다. 매우 먼 과거를 지칭할 때는 BP나 MYA를 써야 할 때도 있다. AD는 숫자 연도 앞에 오지만 나머지는 숫자 뒤에 쓴다(23.2.4와 23.3.2도 함께 보라). AD는 연도 앞에 쓰지만 다른 약어는 연도 뒤에 쓴다(23.2.4와 23.3.2 참조).

BC   before Christ

AD   *anno Domini* (in the year of the Lord)

BCE   before the common era

CE   common era

BP   before the present

MYA (*or mya*)   million years ago

24.5 측량단위

인문학과 사회과학에서는 면적, 거리, 부피, 무게, 도 등의 측량단위명은 기호를 사용하지 않고 단어로 표기한다. 자신이 선택한 일반 규칙에 따라 수는 글로 풀어쓸 수도 있고 숫자로 표기할 수도 있다(23.1.1 참조).

five miles   150 kilograms   14.5 meters

과학 분야의 논문에서 수치를 숫자로 표기할 때는 측량단위는 표준 약어로 표기한다(다른 학문분과에서 약어를 사용하기도 하니 분야별 지침을 참고하라). 숫자와 단위 사이는 한 칸 띄운다. 단, 띄어쓰기 없이 표기하는 것이 관례라면 관례를 따른다(36°; 512K). 측량단위의 약어는 단수형과 복수형이 같다는 사실을 기억하자. 측량단위 앞에 수치가 없거나 수치를 글로 풀어 표현했다면(수치가 문장의 맨 앞에 오는 경우: 23.1.1 참조) 측량단위도 약어가 아닌 원래 단어를 쓴다.

We injected 10 µL of virus near the implants.

Results are given in microliters.

Twelve microliters of virus was considered a safe amount.

일반적인 측량단위의 약어 목록은 《시카고 편집 매뉴얼》 16판(2010), 10.52를 참고하라.

24.6 성경과 기타 경전

본문에서 성경이나 외경의 장이나 권 전체를 언급할 때는 권명을 쓰되 이탤릭체로 표기하지 않는다.

Jeremiah 42-44 records the flight of the Jews to Egypt.
The Revelation of St. John the Divine, known as "Revelation," closes the New Testament.

성경의 절을 인용할 때(17.5.2와 19.5.2)는 권명을 축약하여 쓴다. 권명에 포함된 수는 아라비아숫자로 표기한다(예: 1 Kings). 장과 절 번호도 아라비아숫자로 표기하고 사이에 콜론을 찍어 구분한다. 성경은 버전마다 권명과 번호가 다르기 때문에 인용하는 버전이 무엇인지 밝힌다. 상황에 따라 버전명을 축약하지 않고 고스란히 쓰기도 하고(적어도 처음 인용할 때는) 약어(24.6.4)로 표기하기도 한다. 버전명 앞과 자체에는 구두점을 찍지 않는다.

1 Song of Sol. 2:1-5 NRSV   Ruth 3:14 NAB

아래 24.6.1 - 24.6.3에서는 성경 권명의 기존 약어와 더 짧은 약어를 알파벳순으로 제시했다. 어떤 형태의 약어가 적절한지 모르겠다면 담당교수와 상의하라. 주어진 약어가 없다면 줄이지 않은 권명을 표기하라.

24.6.1 구약성경

구약Old Testament은 줄여서 OT로 표기한다.

기존 약어	더 짧은 약어	권명
Amos	Am	Amos 아모스서

470

1 Chron.	1 Chr	1 Chronicles 역대지상
2 Chron.	2 Chr	2 Chronicles 역대지하
Dan.	Dn	Daniel 다니엘서
Deut.	DT	Deuteronomy 신명기
Eccles.	Eccl	Ecclesiastes 전도서
Esther	Est	Esther 에스더기
Exod.	Ex	Exous 출애굽기
Ezek.	Ez	Ezekiel 에스겔서
Ezra	Ezr	Ezra 에스라서
Gen.	Gn	Genesis 창세기
Hab.	Hb	Habakkuk 하박국서
Hag.	Hg	Haggai 학개서
Hosea	Hos	Hosea 호세아서
Isa.	Is	Isaiah 이사야서
Jer.	Jer	Jeremiah 예레미야서
Job	Jb	Job 욥기
Joel	Jl	Joel 요엘서
Jon.	Jon	Jonah 요나서
Josh.	Jo	Joshua 여호수아서
Judg.	Jgs	Judges 사사기
1 Kings	1 Kgs	1 Kings 열왕기상
2 Kings	2 Kgs	2 Kings 열왕기하
Lam.	Lam	Lamentations 예레미아 애가
Lev.	Lv	Leviticus 레위기
Mal.	Mal	Malachi 말라기서
Mic.	Mi	Micah 미가서
Nah	Na	Nahum 나훔서
Neh.	Neh	Nehemiah 느헤미야기
Num.	Nm	Numbers 민수기

Obad.	Ob	Obediah 오바댜서
Prov.	Prv	Proverbs 잠언
Ps.(복수형 Pss.)	Ps(복수형 Pss)	Psalms 시편
Ruth	Rut	Ruth 룻기
1 Sam.	1 Sm	1 Samuel 사무엘기상
2 Sam.	2 Sm	2 Samuel 사무엘기하
Song of Sol.	Sg	Song of Solomon (Song of Songs) 아가서
Zech.	Zec	Zechariah 스가랴서
Zeph.	Zep	Zephaniah 스바냐서

24.6.2 외경

외경Apocrypha은 로마 카톨릭 성경에는 포함되지만 유대교와 개신교 성경에는 포함되지 않는다. Apocrypha는 전통적으로 Apoc. 이라 줄여 사용한다(더 짧은 약어는 없다).

기존 약어	더 짧은 약어	권명
Bar.	Bar	Baruch 바룩서
Bel and Dragon	-	Bel and Dragon 벨과 용
Ecclus	Sir	Ecclesiasticus (Sirach) 집회서
1 Esd.	-	1 Esdras 에스드라상
2 Esd.	-	2 Esdras 에스드라하
Jth	Jdt	Judith 유딧기
1 Macc.	1 Mc	1 Maccabees 마카베오기상
2 Macc.	2 Mc	2 Maccabees 마카베오기하
Pr. of Man.	-	Prayer of Manasses (Manasseh) 므나세의 기도
Song of Three Children	-	Song of Three Holy Children 세 청년의 노래
Sus.	-	Susanna 수산나

Tob.	Tb	Tobit 토빗기
Wisd. of Sol.	Ws	Wisdom of Solomon 솔로몬의 지혜
-	-	Additions to Esther
-	-	(Rest of Esther) 에스더 후편

24.6.3 신약성경

신약성서New Testament의 약어는 NT다.

기존 약어	더 짧은 약어	권명
Acts	-	Acts of Apostles 사도행전
Apoc.	-	Apocalypse (Revelation) 요한계시록
Col.	Col	Colossians 골로새서
1 Cor.	1 Cor	1 Corinthians 고리도전서
2 Cor.	2 Cor	2 Corinthians 고린도후서
Eph.	Eph	Ephesians 에베소서
Gal.	Gal	Galatians 갈라디아서
Heb.	Heb	Hebrews 히브리서
James	Jas	James 야고보서
John	Jn	John (Gospel) 요한복음
1 John	1 Jn	1 John (Epistle) 요한1서
2 John	2 Jn	2 John (Epistle) 요한2서
3 John	3 Jn	3 John (Epistle) 요한3서
Jude	-	Jude 유다서
Luke	Lk	Luke 누가복음
Mark	Mk	Mark 마가복음
Matt.	Mt	Matthew 마태복음
1 Pet.	1Pt	1 Peter 베드로전서
2 Pet.	2 Pt	2 Peter 베드로후서
Phil.	Phil	Philippians 빌립보서

Philem.	Phlm	Philemon 빌레몬서
Rev.	Rv	Revelation (Apocalypse) 요한계시록
Rom	Rom	Romans 로마서
1 Thess.	1 Thes	1 Thessalonians 데살로니가전서
2 Thess.	2 Thes	2 Thessalonians 데살로니가후서
1 Tim.	1 Tm	1 Timothy 디모데전서
2 Tim.	2 Tm	2 Timothy 디모데후서
Titus	Ti	Titus 디도서

24.6.4 성경 버전

다음은 성경의 여러 표준 버전을 나타낸다. 인용하는 성경 버전이 이 목록에 없
다면 담당교수와 상의하라.

ARV	American Revised Version
ASV	American Standard Version
AT	American Translation
AV	Authorized (King James) Version
CEV	Contemporary English Version
DV	Douay Version
ERV	English Revised Version
EV	English version(s)
JB	Jerusalem Bible
NAB	New American Bible
NEB	New English Bible
NRSV	New Revised Standard Version
RSV	Revised Standard Version
RV	Revised Version
Vulg.	Vulgate

기타 경전

다른 종교의 경전도 성경처럼 여러 부분으로 나뉜다. 경전명 자체는 로마체로 표기하고 대문자 표기법을 따른다(Qur'an 또는 Koran, Vedas). 그러나 각 부분의 명칭은 이탤릭체로 표기한다(al-Baqarah, Rig-Veda). 성경 외의 경전이나 부분 명칭에는 공인된 약어가 없긴 하지만 성경의 인용출처를 밝힐 때와 비슷한 방법으로 구두점을 사용하면 된다(17.5.2와 19.5.2 참조). 경전에 번호가 매겨진 부분이 많다면 콜론 대신 마침표나 쉼표를 사용하는 등 성경인용표기법을 다양하게 변형하여 인용 부분의 위치를 확실하게 밝힌다.

Qur'an 2:257 　　　**또는**　　　Qur'an 2 *(al-Baqarah)*: 257

Mahabharata 1.2.3

종교학 분야의 논문이라면 담당교수에게 자세한 지도를 구하라.

24.7 인용출처 표기 및 기타 학술 약어

인용출처를 표기할 때는 약어를 많이 사용한다. 약어를 사용하도록 권장하기도 한다. 특히 저자가 아닌 사람의 역할을 표시하거나(ed., trans.), 자료의 부분(vol., bk., sec.)과 위치정보(p., n)를 나타낼 때는 약어를 많이 쓴다. 그러나 논문의 본문에서는 약어 대신 원래 단어를 사용하는 것이 좋다. 인용출처를 밝힐 때도 약어보다 단어를 사용하는 것이 좋을 때가 있다. 주석표기방식의 약어 사용은 16.1.6과 17장을, 참고문헌방식의 약어 사용은 18.1.6과 19장을 참고하라.

　본문에는 약어를 쓰지 않는 것이 최선이다. e.g., i.e., etc. 같은 흔한 약어를 쓴다면 괄호로 묶어야 한다(21.8.1).

　아래는 인용출처 표기 및 기타 학술적 용도로 사용되는 일반적인 약어 목록이다. 특별한 언급이 없다면 대부분의 약어에 s나 es를 붙이면 복수형이 된다. 대개 이탤릭체로 쓰지 않는다.

abbr.　　　　　　　　abbreviated, abbreviation 축약, 약어

abr.	abridged, abridgment 요약된, 요약
anon.	anonymous 익명
app.	appendix 부록
assn.	association 협회
b.	born 태생
bib.	Bible, biblical 성경
bibliog.	bibliography, bibliographer 참고문헌, 서지학자
biog.	biography, biographer 전기, 전기작가
bk.	book 책
ca.	*circa*, about, approximately 대략
cap.	capital, capitalize 대문자
CD	compact disc 컴팩트 디스트
cf.	*confer*, compare 비교, 참조
chap.	chapter 장
col.	column 칼럼
comp.	compiler, compiled by 편집, 편찬
cont.	continued 계속됨
corr.	corrected 수정됨
d.	died 사망
dept.	department 학과, 부서
dict.	dictionary 사전
diss.	dissertation 논문
div.	division 부문
DOI	digital object identifier 디지털 문서 식별자
DVD	digital versatile (or vidoe) disc 디브이디
ed.	editor, edition, edited by 편집자, 판, 편집
e.g.	*exempli gratia*, for example 예를 들어
enl.	enlarged 증보판
esp.	especially 특히

et al.	*et alii* or et alia, and others 외水
etc.	*et cetera*, and so forth 등등
ex.	example 예
fig.	figure 그림
ff.	and following 해당 페이지 혹은 행과 그 다음을 보시오
fol.	folio 폴리오(인쇄 초창기에 출판되던 2절판 책의 면 번호)
ftp.	file transfer protocol 파일 전송용 프로토콜
http	hypertext transfer protocol 하이퍼텍스트 전송 프로토콜
ibid.	*ibidem*, in the same place 같은 글
id.	*idem*, the same 같은 자료(법전이나 판례 인용에서 주로 쓰임)
i.e.	*id est*, that is 즉
ill.	illustrated, illustration, illustrator 삽화
inf.	*infra*, below 아래에, 뒤에
intl.	international 국제의
intro.	introduction 도입, 서론
l.(복수형은 ll.)	line 행(숫자 1, 11과 혼동하지 않도록 풀어 쓰는 것이 좋다)
loc.cit.	*loco citato*, in the place cited 인용한 텍스트에서
misc.	miscellaneous 이런저런, 잡다한
MS(복수형은 MSS)	manuscript 필사본
n(복수형은 nn)	note 주석
natl.	national 국가의, 국립의
n.b. 혹은 NB	*nota bene*, take careful note 주의
n.d.	no date 출판일 미상
no.	number 번호
n.p.	no place; no publisher; no page
	발행처 미상; 출판사 미상; 페이지 미상
NS	New Style (dates) 그레고리력
n.s.	new series 새 총서
op.cit.	*opera citato*, in the work cited 앞서 언급한 글에서

org.	organization 단체, 협회
OS	Old Style (dates) 율리우스력을 따른 구력舊曆
p.(복수형은 pp.)	page 쪽
para. 또는 par.	paragraph 문단
pl.	plate; plural 별지 인쇄 삽화; 복수
PS	*postscriptum*, postscript 추신, 후기
pseud.	pseudonym 필명
pt.	part 부部
pub.	publication, publisher, published by 출판, 출판사
q.v.	*quod vide*, which see 참조
r.	*recto*, right 폴리오의 오른쪽 페이지
repr.	reprint 재판再版, 중판重版
rev.	revised, revised by, revision; review, reviewed by 개정; 검토, 비평
ROM	read-only memory 롬, 읽기 전용 기억장치
sec.	section (문서 · 책 등에서) 절節
ser.	series 총서, 시리즈
sing.	singular 단수
soc.	society 협회
sup.	*supra*, above (책 · 논문에서) 앞에
supp.	supplement (책의) 부록, 보충판
s.v.(복수형은 s.vv.)	*sub verbo*, *sub voce*, under the word ~라는 단어 아래에(주로 사전 인용에서)
syn.	synonym, synonymous 동의어
trans.	translated by, translator 역자
univ.	university 대학
URL	uniform resource locator 유알엘, 인터넷의 파일 주소
usu.	usually 대체로
v.(복수형은 vv.)	verse; verso, left

	(시의) 연, (노래의) 절; folio의 왼쪽 페이지
viz.	*videlicet*, namely 즉, 바꿔 말하면
vol.	volume권卷
vs. 또는 v.	versus(판례 인용에서는 v.를 사용)대對

이 장에서는 인용의 일반 원칙을 다루겠다. 이 장에 제시된 모든 예는 영어지만 다른 언어의 자료를 인용할 때도 적용된다(22.2.1 참조).

다른 학자의 연구를 논문에 활용하는 방법으로는 자료를 그대로 인용하는 방법이 있다. 그 외에 어떤 방법이 있는지, 언제 그런 방법을 이용해야 하는지는 7.4를 참고하라. 어떤 방법을 선택하든 다른 사람의 표현이나 생각을 빌려왔다면 그 출처를 밝혀야 한다. 15장에서는 일반적인 인용출처 표기 관행을 소개했고, 16장부터 19장까지는 두 가지 일반적인 인용방식을 자세히 다루었다(16, 17장에서 주석표기방식, 18, 19장에서 참고문헌방식).

석사논문이나 박사논문을 쓴다면 해당 학과나 대학에 구체적인 인용 규칙이 있는지 알아보라. 학위논문 관리부서에서 쉽게 구할 수 있을 것이다. 수업 과제물로 소논문을 쓴다면 담당교수가 특정 인용 규칙을 제안할 수도 있다. 논문을 제출하기 전에 이런 규칙을 점검해보자. 담당교수나 학과, 대학의 규칙이 이 책의 규칙에 우선한다.

학교뿐 아니라 외부 논문 보관소에도 제출할 박사논문을 쓰고 있다면 특정 유형의 자료를 인용할 때 저작권자의 공식 승인을 얻어야 할 수도 있다. 《시카고 편집 매뉴얼》16판(2010) 4장을 참조하라.

올바르게 인용하고 표절 피하기

올바른 인용은 학문 발전에 매우 중요하다. 따라서 아래 사항을 반드시 지켜야 한다.

- 가장 믿을 만한, 적절한 자료를 사용한다(3장 참조).
- 원문에 있는 표현을 그대로 옮긴다. 원문의 표현을 변경할 때는 반드시 25.3의 원칙을 따른다.
- 참고문헌에 자료를 정확히 알려(16장과 18장 참조) 독자가 찾아볼 수 있도록 한다.

자료의 표현과 표, 그래프나 데이터를 인용할 때마다 무엇을 어디에서 빌려왔는지 적절한 인용표기방식(15장 참조)을 사용해 밝히는 것이 학자가 지켜야할 윤리다. 그렇지 않으면 표절 의혹을 사게 된다. 그러나 출처를 정확히 밝혔다 해도 표절 의혹을 살 수 있다. 자료의 표현을 그대로 사용하면서 25.2의 방식대로 인용문임을 밝히지 않으면 표절 의혹을 살 수 있다. 표절에 대한 자세한 사항은 7.9를 참조하라.

본문에 인용문을 넣는 방법

인용문을 본문에 넣는 방법은 두 가지가 있는데 어떤 방법을 선택하느냐는 인용문의 길이에 따라 달라진다. 네 줄 이하의 인용문은 본문 속에 넣고 인용부호로 묶는다. 다섯 줄 이상의 인용문은 인용부호 없이 개별 문단으로 인용한다. 각주나 후주의 인용문도 같은 원칙을 따른다(16.3.5 참조).

인용문이 다섯 줄 미만일 때도 강조하고 싶거나 더 긴 인용문과 비교하고 싶을 때는 개별 문단으로 처리할 수 있다.

25.2.1 삽입 인용문Run-in Quotation

네 줄 이하의 문단을 인용할 때는 큰따옴표로 묶는다. 인용문을 본문에 잇는 방법이 몇 가지 있으니 7.5를 참고하라. 인용문 앞에 저자명을 쓴 뒤 notes나 claims, argues라고 쓰기도 하고(noted, claimed가 아니라 대개 현재 시제로 쓰지만 학문분과마다 관행이 다를 수도 있다), 저자명 앞에 according to를 쓰기도 한다. 인용문 앞에는 쉼표를 찍는다.

Ricoeur writes, "The boundary between plot and argument is no easier to trace." As Ricoeur notes, "The boundary between plot and argument is no easier to trace."

'that'을 사용하여 인용문을 문장에 더 단단히 잇댈 때는 인용문 앞에 쉼표를 찍지 않는다.

Ricoeur warns us that "the boundary between plot and argument is no easier to trace."

인용문 중간에 저자를 밝히는 어구를 넣을 때는 어구의 양옆에 쉼표를 찍어 구분해준다.

"The boundary between plot and argument," says Ricoeur, "is no easier to trace."

인용문 내부의 쉼표와 마침표를 비롯한 구두점 사용은 21.12.2와 25.3.1을 참고하라. 인용문의 대소문자 표기는 25.3.1을 참고하라.

인용출처 표기 위치. 각주나 후주에서 인용출처를 밝힐 때 위첨자 주 번호(16.3.2 참조)를 어디에 표기할지는 문장에서 인용문이 어디에 있는지에 따라 다르다. 인용문이 문장 끝에 있을 때는 인용부호 뒤에 번호를 표기한다.

According to Litwack, "Scores of newly freed slaves viewed movement as a vital expression of their emancipation."[4]

인용문이 문장 중간에서 끝날 때는 인용문을 포함한 절의 끝에 번호를 표기한다. 대체로 문장 끝인 경우가 많다.

"Scores of newly freed slaves viewed movement as a vital expression of their emancipation," according to Litwack.[4]
Litwack argues that "scores of newly freed slaves viewed movement as a vital expression of their emancipation,"[4] and he proceeds to prove this assertion.

이러한 원칙은 주석표기방식(16.4.3)과 참고문헌방식(18.3.1)의 괄호주에도 동일하게 적용된다. 단, 두 가지 중대한 차이가 있다.

■ 인용문의 마침표나 쉼표는 보통 닫는 인용부호 앞에 오지만 괄호주를 사용할 때는 인용문 밖, 괄호 뒤에 마침표나 쉼표를 찍는다.

The authors seek to understand "how people categorize the objects they encounter in everyday situations" (Bowker and Star 1999, 59).
To determine "how people categorize the objects they encounter in everyday situations" (Bowker and Star 1999, 59), the authors devised a study.

■ 저자 이름이 인용문과 함께 본문에 언급될 때는 인용문과 관련해서 어디에 오든 저자 이름 옆에 출판연도를 표기한다.

"Scores of newly freed slaves viewed movement as a vital expression of their emancipation," according to Litwack (1999, 482).
Litwack's (1999, 482) observation that "scores of newly freed slaves . . ."

특별한 구두점. 인용문 안에 또 다른 인용문이 있을 때는 내부 인용문은 작은따옴표로 묶는다.

Rothko, argues Ball, "wanted to make works that wrought a transcendent effect, that deal with spiritual concerns: 'Paintings must be like miracles,' he once said."

본문 중에 시를 두 행 이상 인용한다면 행 사이에 빗금(/)을 표시해 구분한다. 빗금 앞뒤로 한 칸씩 띄운다. 그러나 시를 인용할 때는 대개 블록 인용문을 사용한다.

They reduce life to a simple quotation, "All things have rest, and ripen toward the grave; / In silence, ripen, fall, and cease."

25.2.2 블록 인용문Block Quotations

산문. 다섯 줄 이상의 산문은 블록 인용문으로 인용한다. 우선, 본문에서 자신의 표현으로 인용문을 소개한다(7.5 참조). 문장으로 인용문을 소개할 때는 문장 끝에 콜론을 찍되, notes, claims, argues, according to 같은 표현에 저자명을 연결한 구절로 소개할 때는 구절 끝에 쉼표를 찍는다. 본문 문장에 잇대어 인용문을 소개할 때는 원래 구두점이 필요한 위치가 아닌 한 인용문 앞에 구두점을 찍지 않는다.

블록 인용문의 줄 간격은 1행간single-space으로 하고, 블록 인용문 위아래로 한 줄씩 비운다. 블록 인용문의 시작이나 끝에는 인용부호를 붙이지 않는다. 일반적인 문단의 첫 행을 들여쓰는 만큼 블록 인용문 전체를 들여쓴다(문학연구를 비롯해 텍스트를 심도 있게 분석하는 분야의 논문에서는 원문에서 들여쓰기 한 문단을 블록 인용문으로 제시할 때는 인용문의 첫 행을 논문의 다른 문단보다 더 길게 들여쓴다. 25.3 참조). 블록 인용문 내부의 다른 구두점과 대소문자 사용은 25.3.1을 참조하라.

Jackson begins by evoking the importance of home:

Housing is an outward expression of the inner human nature; no society can be fully understood apart from the residences of its members. A nineteenth-century melody declares, "There's no place like home," and even though she had Emerald City at her feet. Dorothy could think of no places she would rather be than at home in Kansas. Our homes are our havens from the world.[1]

In the rest of his introduction, he discusses . . .

두 문단 이상을 인용할 때는 문단 사이에 따로 줄을 비우지 않는다. 그러나 두 번째 문단부터는 첫 행을 인용문단의 나머지 부분보다 더 많이 들여쓴다.

He observed that

governments ordinarily perish by powerlessness or by tyranny. In the first case, power escapes them; in the other, it is torn from them.

Many people, on seeing democratic states fall into anarchy, have thought that government in these states was naturally weak and powerless. The truth is that when war among their parties has once set aflame, government loses its action on society. (Tocqueville, 248)

각주나 후주에서 출처를 밝힐 때는 첫 번째 예처럼 블록 인용문 끝에 주 번호를 위첨자로 표기한다(16.3.2 참조). 괄호주를 이용해 출처를 밝힐 때는 두 번째 예처럼 블록 인용문의 마지막 구두점 뒤에 괄호주를 넣는다(25.2.1에 설명한 삽입 인용문과는 괄호주의 위치가 다르다는 점에 유의하자).

시와 희곡. 시를 두 행 이상 인용할 때는 블록 인용문을 사용한다. 원문처럼 행이 바뀔 때마다 행을 새로 시작하고 원문의 구두점을 지킨다. 블록 인용문으로 시를 인용할 때는 산문을 인용할 때처럼 인용문 전체를 들여쓴다. 너무 길어서 다름 줄로 넘어가는 행은 나머지 행보다 더 들여쓴다. 그러나 박사논문이나 긴 논문에서 시를 자주 인용한다면 인용문을 가운데 정렬한다.

Whitman's poem includes some memorable passages:

My tongue, every atom of my blood, form'd from this soil, this air,

Born here of parents born here from parents the same, and their parents

the same

I, now thirty-seven years old in perfect health begin,

Hoping to cease not till death.

특이하게 정렬된 시를 인용할 때는 원문의 정렬을 그대로 따른다.

This is what Herbert captured so beautifully:

Sure there was wine

Before my sighs did drie it: there was corn

Before my tears did drown it.

Is the yeare onely lost to me?

Have I no bayes to crown it?

No flowers, no garlands gay? all blasted?

All wasted?

희곡에서 두 줄 이상의 대화를 인용할 때는 산문 인용과 같은 형식을 사용해 블록 인용문으로 인용한다. 각 화자의 이름은 모두 대문자로 표기하거나 글자크기를 달리해서 대화 내용과 구분 짓는다. 대사마다 행을 달리하고, 길어서 다음 줄로 넘어가는 대사는 나머지 인용문보다 더 들여쓴다.

Then the play takes an unusual turn:

R. ROISTER DOISTER. Except I have her to my wife, I shall run mad.

M. MERYGREEKE. Nay, "unwise" perhaps, but I warrant you for

"mad."

서두 명구Epigraphs. 서두 명구는 논문의 논제를 제시하는 인용문이다. 석사논문이나 박사논문의 서두 부분에 사용하는 서두 명구는 A.2.1을 참조하라. 장이나 절 앞의 명구는 블록 인용문으로 처리한다. 인용문 아래에 엠 대시(혹은 하이픈 두 개, 21.7.2 참조)를 넣고 저자명과 제목을 오른쪽 정렬로 기재한다. 서두 명구의 출처를 공식적으로 밝힐 필요는 없다. 저자명과 제목 아래에 두 줄을 띄고, 본문을 시작한다. 그림 A.9. 참조하라.

The city, however, does not tell its past, but contains it like the lines of a hand.

—Italo Calvino, *Invisible Cities*

25.3 인용문 변경

자료를 인용할 때는 원문의 표현과 철자, 대소문자 표기, 구두점을 그대로 옮겨야 한다. 그러나 인용문을 본문에 잇대어 쓸 때는 앞뒤 구문에 맞게 고치거나 인용문의 특정 부분을 강조하기 위해 수정해야 하는 경우도 있다.

인용문 변경에 대해서는 각 학문분과마다 기준이 다를 수 있으니 주의하라. 예를 들어 첫 글자의 대소문자 표기를 고치거나 생략부호를 사용하는 문제에 대해서는 분야마다 기준이 다를 수 있다. 일반적인 원칙을 따르는 분야가 많지만 문학연구를 비롯해 텍스트를 세밀하게 분석하는 분야에서는 유형별로 엄격한 지침이 있을 수 있다. 어떤 원칙을 따라야 할지 잘 모르겠다면 해당 학과의 지침을 알아보거나 담당교수에게 문의하라.

25.3.1 변경해도 되는 사항

철자: 인용문에 명백한 오탈자가 있다면 특별한 언급 없이 수정한다.

(원문) These conclusions are not definate, but they are certainly suggestive.

(인용문) Clayton admits that his conclusions are "not definite."

그러나 오탈자가 원문에서 중요한 역할을 하거나 당신의 논증과 관련이 있다면 고치지 않고 그대로 인용한다. 오탈자 바로 뒤에 라틴어 단어인 sic(원문대로)를 이탤릭체로 쓰고 각괄호로 묶어 원문의 오류임을 나타낸다. 그러나 자료를 폄하할

의도로 오탈자를 지적하는 것은 점잖지 못하다.

(원문) The average American does not know how to spell and cannot use a coma properly.
(인용문) Russell exemplifies her own argument by claiming that the average American "cannot use a coma [sic] properly."

오래된 자료나 비표준적인 철자로 방언을 표현한 자료를 인용할 때는 자료의 특유한 철자법을 따르되 sic라고 표기하지 않는다. 인용문을 명료하게 전달하기 위해 철자와 구두법을 모두 현대용법에 맞게 수정했다면 주나 서문에서 독자에게 그 점을 알린다.

대문자와 구두점. 인용문 첫 글자의 대소문자 표기는 특별한 언급 없이 바꿀 수 있는 분야가 많다. 인용문을 본문에 잇대어 제시할 때는 인용문의 첫 글자를 소문자로 바꾼다. 그 외의 경우에는 완벽한 문장의 첫 글자는 대문자로, 완벽한 문장이 아닌 경우는 소문자로 쓴다. 생략부호를 사용할 때도 비슷한 방법으로 고칠 수 있다(25.3.2 참조).

(원문) As a result of these factors, the Mexican people were bound to benefit from the change.
(인용문1) Fernandez claims, "The Mexican people were bound to benefit from the change."
(인용문2) Fernandez claims that "the Mexican people were bound to benefit from the change."
(인용문3) Fernandez points out that "as a result of these factors, the Mexican people were bound to benefit from the change."
(인용문4) "The Mexican people," notes Fernandez, "were bound to benefit from the change."

인용문을 본문에 잇대어 제시할 때 필요하다면 마침표를 생략하거나 쉼표로 바꿀 수 있다.

(인용문5) Fernandez notes that the Mexicans were "bound to benefit from the change" as a result of the factors he discusses.
(인용문6) "The Mexican people were bound to benefit from the change," argues Fernandez.

세미콜론이나 콜론으로 끝나는 부분을 인용할 때는 자신의 문장 구조에 맞게 세미콜론이나 콜론을 마침표나 쉼표로 바꾼다(21.12.2 참조).
　문학연구를 비롯해 텍스트를 세밀히 분석하는 분야에서는 대소문자 표기를 바꿨을 때 바꾼 글자를 각괄호로 묶어 표시한다.

(인용문7) "[T]he Mexican people were bound to benefit from the change," argues Fernandez.
(인용문8) Fernandez points out that "[a]s a result of these factors, the Mexican people were bound to benefit from the change."

어떤 분야에서든 큰따옴표로 묶어 인용하는 인용문 속에 다시 큰따옴표가 있다면 인용문 속 큰따옴표는 작은따옴표로 바꾸어준다(25.2.1 참조).

이탤릭체. 원문에 이탤릭체로 표기되지 않은 단어를 인용문에서 강조하기 위해 이탤릭체로 바꾸기도 한다. 이런 경우에는 Italics mine이나 emphasis added 같은 어구를 인용문이나 출처 주에 표시하여 원문을 바꿨음을 알린다. 인용문에서 이런 어구를 표시할 때는 각괄호 묶어 해당 단어 바로 뒤에 넣는다. 출처를 밝히는 주에서 표시할 때는 쪽 번호 뒤에 세미콜론을 찍은 후 넣는다(16.3.5 참조). 원문에서 이탤릭체를 포함한 문단을 인용할 때는 따로 이탤릭체를 추가하지 않도록 한다. 이탤릭체를 추가해야 한다면 원문의 이탤릭체에 italics in original이나 이를테면 Flaubert's italics 같은 문구를 달아서 자신이 추가한 이탤릭체와 구분한다.

According to Schultz, "By the end of 2010, *every democracy* [emphasis added] will face the challenge of nuclear terrorism."[1]
Brown notes simply that the destruction of the tribes "had all happened in *less than ten years*" (271; italics mine).

끼워 넣기. 인용문에 한두 단어로 설명이나 해명, 수정 사항을 끼워 넣을 때는 각 괄호로 묶는다. 이러한 끼워 넣기를 자주 사용해야 한다면 문장을 고쳐쓰거나 인용 부분을 줄여 본문에 잇대는 방법을 고려해보라.

As she observes, "These masters [Picasso, Braque, Matisse] rebelled against academic training."
She observes that Picasso, Braque, and Matisse "rebelled against academic training."

주. 위첨자 주 번호가 있는 부분을 인용할 때도 있다. 이때 주를 함께 인용하지 않는다면 원문의 주 번호를 생략할 수 있다.

25.3.2 생략

인용문에서 관련이 없는 단어나 어구, 문장, 심지어 단락을 생략할 때는 인용 부분의 원래 의미를 바꾸거나 잘못 전달해서는 안 된다. 인용문의 전체 의미를 바꿀 수 있는 not, never, always 같은 단어와 중요한 조건을 나타내는 표현은 생략해서는 안 된다. 아래 제시한 예는 원문의 의도를 잘못 전달한 사례다.

(원문) The change was sure to be beneficial once the immediate troubles subsided.
(인용문) Yang claims, "The change was sure to be beneficial."

생략부호 사용. 단어나 어구, 문장이 생략되었음을 알릴 때에는 생략부호를 쓴다. 생략부호는 마침표 세 개를 각각 띄어 쓴다. 다음 줄로 넘어갈 때 생략부호에서 줄이 바뀌지 않도록 하려면 워드프로세서 프로그램의 생략부호 문자를 쓰거나 생략부호의 가운데 점 앞뒤에 줄바꿈 없는 공백을 쓴다. 생략부호와 그 뒤에 따라오는 구두점 사이에도 줄바꿈 없는 공백을 써야 할 것이다. (생략부호 앞에 오는 구두점은 마침표를 비롯해 모두 생략부호 윗줄 끝에 와도 좋다.) 생략부호는 생략된 어구들을 나타내므로 인용부호나 독립 인용문 안에 온다.

구체적인 상황에서 생략부호를 이용하는 법은 분야마다 다르다. 일반적인 원칙을 따르는 분야가 많지만 문학연구나 텍스트를 세밀하게 분석하는 분야에서는 아래에 설명한 텍스트 연구 방법Textual Studies Methods를 따른다. 어떤 방법을 따라야 할지 확실치 않다면 해당 학과나 대학 혹은 담당교수에 문의하라. 생략할 때 대소문자와 구두점을 변경하는 문제는 25.3.1을 참고하라.

일반적 방법. 아래 주어진 예문을 줄여서 인용하는 몇 가지 방법을 살펴보겠다.

(원문) When nation is wrong, it should say so and apologize to the wronged party. It should conduct itself according to the standards of nternational diplomacy. It should also take steps to change the situation.

문장 중간에서 표현을 생략할 때는 앞에서 설명한 대로 마침표 세 개를 생략부호로 사용한다.

"When a nation is wrong, it should . . . apologize to the wronged party."

문장과 문장 사이의 자료를 생략할 때 생략한 부분 앞에 문법적으로 완전한 문장이 있다면 그 문장의 마침표를 찍은 뒤 한 칸을 띄고 생략부호를 표시한다. 문장의 끝 부분을 생략할 때도 생략된 부분이 문법적으로 완전한 문장을 이룬다면 다음의 둘째 예처럼 생략부호를 표시한 뒤 한 칸을 띄고 문장의 마침표를 찍는다.

"When a nation is wrong, it should say so and apologize to the wronged party. . . . It should also take steps to change the situation."
"When a nation is wrong, it should say so. . . . It should also take steps to change the situation."

문장과 문장 사이의 자료를 생략했지만 생략부호 전후의 내용을 연결했을 때 완전한 문장이 된다면 생략부호 앞의 마침표는 생략한다. 그러나 이런 경우에 원문의 의도를 잘못 전달할 위험이 있기 때문에 앞에서 설명한 생략 방식 중 하나를 사용하거나 두 개의 인용문으로 나누어서 인용하는 것이 안전하다.

"When a nation is wrong, it should say so and . . . take steps to change the situation."

생략부호 앞뒤에 오는 다른 유형의 구두점에도 같은 원칙을 적용한다. 그러나 상황에 따라서 아래 둘째 예가 보여주듯 인용 부분을 더 집약적으로 추려내는 방법을 고려해보라.

"How hot was it? . . . No one could function in that climate."
"The merchant's stock included dry goods and sundry other items . . . , all for purchase by the women of the town."
또는
The merchant stocked "dry goods and sundry other items" for the town's women.

문맥상 인용문을 축약했음이 확실하게 드러나는 상황도 있다. 아래와 같은 상황에서는 생략부호를 쓰지 않아도 된다.

■ 완전한 문장이 아니라는 것을 한 눈에 알 수 있는 어구나 불완전한 문장, 문장의 일부를 인용부호로 묶어 인용할 때는 인용부호 앞이나 뒤에 생략부호를 표시하지 않는다. 그러나 인용부호 내부에서 일부를 생략할 때는 적절한 위치에 생략부

호를 표시한다.

Smith wrote that the president had been "very much impressed" by the paper that stressed "using the economic resources . . . of all the major powers."

■ 인용 부분 앞에서 원문의 문장 앞부분이 생략되었다 해도 생략부호를 표시하지 않는다(그러나 텍스트 연구 방법의 생략부호 사용은 조금 다르다).
■ 인용 부분 뒤에서 원문의 문장 끝부분이 생략되었다 해도 생략부호를 표시하지 않는다.

텍스트 연구 방법Textual Studies Methods. 텍스트 연구 방법은 인용문의 앞과 뒤에서 일반적 방법보다 엄격하게 생략부호를 사용한다. 이 방법을 사용한다면 아래에 설명되지 않은 상황에서는 일반적 방법을 따른다.

(원문) When nation is wrong, it should say so and apologize to the wronged party. It should conduct itself according to the standards of the international diplomacy. It should also take steps to change the situation.

■ 문장과 문장 사이의 자료를 생략하지만 생략 부분의 앞 문장을 고스란히 인용했다면 일반 법칙을 따라 앞 문장의 구두점을 그대로 두고 한 칸을 띄운 후 생략부호를 찍는다(아래 첫째 예 참조). 그러나 앞 문장의 일부도 함께 생략했다면(생략한 앞 문장의 부분이 완벽한 문장을 이룬다 해도), 앞 문장 뒤에 구두점 대신 한 칸을 띄운 후 생략부호로 쓰이는 점 세 개를 찍고 한 칸을 띄운 후 원문의 마지막 구두점을 찍는다(아래 둘째 예 참조).

"When a nation is wrong, it should say so and apologize to the wronged party. . . . It should also take steps to change the situation."
"When a nation is wrong, it should say so . . . . It should also take steps to change the situation."

■ 앞부분을 생략했지만 문법적으로 완전한 문장으로 인용문을 시작할 때도 생략 부분에 생략부호를 표시한다. 원문에 소문자로 표기된 인용문의 첫 글자를 대문 자로 바꾸었다면 바꾼 철자를 각괄호로 묶어 표시한다(25.3.1 참조).

> . . . [I]t should say so and apologize to the wronged party."

■ 인용문이 문법적으로 완전한 문장으로 끝나지만 문장 끝에 생략된 부분이 있다 면 한 칸을 띄고 생략부호로 점 세 개를 찍은 뒤 다시 한 칸 띄고 원문의 구두점을 찍는다. 문장과 문장 사이에 생략된 앞 문장의 끝부분을 표시할 때와 같다.

> "When a nation is wrong, it should say so. . . ."

한 문단 이상 생략할 때. 아래 사항은 일반적 법칙과 텍스트 연구 법칙 모두에 적용 된다.

블록 인용문에서 한 문단 전체 혹은 그 이상을 생략할 때는 생략 부분의 앞 문 단 끝에 마침표를 찍고 생략부호(마침표 세 개)를 찍어 문단을 생략했음을 나타낸 다. 생략 부분 뒤에 또 다른 문단이 있을 때는 그 문단의 첫 행을 들여쓴다. 생략 부분 뒤에 이어지는 문단이 문단 중간부터 시작된다면 들여쓰기를 한 후 생략부 호(마침표 세 개)를 찍는다.

> Merton writes:
>> A brand-new conscience was just coming into existence as an actual, operating function of a soul. My choice were just about to become responsible.
>> . . .
>> . . . Since no man ever can, or could, live by himself and for himself alone, the destinies of thousands of other people were bound to be affected.

시에서 한 행 이상 생략할 때. 시를 블록 인용문으로 인용할 때 한 행 전체 혹은 그 이상을 생략했다면 앞 행의 길이만큼 생략부호로 표시한다.

The key passage reads as follows:

Weep no more, woeful shepherds, weep no more,

For Lycidas your sorrow is not dead,

. . . .

To all that wander in that perilous flood.

26 표와 그림

표와 그림을 사용해 데이터를 제시하는 학술논문이 많다. '표Tables'는 범주별 수치자료나 언어자료를 행과 열로 짜인 틀에 넣어 보여준다. '그림Figures'은 차트와 그래프, 다이어그램, 사진, 지도, 악보, 스케치 등의 이미지를 포함한다. 텍스트가 아닌 이 모든 형태의 자료를 삽화illustration(그림figure과 같은 의미로 사용되기도 한다) 또는 도판graphics이라 부른다.

표나 그림으로 전달할 수 있는 데이터가 있다면 가장 효과적인 형식을 선택해야 한다. 표로 가장 잘 표현할 수 있는 자료가 있는가 하면 차트나 그래프로 잘 표현할 수 있는 자료가 있다. 무엇을 선택하느냐에 따라 자료에 대한 독자의 반응이 달라진다. 이러한 수사적 효과는 8장에서 각 유형별로 다루었다. 이 장에서는 표와 그림 유형별로 형식을 구성하는 법을 다루려 한다. 특히 표와 그림의 두 유형(차트와 그래프)을 상세히 살펴보겠다.

대부분의 표와 차트, 그래프는 소프트웨어를 이용해 만들 수 있다. 그러나 소프트웨어는 가장 효과적인 형식이 무엇인지 알려주지 않는다. 또 각 항목을 어떻게 정해야 옳은지, 어떻게 표와 그림을 구성해야 논리적으로 혹은 형식적으로 일관성 있게 보일지 알려주지도 않는다. 표나 그림을 구성하기에 앞서 소프트웨어의 기본 값을 바꾸어야 할 것이다. 그리고 구성하고 난 뒤에 여러 항목을 세세하게 손봐야 할 것이다.

석사논문이나 박사논문을 쓴다면 각 학과나 대학에 표와 그림에 대한 구체적인 지침이 있는지 확인해보라. 학위논문 관리부서에서 쉽게 구할 수 있다. 수업 과제물로 소논문을 쓴다면 담당교수가 특정 규칙에 따라 표와 그림을 작성하라고 요구할 수도 있다. 소논문을 준비하기 전에 규칙을 확인해보라. 담당교수나 학과, 대학의 지침이 본서의 원칙보다 우선한다.

표와 그림을 구성하고 만들어 논문에 넣는 더 자세한 법은 부록의 A.3.1을 참고하라.

26.1 일반 문제

논문에서 표와 그림을 제시할 때 부딪히는 몇 가지 일반적인 문제가 있다.

26.1.1 위치

대개 표나 그림은 처음 언급한 문단 바로 뒤에 배치한다. 하지만 그렇게 배치했을 때 짧은 표 중간에서 불필요하게 쪽이 나뉜다거나 그림이 다음 쪽 상단으로 밀려나서 문단 뒤에 몇 줄이 텅 비기도 한다. 이런 일이 일어나는 것을 막는 방법은 두 가지가 있다. 표나 그림을 처음 언급한 쪽에 배치할 수만 있다면 문단을 더 쓰고 나서 집어넣을 수도 있고, 처음 언급하기 전에 배치할 수도 있다(이런 수정은 논문을 최종적으로 마치고 나서 하는 것이 가장 좋다).

비교적 작은 표와 그림은 한 쪽에 모아 실을 수도 있다. 단, 서로 뚜렷이 구분되는 표와 그림이어야 한다. 표를 한 쪽에 모아 배치할 때는 각 표의 제목을 기재한다(26.2.2 참조). 그러나 서로 밀접하게 관련이 있는 그림을 한 쪽에 모을 때는 한 가지 번호와 포괄적 캡션을 단다. 그러나 서로 관련이 없다면 개별 번호와 캡션을 단다(26.3.2 참조). 소속 학과나 대학의 지침에 따라 논문 뒷부분 부록에

Illustrations라고 이름을 단 부분에 표와 그림을 한데 모을 수도 있다. A.2.3.1을 보라.

본문과의 연관성이 다소 떨어지거나 본문에 집어넣기에 너무 큰 표나 그림은 논문 말미의 부록이나 삽화illustration 부분에 넣는다(A.2.3 참조).

표와 그림을 본문에 넣는 더 자세한 방법은 A.3.1을 참고하라.

26.1.2 크기

가능한 한 표와 그림은 세로 방향 용지에 맞게 구성한다. 표가 세로 방향 용지에 맞지 않을 때는 긴 열 머리(각 열의 표제어를 기재한 열의 꼭대기행column head)를 짧게 줄이거나 반복되는 용어를 축약한다. 세로 용지에 표나 그림을 맞출 수 없을 때는 아래 제시한 방법 중 하나를 선택한다.

- **가로방향 배치**: 폭이 지나치게 넓어 한 쪽에 넣을 수 없는 표나 그림은 90도 각도로 돌려 왼편이 페이지 밑바닥에 오도록 한다. 이런 배치를 가로방향(landscape 또는 broadside)이라고 한다. 가로방향 표나 그림이 실린 쪽에는 본문을 싣지 않는다. 표의 제목이나 그림의 캡션은 가로 방향이나 세로 방향으로 둔다. 예시는 그림 A.13을 참고하라(표를 회전시키려면 이미지 파일로 변환해야 할 것이다).
- **나란히 배치**: 표의 길이가 한 쪽을 넘어설 만큼 길지만 폭은 쪽 너비의 절반에 못 미칠 때는 표를 반으로 나누어 한 쪽에 두 부분을 나란히 배치한다. 두 부분에 각각 열 머리를 둔다.
- **여러 쪽 배치**: 표나 그림이 너무 길어서 세로 방향으로 한 쪽을 넘어서거나 너무 넓어서 가로 방향으로 한 쪽을 넘어설 때는 둘 이상의 쪽에 나누어 싣는다. 매 쪽마다 표의 모서리 열(맨 왼쪽 열Stub Column)과 열 머리를 다시 싣는다(26.2 참조). 표의 바닥 선은 마지막 쪽에만 긋는다.
- **축소**: 사진이나 기타 이미지는 축소할 수도 있다. 해당 학과나 대학에 이미지의 해상도, 비례축소, 자르기를 비롯한 관련 사항을 규정한 지침이 있는지 알아보라.
- **분리**: 위에서 제시한 방법 중 적절한 것이 없다면 데이터를 둘 이상의 다른 표나 그림으로 제시할 방법을 찾아보라.
- **부록**: 인쇄 형태로는 제대로 제시할 수 없는 대규모 데이터 세트나 멀티미디어 파

일 같은 자료로 구성된 표나 그림은 A. 2. 3에 설명한 대로 부록으로 처리하라.

26.1.3 출처 표기

표와 그림으로 다루는 데이터 중 자신이 직접 수집하지 않은 것은 모두 출처를 밝혀야 한다. 새로운 형태로 데이터를 제시했다 해도(예를 들어 자료에서 표로 제시한 데이터를 그래프로 표현하거나, 자료에 제시된 표에 새로운 데이터를 추가하거나, 메타분석으로 여러 자료의 데이터를 결합하는 등의 방법) 자신이 직접 수집하지 않은 데이터는 모두 출처를 밝힌다.

데이터의 출처를 밝힐 때는 표에 각주(26. 2. 7 참조)를 달거나 그림의 캡션(26. 3. 2)에 포함시킨다. 맨 앞에 Source(s)라고 제목을 달고(이탤릭체, 대문자 표기) 콜론을 찍은 뒤 출처를 밝힌다. 출처가 두 줄 이상일 때는 1행간으로 지정하고 다음 줄로 넘어가는 부분은 왼쪽 정렬한다. 마지막에는 마침표를 찍는다.

주석표기방식을 사용한다면 정식 주(16장 참조)로 자료의 출처를 밝힌다. 데이터를 참고한 원문의 표나 그림 번호 혹은 쪽 번호를 기재하라. 같은 자료를 논문에서 두 번 이상 활용하지 않는다면 참고문헌에 기재할 필요는 없다.

Source: Data from David Halle, *Inside Culture: Art and Class in the American Home* (Chicago: University of Chicago Press, 1993), table 2.

Sources: Data from Richard H. Adams Jr., "Remittances, Investment, and Rural Asset Accumulation in Pakistan," *Economic Development and Cultural Change* 47, no. 1 (1998): 155-73; David Bevan, Paul Collier, and Jan Gunning, *Peasants and Government: An Economic Analysis* (Oxford: Clarendon Press, 1989), 125-28.

참고문헌방식을 따른다면 괄호주의 형식으로 출처를 밝히되 괄호는 생략한다. 자료의 서지정보는 본문 뒤 참고문헌에 빠짐없이 기록한다(18장 참조).

Source: Data from Halle 1993, table 2.

Sources: Data from Adams 1998, 155-73; Bevan, Collier, and Gunning 1989,

125-28.

자료의 표현과 내용을 어떤 식으로든 수정했다면 출처를 밝힐 때 adapted from이라는 어구를 집어넣는다(표 26.1과 26.3 참조). 사진과 지도를 비롯해 자신이 직접 제작하지 않은 그림은 제작자 정보를 밝힌다.

Map by Gerla F. Pyle.   Photograph by James L. Ballard.

외부 논문 데이터베이스에 제출할 논문을 쓰고 있다면 저작권 보호를 받는 표와 그림을 이용할 때 정식 승인을 얻어야 할 수도 있다. 《시카고 편집 매뉴얼》16판 (2010) 4장을 참고하라. 이렇게 승인 받은 자료의 제공자 정보를 밝히는 방법은 《시카고 편집 매뉴얼》 3.28 - 36(그림)과 3.74(표)를 참고하라.

26.2 표

논문을 쓰다보면 표를 사용해 데이터를 제시해야겠다고 결정할 때가 많다. 표를 사용하고 구성하는 일반적 원칙은 8장에서 다루었다. 이 부분에서는 표를 제작할 때 부딪힐 만한 여러 문제를 다루겠다. 여기에서 설명하는 원칙의 예로 표 26.1 - 26.3를 제시한다.

Table 26.1. Selected churches in Four Corners, Boston

Church	Religious tradition	Attendance	Ethnicity/origin	class
Church of God	Pentecostal	100	Caribbean, mixed	Middle
Church of the Holy Ghost	Pentecostal	10	Southern Black	Working
Faith Baptist	Baptist	70	Southern Black	Middle
Maison d'Espit	Pentecostal	50	Haitian	Working
Mt. Nebo Apostolic	Apostolic	30	Southern Black	Working/ Middle

Source: Date adapted from Omar M. McRobert, *Streets of Glory: Church and Community in a Black Urban Neighborhood* (Chicago: University of Chicago Press, 2003), 53.

Table 26.2. Election results in Gotefrith Province, 1950–60

Party	1950		1956		1960	
	% of vote	Seats won	% of vote	Seats won	% of vote	Seats won
	Provincial Assembly					
Conservative	35.5	47	26.0	37	30.9	52
Socialist	12.4	18	27.1	44	24.8	39
Christian Democrat	49.2	85	41.2	68	39.2	59
Other	2.9	0	5.7	1[a]	5.1	0
Total	100.0	150	100.0	150	100.0	150
	National Assembly					
Conservative	32.6	4	23.8	3	23.8	3
Socialist	13.5	1	27.3	3	24.1	2
Christian Democrat	52.1	7	42.8	6	46.4	8
Other	1.8	0	6.1	0	1.2	0
Total	100.0	12	100.0	12	100.0	13[b]

Source: Data from Erehwon 1950, 1956, 1960.

[a]This seat was won by a Radical Socialist, who became a member of the Conservative coalition.

[b]Reapportionment in 1960 gave Gotefrith an additional seat in the Mational Assembly.

Table 26.3. Unemployment rates for working–age New Yorkers, 2000

Unemployment rate	As % of labor force		
	Female	Male	Both sexes
All Workers	6.1	5.4	. . .
By Education (ages 25-64)			
Less than high school	11.9	5.8	. . .
High school degree	5.4	5.0	. . .
Some college	4.2	4.5	. . .
BA or more	2.6	2.3	. . .
By age			
16-19	. . .	. . .	19.3
20-34	. . .	. . .	6.5
35-54	. . .	. . .	4.7
55-64	. . .	. . .	2.9

Source: Data adapted from Mark Levitan, "It Did Happen Here: The Rise in Working Poverty in New York City," in New York and Los Angeles: Politics, Society, and Culture—A Comparative View, ed. David Halle (Chicago: University of Chicago Press, 2003), table 8.2.

Note: "Working age" is defined as ages 16 to 64. Educational level is not tracked below the age of 25 in census data.

표는 내용의 복잡성과 구조에 따라 다양한 형식으로 만들 수 있지만 가장 중요한 것은 독자가 데이터를 이해할 수 있도록 일관성을 지켜야 한다는 것이다. 하나의 표 안에서도 일관성 있는 형식을 따라야 하지만 논문의 다른 표와도 일관성을 지켜야 한다.

특별한 언급이 없는 한 아라비아숫자로 수치 데이터를 표현하라. 표에서는 지면을 아끼기 위해 약어와 기호를 본문보다 자유롭게 사용할 수 있긴 하지만 가능한 한 사용을 제한하고 일관되게 사용하라. 표준으로 사용되는 약어가 없다면 새로 약어를 만들고 표의 각주(26.2.7 참조)에서 설명한다. 약어가 많다면 논문 서두의 약어 목록에서 설명한다(A.2.1 참조).

26.2.1 표의 구조

표에는 그래프의 가로축과 세로축에 상응하는 요소가 있다. 가로축에 해당하는 것이 열 머리Column head고 세로축에 해당하는 것이 모서리 열stub column이다.

열(세로)과 행(가로)을 격자로 엮은 표는 독립변수와 종속변수의 상관관계를 보여준다. 관례적으로 독립변수는 표의 맨 왼쪽인 모서리 열에, 종속변수는 표의 맨 위에 위치한 열 머리에 둔다. 같은 독립변수와 종속변수의 쌍을 둘 이상의 표에서 사용할 때는 행 머리와 모서리 열의 항목 배치에 일관성을 지켜야 한다.

표의 데이터는 수치일 수도 있고, 문자일 수도 있고, 혹은 수치와 문자(표26.1 참조) 둘 다로 구성될 수 있는데 열 머리 아래, 모서리 열 오른쪽에 입력한다.

26.2.2 표 번호와 제목

일반적으로 모든 표에는 번호와 제목이 있는데 표 위에 왼쪽 정렬로 기재한다. Table(첫 글자를 대문자로 표기, 로마체)이라고 쓴 뒤 표 번호(아라비아숫자)를 기재하고 마침표를 찍는다. 한 칸 띄운 뒤에 제목을 쓰되 제목 뒤에는 마침표를 찍지 않는다. 제목은 문장스타일(22.3.1 참조)로 대소문자를 표기한다. 제목이 두 줄 이상이라면 다음 줄로 넘어가는 부분은 왼쪽 정렬을 하고, 줄 간격은 1행간으로 한다.

Table 13. Yen-dollar ratios in Japanese exports, 1995-2005

아래의 두 열 목록처럼 단순한 표는 본문에서도 명료하게 소개할 수 있으니 굳이 표 번호나 제목을 달지 않아도 된다.

Chicago's population grew exponentially in its first century:

1840	4,470
1870	298,977
1900	1,698,575
1930	3,376,438

표 번호. 표는 그림과는 별도로 번호를 매긴다. 본문에서 언급하는 순서대로 번호를 매기면 된다. 표가 많지 않다면 장 구분 없이 번호를 매긴다. 그러나 표와 장이 많은 논문에서는 장 번호와 표 번호를 같이 표기한다. Table 12.4처럼 장 번호를 먼저 쓰고, 마침표를 찍은 뒤 표 번호를 쓴다.

본문에서 표를 언급할 때는 위치를 설명하지 말고 표 번호를 구체적으로 언급한다. '아래에서below'라고 언급하지 말고 '표 3에서in table 3'라고 쓰라. 나중에 논문을 편집하다가 표의 위치를 옮길 수도 있기 때문이다. 이렇게 본문에서 표를 언급할 때는 table의 첫 글자를 대문자로 표기하지 않는다.

표 제목. 표 제목은 짧게 쓰되 데이터의 특징을 충분히 나타내고, 다른 표와 구분할 수 있는 설명을 포함해야 한다. 표의 제목을 정하는 법은 8.3.1을 참고하라. 표 제목은 본문의 다른 부분보다 작은 글꼴로 표기할 수 있다. 해당 분야의 관례가 어떤지 알아보라.

26.2.3 표의 괘선

괘선은 서로 다른 유형의 데이터와 본문을 구분한다. 그러나 괘선이 너무 많으면 혼란스럽게 보이니 많이 사용하지 말고 일관성 있게 사용하라(8.3.2 참조).

- 전체 가로선: 제목과 열 머리(26.2.4 참조), 열 머리와 표의 본체, 표의 본체와 각주를 구분할 때 전체 가로선을 사용한다. 합계줄 위에도 전체 가로선을 긋는 것이 관례지만 반드시 그어야 하는 것은 아니다(표 26.2 참조). 본문에 삽입된 번호 없는 표에는 선을 대개 긋지 않는다. 단, 열 머리의 글꼴을 달리하여 표의 본체와 구분한다.
- 부분 가로선: 열 머리와 열에 특별한 상위 범주가 있다면 부분 가로선을 사용하여 표시한다(26.2.4, 표 26.2 참조).
- 열과 열 사이에는 세로선이나 다른 가로선을 긋지 말고 간격을 충분히 비워 구분한다. 표 좌우에 세로선을 그어 상자처럼 만들지 않도록 하라. 그러나 길이가 길고 폭이 좁은 표를 둘로 나누어 나란히 배치했다면(26.1.2 참조) 두 부분 사이에 세로선을 그어 구분한다.
- 음영이나 색을 사용해 의미를 전달할 때는 조심해야 한다(8.3.2 참조). 논문을 컬러 인쇄기로 인쇄하거나 PDF로 제출한다 해도 나중에 흑백으로 인쇄되거나 복사될 수 있다. 박사논문이면 마이크로필름으로 보존될 수도 있다. 흑백 인쇄나 마이크로필름은 음영과 색이 잘 나타나지 않는다. 음영을 사용한다면 음영 때문에 표의 내용이 가려지지 않도록 주의하라. 또 다양한 음영을 사용하지 않도록 하라. 여러 음영이 뚜렷이 구분되지 않을 수 있기 때문이다.

26.2.4 열 머리Column Heads

표에는 적어도 둘 이상의 열이 있다. 각 열의 꼭대기인 열 머리에는 아래 열의 데이터를 규정하는 제목이나 범주를 기재한다.

- 열 머리에는 명사구를 사용하라. 표의 폭이 지나치게 넓어지지 않도록 열 머리를 짧게 지정한다(혹은 표 26.1과 26.2처럼 열 머리가 길 때는 두 줄로 표기하여 너비를 줄인다).
- 열 머리는 문장스타일로 대소문자를 표기한다(22.3.1 참조).
- 모서리 열의 소제목은 왼쪽 정렬한다. 다른 열 머리는 열에서 가장 긴 항목을 기준으로 가운데 정렬한다. 모든 열 머리와 모서리 열의 소제목 모두 끝줄을 기준으로 수평 정렬한다.

데이터가 복잡할 때는 열 머리에 특별 범주나 제목을 추가할 수도 있는데 둘 이상의 열에 적용되어야 한다. 특별 제목은 해당 열 위에 가운데 정렬로 표기하고 아래에(필요하다면 위에도) 부분 가로선을 긋는다. 표 26.2에는 열 머리의 위("1950")와 아래("Provicial Assembly")에 특별 제목이 있다.

아래 열에서 제시한 데이터의 단위를 이런 특별 제목에 추가할 수도 있다. 추가정보는 괄호로 묶는다. 약어와 기호(mpg, km, lb., %, $M 등)를 사용할 수 있지만 일관성을 지켜야 한다.

Responses (%)   Pesos (millions)

26.2.5 모서리 열The Stub

표의 맨 왼쪽 열은 모서리 열이라 부르는데 각 줄의 데이터 범주를 기재하는 곳이다.

- 모서리 열 위에도 가능한 한 열 머리를 붙인다(일반적 특징Typical Characteristic이나 변수Variable). 아주 일반적인 제목이라도 붙이는 것이 좋다. 단, 표 제목을 단순히 반복해야 하거나 모서리 열의 범주가 너무 다양해서 한 가지 제목을 붙일 수 없을 때는 생략한다.
- 모서리 열에 표기하는 소제목은 가능한 한 명사나 명사구로 하되 일관된 형식을 지킨다. Books, Artcles published in journal, Manuscript보다는 Books, Journal articles, Manuscripts가 좋은 제목이다. 다른 표에도 반복되는 항목이 있다면 모든 표에 같은 표현을 사용한다(예를 들어 Former USSR이라는 표현을 사용했다가 다른 표에서는 Former Soviet Union이라고 써서는 안 된다).
- 모서리 열의 각 소제목은 모두 문장스타일(22.3.1)로 대소문자를 표기하고 마침표를 찍지 않는다.
- 소제목은 왼쪽으로 정렬하고, 두 줄 이상일 때는 다음 줄로 넘어가는 부분을 모두 들여쓰기 한다(표 26.1 참조).
- 각 열의 수치 데이터 총합을 표시하려면 모서리 열에 Total이라는 항목을 넣는다. 이때 Total은 들여쓰기 한다(표 26.2 참조).

모서리 열에 주 제목과 부 제목이 있을 때는(표 26.3 참조) 들여쓰기나, 이탤릭체 같은 글꼴을 이용하거나, 두 가지 방법을 모두 이용해 구분한다. 부 제목의 대문자 사용을 비롯한 표기 원칙은 위에서 설명한 주 제목의 원칙을 따른다.

26.2.6 표의 본체

표의 본체는 데이터가 기재된 작은 칸으로 구성된다. 데이터는 수치일 수도 있고, 단어일 수도 있고, 둘 다일 수도 있다(표 26.1 참조).

수치 데이터를 다룬 표에서 한 열이나 전체 표의 수치가 모두 천만이나 백만 단위라면 수치 끝 부분의 숫자 0을 생략하고 열 제목(26.2.4 참조), 표 제목(26.2.2) 혹은 각주(26.2.7)에 단위를 밝힌다. 빈 칸에는 생략부호(마침표 세 개)를 가운데 정렬로 표시한다(표 26.3 참조).

가로 정렬. 각 줄의 데이터는 해당 줄의 모서리 열 항목과 정렬한다.

- 모서리 열의 항목이 두 줄 이상으로 표기되었지만 데이터는 한 줄일 때는 모서리 열 항목의 끝 줄에 맞추어 정렬한다(표 26.1에서 "Church of the Holy Ghost"라는 제목의 줄을 참조한다).
- 모서리 열 항목과 데이터 모두 두 줄 이상일 때는 모서리 열 항목의 첫 줄에 맞추어 정렬한다(표 26.1에서 "Mt. Nebo Apostolic"이라는 제목의 줄을 참조한다).
- 필요하다면 점선을 긋거나 점을 여러 개 찍어 독자의 시선을 모서리 열에서 첫 열의 데이터로 유도한다(그림 A.5 참조).

세로 정렬. 수치자료를 기재한 열은 실 소수점real decimal points이나 암묵적 소수점 implied decimal points에 맞추어 가장 오른쪽 숫자를 기준으로 세로로 정렬한다. 그래야 독자가 해당 열의 여러 수치를 비교할 수 있다. 열의 모든 수치의 소수점 앞에 0이 있다면 0을 생략할 수도 있다(그림 A.13 참조).

달러와 퍼센트, 도 기호 등도 정렬한다. 그러나 이런 기호가 열의 모든 칸에 등장한다면 칸에서 생략하고 열 머리에 추가정보로 단위를 제시한다(26.2.4와 그림 A.13 참조).

수치가 아닌 언어 데이터라면 가운데로 정렬한다. 두 줄로 넘어가는 항목이 있다면 각 열을 왼쪽으로 정렬한다(표 26.1 참조).

26.2.7 각주

표의 각주는 1행간으로 왼쪽 정렬한다. 표의 마지막 선과 첫 각주 사이에 한 줄을 비우고, 주와 주 사이도 한 줄을 비운다. 각주는 다른 부분보다 더 작은 글꼴로 표기할 수 있으나 해당 학과나 대학의 지침을 참고하라.

표의 각주는 네 종류로 구분할 수 있다: (1) 자료출처 주(26.1.3 참조), (2) 표 전체에 적용되는 일반 각주 (3) 표의 특정 부분에 적용되는 각주 (4) 통계 유의수준에 관한 주.

두 유형 이상의 각주를 사용한다면 위에서 제시한 순서대로 배열한다.

일반 주. 일반 주는 표 전체에 적용된다. 약어를 정의하거나 표 제목을 자세히 설명하기도 하고, 데이터를 어떻게 수집하고 추출했는지 밝히거나 반올림 원칙을 알리기도 한다. 이 모든 사항을 하나의 주로 묶는다. 일반 주는 표나 표 제목에 주 번호(혹은 기호)를 표시하지 않으며 각주 자체에도 표시하지 않는다. Note(대소문자 표기, 이탤릭체, 뒤에는 콜론)라고 쓴 뒤 내용을 쓰면 된다. 표 26.3을 참조하라.

Note: Since not all data were available, there is disparity in the totals.

특정 주. 표 번호와 제목을 제외하고 표의 모든 부분에 특정 항목을 설명하는 주를 달 수 있다. 표와 각주 두 곳에 주를 표시하되 주 번호보다는 위첨자 소문자로 표시한다. 특정 주의 앞에는 note라는 단어 대신 위첨자 문자를 표기한다. 위첨자 문자 뒤에는 마침표나 콜론을 찍지 않는다.

[a]Total excludes trade and labor employees.

표에 특정 주가 둘 이상 있을 때는(표 26.2 참조) 문자를 순서대로 사용한다. 표의 왼편 상단에서 시작하여 왼쪽에서 오른쪽으로 그리고 아래로 한 줄 한 줄 순서대로 표기한다. 하나의 주가 둘 이상의 항목에 적용된다면 같은 문자를 각 항목에 표기한다. 한 열이나 줄의 모든 항목에 적용되는 주는 해당 열 머리나 모서리 열에 표기한다.

통계 유의도statistical significance 주. 데이터의 통계 유의도를 알리는 주(확률 주 probability notes라고도 한다)는 표와 각주에 별표(*)로 표시한다. 낮은 유의도에는 별표를 하나 표기하고, 유의도가 높아질수록 별표를 하나씩 늘려간다. 그러나 표준적인 유의도가 아니라면 위첨자 문자로 표시한다. 통계 유의도를 나타내는 각주는 짧은 데다가 같은 목적으로 쓰이기 때문에 한 줄에 모아서 제시할 수도 있다. 같은 줄에 배열하되 사이에 구두점 없이 띄어쓰기만 한다. 문자 p(probability, 뒤에 마침표는 찍지 않는다)는 이탤릭체 소문자로 표기하고, 소수점 앞 0은 모두 생략한다.

$*p<.05$ $**p<.01$ $***p<.001$

26.3 그림

그림figure은 차트와 그래프, 다이어그램, 사진, 지도, 악보와 그림을 포함한 다양한 이미지를 지칭한다. 요즘은 컴퓨터 프로그램으로 이런 자료를 만들고 논문에 넣을 수 있다. 자세한 요령은 소프트웨어마다 다르고, 이 책에서 다루기에는 너무 복잡하지만 몇 가지 일반 지침을 부록의 A.3.1에서 제시했다.

여기에서는 그림의 두 유형인 차트와 그래프를 사용하는 몇 가지 원칙을 다루겠다. 또 모든 종류의 그림에 사용하는 캡션도 다룬다.

비디오와 애니메이션을 포함해 인쇄 형태로 제시할 수 없는 멀티미디어 파일은 부록에서 다룬다(A.2.3 참조).

26.3.1 차트와 그래프

데이터를 차트나 그래프로 제시해야 하는 상황이 많다. 이러한 그림 형식을 사용하는 기준과 구성 원칙은 8장에서 다루었다. 또 몇 가지 유형의 그림 예도 제시했다. 차트와 그래프 작성에 관한 자세한 지침은 믿을 만한 자료를 참고하라.

논문의 차트와 그래프는 가장 효과적으로 데이터를 전달하고 논문의 주장을 뒷받침할 수 있는 형태이어야 한다. 그러나 무엇보다 일관성 있게 표현해야 독자가 데이터를 잘 이해할 수 있다. 어떤 유형이든 차트와 그래프를 논문에서 사용할 때는 다음 원칙을 명심하자.

- 축, 선, 데이터포인트, 막대 등은 유형별로 같은 방식으로 사용한다. 차트나 그래프에서 서로 다른 시각장치를 사용하는 이유는 구분하기 위해서이지 단지 다양성을 추구하기 위해서가 아니다.
- 모든 수치는 아라비아숫자로 표기한다.
- 모든 축의 명칭은 문장스타일로 대소문자를 표기한다. 표 제목을 정할 때(8.3.1)와 마찬가지로 짧게 명칭을 짓는다. 명칭에 포함시킬 수 없는 자료의 특성은 그림 캡션(26.3.2 참조)을 활용해 설명한다. 그림에서는 지면을 아끼기 위해 본문보다 약어와 기호를 자유롭게 사용할 수 있지만 일관되게 사용하되 되도록 사용을 절제하라. 표준 약어가 없다면 약어를 새로 만들어 쓰되 논문 서두의 약어 목록(A.2.1 참조)이나 (약어 목록이 없다면) 캡션에서 설명한다.
- 선이나 데이터포인트 등의 항목을 설명해야 할 수도 있다. 이때 설명이 한 단어라면 모두 소문자로 표기하고, 어구라면 문장스타일로 대소문자를 표기한다. 한 그래프나 차트에 단어 하나짜리 설명과 어구 설명이 뒤섞여 있다면 모두 같은 원칙으로 대소문자를 표기한다(그림 8.3 참조). 그 외의 사항에서는 축 명칭을 정할 때의 원칙을 따른다.
- 음영이나 색을 사용해 의미를 전달할 때는 조심해야 한다(8.3.2 참조). 논문을 컬러 인쇄기로 인쇄하거나 PDF로 제출한다 해도 나중에 흑백으로 인쇄되거나 복사될 수 있다. 박사논문이면 마이크로필름으로 보존될 수도 있다. 이런 형태에서는 음영과 색이 제대로 나타나지 않는다. 음영을 사용한다면 그림의 글씨가 흐려지지 않도록 주의한다. 음영을 다양하게 사용하지 않도록 한다. 인쇄하거나 복사했을 때 뚜렷하게 구분되지 않기 때문이다.

26.3.2 그림 번호와 캡션

일반적으로 논문의 모든 그림에는 번호와 캡션이 있다. 논문에 그림이 많지 않고 본문에서 구체적으로 그림을 언급하지 않는다면 번호는 생략한다. 그림 캡션은 다른 부분보다 작은 글꼴로 표기할 수 있지만 해당 학과나 대학의 지침을 우선 알아보자.

그림 아래 줄에는 Figure(왼쪽 정렬, 대소문자 표기, 로마체)라고 쓰고 그림 번호(아라비아숫자로)를 단 뒤 마침표를 찍고 한 칸을 띄운 다음 캡션을 단다. 캡션 뒤에 마침표를 찍는다(아래 참조). 캡션이 두 줄 이상 이어진다면 나머지 줄도 왼쪽으로 정렬하고 줄 간격을 1행간으로 한다.

Figure 6. The Great Mosque of Cordoba, eighth to tenth century.

악보에는 그림 번호와 캡션을 위에 넣는다.

그림 번호. 그림은 표와는 별도로 번호를 매기되 본문에서 언급하는 순서대로 번호를 지정한다. 그림이 많지 않다면 논문 처음부터 순서대로 번호를 지정하라. 그러나 그림과 장이 많은 논문은 장 번호와 그림 번호를 함께 표기한다. Figure 12.4처럼 장 번호 다음에 마침표를 찍고, 표 번호를 기재한다.

본문에서 그림을 언급할 때는 위치를 애매하게 설명하지 말고 그림 번호를 명시한다('아래에서'라고 하지 말고 '그림 3에서'라고 언급한다). 논문을 편집하다 보면 나중에 그림을 옮길 수도 있기 때문이다. 본문 중에 figure를 단어로 사용할 때는 대문자로 표기하지 않으며 fig.라고 줄여 쓰지 않는다. 괄호주에서는 see fig. 10처럼 약어를 사용할 수 있다.

그림 캡션. 그림 캡션은 표 제목보다 다양하다. 명사구로만 구성된 캡션은 문장스타일(22.3.1 참조)로 대소문자를 표기하고 끝에 마침표를 찍지 않는다.

Figure 9. Mary McLeod Bethune, leader of the Black Cabinet

명사구 뒤에 완전한 문장이 하나 이상 따라오는 복잡한 캡션도 있다. 이러한 캡션은 문장스타일로 대소문자를 표기하고 마침표를 찍는다. 맨 앞에 있는 명사구에도 마침표를 찍는다. 논문에 명사구 캡션과 문장 캡션이 뒤섞여 있다면 일관성을 위해 명사구 캡션에도 마침표를 찍을 수 있다.

Figure 16. Benito Juárez. Mexico's great president, a contemporary and friend of Abraham Lincoln, represents the hard-fought triumph of Mexican liberalism at midcentury. Courtesy of Bancroft Library, University of California at Berkeley.

그림의 출처를 밝혀야 할 때는 26.1.3의 원칙을 따라 캡션 끝에 출처를 기재한다.

Figure 2.7. The lao Valley, site of the final battle. Photograph by Anastasia Nowag.
Figure 11.3. US population growth, 1900-1999. Data from US Census Bureau, "Historical National Population Estimates," accessed August 9, 2011, http:// www.census.gov/popest/archives/1990s/popclockest.txt.

캡션에서 그림의 여러 부분을 설명해야 할 때도 있다. top, bottom, above, left to right, clockwise from left 같은 용어로 어느 부분을 이야기하는지 밝힌다(이러한 부분 명칭은 이탤릭체로 표기하여 캡션의 다른 부분과 구분한다). 부분별로 이탤릭체 소문자를 붙여 설명할 수도 있다.

Figure 6. *Above left*, William Livingston; *right*, Henry Brockholst Livingston; *below left*, John Jay; *right*, Sarah Livingston Jay.
Figure 15. Four types of Hawaiian fishhooks: *a*, barbed hook of tortoise shell; *b*, trolling hook with pearl shelf lure and point of human bone; *c*, octopus lure with cowrie shell, stone sinker, and large bone hook; *d*, barbed hook of human thigh bone.

캡션을 그림과 같은 쪽에 실을 수 없을 때는 그림 앞 쪽에서 가장 가까운 위치에 배치한다(A.3.1 참조). 이때 그림 번호와 캡션 앞에 이탤릭체로 그림의 위치를 알린다.

Next page: Figure 19. A toddler using a fourth-generation iPhone. Refinements in touchscreen technology helped Apple and other corporations broaden the target market for their products.

논문 형식과 제출

석사논문이나 박사논문, 소논문을 쓸 때는 논문의 형식과 양식을 지켜야 한다. 석·박사논문인 경우에는 학과나 대학의 학위논문 관리부서에서 정한 규칙이 있을 것이다. 수업 과제물로 제출하는 소논문은 담당교수의 규칙을 따른다. 또 종이 논문이든 컴퓨터 파일이든 논문을 제출할 때도 특정 절차를 따라야 한다. 논문을 프로퀘스트ProQuest 같은 서비스나 소속 대학 도서관이 운영하는 전자 데이터베이스에 제출한다면 추가적인 지침을 참고해야 할 수 있다.

　석·박사논문은 이러한 규칙에 특히 신경을 써야 한다. 해당 분야의 관행을 얼마나 잘 따르느냐에 따라 평가가 달라질 수 있기 때문이다. 그뿐 아니라 논문의 형식과 제출에 관한 많은 규칙은 미래의 독자들이 가능한 한 쉽게 논문을 찾아볼 수 있도록 논문을 제본형태로나 파일형태로 보관하기 위한 것임을 잊지 말자.

　본서에서는 석·박사논문의 형식과 제출에 널리 적용되는 일반 지침을 제시한다. 그러나 대학별로 고유한 지침이 있는 곳도 많다. 이런 지침은 대개 학위논문 관리부서에서 구할 수 있으니 해당 학과나 대학의 구체적 지침을 찾아보라. 해당 학과나 대학의 지침이 본서의 원칙보다 중요하다.

수업 과제물인 소논문은 일반적으로 학위논문만큼 규정이 자세하거나 엄격하지 않다. 이러한 소논문은 제본형태나 파일형태로 보관되지 않기 때문에 제출할 때 지켜야할 사항이 대체로 적다. 그렇다 해도 담당 교수나 해당 학과가 정한 기준에 따라 논문의 형식을 구성해야 한다.

이 부록은 논문을 컴퓨터로 작성하고 전자파일이나 출력물, 또는 둘 다 제출하는 상황을 가정하고 쓰였다. 워드프로세서 프로그램은 다양하지만 대부분 이 부록의 지침에 따라 여백 크기를 지정하고 쪽 번호를 매기고 각주를 지정하고 번호를 매기며 표와 그림을 넣는 기능이 있다. 교수나 대학이 정한 특정 지침을 따른다면 논문을 제출하기 전에 논문 형식이 그 지침에 맞는지 확인하라. 전자파일과 출력물 둘 다 제출한다면 두 가지 형태 모두 형식이 맞는지 확인해야 한다.

A.1 일반 양식

이 부분에서는 논문 전체에 적용되는 양식을 다룬다. 구체적인 요소별 형식은 A.2를 참조하라. 담당교수나 학과, 대학의 지침이 여기에서 제시하는 지침과 다를 수 있다. 그럴 경우에는 담당교수, 학과, 대학의 지침을 우선 따르라.

A.1.1 여백

미국에서 거의 모든 논문은 81/2×11인치 표준 용지에 작성한다. 용지의 상하좌우에 모두 1인치씩 여백을 둔다. 제본될 예정인 석사논문이나 박사논문은 좌측 여백을 더 많이 남겨야 한다. 대개 11/2인치를 남긴다.

쪽 번호나 다른 위치정보(A.1.4)를 비롯하여 머리말이나 꼬리말에 오는 모든 요소는 해당 분야의 지침에 규정된 여백에 반드시 표기한다.

A.1.2 글꼴

타임즈 로만Times Roman체나 쿠리에Courier, 헬베티카Helvetica처럼 읽기 쉬운 글꼴을 골라 논문 전체에 일관되게 사용하라. 독자의 주의를 흐트러뜨리거나 논문의 품격을 떨어뜨리는 장식적 글꼴은 피한다(글꼴별 특징은 로버트 브링허스트Robert Bringhurst의 《글꼴의 요소The Elements of Typographic Style》[Point Roberts, WA: Hartley & Marks, 2004] 참조). 글자 크기는 대체로 10포인트 이상으로 지정한다. 본문에는 12포인트가 바람직하다. 각주나 후주, 소제목을 비롯한 다른 요소에는 다른 글자 크기를 써야 할 수도 있다. 담당 교수나 학과의 지침을 확인해보라.

A.1.3 띄어쓰기와 들여쓰기

논문의 본문은 2행간double-space으로 작성하되 아래 항목만큼은 1행간single-space으로 작성한다.

- 블록 인용문(25.2.2 참조)
- 표 제목과 그림 캡션
- 부록에 실린 목록

아래 요소는 각 항목은 1행간으로 작성하되 항목과 항목 사이에 한 줄을 비운다.

- 서두 부분의 특정 성분(A.2.1 참조): 차례, 그림 목록, 표 목록, 약어 목록
- 각주나 후주
- 참고문헌목록

몇몇 학과나 대학은 본문을 1행간이나 1.5행간으로 작성하도록 허락하거나 요구한다. 소속 학과나 대학의 지침을 확인하라.

문장 마침표 뒤에는 두 칸이 아니라 딱 한 칸을 띄어쓴다. 문단 들여쓰기나 세로 일람표처럼 본문에서 일관되게 정렬해야 하는 부분에는 자판의 스페이스 키보다는 탭 키를 사용한다. 블록 인용문에는 자체적인 들여쓰기 규칙이 있는데 인용문이 산문인지 시인지에 따라 다르다(25.2.2 참조).

A.1.4 쪽

번호 매기기. 서두 부분에 표제지만 있다면 쪽 번호를 매기지 않는다. 본문 첫 쪽(표제지까지 센다면 2쪽이다)부터 시작해 본문과 말미 부분까지 아라비아숫자로 번호를 매긴다.

석사논문이나 박사논문을 쓴다면 서두는 논문의 나머지 부분과는 별도로 번호를 매긴다(많은 워드프로세서 프로그램에 구역 나누기 기능이 있어서 부분별로 쪽 번호를 매길 수 있다).

■ 서두 부분에는 표제지를 비롯한 다양한 요소가 있다(A.2.1 참조). 이러한 요소에는 소문자 로마자(i, ii, iii 등, 표 23.1참조)를 사용하여 차례로 번호를 매긴다. 논문심사 신청서submission page를 제외한 서두의 모든 쪽에는 대개 번호를 매기지만 지면에 반드시 기재되지는 않는다. 서두의 쪽 번호에 대해 자세히 규정하는 대학이 많다. 해당 학과나 대학에 그런 규정이 없다면 본서의 지침을 따른다.
■ 말미(A.2.3)와 본문에는 아라비아숫자로 번호를 매긴다.

석사논문이나 박사논문이 매우 길 때는 학과나 대학에서 여러 권으로 제본할 수도 있다. 이렇게 여러 권으로 제본하는 논문에 대해서는 권당 최대 수록쪽수를 비롯해 특별 규정이 해당 학과나 대학에 있을 것이다.

위치. 쪽 번호는 대개 네 가지 위치에 온다. 꼬리말(용지 하단) 중간이나 오른쪽 끝, 머리말(용지 상단) 중간이나 오른쪽 끝에 표기한다. 수업 과제물로 소논문을 쓴다면 이 네 곳 중 하나를 선택해 일관되게 표기한다.

일반적으로 석·박사논문의 쪽 번호는 논문의 부분에 따라 위치가 달라진다(이 책의 부록에서 예를 볼 수 있다).

■ 꼬리말: 서두의 모든 쪽 번호와 장의 첫 장이나 부록처럼 본문과 말미에서 제목이 표기된 쪽의 번호
■ 머리말: 본문과 말미의 나머지 페이지

요즘에는 이런 구분을 없애고 학위논문 전체에 일관되게 쪽 번호를 기재하도록 규정하는 대학도 많다. 쪽 번호 위치를 지정한 대학도 있고, 학생들이 하나를 자유롭게 선택하도록 하는 곳도 있다. 해당 대학과 학과의 지침을 확인해보라. 어느 위치든 쪽 번호는 페이지 가장자리에서 적어도 1.3센티미터 간격을 두어야 한다. 소속 학과와 대학의 지침을 확인해보라.

기타 정보. 학과나 대학에 따라 머리말이나 꼬리말에 다른 정보를 기재해도 무방하거나 기재하도록 장려하는 곳도 있다. 수업 과제물로 소논문을 쓴다면 담당교수가 논문 작성자의 성이나 논문작성일자, 또는 '초고First Draft' 같은 정보를 표시하도록 할 때도 있다. 긴 논문에는 장이나 부분 제목을 표기하면 독자가 필요한 장이나 부분을 본문에서 쉽게 찾아 읽을 수 있다. 석사논문이나 박사논문의 머리말과 꼬리말 양식은 다양하니 학과나 대학의 지침이 무엇인지 알아보라.

A.1.5 제목

논문에 따라 다르긴 하지만 논문에는 많은 요소가 있으며(A.2에서 다양한 요소를 설명했다), 대체로 요소마다 이름이 있다. 이러한 요소명은 동일한 글꼴과 양식을 적용한다. 대개 소속 학과와 대학의 지침이 다르게 규정되어 있지 않다면 제목은 굵은 글씨로 표기해야 한다. 더 전통적인 방식에서는 제목 전체를 대문자로 표기하기도 하지만 그렇게 하면 제목에 포함된 개별 단어의 대문자 표기가 무색해진다.

표제지에는 논문 제목을 비롯해 모든 요소를 가운데 표기하고 헤드라인스타일로 대소문자를 표기한다(소속 학과와 대학 지침이 논문 제목을 문장스타일로 표기하도록 정할 수도 있다. 두 가지 대문자 표기법은 22.3.1을 보라).

서두와 말미의 제목도 일반적으로 가운데에 표기하며 장 번호와 장 제목도 가운데에 쓴다. 장 제목은 소속 학과와 대학 지침과 어긋나지 않는 한 헤드라인스타일로 대문자를 표기한다.

장 번호와 장 제목에는 본문 글자 크기보다 더 큰 크기를 사용할 수 있다. 소속 학과와 대학의 지침을 확인하라. 장에 포함된 소제목 표기 방법은 A.2.2.4를 보라.

학과나 대학의 지침이 융통성 있는 경우에는 본서의 설명과는 다른 글꼴과 양식으로 다양한 유형의 제목을 표기할 수 있다. 그러나 같은 유형의 제목은 일관된 글꼴과 양식으로 작성하되 다른 유형과는 구분되어야 한다는 사실을 명심하라. 대개 큰 단위(부, 장)의 제목은 소제목보다 시각적으로 두드러져야 한다. 가운데 정렬에 굵은 글씨나 이탤릭체를 사용하고, 헤드라인스타일로 대소문자를 표기해야 왼쪽 정렬에 일반 글씨나 문장스타일 대소문자를 사용하는 것보다 눈에 더 잘 들어온다.

제목을 일관되게 표기하는 가장 효율적인 방법은 소프트웨어의 기능을 활용해 각 제목 유형마다 양식(글꼴, 대소문자 표기, 위치, 줄 간격 등)을 지정하는 것이다.

A.2 요소별 형식

A.1에서 훑어본 일반 원칙 외에 특정한 양식이 필요한 요소가 있다. 이 부분에서는 소논문과 학위논문에 공통적으로 나타나는 요소를 설명하고 그 예를 제시하겠다. 그림 A.1과 A.8을 제외한 나머지 예는 모두 시카고 대학의 박사논문에서 빌려온 것으로 본서의 추천 양식과 형식에 맞춰 알맞게 편집했다. 담당교수나 학과, 대학의 지침이 본서의 추천 양식과 다를 때는 담당교수나 학과, 대학의 지침을 따른다.

긴 논문과 모든 학위논문은 대개 세 부분으로 크게 나눌 수 있다: (1) 서두Front Matter, (2) 본문Text, (3) 말미Back Matter. 서두와 말미에는 여러 요소가 있는데 그 구성은 논문마다 다르다.

수업 과제물로 소논문을 쓴다면 서두는 표제지 한 장, 말미는 참고문헌목록만으로 구성될 것이다.

A.2.1 서두

학위논문의 서두에는 아래 나열한 요소의 일부 혹은 전부가 포함된다. 대개 학과나 대학마다 이러한 요소의 배열 순서를 규정한 지침이 있다. 그렇지 않다면 이 책에서 설명한 순서를 따르라.

논문심사 신청서Submission Page. 대부분의 학위논문에는 논문심사 신청서가 대개 첫 쪽에 있다. 이렇게 첫 쪽에 있는 논문심사 신청서는 서두의 쪽 번호에 포함시키지 않는다.

논문심사 신청서에는 해당 논문이 석사나 박사학위 자격요건의 일부로 제출되었다(구체적 표현은 다를 수 있음)고 쓰고, 심사위원이 서명할 공간을 비워둔다. 논문심사 신청서의 예를 제시해 정확한 표현과 양식을 따르도록 요구하는 학과와 대학이 많다. 전자파일로 제출할 때는 서명을 생략해야 할 것이다.

표제지Title Page. 수업 과제물인 소논문은 표제지를 맨 앞에 둔다(혹은 본문 첫 쪽에 제목을 기재하기도 한다. 담당교수와 상의하라). 논문 제목은 표제지 상단 3분의 1 지점에 쓴다. 주로 가운데 정렬을 사용하며 제목과 부제가 있는 논문은 제목을 한 줄로 쓰고 끝에 콜론을 찍은 뒤 줄 간격을 띄고 다음 줄에 부제를 표기한다. 몇 줄을 띤 후 작성자 이름 및 해당 학과와 과목번호를 포함한 과목명과 제출일자 등 담당교수가 요구한 기타 정보를 기재한다. 소논문의 표제지 예는 그림 A.1에 있다. 대부분의 소논문은 서두로 표제지만 있으면 된다.

학위논문인 경우에 많은 학과와 대학에서 표제지 샘플을 제공하니 그 표현과 형식을 그대로 따르라. 해당 학과와 대학에 특별한 규정이 없다면 그림 A.2를 예시로 사용하라. 표제지에는 i라고 번호를 지정하되 표기하지는 않는다.

학위논문을 종이로 제출하고 여러 권으로 나누어 제본할 때는(A.1.4 참조) 각 권마다 표제지를 별도로 두어야 할 것이다. 해당 학과나 대학의 지침을 참고하라.

판권지Copyright. 학위논문에는 표제지 뒤에 판권지를 넣는다. 판권지는 ii로 번호를 지정하되 해당 학과나 대학의 지침에 특별한 언급이 없는 한 쪽 번호를 표기하지는 않는다. 판권 공지는 페이지 하단에 왼쪽 정렬로 아래와 같이 넣는다.

공식적인 저작권은 신청할 필요가 없다. 하지만 저작권 침해에 대비해 공식

From the Cave to the Cloud:

The Enduring Influence of Plato's *Republic*

Tania Fenderblass

History 201: Digital Perspectives on Ancient Texts

April 1, 2013

그림 A.1. 수업 과제물로 제출한 소논문의 표제지

The University of Chicago

Adam Smith and the Circles of Sympathy

A Dissertation Submitted to

the Faculty of the Division of the Social Sciences

in Candidacy for the Degree of

Doctor of Philosophy

Department of Political Science

by

Fonna Forman-Barzilai

Chicago, Illinois

December 2001

그림 A.2. 박사논문의 표제지. 저자 Fonna Forman-Barziali의 승인을 얻어 "Adam Smith and the Circles of Sympathy"(시카고 대학 박사논문. 2001)의 일부를 수록함.

Contents

iii

그림 A.3. 차례. 저자 Fonna Forman-Barziali의 승인을 얻어 "Adam Smith and the Circles of Sympathy"(시카고 대학 박사논문. 2001)의 일부를 수록함.

그림 A.4. 복잡한 차례의 두 번째 쪽. 저자 Dana Jean Simmons의 승인을 얻어 "Minimal Frenchmen: Science and Standards of Living, 1840–1960"(시카고 대학 박사논문, 2004)의 일부를 수록함.

Tables

그림 A.5. 표 목록. 저자 Mark R. Wilson의 승인을 얻어 "The Business of Civil War: Military Enterprise, the State, and Political Economy in the United States, 1850–1880"(시카고 대학 박사논문, 2002)의 일부를 수록함.

Illustrations

vi

그림 A.6. 삽화 목록. 저자 Dana Jean Simmons의 승인을 얻어 "Minimal Frenchmen: Science and Standards of Living, 1840–1960"(시카고 대학 박사논문, 2004)의 일부를 수록함.

Abbreviations

AD	*Annales danici*
APL	*Acta processus litium inter regem Danorum et archiepiscopum lundensem*
BD	*Bullarium danicum*
CIC	*Corpus iuris canonici*
DBL	*Dansk biografisk leksikon*
DD	*Diplomatarium danicum*
DGL	*Danmarks gamle Landskabslove*
DMA	*Danmarks middelalderlige Annaler*
GD	Saxo Grammaticus, *Gesta Danorum*
KLNM	*Kulturhistorisk leksikon for nordisk middelalder*
LDL	*Libri memoriales capituli lundensis: Lunde Domkapitels Gavebøger (= Liber daticus lundensis)*
PL	*Patrologia latina*
SD	*Svenskt diplomatarium*
SMHD	*Scriptores minores historiae danicae medii aevi*
SRD	*Scriptores rerum danicarum*
VSD	*Vitae sanctorum Danorum*

그림 A.7. 약어 목록(각 항목이 출판물 제목이므로 이탤릭체로 표기했다). 저자 Anthony Perron의 승인을 얻어 "Rome and Lund: A Study in the Church History of a Medieval Fringe"(시카고 대학 박사논문, 2002)의 일부를 수록함.

Glossary

arabic numeral. One of the familiar digits used in arithmetical computation (1, 2, 3, etc.).

block quotation. Quoted material set off typographically from the text by indentation.

boldface type. Type that has a darker and heavier appearance than regular type (**like this**).

italic type. Slanted type suggestive of cursive writing (*like this*), as opposed to roman type.

lowercase letter. An uncapitalized letter of a font (a, b, c, etc.).

roman numeral. A numeral formed from a traditional combination of roman letters, either capitals (I, II, III, etc.) or lowercase (i, ii, iii, etc.).

roman type. The primary type style (like this), as opposed to italic type.

run-in quotation. Quoted material set continuously with text, as opposed to a block quotation.

그림 A.8. 용어

등록을 해두면 추가적인 보호를 받을 수 있다. 더 자세한 정보는 《시카고 매뉴얼》(16판, 2010) 4장을 보라.

헌사Dedication. 해당 학과나 대학에서 헌사를 집어넣는 것을 허락한다면 자신에게 특별히 중요한 사람을 밝히는 짧은 헌사를 넣을 수도 있다. 헌사는 서두 쪽 번호에 포함시키되 쪽 번호를 표기하지는 않는다. 단, 해당 학과나 대학의 지침이 표기하도록 한다면 표기한다. 헌사는 용지 상단 3분의 1 지점에 대개 가운데 정렬, 로마체로 기재하되 마침표는 찍지 않는다. dedication이나 dedicated 같은 단어는 쓰지 않아도 된다. 그냥 to라고 쓰면 된다.

To Grace Lenore

누구에게 논문을 헌정하는지 설명하는 어구를 덧붙이거나("To my father, Sebastian Wells") 출생일이나 사망일 같은 정보를 넣을 수도 있다.

서두 명구Epigraph. 해당 학과나 대학에서 서두 명구를 허락한다면 헌사에 덧붙여 혹은 헌사를 대신하여 짧은 명구를 넣을 수 있다. 서두 명구는 논문의 주제를 제시하는 인용문이다. 그 표현이 뛰어나고 논문의 정신을 개성 있게 드러낼 수 있는 인용문이 적절하다. 서두 명구는 서두의 쪽 번호에 포함시키되 쪽 번호를 표기하지는 않는다. 단, 해당 학과나 대학의 지침에서 표기를 원칙으로 한다면 표기한다. epigraph라는 단어를 넣어야 할 필요는 없다.

서두 명구는 용지 상단 3분의 1 지점에 가운데 정렬로 넣거나 블록 인용문 (25.2.2 참조) 형식으로 넣으며 인용부호로 묶지 않는다. 서두 명구 아랫줄에 대개 엠 대시(혹은 두 줄 하이픈)를 넣은 뒤 오른쪽 정렬로 그 출처를 밝힌다. 저자의 이름만으로 충분할 때가 많지만 작품 제목까지 써도 좋다(22.3.2 참조). 원한다면 뒤에 인용문의 출판일을 표기할 수도 있다.

Thus out of small beginnings greater things have been produced by His hand
. . . and, as one small candle may light a thousand, so the light here kindled

hath shone unto many, yea in some sort to our whole nation.

—William Bradford

Some people think the women are the cause of modernism, whatever that is.

—*New York Sun*, February 13, 1917

장이나 절의 머리에 서두 명구를 넣을 수도 있다. 25.2.2와 표 A.9를 참조하라.

차례|Table of Contents. 여러 장으로 구성된 논문에는 차례가 필요하다. 장 번호는 로마숫자로 표기한다. 차례의 첫 쪽 상단에 차례Contents라고 제목을 달되 차례가 두 쪽 이상일 때는 둘째 쪽부터 제목을 쓰지 않는다. Contents라는 제목과 차례 의 첫 항목 사이에는 두 줄을 비운다. 항목 내부는 1행간으로 작성하되 항목과 항 목 사이는 한 줄씩 비운다. 서두와 말미의 차례 목록과 장 사이나 부나 권(있다면) 사이에는 두 줄을 공백으로 남긴다.

차례 앞에 나오는 부분(논문심사 신청서, 표제지, 판권지 또는 간지, 헌사, 서두 명구)은 차례에 나열하지 않지만, 차례 뒤에 오는 서두 부분은 차례에 기재해야 한다. 차 례 뒤에 나오는 서두 항목을 배열한 뒤, 본문의 부나 장을 비롯한 부분들을 나열 하고 나서 말미의 요소들을 배열한다. 본문에 소제목을 쓴다면(A.2.2.4를 보라) 차 례에 포함시킬 필요가 없다. 혹시 포함시킨다면 가장 큰 소제목 수준만 쓴다. 더 작은 소제목이 독자에게 논문 전체를 정확히 소개할 만큼 구체적이라면 더 작은 소제목까지 쓸 수도 있다. 모든 제목과 소제목(A.1.5를 보라)의 표현, 대문자 표기, 숫자 표기 양식(숫자, 로마숫자, 글), 구두점이 본문에 표기된 것과 일치해야 함에 주 의하라. 워드프로세서 프로그램을 사용해 자동적으로 차례를 구성했다면 결과 물을 점검하라.

각 항목의 첫 쪽 번호만(쪽 범위가 아니라) 논문에 표기된 형식을 따라 소문자 로 마자나 아라비아숫자로 표기한다. 쪽 번호는 오른쪽 정렬을 한다. 원한다면 점선 으로 제목과 쪽 번호를 연결하여 독자의 시선을 유도한다.

그림 A.3은 단순한 구조로 쓰인 논문의 차례를 보여준다. 부와 장 제목은 왼 쪽 정렬로, 쪽 번호는 오른쪽 정렬로 되어 있다.

더 복잡한 논문은 해당 학과나 대학에서 지정한 구체적 형식이 없는 한 해당 논문의 구성을 따라 차례를 작성한다. 그림 A.4는 긴 차례의 두 번째 쪽을 보여준다. 장 제목과 소제목을 분명히 구분하려면 소제목을 들여쓰기 할 수 있다. 각 수준별 제목은 선행 수준보다 일관성 있게 0.5인치씩 들여쓴다.

종이로 제출되고 두 권 이상으로 제본되는 석사논문이나 박사논문은 차례 전체를 권마다 반복해서 싣거나 2권부터는 각 권에 해당하는 부분만 싣는다. 해당 학과나 대학의 지침이 무엇인지 알아보라.

그림, 표, 도판 목록. 학위논문(또는 수업 과제물)에 그림이나 표가 있다면 서두 부분에 목록을 넣고 로마숫자로 쪽 번호를 매긴다. 논문에 그림만 있다면(그림의 정의는 26장 참조) 첫 쪽 상단에 Figures라고 쓴다. 표만 있다면 Tables라고 쓴다. 목록이 두 쪽 이상일 때는 두 번째 쪽부터는 Figures나 Tables라는 제목을 되풀이하여 쓰지 않는다. 제목 아래 두 줄을 비운 후 목록을 기재한다. 목록의 각 항목은 1행간으로 작성하되 항목 사이마다 한 줄씩 비운다. 그림 A.5에서 표 목록의 예를 볼 수 있다.

표도 있고 그림도 있는 논문은 학과나 대학에 따라 한 목록에 함께 나열하기도 한다. 이런 목록에는 Illustration이라고 제목을 달되(위에서 설명한 양식을 따라 표기) 그림 A.6처럼 Figures와 Tables 두 부분으로 나눈다.

각 표나 그림의 번호는 아라비아숫자로 표기하고 숫자 뒤 마침표를 기준으로 세로로 정렬한다. 그러나 장 번호와 표 번호를 함께 표기하는 형식을 사용한다면 소수점을 기준으로 정렬한다(그림 A.6 참조).

그림 캡션과 표 제목의 단어와 대소문자 사용은 본문과 정확히 일치해야 한다. 그러나 캡션과 제목이 아주 긴 경우에는 합리적인 방식으로 축약하여 목록에 기재한다. 두 줄 이상인 항목은 둘째 줄부터 0.5인치 들여쓴다(표 제목과 그림 캡션에 대한 자세한 사항은 26.2.2와 26.3.2 참조). 쪽 번호는 오른쪽 정렬로 나열하고, 원한다면 점선을 사용해 캡션이나 제목을 쪽 번호와 이어준다.

서문Preface. 학위논문에는 연구의 동기와 배경, 범위, 목적을 설명하는 서문이 있다. 서문에 감사의 글을 넣을 수도 있지만 감사를 전할 대상이 너무 많고 구체적이라면 따로 부분을 할애한다(다음 감사의 글 참조). 서문의 모든 쪽에는 로마숫자로 번호를 표기하고 첫 쪽 상단에 Preface라고 쓴다. 서문이 두 쪽 이상일 때는 둘째 쪽부터는 제목을 다시 표기하지 않는다. 제목과 본문 사이는 두 줄을 비운다. 서문의 내용은 2행간으로 작성하고 본문의 문단형식을 따른다.

감사의 글Acknowledgments. 학위논문에는 감사의 글을 따로 두어 지도교수나 동료를 비롯해 연구를 돕거나(기술적인 자문을 제공하거나 특별한 장비와 자료를 구해주는 등) 특별한 도움을 제공한 개인이나 단체에 감사를 전할 수 있다. 자료를 재수록할 수 있도록 허락한 저작권 소유자들에게 감사의 뜻을 전해야 할 때도 있다. 지도교수나 논문 심사위원회 정도를 언급하는 일상적인 내용이라면 서문에 포함시키거나 아예 생략한다. 감사의 글에는 로마숫자로 쪽 번호를 표기한다. 첫 쪽 상단에 Acknowledgments라고 제목을 단다. 감사의 글이 두 쪽 이상일 때는 둘째 쪽부터는 제목을 다시 달지 않는다. 제목과 내용 사이는 두 줄을 비우고, 내용은 2행간으로 본문의 문단형식을 따라 작성한다.

약어 목록List of Abbreviation. 학위논문(혹은 수업 과제물)에 일반적인 약어(24장 참조) 외의 약어가 많다면 목록을 만들어 서두 부분에 싣는다. 자주 인용하는 자료(16.4.3 참조)와 널리 알려지지 않은 단체(24.1.2)의 약어를 목록으로 만들면 좋다.

　약어 목록의 모든 쪽에는 로마숫자로 번호를 매기고 첫 쪽 상단에 Abbreviations라고 제목을 단다. 목록이 두 쪽 이상일 때는 둘째 쪽부터는 제목을 반복해서 표기하지 않는다. 제목과 첫 항목 사이는 두 줄을 뗀다. 각 항목은 1행간으로 작성하되 항목 사이마다 한 줄씩 비운다. 그림 A.7에서 약어 목록의 예를 볼 수 있다(그림 A.7에서 각 항목을 이탤릭체로 표기한 이유는 출판물의 제목이기 때문이다).

　풀어 쓴 약어가 아니라 약어의 알파벳 순서에 따라 항목을 배열했다는 점에 주목하라. 약어는 왼쪽 정렬로 정리했다. 약어 풀이는 가장 긴 약어에서 0.5인치 정도 들여쓴 위치에 기재한 약어 풀이의 첫 글자를 기준으로 정렬했다.

용어 해설Glossary. 독자에게 낯선 외국어나 전문용어, 어구가 많이 등장하는 학위논문(때로는 수업 과제물)에는 용어 해설을 넣는다. 학과나 대학에 따라 용어 해설을 본문 뒤 말미에 두어도 무방하거나 반드시 말미에 실어야 하는 곳도 있다. 부록 뒤, 후주와 참고문헌 앞이라고 구체적인 위치를 지정하는 곳도 있다. 해설의 위치를 마음대로 정할 수 있고, 독자가 본문을 읽기 전에 용어를 알아야 한다면 서두 부분에 넣도록 한다. 그렇지 않다면 본문 뒤 말미에 넣는다(A.2.3 참조).

서두에 용어 해설을 넣을 때는 용어 해설의 모든 쪽에 로마숫자로 번호를 매기고 첫 쪽 상단에 Glossary라고 제목을 단다. 용어 해설이 두 쪽 이상일 때는 둘째 쪽부터는 제목을 다시 표기하지 않는다. 각 항목은 1행간으로 작성하되 항목 사이마다 한 줄씩 비운다. 그림 A.8에 용어 해설의 예가 있다.

그림 A.8에서는 용어를 알파벳순으로 배열하고 왼쪽 정렬을 했으며 용어 뒤에 마침표를 찍었다(콜론이나 대시를 사용하기도 한다). 용어를 굵은 글씨나 이탤릭체로 표시하여 눈에 잘 띄게 할 수도 있다. 뒤따르는 해설이나 정의는 첫 글자를 대문자로 표기하고 끝에 마침표를 찍는다. 그러나 정의가 한 단어나 짧은 어구일 때는 마침표를 찍지 않는다. 두 줄 이상일 때는 둘째 줄부터는 0.5인치 들여쓴다.

편집 혹은 연구 방법Editorial or Research Method. 편집 방법이나 연구 방법을 사전에 자세히 설명해야 한다면 한 부분을 따로 할애한다. 서문에서 간략히 다룰 수도 있다. 인용자료의 대소문자 표기나 구두점을 현대용법에 맞게 수정했다는 점만 언급한다면 서문에 넣거나 그러한 인용문이 처음 등장할 때 주를 덧붙여 밝히기도 한다.

이렇게 방법론을 설명하는 부분에는 로마숫자로 쪽 번호를 달고 첫 쪽 상단에 Editorial Method나 Research Method라고 제목을 단다. 두 쪽 이상 넘어갈 때는 둘째 쪽부터는 제목을 다시 달지 않는다. 제목과 내용 사이는 두 줄을 비우고 내용은 2행간으로 본문의 문단 형식을 따라 작성한다.

초록Abstract. 학위논문에 그 내용을 요약하는 초록을 포함시켜야 하는 학과나 대학이 많다(초록을 개별적으로 제출해야 할 때도 있다). 프로퀘스트에 제출된 논문 초록은 프로퀘스트 학위 논문 데이터베이스에 포함되며《학위논문 초록과 색인 *Dissertations and These Abstract and Index*》으로도 출판된다. 초록의 모든 쪽에는 로마숫자로 번호를 표기하고 첫 쪽 상단에 Abstract라고 제목을 단다. 초록이 두 쪽 이상일 때는 둘째 쪽부터는 제목을 다시 표기하지 않는다. 제목과 초록의 첫 줄 사이에는 두 줄을 비운다. 초록 샘플을 제공하여 초록의 내용과 길이, 형식과 위치를 구체적으로 규정하는 학과나 대학이 많다.

A.2.2 본문

본문이란 서두와 말미 사이, 서론부터 결론에 이르는 모든 것을 포함한다. 서론과 결론은 한 단락 정도로 짧을 수도 있고, 몇 쪽 분량으로 길 수도 있다. 학위논문의 본문은 대개 장이나 부, 절, 하위 절로 나뉜다. 긴 수업 과제물도 이렇게 나뉘는 경우가 많다.

대체로 본문은 연구자의 발견을 여러 문단에 걸쳐 기술하기 때문에 형식 규정은 거의 없다. 추가적인 문제가 있다면 본문의 각 부분을 어떻게 시작할지, 주나 괄호주를 어떤 형식으로 표기할지, 표와 그림을 본문 속에 어떻게 배치할지다.

본문의 첫 쪽부터 아라비아숫자로 번호를 매기기 시작한다.

서론Introduction. 학위논문(혹은 수업 과제물)은 전체 논문의 내용과 논증을 미리 살펴보는 부분으로 시작할 때가 많다. 그 내용이 다른 부분과 뚜렷이 구분되기 때문에 독립적인 부분으로 다루는 경우가 많다(연구의 배경과 특성은 서문에서 다루어야 한다. A.2.1을 참조하라). 이러한 서론의 첫 쪽 상단에는 Introduction이라고 제목을 단다. 둘째 쪽부터는 제목을 다시 표기하지 않는다. 제목과 서문의 첫 줄 사이는 두 줄을 띄운다. 서론의 내용이 나머지 장과 뚜렷이 구분되지 않는다면 첫 장 속에 통합하는 방법도 고려해보라.

부Parts. 학위논문의 본문에 둘 이상의 부가 있고, 각 부에 둘 이상의 장이 있다면 부 표제지part-title page를 둔다. 1부의 표제지는 서론 뒤에 넣는다(따로 서론을 두지 않고 1장이라고 제목을 달았더라도 마찬가지다). 부 표제지에는 쪽 번호를 배정하되 번호를 표기하지는 않는다. 단, 아래에서 설명한 경우나 해당 학과나 대학의 지침이 쪽 번호를 기재하도록 한다면 기재한다. 부 표제지 상단에 Part라고 제목을 단 뒤 부 번호를 쓴다. 해당 학과나 대학의 지침에 따라 부 번호는 대문자 로마숫자(II)를 사용하거나 글자(Two)로 표기한다. 장 번호는 반드시 부 번호와 다른 양식으로 표기하라. 부 번호 외에 부 제목이 있다면 부 번호 밑에 한 줄을 띄운 뒤 제목을 쓴다.

부 표제지에 부의 내용을 소개하는 글을 넣을 때는 표제지에도 아라비아숫자로 번호를 표기한다. 제목 아래 두 줄을 비운 뒤 소개를 시작한다. 소개가 두 쪽이상이라면 둘째 쪽 부터는 부 번호나 제목을 다시 쓰지 않는다.

부 제목이 들어간 페이지는 일관된 형식을 따른다. 부 번호뿐 아니라 내용을 기술하는 제목까지 달았다면 모든 부에 내용을 기술하는 제목을 단다. 서론을 달았다면 모든 부에 서론을 포함시킨다.

장Chapters. 대부분의 학위논문과 긴 수업 과제물에는 둘 이상의 장이 있다. 각 장은 새로 페이지를 시작한다. 이렇게 새로 시작한 쪽 상단에 Chapter라고 쓴 후 장번호를 표기한다. 장 번호는 아라비아숫자(4)로 표기하거나 글자(Four)로 표기할수 있다. 부가 있는 논문은 부 번호와 장 번호를 다른 양식으로 표기한다(예를 들어 Part II; Chapter Four). 번호 이외에 장 제목이 있다면 장 번호 아래 한 줄을 비운 후제목을 쓴다. 둘째 쪽부터는 장 번호나 제목을 다시 표기하지 않는다. 장 제목 아래 두 줄을 비우고 내용을 시작한다. 그림 A.9에서 서두 명구(25.2.2 참조)가 실린장의 첫 쪽을 볼 수 있다.

Chapter라는 단어를 생략하고 장 번호와 제목만 표기할 수도 있다. 이때 장번호와 제목은 같은 줄에 쓰되 콜론이나 탭 키로 분리한다. 그러나 논문에 장뿐아니라 부도 있는 경우, 장 제목이 없는 경우, 장과 기타 부분을 혼동할 위험이 있는 경우에는 이런 형식을 사용하지 않는 것이 좋다.

절과 하위 절Section and Subsection. 학위논문과 긴 수업 과제물에서 내용이 긴 장은여러 절로, 절은 다시 하위 절로 나뉘기도 한다. 논문이나 논문에 실린 장에 절이많지 않다면 절과 절 사이 가운데에 별표 세 개를 각각 띄어 써서(* * *) 구분할 수있다.

그러나 절을 형식적으로 구분하고 싶다면 각 절마다 제목을 단다. 이런 제목을 소제목Subheading or subhead이라 부른다. 소제목에는 여러 수준이 있을 수 있는데 수준1, 수준2 등으로 부른다. 매우 길고 복잡한 논문이 아니라면 소제목을 서너 수준 이상 사용할 필요가 있는지 신중히 생각해봐야 한다. 독자에게 도움을 주기보다는 오히려 논문을 산만하게 하기 때문이다. 같은 수준의 소제목이 둘 이상 있어야 한다. 그렇지 않다면 논문의 각 부분을 합리적으로 구성하지 못했다고 볼 수도 있다.

해당 학과나 대학에서 소제목의 형식을 규정하지 않는다면 소제목의 글꼴과 형식을 직접 고안하여 사용한다. 각 수준별 소제목은 다른 수준과는 구분되는 동시에 일관된 형식으로 표기하고, 높은 수준의 소제목이 낮은 수준보다 시각적으로 더 두드러져야 한다. 일반적으로 가운데 정렬에 굵은 글씨나 이탤릭체 또는 헤드라인스타일로 대소문자를 표기하는 것이 왼쪽 정렬에 보통 글씨, 문장스타일 대소문자 표기보다 시각적으로 더 두드러진다. 아래 제시된 5수준 소제목만 제외하고 소제목 앞뒤로 공백을 두되 뒤보다는 앞에 더 많이 둔다(소제목 앞에는 두 줄까지 비우고 뒤에는 한 줄이나 2행간을 띈다). 소제목 끝에는 마침표를 찍지 않는다. 일관성을 유지하기 위해 워드프로세서 프로그램을 사용해 각 수준마다 양식을 지정하라.

다섯 수준의 소제목을 사용한다면 다음과 같은 체계로 표기할 수 있다.

- 수준1: 가운데 정렬, 굵은 글씨나 이탤릭체, 헤드라인스타일 대소문자 표기

Contemporary Art

- 수준2: 가운데 정렬, 보통 글씨, 헤드라인스타일 대소문자 표기

What Are the Major Styles?

- 수준3: 왼쪽 정렬, 굵은 글씨나 이탤릭체, 헤드라인스타일 대소문자 표기

Abstract Expressionism

- 수준4: 왼쪽 정렬, 로마체, 문장스타일 대소문자 표기

Chapter 1

The Conflicted Self

And what a malignant philosophy must it be that will not allow to humanity and
friendship the same privileges which are undisputedly granted to the darker passions of
enmity and resentment. Such a philosophy is more like a satyr than a true delineation or
description of human nature, and may be a good foundation for paradoxical wit and
raillery, but is a very bad one for any serious argument.

—David Hume, *An Enquiry cConcerning the Principles of Morals*

Since the closing years of the nineteenth century, scholarship on Adam Smith has

addressed the extent to which his two seminal books can be reconciled. The question, which has

come down to us as "the "Adam Smith problem," turns on how we might reconcile his *Theory of*

Moral Sentiments (1759) and its moral philosophical emphasis on sympathy with *The Wealth of*

Nations (1776) and its economic emphasis on self-interest.[1] Are the books consistent or

continuous? And if not, which in Smith's mind was prior?

As I mentioned in the introduction, scholarship on Smith was long the province of

economists and historians of economics, with the consequence that his moral philosophy was

regularly subordinated.[2] Self-interest trumped sympathy, most insisted, giving little thought to

how the two ideas related in Smith's mind. Though their evaluations of the "Smithian legacy"

radically diverged, Chicago-school types like Hayek, Friedman, and Becker and Marxists like

Macpherson and Dumont generally agreed that in *The Wealth of Nations* Smith had come to

---

1. For a useful history, see Richard Teichgraeber III, "Rethinking *Das Adam Smith Problem*," *Journal of British Studies* 20, no. 2 (Spring 1981): 106–23.

2. For discussion, see Donald Winch, introduction to *Adam Smith's Politics: An Essay in Historiographic Revision* (Cambridge: Cambridge University Press, 1978), 1–27; and Winch, "Adam Smith and the Liberal Tradition," in *Traditions of Liberalism: Essays on John Locke, Adam Smith, and John Stuart Mill*, ed. Knud Haakonssen (Sydney: Center for Independent Studies, 1988), 82–104.

20

그림 A.9. 장의 첫 쪽. 저자 Fonna Forman-Barziali의 승인을 얻어 "Adam Smith and
the Circles of Sympathy"(시카고 대학 박사논문. 2001)의 일부를 수록함.

alone. In fact, the Democrats did not win control of the House until 1875, and it was Republican-controlled Congresses that passed most of the cuts.[66] Support for a small peacetime military was widespread on both sides of the aisle in Congress and among the public at large. A tradition of antimilitary sentiment among Americans, which had been well established by the antebellum era, survived into the postwar era.[67] In December 1865, soon after President Johnson delivered his address to Congress, the pro-Republican *Cincinnati Daily Commercial* newspaper argued,

> It is not in accordance either with our national interest or the principles of our Government, to keep up a heavy standing army in time of peace. The enormous expense of standing armies is perhaps their least evil. They absorb and withdraw from useful occupations a large class of citizens who would otherwise be engaged in productive industry. They foster a spirit of restlessness, ambition, and discontent. They create and maintain national jealousies and animosities, and minister to that spirit of domination and passion for conquest which is fatal to the steady growth and permanent prosperity of a people.[68]

On the subjects of the peacetime military establishment and national government expenditures, many Republicans could find common ground with their Democratic colleagues. There were many fiscal conservatives in Republican ranks; these included Elihu Washburne, the former Van Wyck committee member, who in 1870 wrote from Paris to his brother (another Congressman) in Washington to say that he was dismayed by the recent Court of Claims awards to war contractors. "I hope your committee," continued Washburne, "will put the knife to the throats of every appropriation not absolutely necessary."[69] Although most Congressmen and their constituents naturally resisted cuts that would affect their own local interests, the attitude of general fiscal conservatism articulated by Washburne was prevalent enough to help push

---

66. Utley, *Frontier Regulars*, 59–68.

67. Marcus Cunliffe, *Soldiers and Civilians: The Martial Spirit in America, 1775–1865* (Boston: Little, Brown, 1968).

68. *Cincinnati Daily Commercial*, December 16, 1865.

69. Elihu Washburne to C. C. Washburn, February 5, 1870, C. C. Washburn Papers, SHSW.

그림 A.10. 각주가 달린 본문. 저자 Mark R. Wilson의 승인을 얻어 "The Business of Civil War: Military Enterprise, the State, and Political Economy in the United States, 1850–1880"(시카고 대학 박사논문, 2002)의 일부를 수록함.

The conclusions of scholars who argue that the welfare state has "survived" its crisis

(Pierson 1994; Piven and Cloward 1988; Schwab 1991; Ruggie 1996) are undeniable if what is

being discussed is the first segment of the welfare state, old age pensions: Reagan's positions on

cutting Social Security were so unpopular that he quickly drew back from any sustained attempt

to reduce it, and Social Security not only maintained its strength but actually grew in size. As

Pierson succinctly explains it,

> Welfare states have created their own constituencies. If citizens dislike paying taxes, they
> nonetheless remain fiercely attached to public social provision. That social programs
> provide concentrated and direct benefits while imposing diffuse and often indirect costs is
> an important source of their continuing political viability. (Pierson 1994, 2)

Of course this is true only for those programs that do concentrate benefits and diffuse

costs, like Social Security. The opposite is the case for those programs that benefit a minority by

taxing the majority, like means-tested AFDC, for better or worse the symbol of the other part of

America's welfare state. The Reagan administration managed a first strike against AFDC in the

form of the Omnibus Budget Reconciliation Act of 1981 (OBRA), which tightened program

eligibility and put a time limit on the "30 and 1/3 rule." In addition to AFDC, Reagan achieved

cuts in the food stamp program, subsidized housing, the school lunch program, child care and

housing assistance, public mental health and counseling services, legal aid, and other smaller

means-tested programs (Rochefort 1986; Trattner [1974] 1999).

That these cuts were not larger has led most scholars to conclude that the conservative

attack was not successful: "These programs remained substantially larger in 1985 than in 1966—

the Reagan Revolution was a skirmish when viewed in its historical context" (Gottschalk 1988).

This is the conclusion that one would come to after a careful examination of spending levels: as

figures 3.20–3.21 show, although there are some declines, expenditure levels on most programs

held steady or climbed back up after the Reagan years.

그림A.11. 괄호주가 있는 본문. 저자 Monica Prasad의 승인을 얻어 "The Politics of Free Markets: The Rise of Neoliberal Economic Policy in Britain, France, and the United States"(시카고 대학 박사논문. 2000)의 일부를 수록함.

Figure 3.1. *Helpers in a Georgia Cotton Mill.* Photograph by Lewis W. Hine, January 19, 1909. The National Child Labor Committee Collection, Library of Congress Prints and Photographs Division, Washington, DC. LC-DIG-nclc-01581.

percent of the total.[21] In both regions, mill children as young as six or seven were engaged in "doffing," spinning, and other forms of casual labor.[22] To compensate for their shorter height, child doffers would stand on top of electric looms to reach the top shelf, where spindles were located (fig. 3.1). The first contact children usually had with mill labor was while accompanying older siblings or parents as they worked. Typically, very young children would begin an informal training whereby they would "help" their relatives, but this regular assistance would soon

21. Hugh D. Hindman, *Child Labor: An American History* (New York: M. E. Sharpe, 2002), 153.

22. Jacquelyn Dowd Hall et al, *Like a Family: The Making of a Southern Cotton Mill World* (New York: W. W. Norton, 1987), 61.

그림 A.12. 본문과 그림이 실린 페이지. 저자 Marjorie Elizabeth Wood의 허락으로 "Emancipating the Child Laborer: Children, Freedon, and the Moral Boundaries of the Market in the United States, 1853–1938"(시카고 대학 박사논문, 2011)의 일부를 수록함.

Table 2.2. The largest regions by employment

	Rank	Number of subcenters	Fraction of regional employment in			Mean annual earnings ($)			
			CBD	Center city	Subcenters	CBD	Center city	Subcenters	Region
New York	1	38	.19	.83	.47	47,217	34,781	37,360	33,984
Los Angeles	2	62	.04	.49	.21	38,238	30,228	31,770	29,719
Chicago	3	67	.09	.44	.16	39,968	30,133	28,137	29,355
Washington	4	46	.08	.33	.22	40,156	35,657	32,329	32,556
Dallas	5	72	.06	.40	.34	35,391	29,107	28,959	27,902
Philadelphia	6	58	.10	.55	.34	32,614	28,393	28,805	27,696
Houston	7	47	.06	.77	.19	37,379	27,863	30,784	27,493
Detroit	8	38	.05	.23	.22	32,219	28,606	32,270	29,305
San Francisco	9	35	.12	.40	.35	37,651	33,559	33,256	31,098
Atlanta	10	38	.07	.55	.19	30,548	28,567	29,210	27,800
Minneapolis	11	52	.08	.22	.30	31,671	27,534	27,918	25,962
Boston	12	37	.14	.39	.24	38,285	33,620	27,653	30,684
San Diego	13	26	.05	.58	.19	29,482	26,973	27,113	25,307
Baltimore	14	32	.10	.46	.25	29,926	26,887	27,223	26,191
Saint Louis	15	36	.08	.29	.24	29,923	26,383	28,503	25,147
Phoenix	16	32	.02	.58	.18	29,529	25,147	24,734	24,600
Denver	17	43	.07	.47	.29	32,725	28,072	26,990	26,305
Miami	18	32	.07	.44	.26	28,345	24,539	24,800	24,462
Seattle	19	18	.12	.50	.25	30,177	27,565	29,579	27,574
Cleveland	20	16	.11	.40	.19	32,461	27,972	29,607	26,108
Pittsburgh	21	26	.14	.42	.28	30,801	26,596	26,561	24,968
Tampa	22	36	.05	.36	.29	27,650	23,974	22,825	22,812
Kansas City	23	34	.07	.43	.18	29,578	25,897	24,835	24,925
Milwaukee	24	20	.11	.47	.19	28,434	24,400	24,176	24,086
Portland, OR	25	32	.12	.48	.18	28,319	25,287	23,317	25,458
Sacramento	26	31	.10	.46	.28	29,996	27,995	26,240	27,118
Orlando	27	37	.05	.30	.31	28,089	22,963	22,476	22,629
Indianapolis	28	17	.11	.80	.22	27,004	25,264	26,930	24,693
Columbus	29	30	.13	.74	.30	29,546	26,046	25,294	26,307
Cincinnati	30	21	.14	.54	.13	30,358	27,615	23,093	25,900

Source: Data from U.S. Bureau of the Census 1990.

Note: The portion of CTPP-defined regions that are closest to the CBD of the largest city defines the geography. This definition does not result in exact matches with metropolitan areas in some cases.

그림A.13. 가로 방향 표. 저자 Nathaniel Baum-Snow의 승인을 얻어 "Essays on the Spatial Distribution of Population and Employment"(시카고 대학 박사논문. 2005)의 일부를 수록함.

■ 수준5: 문단 앞머리(아래 한 줄을 비우지 않는다)에 굵은 글씨나 이탤릭체로 문장스타일 대소문자 표기, 마침표

Pollock as the leader. The role of leading Abstract Expressionist painter was filled by Jackson Pollock. . . .

쪽 끝에는 소제목을 두지 않는다. 소제목이 따라오는 문단과 같은 쪽에 실리도록 워드 프로그램을 설정한다(워드프로세서 프로그램에 내장된 소제목 양식에는 소제목이 뒤이은 문단을 자동으로 따라가도록 지정돼 있다).

주 또는 괄호주 인용. 주석표기방식의 각주 형식은 16.3을 참고하라. 그림 A.10에서 각주가 달린 본문의 예를 볼 수 있다.

참고문헌방식의 괄호주 형식은 18.3을 참고하라. 그림 A.11에서 괄호주를 사용한 본문의 예를 볼 수 있다.

표와 그림. 표의 형식과 몇 가지 유형의 그림, 그림 캡션은 26장을, 이러한 요소를 논문에 삽입하는 방법은 A.3.1을 참고하라. 그림 A.12에서 그림이 실린 쪽을, 그림 A.13에서 가로방향 표가 실린 쪽을 볼 수 있다.

결론. 학위논문(혹은 수업 과제물)에는 별개의 부분으로 취급해야 할 만큼 긴 결론이 있는 경우가 많다. 이러한 결론의 첫 쪽 상단에 Conclusion이라고 쓴다. 둘째 쪽부터는 제목을 다시 표기하지 않는다. 제목과 결론 첫 줄 사이에는 두 줄을 비운다.

본문과 결론의 관련성을 강조하고 싶다면 결론을 본문의 마지막 장으로 삼을 수도 있다. 그렇다면 장 제목 표기형식(위 참조)을 따라 Conclusion을 표기한다.

A.2.3 말미

말미는 아래 나열한 요소를 모두 또는 일부 포함하거나 하나도 포함하지 않을 수도 있다. 학과와 대학에는 대개 이런 요소의 순서에 대한 구체적인 규정이 있다. 없다면 본서에서 설명한 순서를 따른다. 말미의 쪽 번호는 본문에 이어 아라비아 숫자로 표기한다.

삽화Illustrations. 삽화를 한데 묶어 학위논문(또는 수업 과제물) 끝에 넣는다면(26.1.1 참조) 말미의 첫 요소로 배치한다. 삽화 부분의 첫 쪽 상단에 Illustrations라고 제목을 단다. 두 쪽을 넘어갈 때는 둘째 쪽부터는 다시 제목을 표기하지 않는다. 그림을 논문에 넣는 방법은 A.3.1을 참조하라.

　　그러나 몇몇 삽화를 본문에 배치하더라도 말미에 한데 묶인 삽화가 있다면 부록으로 배치한다. A.2.3.2를 보라.

부록Appendix. 중요하긴 하지만 본문에 쉽게 넣을 수 없는 자료는 말미 부록에 넣는다(장 끝에는 부록을 달지 않는다). 논문의 주제와 관련이 있긴 하지만 본문에 넣기에는 너무 큰 표나 차트와 그래프 같은 그림을 부록으로 실을 수도 있다. 혹은 자료 수집에 활용했던 일정표와 양식, 독자가 구할 수 없는 문서의 사본이나 본문에 넣기에는 너무 긴 사례연구를 부록으로 다룰 수도 있다.

　　부록의 첫 쪽 상단에 Appendix라고 쓴다. 두 쪽 이상일 때는 둘째 쪽부터는 제목을 다시 쓰지 않는다. 제목과 부록의 첫 줄 사이에는 두 줄을 비운다.

　　부록에 서로 다른 형태의 자료가 있다면(예를 들어 표와 사례연구) 두 부분 이상으로 나누어라. 이런 경우에 각 부분에 번호나 문자를 붙이고 제목을 단다. 아라비아 숫자(1,2)나 글자(One, Two), 알파벳 문자(A, B)를 순서대로 사용하여 번호를 달 수 있다. Appendix라고 표기한 뒤에 숫자나 문자를 쓰고 다음 줄에 제목을 쓴다(논문에 부록이 단 하나더라도 제목을 달 수 있다. 그러나 번호나 문자는 달지 않는다).

　　자신의 설명을 부록으로 실을 때는 2행간으로 본문의 문단형식을 따라 작성한다. 1차 자료나 사례연구를 부록으로 다룰 때는 1행간으로 실을 수도 있다. 특히 자료가 길 때는 1행간이 유용하다.

　　인쇄 형태로 제시할 수 없는 큰 데이터 세트나 멀티미디어 파일은 부록으로 다루어라. 자료를 간략히 설명하고 하이퍼링크(해당 경우에는)를 비롯한 위치정보를 제공한다. 구체적인 형식과 표현 규칙은 해당 학과와 대학의 규정을 참고하라 (A.3.1 참조).

용어 해설Glossary. 학위논문(혹은 수업 과제물)에 용어 해설(A.2.1 참조)이 필요하다면 서두나 말미에 포함시킬 수 있다. 말미에 넣을 때는 부록 뒤에, 후주와 참고문헌보다는 앞에 넣는다. A.2.1에서 설명한 형식을 적용하되 말미의 용어 해설에는 로마숫자 대신 아라비아숫자로 쪽 번호를 표기한다. 그림 A.8에서 서두에 실린 용어 해설의 예를 볼 수 있다.

후주Endnotes. 주석표기방식을 쓴다면, 그리고 소속 학과와 대학의 지침이 각주나 장 끝에 주를 달도록 요구하지 않는다면 말미에 후주로 주석을 포함시킬 수 있다. 후주의 첫 쪽 상단에 Notes라고 제목을 단다. 둘째 쪽부터는 제목을 다시 표기하지 않는다. 제목과 첫째 주 사이에는 두 줄을 비우고 주와 주 사이는 한 줄을 비운다. 주는 1행간으로 작성하되 각 주마다 표준적인 문단처럼 들여 쓴다. 각 장마다 주 번호를 다시 매긴다면 각 장의 첫 번째 주 앞에 소제목을 단다. 그림 A.14에서 장별로 분류된 후주의 예를 볼 수 있다.

참고문헌방식에서는 후주가 없다.

참고문헌목록Bibliorraphy or Reference list. 주석표기방식을 사용한다면 아마 말미에 참고문헌목록을 둘 것이다. 첫 쪽 상단에 Bibliography라고 제목을 달되 둘째 쪽부터는 제목을 다시 쓰지 않는다. 제목과 첫 항목 사이에는 두 줄을 비우고, 항목과 항목 사이에는 한 줄을 비운다. 각 항목은 줄 간격을 두지 않고 다음 줄로 이어지는 내용을 0.5인치 들여 쓴다. 그림 A.15에서 참고문헌목록의 예를 볼 수 있다.

참고문헌목록에 Source Consulted 같은 제목을 사용해야 할 때도 있다. 참고문헌을 저자명 알파벳순으로 배열하지 않을 때는 두주나 소제목(일관성 있는 형태로) 혹은 둘 다 사용하여 배열 원칙을 설명한다. 이러한 방법은 16.2를 참조하라.

참고문헌방식을 사용한다면 말미에 참고문헌목록을 반드시 두어야 한다. 첫

123. The claims of several states are the subject of Kyle Scott Sinisi, "Civil War Claims and American Federalism, 1861–1880" (PhD diss, Kansas State University, 1997). A variety of war claims are discussed in chapter 8.

Chapter 3

1. Meigs to Wilson, February 20, 1864, pp. 516–17, vol. 74-B, roll 45, Letters Sent by the Office of the Quartermaster General, Main Series, National Archives Microfilm Publications M745 (abbreviated hereafter as QMGLS).

2. Ibid.

3. On the history of the Quartermaster's Department, see Russell F. Weigley, *Quartermaster General of the Union Army: A Biography of M. C. Meigs* (New York: Columbia University Press, 1959); Erna Risch, *Quartermaster Support of the Army: A History of the Corps, 1775–1939* (Washington, DC: Quartermaster Historian's Office, 1962); James A. Huston, *The Sinews of War: Army Logistics, 1775–1953* (Washington, DC: Office of the Chief of Military History, 1966). On the number of quartermaster officers during the war, see Meigs to R. J. Atkinson, October 4, 1861, pp. 485–90, vol. 56, roll 36, QMGLS; Meigs circular, May 16, 1862, pp. 49–54, vol. 60, roll 38, QMGLS; Risch, *Quartermaster Support*, 334–35, 382–87, 390–93.

4. After the war, Johnston worked in the insurance business and served from Virginia in the US House. From 1885 to 1891, he was commissioner of railroads under President Cleveland. Patricia L. Faust, ed., *Historical Times Illustrated Encyclopedia of the Civil War* (New York: Harper and Row, 1986), 400–401.

5. Weigley, *Quartermaster General.*

6. Lincoln to Winfield Scott, June 5, 1861, copy in box 10, David Davis Papers, Chicago Historical Society. George Templeton Strong, a Wall Street lawyer and treasurer of the US Sanitary Commission, would soon describe Meigs as "an exceptional and refreshing specimen of sense and promptitude, unlike most of our high military officials. There's not a fibre of red tape in his constitution." Strong, *The Civil War, 1860–1865,* vol. 3 of *The Diary of George Templeton Strong,* ed. Allan Nevins and Milton Halsey Thomas (New York: Macmillan, 1952), 173. See also Risch, *Quartermaster Support,* 335–36.

7. Weigley, *Quartermaster General*; Allan Nevins, *War Becomes Revolution, 1862–1863,* part 2 of *The War for the Union* (New York: Charles Scribner's Sons, 1960), 471–78. Meigs also appears as a prominent character in Nevins's discussion of how the war promoted organization in American society. See Nevins, "A Major Result of the Civil War," *Civil War History* 5 (1959): 237–50.

그림 A.14. 후주. 저자 Mark R. Wilson의 승인을 얻어 "The Business of Civil War: Military Enterprise, the State, and Political Economy in the United States, 1850–1880"(시카고 대학 박사논문.2002)의 일부를 수록함.

Gallman, J. Matthew. "Entrepreneurial Experiences in the Civil War: Evidence from Philadelphia." In *American Development in Historical Perspective*, edited by Thomas Weiss and Donald Schaefer, 205–22. Stanford, CA: Stanford University Press, 1994.

———. *Mastering Wartime: A Social History of Philadelphia during the Civil War.* Cambridge: Cambridge University Press, 1990.

———. *The North Fights the Civil War: The Home Front.* Chicago: Ivan R. Dee, 1994.

Gallman, Robert E. "Commodity Output, 1839–1899." In *Trends in the American Economy in the Nineteenth Century*, edited by National Bureau of Economic Research, 13–67. Princeton, NJ: Princeton University Press, 1960.

Gamboa, Erasmo. "Mexican Mule Packers and Oregon's Second Regiment Mounted Volunteers, 1855–1856." *Oregon Historical Quarterly* 92, no. 1 (Spring 1991): 41–59.

Gansler, Jacques S. *The Defense Industry.* Cambridge, MA: MIT Press, 1986.

Gardner, Mark L. *Wagons for the Santa Fe Trade: Wheeled Vehicles and Their Makers, 1822–1880.* Albuquerque: University of New Mexico Press, 2000.

Gates, Paul W. *Agriculture and the Civil War.* New York: Alfred A. Knopf, 1965.

———. *The Farmer's Age: Agriculture, 1815–1860.* New York: Holt, Rinehart and Winston, 1960.

———. *Fifty Million Acres: Conflicts over Kansas Land Policy, 1854–1890.* Ithaca. NY: Cornell University Press, 1954.

"General Roeliff Brinkerhoff, 1828–1911." *Ohio Archaeological and Historical Publications* 20 (1911): 353–67.

Gerber, David. "Cutting Out Shylock: Elite Anti-Semitism and the Quest for Moral Order in the Mid–Nineteenth Century American Market Place." *Journal of American History* 69, no. 3 (December 1982): 615–37.

Gerleman, David James. "Unchronicled Heroes: A Study of Union Cavalry Horses in the Eastern Theater; Care, Treatment, and Use, 1861–1865." PhD diss., Southern Illinois University, 1999.

Geyer, Michael, and Charles Bright. "Global Violence and Nationalizing Wars in Eurasia and America: The Geopolitics of War in the Mid–Nineteenth Century." *Comparative Studies in Society and History* 38, no. 4 (October 1996): 619–57.

Gibson, George H. "The Growth of the Woolen Industry in Nineteenth-Century Delaware." *Textile History Review* 5 (1964): 125–57.

그림 A.15. 참고문헌목록Bibliography. 저자 Mark R. Wilson의 승인을 얻어 "The Business of Civil War: Military Enterprise, the State, and Political Economy in the United States, 1850–1880"(시카고 대학 박사논문. 2002)의 일부를 수록함.

Bothorel, Jean. 1979. *La république mondaine*. Paris: Grasset.

Bréchon, Pierre, ed. 1994. *Le discours politique en France*. Paris: La documentation française.

Brooks, Clem. Forthcoming. "Civil Rights Liberalism and the Suppression of a Republican Political Realignment in the U.S., 1972–1996." *American Sociological Review* 65.

Brown, Michael K., ed. 1988. *Remaking the Welfare State: Retrenchment and Social Policy in Europe and America*. Philadelphia: Temple University Press.

Brownlee, W. Elliot, ed. 1996a. *Funding the Modern American State, 1941–1995: The Rise and Fall of the Era of Easy Finance*. Cambridge: Cambridge University Press.

———. 1996b. "Tax Regimes, National Crisis, and State-Building in America." In *Funding the Modern American State, 1941–1995: The Rise and Fall of the Era of Easy Finance*, edited by W. Elliot Brownlee, 37–106. Cambridge: Cambridge University Press.

Burawoy, Michael. 1979. *Manufacturing Consent: Changes in the Labor Process under Monopoly Capitalism*. Chicago: University of Chicago Press.

———. 1989. "Two Methods in Search of Science: Skocpol versus Trotsky." *Theory and Society* 18, no. 6 (November): 759–805.

Burstein, Paul. 1998. "Bringing the Public Back In: Should Sociologists Consider the Impact of Public Opinion on Public Policy?" *Social Forces* 77, no. 1 (September): 27–62.

Business Week. 2000. "Unions Campaign to Shrink Work Time." April 24.

Butler, David, and Dennis Kavanagh. 1984. *The British General Election of 1983*. London: Macmillan.

———. 1988. *The British General Election of 1987*. New York: St. Martin's.

Butler, David, and Michael Pinto-Duschinsky. 1971. *The British General Election of 1970*. London: Macmillan.

Cameron, David. 1991. "Continuity and Change in French Social Policy: The Welfare State under Gaullism, Liberalism, and Socialism." In *The French Welfare State: Surviving Social and Ideological Change*, edited by John S. Ambler. New York: New York University Press.

Campbell, John. 1993. *Edward Heath: A Biography*. London: Random House.

Campbell, John L., and Michael Patrick Allen. 1994. "The Political Economy of Revenue Extraction in the Modern State: A Time Series Analysis of U.S. Income Taxes, 1916–1986." *Social Forces* 72, no. 3 (March): 643–69.

그림 A.16. 참고문헌목록Reference list. 저자 Monica Prasad의 승인을 얻어 "The Politics of Free Markets: The Rise of Neoliberal Economic Policy in Britain, France, and the United States"(시카고 대학 박사논문. 2000)의 일부를 수록함.

쪽 상단에 References라고 쓰되 두 번째 쪽부터는 제목을 다시 표기하지 않는다. 제목과 첫 항목 사이는 두 줄을, 각 항목은 줄 간격을 두지 않고 항목과 항목 사이는 한 줄을 비운다. 다음 줄로 이어지는 내용은 0.5인치 들여 쓴다. 참고문헌방식의 참고문헌 예시는 그림 A.16을 참조하라.

참고문헌방식에서는 드문 경우이긴 하지만 저자명 알파벳순으로 자료를 배열하지 않을 때도 있다(18.2.1 참조). 이때는 두주나 소제목 혹은 두 가지 모두를 사용해 배열 원칙을 설명한다.

A.3 파일 준비와 제출 규정

A.3.1 파일 준비

몇 가지 기본적인 전자파일 관리법과 준비법만 잘 따른다면 문제를 피할 수 있을 뿐 아니라 읽기 쉽고 형식을 제대로 갖춘 논문을 제출할 수 있다. 이런 관리법은 논문을 전자파일로 제출하든 출력물로 제출하든 둘 다 제출하든 유용하다.

파일 관리. 파일의 자료가 사라지거나 훼손되지 않도록 애써야 한다.

- 논문은 길이에 관계없이 하나의 전자파일로 준비하라. 하나의 파일로 작업을 해야 전반적으로 검색하거나 수정할 수 있고, 각주와 쪽 번호 등에서 워드프로세서의 자동 번호 매김 기능을 올바르게 사용할 수 있으며 양식을 일관되게 지정하고 적용할 수 있다(아래 참조). 논문을 전자파일로 제출할 때는 항상 하나의 파일이어야 한다. 그러나 장 끝에 주를 나열하거나 머리말을 바꾸는 등의 워드프로세서 기능을 사용해 파일을 여러 부분으로 나눌 수 있다. 용량이 큰 데이터베이스나 멀티미디어 파일은 추가 파일로 따로 제출해야 한다.
- 단순하면서 논리적인 파일명을 정한다. 파일을 여러 버전으로 저장한다면 이름을 일관성 있게 지정해야(예를 들어 끝에 항상 일자를 기재한다) 서로 다른 버전을 혼동하는 일을 막을 수 있다. 최종 제출 전에 파일 이름과 추가 파일 자료의 이름에 대한 규정이 있는지 소속 학과와 대학의 지침을 확인해보라.

- 한 파일을 두고 다른 유형의 소프트웨어로 작업하지 않는다. 파일을 변환하다 보면 오류가 생기거나 자료를 잃어버릴 위험이 있다. 표준적인 워드프로세서 프로그램 사이의 변환도 마찬가지다.
- 글을 쓰면서 수시로 파일을 저장한다.
- 한 번 글을 쓴 뒤에는 파일을 두 곳 이상에 복사해둔다. 컴퓨터 하드드라이브 말고도 네트워크나 파일 호스팅 서비스(쓸 수 있다면), 플래시 드라이브 같은 이동식 저장매체에도 저장한다.
- 제출일 전에 파일을 출력하거나 규정에 따른 전자파일 형식으로 전환한다. 훑어 보면서 소프트웨어의 오류가 있는지 검사한다. 예를 들어 프린터에서 지원하지 않는 특수 문자가 있을 수도 있다. 이런 출력물에는 초고Draft라고 쓰고 적어도 최종 출력물을 제출할 때까지는 버리지 말고 보관해둔다. 컴퓨터에 이상이 생기거나 당신이 중병에 걸리는 비상사태가 벌어졌을 때 초고를 썼다는 증거로 이용할 수 있다.

텍스트 성분Text Component. 텍스트의 모든 성분을 명료하고 일관성 있게 제시한다.

- 본문과 블록 인용문, 각주, 유형별 제목과 소제목 등 텍스트의 모든 성분에는 일관성 있는 형식을 적용한다. 일관성을 지키는 가장 효율적인 방법은 일반적인 소프트웨어 기능을 활용해 각 성분별로 양식(글꼴, 크기, 위치, 줄 간격 등)을 지정하고 적용하는 것이다.
- 워드프로세서는 왼쪽 정렬로 지정하고(오른쪽 여백은 들쭉날쭉하게 둔다) 자동 하이픈 기능은 사용하지 않는다(20.4.1 참조).
- 워드프로세서 프로그램의 특수문자(또는 기호라 불리는) 메뉴를 사용해 강세부호를 비롯한 발음 구별 부호가 달린 글자와 그리스 문자를 비롯한 비-로마자 알파벳, 수학 연산자(단, 아래 주의사항 참고), 문단이나 절 표시 등을 입력한다. 특수문자 메뉴에 없는 문자가 있다면 그 문자에만 다른 활자체를 선택해야 할 수도 있다.
- 소속 학과와 대학의 지침에 따라 내부 북마크와 외부 하이퍼링크를 넣는다.
- 글자색은 피한다. 논문을 PDF나 컬러 인쇄물로 제출한다 해도 나중에는 흑백으

로 인쇄하거나 복사해야 할 것이다. 흑백 인쇄나 복사에서는 색이 제대로 나타나지 않는다.

■ 방정식과 공식은 가능한 한 워드 프로세서의 수식 편집 도구equation editor를 사용하여 표기한다. 수식 편집 도구를 사용할 수 없다면 관련 프로그램에서 작성하여 파일에 이미지를 삽입한다(아래 참조). 이미지와 본문 사이는 위아래로 적어도 한 줄 씩 뗀다.

표. 소프트웨어를 사용해 표를 명료하면서 분명하고 적절하게 표현하라. 더 자세한 설명은 8.3을 참고하라.

■ 워드프로세서의 표 만들기 도구를 활용해 표를 만든다. 표 만들기 도구를 활용할 수 없다면 스프레드시트 프로그램에서 만들어 파일에 삽입하고 주변 텍스트에 맞게 형식을 수정한다. 표의 구조와 형식, 위치는 26장을 참고하라.

■ 표 번호와 제목은 표 윗줄에 넣는다(26.2.2 참조). 표 제목이 표의 너비보다 길어지지 않도록 하고, 다음 줄로 넘어가는 부분은 들여쓰지 않는다.

■ 표의 각주(있다면)는 표의 마지막 선 아래에 둔다. 표와 각주 사이, 각주와 각주 사이는 한 줄씩 뗀다. 각주는 다른 부분보다 작은 글꼴로 표기할 수 있다. 해당 학과나 대학의 지침을 참고하라.

■ 본문과 표 제목은 적어도 한 줄(두 줄은 더 좋다)을 뗀다. 표의 마지막 선(혹은 마지막 각주)과 본문도 마찬가지다.

■ 의미를 전달하기 위해 음영이나 색을 사용할 때는 조심해야 한다. 논문을 컬러로 인쇄해 제출하거나 PDF로 제출한다 해도 나중에는 흑백으로 인쇄 혹은 복사해야 할 것이다. 박사논문인 경우에는 마이크로필름에 담을 수도 있다. 흑백 인쇄나 복사, 마이크로필름에서 음영과 색은 제대로 나타나지 않는다. 음영을 사용한다면 글씨를 가리지 않도록 주의한다. 또 음영을 다양하게 넣지 말라. 나중에 복사하거나 인쇄했을 때 제대로 구분하기 힘들다.

■ 표가 여러 쪽에 걸쳐 있을 때는 쪽마다 모서리 열과 열 머리(26.2 참조)를 반복해서 싣는다. 표의 끝 선은 마지막 쪽에만 긋는다.

■ 쪽 전체를 차지하거나 가로방향으로 만든 표(26.1.2 참조)는 쪽의 표준 여백을 지킨

다. 가로방향 표가 있는 쪽에는 일반 본문은 넣지 않는다. 표 제목은 가로방향이나 세로방향 중 하나를 선택해 기재한다. 쪽 번호도 알맞게 표시한다. 쪽 번호의 방향은 해당 학과의 지침을 확인한다.

■ 대규모 데이터 세트가 들어 있는 표를 비롯해 인쇄 형태로 제시할 수 없는 표는 개별 파일로 만들고 논문의 부록으로 다룬다(A.2.2 참조).

그림. 논문의 그림이 보기 쉽고, 정확하고, 적절한지 확인하라. 더 자세한 내용은 8.3을 보라.

■ 워드프로세서로 차트와 그래프, 다이어그램을 제작한다. 워드프로세서로 제작할 수 없다면 관련 프로그램으로 제작해 파일에 이미지로 삽입한 뒤 주변 텍스트에 맞게 변형한다. 그림의 유형과 형식, 위치는 26장을 참고하라.

■ 사진과 지도를 비롯한 그림은 이미지로 파일에 삽입한다. 이미지를 파일로 구할 수 없다면 인쇄자료를 스캔하여 삽입한다.

■ 그림 번호와 캡션은 그림 아랫줄에 넣는다(26.3.2을 참조하라. 단, 악보인 경우에는 그림 윗줄에 넣는다). 캡션이 그림 너비를 넘어서지 않도록 하며, 다음 줄로 넘어가는 부분은 들여쓰지 않는다. 그림이 들어가는 쪽에 그림 번호와 캡션을 넣을 공간이 없을 때는 앞 쪽의 하단(필요하다면 상단)에 번호와 캡션을 기재한다.

■ 그림과 본문 사이, 캡션과 본문 사이는 적어도 한 줄(두 줄이 더 좋다)을 비운다.

■ 의미를 전달하기 위해 음영이나 색을 사용할 때는 조심해야 한다. 컬러 인쇄로 논문을 출력하거나 PDF로 제출한다 해도 나중에는 흑백으로 인쇄하거나 복사해야 하기 때문이다. 박사논문인 경우에는 마이크로필름에 담아야 할 수도 있다. 음영과 색은 이 모든 형태에서 제대로 나타나지 않는다. 음영을 사용한다면 글씨를 가리지 않도록 하고, 다양하게 넣지 않도록 한다. 복사나 인쇄를 하면 여러 음영을 제대로 구분하기 힘들기 때문이다.

■ 그림의 해상도, 크기 조정, 다듬기를 비롯한 관련 사항은 해당 학과나 대학의 지침을 참조하라.

■ 쪽 전체를 차지하거나 가로방향으로 제작한 그림은 쪽의 표준 여백을 지킨다 (26.1.2). 가로방향 그림을 넣은 쪽에는 일반 본문을 넣지 않는다. 그림 캡션은 필

요에 따라 가로나 세로 방향으로 기재한다. 쪽 번호 방향은 해당 학과의 지침을 확인한다.

- 멀티미디어 파일처럼 인쇄 형태로 보여줄 수 없는 그림은 개별 파일로 만들어 논문의 부록으로 다룬다(A.2.3 참조).

A.3.2   전자파일 제출

이제 많은 학과와 대학이 출력물뿐 아니라 전자파일로도 학위논문을 제출하도록 요구한다(A.3.3을 보라). 교수들도 수업 과제물을 출력물 외에 전자파일로도 제출하라고 한다. 수업 과제물을 제출할 때는 담당 교수에게 적절한 파일 형식을 확인해보라. 마감일이 닥치기 훨씬 전에 논문을 제출하기에 앞서 작성해야 할 양식이나 마쳐야 할 절차가 있는지 학과나 대학의 구체적 지침을 검토하라. 가능하다면 최종본을 제출하기 전에 적절한 양식을 비롯한 요구사항을 지켰는지 논문 담당 부서에서 검토받는 것이 좋다.

박사논문 대부분과 석사논문도 더러 전자 데이터베이스에 제출한다. 많은 대학이 상용 데이터베이스인 프로퀘스트 논문 사이트와 협동한다. 대학 자체 데이터베이스를 운영하는 대학도 있다. 어느 쪽이든 소속 대학의 지침에 따라 논문을 구성하고 전자파일을 준비한다. 대부분의 논문은 PDF 파일 하나로 제출해야 한다. PDF 파일에 포함할 수 없는 첨부 파일(A.2.3.2 참조)이 논문에 있다면 대학(이나 데이터베이스)의 지침대로 첨부 파일을 준비하고 제출한다. 적어도 다음 사항을 점검하라.

- 내부 북마크와 외부 하이퍼링크가 정확한지 확인하라.
- 논문 서식이 그대로 유지될 수 있도록 논문에 쓴 모든 글꼴이 PDF 파일에 내장되거나 저장되어 있는지 확인하라.
- 제출하려는 각 파일과 연결되어 있는 모든 기술 메타데이터descriptive metadata를 확인하라.

일단 논문 전문이 전자 데이터베이스에 발표되면 다른 사람들이 당신의 연구를 열람할 수 있다. 당신의 연구를 "전통 방식대로" 발표할지, 온라인에서 무료로 공개 열람open access할 수 있도록 할지는 당신이 선택할 수도 있을 것이다. 공개 열람되지 않는 논문은 대개 상용 데이터베이스나 도서관에서만 볼 수 있다. 특정 기간 동안 논문 열람을 제한하고 싶다면 열람제한embargo을 신청할 수 있다.

어떤 형태로 출판하든 저작권 규정을 따라야 한다. 저작권 있는 자료를 공정한 사용 관례를 넘는 범위로 사용한다면 저작권 소유자에게 서면허가를 받아야 한다. 서면허가 서류를 논문과 함께 제출해야 할 수도 있다. 서면허가 서류를 제출하지 못하면 논문 승인이나 출판이 늦어지기도 한다. 학과와 대학의 지침과 데이터베이스에서 제시하는 지침을 확인해보라. 더 자세한 안내는《시카고 매뉴얼》(16판, 2010) 4장이나 케네스 D. 크루스Kenneth D. Crews의 소책자 〈저작권법과 대학원 연구: 새로운 매체와 새로운 논리, 그리고 당신의 논문Copyright Law & Graduate Research: New Media, New Rights, and Your Dissertation〉을 참고하라.

A.3.3

논문을 전자파일로 제출했다 해도(A.3.2) 논문 전문이나 특정 부분을 하나 이상의 출력물로 제출해야 할 때도 있다. 오직 출력물만 제출하도록 요구하는 경우도 더러 있다. 수업 과제물로 소논문을 쓴다면 간단히 한 부를 출력해서 교수님에게 제출하면 될 것이다. 또는 여러 부를 출력해서 여러 사람(함께 수업을 듣는 사람들이나 다른 교수님들)에게 제출해야 할 때도 있다. 교수님의 지시를 정확히 따르고 자신을 위해서 출력물과 전자파일을 보관해둔다. 모든 사본은 원본과 똑같아야 한다.

학위논문을 제출할 때 따라야 할 요구사항은 더 엄격하다. 부분적으로는 학위논문이 대학이나 상용 데이터베이스에 제본형태로 보존되기 때문이다. 마감일 전에 미리 학과나 대학의 지침에 따라 사본을 몇 부 제출해야 하는지, 논문을 제출하기 전에 작성해야 할 서류나 마쳐야 할 절차가 있는지 확인하라. 가능하다면 최종본을 제출하기 전에 논문이 적절한 형식으로 구성되었는지 논문 관리 부서에서 확인을 받는다.

대부분의 학과나 대학에서 학위논문을 특정 용지로 인쇄하여 출력물을 한 부이상 제출하도록 규정한다. 미국 대학인 경우에는 81/2×11인치 용지를 사용하며 장기 보관에 적합한 용지, 곧 중성지여야 한다. 해당 학과나 대학이 인쇄용지를 상세히 규정하지 않았다면 미국 도서관 협회의 추천을 따라 중화buffered라고 표시되었거나 알칼리 최소 수치가 2퍼센트인 20파운드 중성-pH지를 사용한다. '논문 제본용'이라고 언급되는 용지 중에는 이런 조건에 적합한 것도 있지만 아닌 것도 있으니 사본을 제작하기 전에 용지의 상세 설명을 살펴본다.

많은 대학과 그 주변에는 복사실이 있다. 이런 복사실에서 일하는 사람들은 대개 학위논문 규정을 잘 알고 있다. 이런 시설을 이용하면 비용이 더 들긴 하지만 용지나 사본이 적합하지 않다는 이유로 논문이 거절당하는 위험은 막을 수 있다. 그러나 복사실 직원들이 여백 설정 같은 논문 형식까지 확인하지는 않으니 사전에 모든 지침을 제대로 따라 논문을 작성했는지 스스로 확인해본다. 사본은 복사실에서 꼼꼼히 확인해보고 문제가 있다면 그 자리에서 직원에게 이야기한다.

참고문헌

정보를 검색하고 제시하는 방법을 다룬 책이 무척 많지만 여기에서는 그중 일부만 제시한다. 온라인 서점이나 미의회도서관 도서목록에서 더 많은 최신 자료를 찾아볼 수 있을 것이다. 온라인에서(전통적인 인쇄 형태뿐 아니라, 또는 인쇄 형태 대신에) 참고할 수 있는 자료에는 URL을 제시했다. 다른 자료들도 온라인이나 전자책 형식으로 구할 수 있을 것이다. 도서관을 찾아보라. 목록은 다음과 같이 분류된다.

인터넷 데이터베이스(문헌목록과 색인)

인쇄자료와 전자자료

사회과학

자연과학

대부분의 영역은 아래 여섯 유형으로 구분했다.

1. 해당 분야의 개념을 짧게 기술한 전공사전
2. 주제를 폭넓게 개괄하는 일반 혹은 전공 백과사전
3. 분야별 자료 검색과 방법론 안내서
4. 과거와 근래의 분야별 출판물을 수록한 문헌목록, 초록, 색인

5. 분야별 글쓰기 지침서

6. 분야별 인용 규칙을 설명한 양식 매뉴얼

인터넷 데이터베이스(문헌목록과 색인)

일반

Academic OneFile. Farmington Hills, MI: Gale Cengage Learning, 2006-. http://www.gale.cengage.com/.

ArticleFirst. Dublin, OH: OCLC, 1990-. http://www.oclc.org/.

Booklist Online. Chicago: American Library Association. 2006-. http://www.booklistonline.com/.

ClasePeriodica. Mexico City: UNAM, 2003-. http://www.oclc.org/.

ERIC. Educational Resources Information Center. Washington, DC: US Department of Education, Institute of Education Sciences, 2004-. http://www.eric.ed.gov/.

Essay and General Literature Index (H. W. Wilson). Ipswich, MA: EBSCO, 2000s-. http://www.ebscohost. com/wilson/.

FRANCIS. Vandoeuvre-l?s-Nancy, France: Institut de l?nformation Scientifique et Technique du CNRS; Dublin, OH: OCLC, 1984-. http://www.oclc.org/.

General OneFile. Farmington Hills, MI: Gale Cengage Learning, 2006-. http://www.gale.cengage.com/

ISI Web of Knowledge. Philadelphia: Institute for Scientific Information, 1990s-. http://wokinfo.com/.

LexisNexis Academic. Dayton, OH: LexisNexis, 1984-. http://www.lexisnexis. com/

Library Literature and Information Science Full Text (H. W. Wilson). Ipswich, MA: EBSCO, 1999-. http:// www.ebscohost.com/wilson/.

Library of Congress Online Catalog. Washington, DC: Library of Congress. http://catalog.loc.gov/.

Omnifile Full Text Select (H. W. Wilson). Ipswich, MA: EBSCO, 1990-. http://www.ebscohost.com/ wilson/.

Periodicals Index Online. ProQuest Information and Learning, 1990-. http://pio.chadwyck.co.uk/.

ProQuest Dissertations and Theses. Ann Arbor, MI: ProQuest Information and Learning,2004-. http:// www.proquest.com/.

ProQuest Research Library. Ann Arbor, MI: ProQuest Information and Learning, 1998-. http://www. proquest.com/.

Reference Reviews. Bradford, UK: MCB University Press, 1997-. http://www.emeraldinsight.com/ journals.htm?issn=0950-4125.

Web of Knowledge. Philadelphia: Thomson Reuters, 2000-. http://wokinfo.com/.

WorldCat. Dublin, OH: Online Computer Library Center. http://www.oclc. org/worldcat/.

인문학

Arts and Humanities Citation Index. Philadelphia: Institute for Scientific Information, 1990s-. http://wokinfo.com/.

Humanities Full Text (H. W. Wilson). Ipswich, MA: EBSCO, 2011-. http://www.ebscohost.com/wilson/.

Humanities International Index. Albany, NY: Whitston; Ipswich, MA: EBSCO, 2005-. http://www.ebscohost.com/academic/.

U.S. History in Context. Farmington Hills, MI: Gale Group, 2000s-. http://www.gale.cengage.com/.

사회과학

Anthropological Literature. Cambridge, MA: Tozzer Library, Harvard University, 1984-. http://hcl.harvard.edu/libraries/tozzer/anthrolit/anthrolit.cfm.

APA PsycNET. Washington, DC: American Psychological Association, 1990s-. http://www.apa.org/pubs/databases/psycnet/.

PAIS International with Archive. Public Affairs Information Service; CSA Illumina. Bethesda,MD: CSA, 1915-. http://www.csa.com/.

Political Science. Research Guide. Ann Arbor: University of Michigan. http://guides.lib.umich.edu/polisci/.

Social Sciences Abstracts (H. W. Wilson). Ipswich, MA: EBSCO, 1990s-. http://www.ebscohost.com/wilson/.

Social Sciences Citation Index. Philadelphia: Institute for Scientific Information, 1990s-. http://wokinfo.com/.

Sociological Abstracts. Sociological Abstracts; Cambridge Scientific Abstracts. Bethesda, MD: ProQuest CSA, 1990s-. http://www.csa.com/.

자연과학

Applied Science and Technology Abstracts (H. W. Wilson). Ipswich, MA: EBSCO, 1990s-. http://www.ebscohost.com/wilson/.

NAL Catalog (AGRICOLA). Washington, DC: National Agricultural Library, 1970-. http://agricola.nal.usda.gov/.

Science Citation Index. Philadelphia: Institute for Scientific Information, 1990s-. http://wokinfo.com/.

인쇄자료와 전자자료

일반

1. *American National Biography.* New York: Oxford University Press, 2000-. http://www.anb.org/

1. Bowman, John S., ed. *The Cambridge Dictionary of American Biography.* Cambridge: Cambridge

University Press, 1995.

1. *World Biographical Information System.* Berlin: Walter de Gruyter, 2004-. http://db.saur.de/WBIS/.

1. Matthew, H. C. G., and Brian Howard Harrison, eds. *Oxford Dictionary of National Biography, in Association with the British Academy: From the Earliest Times to the Year 2000.* 60 vols. New York: Oxford University Press, 2004. Also at http://www.oxforddnb.com/.

2. Jackson, Kenneth T., Karen Markoe, and Arnie Markoe, eds. *The Scribner Encyclopedia of American Lives.* 8 vols. covering 1981-2008. New York: Charles Scribner? Sons, 1998-2009.

2. Lagasse, Paul, ed. *The Columbia Encyclopedia.* 6th ed. New York: Columbia University Press, 2000. Also at http://education.yahoo.com/reference/ encyclopedia/.

2. *New Encyclopaedia Britannica.* 15th ed. 32 vols. Chicago: Encyclopaedia Britannica, 2010. Also at http://www.eb.com/.

3. Booth, Wayne C., Gregory G. Colomb, and Joseph M. Williams. *The Craft of Research.* 3rd ed. Chicago: University of Chicago Press, 2008.

3. Hacker, Diana, and Barbara Fister. *Research and Documentation in the Electronic Age.* 5th ed. Boston: Bedford / St. Martin?, 2010. Also at http://bcs.bedfordstmartins.com/resdoc5e/.

3. Kane, Eileen, and Mary O'Rilly-de Brun. *Doing Your Own Research.* New York: Marion Boyars, 2001.

3. Kieft, Robert, ed. *Guide to Reference.* Chicago: American Library Association, 2008-. http://www.guidetoreference.org/.

3. Lipson, Charles. *Doing Honest Work in College: How to Prepare Citations, Avoid Plagiarism, and Achieve Real Academic Success.* 2nd ed. Chicago: University of Chicago Press, 2008.

3. Mann, Thomas. *Oxford Guide to Library Research.* 3rd ed. New York: Oxford University Press, 2005.

3. *Reference Universe.* Sterling, VA: Paratext, 2002-. http://refuniv.odyssi.com/.

3. Rowely, Jennifer, and John Farrow. *Organizing Knowledge: An Introduction to Managing Access to Information.* 3rd ed. Aldershot, Hampshire, UK: Gower, 2000.

3. Sears, Jean L., and Marilyn K. Moody. *Using Government Information Sources: Electronic and Print.* 3rd ed. Phoenix, AZ: Oryx Press, 2001.

4. *Alternative Press Index.* Chicago: Alternative Press Centre; Ipswich, MA: EBSCO, 1969-. http://www.ebscohost.com/government/.

4. *Bibliographic Index.* New York: H. W. Wilson, 1937-2011.

4. *Book Review Digest Plus.* New York: H. W. Wilson; Ipswich, MA: EBSCO, 2002-. http://www.ebscohost.com/wilson/.

4. *Book Review Digest Retrospective: 1905-1982 (H. W. Wilson).* Ipswich, MA: EBSCO, 2011-. http://www.ebscohost.com/wilson/.

4. *Book Review Index.* Detroit: Gale Research, 1965-. Also at http://www.gale.cengage.com/BRIOnline/.

4. *Books in Print.* New Providence, NJ: R. R. Bowker. Also at http://www. booksinprint.com/.

4. Brigham, Clarence S. *History and Bibliography of American Newspapers, 1690-1820.* 2 vols. Westport, CT: Greenwood Press, 1976.

4. *Conference Papers Index.* Bethesda, MD: Cambridge Scientific Abstracts, 1978-. Also at http://www.csa.com/.

4. Farber, Evan Ira, ed. *Combined Retrospective Index to Book Reviews in Scholarly Journals, 1886-1974.* 15 vols. Arlington, VA: Carrollton Press, 1979-82.

4. Gregory, Winifred, ed. *American Newspapers, 1821-1936: A Union List of Files Available in the United States and Canada.* New York: H. W. Wilson, 1937.

4. *Kirkus Reviews.* New York: Kirkus Media, 1933-. Also at http://www.kirkusreviews.com/.

4. *National Newspaper Index.* Menlo Park, CA: Information Access, 1979-. Also at http://library.dialog.com/bluesheets/html/bl0111.html.

4. New York Times Index. New York: New York Times, 1913-.

4. *Newspapers in Microform.* Washington, DC: Library of Congress, 1948-83. Also at http://www.loc.gov/.

4. *Periodicals Index Online.* Ann Arbor, MI: ProQuest Information and Learning, 1990-. http://pio.chadwyck.co.uk/.

4. Poole, William Frederick, and William Isaac Fletcher. *Poole's Index to Periodical Literature.* Rev. ed. Gloucester, MA: Peter Smith, 1970.

4. *Popular Periodical Index.* Camden, NJ: Rutgers University, 1973-93.

4. *Readers' Guide to Periodical Literature (H. W. Wilson).* Ipswich, MA: EBSCO, 2003-. http://www.ebscohost.com/wilson/.

4. *Reference Books Bulletin.* Chicago: American Library Association, 1984-2007.

4. *Serials Review.* San Diego: Pergamon, 1975-. Also at http://www.sciencedirect.com/science/journal/00987913.

4. *Subject Guide to Books in Print.* New York: R. R. Bowker, 1957-. Also at http://www.booksinprint.com/.

4. *Wall Street Journal.* New York: Dow Jones, 1889-. Also at http://www.proquest.com/.

5. Bolker, Joan. *Writing Your Dissertation in Fifteen Minutes a Day: A Guide to Starting, Revising, and Finishing Your Doctoral Thesis.* New York: H. Holt, 1998.

5. Crews, Kenneth D. *Copyright Law and Graduate Research: New Media, New Rights, and Your Dissertation.* Ann Arbor, MI: UMI, 2000. Also at http://proquest.com/en-US/products/dissertations/copyright/.

5. Miller, Jane E. *The Chicago Guide to Writing about Numbers.* Chicago: University of Chicago Press, 2004.

5. Sternberg, David. *How to Complete and Survive a Doctoral Dissertation.* New York: St. Martin? Griffin, 1981.

5. Strunk, William, and E. B. White. *The Elements of Style. 50th anniversary ed.* New York: Pearson

Longman, 2009.

5. Williams, Joseph M., and Gregory G. Colomb. *Style: Lessons in Clarity and Grace.* 10th ed. Boston: Longman, 2010.

6. *The Chicago Manual of Style.* 16th ed. Chicago: University of Chicago Press, 2010. Also at http://www.chicagomanualofstyle.org/.

데이터의 시각적 표현(표, 그림, 포스터 등)

2. Harris, Robert L. *Information Graphics: A Comprehensive Illustrated Reference.* New York: Oxford University Press, 2000.

3. Cleveland, William S. *The Elements of Graphing Data.* Rev. ed. Summit, NJ: Hobart Press, 1994.

3. ———. *Visualizing Data.* Summit, NJ: Hobart Press, 1993.

3. Monmonier, Mark. *Mapping It Out: Expository Cartography for the Humanities and Social Sciences.* Chicago: University of Chicago Press, 1993.

3. Tufte, Edward R. *Envisioning Information.* Cheshire, CT: Graphics, 1990.

3. ———. *Visual and Statistical Thinking: Displays of Evidence for Making Decisions.* Cheshire, CT: Graphics, 1997.

3. ———. *The Visual Display of Quantitative Information.* 2nd ed. Cheshire, CT: Graphics Press, 2001.

3. Wainer, Howard. *Visual Revelations: Graphical Tales of Fate and Deception from Napoleon Bonaparte to Ross Perot.* New York: Copernicus, 1997.

5. Alley, Michael. *The Craft of Scientific Presentations: Critical Steps to Succeed and Critical Errors to Avoid.* New York: Sprinter, 2003.

5. Briscoe, Mary Helen. *Preparing Scientific Illustrations: A Guide to Better Posters, Presentations, and Publications.* 2nd ed. New York: Springer, 1996.

5. Esposito, Mona, Kaye Marshall, and Fredricka L. Stoller. "Poster Sessions by Experts." In *New Ways in Content-Based Instruction,* edited by Donna M. Brinton and Peter Master, 115-18. Alexandria, VA: Teachers of English to Speakers of Other Languages, 1997.

5. Kosslyn, Stephen M. *Elements of Graph Design.* New York: W. H. Freeman, 1994.

5. Larkin, Greg. "Storyboarding: A Concrete Way to Generate Effective Visuals." *Journal of Technical Writing and Communication* 26, no. 3 (1996): 273-90.

5. Nicol, Adelheid A. M., and Penny M. Pexman. *Presenting Your Findings: A Practical Guide for Creating Tables.* Washington, DC: American Psychological Association, 1999.

5. Rice University, Cain Project in Engineering and Professional Communication. "Designing Scientific and Engineering Posters," [2003]. http://www. owlnet.rice.edu/~cainproj/ih_posters.html.

5. Robbins, Naomi B. *Creating More Effective Graphs.* New York: John Wiley and Sons, 2004.

5. Ross, Ted. *The Art of Music Engraving and Processing: A Complete Manual, Reference, and Text Book on Preparing Music for Reproduction and Print.* Miami: Hansen Books, 1970.

5. Zweifel, Frances W. *A Handbook of Biological Illustration*. 2nd ed. Chicago: University of Chicago Press, 1988.

6. CBE Scientific Illustration Committee. *Illustrating Science: Standards for Publication*. Bethesda, MD: Council of Biology Editors, 1988.

인문학

일반

1. Murphy, Bruce, ed. *Benet's Reader's Encyclopedia*. 5th ed. New York: HarperCollins, 2008.

3. Kirkham, Sandi. *How to Find Information in the Humanities*. London: Library Association, 1989.

4. *American Humanities Index*. Troy, NY: Whitston, 1975-2004.

4. *Arts and Humanities Citation Index*. Philadelphia: Institute for Scientific Information, 1976-. Also at http://wokinfo.com/.

4. Blazek, Ron, and Elizabeth Aversa. *The Humanities: A Selective Guide to Information Sources*. 5th ed. Englewood, CO: Libraries Unlimited, 2000.

4. *British Humanities Index*. London: Library Association; Bethesda, MD: Cambridge Scientific Abstracts, 1962-.

4. *Humanities Index*. New York: H. W. Wilson, 1974-.

4. *An Index to Book Reviews in the Humanities*. Williamston, MI: P. Thomson, 1960-90.

4. *Index to Social Sciences and Humanities Proceedings*. Philadelphia: Institute for Scientific Information, 1979-. Also at http://wokinfo.com/.

4. Harzfeld, Lois A. *Periodical Indexes in the Social Sciences and Humanities: A Subject Guide*. Metuchen, NJ: Scarecrow Press, 1978.

4. *Walford's Guide to Reference Material*. Vol. 3, Generalia, Language and Literature, the Arts, edited by Anthony Chalcraft, Ray Prytherch, and Stephen Willis. 7th ed. London: Library Association, 1998.

5. Northey, Margot, and Maurice Legris. *Making Sense in the Humanities: A Student's Guide to Writing and Style*. Toronto: Oxford University Press, 1990.

예술

1. Chilvers, Ian, and Harold Osborne, eds. *The Oxford Dictionary of Art and Artists*. 4th ed. Oxford: Oxford University Press, 2009.

1. Myers, Bernard L., and Trewin Copplestone, eds. *The Macmillan Encyclopedia of Art*. Rev. ed. London: Macmillan, 1981.

1. Myers, Bernard S., and Shirley D. Myers, eds. *McGraw-Hill Dictionary of Art*. 5 vols. New York: McGraw-Hill, 1969.

1. *Oxford Art Online*. Oxford: Oxford University Press, 2007-. http://www.oxfordartonline.com/.

1. *Oxford Reference Online: Art and Architecture*. Oxford: Oxford University Press, 2002-. http://www.oxfordreference.com/.

1. Sorensen, Lee. *Dictionary of Art Historians*. Durham, NC: Duke University Press. http://www.dictionaryofarthistorians.org/.

2. Myers, Bernard S., ed. *Encyclopedia of World Art*. 17 vols. New York: McGraw-Hill, 1959-87.

3. Arntzen, Etta, and Robert Rainwater. *Guide to the Literature of Art History*. Chicago: American Library Association, 1980.

3. Jones, Lois Swan. *Art Information and the Internet: How to Find It, How to Use It*. Phoenix, AZ: Oryx Press, 1999.

3. ————. *Art Information: Research Methods and Resources*. 3rd ed. Dubuque, IA: Kendall/Hunt, 1990.

3. Marmor, Max, and Alex Ross. *Guide to the Literature of Art History 2*. Chicago: American Library Association, 2005.

3. Minor, Vernon Hyde. *Art History's History*. 2nd ed. Upper Saddle River, NJ: Prentice Hall, 2001.

4. *Art Abstracts (H. W. Wilson)*. Ipswich, MA: EBSCO, 1990s-. http://www.ebscohost.com/wilson/.

4. *Art Index (H. W. Wilson)*. Ipswich, MA: EBSCO, 1990s-. http://www.ebscohost.com/wilson/.

4. *Art Index Retrospective: 1929-1984 (H. W. Wilson)*. Ipswich, MA: EBSCO, 1990s. http://www.ebscohost.com/wilson/.

4. *International Bibliography of Art*. Lost Angeles: J. Paul Getty Trust; Ann Arbor, MI: ProQuest CSA, 2008-. http://www.csa.com/.

5. Barnet, Sylvan. *A Short Guide to Writing about Art*. 10th ed. Upper Saddle River, NJ: Prentice Hall, 2010.

역사

1. Cook, Chris. *A Dictionary of Historical Terms*. 3rd ed. Houndmills, UK: Macmillan, 1998.

1. Ritter, Harry. *Dictionary of Concepts in History*. Westport, CT: Greenwood Press, 1986.

2. Bjork, Robert E., ed. *The Oxford Dictionary of the Middle Ages*. 4 vols. Oxford: Oxford University Press, 2010.

2. Breisach, Ernst. *Historiography: Ancient, Medieval, and Modern*. 3rd ed. Chicago: University of Chicago Press, 2007.

2. *The Cambridge Ancient History*. 14 vols. Cambridge: Cambridge University Press, 1970-2000. Also at http://histories.cambridge.org/.

3. Benjamin, Jules R. *A Student's Guide to History*. 10th ed. Boston: Bedford / St. Martin?, 2006.

3. Brundage, Anthony. *Going to the Sources: A Guide to Historical Research and Writing*. 4th ed. Wheeling, IL: Harlan Davidson, 2007.

3. Frick, Elizabeth. *History: Illustrated Search Strategy and Sources*. 2nd ed. Ann Arbor, MI: Pierian Press,

1995.

3. Fritze, Ronald H., Brian E. Coutts, and Louis Andrew Vyhnanek. *Reference Sources in History: An Introductory Guide*. 2nd ed. Santa Barbara, CA: ABC-Clio, 2004.

3. Higginbotham, Evelyn Brooks, Leon F. Litwack, and Darlene Clark Hine, eds. *The Harvard Guide to African-American History*. Cambridge, MA: Harvard University Press, 2001.

3. Kyvig, David E., and Myron A. Marty. *Nearby History: Exploring the Past around You*. 3rd ed. Walnut Creek, CA: AltaMira Press, 2010.

3. Prucha, Francis Paul. *Handbook for Research in American History: A Guide to Bibliographies and Other Reference Works*. 2nd ed. Lincoln: University of Nebraska Press, 1994.

4. *America: History and Life*. Ipswich, MA: EBSCO, 1990s-. http://www. ebscohost.com/academic/.

4. Blazek, Ron, and Anna H. Perrault. *United States History: A Multicultural, Interdisciplinary Guide to Information Sources*. 2nd ed. Westport, CT: Libraries Unlimited, 2003.

4. Danky, James Philip, and Maureen E. Hady. *African-American Newspapers and Periodicals: A National Bibliography*. Cambridge, MA: Harvard University Press, 1998.

4. *Historical Abstracts*. Ipswich, MA: EBSCO, 1990s-. http://www. ebscohost.com/academic/.

4. Kinnell, Susan K., ed. *Historiography: An Annotated Bibliography of Journal Articles, Books, and Dissertations*. 2 vols. Santa Barbara, CA: ABC-Clio, 1987.

4. Mott, Frank Luther. *A History of American Magazines*. 5 vols. Cambridge, MA: Belknap Press of Harvard University Press, 1930-68.

5. Barzun, Jacques, and Henry F. Graff. *The Modern Researcher*. 6th ed. Belmont, CA: Thomson/ Wadsworth, 2004.

5. Marius, Richard, and Melvin E. Page. *A Short Guide to Writing about History*. 5th ed. New York: Pearson Longman, 2005.

문학

1. Abrams, M. H., and Geoffrey Galt Harpham. *A Glossary of Literary Terms*. 10th ed. Boston: Wadsworth Cengage Learning, 2012.

1. Baldick, Chris, ed. *The Concise Oxford Dictionary of Literary Terms*. 2nd ed. Oxford: Oxford University Press, 2001.

1. Brogan, Terry V. F., ed. *The New Princeton Handbook of Poetic Terms*. Princeton, NJ: Princeton University Press, 1994.

1. Groden, Michael, Martin Kreiswirth, and Imre Szeman, eds. *The Johns Hopkins Guide to Literary Theory and Criticism*. 2nd ed. Baltimore: Johns Hopkins University Press, 2005. Also at http:// litguide.press.jhu.edu/.

1. Preminger, Alex, and Terry V. F. Brogan, eds. *The New Princeton Encyclopedia of Poetry and Poetics*. Princeton, NJ: Princeton University Press, 1993.

2. Birch, Dinah, ed. *The Oxford Companion to English Literature*. 7th ed. New York: Oxford University

Press, 2009. Also at http://www.oxfordreference. com/.

2. Hart, James D., and Phillip W. Leininger, eds. *The Oxford Companion to American Literature*. 6th ed. New York: Oxford University Press, 1995. Also at http://www.oxfordreference.com/.

2. Lentricchia, Frank, and Thomas McLaughlin, eds. *Critical Terms for Literary Study*. 2nd ed. Chicago: University of Chicago Press, 1995.

2. Parini, Jay, ed. *The Oxford Encyclopedia of American Literature*. 4 vols. New York: Oxford University Press, 2004. Also at http://www.oxford-americanliterature.com/.

2. Ward, Sir Adolphus William, A. R. Waller, William Peterfield Trent, John Erskine, Stuart Pratt Sherman, and Carl Van Doren. *The Cambridge History of English and American Literature: An Encyclopedia in Eighteen Volumes*. New York: G. P. Putnam's Sons, 1907-21. Also at http:// www.bartleby. com/cambridge/.

3. Altick, Richard Daniel, and John J. Fenstermaker. *The Art of Literary Research*. 4th ed. New York: W. W. Norton, 1993.

3. Harner, James L. *Literary Research Guide: An Annotated Listing of Reference Sources in English Literary Studies*. 5th ed. New York: Modern Language Association of America, 2008.

3. Klarer, Mario. *An Introduction to Literary Studies*. 2nd ed. London: Routledge, 2004.

3. Vitale, Philip H. *Basic Tools of Research: An Annotated Guide for Students of English*. 3rd ed., rev. and enl. New York: Barron's Educational Series, 1975.

4. *Abstracts of English Studies*. Boulder, CO: National Council of Teachers of English, 1958-91. Also at http://catalog.hathitrust.org/Record/000521812.

4. Blanck, Jacob, Virginia L. Smyers, and Michael Winship. *Bibliography of American Literature*. 9 vols. New Haven, CT: Yale University Press, 1955-91. Also at http://collections.chadwyck.co.uk/.

4. *Index of American Periodical Verse*. Metuchen, NJ: Scarecrow Press, 1971-2006.

4. *MLA International Bibliography*. New York: Modern Language Association of America. http://www. mla.org/bibliography.

5. Barnet, Sylvan, and William E. Cain. *A Short Guide to Writing about Literature*. 12th ed. New York: Longman/Pearson, 2011.

5. Griffith, Kelley. *Writing Essays about Literature: A Guide and Style Sheet*. 8th ed. Boston: Wads worth Cengage Learning, 2011.

6. Gibaldi, Joseph. *MLA Handbook for Writers of Research Papers*. 7th ed. New York: Modern Language Association of America, 2009.

음악

1. *Oxford Music Online*. New York: Oxford University Press, 2001-. Includes Grove Music Online. http://www.oxfordmusiconline.com/.

1. Randel, Don Michael, ed. *The Harvard Dictionary of Music*. 4th ed. Cambridge, MA: Belknap Press of Harvard University Press, 2003.

1. Sadie, Stanley, and John Tyrrell, eds. *The New Grove Dictionary of Music and Musicians*. 2nd ed. 29 vols. New York: Grove, 2001. Also at http://www.oxfordmusiconline.com/ (as part of Grove Music Online).

2. Netti, Bruno, Ruth M. Stone, James Porter, and Timothy Rice, eds. *The Garland Encyclopedia of World Music*. 10 vols. New York: Garland, 1998-2002. Also at http://alexanderstreet.com/.

3. Brockman, William S. *Music: A Guide to the Reference Literature*. Littleton, CO: Libraries Unlimited, 1987.

3. Duckles, Vincent H., Ida Reed, and Michael A. Keller, eds. *Music Reference and Research Materials: An Annotated Bibliography*. 5th ed. New York: Schirmer Books, 1997.

4. *The Music Index*. Ipswich, MA: EBSCO, 2000s-. http://www.ebscohost.com/ academic/.

4. *RILM Abstracts of Music Literature*. New York: RILM, 1967-. Also at http://www.ebscohost.com/ academic/.

5. Druesedow, John E., Jr. *Library Research Guide to Music: Illustrated Search Strategy and Sources*. Ann Arbor, MI: Pierian Press, 1982.

5. Herbert, Trevor. *Music in Words: A Guide to Researching and Writing about Music*. New York: Oxford University Press, 2009.

5. Wingell, Richard. *Writing about Music: An Introductory Guide*. 4th ed. Upper Saddle River, NJ: Pearson Prentice Hall, 2009.

6. Bellman, Jonathan. *A Short Guide to Writing about Music*. 2nd ed. New York: Pearson Longman, 2006.

6. Holoman, D. Kern. *Writing about Music: A Style Sheet*. 2nd ed. Berkeley: University of California Press, 2008.

철학

1. Blackburn, Simon. *The Oxford Dictionary of Philosophy*. 2nd ed. rev. Oxford: Oxford University Press, 2008. Also at http://www.oxfordreference.com/.

1. Hornblower, Simon, and Antony Spawforth, eds. *The Oxford Classical Dictionary*. 3rd ed. rev. Oxford: Oxford University Press, 2003. Also at http://www.oxford-classicaldictionary3.com/.

1. Wellington, Jean Susorney. *Dictionary of Bibliographic Abbreviations Found in the Scholarship of Classical Studies and Related Disciplines*. Rev. ed. Westport, CT: Praeger, 2003.

2. Craig, Edward, ed. *Routledge Encyclopedia of Philosophy*. 10 vols. New York: Routledge, 1998. Also at http://www.rep.routledge.com/.

2. Edwards, Paul. *The Encyclopedia of Philosophy*. 8 vols. New York: Simon and Schuster Macmillan, 1996.

2. Parkinson, George H. R. *The Handbook of Western Philosophy*. New York: Macmillan, 1988.

2. Schrift, Alan D. T*he History of Continental Philosophy*. 8 vols. Chicago: University of Chicago Press, 2011.

2. Urmson, J. O., and Jonathan Ree, eds. *The Concise Encyclopedia of Western Philosophy and Philosophers.* 3rd ed. London: Routledge, 2005.

2. Zalta, Edward N. *Stanford Encyclopedia of Philosophy.* Stanford, CA: Stanford University, 1997-. http://plato.stanford.edu/.

3. List, Charles J., and Stephen H. Plum. *Library Research Guide to Philosophy.* Ann Arbor, MI: Pierian Press, 1990.

4. *L'annee philologique.* Paris: Belles Lettres, 1928-. Also at http://www.annee-philologique.com/.

4. Bourget, David, and David Chalmers, eds. *PhilPapers.* London: Institute of Philosophy at the University of London, 2008-. http://philpapers.org/.

4. *The Philosopher's Index.* Bowling Green, OH: Philosopher's Information Center, 1968-. Also at http://philindex.org/.

5. Martinich, A. P. *Philosophical Writing: An Introduction.* 3rd ed. Malden, MA: Blackwell Publishers, 2005.

5. Watson, Richard A. *Writing Philosophy: A Guide to Professional Writing and Publishing.* Carbondale: Southern Illinois University Press, 1992.

사회과학

일반

1. Calhoun, Craig, ed. *Dictionary of the Social Sciences.* New York: Oxford University Press, 2002. Also at http://www.oxfordreference.com/.

1. *Statistical Abstract of the United States.* Washington, DC: US Census Bureau, 1878-. Also at http://www.census.gov/compendia/statab/.

2. Darity, William, ed. *International Encyclopedia of the Social Sciences.* 2nd ed. 9 vols. New York: Macmillan, 2008.

3. Herron, Nancy L., ed. *The Social Sciences: A Cross-Disciplinary Guide to Selected Sources.* 3rd ed. Englewood, CO: Libraries Unlimited, 2002.

3. Light, Richard J., and David B. Pillemer. *Summing Up: The Science of Reviewing Research.* Cambridge, MA: Harvard University Press, 1984.

3. Øyen, Else, ed. *Comparative Methodology: Theory and Practice in International Social Research.* London: Sage, 1990.

4. *Bibliography of Social Science Research and Writings on American Indians.* Compiled by Russell Thornton and Mary K. Grasmick. Minneapolis: Center for Urban and Regional Affairs, University of Minnesota, 1979.

4. *Book Review Index to Social Science Periodicals.* 4 vols. Ann Arbor, MI: Pierian Press, 1978-81.

4. *Communication and Mass Media Complete.* Ipswich, MA: EBSCO, 2004-. http://www.ebscohost.*

com/academic/.

4. *C.R.I.S.: The Combined Retrospective Index Set to Journals in Sociology, 1895-1974.* Compiled by Annadel N. Wile and Arnold Jaffe. Washington, DC: Carrollton Press, 1978.

4. *Current Contents: Social and Behavioral Sciences.* Philadelphia: Institute for Scientific Information, 1974-. Also at http://wokinfo.com/.

4. *Document Retrieval Index.* US Dept. of Justice, Law Enforcement Assistance Administration, National Institute of Law Enforcement and Criminal Justice, 1979-. Microfiche.

4. Grossman, Jorge. *Indice general de publicaciones periodicas latinoamericanas: Humanidades y ciencias sociales / Index to Latin American Periodicals: Humanities and Social Sciences.* Metuchen, NJ: ScarecrowPress, 1961-70.

4. Harzfeld, Lois A. *Periodical Indexes in the Social Sciences and Humanities: A Subject Guide.* Metuchen, NJ: Scarecrow Press, 1978.

4. *Index of African Social Science Periodical Articles.* Dakar, Senegal: Council for the Development of Economic and Social Research in Africa, 1989-.

4. *Index to Social Sciences and Humanities Proceedings.* Philadelphia: Institute for Scientific Information, 1979-. Also at http://wokinfo.com/ (as CPCI-SSH)

4. Lester, Ray, ed. *The New Walford.* Vol. 2, The Social Sciences. London: Facet, 2008.

4. *PAIS International in Print.* New York: OCLC Public Affairs Information Service, 1991-. Also at http://www.csa.com/.

4. *Social Sciences Citation Index.* Philadelphia: Institute for Scientific Information, 1969-. Also at http://wokinfo.com/.

4. *Social Sciences Index.* New York: H. W. Wilson, 1974-. Also at http://www.ebscohost.com/wilson/ (as Social Science Abstracts).

5. Becker, Howard S. *Writing for Social Scientists: How to Start and Finish Your Thesis, Book, or Article.* 2nd ed. Chicago: University of Chicago Press, 2007.

5. Bell, Judith. *Doing Your Research Project: A Guide for First-Time Researchers in Education, Health, and Social Science.* 5th ed. Maidenhead, UK: Open University Press, 2010.

5. Krathwohl, David R., and Nick L. Smith. *How to Prepare a Dissertation Proposal: Suggestions for Students in Education and the Social and Behavioral Sciences.* Syracuse, NY: Syracuse University Press, 2005.

5. Northey, Margot, Lorne Tepperman, and Patrizia Albanese. *Making Sense: A Student's Guide to Research and Writing; Social Sciences.* 5th ed. Ontario: Oxford University Press, 2012.

인류학

1. Barfield, Thomas, ed. *The Dictionary of Anthropology.* Oxford: Blackwell, 2000.

1. Winthrop, Robert H. *Dictionary of Concepts in Cultural Anthropology.* New York: Greenwood Press, 1991.

2. Barnard, Alan, and Jonathan Spencer, eds. *Encyclopedia of Social and Cultural Anthropology*. 2nd ed. London: Routledge, 2010.

2. Ember, Melvin, Carol R. Ember, and Ian A. Skoggard, eds. *Encyclopedia of World Cultures: Supplement*. New York: Gale Group / Thomson Learning, 2002.

2. Ingold, Tim, ed. *Companion Encyclopedia of Anthropology: Humanity, Culture, and Social Life*. New ed. London: Routledge, 2002.

2. Levinson, David, ed. *Encyclopedia of World Cultures*. 10 vols. Boston: G. K. Hall, 1996.

2. Levinson, David, and Melvin Ember, eds. *Encyclopedia of Cultural Anthropology*. 4 vols. New York: Henry Holt, 1996.

3. Bernard, H. Russell, ed. *Handbook of Methods in Cultural Anthropology*. Walnut Creek, CA: AltaMira Press, 2000.

3. ———. *Research Methods in Anthropology: Qualitative and Quantitative Approaches*. 4th ed. Lanham, MD: AltaMira Press, 2005.

3. *Current Topics in Anthropology: Theory, Methods, and Content*. 8 vols. Reading, MA: Addison-Wesley, 1971-74.

3. Glenn, James R. *Guide to the National Anthropological Archives, Smithsonian Institution*. Rev. and enl. ed. Washington, DC: National Anthropological Archives, 1996. Also at http://www.nmnh.si.edu/naa/guides.htm.

3. Poggie, John J., Jr., Billie R. DeWalt, and William W. Dressler, eds. *Anthropological Research: Process and Application*. Albany: State University of New York Press, 1992.

4. *Abstracts in Anthropology*. Amityville, NY: Baywood Publishing, 1970-. Also at http://anthropology.metapress.com/.

4. *Annual Review of Anthropology*. Palo Alto, CA: Annual Reviews, 1972-. Also at http://www.annualreviews.org/journal/anthro.

4. *The Urban Portal*. Chicago: University of Chicago Urban Network. http://urban.uchicago.edu/.

경영

1. Friedman, Jack P. *Dictionary of Business Terms*. 4th ed. Hauppauge, NY: Barron? Educational Series, 2007.

1. Link, Albert N. *Link's International Dictionary of Business Economics*. Chicago: Probus, 1993.

1. Nisberg, Jay N. *The Random House Dictionary of Business Terms*. New York: Random House, 1992.

1. Wiechmann, Jack G., and Laurence Urdang, eds. *NTC's Dictionary of Advertising*. 2nd ed. Lincolnwood, IL: National Textbook, 1993.

2. Folsom, W. Davis, and Stacia N. VanDyne, eds. *Encyclopedia of American Business*. Rev. ed. 2 vols. New York: Facts on File, 2004.

2. *The Lifestyle Market Analyst: A Reference Guide for Consumer Market Analysis*. Wilmette, IL: Standard Rate and Data Service, 1989-2008.

2. McDonough, John, and Karen Egolf, eds. *The Advertising Age Encyclopedia of Advertising*. 3 vols. New York: Fitzroy Dearborn, 2003.

2. Vernon, Mark. *Business: The Key Concepts*. New York: Routledge, 2002.

2. Warner, Malcolm, and John P. Kotter, eds. *International Encyclopedia of Business and Management*. 2nd ed. 8 vols. London: Thomson Learning, 2002.

3. Bryman, Alan, and Emma Bell. *Business Research Methods*. 3rd ed. New York: Oxford University Press, 2011.

3. Daniells, Lorna M. *Business Information Sources*. 3rd ed. Berkeley: University of California Press, 1993.

3. Moss, Rita W., and David G. Ernsthausen. *Strauss's Handbook of Business Information: A Guide for Librarians, Students, and Researchers*. 3rd ed. Westport, CT: Libraries Unlimited, 2012.

3. Sekaran, Uma, and Roger Bougie. *Research Methods for Business: A Skill Building Approach*. 5th ed. New York: John Wiley and Sons, 2009.

3. Woy, James B., ed. *Encyclopedia of Business Information Sources*. 28th ed. 2 vols. Detroit: Gale Cengage Learning, 2011.

4. *Business Periodicals Index*. New York: H. W. Wilson, 1958-. Also at http://www.ebscohost.com/academic/ (as Business Periodicals Index Retrospective).

5. Farrell, Thomas J., and Charlotte Donabedian. *Writing the Business Research Paper: A Complete Guide*. Durham, NC: Carolina Academic Press, 1991.

6. Vetter, William. Business Law, *Legal Research, and Writing: Handbook*. Needham Heights, MA: Ginn Press, 1991.

언론·정보·미디어학

1. Horak, Ray. *Webster's New World Telecom Dictionary*. Indianapolis: Wiley Technology, 2008.

1. Miller, Toby, ed. *Television: Critical Concepts in Media and Cultural Studies*. London: Routledge, 2003.

1. Newton, Harry. *Newton's Telecom Dictionary*. 26th ed. New York: Flatiron Books, 2011.

1. Watson, James, and Anne Hill. *A Dictionary of Communication and Media Studies*. 8th ed. New York: Bloomsbury Academic, 2012.

1. Weik, Martin H. *Communications Standard Dictionary*. 3rd ed. New York: Chapman and Hall, 1996.

2. Barnouw, Erik, ed. *International Encyclopedia of Communications*. 4 vols. New York: Oxford University Press, 1989.

2. Johnston, Donald H., ed. *Encyclopedia of International Media and Communications*. 4 vols. San Diego, CA: Academic Press, 2003.

2. Jones, Steve, ed. *Encyclopedia of New Media: An Essential Reference to Communication and Technology*. Thousand Oaks, CA: Sage, 2003.

2. Stern, Jane, and Michael Stern. *Jane and Michael Stern's Encyclopedia of Pop Culture: An A to Z Guide of Who's Who and What's What, from Aerobics and Bubble Gum to Valley of the Dolls and Moon Unit Zappa.* New York: HarperPerennial, 1992.

2. Vaughn, Stephen L. *Encyclopedia of American Journalism.* New York: Routledge, 2008.

3. Clark, Vivienne, James Baker, and Eileen Lewis. *Key Concepts and Skills for Media Studies.* London: Hodder and Stoughton, 2003.

3. Stokes, Jane. *How to Do Media and Cultural Studies.* London: Sage, 2003.

3. Storey, John. *Cultural Studies and the Study of Popular Culture.* 3rd ed. Edinburgh: Edinburgh University Press, 2010.

4. Block, Eleanor S., and James K. Bracken. *Communication and the Mass Media: A Guide to the Reference Literature.* Englewood, CO: Libraries Unlimited, 1991.

4. Blum, Eleanor, and Frances Goins Wilhoit. *Mass Media Bibliography: An Annotated Guide to Books and Journals for Research and Reference.* 3rd ed. Urbana: University of Illinois Press, 1990.

4. Cates, Jo A. *Journalism: A Guide to the Reference Literature.* 3rd ed. Westport, CT: Libraries Unlimited, 2004.

4. *CD Review.* Hancock, NH: WGE Pub., 1989-96.

4. *Communications Abstracts.* Los Angeles: Dept. of Journalism, University of California, Los Angeles, 1960-. Also at http://www.ebscohost.com/academic/.

4. *Film Review Annual.* Englewood, NJ: J. S. Ozer, 1981-2002.

4. Matlon, Ronald J., and Sylvia P. Ortiz, eds. *Index to Journals in Communication Studies through 1995.* Annandale, VA: National Communication Association, 1997.

4. *Media Review Digest.* Ann Arbor, MI: Pierian Press, 1974-2006.

4. *New York Theatre Critics's Reviews.* New York: Critics?Theatre Reviews, 1943-95.

4. *New York Times Directory of the Film.* New York: Arno Press, 1971-.

4. *Records in Review.* Great Barrington, MA: Wyeth Press, 1957-81.

4. Sterling, Christopher H., James K. Bracken, and Susan M. Hill, eds. *Mass Communications Research Resources: An Annotated Guide.* Mahwah, NJ: Erlbaum, 1998.

6. Christian, Darrell, Sally Jacobsen, and David Minthorn, eds. *Stylebook and Briefing on Media Law.* 46th ed. New York: Basic Books, 2011.

경제학

1. Pearce, David W., ed. *MIT Dictionary of Modern Economics.* 4th ed. Cambridge, MA: MIT Press, 1992.

2. Durlauf, Steven N., and Lawrence E. Blume, eds. *The New Palgrave Dictionary of Economics.* 8 vols. New York: Palgrave Macmillan, 2011.

2. Greenwald, Douglas, ed. *The McGraw-Hill Encyclopedia of Economics.* 2nd ed. New York: McGraw-Hill, 1994.

2. Mokyr, Joel, ed. *The Oxford Encyclopedia of Economic History*. 5 vols. Oxford: Oxford University Press, 2003. Also at http://www.oxford-economichistory.com/.

3. Fletcher, John, ed. *Information Sources in Economics*. 2nd ed. London: Butterworths, 1984.

3. Johnson, Glenn L. *Research Methodology for Economists: Philosophy and Practice*. New York: Macmillan, 1986.

4. *Journal of Economic Literature*. Nashville, TN: American Economic Association, 1969-. Also at http://www.jstor.org/.

5. McCloskey, Donald [Deirdre] N. *The Writing of Economics*. New York: Macmillan, 1987.

5. Thomson, William. *A Guide for the Young Economist*. 2nd ed. Cambridge, MA: MIT Press, 2011.

교육학

1. Barrow, Robin, and Geoffrey Milburn. *A Critical Dictionary of Educational Concepts: An Appraisal of Selected Ideas and Issues in Educational Theory and Practice*. 2nd ed. New York: Teachers College Press, 1990.

1. Collins, John Williams, and Nancy P. O'Brien, eds. *The Greenwood Dictionary of Education*. 2nd ed. Santa Barbara, CA: Greenwood, 2011.

1. Gordon, Peter, and Denis Lawton. *Dictionary of British Education*. 3rd ed. London: Woburn Press, 2003.

2. Alkin, Marvin C., ed. *Encyclopedia of Educational Research*. 6th ed. 4 vols. New York: Macmillan, 1992.

2. Guthrie, James W., ed. *Encyclopedia of Education*. 2nd ed. 8 vols. New York: Macmillan Reference USA, 2003.

2. Levinson, David L., Peter W. Cookson Jr., and Alan R. Sadovnik, eds. *Education and Sociology: An Encyclopedia*. New York: RoutledgeFalmer, 2002.

2. Peterson, Penelope, Eva Baker, and Barry McGaw, eds. *The International Encyclopedia of Education*. 3rd ed. 8 vols. Oxford: Academic Press, 1994.

2. Unger, Harlow G. *Encyclopedia of American Education*. 3rd ed. 3 vols. New York: Facts on File, 2007.

3. Bausell, R. Barker. *Advanced Research Methodology: An Annotated Guide to Sources*. Metuchen, NJ: Scarecrow Press, 1991.

3. Keeves, John P., ed. *Educational Research, Methodology, and Measurement: An International Handbook*. 2nd ed. New York: Pergamon, 1997.

3. Tuckman, Bruce W., and Brian E. Harper. *Conducting Educational Research*. 6th ed. Lanham, MD: Rowman and Littlefield, 2012.

4. *Education Index*. New York: H. W. Wilson, 1929-. Also at http://www. ebscohost.com/wilson/ (as Education Index Retrospective and Education Abstracts).

4. *ERIC Database*. Lanham, MD: Educational Resources Information Center, 2004-. http://www.eric.

ed.gov/.

4. O'Brien, Nancy P. *Education: A Guide to Reference and Information Sources.* 2nd ed. Englewood, CO: Libraries Unlimited, 2000.

5. Carver, Ronald P. *Writing a Publishable Research Report: In Education, Psychology, and Related Disciplines.* Springfield, IL: C. C. Thomas, 1984.

지리학

1. Witherick, M. E., Simon Ross, and John Small. *A Modern Dictionary of Geography.* 4th ed. London: Arnold, 2001.

1. *The World Factbook.* Washington, DC: Central Intelligence Agency, 1990s-. https://www.cia.gov/ library/publications/the-world-factbook/.

2. Dunbar, Gary S. *Modern Geography: An Encyclopedic Survey.* New York: Garland, 1991.

2. McCoy, John, ed. *Geo-Data: The World Geographical Encyclopedia.* 3rd ed. Detroit: Thomson/Gale, 2003. Also at http://www.gale.cengage.com/.

2. Parker, Sybil P., ed. *World Geographical Encyclopedia.* 5 vols. New York: McGraw-Hill, 1995.

3. *Historical GIS Clearinghouse and Forum.* Washington, DC: Association of American Geographers. http://www.aag.org/.

3. Walford, Nigel. *Geographical Data: Characteristics and Sources.* New York: John Wiley and Sons, 1995.

4. Conzen, Michael P., Thomas A. Rumney, and Graeme Wynn. *A Scholar's Guide to Geographical Writing on the American and Canadian Past.* Chicago: University of Chicago Press, 1993.

4. *Current Geographical Publications.* New York: American Geographical Society of New York, 1938-. Also at http://www4.uwm.edu/ libraries/AGSL/.

4. *Geographical Abstracts.* Norwich, UK: Geo Abstracts, 1966-.

4. Okuno, Takashi. *A World Bibliography of Geographical Bibliographies.* Japan: Institute of Geoscience, University of Tsukuba, 1992.

5. Durrenberger, Robert W., John K. Wright, and Elizabeth T. Platt. *Geographical Research and Writing.* New York: Crowell, 1985.

5. Northey, Margot, David B. Knight, and Dianne Draper. *Making Sense: A Student's Guide to Research and Writing; Geography and Environmental Sciences.* 5th ed. Don Mills, ON: Oxford University Press, 2012.

법학

1. Garner, Bryan A., ed. *Black's Law Dictionary.* 9th ed. St. Paul, MN: Thomson/West, 2009.

1. Law, Jonathan, and Elizabeth A. Martin, eds. *A Dictionary of Law.* 7th ed. Oxford: Oxford University Press, 2009.

1. Richards, P. H., and L. B. Curzon. *The Longman Dictionary of Law.* 8th ed. New York: Pearson

Longman, 2011.

2. Baker, Brian L., and Patrick J. Petit, eds. *Encyclopedia of Legal Information Sources*. 2nd ed. Detroit: Gale Research, 1993.

2. *Corpus Juris Secundum*. Brooklyn, NY: American Law Book; St. Paul, MN: West, 1936-.

2. *Gale Encyclopedia of American Law*. 3rd ed. 14 vols. Detroit: Gale Cengage Learning, 2011. Also at http://www.gale.cengage.com/.

2. Hall, Kermit, and David Scott Clark, eds. *The Oxford Companion to American Law*. New York: Oxford University Press, 2002. Also at http://www.oxfordreference.com/.

3. Campbell, Enid Mona, Lee Poh-York, and Joycey G. Tooher. *Legal Research: Materials and Methods*. 4th ed. North Ryde, Australia: LBC Information Services, 1996.

3. *Online Legal Research: Beyond LexisNexis and Westlaw*. Los Angeles: University of California. http://libguides.law.ucla.edu/onlinelegalresearch.

4. *Current Index to Legal Periodicals*. Seattle: University of Washington Law Library, 1948-. Also at http://lib.law.washington.edu/cilp/cilp.html.

4. *Current Law Index*. Los Altos, CA: Information Access; Farmington Hills, MI: Gale Cengage Learning, 1980-.

4. *Index to Legal Periodicals and Books*. New York: H. W. Wilson, 1924-. Also at http://www.ebscohost.com/wilson/.

5. Bast, Carol M., and Margie Hawkins. *Foundations of Legal Research and Writing*. 4th ed. Clifton Park, NY: Delmar Cengage Learning, 2010.

5. Garner, Bryan A. *The Elements of Legal Style*. 2nd ed. New York: Oxford University Press, 2002.

6. *The Bluebook: A Uniform System of Citation*. 19th ed. Cambridge, MA: Harvard Law Review Association, 2010. Also at https://www.legalbluebook.com/.

정치학

1. Robertson, David. *A Dictionary of Modern Politics*. 4th ed. London: Europa, 2005.

2. *The Almanac of American Politics*. Chicago: University of Chicago Press, 1972-. Also at http://nationaljournal.com/almanac.

2. Hawkesworth, Mary E., and Maurice Kogan, eds. *Encyclopedia of Government and Politics*. 2nd ed. 2 vols. London: Routledge, 2004.

2. Lal, Shiv, ed. *International Encyclopedia of Politics and Laws*. 17 vols. New Delhi: Election Archives, 1987.

2. Miller, David, ed. *The Blackwell Encyclopaedia of Political Thought*. Oxford: Blackwell, 1991.

3. Green, Stephen W., and Douglas J. Ernest, eds. *Information Sources of Political Science*. 5th ed. Santa Barbara, CA: ABC-Clio, 2005.

3. Johnson, Janet Buttolph, and H. T. Reynolds. *Political Science Research Methods*. 7th ed. Los Angeles: Congressional Quarterly Press, 2012.

4. *ABC Pol Sci.* Santa Barbara, CA: ABC-Clio, 1969-2000.

4. Hardy, Gayle J., and Judith Schiek Robinson. *Subject Guide to U.S. Government Reference Sources.* 2nd ed. Englewood, CO: Libraries Unlimited, 1996.

4. *PAIS International Journals Indexed.* New York: Public Affairs Information Service, 1972-. Also at http://www.csa.com/.

4. *United States Political Science Documents.* Pittsburgh: University of Pittsburgh, University Center for International Studies, 1975-91.

4. *Worldwide Political Science Abstracts.* Bethesda, MD: Cambridge Scientific Abstracts, 1976- . Also at http://www.csa.com/.

5. Biddle, Arthur W., Kenneth M. Holland, and Toby Fulwiler. *Writer's Guide: Political Science.* Lexington, MA: D. C. Heath, 1987.

5. Lovell, David W., and Rhonda Moore. *Essay Writing and Style Guide for Politics and the Social Sciences.* Sydney: Australasian Political Studies Association, 1992.

5. Schmidt, Diane E. *Writing in Political Science: A Practical Guide.* 4th ed. Boston: Longman, 2010.

5. Scott, Gregory M., and Stephen M. Garrison. *The Political Science Student Writer's Manual.* 7th ed. Boston: Pearson, 2012.

6. American Political Science Association. *APSA Style Manual for Political Science.* Rev. Washington, DC: American Political Science Association, 2006. http://www.ipsonet.org/data/files/APSAStyleManual2006.pdf.

심리학

1. Colman, Andrew M. *Oxford Dictionary of Psychology.* 3rd ed. Oxford: Oxford University Press, 2009. Also at http://www.oxfordreference.com/.

1. Eysenck, Michael W., ed. *The Blackwell Dictionary of Cognitive Psychology.* Oxford: Blackwell, 1997.

1. Hayes, Nicky, and Peter Stratton. *A Student's Dictionary of Psychology.* 4th ed. London: Arnold, 2003.

1. Wolman, Benjamin B., ed. *Dictionary of Behavioral Science.* 2nd ed. San Diego, CA: Academic, 1989.

2. Colman, Andrew M., ed. *Companion Encyclopedia of Psychology.* 2 vols. London: Routledge, 1997.

2. Craighead, W. Edward, Charles B. Nemeroff, and Raymond J. Corsini, eds. *The Corsini Encyclopedia of Psychology and Behavioral Science.* 4th ed. 4 vols. New York: John Wiley and Sons, 2010.

2. Kazdin, Alan E., ed. *Encyclopedia of Psychology.* 8 vols. Washington, DC: American Psychological Association; Oxford: Oxford University Press, 2000.

2. Weiner, Irving B., and W. Edward Craighead, eds. *The Corsini Encyclopedia of Psychology.* 4th ed. 4 vols. Hoboken, NJ: Wiley, 2010.

3. Breakwell, Glynis M., Sean Hammond, Chris Fife-Schaw, and Jonathan A. Smith. *Research Methods in Psychology.* 3rd ed. London: Sage, 2006.

3. Elmes, David G., Barry H. Kantowitz, and Henry L. Roediger III. *Research Methods in Psychology.* 9th ed. Belmont, CA: Wadsworth Cengage Learning, 2012.

3. Reed, Jeffrey G., and Pam M. Baxter. *Library Use: A Handbook for Psychology.* 3rd ed. Washington, DC: American Psychological Association, 2003.

3. Shaughnessy, John J., Eugene B. Zechmeister, and Jeanne S. Zechmeister. *Research Methods in Psychology.* 7th ed. Boston: McGraw-Hill, 2005.

3. Wilson, Christopher. *Research Methods in Psychology: An Introductory Laboratory Manual.* Dubuque, IA: Kendall-Hunt, 1990.

4. *Annual Review of Psychology.* Palo Alto, CA: Annual Reviews, 1950-. Also at http://arjournals. annualreviews.org/journal/psych.

4. *APA PsycNET.* Washington, DC: American Psychological Association, 1990s-. http://www.apa.org/ pubs/databases/psycnet/.

4. *NASPSPA Abstracts.* Champaign, IL: Human Kinetics Publishers, 1990s-. Also at http://journals. humankinetics.com/.

4. *PubMed.* Bethesda, MD: US National Library of Medicine. http://www.ncbi.nlm.nih.gov/pubmed/.

4. *Science Citation Index.* Philadelphia: Institute for Scientific Information, 1961-. Also at http:// wokinfo.com/.

5. Solomon, Paul R. *A Student's Guide to Research Report Writing in Psychology.* Glenview, IL: Scott Foresman, 1985.

5. Sternberg, Robert J., and Karin Sternberg. *The Psychologist's Companion: A Guide to Writing Scientific Papers for Students and Researchers.* 5th ed. Cambridge: Cambridge University Press, 2010.

6. *Publication Manual of the American Psychological Association.* 6th ed. Washington, DC: American Psychological Association, 2010.

종교학

1. Bowker, John, ed. *The Concise Oxford Dictionary of World Religions.* Oxford: Oxford University Press, 2005. Also at http://www.oxfordreference.com/.

1. Pye, Michael, ed. *Continuum Dictionary of Religion.* New York: Continuum, 1994.

2. Freedman, David Noel, ed. *The Anchor Yale Bible Dictionary.* 6 vols. New Haven, CT: Yale University Press, 2008.

2. Jones, Lindsay, ed. *Encyclopedia of Religion.* 2nd ed. 15 vols. Detroit: Macmillan Reference USA, 2005.

2. Martin, Richard C., ed. *Encyclopedia of Islam and the Muslim World.* 2 vols. New York: Macmillan Reference USA, 2003.

2. *Routledge Encyclopedias of Religion and Society (series).* New York: Routledge.

2. Skolnik, Fred, and Michael Berenbaum, eds. *Encyclopaedia Judaica.* 2nd ed. 22 vols. Detroit: Macmillan Reference USA, 2007.

3. Kennedy, James R., Jr. *Library Research Guide to Religion and Theology: Illustrated Search Strategy and Sources.* 2nd ed., rev. Ann Arbor, MI: Pierian, 1984.

4. Brown, David, and Richard Swinburne. *A Selective Bibliography of the Philosophy of Religion.* Rev. ed. Oxford: Sub-faculty of Philosophy, 1995.

4. Chinyamu, Salms F. *An Annotated Bibliography on Religion.* [Lilongwe,] Malawi: Malawi Library Association, 1993.

4. *Guide to Social Science and Religion in Periodical Literature.* Flint, MI: National Library of Religious Periodicals, 1970-88.

4. *Index of Articles on Jewish Studies (RAMBI).* Jerusalem: Jewish National and University Library, 2002- . http://jnul.huji.ac.il/rambi/.

4. *Index to Book Reviews in Religion.* Chicago: American Theological Library Association, 1990-. Also at http://www.ovid.com/ (as ATLA Religion Database).

4. *Islamic Book Review Index.* Berlin: Adiyok, 1982-.

4. O'Brien, Betty A., and Elmer J. O'Brien, eds. *Religion Index Two: Festschriften, 1960-1969.* Chicago: American Theological Library Association, 1980. Also at http://www.ovid.com/ (as ATLA Religion Database).

4. *Religion Index One: Periodicals.* Chicago: American Theological Library Association, 1977-. Also at http://www.ovid.com/ (as ATLA Religion Database).

4. *Religion Index Two: Multi-author Works.* Chicago: American Theological Library Association, 1976-. Also at http://www.ovid.com/ (as ATLA Religion Database).

6. *CNS Stylebook on Religion: Reference Guide and Usage Manual.* 3rd ed. Washington, DC: Catholic News Service, 2006.

사회학

1. Abercrombie, Nicholas, Stephen Hill, and Bryan S. Turner. *The Penguin Dictionary of Sociology.* 5th ed. London: Penguin, 2006.

1. Johnson, Allan G. *The Blackwell Dictionary of Sociology: A User's Guide to Sociological Language.* 2nd ed. Oxford: Blackwell, 2002.

1. Scott, John, and Marshall Gordon, eds. *A Dictionary of Sociology.* 3rd ed. rev. New York: Oxford University Press, 2009. Also at http://www. oxfordreference.com/.

2. Beckert, Jens, and Milan Zafirovksi, eds. *Encyclopedia of Economic Sociology.* London: Routledge, 2006.

2. Borgatta, Edgar F., ed. *Encyclopedia of Sociology.* 2nd ed. 5 vols. New York: Macmillan Reference USA, 2000.

2. Levinson, David L., Peter W. Cookson, and Alan R. Sadovnik, eds. *Education and Sociology: An Encyclopedia.* New York: RoutledgeFalmer, 2002.

2. Ritzer, George, ed. *Encyclopedia of Social Theory.* 2 vols. Thousand Oaks, CA: Sage, 2005.

2. Smelser, Neil J., and Richard Swedberg, eds. *The Handbook of Economic Sociology*. Princeton: Princeton University Press, 2005.

3. Aby, Stephen H., James Nalen, and Lori Fielding, eds. *Sociology: A Guide to Reference and Information Sources*. 3rd ed. Westport, CT: Libraries Unlimited, 2005.

3. Lieberson, Stanley. *Making It Count: The Improvement of Social Research and Theory*. Berkeley: University of California Press, 1987.

4. *Annual Review of Sociology*. Palo Alto, CA: Annual Reviews, 1975-. Also at http://www.annualreviews.org/journal/soc.

4. *Applied Social Sciences Index and Abstracts (ASSIA)*. Bethesda, MD: Cambridge Scientific Abstracts, 1987-. Also at http://www.csa.com/.

4. *Social Science Research*. San Diego, CA: Academic Press, 1972-. Also at http://www.sciencedirect.com/science/journal/0049089X.

4. *Sociological Abstracts*. Bethesda, MD: Sociological Abstracts, 1952-. Also at http://www.proquest.com/.

5. *Sociology Writing Group*. A Guide to Writing Sociology Papers. 6th ed. New York: Worth, 2008.

5. Tomovic, Vladislav A., ed. *Definitions in Sociology: Convergence, Conflict, and Alternative Vocabularies; A Manual for Writers of Term Papers, Research Reports, and Theses*. St. Catharines, ON: Diliton Publications, 1979.

여성학

1. Bataille, Gretchen M., and Laurie Lisa, eds. Native American Women: A Biographical Dictionary. 2nd ed. New York: Routledge, 2001.

1. Hendry, Maggy, and Jennifer S. Uglow, eds. The Palgrave Macmillan Dictionary of Women? Biography. 4th ed. New York : Palgrave Macmillan, 2005.

1. Mills, Jane. Womanwords: A Dictionary of Words about Women. New York: H. Holt, 1993.

1. Salem, Dorothy C., ed. *African American Women: A Biographical Dictionary*. New York: Garland, 1993.

2. Hine, Darlene Clark, ed. *Black Women in America*. 2nd ed. 3 vols. New York: Oxford University Press, 2005.

2. Kramarae, Cheris, and Dale Spender, eds. *Routledge International Encyclopedia of Women: Global Women's Issues and Knowledge*. 4 vols. New York: Routledge, 2000.

2. Tierney, Helen, ed. *Women's Studies Encyclopedia*. Rev. and expanded ed. 3 vols. Westport, CT: Greenwood Press, 1999.

2. Willard, Frances E., and Mary A. Livermore, eds. *Great American Women of the 19th Century: A Biographical Encyclopedia*. Amherst, NY: Humanity Books, 2005.

3. Carter, Sarah, and Maureen Ritchie. *Women's Studies: A Guide to Information Sources*. London: Mansell, 1990.

3. Searing, Susan E. *Introduction to Library Research in Women's Studies*. Boulder, CO: Westview Press, 1985.

4. *Studies on Women and Gender Abstracts*. Oxfordshire, UK: Carfax, 1983-. Also at http://www. routledge-swa.com/.

4. *ViVa: A Bibliography of Women's History in Historical and Women's Studies Journals*. Amsterdam: International Institute of Social History, 1995-. http://www.iisg.nl/womhist/vivahome.php.

4. *Women Studies Abstracts*. Rush, NY: Rush Publishing, 1972-. Also at http://www.ebscohost.com/ academic/ (as Women? Studies International).

4. *Women's Review of Books*. Wellesley, MA: Wellesley College Center for Research on Women, 1983-. Also at http://www.oldcitypublishing.com/ WRB/WRB.html.

자연과학

일반

1. *McGraw-Hill Dictionary of Scientific and Technical Terms*. 6th ed. New York: McGraw-Hill, 2003. Also at http://www.accessscience.com/.

1. Morris, Christopher, ed. *Academic Press Dictionary of Science and Technology*. San Diego, CA: Academic, 1992.

1. Porter, Ray, and Marilyn Bailey Ogilvie, eds. *The Biographical Dictionary of Scientists*. 3rd ed. 2 vols. New York: Oxford University Press, 2000.

1. Walker, Peter M. B., ed. *Chambers Dictionary of Science and Technology*. London: Chambers, 2000.

2. Considine, Glenn D., and Peter H. Kulik, eds. *Van Nostrand's Scientific Encyclopedia*. 10th ed. 3 vols. Hoboken, NJ: Wiley, 2008. Also at http://dx.doi.org/10.1002/9780471743989.

2. Heilbron, J. L., ed. *The Oxford Companion to the History of Modern Science*. Oxford: Oxford University Press, 2003. Also at http://www. oxfordreference.com/.

2. *McGraw-Hill Encyclopedia of Science and Technology*. 10th ed. 20 vols. New York: McGraw-Hill, 2002. Also at http://www.accessscience.com/.

2. *Nature Encyclopedia: An A-Z Guide to Life on Earth*. New York: Oxford University Press, 2001.

3. *Directory of Technical and Scientific Directories: A World Bibliographic Guide to Medical, Agricultural, Industrial, and Natural Science Directories*. 6th ed. Phoenix, AZ: Oryx Press, 1989.

3. Hurt, Charlie Deuel. *Information Sources in Science and Technology*. 3rd ed. Englewood, CO: Libraries Unlimited, 1998.

3. Nielsen, Harry A. *Methods of Natural Science: An Introduction*. Englewood Cliffs, NJ: Prentice-Hall, 1967.

4. *Applied Science and Technology Index*. New York: H. W. Wilson, 1913-. Also at http://www. ebscohost.com/wilson/.

4. *Book Review Digest*. New York: H. W. Wilson, 1905-. http://www.ebscohost. com/wilson/.

4. *British Technology Index*. London: Library Association, 1962-80.

4. *Compumath Citation Index*. Philadelphia: Institute for Scientific Information, 1981-2006.

4. *General Science Index*. New York: H. W. Wilson, 1978-. Also at http://www.ebscohost.com/wilson/ (as General Science Abstracts).

4. *Genetics Citation Index: Experimental Citation Indexes to Genetics with Special Emphasis on Human Genetics*. Compiled by Eugene Garfield and Irving H. Sher. Philadelphia: Institute for Scientific Information, 1963.

4. *Index to Scientific Reviews: An International Interdisciplinary Index to the Review Literature of Science, Medicine, Agriculture, Technology, and the Behavioral Sciences*. Philadelphia: Institute for Scientific Information, 1974.

4. *Science and Technology Annual Reference Review*. Phoenix, AZ: Oryx Press, ca. 1989-.

4. *Science Citation Index*. Philadelphia: Institute for Scientific Information, 1961-. Also at http:// wokinfo.com/.

4. *Technical Book Review Index*. New York: Special Libraries Association, 1935-88.

5. Booth, Vernon. *Communicating in Science: Writing a Scientific Paper and Speaking at Scientific Meetings*. 2nd ed. Cambridge: Cambridge University Press, 1993.

5. Montgomery, Scott L. *The Chicago Guide to Communicating Science*. Chicago: University of Chicago Press, 2003.

5. Valiela, Ivan. *Doing Science: Design, Analysis, and Communication of Scientific Research*. 2nd ed. Oxford: Oxford University Press, 2009.

5. Wilson, Anthony, et al. *Handbook of Science Communication*. Bristol, UK: Institute of Physics, 1998. Also at http://dx.doi.org/10.1201/9780849386855.

6. Rubens, Phillip, ed. *Science and Technical Writing: A Manual of Style*. 2nd ed. New York: Routledge, 2001.

생물학

1. Allaby, Michael, ed. *The Oxford Dictionary of Natural History*. Oxford: Oxford University Press, 1985.

1. Cammack, Richard, and Teresa Atwood, eds. *Oxford Dictionary of Biochemistry and Molecular Biology*. 2nd ed. Oxford: Oxford University Press, 2008. Also at http://www.oxfordreference.com/.

1. Lawrence, Eleanor, ed. *Henderson's Dictionary of Biology*. 15th ed. New York: Benjamin Cummings, 2011.

1. Martin, Elizabeth, and Robert S. Hine, eds. *A Dictionary of Biology*. 6th ed. Oxford: Oxford University Press, 2008. Also at http://www. oxfordreference.com/.

1. Singleton, Paul, and Diana Sainsbury. *Dictionary of Microbiology and Molecular Biology*. 3rd ed. rev. New York: Wiley, 2006. Also at http://dx.doi.org/10.1002/9780470056981.

2. Creighton, Thomas E., ed. *Encyclopedia of Molecular Biology*. 4 vols. New York: John Wiley and Sons, 1999. Also at http://dx.doi.org/10.1002/ 047120918X.

2. Dulbecco, Renato, ed. *Encyclopedia of Human Biology*. 2nd ed. 9 vols. San Diego, CA: Academic Press, 1997.

2. Eldredge, Niles, ed. *Life on Earth: An Encyclopedia of Biodiversity, Ecology, and Evolution*. 2 vols. Santa Barbara, CA: ABC-Clio, 2002.

2. Hall, Brian Keith, and Wendy M. Olson, eds. *Keywords and Concepts in Evolutionary Developmental Biology*. Cambridge, MA: Harvard University Press, 2003.

3. Huber, Jeffrey T., Jo Anne Boorkman, and Jean Blackwell, eds. *Introduction to Reference Sources in the Health Sciences*. 5th ed. New York: Neal-Schuman, 2008.

2. Pagel, Mark D., ed. *Encyclopedia of Evolution*. 2 vols. Oxford: Oxford University Press, 2002. Also at http://www.oxford-evolution.com/.

3. Wyatt, H. V., ed. *Information Sources in the Life Sciences*. 4th ed. London: Bowker-Saur, 1997.

4. Biological Abstracts. *Philadelphia: BioSciences Information Service of Biological Abstracts*, 1926-. Also at http://www.ovid.com/.

4. *Biological and Agricultural Index*. New York: H. W. Wilson, 1964-. Also at http://www.ebscohost.com/wilson/.

4. *Environmental Sciences and Pollution Management*. Bethesda, MD: Cambridge Scientific Abstracts. Also at http://www.proquest.com/.

4. *Genetics Citation Index: Experimental Citation Indexes to Genetics with Special Emphasis on Human Genetics*. Compiled by Eugene Garfield and Irving H. Sher. Philadelphia: Institute for Scientific Information, 1963.

5. McMillan, Victoria E. *Writing Papers in the Biological Sciences*. 5th ed. Boston: Bedford/St. Martin?, 2012.

6. *Scientific Style and Format: The CSE Manual for Authors, Editors, and Publishers*. 7th ed. Bethesda, MD: Council of Science Editors, 2006.

화학

1. Hawley, Gessner Goodrich, and Richard J. Lewis Sr. *Hawley's Condensed Chemical Dictionary*. 15th ed. New York: Wiley, 2007.

2. Haynes, William M., ed. *CRC Handbook of Chemistry and Physics*. 92nd ed. Boca Raton, FL: CRC Press, 2011.

2. *Kirk-Othmer Encyclopedia of Chemical Technology*. 5th ed. 2 vols. Hoboken, NJ: Wiley-Interscience, 2007. Also at http://dx.doi.org/10.1002/0471238961.

2. Meyers, Robert A., ed. *Encyclopedia of Physical Science and Technology*. 3rd ed. 18 vols. San Diego, CA: Academic, 2002. Also at http://www. sciencedirect.com/science/referenceworks/9780122274107.

3. Leslie, Davies. *Efficiency in Research, Development, and Production: The Statistical Design and Analysis of Chemical Experiments*. Cambridge: Royal Society of Chemistry, 1993.

3. Wiggins, Gary. *Chemical Information Sources*. New York: McGraw-Hill, 1991.

4. ACS Publications. *Columbus, OH: American Chemical Society*. http://pubs.acs.org/.

4. *CrossFire Beilstein*. San Leandro, CA: MDL Information Systems, 1996-. Also at https://www.reaxys.com/.

4. *Chemical Abstracts*. Columbus, OH: American Chemical Society, 1907-. Also at http://www.cas.org/.

4. *Composite Index for CRC Handbooks*. 3rd ed. 3 vols. Boca Raton, FL: CRC Press, 1991.

4. *ScienceDirect*. New York: Elsevier Science, 1999-. http://www.sciencedirect.com/.

5. Davis, Holly B., Julian F. Tyson, and Jan A. Pechenik. *A Short Guide to Writing about Chemistry*. Boston: Longman, 2010.

5. Ebel, Hans Friedrich, Claus Bliefert, and William E. Russey. *The Art of Scientific Writing: From Student Reports to Professional Publications in Chemistry and Related Fields*. 2nd ed. Weinheim, Germany: Wiley-VCH, 2004.

5. Schoenfeld, Robert. *The Chemist's English, with "Say It in English, Please!"* 3rd rev. ed. New York: Wiley-VCH, 2001.

6. Dodd, Janet S., ed. *The ACS Style Guide: Effective Communication of Scientific Information*. 3rd ed. Washington, DC: American Chemical Society, 2006.

컴퓨터 공학

1. Gattiker, Urs E. *The Information Security Dictionary: Defining the Terms That Define Security for E-Business, Internet, Information, and Wireless Technology*. Boston: Kluwer Academic, 2004.

1. LaPlante, Phillip A. *Dictionary of Computer Science, Engineering, and Technology*. Boca Raton, FL: CRC Press, 2001.

1. Pfaffenberger, Bryan. *Webster's New World Computer Dictionary*. 10th ed. Indianapolis, IN: Wiley, 2003.

1. *Random House Concise Dictionary of Science and Computers*. New York: Random House Reference, 2004.

1. South, David W. *The Computer and Information Science and Technology Abbreviations and Acronyms Dictionary*. Boca Raton, FL: CRC Press, 1994.

2. Henderson, Harry. *Encyclopedia of Computer Science and Technology*. Rev. ed. New York: Facts on File, 2009.

2. Narins, Brigham, ed. *World of Computer Science*. 2 vols. Detroit: Gale Group / Thomson Learning, 2002.

2. Wah, Benjamin W., ed. *Wiley Encyclopedia of Computer Science and Engineering*. 5 vols. Hoboken, NJ: Wiley, 2009.

3. Ardis, Susan B., and Jean A. Poland. *A Guide to the Literature of Electrical and Electronics Engineering*. Littleton, CO: Libraries Unlimited, 1987.

4. *Directory of Library Automation Software, Systems, and Services*. Medford, NJ: Learned Information, 1993-2007.

5. Eckstein, C. J. *Style Manual for Use in Computer-Based Instruction*. Brooks Air Force Base, TX: Air Force Human Resources Laboratory, Air Force Systems Command, 1990. Also at http://dodreports.com/ada226959.

지질학과 지구과학

1. *McGraw-Hill Dictionary of Geology and Mineralogy*. 2nd ed. New York: McGraw-Hill, 2003.

1. Neuendorf, Klaus, James P. Mehl Jr., and Julia A. Jackson, eds. *Glossary of Geology*. 5th ed. rev. Alexandria, VA: American Geological Institute, 2011.

1. Smith, Jacqueline, ed. *The Facts on File Dictionary of Earth Science*. Rev. ed. New York: Facts on File, 2006.

2. Bishop, Arthur C., Alan R. Woolley, and William R. Hamilton. *Cambridge Guide to Minerals, Rocks, and Fossils*. Rev. ed. Cambridge: Cambridge University Press, 2001.

2. Bowes, Donald R., ed. *The Encyclopedia of Igneous and Metamorphic Petrology*. New York: Van Nostrand Reinhold, 1989.

2. Dasch, E. Julius, ed. *Macmillan Encyclopedia of Earth Sciences*. 2 vols. New York: Macmillan Reference USA, 1996.

2. Good, Gregory A., ed. *Sciences of the Earth: An Encyclopedia of Events, People, and Phenomena*. 2 vols. New York: Garland, 1998.

2. Hancock, Paul L., and Brian J. Skinner, eds. *The Oxford Companion to the Earth*. Oxford: Oxford University Press, 2000. Also at http://www.oxfordreference.com/.

2. Nierenberg, William A., ed. *Encyclopedia of Earth System Science*. 4 vols. San Diego, CA: Academic Press, 1992.

2. Selley, Richard C., L. R. M. Cocks, and I. R. Plimer, eds. *Encyclopedia of Geology*. 5 vols. Amsterdam: Elsevier Academic, 2005.

2. Seyfert, Carl K., ed. *The Encyclopedia of Structural Geology and Plate Tectonics*. New York: Van Nostrand Reinhold, 1987.

2. Singer, Ronald, ed. *Encyclopedia of Paleontology*. 2 vols. Chicago: Fitzroy Dearborn, 1999.

2. Steele, John H., S. A. Thorpe, and Karl K. Turekian, eds. *Encyclopedia of Ocean Sciences*. 2nd ed. 6 vols. Boston: Elsevier, 2009. Also at http://www.sciencedirect.com/science/referenceworks/9780122274305.

4. *Bibliography and Index of Geology*. Alexandria, VA: American Geological Institute, 1966-2005. Also at http://www.proquest.com/ (as GeoRef).

4. *Geobase*. New York: Elsevier Science. http://www.dialogweb.com/, http://www.ovid.com/, and

http://www.ei.org/geobase/.

4. Wood, David N., Joan E. Hardy, and Anthony P. Harvey. *Information Sources in the Earth Sciences.* 2nd ed. London: Bowker-Saur, 1989.

5. Bates, Robert L., Marla D. Adkins-Heljeson, and Rex C. Buchanan, eds. *Geowriting: A Guide to Writing, Editing, and Printing in Earth Science.* Rev. 5th ed. Alexandria, VA: American Geological Institute, 2004.

5. Dunn, J., et al. *Organization and Content of a Typical Geologic Report.* Rev. ed. Arvada, CO: American Institute of Professional Geologists, 1993.

수학

1. Borowski, E. J., and J. M. Borwein, eds. *Collins Dictionary: Mathematics.* 2nd ed. Glasgow: HarperCollins, 2002.

1. James, Robert Clarke, and Glenn James. *Mathematics Dictionary.* 5th ed. New York: Van Nostrand Reinhold, 1992.

1. Schwartzman, Steven. *The Words of Mathematics: An Etymological Dictionary of Mathematical Terms Used in English.* Washington, DC: Mathematical Association of America, 1994.

2. Darling, David J. *The Universal Book of Mathematics: From Abracadabra to Zeno's Paradoxes.* Hoboken, NJ: Wiley, 2004.

2. Ito, Kiyosi, ed. *Encyclopedic Dictionary of Mathematics.* 2nd ed. 2 vols. Cambridge: MIT Press, 1993.

2. Weisstein, Eric W. *CRC Concise Encyclopedia of Mathematics.* 2nd ed. Boca Raton, FL: Chapman and Hall / CRC, 2003.

3. Pemberton, John E. *How to Find Out in Mathematics: A Guide to Sources of Information.* 2nd rev. ed. Oxford: Pergamon, 1969.

4. *Mathematical Reviews: 50th Anniversary Celebration.* Providence, RI: American Mathematical Society, 1990.

4. MathSci. *Providence, RI: American Mathematical Society.* Also at http://www.ams.org/mathscinet/.

4. *USSR and East European Scientific Abstracts: Physics and Mathematics.* Arlington, VA: Joint Publications Research Service, 1973-78.

5. *A Manual for Authors of Mathematical Papers.* Rev. ed. Providence, RI: American Mathematical Society, 1990.

5. Miller, Jane E. *The Chicago Guide to Writing about Multivariate Analysis.* Chicago: University of Chicago Press, 2005.

물리학

1. Basu, Dipak, ed. *Dictionary of Pure and Applied Physics.* Boca Raton, FL: CRC Press, 2001.

1. Daintith, John, ed. *A Dictionary of Physics.* 6th ed. Oxford: Oxford University Press, 2009. Also at

http://www.oxfordreference.com/.

1. Sube, Ralf. *Dictionary: Physics Basic Terms; English-German.* Berlin: A. Hatier, 1994.

1. Thewlis, James. *Concise Dictionary of Physics and Related Subjects.* 2nd ed. rev. and enl. Oxford: Pergamon, 1979.

2. Lerner, Rita G., and George L. Trigg, eds. *Encyclopedia of Physics.* 3rd ed. Weinheim, Germany: Wiley-VCH, 2005.

2. *McGraw-Hill Concise Encyclopedia of Physics.* New York: McGraw-Hill, 2005.

2. Meyers, Robert A., ed. *Encyclopedia of Modern Physics.* San Diego, CA: Academic Press, 1990.

2. Trigg, George L., ed. *Encyclopedia of Applied Physics.* 23 vols. Weinheim, Germany: Wiley- VCH, 2004. Also at http://dx.doi.org/10.1002/3527600434.

2. Woan, Graham. *The Cambridge Handbook of Physics Formulas.* 2003 ed. Cambridge: Cambridge University Press, 2003.

3. Shaw, Dennis F. *Information Sources in Physics.* 3rd ed. London: Bowker-Saur, 1994.

4. *American Institute of Physics.* Journals. College Park, MD: AIP. http://journals.aip.org/.

4. *Astronomy and Astrophysics Abstracts.* Berlin: Springer-Verlag, 1969-.

4. *Current Physics Index.* New York: American Institute of Physics, 1975-2005. Also at http://journals.aip.org/.

4. *IEEE Xplore.* New York: Institute of Electrical and Electronics Engineers. http://ieeexplore.ieee.org/Xplore/.

4. *Inspec.* Stevenage, UK: Institution of Electrical Engineers. Also at http://www.ebscohost.com/academic/.

4. Institute of Physics. Journals. London: IOP. http://iopscience.iop.org/journals.

4. *Physics Abstracts.* London: Institution of Electrical Engineers, 1967-.

5. Katz, Michael J. *Elements of the Scientific Paper.* New Haven, CT: Yale University Press, 1985.

6. *American Institute of Physics.* AIP Style Manual. 4th ed. New York: American Institute of Physics, 1990. Also at http://www.aip.org/pubservs/style/ 4thed/toc.html.